U0869988

LUDI WENJI
RIJI（ER）

陈南南　陈田田　整理

陆地文集

第七卷

日记（二）

广西师范大学出版社
GUANGXI NORMAL UNIVERSITY PRESS
·桂林·

目　录

日记（二）

动荡日子

（1945.11.9—1947.3.31）

1945 年

11 月 9 日　我在东北日报社的具体工作还未定下来，闲着便自己动手缝缝补补、清理房间什么的。一个日本妇女做勤杂工，拖地板、收拾洗盥间、擦玻璃窗……工作勤快负责。很想跟人讲话，但语言不通，打手势也弄不明白，只好笑笑。

11 月 10 日　编辑部负责人李荒来说决定要我编副刊，目前就只我一个人唱独角戏。报纸暂出试刊，四开一张。为了回避国民党对苏联红军的指责，作为东北局的机关报是不可以在沈阳公开出版的，报头的地址只好表明“山海关”。副刊（第四版）暂时规定一天要发稿千五百字，哪里去找呢？自己写又挤不出来。下午，去文艺工作团找延安来的人约稿。见到画漫画的华君武，向他要画。他说，你给出题目呗，有题目才好做。

11 月 11 日　延安来的未婚大姑娘姚文到译电组工作，不知什么事，神情忧郁，老皱个眉头，见人很少讲话。街上新参加进来工作的几个女子却是另一番风度，整天抹脂涂粉。这在她们可是习以为常，在我们住惯了山沟的人看来就很不顺眼。

11 月 12 日　编辑部今天开始到伪满老报馆《盛京日报》办公。在图书资料室的档案柜里，发现有张北洋军阀时代陆荣廷赠送报馆的上将戎装照片。

一位驼背的老工人很留意我们几位新来的"主人"，观察了半天才轻轻走近我桌边来，嗫嚅着说："我叫衣本文。"说完立即溜走了。过一会，又战战兢兢走来。这回他拿起桌上断了一节的铅笔，往张小纸头写："我叫衣本文，在报馆工作二十八年了，十八岁就在这儿，今年四十五。"我跟他说："你现在不是在工作嘛，将来也仍然在这儿的，放心。"这里，担心失业的情绪还是相当严重呢。

花了一天工夫，写成千二百字杂文《从糖盒子说起》。

11 月 17 日　苏军司令部来通知：我们报纸可以在沈阳公开露面了。今天从《盛京日报》搬到《康德新闻》大楼编稿。宿舍，搬到市政府职员住宅楼房。一天就忙着搬家。

存在决定意识。人进了都市，条件允许，各人都会把房间布置得舒适一些：家具挺富裕，长短沙发，随便搬来，电灯随意安装；弄到一只大衣立柜，一幅风景油画和一尊古铜的插花瓶，统统摆放在屋里，觉得房子像个样子了。但是，能住得长久吗？不是说国民党还在逼迫苏军履行条约，将东北移交给它接管？

11 月 18 日　今天开始，食堂分大、中、小三种灶。社长、编辑部主任（总编）吃小灶，编辑、记者（县团级干部）吃中灶。中灶每顿三菜一汤，生活真是大大改善了啊。相对新区来的干部，我们三八年参加工作的，居然成了老干部了。

又写了篇杂文《雪花片片》，署名吴谓。

11 月 19 日　昨晚听广播，山海关被秦皇岛的国民党反动军队登陆占领了。

看来，美国绝不会那样轻易让苏军把东北交到我们手上的。山海关的大门被打开之后，锦州、沈阳、长春，都将会一个一个被抢占。但是，不言而喻，广大的东北却是苏联的后院，能让它成为美国的桥头堡吗？于是，听到传出话来说苏军暂时不急于撤走了，说是日本关东军的投降还没有接管完毕。因为苏军暂时不走,《康德新闻》大楼苏军要征用,我们就得退出来,明天又要搬回九纬路。

日子还是安定不下来。街上到处听到枪声,好像农历年初一小孩放的鞭炮。马路上尽是红军来来去去,市民担惊受怕,行色匆匆。只有隔邻美国新闻处门前的街上,出现三四个外国少女手拉手在徜徉散步,多少有点和平景象。

忽然记起昨天是我二十七周岁的生日呢,不由想起李贺的诗句:三十未有二十余,年来对镜颇有须。

11月20日 又得回《盛京日报》社去发稿,时而公开时而秘密,动动荡荡。街头日本女人摆的食品摊和破烂地摊,一天比一天多。这些花瓶、烟缸、水盂、笔座、砚池、印章等,小摆设小玩意,特别精巧别致。卖主多半是中年妇人,穿花花绿绿的和服,挽着高耸的发髻,拖着屐;个个皮肤细嫩、白皙,看样子就知道曾是享受过荣华富贵生活的夫人、太太。谁料她们终归堕落到这地步呢。

晚上,社长李常青——地下党的一位老同志,召集我们部分干部传达目前局势。说苏联迫于世界舆论的压力,决定把长春铁路沿线的城市移交国民党,我们只好退出点线,占领两厢。换句话说,准备暂时放弃沈阳,退到抚顺,等到红军撤离,我们再从国民党手中抢回来。眼下三天五天,国民党还上不来,东北局要求苏军缓撤。我们报社只有跟随东北局行止,住一天出一天报,精神上要做好撤退的准备。

心想,沈阳既然暂住,抚顺也未必能长久。要是让我们占了炭矿,国民党得了沈阳拿什么做燃料?能让我们在那里长期占住?但是又搬到哪里为止呢?吉林,能守得住?

11月21日 早晨落小雨,下晌放晴。此地此时,还不怎么寒冷。国民党中央社广播,沈阳出现解放军!苏联又受到舆论的攻击。

我们穿解放军服装的人不得出门了,要上街,必须换穿警察的黑色装束。穿起乌鸦一样的服装,实在别扭,宁愿在屋里闲着无聊,也不想出门了。只在门口花三元伪币买花生米来剥,弄得满地都是壳子。想写文章又写不成。

11月22日 新来一位练习生叫沈乃新,瘦高个,挺活泼,好说话。原来在抚顺炭矿上做记账员,在日本人眼皮底下受气。解放了,参加我们革命队伍特别开心,喜欢跟人讲他原先在矿上的故事。矿上时常从关里抓来劳工,多半是从河北、山东俘虏来的八路军。这些劳工爱跟好心的职工打听外头的消息,也肯讲他们的身世。沈知道好些共产党、八路军的事,都是从他们那里听到的。

有小沈做向导,换上公用警服,跟他往旧城去看看。这是座被旧城墙围着的市街。清沈阳故宫和张大帅的府第都在城内,这时都不开放,见不到是什么样子。中心街叫四平街,商店的生意冷冷清清,不怎样兴旺。时间过去八年了,时兴的男女服装,还不如抗战前的广州哪。书店里除了字典和文具,什么书也不见。街上地摊的旧书,大都不是张恨水的鸳鸯蝴蝶,就是七侠五义,偶然能发现一本两本老舍或林语堂的东西。找了半天花 25 元买得一部《红楼梦》,另花 15 元得一本安徒生童话集。

怕回来晚赶不上饭了,同小沈到馆子里去吃了一顿,还喝了杯酒。

11 月 24 日 时局不断变化。又说暂不搬家了,又回《康德新闻》大楼编稿。

同王金进城,本想要看看话剧《雷雨》的,到时才知演出改期明天。转到北街亚洲戏院买票进去看看熊佛西的《一片爱国心》。这是旧戏园子,观众嘈杂,几乎听不到台上的对话。演到接吻动作,台下掀起一阵哄笑、吹口哨。演员似乎是旧戏班的人,表演带着明显的旧戏招式。加上熊氏的剧本有点近乎胡闹,戏演完后,跟着还有流行歌曲的演唱。《蔷薇处处开》和《不变的心》,黎锦辉的那种调调儿。看来,旧世界的文艺垃圾,要打扫还不那么简单。

11 月 25 日 为了要看《雷雨》,同王金又往旧城里跑。光陆电影院的秩序也不比亚洲戏院好多少,一样的嘈杂、混乱。观众们花十元买张入场券,似乎是只为要瞧瞧大少爷跟丫头四凤的搂搂抱抱就过了瘾。

看完戏,散场出到街上,天已全黑了。马路行人稀少,街灯暗淡,心头不禁怦怦乱跳,恐怖得叫人不安。同王金到馆子随便吃顿饭,也不知饱不饱,匆匆忙忙赶快往回走。小街坊静得怕人,只听见我俩皮鞋在铺着片石的道上发出的响声。

回到报社,还得赶发明天见报的稿。忙得叫人出汗,直到午夜十二点才上床。到下半夜三点来钟，李荒悄悄进房来，将油灯拧亮，轻轻叫唤："醒醒，苏军司令部要我们天亮之前，必须撤离沈阳。赶紧收拾吧。"

这真像抗战中的游击队生活了，说走，一刻也不能停留。辛辛苦苦搜集来的花瓶、油画、沙发、衣柜和台灯等等，统统都丢掉。都市生活就此结束了。

11 月 26 日　苏家屯　天蒙蒙亮，我们报社一行人乘上大卡车离开还在沉睡的城市沈阳。到苏家屯火车站停下，等候列车开往本溪湖。列车迟迟不来，只好像难民一样空等。

黄昏时候，天空飘着雪花。时钟指着十八点，列车开来了，各人拿起随身带的铺盖爬上无篷货车。我还带着把日本军官的指挥刀，舍不得丢掉。上了货车，火车头不知哪里去了，大家只好坐在行李包上等待，一直等到零点，脚冻得不行，都在吱吱呱呱的叫唤。

11 月 27 日　宫原　钢铁公司　天亮时分，列车抵达宫原站。下车来一瞧，嗨，铺天盖地，一片白银耀眼的世界！

报社男男女女百八十个人和大大小小的行李包裹，把整个候车室全占了。有人睡意未消，趴到桌边呼呼入睡；有人拿起带得出来的《世界美术全集》观赏；有人拿指挥刀把玩。站里的日本职员对指挥刀流露无言的感慨，说这战刀是分等级的，有赐予将校级的，有赐给尉官的。刀刃都十分锋利，能将一枚铜钱砍断。

这附近是个丘陵地带，地下蕴藏丰富的铁和煤。日本人在这开办个钢铁公司，日本军舰的钢材大部分是在这冶炼的，海军部派有专员在这坐镇督造。周围举目所见，到处是烟囱、电线、厂房、住宅，人影很少。

本溪湖县城坐落在山窝窝里头，离车站十多里地。地下是煤矿。等了大半天，我们终于住到钢铁公司的一座职工宿舍来了。

四个干部住一间，玻璃窗破了，风直往里灌，夜里睡觉冻得不行。

11 月 28 日　又要搬房子，这对每个人来说，已是顿乏味的"饮食"，可不搬又不行。这下可好了，两个编辑或记者住一间。同房的叫杨永平，同李荒一起从《晋察冀日报》来的，编新闻版。人消瘦白净，挺斯文，不苟言笑，跟宋振庭可是强烈的对照。

11月29日 报社的伙房还建立不起来,每餐都得到附近馆子去吃饭。一人一顿二十元,十元一盘白菜炒肉片,伙食还马虎过得去。

11月30日 报社印刷厂在本溪湖县城街上。今天有汽车去拉煤,顺便搭车去看看。

一起去的有位校对科的大姑娘,叫张蔚然。是新参加工作的,态度大方开朗,同她的形体、容貌一样,不像个窈窕的少女,也没有那种温淑娴静的闺秀气,相反,倒是有股女侠风范。她热情地主动向我问这问那,让人觉得有些幼稚。

本溪街道就是两座山之间的沟沟,有点像广西梧州市,有的房屋建到山腰上。商店铺头很挤,比宫原新街当然热闹一些,但是古老陈旧,时髦的色彩在这儿是见不到的。

12月1日 一群人在大澡堂泡,一股难闻的闷气真是叫人受不了。但是你不洗吧,又没别的选择,生活逼迫着人就范。为着趁人少的时刻,大清早便赶紧到厚生泉去泡了一阵。水清人少,倒也少受点罪。

本来想写点什么,脑子空空洞洞,想不来什么激情的东西,让时间白白过去了。校对张蔚然来请我帮她借高尔基的书。哪儿去找呢?也许她不是不知道在这地方是找不到的,只是为了要找借口接近就是了。

一位穿平领呢大衣,戴副眼镜,一脸白白净净的年轻少妇在报社生活圈开始出现。说是从本溪街《东北画报》社丈夫家新到资料室来工作的。跟张淑容同是延安边区师范的教员,在早读过鲁艺文学系四期。经张一介绍,我们应该是认识的。在延安黄海、叶克家门口,似乎见过她丈夫,那是大高个,像个买卖人,现在是画报社副社长。这妻子要表现独立性,不肯做附庸,毅然跟丈夫分开,搬到宫原来了。其实,现在资料室也是无事可做。

暖气管每天只烧三个钟头,其他时间都冻脚,冷得叫人难受。总务处又发衣服了,这些从日本关东军备战仓库取出来的被服,有大衣、羊毛衫裤、狗皮靴、鹿皮手套……几十斤重裹住身上,肩膀压得生疼,臃肿得像只笨熊。

新闻编辑部林火对我说:“有封信寄给陈寒梅,是你吧?”原来是延安《部队生活》报同事小姚(少诗)的问候信。他还不知道我到沈阳后把名字改了。他本来是要到浙江工作去的,现在也转来东北了。

12月2日 报纸仍出临时版,四开一张,副刊每天要发千五百字稿。天气太冷,拿不动笔,什么事也做不成。当然,还是情绪不佳,好像迷失在丛林找不到出路而烦躁、焦急。灵感躲到哪里去了呢?一句话也写不来。人没有朋友谈心,太孤独、太寂寞了,会导致思路的枯竭吧?但是,当着热闹的场合,自己又往往陷于冥想,懒得跟人作无聊的应酬。

12月5日 王金来邀去本溪街上走走。以为能够找到什么书回来的,结果一无所获。王说,印刷所有个日本小姑娘蛮有趣。去瞧瞧,不懂日语,她也不会讲中国话,无法交流。

张蔚然借故说要取电码本,跟我们一道回宫原。一路上总是找话讲这讲那,可我怎么也提不起精神来。也许是她太缺少魅力了,容貌损害了她的热情。

严文井和华君武被分来报社工作。这两位鲁艺的旧人,如果不是工作关系,真不敢领教。严太拘谨,华过于尖刻,令人敬而远之。

12月6日 李纳找到严文井,转到副刊部来上班。其实,资料室对她未必不合适,为什么非得到副刊部呢?当然,她来,一道工作,也许有个谈天的对手,不至于孤军作战而感到寂寞。还听说,周扬也要到东北局来当宣传部部长。但愿有多些熟人来,生活也许会热乎一些。

12月7日 资料室打开了书箱,可以借书了。里头有从关内带来的阿·托尔斯泰的《粮食》,高尔基的《英雄的故事》等等图书。

想起张蔚然托借的书,便借出《英雄的故事》请王金带去本溪印刷厂校对科交给她。顺便写了一封短简:遵命借到高尔基的书,不知是否喜欢?生活过得愉快吧?谁知这样平淡的两句话,却招来一封热情洋溢的长信,说书虽然还没有读,但可断言,会喜欢它的,为的是我的介绍。还说希望在写作上能得到指教……纵然她是那样热情对我呼唤,可我却心如枯井,激不起波澜。或许我会失掉良缘,但勉强凑合总不是好事吧?

晚上,严文井来谈话,说他到报社来当副总编,分管副刊部工作。编报他不在行,副刊的编务还是由我主持。目前报纸还不是正式出版,副刊可以利用这段时间走出去做些社会调查,联系一些作者,召开些座谈会,征求各方面对副刊的要求……还说,我胖了。问个人生活方面有些什么问题,不妨大家谈谈。个人问题无非是恋爱、找对象吧。按说,是该到解决问题的年龄了,可就是条件降不下来。

12月8日 为了把副刊办好,向严文井提出几点建议。这倒没有为讨好而表现自己的私心,只是一心一意想把副刊办得像样一些,争取到更多的读者,工作起来个人精神有所寄托就是了。

早餐过后,严文井领头,和李纳等一道去本溪向一些文化团体和单位征求意见。首先,访问画报社社长罗光达。听说他是华东新四军方面来的,比较通达。说到副刊内容他认为应当照顾到各方面,不妨多样化一些,不要单打一尽是政治性的东西;科学知识也应给一定篇幅;文章最好短小精悍。副社长朱丹很会应酬,买来花生米和麻糖,还找来好些伪满画报,请我们边吃边看边聊。到青年联合会见到临时负责人徐镜环。他向我们介绍一些新建立的文化团体;关于如何办好副刊,谈了一些意见。活泼、多样的内容,几乎是一致的呼声。

回宫原路上,严文井打算拐个弯,到东北局一个什么单位找一位叫杨格的女同志约稿。说她是我们报社编"参考消息"的王刚的姐姐,鲁艺文学系五期同学。严出于好意,让我们相互认识认识。我觉得去一下未必能拉到稿子,不想再走了。严见我不热心也就不勉强。事后,李纳说:杨是天津小姐。在鲁艺时,主动追过搞木刻的古元,没有结果。

12月14日 几天来尽往本溪跑,在青联、妇联认识几位青年,也有不少爱好文艺的。不过,他们都忙来忙去,很难坐得下来深谈。

本想写篇杂文,抗议国民党特务在昆明枪杀闻一多、李公朴的罪恶,思想不集中,终于流产。

跟李纳逐渐熟悉起来。她好像是找到了谈天的伙伴似的,有空便来说这说那。"你原来叫陈寒梅吧?"她问。"你怎么知道?""到过鲁艺的人谁不知道。

其实,我知道你的,恐怕比你自己还多。”这真叫人发窘。李见我不作声,又讲:“前些天刚来,看你冷冰冰,眼睛都长到头顶上,真不敢接近。”见我发呆。“你愣什么,你不是有个大姐吗?”原来她从黄海大姐那里听到过我的事。说是在“边师”时,有天,见黄海撕扯一床板结的丝绵被,黄说被子是我走时留下的。谈论中,黄还说“你是个要从泥土里寻找金子的人”。“是这样的吗?”李纳盯着,叫人很不好意思。

12 月 15 日 和严文井、李纳三人一起去东北局宣传部拜会舒群。目的要他给副刊写稿。舒群待人平平常常,朴素无华,没有世俗的虚假客套。他答应写个长篇《年轻时候》给副刊连载。“以后就得常去讨债了”,我想。不过,他如今掌握着东北文艺界领导大权,对付那样多的工作,还能静得下来写长篇吗?

“你了解杨思仲这个人吗?”李纳突然问道。我说了解说不上,不过,在未到延安之前,同他是广东省立第一师范的同学。当时,他是乡村师范班,我是师范本科班,相差两个年级。认识他是在班级的壁报上看过他写的文章而注意到的。到延安后,他在抗大学习完了被分配到留守兵团司令部做秘书。有一回相见,他请我同文学系讲讲,准许他来做个旁听生。我向系主任何其芳转达他的要求,得到何的同意。说起来他进鲁艺,还是我助了一臂之力呢。学习期间,因是二度同学,平日是比较要好的。不想 1942 年,我调到部队艺术学校教书,离开了鲁艺,在延安文协会刊《谷雨》发表一篇小说《落伍者》后却惹了麻烦。到文艺座谈会讲话时候,他老兄和严文井便过“部艺”来拿我开刀,采用形而上学的观点,歪曲《落伍者》的主题对它进行批判,这当然不可能说服我。不过,对于他的指责,我并不计较,知道那也不是他的本意,只不过是机械地死背教条罢了。李说:“要说他,还不是他的文学理论怎样,主要是对他为人的抨救。起先对他的文章倒是欣赏的,暗中曾产生倾慕。后来发现他并不是那样单纯,为了抬高自己,居然不顾一切,打击他人,表现得那样狠心。本想向他伸出的手又收了回来,不能不是一个遗憾!”一席话,也许成为我们有了共同语言的起点吧。

12 月 16 日 在县妇联发现一位姑娘,一下子把人给慑住了!人长得那样俏丽,仿佛清晨的早霞,满天灿烂;又好像是含苞待放的栀子花蕾,纯洁清香;看那水灵的秀眼，可是黎明的启明星，充溢着青春的魅力。乍见，胸襟为之净化，情不自禁打心眼里喊一声：人生可真是那样美好呵！不知什么道理，今天好像有着丰富收获似的，回到宫原，我仍是笑逐颜开吧。李纳见我如此喜悦，不禁惊讶问一声："你怎么啦？""哥伦布发现新大陆！""什么，新大陆？谁？""天机不可泄漏。"李得不到满意回答，有点不高兴。

夜里，一人独处，咀嚼着幻想，心跟着仙女走进梦寐的密林。

12月17日　一早起来，一片白朗朗的雪景映照窗前，窗户外面结着一层很厚的冰。冬天来了，难道春天还会远吗？

人总有个弱点，心里藏不住秘密，有话总想找人谈去。但是，找谁谈去呢？要是在延安，向大姐讲去那是当然啦。可在这儿，能跟李纳谈吗？王金和沈乃新两位青年，那样喜欢来聊天，不知自己哪些地方引起他们敬重？但是有些心事是不便跟他们谈的。

青联的李侃和孟广远两人答应给我们写稿，约19日去取。后天去时，能见到她吗？

12月18日　严文井邀我同李纳一道去本溪参观煤铁厂。矿场是在本溪城边的山脚，沿着一条山沟往里走，走不远我们便像走进森林去了，烟囱、厂房、机器、电缆、电线……到处都是。机器的嘈杂叫你精神很受刺激。一位科室职员跟我们说，要参观整个机房，非得要三四天才看得过来；要下井看挖煤呢，也得两三天。今天来晚了，只能到工友宿舍看看，看看新政府给工人带来的好日子。

这是一排排平房，每排头前的门口旁边都编了顺序的号码，还标明负责人的名字。房子陈旧，墙壁被烟熏的很黑，落一层灰土，蜘蛛网挂满了梁柱；房里两边对面是长溜的炕铺，中间一条走道，当中搁着煤炉子。

此刻，当班的工人都下井了，休班的人，有的在炉子上正煮豆腐白菜，炉边温一壶酒；另外一伙人已经就着盐煮的花生，边喝边聊，挺自在。见我们几个穿军服的人突然进屋，睁大眼睛，挺少见似的。比较活跃的一些人则围到我们跟前，诉说伪满老板对他们的种种非人待遇。"过去的日子甭提了：一早下坑，晚上九点来钟才上得井来。三百六十天没个歇的日子，哪能这样消停啊。""以往嘛，病号比好人多，后山就有万人坑，真是白骨堆成山呀。”讲开来，个个都巴不得出口气。看看他们个个穿上了簇新的棉袄、棉裤，还戴上了棉帽挺精神的。“这袄是你们八路来了才发的。在早，日本小鼻子管制那时辰，哎，满洲国那个德行！哪有嘛，只有这些东西。”他指炕上一堆破烂的旧棉絮，让我们见识见识。

看他们炕头放着《东周列国演义》《水浒传》《聊斋志异》和《七世姻缘》等等几本书。墙上还挂只鸟笼，一只不知什么名目的小鸟在里头跳来跳去，说是前几天捉到的。我们正谈着，隔壁宿舍一位拉着胡琴的过来串门，欢迎我们唱戏听听，他来伴奏。见我们难为情的狼狈样，哈哈大笑……

“工人们可真是得到解放了！”领我们参观的职员送我们出门，说了一句。心想，这印象倒可以写篇素描。

12月19日 到底憋不住，还是把发现的“新大陆”向李纳讲了。听完我的倾诉，她说：

“你的眼力真尖，难怪那样倾倒！”李说，“你不知她叫什么吧？叫朴明霞。朝鲜族常见的姓氏，朴读‘瓢’。”李又说。前几天在《东北画报》社召开的座谈会上，李纳就认识了她。后来她还带妹妹来找李纳谈过一回伪满时候东北学生的生活。李说，抗战胜利前一年，她参加反日伪斗争，坐过九个月牢，“八一五”才解放出来。爱好文学，读过进步小说。李曾打算为她写篇东西。

“你是不是想找她？”李盯着我眼睛问。“那还用问吗？”“要不要我给介绍？”“你愿意？”李不置可否。“我今天要去青联找李侃要稿，也许会见到她。”“那，我给你带封信去找她。”

拿着李这封信，兴致勃勃往军政干部学校找她去了。到时才知今天是她们新生的入学典礼。校长同志当我是《东北日报》记者专门采访去的，招呼上台就座。不想，她当记录员，坐在会场台上的边边，跟我的来宾席正对面，这回我可是要仔细地瞧瞧她了。但是，她一直低个脑袋做记录，偶然才跟我的目光相遇。等到散会，才拿出李的信冲着她：“有封信给你！”她情不自禁红了脸，将信迅速揣进口袋，扭头便跑。

干校开学会餐。将要入席的时刻，我到她跟前说：“能给我们报纸写篇稿吗？”“不，不会写，写不好。”不等我说什么，马上问：“李纳同志去宫原了吗？”我说：“哪天有空去宫原我们报社玩吧。”“好吧。学校开学了，恐怕走不开。啊，来了！”她听到旁边有人叫，说声“对不起”，便和另外两个伙伴招呼客人去了。走了两步回过头来瞟一眼。

入席时候，凑过去跟她同桌，刚要举杯，来人请到校长的首席上坐，失掉了亲近的好机会。

回到宫原，李纳来房间问道：“怎样？”她意味深长地盯我眼睛。“什么怎样？”“你的新大陆呗。”把见面经过，原原本本讲了一遍。李注意听完，突然伤感地自叹自艾起来，说空虚、寂寞，什么也没意思，唯一的安慰只有个母亲了。这下可叫人作难了，我不知说什么好。

一会，李才讲述她悔疚的心情，说她过去曾经拒绝过一个人的爱，弄得对方的母亲来向她下跪，恳求她跟她的独生子好。可是，当时她什么也不依，认为他居然去上国民党军官学校，背叛了原先同她一起信仰的进步思想。弄到那个人用手枪当着她的面往脑袋打了一枪，人虽然没死，精神却崩溃了，成了疯子。

“哎，一切的一切都是过来人了！”李说。“你现在不是幸福的吗？”“别挖苦人了。我把自己的青春与自由早早地交了出去，真让人悔不当初。还是常言说得好，人生不如意事常八九，都原先太单纯。”想想，问她：“你怎么把这些告诉我？”“信任你！”“凭什么？”“感觉。”静了一会，她自己喃道：“真羡慕你。”“指的哪方面？”“自由！哎，别扯了，明天陪我去本溪好吗？”“去画报社？”“不，不去画报社，也不去干校。就只我们俩。”

我不禁愣一下，瞪着眼瞅她，也不知怎样说好。“你既然能有个大姐，难道不可以有个小妹吗？”“这恐怕不能重复吧。因为大姐夫是兄弟般的知己，而你的那个人，恐怕是难得成为朋友的。”我说。

大概方才在干校喝了酒，特别兴奋，两人谈到深夜。

12月20日　副刊部又来一位女士叫陈学昭。“五四”时代和冰心同时出名的女作家。三十多岁的中年妇女了，看风度像个家庭主妇，跟革命队伍中的女同志不大一样。在法国留学时，曾写过好些散文，出过集子。嫁给一个医生后，当了太太。随夫到延安几年，没见发表过作品，也没有在社交场合露过脸，人们几乎把她给忘了的。前两年，那医生丈夫有了新欢，被迫离异之后，才又回到社会上来。

严文井交代说，陈大姐系非党人士，刚离婚不久，生活方面多加关照点。跟女同志相处，又好又不好。有的人是难侍候的。

12月21日 真意外，一天写出四千多字。要能保持这进度，成绩就很可观了。

12月23日 一早给朴写封信，请她介绍干校的墙报编委名单，以便联系约稿。同时请她本人给我们副刊写文章和提意见。

12月24日 把前天写的散文誊抄出来，题目叫作《除夕》。鼓励李纳写作，以为她的文学感觉敏锐，文笔也清新干净，文如其人。娓娓道来，叫人感到亲切。可是她自己信心不足，害臊，不轻易让人家看她写的东西。

12月25日 雪下得真大，原先化了的积雪，今天又铺得严严实实的了。好在尽管屋外冰天雪地，屋里有暖气，保持22℃左右，和暖如春，穿件毛衣就行了，工作挺舒服。

12月26日 为了要写篇剧评，跑去文工团一下，想先看他们彩排，到时才知不彩排了，晚上就要作首场公演。到青联跟李侃取到篇稿子，总算有所收获。在妇联，见到同朴一道工作的郗颖达女士。她的交际总是那么广泛，人来人往，应接不暇。

12月28日 严文井说，文工团请来一位日本姑娘做钢琴教师。说十岁学钢琴，学了八年，到中国的第二天便是"八一五"了。严叫去了解了解，看可否写篇东西。

12月31日 **本溪湖宫原** 1945年最后一天了。报社同志们聚餐完了，都到布置得花花绿绿的大厅凑热闹。

李纳回本溪画报社去了。自己一个人觉得孤独难受，回到房里很无聊。似乎有好多好多的话要向人倾诉，可又没个可谈的对象。不得已，拿起笔写信，给远在天边的黄海大姐写。估计这动荡的年月，书信是寄不到的，但是，还是要跟她谈谈心里话。大姐：记得去年此时，你和姐夫住在青年剧院窑洞，我去聊天，谈天说地，夜深忘记回来。今天又是一年的末尾，又是人们兴高采烈地痛饮屠苏酒的时刻啊。也许你会对叶克说："这时候，寒梅可能不再叹息'空虚越来越沉重'了吧？"怎么说好呢？生活的空间宽阔了，工作的担子压得不轻。可内心的空虚就像夏天的蚊蝇，赶也赶不去。……信正写到这，通讯员送信来了。噢，这可是平生头一次受宠若惊，真乐得像童年得到的压岁钱：原来是新认识的一位朝鲜族姑娘给来了信，说认识我这位从关里来的文化上的革命同志，感到欣幸，希望往后给予多多教导！大姐，说不定这正是我"从泥土里捡到的金子"啊！给我祝福吧！信没写完，一个意外的通知来了，东北局给报社打招呼，前面国民党反动军队自从打开了山海关之后，紧跟占领了锦州，步步逼近，眼下已推进到了沈阳南面的打虎山一线。报社人员后天即撤离本溪宫原，随同东北局北云梅河口。那地方是铁路交叉点，东抵通化，北上达吉林，南下是沈阳。这样，本溪邂逅的姻缘，只不过昙花一现，美梦难圆了！

从此，战争烽火，河山阻隔，恐怕只有梦断蓝桥罢了。

1946 年

1 月 1 日　昨晚得到令人泄气的消息，我们《东北日报》即将随同东北局撤退梅河口。在那里等待苏军撤出时，可以南回沈阳，北进长春。本溪湖这旦暂不坚守啦。

早餐后，同副刊部李纳从驻地宫原钢铁公司到本溪湖上去。李纳要去《东北画报》社跟丈夫告别，顺便陪我去"军政学校"找学员朴明霞，拿本茅盾的新书《腐蚀》送朴留作纪念。因为我们的行动保密，不好公然向她话别。打算北撤落脚安定后再写封信，请她原谅不辞而别的苦衷，但愿山水有逢时，能在北边重聚。

1 月 6 日　离开本溪六天了。在营盘镇停留已有三天。原因是前面的路落大雨，汽车开不动。这个小镇子，全让深厚的积雪封得严严实实了，显得寂静和荒凉。李纳和另一位同事陈学昭女士住在地主老财大院，从他们房东家找到《上海明星野史》，拿来作消遣。

1月7日　继续往梅河口进发。卡车拉上了帆布篷顶，挡住了冷风袭人。人坐在行李上，脚没地方放。大家直叫："你把我的脚压麻啦！""那你叫我把脚往哪搁？""别嚷嚷了，忍着点吧。"

晚上，宿营地是地图上找得着的南口前。但地方很小，传说附近有土匪。夜里，男同志轮流到屋外放哨，冻得够呛。

1月8日　现在我们完全处在荒山野岭了。东北农村被日本侵略，榨取得像骷髅，到处像被丢弃的垃圾。

这里是离铁道不远的草店。一切都在寒风中哆嗦。

1月9日　这个山城镇规模比较大，街上有比较像样的店铺。说是报社的驻地的海龙县城，跟这个地方差不多。往后的日子怎样，可想而知。

陈女士高兴赶来，请李纳和我到上馆子去吃饺子。饭后，李纳买回一包炒好的松子让大家吃着玩。这是平生头回尝到的滋味。

1月10日　海龙　我们终于结束了旅途生活啦。但海龙并没有给我们艰苦的旅途以满意的慰劳：一条大道街市静悄悄，让积雪堵住了行人的脚步。

报社一行三四十号人，开进一座烧锅（酒坊）食住。据说，东北的胡子（土匪）常常是住进烧锅房，一住就是10天半月，每天酒菜任你吃喝。我们现在来了，老板殷勤招待，不肯要我们交伙食费。

1月11日　海龙　李纳悄悄跟我讲：一位戴厚边眼睛的校对员——新参加工作的东北女青年张蔚然说喜欢你，"你自己觉得怎样？"李纳盯住我的眼睛问。

我叹口气："天下事，往往那样可悲——你真心去爱别人，可人家却并不懂得。"

和严文井、白焰到处去找办公地方，终于找到一座原来维持会的房子和一间老当铺。

1月12日　海龙　不知什么地方得到李纳信任。今天，她温柔而诚实地对我耳语：

"请你喝酒去吧！"这真叫我受宠若惊。也许太突然了，加上没那份豪情，只好轻轻婉谢。

经过这些日子的交谈,觉得这位少妇有点像她家乡昆明的湖水,有着平静的水面,让白帆荡漾,让水鸟翱翔。她长得并不美,可谈吐悦耳、温柔可人,聪颖脱俗,倒是另具一番魅力,亲切近人。

1月13日 下午,搬到道德会来住了,以为能住得安静一些,谁知这是一列平房,屋里烧豆饼炉子,还真不如老乡屋子的炕头暖和,到处乱糟糟,电灯又不亮。

1月14日 给陈学昭和李纳两位女同志收拾屋子,让她们感激得当面恭维,“好陆地,好陆地”地叫唤。严文井在旁边也说:“从来没见过陆地发脾气,你俩替他介绍个爱人吧。”李纳悄悄向我耳语:“你成家的话,会是个好丈夫。”但晚间无聊,跟李纳闲扯,谈谈竟抬起杠来,不欢而散。

1月15日 昨天同李纳闹别扭,生一肚子气,以为会弄得很僵,可今早她却主动向我笑着说:“你真小气,只是谈谈开开玩笑,你就认真了。”

为了叫我们和解,陈学昭主动请吃早餐,叫人很尴尬。李纳说,想买只野鸡来烤着吃,大家玩玩又怕你这个小气鬼不高兴。

1月16日 去烧锅房吃晚饭的路上,同李纳并肩而行。她突然发问:“你对我怎么看?是不是觉得我爱讲漂亮话,轻浮高傲,唔,怎么不哼声?”瞅她一眼,指着前方远处的雪山:“你说那山是不是像条银色的大蛇。”“讨厌你!”“是呀,再美的雪山到时总会溶化的。”“太冷了,不是吗?”“你以为这样吗?”“假清高,嘿!”李生气了,迈开大步朝前奔,让我自个儿落在后头。到餐厅也不肯跟我坐一条凳子上,吃罢就和陈学昭有说有笑地回住处去,故意气人。

夜里,怎么也睡不好,好像掉了什么玩意,有点懊悔,有点迷惘,有点落漠……

1月18日 跟李纳的别扭和解了。她说前天我对她的态度未免伤她的自尊,其实,她是那样信任我的。正因为如此,所以叫她特别多心。

晚上,到陈学昭住处,和严一起四个人吃夜宵——陈请吃汤圆。在这当中,李纳把我在本溪与朴明霞的邂逅,向严文井和陈学昭公开了。说“陆地有个秘密”。于是将朴明霞如何美,如何在伪满时期因抗日活动而入狱的英雄行为赞赏了一番。

严文井对我说，遇到这样的对象是好缘分，鼓励我要有信心，终会有一天和朴重逢的。

1月19日 昨夜没睡好，早起感到乏得不自在。屋里木炭烟熏得人头疼。一个人独自在院里待着，感到空虚。

陈学昭写完一篇文章，高高兴兴来要我陪她去拜望报社的同事。在华君武屋里见到一位少女招人瞩目。说起才知是党外民主人士续范亭的千金，延安师范毕业。现在正在报社做练习生，分配在采访部管资料。

晚饭时候，食堂来了两位穿呢子大衣的姑娘。当中一位特别迷人。坐在对面桌子，主动问我在报社哪个部门工作？她是报社刚从街上公开招聘来的译电员。新来乍到，却没半点怯生忸怩。她家就在本街上，父亲是小学校长。

送给李纳一本日记本，希望她在上面留下生活的印迹，同时跟她讲起在食堂的发现。李纳嗔了一句："你就是只看人家长得漂亮。"

1月20日 今天大寒，却不见太冷。屋顶的积雪化了，屋檐却挂着一条条黄色透明的冰柱。

李纳，典型的小家碧玉，人长得娇小玲珑，戴副细边的眼镜，人前总是那样一成不变的矜持。说她丈夫对朋友夸她是"蒙娜丽莎"。谈到交朋友，她说，比起来，男性朋友比女的好相处。男人总是比女人胸襟开阔，思想豁达，没有女人那种小气——爱计较生活琐碎。认为男女之间完全可以保持友好关系的。

1月22日 给明霞写了封信。明霞同志：已经在海龙住下了。这里北通吉林、长春，南临抚顺、沈阳，东达通化。生活天地是宽阔的。不过，却那样眷念着本溪。它叫人留下难忘的记忆，什么时候又可以在那儿重新印上我的足迹呢？

在李纳那里，常听到你的光辉的过去，使我欣幸我们的相识，同时又惋惜我们匆匆离开。只望以后能从书简往来中补偿这点惋惜吧。

毕业后，打算做什么工作？假如对新闻也感兴趣，欢迎能来和我们一道！

《腐蚀》读完了吧？这里却少新书，只好拿《红楼梦》填充空虚的时间。不知什么缘故，探春令人那样喜爱。有人说你有点像探春呢，你听了不会生气吧？记得你说曾经在练习写东西，那么，寄来让我们看看吧，我们是那样期望大作来给我们副刊增添光彩。末了,很想知道固定的通讯处,肯告诉我们吗?

严冬快过去了,春天马上就要来临,但愿有欢欣的心情来迎接可爱的春天!

1月23日 李纳这位朋友自有其可爱的地方:可爱的谈吐、可爱的风趣、可爱的聪明、可爱的温柔、可爱的狡黠。几天来,纠缠得让人难受,想亲热,觉得乏味;要逃避,又感到孤独。忽冷忽热,若即若离,不知如何是好。

1月24日 李纳说,给丈夫写了这样一封信,讲在单位里遇到一位好人,善良、正直、真诚和清高,是个难得的朋友。说他对人只知给予,不需报答;只知工作,不计名利。我说,你不要把人太夸张了,一个年轻的妻子向丈夫过分赞美身边的男人,总会引起妒忌的。"不,我们有约在先,在朋友的交往之中,他保证给我绝对自由。你是乐意做我的朋友的吧。"我说:"记得一位哲学家讲过'朋友真如健康一样,只有失掉了才感到他的可贵'。""真是个怪人,越说越玄。难道健康的人就不懂得健康的好处?""但是,恐怕是害了病的人,才注意到健康的价值吧。"李见话不投机,负气走了,见面也再不讲话。

1月25日 严文井作为领导关心干部来找我谈话说:"听人讲,你情绪波动,想回本溪去找朴明霞姑娘。那也许是值得的,不过,如今这样的战争环境,自由来去已不可能,算了吧,另外再找,今后还会有新来的人。比如前几天译电组新来两位姑娘,其中一位就蛮漂亮,人家说她娇滴滴的。"见我不言语,接着又说:"我也是恋爱过来的嘛,'关关雎鸠,在河之洲,窈窕淑女,君子好逑',人之常情嘛。"

一会,陈学昭女士来了,她情绪很高,将手上的冻梨拿给大家,边吃边聊。听文井说我的恋爱受到挫折,她想了想才说:"年轻人这杯苦酒总是要喝的,我何尝不也有那样的不好开口的秘密隐私啊。"接着,讲起年轻时一段没有结果的爱情故事:五四运动风潮掀起的年代,陈女士怀着17岁少女的梦,出国追求西方文明,在巴黎学钢琴,却以女作家争得了名气。这就招引两位君子的追求。一个是学画的,一个是学原子能的。三人成了等边的三角。这样一来,她不管跟谁在一起,都会使另一方陷入极深的痛苦。怎么办呢?为了不叫任何一方受伤害,最后,只好跟一位学医的结了婚。陈说:"爱情对中年人是深刻的,可对青年人特别芳香。"

文井说:“像陆地这样还是芳香的年华。噢,方才说的那个新来的译电员可不就是芳香的吗!”

经过严文井一再提起,脑子里倒是又仿佛出现含苞的栀子花:新鲜、纯洁、芳香。

1月27日 农历除夕快到了。想念着年迈的母亲,特意到照相馆去照张相,等到有一天可以通邮了,好寄回家乡。不过,人世沧桑,八年不通音讯,不知母亲仍活在世上没有?

1月28日 谁讲过:“恋爱是精神上的冒险,必须要有勇气。”想想,自己应该向年轻人的腼腆告别了。

一早,终于鼓起勇气去叩译电员的房门。正是她,一个漂亮的姑娘开开门来,见我站在门前,问一声:“有什么事吗?”是的,有什么事呢?不由分说,随口便道:“想借本书看。《三国演义》,你父亲家会有的吧?”“家里有没有‘三国’不知道。《盛京文艺》那样的旧杂志倒有几本,下晌回家给你拿来。要不,你同我一道去看看,也许还有你要看的。”译电员那样的天真大方。

午休过后,她像个中学生那样对待教师,领着我往她家走了。一路上,她同我讲这讲那,问报社什么时候才去长春?说长春是京城,听人讲,那马路有这里五条平列道那样宽,还铺着乌亮乌亮的油,楼房起得好高好高。真想去开开眼界。“你说,能让我们和你一块去吗?”“你舍得离开你父母?”“有什么舍不得的,我今年都十八啦,我姐有这样岁数时就有婆家了。”“那么你为什么还没有呢?”“我?没有要。”她脸上泛了红云,顽皮盯我一眼。

1月29日 报纸要出临时新闻简讯,与副刊版是无关的,只因我编过部队报纸,懂得拟标题,副社长廖井丹叫去编新华电讯。这样跟译电员打交道的机会就多了起来。

晚间,拿《盛京文艺》打发漫漫的长夜。人静下心来,思路清晰好多。李纳非要当我作朋友,与其说是我吸引她的倾慕,不如说是她的寂寞需要找个男人谈谈心。一但寂寞消失了谈心的对象也就如同小孩子玩厌了的布娃娃被弃置不顾了。

1月30日 今天,和李纳聊天时,她突然问:“你以为我不了解你吗?”见我发愣无言，马上接着说："其实，我在未到东北之前就对你有很深的印象了。"这又是如何谈起呢？她说还在延安边区师范教书时就有同事在她面前谈起我好多好多的话。"谁?""看你，脸都红了。你是不是有个大姐?"这一下，使我想起了黄海。她说是大姐把我的人品、精神面貌，详详细细讲过给她听，引起她的好大的兴趣。那时起就想要认识我这个人。

1月31日 明天农历除夕，今天开始放假。人闲下来，随便拿到一本伪满时期的杂志《华文每日》翻翻，其中有篇伪满文人王秋萤的《沉落》小说，觉得调调儿太陈旧，浅薄。

屋里炕头新来一位同志叫刘哲生，说是准备做记者的。是个中等身材的精干人，说原在太岳军区当宣传干事，老家胶东。彼此都是单身的小伙子，很容易谈得拢。

晚间，同他睡在炕上，一时睡不着就扯谈。"你有没有同有夫之妇恋爱过?"刘突如其来地发问使我错愕！以为他发现我同李纳的暧昧隐情。

接着，他讲起自己的苦恼。原来他从太岳来这儿之前，曾经和某位首长夫人发生一段私情。女方是主动的。对方由于感情上跟比自己大10多岁的丈夫无法交流，生活很寂寞，有话无人谈，于是找到他这同龄人寻求安慰。一天傍晚，她有意引他走到高粱地深处，依偎他的肩膀柔声说："你瞧天上的银河，那两颗是牛郎织女的星座嘛……"就这样，他的第一次给了她。但是，他知道这种关系是危险的，也不可能继续下去，便要求调到东北来了。但一路以来，他精神上总好像遇见了了鬼，压力很大一直排遣不开。他拿她的照片给我瞧瞧，那倒是个姿色出众的人儿。刘说，在延安，她曾是人们追逐的目标。某个作家写的一个小说就是拿她做模特的。

插在花瓶里的鲜花，香艳的日子总是短暂的，人的青春又能有多长呢。

2月1日 除夕 "每逢佳节倍思亲"。情不自禁地想起母亲来了。要是人还健在，也许也会想起下落不明的游子吧。还有延安的黄海和叶克夫妇，不知已经出来了没有。

夜里，同刘哲生将街上买来的野鸡剥毛，切成薄片，拿来两根铁丝，将肉片穿上,抹好酱料,便往炭火上烤。烤一块吃一块,吃得挺香。边吃边聊,一直弄到午夜房东家人要煮饺子迎新年的时分。

2月2日 一早,给鞭炮声惊醒过来。房东的小孩大兴,进屋里来向我们作揖拜年,管我和刘叫大哥。房东老张头穿件新袍子,进屋来给我们生炭火,说“新年好”。

和刘晚饭后散步,继续闲谈太岳那段艳遇。但伤心人别有怀抱,总不见能消除他那郁结心情。这一段时间,失眠几乎成了病症。半夜醒回,往往再不能入睡。想出了一副对联:失眠常为老鼠闹,悲哀总因小人欺。

2月7日 陈学昭为图单独住宿清静,从李纳屋里搬了出来,到街上找了另一家房东。

到东屋去看看李纳。我的突然来临让她显得十分兴奋,深情地瞅了半天,一时弄得我很不好意思。她顺手抓起桌上三颗杨梅软糖塞给我,小声说道:“屋里谈话不方便,到外头走走吧。”到了外头,边走边聊,言语中若隐若现地谈到几天来我为什么惹她怄气:如那天她问我“是不是认为李纳不配做你的朋友?”而我没有给她肯定地回答,未免刺痛了她的自尊。第二,听到我说对译电员有好感,心里不舒服。“这也许就是感情上的自私吧。”接着她就讲:“对一个面貌美丽的人,马上发生好感,甚至要去追,那也是人情之常,不奇怪。不过,我总以为有些人应当例外,特别是你。你,应当去爱真正了解你的人。”

我跟她讲,六七年前,年轻,少不更事,曾经妄称:要么,同一个纯洁的少女结婚,什么都得由我做主,一切都听我的。要么,宁可同一个寡妇成亲,由她支配,求得体贴照顾。但看来这两个极端都不现实,还是老老实实找个相当的彼此平等的对象吧。不过,这又太难遇到啦。“现实是不容许人太理想的。”我又讲,“我不会不结婚,不过我也只能像过年一样,人过我过,不能免俗而已。”“那好哇,我替你接近译电员,帮你去了解她。”

2月9日 报社没工作做,东北局组织工作队下到县里帮助发动群众工作。从今天开始,到县政府去报到,下到街道深入群众中去做调查。调查伪满时候,老百姓被压迫剥削的社会状况,从中寻找苦大仇深的群众积极分子。

2月11日 出乎意外地,今晚有着恬静的夜晚。李纳的朋友沈尹来了。这位少妇有着 18 岁少女的单纯。听到她们谈《贵族之家》的丽莎,《前夜》的艾伦娜、《红楼梦》的晴雯,谈到《安娜・卡列尼娜》……她睁大乌黑的眸子专注地谛听。"陆地,这些书你都有吧?借给我也看看。"尹带着恳求的口气问我,像个小姑娘。

陈学昭从街上买回 24 只元宵来煮给我们尝尝。我们就这样消解这单调生活中的苦闷。

2 月 13 日 一早,李纳对我说,她要把自己嫁给写作了。但是,一会儿她又默默地赠给我一张她刚照的相片。下午,她来叫到她屋里去,扯谈别人的爱情故事。末了,她感叹地说:"没人敢和我好,谁要敢同我好,我一定给予同样报答。"见我不表态便进一步说道:"有个人比你所想的对你还要好,但是你害怕同她好。""她真的敢同我好吗?"我盯着她的眼睛问,表示怀疑。"你这个人老是这样不信任人!"她生气了。这难道是娜太雅对罗亭失望而心生怨恨吗?

2 月 15 日 春天来了吧?街上的积雪在午后的阳光下开始融化,到处都是泥泞。每天,就在这样的泥泞路上度过我的光阴。春天本来是带来鲜艳、芬芳和温暖的,然而,我只有泥泞。从陈学昭那里借来一本《西厢记》,里头有这样的句子:你有心争比无心好,我多情反被无情恼。

夜里失眠,把电灯扭开,在枕边拿起一本花六元钱买来的伪满出版的《译丛》,读了莫泊桑的《堂倌,再来一杯》和加波的《一个音乐指挥者的故事》。

2 月 16 日 晚上,从人民自治会工作队回来,房东老张头说东屋李先生刚还来打听你回来没有?奇怪,怎么又来纠缠呢,不是嫌我翻来覆去爱说旧话使她厌烦了吗,说她这个人喜欢新鲜、快乐,而我爱过虑,有着太多烦恼,总给她不愉快,已表示各走各的路了,怎么现又低声下气来找?难道真改了"小姐的娇骄二气"?

进到屋里电灯亮着,火盆边搁把茶壶,是谁放上的?早晨留给她的《腐蚀》没见拿走,是不是不愿真的和我分手。原本我好像已从扰攘的街市走到静寂的旷野,心境平静下来,正想利用晚间写点东西。但是,灯光太暗,只好躺在炕上哼着忧郁的歌。"陆地唱什么?"李纳突然闯进来,坦然坐在炕前椅子上问道。爱理不理的我仍哼着歌。她并不介意地沉着气听我独自歌唱。一会,我故意讲,今天工作队在一家姓杨的人家,发现一位慈祥的老妈妈和两个十八九岁的大姑娘,要不是考虑影响,真想认那老妈妈做干娘了。再就是在一个同志的家和一位漂亮的日本护士用笔谈了半个多钟头,发现日本人文化程度很高,普普通通的女子都读了《战争与和平》和巴尔扎克的小说。听我尽讲这些,她生气地走了。

2月17日 今天,正当陷入寒冷境地之时,朴明霞从五百里外给送来温暖。如果问到东北来得到了什么？那么,就算今天接到这样一封信吧。现在把它奉录在这里,作为记忆的踪迹吧。陆地同志:我正在参加辽宁省人民代表大会之际,突然接到你远处寄来的信,使我说不出来欣慰。知道你们很顺利地到海龙开展了工作,在湖山的我,遥遥给你祝福!

半个月前我离开干部学校到妇联来工作了。工作比在学校时有兴趣。不过,久居乌烟瘴气的湖山,常常会波动起离开这里的意念。

很想去你们报社工作,数日前已同报社一位同志谈过了,也许最近我会赴海龙和你们见面的。你信上不是也说欢迎我到你们那里去吗？

王金同志还在我们屋里等着拿这封信,不能多写了,一礼拜后,我们也许会在一起工作的。假如我真的到了海龙,在陌生的地方请多多给予帮助。代问李纳同志好,很想念她！让我们两地握手。通讯处:本溪市妇女联合会

2月18日 两天来为朴的信兴奋不已。我咀嚼了四十八小时的橄榄之后,斟酌了半天,终于写了这样的回信。

朴明霞:元宵过后第二天,我正在食堂用餐,突然有人交到手上一封信,马上拆开来就读,读着读着,离开了饭桌。旁边的人提醒我:“你还有半碗饭没吃完呢。”可是我已没有饥饿的感觉了。

你的信,使我好像在沙漠发现了甘泉,在海洋发现了岛屿,在黑夜看见了亮光,在森林听闻到了人声……这些,都是并非夸大的虚词而是我所能找到表达心情的最好比喻了。

如果有人问我:“你到东北来到底得到了什么？”在昨天我可无以为对,可今天我却可以回答:“我已经获得了友谊。”假如说到东北来有过的喜悦,那今天该算是其中之一了。真的,我现在正像乘在这多风季节里的孩子,拿到了一根风

筝的牵线。把它抓牢了,总有希望重逢的一天。

正如你所讲的那样,家乡太小了,事业的温床应该在宽阔的天地。想到这,不能不为你惋惜这次未能如愿以偿,走出“乌烟瘴气的湖山”。不过,路总是由人走出来的。

我们在这也非久留之地。也许不要多久,我们会重返沈阳,到时,一定到本溪相见,或者你要出来,不是很方便了吗。总之,面前的昭示是充满光明,目标并不渺茫。只是要到达,还得有段辽阔的旅程。值得提醒阁下的是事业的生命正当早晨,而早晨是多雾的,假若不慎往往会在雾里迷路,错认了战友。在这里不得不奉劝一句:珍重!

末了,记起苏联诗人西蒙诺夫在卫国战争中写过这样的名篇,给你抄在这里,供你玩味:

等着我吧,我要回来的,
但你得长久地等待着:
当凄凉地秋雨勾起
你忧愁的时候,
等着吧,
当雪花飞舞的时分,
等着吧,
当炎热来临的日子
等着吧,
当别人已经等得厌倦了的时候。
等着吧,
我总会要回来的。

信写到这里吧,夜已很深,明天还有工作等待去完成。

2月21日 几天来,脑子老在想明霞。听说,不久我们报社将随同东北局先迁回抚顺,然后等苏军撤出会立即开进沈阳接防。这样一来,不是跟本溪靠近了吗。

想来想去,应该把恋爱看得现实一些了。组织上有条规定:二五八团——

就是说，年满 25 岁，有 8 年党龄，是团级干部便可结婚。条件是够的啦，只是对象却没有着落。与其马马虎虎建立家庭，还不如独身的好。但是，又想将独身生活今年结束掉，说来又是一种矛盾。

2 月 22 日　李纳突然闯进屋里来，见我不理不睬，只好黠慧地借故说："来拿点东西。"翻了翻桌上的书，看我毫无反应，仍那样冷漠，相持片刻后忍不住指着我生气地说："我讨厌你！"说完走了。望着她的背影我还了一句："让你讨厌去吧。"

到街上，碰见工作队的一位山东姑娘，要来我的住处看看。一道回到院里恰巧遇见李纳。李向那姑娘瞟了一眼，朝我无奈若笑，那模样就像《雷雨》中的繁漪。

晚饭后到李的屋里，她劈头就来一句讽刺："这几天很忙啊。"我只好笑笑说："等会儿要到路明家去走走。""我也去，你肯让我一道去吗？"我不置可否，她却坐着不动，一个劲儿在报纸角上涂涂写写。沉默一会，她说"想同你说句话"。于是，李用很大的气力才憋出心里的话："老朱的日记提到你！"我不作声。"他在日记里说不能像你一样全力以赴地对待文学和爱情……哎，干脆把他的日记拿给你看吧……"说着说着她站起身要去拿日记，但很快又坐下说："他嫉妒你。"最终，李还是将日记簿摊在面前，让我瞧有关我的那些话。"你不是说他绝对信任你吗，原来是那样的不放心啊，通过日记来说出心里话。"李听我这么一说，沉默不言，好像开始领悟人生的微妙。显然，她是担心被甩了，希望我给她作证。

当我们正谈到这节骨眼上，大院外突然有人叫门，原来是老朱归来了。

2 月 23 日　一大早就往工作队跑，到夜里才回来。李纳见我屋里亮灯，来到窗外小声说道："老朱后天就要走了，明早你过来见见吧！""他不叫你一起走吗？""不，他没有说。"

2 月 24 日　上午，过东屋去跟老朱见了一面，握了个手。下午，我搬到工作队所在街道一家新房东的屋里来住了。

这是一个中年妇女带领三个儿女生活的东家。屋里收拾得还清洁整齐，晚上读书写东西比较方便。

3月1日 这两天工作队工作忙一些,晚上还得开会,往往到九点多才散。人到这时已经筋疲力尽,书也懒得读了。报社青年干部沈乃新和王金喜欢来谈天,但同他们的生活经历相差较远,有些话未必得到理解。

想来想去,写作,只有写作可能使我的空虚生活得到补偿。沈乃新原先是伪满抚顺炭矿的统计员,讲了一个地下党员被俘在矿山做劳工的故事,觉得还有些意思。

3月2日 在街头看到布告:东北公学改名东北大学,在本溪建校招生。这样一来,朴明霞可有机会上学了。写封信给她,希望她能进"东大"文学院。

"那么,你就到那边去当教员把!"李纳给我开玩笑。"为什么我要去?"故意反问。她意味深长地回我一句:"为什么,问你自己吧。"她瞅我发窘开心起来:"你看你脸都红了。"

说实在话,"东大"想是想去的,也向组织上流露这个意思。不过,组织上说:"报社需要人,如果你的朋友愿意来工作,以后可以通过组织关系把她调来的。"这样,个人服从组织,我能说什么呢。只是对明霞,在未完全失望之前,我还是在等待着。

3月5日 我要从姓于的女房东家搬出,住进原伪满"兴农会合作社"来了。临走,房东和她那两个十三四岁的小孩对我依依不舍。

于太太30多岁吧,身材细瘦,烫着头发,读着张恨水的《翠珊瑚》和茅盾的《腐蚀》。每夜都招来两位待嫁姑娘陪她做伴。起始,姑娘对我这个公家人的房客,未免流露出害怕的样子,经两三天的接触之后,胆大一些了,乐意跟我聊天。其中一位叫李志勤的鼓动小房东于化民要我教唱革命歌曲。十八九岁的姑娘对着二十七八岁的男子总是极易产生某种吸引力的,夜里常听到她们在隔壁房嘀嘀咕咕。于太太有一次对我说:"你要在这儿住久了,替你说个太太吧。"

今天,同李志勤说要搬到原来的兴农合作社去了。她羞羞答答地说:"以后常来串门吧,欢迎你。"

一位从朝阳镇来的姑娘,同于太太在议论刚搬走不久的石同志:"那人挺好的,小孩都舍不得他走。""人家说'一家人'就真像一家人样。我都叫两个小孩喊他叔叔。要是打伪满那时辰,不要说像他们这样的大干部了,就是个连排长,像我们这样的人家谁敢同他们搭上一句话？现在人家八路军一来就真像自家人似的,有什么说什么,有空教小孩唱歌认字。住在隔壁屋的战士,雪天里还给房东打水扫雪,真没见过。”“在朝阳镇还不是一样,人家确实是好样的。”“可不知他们还走不?”“陆先生,你们军队不会走了吧?”“不会,走到哪儿去。我们要同老百姓永远在一块了。”“嗯,可不怎的,我们家真是舍不得你呀。”“哎,这位陆先生也是这样和气,我说要是他不走……吃吃——”

两位亲戚喁喁私语:“人家那边还没有吗?”“没有,问过他的。”

3月8日 街上一位姓杨的姑娘要去本溪,为请她带一信给明霞,又要到杨家做客。这一家人对我很热情,一进屋,他们正在晚饭,杨太太一定要我尝尝他们用荞麦面做的饺子。姑娘瑞云见我推诿,在旁边悄悄说:“你就尝尝吧。”

瑞云,初中学生,和妹妹佩云都是大姑娘了。鼓动他们到本溪读东北大学。她说:“不是不想,是怕妈不让。”“那就逃嘛。”“逃？不带被子不冷死去?”“出门到处都会遇上朋友,还怕冻住吗？我们这号子的人,从前也都是从家逃跑出来的。”瑞云沉默,好像在盘算着什么。

3月9日 一个寒冷的黄昏,从译电组那里打完乒乓球回来,见楼上房门口站着一位穿着旗袍外罩黑呢外套的女子正焦躁地等候。不等我上楼,便往屋里进来了。

原来是李纳。她说,明天要随夫到通化去啦。本来像似有许多话要讲的,但她嗫嚅半天没说出来。李的离去是迟早的事,早在我的预料中,如秋天落叶,春天融雪一样的自然,并不惊奇。“冷得很,你的房子?”沉默一阵后,她忽然发现屋里炭盆已熄灭了。其实屋里倒不是特别冷,而是对她要离开所表现出的那个态度让她感到了寒意吧。她站了一会儿见我没什么话好讲,便告别说:“将来进大都会,总会再见的。”她眼睛发红,要流泪的样子。她寂寞地走出房门之后,我发现桌子上放着两册《红楼梦》,拿起来翻开,有张书签似的纸头夹在里边……原来是一张她的近照。她于无言之中留下这样的纪念。

3月13日 在延安,这时节已经上山揭地的了,这里却仍然冰封雪飘。楼上的房子特别冷,夜里将墨水瓶放在枕头下,第二天早上起来,还是冻结了。想利用晚间写东西,冷冻使人懒得动手。

从街上杨家的瑞云手上借到庐隐的《海滨故人》来翻翻。里头尽是寂寞、孤独、悲哀……一些少女怀春的伤感。对照今天的时代青年,实在很不协调。但是在鲁迅的《译丛补》里读到一篇《恋歌》。虽然跟我们相隔一个国度,可是还能给人带来亲切,好像被引进一个柔美而充满恬静的乡村。文艺要是没有这样的魅力,那将失去文艺性。

3月15日 下午,到一个叫马德三的农户去访问。房主老马头出门去了,屋里有他的邻居。这人眼睛失明,看不见人,却从我的声音辨认出是八路同志。他亲热地从炕上下来,用手指着让我上炕。在他的说话里,知道老马头被选举当了村代表。"都是你们同志提拔他了。"老人说。正要告辞出门,忽然进来一个老太婆,瞪着一双红沙眼,迟疑地盯着我,不作声径自往里屋走。老头说,她是个寡婆,要饭的,说她想来同老马头"合米下锅"。

人到底不能抗拒自然的力量,即使快近坟墓的人也抵挡不了孤独侵蚀。寂寞对老年人恐怕是难以对付的魔鬼。

3月17日 报社的人才增多起来啦,校对、译电组最近又增添了不少人。

编辑部杨明远仁兄为了讨好女孩子们,掏出200元来主办一个茶话晚会,专请译电和校对组的女同志参加。里头有个穿着打扮像个女职员的女郎,特别爱出头露脸,被人拉扯着出来唱歌。她那样的扭扭捏捏,唱了两三句之后,把眉一皱,扭着脖子,努嘴:"喏,唱不好!"停了一下清清嗓子,想唱又唱不起,来回闹了半天,引得大家发笑。

3月18日 报纸要恢复出四个版了,副刊马上要发稿。陈学昭不在报社了,只剩下我和严文井来支持工作。夜里给李纳写封信,要她在通化拉些稿来。

原先留在本溪抚顺的那部分人马都聚到海龙来了。有人告诉我,朴明霞曾经来找报社的人事负责人谈过。因为她被伪满拘留过,那段历史一时弄不清,没有吸收他,所以她来不了海龙。"可惜相隔太远啦。"人们对我这段缘分感到遗憾。但是王金这位青年朋友们还是鼓动我给她写信,好像希望还是有的。

附录(给李纳的信)

李纳:

想不到这时候给你写信,但又有什么奇怪呢?不是一切都在意外进行的吗？

抚顺、本溪的人回来啦，不知什么缘故，人们总是带着别样的口吻问我：

"海龙的日子好过吧？"

我老实回答："海龙嘛，阴天时寒冷，天晴了泥泞。"

其实，这已经是奢侈的了，我应该召回我的沉默作为盔甲。

不管怎样，我总能保持自我，总能分辨我该选择什么，绝不会在生活的旅途失了方向。不过，语言有什么用呢，语言又不是华丽的衣料，把我装饰得美丽起来。

今天，我从新华社电讯稿的号码字里摆脱出来了，马上要耍起旧枪法——报纸即将出版二版新闻，不久便恢复四版，这样，副刊可就要忙碌起来啦。

严文井说，人手少，稿源不足，困难是摆在面前的，但要想办法。说来是不错的，但我们到底不是孙悟空，可以七十二变。

严文井的具体意见是要向各地作者做通讯联络，向记者们约稿。因此我要给你写信，约你多多写文章。

3月19日　几天来，玩起扑克。王金和沈乃新每晚都来聊天，不那样寂寞啦。

根据沈乃新所讲的"一个朋友的故事"，写篇《在抚顺炭矿的日子》小说，已完成三分之二了。但它不像是一泓清流，而是淤积的水洼儿，见不到生命在跃动。这恐怕是情感与要表现的生活没有结合得很好吧？

3月20日　每月100元的零花钱津贴早花了，同沈借了50元，卖方手绢、洗衣肥皂，剩下买斤"萨奇马"。这样一个月的津贴就去了一半。

杨瑞云的小妹佩云每天同她的小朋友来玩，把人缠的很烦。没办法，和王金带她们去街上看"西洋镜"，才算打发了。人就是如此矛盾：一个人时感到寂寞孤独，但有人来了又觉得吵闹。

3月21日　邮局出通知，邮路开通了。信可以寄到东北各个地方，也可以寄往关内。写了一夜的信：给家乡侄儿国器，竹报平安；给本溪朴明霞，问她考了"东大"没有。信写好了，却没钱买邮票。副刊要发稿，忙起来了。

3月22日　报社秘书长妻子张淑容（记者），东北西丰县人氏，抗战前入关上学。今回老家探亲归来,带回几个亲戚的姐妹。说她离家十年,一旦归家,引起家乡轰动,到处受到欢迎,她自己到处做报告。对我说,故事很多,“日后给你讲,你就写吧”。

早上,她来到编辑室悄悄对我说:“送你个枕头,放在你床上了。”回屋里一看,果然是床头搁下只紫色绣花缎面枕套,觉得这位女同志神经质。人说她早年是副社长廖井丹的朋友,现在大家又遇到一块,太巧了。

3月23日 花了一天工夫写完六七千字,是马德山翻身农民的人物素描,把他的真名改为“马河图”,对东北农民的初步印象,似乎比《在抚顺炭矿的日子》的工人生活鲜明一些,但感情却并不见太亲切。

副刊第四版每天要发五千字,光作校对就够忙的了,还要跑工厂、组稿、划版样、改稿……忙得不亦乐乎。

3月24日 从苏北某报社来的地方版编辑白焰暨妻子路明,系广西同乡,平时交往比较接近。几天来和他玩相机,没有闪光灯,照的相片不太理想。从邮局给本溪的朴明霞寄去一封信。抚顺叫国民党军占了,信恐怕会弄丢呢。

3月25日 叫张淑容写写她的“回乡记”,她说试试。可是看她似乎不是写东西的人才。

她说她带来的一位叫隋凤玲女士,倒是可以写的。但是拿一篇稿来看很失望。严文井要我找隋本人谈谈,觉得很难为情,对她这样的人是不好泼冷水的。可是又怎样敷衍呢?针对这样一篇中学生作文似的文稿,虽然文法错误是没有的,但是要拿文学的尺度来衡量,那就够不上60分。不过,我又必须同她谈话,只好离开文章本身,谈谈文学常识,鼓励她多写。她却表示,对中国(伪满)作家的东西不屑一顾,眼高手低。

3月26日 为了和平,中共跟美国、国民党成立的三方军事调停处的执行小组嚷着要来东北了,东北战场可望停火吗?沈阳已被国民党占了,我们不可能南下,本溪是去不成了,能否北去吉林或长春?明霞,我们能在什么地方重逢?

3月27日 春天要来临了。每天看到屋顶的积雪在融化,屋檐的冰柱化同雨水一样的滴滴答答,到处都是湿漉漉的冰,路上尽是泥泞。

夜里闻到雁声。去年秋天在冀中平原见到一群群南归的雁阵，现在它们又飞回来了，它们却未能带回我南国的家乡消息，七十岁的老母亲如今还健在吗？

3 月 28 日 发下津贴，可以买牙刷、手巾什么的了。花了三十元买得一本周扬编的《马克思主义与文艺》，打算把它寄给朴明霞，表示对她成长的关心。

和王金在报社院里照两张照片。

3 月 31 日 下了好大决心，洗了澡还洗了四件衣服。准备明天将房里的炉子撤了，收拾一下，打算今后利用晚上时间写点东西吧。

4 月 1 日 早晨太阳出来，是个好晴天。把拆下的被单给洗了，不想忽然乌云密布下起雨来，一变天，炉子又撤了，夜里冷得够呛。

忽然产生个想法，不妨找隋凤玲谈谈，她无疑是比较懂事的大龄姑娘，文章虽然打动不了我，也许会体贴人。不过，会不会叫我后悔呢？总觉得还是耐心等待朴明霞吧。再等半年，再等到她可以告诉我，要不要继续等下去的时候。

4 月 4 日 晚饭后，想叫报社的小鬼帮做些事情，这才知道他们少年儿童正忙着张罗要过“儿童节”。

以往儿童节的印象大都模糊了。只记得 1938 年的那一天，在桂林的体育场看到一群小学生在活动；再就是 1943 年和黄海在延安去参观过一次儿童绘画展览，那天的节日挺难忘。

此刻这个活动是热心人张淑容主持的。她特地为报社的十多个鬼办个晚会，请校对、译电组和资料室的姑娘们参加。东北的孩子初次参加这种集会都觉得新鲜好玩，热热闹闹。集体合唱“东方红，太阳升”等新歌，还讲笑话，猜谜语，玩碰球等等，活动丰富多彩。

译电员在群芳丛中显得鹤立鸡群，算是最美的了。她那样专注地留心盯住我，什么时候见她都碰上她注视的目光。也许她对我有好感，不过依她现在的年龄还正处在充满幻想的阶段，马上要她决定一个选择的目标，恐怕是困难的。我对她则趑趄不前，觉得她内在的东西未必能将我缚住，因为光是外表的美究竟不能成为牢靠的绳索。比较起来，隋凤珍显然比她成熟善解人意，但是，我漂泊的心灵小舟却又不想那么轻易地就停留在一个浅海的港湾上。

4月6日　张淑容忽然疯疯癫癫，使不明其恋爱史的人都感惊奇。其实，她就是由于爱情、革命、母爱种种情感上交织在一起后未能取得平衡，理智的小舟经不起感情风暴袭击，人便失去了主宰。

4月7日　杨明远仁兄来拉去打麻将。刚打了一圈，隋凤玲和另一位校对张未然便来叫杨去参加她们的聚会，顺便把我也请了去。

她们玩的集体碰球逗乐，我被安排第五球，挨罚唱支歌，只好唱家乡的山歌：老鹰在山顶叫口干哪，甘泉在树林里叫树叶盖住了。

4月8日　隋凤玲为张淑容的病情来找话说。她进一步表示对我的敬仰。不过，我始终感到踌躇。一想起朴明霞就什么人都不想了，只是想等她。但是，本溪已成了战场，不知人在哪里呢？

4月9日　编辑部开了个会，讨论如何执行东北局对副刊编辑方针的问题。东北局要求，为了配合在东北建立革命根据地的战略要求，副刊应组织研究有关东北地区的政治、经济、文化资料，做好这些方面的宣传。这样一来，文艺稿件就无用武之地了。和严文井谈了一下，我们搞什么呢？到新华社当记者吧？严说他想到电影厂去搞编剧。总之，大家思想因此波动较大。

4月10日　到此，这里的江河完全解冻了。街上有了活蹦乱跳的鲜鱼上市。一条四斤多重的红鲤十分诱人，三十二元一斤，搞美术的张文欣一定要买，高高兴兴拿到饭馆去弄来做夜宵。我买瓶葡萄酒和张文欣夫妇共三人喝了个微醉。本来百元钱能买四十只鸡蛋，够吃一个月了，然而，我们就这样图一时痛快把它花了个精光。

前几天写的《马河图》人物素描，报上发表了。报纸在这样的小县城不会产生多大影响吧？

4月11日　编新闻的宋振庭突然来商量：要和严文井、白焰（潘若）几个人筹划出一份刊物，专以中学生为对象，发表建立正确人生观、世界观的有关哲学常识、读书指导、文艺理论以及历史文化等等综合性的稿件。文字要求深入浅出、通俗易懂，以讲话形式，一月一期，篇幅48页。大伙儿谈得蛮投机，以为利用我们编余时间是可以对付得过来的。刊物要是办起来了，那可就给生活带来一线春光，真是对人有益，对自己也有趣。

4月12日　为着要办杂志，同白焰、严文井又谈了起来。作家舒群答应写个长篇《年轻时候》连载。严文井提议刊名就叫作《年轻人》。我说可考虑辟一个栏目《我们怎样到延安去的》，采用座谈记录形式发表，宋振庭主张刊登些历史掌故等等。谈得大家情绪很高，以为办得活泼一些，会拥有广大读者的。邹韬奋当年办的《生活周刊》还不是这样创办起来的吗？好像哥伦布发现新大陆，我们都为新的设想兴奋不已。

眼角膜发炎，早起眼睛忽然睁不开了。

4月13日　听说李纳快要回来了。回来能给我带来什么呢？也许时间已经把我们的友谊带走了吧，过去的愁苦还是欢乐都不会恢复原状。又想，有她在一起工作，即令会添些烦恼也是好的，总不致寂寞孤独。何况多一个人看稿，自己倒可以腾出部分工夫来从事刊物工作。

4月14日　又同严、白、宋以及张文欣议论刊物的具体栏目。最后决定：刊名：年轻人，对象：中学生，性质：综合文化，栏目：一、社会科学讲话，二、科学小品，三、名人介绍，四、文学修养，五、作品欣赏，六、美术作品。

4月15日　我要为《年轻人》创刊号，写篇什么呢？想起在延安曾写了的《新女性》那篇以知识分子做主人翁的小说，底稿留在延安孟冰手上，没有带得出来。但是细节及人物形象仍在脑子里活跃，是不是把它重新写出来呢？

4月16日　想不到这里的春季也同大西北一样，刮起漫天风沙，把眼睛给吹疼了，北方真不可爱。

4月17日　李纳在给严文井的信里附带给我写张信纸。干脆只写名字，以示比向严称同志显得亲切。原先闹的别扭随时光流逝也烟消云散了。她说不久还是回副刊部工作，舍不得离开。

4月19日　苏军撤出了长春，我们八路军的所谓“民主联军”跟着进驻了原先伪满的首都了。我们眼下就要到吉林或长春去了。大家为这喜讯兴奋不已。

很快就要离开这座小城了，晚饭后，专门去向房东于太太话别。她儿子于化民正在温习功课，听说我们要走，不免有些不舍。

4月20日　东北局下通知，要报社进入长春。大家都为即将见到大都市而奔走相告。

在宋振庭的屋里谈论长春。隋凤玲突然闯进来问宋的妻子小宫要信纸，好像是向别人表示她有写信的对象。小宫问她：给谁写信，想家了吧？“不，想就不会出来了。”她说，但是又补充一句：“再待半年看看。”“再过半年恐怕就不想回了？”我插了一句。

“为什么？”她大胆地盯我。我说，时间往往改变人的，谁知道呢。“那就等着瞧吧。”她说着拿纸走了。

小宫看她出去才对我说：“她有心事，正矛盾呢。”什么矛盾呢？小宫说，她在本县遇到一位县长。那县长是外地归来的本地干部。她家里人以为跟县长攀上亲有利，她自己却还在犹豫。特别是最近，回不回老家？心情很不安定，以为报社的人个个都那样好，叫她舍不得离开。

报社交下一个任务：写篇介绍工人代表赵占魁的文章，不得不忙一下。

4月22日　海龙的生活要在今天结束了。明天一早，随着太阳升起，我们报社全体人员就上开往长春的列车北去。

长春，伪满的帝都，从一些文字记载知道，那是从一片平原上按计划建起的一座崭新城市。街道布局像整齐的图案，可惜周围没河流环绕，不像吉林旁边有松花江作陪衬，不能不是美中不足。但是，总比沈阳美吧。

4月23日　昨夜因为赶写“介绍赵占魁”，凌晨三点钟才上床，没睡上一觉便被叫醒过来，说是要在六点之前赶到火车站去。在灯下起床，收拾铺盖，人们忙得像大雨将至时的蚂蚁。

几个决定不跟我们去长春的校对组女子很不安地走来走去，开头由于对家庭依恋而留下不走，此刻又舍不得与报社同志分手而惆怅，似乎又想一道上路，把我们远送到车站，在雨中等候车开来。洒着眼泪。车迟迟不来，她们回去了。可是，一会又转回来……这样的长亭送别很少见。何况她们不是对情人的依依不舍，而是对于一个革命的集体。然而她们又没下个决心跟旧社会诀别。

4月24日　火车延迟到上午十一点才从海龙站首次发车。到夜色暗淡下来的时分，火车的汽笛才长鸣，报告吉林站到了。上面下来通知：我们都在车厢过夜，明早七点再继续朝前开。很奇怪，火车开行人老爱打盹，车停下来，人却兴奋得很。和严文井、白焰、杨明远等人到车站外面走走看看。车站静悄悄,雨还在下着,灯光好像冷得打颤。

严花30元买瓶葡萄酒,请大家喝,糟糕,这不过是薄荷糖水加上糖精,什么酒呵。夜里,凭着烛光在乱七八糟的行李包上躺下,不敢把脚伸直,怕碰到别人的鼻子。

4月25日 一早,宋振庭来到车厢把大伙吵醒了。他老兄奉命去长春将一部《四库全书》转移到延吉去。讲起长春伪满军姜鹏飞部队跟我们进城的八路民主联军发生了冲突,打得相当激烈。

太阳还不露面,街上的店铺也没开门,我们为着要看松花江,冒着早春寒风跑到江沿。头一个好印象:觉得吉林是个整洁的城市,它的清静跟恐惧慌张的沈阳是鲜明的对照。车站一边有好些伤兵等待收容,一边挤满排队买车票的老百姓。苏联红军看不到了,车站附近广场却竖立一座高高的红军纪念碑。人说,吉林除了松花江,还有幽静的公园和美丽的北山,可惜行色匆匆,没时间去领略了。

4月26日 火车又是上午十一点才开出吉林站。不过,今天比昨天从海龙到吉林的路程短,下午四点多钟我们列车便慢慢开进长春东站了。车站附近还留下鲜明的战争痕迹,甚至死尸。然而老百姓已经恢复做生意,过着正常的生活了。我们的到来并未引起他们惊恐。在车站遇见高阳,他像个孩子一样快活。居然做长春市一家报社的社长,说浪淘(曾扬清)当副总编。因为马上要到住地去,没跟他多谈就匆匆分手了。

从车站沿着斯大林路(伪满大同路)过了儿玉(西山)公园便到原日本关东军司令部对面马路的官邸——我们暂时下榻的地方。这条大街,笔直而宽阔,人行道和汽车道分别开来,当中种植着街树,路边两旁有宏伟的大厦,大陆科学馆、中央银行,电报大楼都安排在这条中心大街上,显得特别气派。看看这非凡的都市风光,兴奋得有好多要谈,可是,又找不到说话的对象。

4月27日 同严文井到中苏友好协会去。主持人是广东人,华侨,说同肖鲁一道是广东干部大队的。他现在在这个单位唱独角戏,急需文化人来打开局面。说打算办五种杂志把东北文化阵地占领。听我们要办《年轻人》,十分赞赏,希望赶快动手。说他接收印刷厂,卷筒机印刷,一个钟头可印十万份对开报纸,《死魂灵》那样一本书,要不了几天就印出来啦,现在就愁没东西印。

严文井说编报纸的副刊没有独立性,想同我一道编杂志。到中央饭店找到舒群,谈起办杂志,他希望我们挤出时间来搞,他个人要去接收伪满制片厂,顾不到其他。因而具体问题就没谈出个所以然。吃了顿饺子便回来了。

肖林告诉我,肖鲁在《长春新报》。是不是就是高阳的那份报纸呢？跑去找他,见不到,留张条子。在《光明日报》社遇见天蓝,他还是一股热情劲。

4月29日 报纸要出版,副刊就得发稿啦。写了篇《官样文章》充数,写字台弄不来,拿膝盖当桌子,很别扭。等着搬家办公,叫人心烦。

肖鲁来,说话不多,情绪不大高的样子,不知什么心事？一会,请到四马路去吃顿午餐。一同到他的住处,见桌上有我们1939年在延安的照片,“我曾有哪样年轻吗?”自己都怀疑。

5月1日 开始从关东军司令部宿舍搬到伪满“中央通讯社”37号来了。这是一座阔气的宅第,房子单间的多,办公用具一大堆。把屋子布置得像个样子:一个大衣柜,一个单人床,一张写字台,一只靠背沙发椅。墙上还弄来一幅风景油画,一只古铜的花瓶……严文井进来看了看说:“你这样一来,有点像资产阶级了。”换句话讲,是不是说无产阶级的生活该结束了？街树发起嫩绿的细叶了,杏花含苞待放,只讨厌季候风老吹,从街上总会带一脸尘埃回来。

5月2日 冒着细雨到头道宴宾楼出席中苏友好协会主持的“文艺家座谈会”。到会的大多是长春伪满时代的文化人,有金音、辛实……还有两位女士,其中一位叫南吕,人长得秀美端庄,像她的散文,颇具吸引力。

这些伪满的旧人,态度挺拘谨,不苟言笑。座谈成了单方面倾听从关里来的东北作家舒群和五四时代女作家陈学昭两人讲关里国民党特务如何摧残压制进步文化的情况。在他们眼光里,对我们几个穿着军装的丘八哥作家、诗人感到奇特,眼神始终很窘惑。

5月3日 工作开始后,人就忙起来啦。好在印刷厂就在对面街上,来回并不太远。不过,总也闲不下来,旁边的儿玉公园、日本的神社都没空去光顾。听说,我们现在的住址便是原来的伪满通讯社。现在旁边新华社办公地方有个地下室,是存放照相器材的仓库,有着照相胶卷、放大纸等等。可就是抽不出工夫下去取。

5月4日 隋凤玲近来不知什么心情支配她,老对着你微笑。可我像块顽石无动于衷。今天,她同校对处的张蔚然到屋里来,两人都抹不开讲什么好,看看便走了,也不知谁陪谁来的。

记者米庚在报社门口给照张相。

5月5日 隋凤玲单独来找,而且坐下来谈了很久,忘了回去。诚心将身世告诉了我。表示下决心学习写东西。但是,从她两次作文看,她的理智比感情多,不宜搞文艺的。

5月7日 走过沈尹房门口,沈招呼说,李纳回来啦。顺便走进沈房里去,李纳热情地伸出手来,把我的手紧紧捏了一阵。当着大家的面,拿出她在通化照的相片给了我一张。因为实在忙得没空周旋,退了出来。

晚上,她来房里,说白天来了几回都没见到。“坐下谈谈吧。”她坐在我床边,招呼坐到她旁边去。不知谈了什么,竟谈到10点多钟才走。她走后,蓦然记起她谈到对婚姻失望时那深深的一叹:“我现在什么都完了!”

5月8日 一早,李纳又来。说周而复要回上海,想写家信可以让他带到上海去发。写简短的家信,告诉母亲现在在一个报社工作,身体是健康的,还未找到合适的人结婚。同时附上海龙照的相片寄走。

领1,500元津贴购买衣服。到五马路逛了大半天,买得一套关东军将校呢军装和一套衣服布料。出去半天回来,工作堆了一桌子,叫人真烦。不过,李纳回来了,工作不再是自己一个人唱独角戏了。

5月9日 晚饭后同米庚、王刚到旁边的儿玉公园去走走,米庚给照几张照片。几个日本人在一张大水塘边垂钓。这些曾耀武扬威的家伙,如今可是狼狈起来,他们看似在此悠然闲适挺自得,但已抬不起头了。

5月10日 长春十万居民参加在中央银行前面的斯大林广场举行的庆祝胜利大会。

春天的气息,一天比一天鲜丽,街树染上一片碧绿,街头到处缀着纸花、标语,居民都穿上色彩缤纷的春装,展现花园般的气氛。我们穿军装的干部,有的换上了便装,汇入群众欢呼胜利的人海中。大家情绪特别兴奋。

为了要写篇速写,我钻到群众里头去转了半天。“以前有过这样热闹的吗?”向一个小贩发问。“有过。那是1938年吧,说是庆祝清王朝建立多少周年的纪念? 记不清了。”“大家都这样高高兴兴?”“不,哪能是这样。以前在日本人统治下,那叫装样子的,哪有现在是老百姓自愿的。”

和李纳去东北大学找诗人公木(张松如),无意中见到导演张水华的妹妹张芷,匆匆一面。李纳说曾经和她很要好,是个有头脑的大姑娘,崇拜罗曼·罗兰的人道主义。这,引起我1942年在延安时,田间和戏剧系普耳曾对我说过,想介绍水华的妹妹给我认识的那一段无结果的回忆。从“东大”出来,李纳要去商业区四马路,请吃顿饺子,完了一道去国华电影院看周曼华主演的《白衣天使》。

5月11日 严文井突然邀我同李纳一道,到原“满映”的东北制片厂参观。坐上马车走了一段不很远的路就到了位于郊外的那号称亚洲第一的电影城:满洲电影公司。出面接待我们的是大名鼎鼎的袁牧之。他刚从苏联归来,奉命接管这分大家当。袁以为我们未必能在长春站得住脚,现正将“满映”的设备器材打包装箱,准备把它们迁往边地佳木斯、鹤岗去。见我们来,只好放下手上的活,放映伪满留下的旧片子,请我们看。那是德国片子,反映农村地主与农民纠葛的喜剧。

5月12日 星期天,可没有闲下来。李纳要去看眼科,没个助手,工作还是一个人顶着。前些日子写的《官样文章》,今天见报了。

李纳看眼科回来说,女记者陈念慈跟东北局宣传部长有暧昧关系,被批评了,在哭鼻子。真是无奇不有。

5月13日 李纳本来约好要去看《日出》演出的,可是她丈夫一来,就分不出时间了。朱庾说,她同老朱前段时间闹矛盾,老朱请他调解,现在大概暂时和缓了吧。

肖鲁来,谈了两个多钟头。

晚上,在李纳的房里,和沈尹她们闲聊,隋凤玲也来啦。谈前线在四平街、铁岭打仗。大家问隋,想不想西丰老家?“不想。”隋说,“为什么问我这个? 我在这顶好的嘛。”“不是你妈要你跟一个县长成亲吗?”她不置可否,却拿做衣裳的事支吾开了。

5月15日 同白焰和李纳去看话剧《日出》公演,演员表演太差劲,简直是在演文明戏。

回来见到张芷在李纳屋里。李纳问:“你对她怎样?”我说:1942年时有人曾想把她介绍给我,现在恐怕人家名花有主了。“不吧,我问过她结婚了没有?她都说同谁结婚呀,你是不是真的喜欢她?不嫌她年纪大吗?她今年29岁了。”听口气,李纳似乎考虑过我可以和她好。说要是我想跟她好,她就去帮我同她谈一下,信却不好写。

5月17日 严文井说,林蓝有信给他,很忧郁。叫我和李纳有空写写信给她点安慰。严文井将信交给我们看。林的字写得清秀多了。

林蓝是位青年女作家,曾与理论家王某闹过师生恋。后嫁给名作家周某,延安整风运动离异。现在情绪处在不平衡状态,闹神经官能症。

李纳说,她大概是寂寞了,又来向人讨同情吧。写了简短的信准备寄给她。可是,又不想发,怕引起她多心。这时,忽然想起黄海来,顺手也写短短几句话,将几张照片附上。

5月18日 前方部队和国民党的陈明仁军团相峙四平街,战争看来一时停止不了。长春等能否保卫得住?心中无数,多少影响情绪。

5月19日 萧戈送来封信,说要上前线去啦,叫赶快去看他。还说:“想写些东西,并且尽一切可能抽空写,就是在战壕也给你写日记!”不知怎样,觉得这短短两句话可留下做个纪念。

下午,去到他的住处,他正在收拾衣物,马上要上前线。说白崇禧率领新五军逼近四平街,他的队伍将增援公主岭,待命出发。将一些衣物和一大袋咖啡粉给了我,还问要不要墙上的挂钟?临分手叮咛一句:“有了爱人,一定写信告诉我啊!”

5月20日 早上从痰里发现血丝,是不是得了肺结核呢?心里忽然蒙上阴影。人越来越瘦,疲惫不堪。

5月23日 和李纳去鲁迅剧场看《激流》,走到门前才知改演《花月良宵》。

进去坐了一会，李纳不喜欢看，只好转到国泰电影院看《夜半歌声》，这曾使多少观众感动的影片，也叫我轻轻地动了心。田汉这出戏，到底比《回春之曲》深刻。

出了电影院，顺路到斯大林广场一个招待所找到刚从延安到来的鲁艺文学系的罗真理，想动员她到副刊部来编报，不想她那样的莫名其妙，又幼稚又骄傲，小里小气，令人反感。

走在路上，忽然，天空敌机盘旋，李纳吓得脸色发白，几乎走不动。赶回到报社跟前，见到大家都下了防空壕了，保卫人员叫我们快跟着去。

晚饭后，得到通知：国民党军队绕过四平街，迂回公主岭，我军主力已撤出阵地，敌人前锋正逼近长春外围，报社家眷马上集合火车站，等待列车出发哈尔滨。单身汉暂时留下，继续出报。但是当我们上站送走家眷回到报社要上楼办公，突然又接东北局电话：报社全部人员立即上站撤退！这样，匆匆收拾行李，屋里的家具摆设全部扔下啦。真是急得同漏网之鱼。

原以为同国民党蒋介石、美国马歇尔三方调停谈判的结果是国共双方以四平街为界，南北分治，长春就可以久住了，不想一个月的时间便发生了变化。

5 月 24 日 昨夜八点多钟到车站，上车厢一直等到今早八点，列车才被调度开出。到午晌，敌机追踪向列车扫射。列车停了下来，人躲到地里。听说“东大”有学生被机枪打死。夜里，列车到了哈尔滨。人都在车厢里等待，不准下车。五月，夜里风还很凉。灯火管制，看不见什么东西。

5 月 25 日 天亮，乘马车离开火车站，到南岗医科大学落脚。南岗这个地段，属白俄的住宅区。街道整洁，街树葱郁，有标志哈尔滨特色的圆顶喇嘛教堂，有宏伟的红瓦博物馆和满铁的石头房子等等建筑……有点像广州的东山区。

住进楼房卸下行李之后，和严文井、华君武、白焰便迫不及待地赶快到街上逛逛。乘电车到松花江沿的斯大林公园，遥望对面的太阳岛。这有些跟在广州市沙面对面的白鹅潭相似。我们坐上小艇，渡过江面，上了太阳岛。这里有白俄侨民每年夏季来避暑的别墅区，树荫下，一幢小洋房面临干净的河滩，相当幽雅。严文井为领略松花江的水性，下到江里游了一阵，以为纪念到此一游。

回到道里的莫斯科电影院，购票进场看《藤牌手朱尔卡牙》，虽然听不懂俄语,男高音的声乐却挺好听。

5月26日 规定不准上街,待在房里感到无聊。张慰然拿来一筒胶卷,和她同隋凤玲3人就在医科大学大院里照相。隋老要和我两人照一张,张慰然却不肯满足她的要求,闹别扭。花20元在附近小亭子买面包回房里一边烤着吃,一边闲聊。

午后,妇女和小孩撤往佳木斯后方。李纳说她看到了林蓝,但没打招呼。

5月27日 想不到在附近林荫道上跟林蓝邂逅。她见我仍然那样真诚地向她打招呼,于是将同她一道走的一位小伙子介绍给我:名字叫古达,学美术的,在齐齐哈尔地区农村工作队认识的。

林是原来一起在鲁艺文学研究室的同事,后来嫁给老师周立波,整风运动因她有段历史问题受隔离审查,周和她离了婚。现在,历史问题弄清楚了得到平反,但人受了一次打击,显得憔悴多了。晚上,林蓝来找严文井,表示想到报社来编副刊,只是脑子不大管用,神经官能症。

5月28日 报纸要在哈尔滨出版,住一天出一天。从南岗迁到道里住原日本的弘文报馆宿舍,几个人一间房,怪别扭。

开始办公了,从《哈尔滨日报》调过来宋小四(高莽、乌兰汗)和凌风支援副刊编务。宋懂俄语,又会画画,懂得画版样什么的,省了些心。

5月29日 同白焰到江沿去照相。两天来,脑子疼得特别严重,每天只能看两个钟头的稿子,再多便疼得不行。

林蓝要到佳木斯去了。为此,去东北局招待所看看她,谈了些闲话。提起六年前向她建议写《延安书简》,她说过去许多往事都淡忘了。送她到车站,跟她握手说,希望到佳木斯时候,见她身体康复。她说:“那是会相见的,打算在那里养病,古达要回齐齐哈尔就让他一个人回去吧。”她不想回那边去了。看来,她好像并不那么乐意跟年轻的情人作长期的伴侣。

5月30日 和白焰去看苏联电影《葛洛内兹》,没有翻译,看不懂。在中央大街逛了一阵,因雨,街上特清静。到一间小馆子吃饭,这儿虽然有鱼,可是一盘红烧鱼得花80元,两人一顿饭下来花去158元。

两天来,心情特乱,常常想念起朴明霞,但是,像天上的云霞一样缥缈。

6月1日　白朗，东北女作家，与萧红同辈人，作家罗烽的夫人，准备到副刊部来工作。严文井说去找找她，看她什么时候来上任。和白焰一道，三个人同行。到她住处一问，她已到佳木斯去了。

到中苏友协见到诗人高阳，他也正要走。看他矮墩墩的个子，身上挂台照相机，一副饭盒，一只水壶，一支小手枪和一个挂包，满身东挂西挂，像马戏团小丑。"你别看我这个样，昨天我还是一身笔挺的西装哩。"

接到李纳从佳木斯来信：说那里真不是可爱的地方，风沙大，忽冷忽热。不希望我们去，但愿她们能回来。有人去佳木斯，托他带眼镜去给李纳。同时要她转交给林蓝一封信。

星期天仍要发稿，完了才同白焰到"大光明"戏院看好莱坞歌舞团演出。广告说什么裸体舞，实际上只穿短裤衩就是了。哈尔滨也还不那么敢暴露。

6月4日　今天端午，却不见节日气氛。同高明轩去莫斯科电影院看新片《战后下午六点钟》。两人一道到马迭尔餐馆看看世面。要了杯牛奶几样点心和冰糕，花了208元。白焰去佳木斯，托他带走些不必要的东西。

6月5日　一天没有收到来稿，把存稿发完没事。找到一本苏联的书《塔拉斯一家》，能看得下去。里头还可以寻到一些趣味。

6月6日　两天来闲一些，将在海龙没写完的《一个朋友》续写了3,000字左右，还算顺手。夜里开会，又讨论时局问题，东北地区是和是战，一直说不定。

6月7日　续写《一个朋友》。

下午上街理发，顺路到兆麟电影院看周曼华主演的《桃花潭水》。中国电影水平就这样低，使人觉得是虚伪瞎编，不足信。

6月8日　《一个朋友》写完了，一万多字。目前大家都处于戎马倥偬的日子，哪里有空来读长文章呢。

6月9日　两天来都有雨。雨后，把哈尔滨洗得特别美丽整洁。白俄人的姑娘、少妇、老太太，个个穿着色彩鲜艳的衣衫，把街市点缀得更加悦目。

用半天工夫，写篇时事评论《联想》。夜里开会讨论东北形势，和平乎，战争乎。看情况，后者可能性大。会不会再来八年战争呢？

6月10日　分别给李纳、林蓝、凤玲三位女士都写了信。也没什么话要讲的,只当作聊天吧。

6 月 11 日　写篇杂文《谈正统》。

日本妇女们在街头用薄板架起小小的料理店,门口张贴招牌:“松竹”、“鹤岗”和“东海”什么的,招揽饮食生意。同高明轩去走走瞧瞧,日本女子很殷勤。见一些本地人在里头吃吃喝喝,兴致很高。可惜我们不懂日本话,享受不了。

6 月 12 日　副刊部新来二位东北青年——刘仲平和刘和民。前者日本留学生,曾在长春参加中苏友好协会工作;后者是伪满军医学校学医的。有了他们,工作多了帮手,以后会轻松一些了。

6 月 13 日　离开延安整整一周年了。想起临走时,黄海给张照片,题一句话:“把她带到美丽的南方去吧”。没有去南方,却到遥远的北边来了。也许如今她倒是已回江南去了的。想不到抗战胜利了,我们还是被战争分隔两地。

6 月 14 日　《一个朋友》抄完了,改为《在抚顺炭矿的日子》。《谈正统》今天在副刊发表。编地方新闻的林聿时见面说,写得不错啊,以后多写吧。不过有空的话,我还是要写小说的,写小说能抒发情感。

6 月 15 日　白焰从佳木斯归来,说那边的市面还是不错的,松花江能打上鱼来,5 元一斤,比蔬菜还便宜。

天气越来越热啦,每天午饭都要出汗。白焰说,佳木斯这时候还穿夹衣。到专卖破烂的五道街去逛了一阵,地摊上全是日本人摆卖的杂七杂八的玩意。买得一支漂亮的活动铅笔和一支绿色的牙签插座。

哈尔滨原是国际城市,听说有 30 多个国家的侨民在这里做皮毛、大豆生意。白俄的贵族在这过着自由自在的生活,常见一些老头胸前缀着勋章,每天傍晚牵着狗在江沿徜徉。

6 月 16 日　和白焰到江沿的坐椅待了半天。看看人们一批一批坐船,渡过对面太阳岛去,看看男女老少就在码头洗澡、洗衣服,沿堤树下的坐椅都坐了人。我们坐办公室的人,唯有这时候来这里坐一会,可以散散心放松放松。

6 月 17 日　听国民党广播,说蒋介石和周恩来签订东北战事的协议。但是,我方却保持沉默,不知怎么回事?谈谈打打,叫人不安。人倦极了,一觉醒来,还是什么也不想动。

6月18日　出乎意外，古达来到办公室给张条子，一看才知是林蓝从佳木斯回来啦，在医院治鼻膜炎，叫去看看她。

下午三点钟去了市立医院看林蓝。见古达陪林蓝进手术室，两人俨司夫妻。不知为什么，林又让古单独回齐齐哈尔去？林是富于浪漫色彩的，现在依然一脑子的幻想。虽说知道自己患神经官能症，可是谈起话来仍会说想写这写那，雄心勃勃，但愿她能一步一步走，别再凭幻想的翅膀飞翔。

6月19日　本来跟古达说好，一起去看苏联影片《大马戏团》的，等他不见来，只好和王刚他们走了。影片体现苏联国际主义精神，通过一个美国演员在苏联演出得到人道的庇护，宣扬了政治的概念，但政治和艺术表演做到完美的结合。

6月20日　再次到市立医院看林蓝。古达不在，她一人在病床躺着，神情疲惫。

问她古达什么时候回齐齐哈尔，她却说两人关系并不怎么样，开始是在农村一起搞工作队，彼此相互关心。她把他当作小弟弟看待，感情就走得比较近了，生活在了一起。现在觉得还是分开过，经两三年后大家都做出成绩来了再讲。

谈话拉拉杂杂，也没有中心。林蓝从枕边拿出一把钞票要塞给我，叫我拿去零花。我哪里会拿她病人的钱呢。下午五点半左右，古买回一条鲜草鱼，匆匆又不知哪儿去了。帮他们把鱼炸了。林非要同她一道晚餐，弄到七点多钟才回家。

6月21日　隋凤玲来了信，说十分希望我到佳木斯去。说自己不会那样傻，让乡愁烦扰自己。虽然她伸出热情的手，但是我这颗石头样的心也未能因之敲击而爆发出火花。

晚上，到满铁小礼堂参加欢迎关里来的军调处执行小组美方代表。小礼堂是个花园式的院落，给人以幽雅闲适的感觉。文工团演出的节目倒不怎样。

6月23日　林蓝之所以病成这样，不能不说是由于延安整风造成的后果。如今一时没适宜的工作，又找不到如意的伴侣，老是为逝去的回忆纠缠，为碎了的美梦忧伤。要是找到了新的爱情，新的工作岗位，也许慢慢会复原的。

一次同林蓝在南岗的林荫道上漫步，我问："古达是否完全了解你呢？""知道一点，不多。”“那么，你们日后会幸福吗？”“对我不会怎样不好，只是对我来说，他不能使我满意称心。”“那就该当断则断，不然拖下去对彼此都不利。”“我也这样看，不过他太软弱，同他谈了几次，总说离开我就不行。”稍停片刻，她又继续说道：“反正我是不会再有幸福了，算了吧，就这样。”看她的情感也很是脆弱。她承认“在孤独的日子里，碰上个倾心于自己的人，经不起体贴温暖的抚摸”。然而对事业的雄心却仍在林心里燃烧。

6月24日　林蓝叫人送来一张字条，说鼻膜炎好了，但有别的病，还需要留医几天。问我今天去不去她那儿？

时间倒可腾得出来去看看的，但有些话当面不好讲，只好写这样一封信：“……这些日子以来，我也弄得身心疲惫，很需要时间休息。心想，倘若能发出声音，应该是霹雳，而不是呻吟吧。对你，总觉得应当奉劝几句，虽然话是重复的，总不外衷心希望你健康起来，希望你有所成就！只是人并非花木，终使我有做园丁的诚心，也是枉然。不过，我始终认为你人是很聪明的，一定会懂得怎样去选择自己的道路，安排自己的生活……”

6月25日　信还未封发，人却来了，说决定来副刊工作。有她和李纳在一起帮忙，可能会让我减轻些工作压力，使副刊弄得好些。但两位女同事情感过于细腻敏感，也可能发生猜忌误会而徒生烦恼。她问：“昨天本来说好要一块去江沿的，怎么不见去？”我说：“我拉肚子，一点劲都没有。”

6月26日　人乏得很，思想却像脱了韁的野马，控制不住，乱跑。又是雨，哈尔滨是个多雨的城市，好在雨后，空气清新凉爽，街道也更加整洁干净。

6月27日　和白焰去市立医院，看林蓝什么时候搬来报社。不想她又犯病啦，打了针，还是呕吐。看她脸色蜡黄，头发像把枯草。

为要看看道外中国式的街市，同白焰坐上马车去走了一趟。正阳街是商业中心，犹如梧州、南宁的马路，看不到白俄老毛子和小鼻子日本鬼了。但那边比较嘈杂、脏乱。在一间清真馆要了一盘焖牛肉和一盘清蒸鱼，味道都不好。白焰说：“只能是吃得饱罢了。”

6月29日　跟沈乃新一道去看苏联片《山岳大战》。写一支海军陆战队的五个英雄以集束手榴弹炸毁德国坦克的壮烈战争场面，片子看完了就完了，没留下回味。

6月30日 东北停战协定规定的停战日子,今天是最后一天了,但听广播又说,还要继续两天。副社长廖井丹传达东北局意见:哈尔滨我们还要准备多住几天,一切事务都按长期作打算,哪怕还有一分钟也要坚持工作一分钟,总之一句话,大家安心工作。

7月1日 一年又过去一半了。半年来,时局动荡,生活不安定,影响心情,没有正经写点什么。下半年该不要这样继续彷徨下去才好。

7月2日 林蓝一早搬来报社了。帮她打扫了房子,忙了一阵。人是来了,心情好像没有跟来,显得犹疑多心,患得患失,不像她从前要强的秉性。

7月3日 晚上,林蓝将在农村的感受讲了一阵,说打算写较长的故事,听来雄心勃勃的,目标还不小。不过讲的只是一个概念,一个构图,要写成完美的艺术品,还得要有丰富的想象,生动的细节才能使人物站得起来吧。但你又不能给她拨冷水,使她泄气。

7月4日 严文井要到东北电影制片厂去弄电影,工作由白朗来接替。她今天正式来办公。这样,我的工作可能会轻松一些吧。

晚上,和白到严文井房间话别,谈一大堆话。在城市,如今电影工作当然是很时光的,只是,现在我们又要被迫到农村去了,即令写出剧本又怎样制作呢?

我们都怀着焦躁的心情等待时局明朗化,是战还是和?正谈着,华君武进来说,美国的白鲁德代理人明天来,战事可能会和缓一下。

7月5日 下午,林蓝要我陪她去商场买东西。进了商场,样样都引起她的好奇,像蝴蝶进入花丛,到处乱钻。人显得浮躁、小器、做作。

7月7日 今天兆麟公园人山人海,有点像5月9日在长春斯大林广场那样的热闹。

去年今日,我们几千人的队伍穿过汾河和同蒲路的敌人封锁线,惊心动魄,那个场景回想起来,迄今使人难忘。

7月8日 开始把在延安写过的《新女性》重新写出来。一天写了6,000字,完成了五分之三啦,明天可以写完。不想,白朗突然布置任务,到驻军营房采访战斗英雄。因为事先没约好,空跑一场。

李纳突然来信,说恐怕当我们到佳木斯市,她已不在报社了,原因以后再谈。这好像不是暂时下乡而是离开报社回到丈夫身旁去了。心情不免感到惆怅。从她简短几句话,觉得她是把信任给了我的,是个可以深交的朋友。

7月9日 一个人跑去大直街访问二十旅司令部。旅长不在,由宣传科长沙旅接见。说战斗英雄都在58团,介绍去那里。到58团,人家忙着搬家到离当地五六里的沙曼屯去。访问又没完成,只差几步路回到报社,遇雨。

下午三点,去看望延安的熟人唐华,他现在成了做买卖的商人了。谈了一阵,他请到饭馆食海参,临末,又送只照相机。唐华未到延安之前,在香港和黄烽、邓其是在汪伪的报馆当排字工人,因反汪罢工,投奔延安进党校的职工班学习,在这时候,我经同乡黄流介绍与之认识,平时有交往。

林蓝说,男女之间纯粹的友谊是难以持久的。“你说你跟黄海、李纳的友情通通说得清吗?”她问。真是以小人之心度君子之腹。对她而言男女友情既然不存在,为何如今又偏偏四处寻找,实在不可思议。

7月10日 在电机房修电炉,一个热情活泼的姑娘大胆地向我问这问那。说起来才知她在报社做资料员,在佳木斯时总听人谈论“陆地陆地”的。刘哲生见我同她交谈便问:“她是谁?蛮漂亮的嘛。”她叫张雁南,想到副刊部工作。

打听了一下,才知道这张雁南是个悲剧角色,自己有肺结核,家里还有哑巴的母亲和待聋的祖母,年幼的弟妹也需要她照顾,而她却是被遗弃的少妇,失了业。曾挺身投靠革命队伍,到了佳木斯,队伍却不便收留她这样一个可怜的病人。说着说着,不禁落了眼泪……

7月12日 上午九点,代表副刊部到东北局宣传部听部长凯丰指示工作。劈头一句就说:以后副刊应该以知识分子为对象,刊登文艺作品为主。东北青年不是喜欢巴金那样的作品吗?以后就多登那样的东西。只要他们青年人愿意接受我们的宣传,肯跟我们走就行了。不要将我们关里抗日根据地那一套搬来硬塞给他们。这样一来,《新女性》可就有出路了。

7月14日 黑龙江省教育厅开办一个暑假中学生补习班。邀请兼课教员开会座谈,分配安排承担的课程。教语文课的任务分给了我。女厅长是民主人士韩幽桐，主持会议。教学任务都安排落实好以后，也没有什么要交代的，请大家吃顿午餐便散了。

午后，白朗要我和林蓝跟她一起去东北局书记处找蒋南翔（党报委员会秘书长）请示工作。没见到蒋，书记彭真出来见了我们，说了十来分钟的话。他的意见，《东北日报》不能再同延安《解放日报》哪样，只照顾农村了，要注意到城市工人、职员和学生需求。

7 月 15 日 人很累，工作一大堆。白朗又叫替她签发稿件。廖社长来说，今后可以发些知识分子的稿子。问题是一时哪里去找那样的稿件。

记者米庚调到青委会工作去了。在太阳岛办了一间“青年之家”，叫去玩玩。但老抽不出空过江去。

忙着发稿，又忙着到实习班备课，忙得叫人喘不过气来。林蓝一瓶牛奶都喝不完，要我去喝，心想，这算什么呢。为避免闲话，也为了不让她多心，还是不接受这廉价的施舍吧。

7 月 17 日 黄昏，新华社楼上突然发生瓦斯爆炸，熏得大家流鼻涕、胸闷……同刘和民、黄铸夫流落街头。转到黄夫人的单位——北满贸易公司找地方住。

7 月 18 日 头一次到省二中给暑期补习班上课，题目是怎样学文艺。

听课的人倒不少。大家要求发讲义。这，一方面是人家听不懂你的南腔北调，另一方面也说明所讲内容受欢迎。

哈尔滨真该叫“雨市”了，每天都有一场阵雨。

下午，同刘仲平、刘和民到中苏友协去玩。青年人到那里去的不是很多。回到街上，为洛蔚跟林聿时结婚买礼物，三人意见不一致，结果，买三斤点心了事。顺便到冰糕店喝卜乍、吃炸包子。

7 月 20 日 和副刊部几位同事（黄铸夫、刘仲平、林蓝）带部相机到太阳岛去游玩。林蓝是那样地爱照相，16 张胶卷几乎全照她了。但她不懂选择背景和站立的角度，缺乏审美修养。

米庚离开记者岗位去做青年工作，似乎不称心。到“青年之家”这里来的学生都是为玩乐来的，对学习无甚兴趣，工作开展得不太令人满意。米拿出 400

元来请我们吃了一顿西餐。在这临江的一座亭子里边吃边看,人们在江面游泳、划船,玩得很开心。

7月21日 听人说,叶克、黄海他们从延安到了张家口。如果是事实,那我们什么时候可以见面呢!

李纳信上说,她没正式离开《东北日报》。林蓝听了说:"她离开对一个人不好,可对另外一个人倒是好的。"不知什么意思。

晚上,编地方新闻的林聿时和记者洛蔚结婚。把买的礼物送过去,旁人对我开玩笑:"你呢? 作何感想?"洛蔚说:"快了吧?"随后问"林蓝到那儿去了"。心想,她误会了。

7月22日 到夜里,续写《新女性》千把字,写不下去了。明天得一早起来,到东北局开什么干部会,说是一开就是四天,这样,《新女性》这个月恐怕写不完。

7月23日 一早冒着雨,赶到南岗原满铁小俱乐部的会场。会场挂着的横额上写着"发动群众,建立东北革命根据地!"的醒目标语。

这是东北局召开的县团级干部大会。林彪代表东北局作《关于当前形势与任务》的报告。报告的前一部分,指出半年来工作的偏差! 只强调占领巩固城市而忽视农村、依靠农民是错误的;后一部分,提出动员一万二千名干部下乡发动群众,搞土地改革,解决兵员补充和后勤供应问题,全力支援前线部队。"这样做,半年之后,后方群众发动起来啦,我保证前方打仗将战无不胜,攻无不克!"林彪大声疾呼,他满口政治术语,有别于一些工农将领。

会上,显然批评了东北局书记彭真的错误。听说,会后彭就要调回中央了。东北局将由林彪兼任书记,与书记处其他书记高岗、陈云和林枫等一起主持东北大局。

7月24日 干部大会继续开,彭真作半年工作总结发言,进行自我批评。

7月25日 报社干部小组还在开会讨论,我却打起摆子来了。白朗听说我病了表示很关心,觉得此人倒易相处。

7月26日 大会总结报告,决定从各机关抽出一万二千名干部下乡发动群众。今后,报纸的指导方针也要转移了。

7月28日 白朗邀请副刊部几个同事——严文井、华君武、刘仲平、刘和民和我,一道过江上太阳岛游玩。到了那里,白朗把松江省主席冯仲云夫妇和女儿也拉在一起,到一座茶亭去喝冰镇饮品。省主席平易近人,保持一个大学教授的风度,是那样豁达、风趣,女儿冯忆罗,16岁的姑娘长得丰满,跟18岁的没两样。在一张饮食长桌面前,她有意无意斟杯酒递给我,叫我一时发愣。旁边的高明轩却手快抢过来把酒喝了,但没引起她特别反应。别人却好像替我抱歉。

星期天过江来玩的男女青年以及老毛子特别多,下江游泳的也不少。同二刘、张雁南和冯忆罗都下水了,在沙滩上还照了相。冯小姐穿上泳装,身段焕发青春光彩,看了使人忘去俗念。

7月31日 为了要跟太阳岛"青年之家"约定星期五去开座谈会,一早,亲自过江去商量安排。不是星期天,平日这儿是冷冷清清,只见到几个学生在游逛。

中苏友协的高阳说,他应当去干些实际工作的。组织上却让他来跟这些小孩子玩,表示很不得意。同他老兄扯了一个上午,不免扯到恋爱的事。说发现个姑娘给人印象很深。不想他也认得,说叫王素玉,是"工科大学的预科生。她人很好,以后见到,介绍给你认识"。心想,水中捞月,太渺茫了。

8月1日 昨夜,同林蓝谈她的病的治疗和今后的工作问题,结果对病的看法未能一致,不欢而散。可是,一早她故意来到房里借衣服穿,不知她安的什么心。

8月2日 李纳从佳木斯回来啦,下午来找白朗。白要我和林蓝一道出去走走。但是,出门不久,白朗自己到东北大学去啦,剩下我们三人便往江沿去。

江沿傍晚是个好玩的去处。白俄的贵族妇女和一些戴勋章的老头牵着狗在徜徉;一些人坐在树下的排椅上独对江流逝水,观望落日的余晖、灿烂的晚霞。我们忘情地躺在绿茵的草坪上,谈起未来的憧憬。李纳说:"陆地该有个爱人啦。""要想找到能携手并肩作战的伙伴很难,在本溪遇到的也许比较理想,可战争又把缘分给隔断了。"我有点悲观地说。林蓝说:"有很多事很难讲的,你说不可能嘛,但彼此相处久了,互相有所了解,往往不可能会变成可能的。”今晚大家聊得很尽兴,没想回报社一摸放在裤后兜的钱包不见了,想必是先前掉在草坪上了。怕是找不回来了。那可是刚领的副刊要发放的七月份稿费几千元呢,怎么赔得起。唉!乐极生悲。

8月3日 一早,林蓝在门外连声叫唤:“陆地,陆地,你看谁来了!”原来是李纳搬来行李,说是眼睛要做手术,同林蓝住一个房间。她俩正高兴地说个不停。等林出了房门,李悄悄问:“你怎样?”“什么怎样?”“我在白焰那儿听到……”原来李在白焰那听说我跟林接近的事。接着又说隋凤玲在佳木斯跟别人讲,陆地曾把她比作朵梅花,还说我比她的未婚夫刘篷还会关心人……

8月4日 和白朗一起陪李纳到“明明眼科诊所”去看眼睛。大夫说要开刀(眼睛倒毛),四五天就能拆线,小手术,不碍事的。但是李纳却不大踏实,埋怨丈夫不能来陪。

从明明诊所出来,我们过太阳岛去“青年之家”看望米庚。米买面包、香肠、牛奶和酒请我们在观光亭野餐。太阳岛来多了就不那样吸引人了,随处逛逛,兴趣不大。

下午,陪李纳去中苏协看望延安时期被誉为“马其诺防线”的郭女士。回来路上,李又聊起昨天“怎么样”的话题。“那你看我对林蓝的态度怎样?”我说。“没太留意。一般认为你是不会重新跟她好的。”“假如同她好呢?会有什么结果。”听到这个问题,李纳像意外地受了刺激,嘴唇发颤。良久才勉强说:“也许会幸福吧。”“不会的,这我知道,我不能满足她。”“什么不能满足呢。”“她把自己看得太高了。”“你到底是不是想同人家好嘛。”“你说呢。”“我怎么知道,问你自己吧。”一会,李喃喃自语:“要知道你这样,我就不会写信请张芷来了。”言外之意,不高兴看到我跟林走得太近。

8月5日 上午11点,和白朗陪李纳去明明眼科诊所做手术。李说她紧张,要熟人在旁边壮胆。打麻药时,她双手紧紧抓住我,要人抚慰。看大夫割开她的眼皮,肉被翻开,血肉模糊,我也出了一身汗。

8月6日 誊抄《新女性》一天,没抄完,精神支不住了。回到李纳和林蓝的房里。她们正在议论我,说我应当找个年轻、单纯漂亮的姑娘了。

我说："那只好等待朴明霞啦。"林说："不一定等朴明霞。""不跟她，还有谁呢？"我看着林的眼睛，等着回答。林说："你要找人爱，脾气得改一改。""其实，我的性情最好啦。如果是我真正爱的人一定会相处得很好。"我说。李纳说："不一定。因为你对她太好了，倒反会容易闹别扭不是。"林说："以后，不论对谁都别闹别扭吧。"

下午，张芷来看李纳。那是李纳为我写信请她来的。可是，我对是否与她见面都起趑趄不前，拿不定主意，一来考虑到她在延安已有未婚夫了，虽然不那么稳定，然而像游泳，她有着救生圈，不致在水里沉溺，我则两手空空，弄不好会淹死。何必去做没把握的冒险？林蓝见我是迟疑徘徊，便问："什么事那样不开心？"李纳则因我不愿与张芷相见，误会是要跟林重新和好，所以很生气，叫人一时不好解释。

8月9日 《新女性》一万多字终于誊清，改名为《叶红》。

两天来，大部分时间都交给李纳和林蓝了。林见我与李亲近，对我忽冷忽热。李问我："假如她要跟你好，你怎么办？""不可能。"我说。李说："假定吧。""既然不可能，别的我不去想。"李今天这样问，难道是林在她面前流露过要同我好？

8月10日 午后雨停，同李纳上街。不知说到什么事，李责备我不够大胆，遇事畏畏缩缩。这话不知怎么说好。想了想，难道是什么话也不讲，这就算作不够大胆了吗。后来，对她说："我知道你是深得人心的！""可惜，没得你的心。告诉我，怎样才得你的心呀。"李逗趣地说。

8月11日 "一雨做成秋"，下了三天雨，要穿起夹衣来了。

为要访问省主席张学思，到东北人民代表大会去跑一趟，吃了两顿饭，结果省主席还是没空接待我这个小记者。

8月12日 早上，又去人民代表大会。张学思还是没时间接见。憋着一肚子闷气回到宿舍。正巧这时，遇李纳让我替她送封信，便不客气地回一句："我又不是通讯员，谁管你这一套。"过了一会，林蓝 见了我说："我放在你桌上的稿子，不要看呵。""谁稀罕你的文章，不要把自己看得太高了。"这下给林、李俩都泼了冷水，让她们讨个没趣，感到别扭了吧，可是，今天我真有点烦了。

8月13日　夜里泻肚子，以为是“虎烈拉”，竟幻觉到死。对死觉得那样平淡，对生也不怎样强烈。

8月14日　李纳和林蓝匆匆搬到另一幢宿舍去了，连声招呼都不打，借去的雨衣也不拿来还。人怎这样的无情。白焰来封信，表示消沉。想写封信宽慰他，又不知如何劝说。

写完一篇小说，题目叫《出走》或者《最后的夜晚》，反映女青年学生离家参加革命前夕的故事。

8月15日　林蓝回来取电炉。对她说前些天情绪不佳，说话有些冒犯她们两人了，很抱歉！林说：“反正我对你始终都是一样的，不必抱歉。”

8月16日　一天没什么事。办公、吃饭、睡觉。觉也睡不好。

去李纳的新住处看看，她怪客气地请吃两块咖啡糖。看样子，对前几天我的粗暴态度根本没放在心上。

8月18日　佳木斯的后方办事处将李纳和我的稿子寄了来，少不了拿到宿舍去给她，她不在。转到林蓝的房子看看，不知什么缘故，林特别客气。

白朗找我谈，让我注意对林蓝的态度。白得到反映我对待林的态度不好，林总是担心会被赶下乡，说到这林还伤心地哭了。这个林蓝，真是小器多心，又可怜又可气。

谭荫溥从佳木斯来信，说知道我在本溪有段艳遇。哎，这段缘分还能有结果吗？

8月19日　延安“联政”旧人王真老汉和李超白也都到哈尔滨来了，特地跑去招待所看望他们。王将老家(河南新乡武安)的小脚婆娘和16岁的大闺女接出来了。即使王老汉还有往日的幽默，恐怕家室之累，也会将腰压得更弯的。

张芷又来看李纳，但仍旧提不起精神去周旋。

8月20日　夜间去看《李闯王》演出。阿英(钱杏村)这出戏编得还不坏。

8月21日　隋凤玲特地来封信，说听严文井讲，我发胖了。其实严文井是跟她开玩笑，哪里胖得起来呢。但又不想在回信上跟她讲得太详细，免得她东猜西猜。心想，即便算她可能转情于我，但是我们之间是不会幸福的。

8月22日　同林蓝去看大夫，停电，X光照不了。又去北京饭店找唐华，人外出，吃了闭门羹。情绪很懊糟，好像有什么意外要发生似的。

8月23日 下午，去招待所看王真，请他到馆子喝酒。王真乘着醉意，讲延安同事姚少诗和林一的 故事。说有天晚上，大家闹吃腊八粥，林一在灭了灯的办公室对姚少诗说悄悄话：“我再也不能忍受了，我告诉你，我爱你！”一会，林一的丈夫来了，林居然叫唤：“老高，我和人家谈话，你不要进来！”事后，林一直率地跟丈夫谈起她谈情说爱的经过，末尾强调：“不过，我们都说是不可能的。”“做丈夫的听妻子说这样的话，真够悲哀。”王真说。

王真又说，他这回回家，家人哭哭啼啼说，“一顷地都分啦，只剩八亩了。”王说，“我讲，给穷弟兄分了好嘛。”还说给大女儿找了个赶大车的女婿。

王真讲得很平静，幽默，让我听得很有趣味，心想，这些内容倒可以写篇东西。

8月25日 跟林蓝谈话，她总的看法是认为我的脾气怪，情绪像黄梅雨的天气，时雨时晴，让人难以相处，还怪我不体谅她的病。

下午，去找唐华，他又请上馆子晚饭，花去500元，却尝不到什么滋味。

8月28日 李纳说，你要是真的恋爱了，可能会写出更多的东西来。心想，她也许是对的。生活没有爱特别感到空虚，像匹野马到处奔跑，静不下来。静不下来，东西怎能写得出呢？但是，又想，一些名著，往往在失恋中写成的，是不是写作让人得到寄托？

8月29日 副刊辟了一个栏目“信箱”。连写两则短简：一、《开卷有益》，二、《怎样消除沉闷》。多少算是作了点滴的工作，心情轻松舒畅了一些。

8月30日 短篇小说《最后的夜晚》今天在副刊登出。王金说很喜欢它，希望能写出这样题材的长篇，在东北一定有相当读者。

8月31日 开完党小组会，林蓝和李纳两人来谈《最后的夜晚》。林蓝说，后面一部分写得较充实，比喻也挺新。

李纳则喃喃自语：“以后也要写东西啦。”说想写写自己的母亲，又怕人家说题材落后。我劝她写那位领她到延安的老头，表现老一辈人已看到旧的社会旧的世界行将崩溃，将希望寄托在了革命的年轻人身上。写得出来是有它的社会意义的。

9月1日 记者们为自己的节日开会去了。我为着看清样留在办公室。林蓝来校她的稿子《人民的判决》,写农村土改的见闻。本来有些话想跟林说清楚的,可看她没这要求,最后也就作罢。

9月4日 林蓝在松花江江沿给我照的相晒出来了,观之,感到报社工作实在是太辛苦了,怎么把人弄得这样消瘦。

9月5日 李纳今天来到班上,跟我谈这谈哪,听口气、看神态似乎都是在捉摸我的态度,末了还问:想不想跟她合写《张淑容回家》啦?

9月6日 突然,林蓝决定要到佳木斯去啦,好像是很不得已。也弄不清是不是要她去做群众工作,就暗示要她离开报社?也许她怀疑我在背后搞了小动作,真是冤枉得很。

林蓝本来说要跟我好好谈一次的,结果没谈成。恐怕很难解释清楚了。

9月7日 林蓝今天要走,到她住处去送送吧,想不到她早已人去屋空。李纳同时也走了!梦一样地消失得无影无踪。到此,感到一切语言皆成空,唯有行动才实在。

9月9日 米庚调回市立一中当校长,和记者叶逊去找他要胶卷,没见到人。

到遣送日侨的检查大队去找叶逊的女朋友。到时,她们正在楼房的平台上开中秋节晚会。平台上挤满了人,男女混杂成一堆堆,围坐在放着大盘的松子、榛子和瓜子以及大西瓜的桌子旁在吃喝。和叶逊融入当中凑了一阵热闹。

发现当中有一位梳妹妹头的姑娘,好像是朴明霞。但是朴明霞怎么会在这个地方出现呢?显然是幻觉吧。一会,叶的女朋友姜布凡过来告诉我那人叫金锐,大连人。

9月10日 下午,姜布凡来报社找叶逊。同他们一块去检查大队。大队全体人员要到"东大"办事处去看联欢晚会。姜布凡把金锐找来,给我做了介绍。我们几人坐一部马车驶向东大办事处。在车上,姜同金说:"陆地是编副刊的。以后写文章叫他给改改吧。"金说从来没写过,怕写不好。接着,她便说些长春和哈尔滨风物之不同,说哈尔滨浮华,女学生没有长春那样的文化程度。看她还挺朴素大方的。姜布凡当我的面夸了她,不过,总觉得没有朴明霞那样的气质和美貌。

到办事处,时间还早,我们便到江上划船。在船上姜布凡做“拉拉队”,一定要我唱广东音乐,金在一旁拍手附和。一直玩到黄昏才回。

9月11日 延安时期部队艺术学校学生西虹和“联政”宣传部的同事王向立从延安来了,大家相见非常兴奋。饭后,到招待所回访西虹,他现在是驻南岗第四野战军(民主联军)政治部宣传部的随军记者。

9月12日 给林蓝写封长信,解释自己对她的态度可能造成的误会。如果过往言语对她有所冒犯的话,那也只不过是恨铁不成钢,希望她能好自为之。

9月14日 晚饭后,同叶逊又到检查大队去,跟姜布凡、金锐照相玩。从金的眼神里,看出少女的渴望。但总觉得她还太年轻,单纯幼稚而且过于老实,缺乏一定的魅力。

9月15日 午后,西虹来,同他上街喝啤酒,到江沿去逛逛。

天气变凉了,供人休息的长椅空着,一眼望去长长的一排,一派萧索景象。

9月17日 林蓝给白朗来信说,李纳正式离开报社了,原因各方面都有……什么原因呢?难道对我感到失望。李毕竟是只笼中小鸟,无法展翅飞翔的。

9月19日 寂寞围困着我,什么事也做不成。找西虹来聊天,好像也没什么可谈的;到办公室,稿子又看不下去。

9月20日 借到一本曹禺译的《罗密欧与朱丽叶》,比田汉译的通畅而富于文采。莎翁的语汇丰富得惊人。好久不读书导致大脑营养不良,闹起思想贫血来了。

9月21日 和刘仲平谈起红军长征的故事。他说这是极好的写作题材啊,要能写成作品,那该是部伟大的巨著,一辈子能留下也就不朽了。不过,觉得规模太大,掌握的生活细节不多。正如一座大建筑的构图,要是缺乏坚实的材料来施工,那,再宏伟的构图,依然还是纸上的东西,不可能变成大厦。

现在到底是写知识分子还是写工农,我仍在徘徊。时间、精力遗憾地在这徘徊消磨中失去。

9月22日 林蓝来信,只叫代买日记本,回避谈我给她的信。对于她,既燃不起旺火，索性把余火也彻底地浇灭了吧，这比总是在灰烬中留下火种强。

自己的道路就这么定了，照现在这样编副刊、编杂志，要不去做记者，抑或到学校当老师。当官掌权，让别人去做，自知不是那种材料，自然也就扮演不了那样的角色。

9月23日 时局有急转直下的可能，现在似乎已经不是东北打不打的问题了，而是会不会爆发第三次世界大战。

“三次大战”，这么吓人的字眼！难道又得挨上三年五载的战火灾难吗？

9月25日 短篇小说《叶红》今天在报上分两次发表。她终于成为社会的女儿啦。不管怎样，对作者都是一种安慰。觉得完成了一项工程，用了九千字终于将一个从“一二·九”救亡运动到抗战胜利这段历史中成长起来的青年，塑造成典型人物形象，摆上文学殿堂。谁能说叶红不是这一时代的宠儿，谁能说她不是这一代人的标杆。

我不曾为自己的作品欣幸过，但今天，我却深深的自慰：叶红应当不朽！有眼力的批评家，他应该认同这是文坛上的收获。其实，这不是我自己的私见：好些人已经为我祝贺来了，还打听叶红的模特是谁。谁呢？我自己也难说清。

10月8日 白焰从佳木斯来信，说《叶红》给了他感慨，当中的叶红和秦汉，好像是自己过去的写照。

张沛从北平归来，带来一本路翎的《财主的儿女们》。胡风推崇它为中国新文学运动第一部史诗。读了两个晚上，还读不出什么味道来：人物的影子模糊，情节故事的交代也不清晰，文字拖泥带水。胡风未免夸大了它的成功。

10月9日 日记留下那么多的空白，这些天不知干了些什么。本来打算要写篇《我们要战斗下去》的，谁知注射了鼠疫的防疫针后，反应很厉害，两天起不来床。

接到一位热情读者孙倩萍的来信，说读了《叶红》，很希望来报社认识我们。

10月12日 西虹从前方来信，说有位参谋读了《叶红》，跟他讲：“叶红将来一定要同秦汉结合的。”“你听了这句话，或许会觉得好笑吧。”西虹在信中又说。西虹说他也很感动，希望我多写。写出了使人感兴趣的作品，是让作者最高兴的事了。

10月13日　林蓝寄来篇稿，题目叫作《徐根成呵，你走得对》，附带还有封信。信中提到白焰对她说陆地有好消息，于是她在信中问：真的吗？祝贺您！

这真叫人啼笑皆非，不知白焰从何谈起？

10月14日　买来一本茅盾的新剧本《清明前后》。读了，觉得茅公到底不是写剧本的能手。概念遮盖了生动的形象语言，缺少独创。

给林蓝写回信。

10月15日　接到孙倩萍回信，居然写了四张信笺。从来信看，她是个单纯、率真的姑娘。她告诉我，她爱读巴金的《新生》，它曾使她懂得对人生的热望。她说她是孤僻的人，这使她同书本做了伴侣。她希望能来看看我。

回她的信：请她来，或者去看她。

10月16日　见到大型综合杂志《东北文化》创刊号发表了《在抚顺炭矿的日子》。稿子得到刊登，作者总是高兴的。

10月17日　今天同副刊部几个同事搬上报社顶楼，触景生情，自然使人想起鲁迅当年在广州中山大学的钟楼时的情景。居高临下，可以俯瞰街市，极目畅怀。如今到处都是秋色了，落叶满地。

10月19日　鲁迅逝世10周年，东北文协筹备会开会纪念。并选出文协理事：舒群、罗烽、萧军、金人和白朗几位东北作家。会后吃顿西餐。萧军半醉半疯在唱歌，一位风流女士章煌对萧大为捧场。草明见我穿黄军装，说："你们报社的服装为什么和大家不一样！"我说："表示个性特点吧。"

10月21日　林蓝回信，对我又是一场误解。看来男女间要做个真正的朋友很难。

10月23日　学生（延安部队艺术学校）西戎和马烽的《吕梁英雄传》，柯蓝的《洋铁桶的故事》的通俗章回小说，成了工农兵文学的代表作品被赞赏。那么，像《静静的顿河》那样的作品，应当给他什么地位呢？《讲话》里说工农兵也不能是年年都演小放牛，普及之中也不能不提高。然而，实行起来，往往易走极端。

10月26日　延安联政宣传部同事，南下工作团的伙伴广西同乡韦必克，从通辽地区宣传部来信，讲了好些事情。原来去年从延安出来准备回广西工作的那批广西干部大队伙伴，如今到辽西来都分配到地方上当什么县长、局长了。但是，他说他们说这个长那个长，都不如我的《叶红》和《最后的夜晚》那样叫人羡慕。他把《叶红》的人物看作事实，以为我真的遇到像叶红那样的爱人了。真是叫你啼笑不得。马上执笔给他写封长长的回信，把别后一年多来的遭遇，告诉了他。

昨夜下了头场大雪，开门看到的是一片白色的世界。

10 月 28 日 利用星期天写短篇小说《黄昏时候》。但是，自己回头看看，不很得意，觉得概念强烈，感情贫乏。

10 月 29 日 白焰来信说《在抚顺炭矿的日子》，由新华社广播电台播出了。这对作者而言当然是一种鼓舞。

10 月 30 日 采用速写手段写了两篇短稿：1.《早晨》，2.《呼唤》。让白朗拿去《东北文艺》上发。自己是觉得单薄了一点的。

11 月 27 日 将近一个月工夫，不知干了什么，一点也没记录下来。从东北书店借到一本日本作家鹤见佑辅写的《拜伦传》。这是用散文诗的形式来叙述拜伦这位浪漫诗人一生的作品，比之小说更有吸引力。

传记使人感到拜伦之所以能够摇撼全世界，那是他勇敢和大胆地做了时代的弄潮儿；整个时代的苦恼都由他的诗以及行为表现得淋漓尽致。当中那位崇拜者克罗莱茵对他任性的追逐，使我想到李纳，想起过去的一段日子。

11 月 28 日 和王金、严蒙以及新华社一位姓杨的女同志去电影院看俄国大音乐家格林卡传记的影片。片中仍然摆脱不了才子佳人的爱情故事。

11 月 29 日 从来稿发现一个聪明的女孩。十五岁的孩子，居然能写出这样通顺、简洁的文字，不免令人惊讶。文章里，她质朴地叙述母亲——一个基督教徒、金陵大学生；写自己怎样离开家，决心住到“青年同盟”的集体宿舍来的。

怀着欣幸的心情去“青年同盟”看她。经在那里工作的柳波介绍，见到了一位瘦长瘦长，发育不完全的小女孩，她正端着一碗饭，边吃边走边讲。在黯淡的走廊注视到她端正的鼻梁，一双深邃的目光在闪亮。“噢，你就叫闫崇真！你文章写得好,以后多写呀!”开门见山跟她讲了。她不怯生具有大都市小孩的活泼、大胆,说她正在读《腐蚀》。柳波当面说她是个调皮鬼,就贪玩。旁边比较高大的姑娘是个中俄混血儿,跟闫是好友,住在一起,也爱好文艺。

“什么时候到东北日报副刊部找我们玩啊。”同去的刘和民邀请混血儿陈纪元。“有空一定去!”两人齐声回答。原来刘和民替这大姑娘改过一首诗,曾在副刊的“学生园地”发表。

11月30日 这天,凑巧和刘和民在某个招待会碰上陈纪元。她大方地邀请我们:“到宿舍去看看吧。”已近黄昏,屋里灯光很暗,闫崇真也在里边,几个小丫头真懒,书桌七零八落,搁着几本课本和练习簿。闫崇真从桌面找出一本数学的演算本,摊开放到我的面前:“看我的日记!”“怎么记在这样的本子上呢?另外找本好的来记吧。”“本子能记就得了呗,省下钱还可以买糖吃。给我们买糖吃吧。”屋里有人说。到街口买了100元麻糖,请一屋子人一块吃着玩。

12月1日 星期天,副刊部不上班,正准备写篇蒋管区农村抓壮丁题材的东西。闫崇真和陈纪元找到我们顶楼的房间来了。跟二刘一起招待着她们。

闫崇真小姑娘好像是刻意打扮了一下才来的,脸面特娇洁妩媚,前额的刘海弯曲蓬松,穿件浅红色的毛线衣,十分窈窕;陈完全像个外国姑娘,一身肥大的外套,显得特别健康壮实、丰满成熟。

闫崇真处处见得早熟,对爱情有着惊人的敏感,同样,天真单纯也是惊人的。她说母亲在“金然而”是学神科的,做传教士,被父亲遗弃了。“父亲死啦!”她这样诅咒还在青岛已另有家室的父亲。“你们到东北大学读书去吧。”“不去,国民党打来,我们两个就上山打游击去!”小丫头的思想很古怪,好在她有个哥哥可以约束她,也许不至走错路。

慢慢瞅她的微笑和沉思,使我想起黄海的面影。看她的长睫毛,大眼睛就有点像西班牙美人的肖像。同姑娘谈天总是忘了时间的。索性留她们在饭堂吃罢晚餐才和刘和民送她们回到青盟的住处。不想,引起了旁人的注意,以为我们是在恋爱。

12月3日 柳波来找,说昨晚我们把闫、陈送到宿舍,引起非议,说,青年团有条纪律:不准在校中学生谈恋爱！我说,我们年龄差距太大了,哪里是谈什么恋爱呢！不过,柳说,以后不要再找她们吧。这不知是青年团组织的意见呢,还是柳自己在吃醋?

林蓝给白朗来了信,请白转告我,前次给我的信,话说重了,恳请原谅还感谢我将她的文章改得更好了。她准备当记者去了,不回副刊了。

12 月 4 日 给谭荫溥、韦必克和周洁夫各写一封信。想请周到副刊来工作,不知他肯不肯离开部队?

下午看苏联影片《远航》,看不出什么名堂,直打瞌睡。

12 月 5 日 李鹰航打算到哈尔滨大学音乐系当主任。同我先去找在那里工作的高阳探听情况。高阳老哥他倒会过日子,把房子布置得蛮舒适。当我们谈起找对象的时候,同去的总政两个女同志问高:"家里的太太怎么没有带来?"高觉得狼狈,顾左右而言他,拿我找对象的话题支吾过去。

《黄昏时候》作了最后修改,准备拿去给《东北文化》,不知合不合他们需要?

12 月 6 日 曾经在蒋介石新生活运动总部当总干事的东北人士阎宝航,今天应记者协会之邀,在国际舞厅做演讲。跟刘仲平一起去,一边吃茶点一边听。

阎俨然是个外交家的派头:魁梧的身段,高高的鼻梁,长长的脸,戴副无边的金丝眼镜,披件水獭皮领的大氅,结着紫红色的领带。回答我们第一个问题就说:"蒋管区的坏事,用你们整天的报纸版面都登不完。"接着又大谈特谈他耳闻目睹的贪污腐败现象！反人民反进步的思想统治以及积极内战的部署等等。最后,说:"共产党哪里来的呢?都是国民党制造出来的。比如我,是 1945 年在南京下关被打出来,其中还有陈瑾昆教授。"讲到这,他说"自从下关那回挨了打以后,深感自己没有实权,空言无补,是棒子手不听鼓词……"

12 月 7 日 国民党师长潘朔端在海城起义,今晚开欢迎晚会。得了一张入场券,见到了这位云南将领。这人四十来岁,中等身材,穿黄色棉袄军装普普通通的战士模样,却是率领万人以上的将军。一口浓重的云南腔,讲话不太能抓住听众。

欢迎会演出评剧《天国儿女》。李秀成无端有个妹妹,太平天国曾向梧州进军过吗？搞得不三不四的。

12月8日 跟社长廖井丹、总编李荒到东北局参加“双十二座谈会”。昨夜落了一场大雪，还刮着风，街上全是斑斑驳驳的雪堆。廖说：“这场雪要到明年开春才化了。”天气是冷了，可李仍不穿大氅。

会上，阎宝航很活跃，跟每个人都握握手，自报姓名“阎宝航”。高崇民说他当时是张学良的幕僚，西安事变的前前后后，他都在张身边，往事历历，他讲得非常生动，好多戏剧性的情节还很具体；车向忱讲当时西安的学生请愿冲出城门，到了霸桥被张学良劝阻的情形；阎宝航讲当时南京国民党内部的矛盾，宋美龄、宋子文和瑞纳飞西安的背景等过程。

归来，到了霓虹桥上，廖井丹发感慨：“这场历史事件，能把它写成文艺作品可是很伟大的呵。”

12月9日 下过一场雪之后，气温突然下降，办公室不放暖气，手都伸不出来。

上街买蜂蜜，走到商场附近，一个摆卖钟表的商贩吓道：“你的鼻子冻得发白了，赶快抓一把雪使劲揉吧，别进屋，进屋鼻子就掉了！”心有点发慌，顺手揉了一下鼻子，然后用戴手套的手将它握住，慢慢使之暖和过来。

12月10日 室内没暖气，温度8℃。给闫崇真小丫头写封信，请她和她哥哥一块来玩。

刘仲平说赵树理的《李家庄变迁》，比《李有才板话》强。后者没有读到，不知怎样，前者最大的优点是作者掌握丰富的农民语言，农村的社会生活又特别熟悉，采用《红楼梦》那种白描的表现形式，恰恰与质朴的生活结合得比较完美，正如古元木刻的线条跟陕北农民的形象吻合一样，形式与内容一致。

12月11日 白朗从隔壁房轻轻过来郑重地说：“时局又紧张了，明天报社有部分人要去佳木斯，我们把一些不必要的一时又用不上的东西，让他们带走吧。”刘仲平说：“把鸡蛋都煎了吃掉吧。”我心情很不安，搁下了想写的东西，用钢笔杆将蜂蜜挑来吃着玩，同时想起离开本溪时的情景。刘仲平说：“你的朴明霞现不知在哪儿啊。”是的在哪呢，正如云霞一样渺茫！

原来要构思写篇《在鼎湖的日子》。在抗战爆发的前夜，一个资产阶级社会的小姐在避暑地鼎湖与一个革命青年邂逅，处在热恋中两人因战争爆发而不得不分手，临别，他送给她一本《贵族之家》……

这些，今天又发生在现实生活之中。

12月13日 读《李有才板话》，觉得不如《小二黑结婚》好。人物面貌模糊，缺乏鲜明的个性，只给人知道有这么回事就是了。没有给人回味的东西。

这种通俗作品再过几年一旦普及了，就如秧歌剧，年年都一样，会令人腻味的。不如《雷雨》《日出》那样成为经典经久不衰。现在周扬极推崇赵树理和他的小说，再过几年回头来看，可能会感到过分了吧？

12月14日 本来打算今天要写《我们要战斗下去》的，不想突然下来通知：要总结半年来的工作。又是一个意外负担。

刘和民从前方回来了，大家聚在一起胡扯半天。华君武真会讲笑话。

12月15日 为了要做半年工作总结，少不了翻旧报纸。谭荫溥来信，劝说到乡下，吸取具有历史意义的农村变革题材。读《贝多芬传》，远不如《拜伦传》吸引人。

12月16日 夜里在白朗屋里闲聊，谈起恋爱问题。白说记者部的张剑虹是重庆时期周恩来的秘书，是结过婚又离了婚的人，但她怕别人纠缠影响她的事业心，对别人都说已经结婚了。

张，无疑是个光彩夺目的美人，爱好文学，也想写点什么。同我谈起《被侮辱与被损害的》，叫替她借《父与子》。

12月17日 想起小姑娘闫崇真，想去看看她，却顾忌重重，无法前行。日子过得很不踏实。太寂寞、太孤独了。什么时候能把这样的生活结束呢？

12月23日 同刘仲平到南岗溜冰场看滑冰，尽是些小孩在那里玩，没什么可看的。

回头去看《神犬救主》的影片，倒能了解一些苏联边防猎人的生活景况。

12月24日 晚上，跟副刊部的同事谈起想写以张学良为主人公的《西安事变》剧本，把构思讲了讲，引起大家极浓的兴趣。刘仲平说："人家讲，历史要在晚上写。现在正是晚上。"说说，要求副刊几个人集体讨论，我来执笔。大家十分赞同。谈到最后，六幕话剧的布局和尾声都有了。情绪很高。

12月25日 每人领到几百元津贴,跟刘和民上街买回白玉露一瓶、肘花、花生米和巧克力一大堆什么的,大家穷乐一阵。事后才知今天是外国人的圣诞节。

12月31日 一年360天过去了。去年这时候,曾经预定今年的计划:完成二十篇小说;上半年找到恋爱对象。现在检查起来,计划都打了折扣。深深感到囊中如洗,好像丢掉钱,负了债。空虚寂寞张开大口吞噬着我。

虽然陆陆续续写了七八篇小说和十多篇杂文,可是依然未能填充空虚的心境。明年该有更多的记录吧。我是有了太多的顾虑了,顾虑太多终于会妨碍前进的脚步。但愿从今而后,不让踌躇来销蚀生命吧!

1947年

1月7日 一星期过去了。新年一开头对我而言就有点不顺利,像是一早出门便碰上了雨天和泥泞。

假日,本想开始写《张学良》剧本,结果,日子过去了,什么也没留下。玩也没玩痛快,顶多睡了半天大觉。心情老是跟蒙上一层云雾似的。好像个失掉了希望,没了诱惑的囚徒。写作吗?写作也失去她的魅力。

昨天,鲁艺文研室老同学李清泉来,说厌倦了教书生活,想改行,下乡去参加工作队,还想写些东西。这倒是件新鲜事。放弃了几年的创作,如今又要捡起来,难道写作还真有那样强的诱惑力吗?另一位同学浪淘(曾扬清),把名字改了。参加工作队到郊区香坊去发动群众。说"人都是那样,做一行厌一行的"。

女同学林蓝经过一场婚姻爱情的风雨后,从工作队回到报社参加副刊部的工作。两天来开始习惯地跟大家说说话了。对东北的新干部刘和民说:"你们恨死我了吧。"这话也不知从何说起,只怪她的自卑与多心,以为人家都会嫌弃她过去的不幸。但她又不甘寂寞,找人谈论自己好写作心事什么的。我作为她的老同学,与之有过一段交往,本应心平气和地跟她深读的,但也由于自尊,怕惹烦恼,索性冷淡处之。可是,有些话不说出来,心里又搁不住。

1月19日 一早,抄写员于凤乡上班来,见面第一句话就说:“今天最冷了。”拿寒暑表到户外去放一阵,拿回一看,零下25度。刘仲平说,还不到最冷的时候呢。最冷能有零下40度。刘又说,老毛子(白俄)每年今天都过东正教的洗礼节。他们到松花江上的冰面凿个洞,脱掉外衣,只穿裤衩跳进水里洗一下,可以保证一年没灾没难。刘这样一说,引起我们关里来的人好奇,大伙均欲目睹这一奇观。刘便领头带我们往江沿去。走到兆麟公园时见到大群老毛子排成队跟在举着圣牌的人后面往松花江上去。

赶到江沿公园,见到松花江上已聚着一大堆人围观。我们雇了一张爬犁,驶到跟前去。

这时,冰面已开挖出跳远的沙池一样大小的冰窟窿,水面冒着气,薄冰很快结成一片,旁边有人用木棍排开。老毛子,有男有女,只穿泳装结在冰面上。听教堂的主教念完了经,把笼里的鸽子放飞,才开始一个个往水里跳,等到全身浸湿了就再爬上冰面用厚厚的毛毯裹着,在火堆旁换上外衣……旁边有用冰块砌起的十字架,有人过去吻了吻,有人用酒瓶装上“圣水”拿回家,说是害了病口服可去邪。但是,天气太冷,有的“圣水”装上玻璃瓶才一阵子便炸裂开了。听说,有一年日本人也学看下水试试,结果就有人冻僵死掉了。

1月20日 第四中学校长米庚,和一位小姑娘来,请我去学校讲课,一星期去三个半天。去,一方面可以帮助学校开展学生运动,一方面还能挣些零花钱。再说了,能有机会接触女学生,说不定还会有幸遇上恋爱对象。不过又想,这样一来,会影响今年创作的打算吧。

明天农历除夕,编辑部要开晚会,个人要出节目。能出什么洋相呢?说欢乐没有什么可告慰的,说忧愁也没有悲哀的事,精神生活空空洞洞。人像只笼里的狮子,踌躇满志而无从施展。

续磊,民主人士续范亭的女儿,一个16岁的大姑娘,在采访部当练习生,热情地喊我名字,旁人听了打趣地说陆续陆续,两人的姓氏还能连成一个词汇啊。

1月21日　农历除夕 吃罢晚餐,见到新华社见习记者王金。他高兴地说:“到我那儿玩吧。”一边走,他一边讲“近来很苦闷”,问他什么事,能说得具体些吗？他又不好意思直说。等到他房里，他还是抑制不住情绪的波动。我只好拐个弯，同他谈起《拜伦传》里克罗莱茵·朗和拜伦的爱情故事。他笑笑说这个故事很动人。于是他吞吞吐吐地说他正为爱一个人而苦恼。

他用第三人称讲他在同事中发现一位喜欢的对象。人长得清秀、优雅，爱读书看报，态度庄重、沉默寡言。一次，她知道他英语水平高，主动请他作她英语老师。两人大大方方来往，互相都感到少不了谁。后来无意间发现她跟外面的男人有接触，弄得情绪很不自在，但没有声张，只是对她忽冷忽热，别别扭扭。最后叫她感觉到了，问他为什么？他只说："不想再教你了！"她再问"为什么？"他不得不说："你找到了另外的人，不能妨碍你们。"她惊讶地辩白："我并没有和谁好呀，你多心了。"说着呜呜哭起来。

但是，她并没有说对我怎样。可能是她比我大几岁，只当我小弟弟看吧。可是我却一厢情愿跟她好，然而又不好开口，苦恼了自己。好比被绑了手脚，挣也挣不开。你说怎样好？这可是个难解答的问题。爱心真是那样像只魔鬼作弄人，但是谁又敢于嘲笑那些痴心男女呢。

听了王金这番倾诉，不免回忆起去年也是除夕夜晚在海龙同刘哲生烤火烧鹧鸪，一边吃着玩一边听他讲他与一位少妇偷情的苦恼。人大概总会存在着情感弱点吧，有些话心里藏不住，总得找人吐露出来才痛快。

1月22日 农历年初一了。一年一度的节日，没带给我多大刺激，不过，人一闲下来，不免有点寂寞空虚之感。想去找些熟人聊天，但又觉得一时没有什么好的聊天对象。二毛子孙梦熊和另一位东北小伙子沈乃新来闹了大半天，人走后，特别感到冷落。

过了年假，在新的一年里决心静下来写作吧。先不去考虑当前什么政治任务，只要能抒发自己感情的就动笔写吧。也许一年之内可写成一本书。

1月23日 跟刘哲生到大众剧场看秦友梅演的京剧《凤还巢》。散场出来，刘问"看懂了吗"？我说"莫名其妙"，刘不觉一笑说："一共演了三折小戏，最后一出才是《凤还巢》。"道里到底是白俄的世界，商店很少贴鲜红的对联，有的只贴小小一张"开市大吉"就完了。

1月24日 过了三天假，又恢复上班。可是寥寥几篇来稿，好像不景气的商店，生意清淡。

白朗一上班就传出新闻：林蓝找周立波复婚去了。这像是一场滑稽戏。过去林曾讲，立波如何在她延安整风受审查时，跟她女友何路闪电结婚，此生实在不愿再见她。如今却又去投入人家怀抱，实在不可思议。难道人就是摆脱不掉这样那样的弱点吗。若是别人这样做，林一定会撅着嘴咒人家没骨头的，可临到自己，也不过如此而已。就说平时最厌恶做太太的李纳吧，听米庚说，她完全过着太太的生活了。“她可是安娜。”我说：“不见得吧。”“说她安娜还算是恭维呢。”那么，不是恭维又该是什么呢。也许米庚自有他的根据。

黄昏，陈晚柳从佳木斯给她丈夫李鹰航发来回电：说她本人病愈，二儿肺炎，速归。为之给李鹰航摇几次电话，替他写回信。

1月25日　党总支召集党员大会，总结一年来个人思想工作。这情形，每年都差不多，可见人的思想改造是那样反复不易。

夜间，同白朗谈天。她说我情绪消沉，好像总提不起劲。的确，工作老是那样重重复复，没多大进展，除了写作，给我带来安慰和希望的实在太少了。

当然，倘若一旦遇到所追求的爱情，也许会使生活增添意外的光彩。可是几经挫折，对爱情不免心有余悸，还感到了渺茫和疲倦。真如快干涸下去的油灯，即使将灯芯捻一下也只能闪亮一会，不可能保持长久光辉。

1月26日　早饭后，同刘仲平、刘和民到丽都电影院看市里邬风那帮人演郭沫若的话剧《屈原》。没电灯，用瓦斯灯代替，舞台活像古庙般黯淡，演员表演水平很糟。第二幕南后往屈原怀里倒下的形体动作生硬且机械，感染不了观众，更难与之产生共鸣，如果不是事先看过剧本，那将是叫人莫名其妙的一场戏。从剧场出来，顺便到军区政治部看看周洁夫他们。原延安的熟人李超白、苏平、王真与李大嫂和女儿秀珍等都在那儿。

谭荫溥赞成我打算写西安事变的话剧剧本《张学良》。说抗战胜利了，抗战史诗也该产生了，不知有人动手写了没有？确实是，生活在这样一个大变革的时代，可写的东西实在太多太多。然而，我对这方面老是有所犹豫。

1月27日　林蓝和立波破镜重圆，要离开副刊部了。晚上开个会给她做鉴定。

林蓝先说："请大家都给提提宝贵意见吧。特别是陆地，互相都有意见，把它都讲讲吧。"我说，说好说坏，语气是不重要的，实在的是行为表现。意见嘛过去私下说得也不少了，重复也没有多大意思，要说只望"好自为之"。

人说，她跟立波是不会长久的，我说不一定。往后她对立波是不会放手的了。

1月28日 夜里，编辑部开个组长联席会议，让每人定一份工作计划。想了一下，觉得自己以后要改正的毛病是：一、克服自由主义——不随便讲影响团结的话。二、工作态度，要做到细致耐心。三、接物待人，注意热情周到。

1月29日 白朗要我们副刊稿件质量提高一步，怎样实现，谈起来都没着落。她只好叫大家自己多写。写什么呢？问题还是无从下手。创作，无生活感受，写杂文，无的放矢，总之，天天上班下班，不接触外部社会，文章是做不来的。

1月30日 大姑娘隋凤玲今天从佳木斯回哈尔滨来了。来办公室高高兴兴跟我握手。说我们有八个月没见面了。"身体怎样？"我问。"你看怎样？""比原来胖了，也漂亮了！""看你说的，老了。"

一会，她在校对科的办公室，又跟我谈这谈那，没话找话来闲扯："过两天元宵，放假吗？"她问。"你就盼跟老刘（她的未婚夫）团圆吧？""我倒不想跟他什么团圆不团圆的。跟你们大家一块不是很好吗？"接着她解释说，她和刘的关系只是经别人介绍认识，刘是她家乡县的县长，什么也没说定，总共谈不上三四次话。

"人家就希望你以后帮助人家写东西。""其实，我那里会写什么文章啊，话都不讲。""看你那样吝啬。"……

她，看来既不是我要追求的那种精神伴侣，又不具备我所追求的那种美貌。即令她的文化水平比同辈人稍高。可正因为是这样，她在我眼里就成了一个既不单纯又不深刻的半拉子。

1月31日 黄昏时候，隋凤玲主动到屋里来，谈来谈去，又扯到她的婚姻问题上。原来她今天到招待所去见了老刘。未婚夫大概嫌她还未能争取到入党，对她表示冷淡，不欢而散。

接着，她大胆地问我的恋爱态度，说："像你这样的人，不该同那些年轻姑娘好。你们是谈不来什么的。”“不过,同大姑娘也不会谈什么,嘴笨。”“文章写得那样动人,不信话说不好。”“那要看对什么人讲了。”

2月1日 和王金、严蒙到道外去吃元宵。这是一间只放两张小桌子的茶馆,一个50来岁的妇人寂寞地陪伴一些冷冻的汽水瓶和几碟水点心。屋里的电线被布满的灰尘裹着像条粗绳。屋里很冷。女老板先问我们吃多少才生火煮。十元一只元宵,比商店卖的少五块,大概就因这样,吃起来寡味。

吃了元宵又碰上星期六,不想干活了。摄影员鲁克和沈乃新、二毛子都来了,又扯起永远扯不完的恋爱话题。鲁克问:“报社刚来一个‘隔着玻璃’(戴眼镜)看的人是谁呀?”他指的是隋凤玲,大家都说请她来玩玩吧。心想,请她来不难,只怕弄假成真就糟糕了,还是免了吧。

2月2日 天没亮,白焰从佳木斯回来了。与白久不见面了,得陪他上街吃顿饺子为他洗洗尘。一天什么事也做不成。

2月3日 下午同刘仲平去莫斯科电影院看片名叫《大摩尔与祖何瓦》的蒙古传奇故事。表现宫廷暴君对女儿情爱的摧残。在电影院里看到戴眼镜的张剑虹,起初认不出来,还误以为是李纳,凝眸好久。她好像比没戴眼镜时漂亮。

副刊部来了一位高大的年轻人,姓姜,说原来是拥有80垧地的小地主家的独生儿子。土地被分了只留下8垧,三个妹妹最大的才14岁,家里没什么劳力,父亲是不肯让他出来工作的。但他还是参加革命了,这正是当代青年人的心理状态。革命与家庭的矛盾,知识分子面临的课题。

2月4日 早上经过校对科只见三个姑娘埋头写墙报稿。见隋凤玲文章题目为《元宵》。随口喃道:“去年元宵时,花市灯如昼……”“人家可没那份感情……”但隋又马上挨近我身边,悄悄谈起我的《叶红》。

好像是碰上好运了。抄写员于凤乡对我总爱微笑,特别惹人注意。三个姑娘正围看一篇稿子,我凑过去看。她好像很敏感似的,不等我开口,就先问我:“你要看什么?”我顺口说:“想看你们看的啥?”“不让你看,”她顽皮地笑着说:“谁都能看,就不让陆地看!”

她像只鲜红的苹果，那样娇艳！我想对她说些什么，可是办公室人多，又不好同她开玩笑，只好望着她微笑。她似乎了解我的心思，临出门时，回头对我笑笑。心想找个机会跟她说："有个人喜欢你！"看她反应怎样。

晚饭后到新华社找王金，见到评电员杨女士，彼此以目示意，领会点头，本想跟她聊上几句，但听说她曾对人讲：她喜欢严蒙。既如此，我也就不好节外生枝了。

我现在是发现了几个对象目标，和谁能最终成功地到达幸福的彼岸呢？

这两天又闲散下去了，剧本又没有写成。

鲁克又把照相机丢了。对我哭鼻子，接二连三的失事，对他来说的确是伤心的，在旁人也很难安慰他的。

2月5日 元宵节到了。本来是要好好地过灯节的，谁知道总编辑出了四十道时事常识题测验大家，结果叫大伙慌乱了一阵。副刊组同事嘀嘀咕咕讨论了一番，都兴奋得什么似的，答不上也高兴地谈到12点半才睡觉。

2月6日 好像是春天将要来临，尽管雪下着，风却没有了那股凛冽劲。这大概是立春以后，阳气上升。以后再看不到秃了的柳树枝缀成梨花一样，牲口都变成了白毛满身的景色了吧？

早上白朗叫我跟刘仲平去铁道俱乐部看秧歌竞赛。正要出门，记者都石铭带鲁艺文学系出身的罗立韵过来介绍给我，说是她来副刊部工作。她说也要去看秧歌，我就把她一起带去。

赶到会场人们已坐得满满的了。好在记者席还留着，我们就成了后来居上的宠儿。

罗好像成了众目所注的人物，我同她一块总有点尴尬，接近又不是，疏远又不是，她也怪小气的样子，弄得不很痛快。我们看到闫崇真那个小孩子觉得可爱，她瘦得像病了的样子，我走过去同她打个招呼，她没那么活泼了，态度有点冷，不知是什么原因。她同伴二毛娃陈纪元倒是在台上扭秧歌扭得很欢。想不到这些非职业的秧歌队，能演出这样好的戏。当中教研班简直比职业剧团的演出还要富于真实感。剧本也挺不坏，有的简直就是一个好的独幕剧。我们一直饶有兴味地坐在那儿观看六个钟头，也都觉得怪有味道。从这儿，可以感受到东北的基层文化活动很有群众基础,比较容易开展。

回到报社,在白朗屋里又闲扯了一晚上。罗立韵来谈工作,了解副刊部情况。她好像有点矜持,话儿不多还小心规矩。

2月7日 已经是黄昏时分,我在看校对科新出的墙报。“你看什么?”隋凤玲走过来低声地问。

“看你的大文章!”我说。“那个新来的罗,你知道吗,她同画报的丁达明很好……”隋吞吞吐吐,没头没脑地说。

怪了,她为什么说这些话?记得张蔚然在长春时候也类似这样,告诉我隋凤玲已经和别人订婚了。女子的嫉妒和敏感真是如出一辙!一会,隋看她的同事走开了,才邀我说:“去楼顶的平台上散散心吧。”同她一道上楼顶平台,在夜色朦胧中,只见莫斯科电影院还闪亮着灯光。“看你,雪落在袖子上了!”她伸手过来替我拍打袖口和身上的雪花。“要不要跟她进一步地交往亲近呢”?我心里很矛盾,一时半会还不能定下来。

副刊部开了个很不痛快的时事学习会,大家觉得没啥说的,不发言。主持会的华君武只好干着急。

在白朗屋里,意外碰见李纳,“什么风把你吹来了。”她没回答,顾左右而言他,扯别人的 闲话。说近日林蓝 发表的《红棉袄》,女主人不像乡村妇女的感情,摆明就是作者自己。作者本身不是农村妇女,哪来的农民感情。李老是那样小气,好妒嫉。

2月8日 又到星期六了。罗立韵上我们楼顶房间找人,顺便坐了一会,她好像要跟我们聊天,又找不到话题,刘仲平、刘和民与我只管和她闲扯。明天星期天是写一天的文章,还是去看打冰球,一时拿不定主意,顺其自然呢。

2月9日 早饭完了,同白焰去南岗冰场看老毛子赛冰球。这是头一遭看到在寒冷北方才有的新玩意。

夜里开会,以后不当小组长了,可能会轻松一些。罗小姐总是那样矜持,莫名其妙。刘和民对组织关系未能很快解决很有意见。

2月10日 四中校长米庚来找总编辑李荒谈,要我去他的学校做教员,李不答应。既然当不成教员就安心写文章吧。

2 月 12 日　大家都去看东北文工团秧歌演出。我一个在家闷得慌，想去请隋凤玲来玩，但走到她跟前又不好意思开口，只得同她在校对科办公室聊天，她情绪很好，很喜欢跟我一块说说笑笑，不过，真的要跟她好好好地谈场恋爱，总还是下不了决心，我一直认为她缺少点魅力，难以吸引到我，燃烧不了爱的激情。

2 月 13 日　泻肚子弄得全身精疲力尽，只好请假回屋躺下。读韦必克从白城子的来信，说被一个 19 岁的女子爱上了，姑娘父母也很希望他们幸福。不过，他考虑很多，怕在这战争的动荡岁月里携带家眷会添许多麻烦。其实，这何必去顾虑它呢！

另外，萧戈来了一个短信，说他可能来哈尔滨。

晚上，罗立韵过来问了一声病情，好像格外亲切，一个人在病痛中特别需要温暖吧，虽然哪怕简单的一句慰问也还是另有它的作用的。

2 月 14 日　一早上班。精神依然颓唐。写得一封回信告诉韦必克，说是"花开当折直须折，莫待花落空折枝"。不必踌躇了。

2 月 15 日　前几天，买件衬衣，剩下一千两百元，买得三斤大马哈鱼回来让白朗作红焖。除了副刊部几位同事，还请来了舒群的太太陈凡一起会餐。饭前大家玩扑克牌，好像玩得都很高兴。不过，罗立韵和陈凡的谈吐，均不及李纳那样可爱。

2 月 16 日　舒群在"文协"传达中央文艺政策。一方面是拉肚子未痊愈，一方面也懒得听老一套的教条，索性请假在家休养。

想想做个文化人也可怜，没作品拿出来谁买你的账呢，有了作品即使不标榜什么文化人，人家自然会认识你的。

2 月 17 日　津贴剩下 400 元，跑去菜市买一斤瘦肉，200 元猪板油，回来要作炸酱面。问白朗借炒瓢。她说肉买多了，一斤酱不够，"我再去买两斤酱来做给大家吃吧"。

续磊姑娘在旁边，对炸猪板油很有兴趣，参加进来，边炸馍片，还边吃边玩。白朗说："去买挂面来大家吃一顿好了，我有钱。"我说我还剩 40 元，续磊就讲："我买葱剩下的都拿去吧。"算了一下，总共 90 元，白朗只用出 20 元。

2 月 18 日　和白焰去看影片《217 俘虏》。晚间，继续写《张学良》第四幕，再过三天可完初稿吧。不过，粗糙得很，成不成东西呢？即令过得去，也还是要修改的。

2 月 19 日　莫斯科电影院放映西蒙诺夫的《等待着我吧》。看后觉得电影比剧本逊色。也许是不懂俄语，对话没法领会，也就不如读剧本那样有趣味了。

晚饭后在办公室见隋凤玲。她工作完了，见到我总想要讲些什么，可又讲不出口，她只试探说礼拜天要去看电影。我想就同她去马迭尔电影院看一次吧，不过，要这样做恐怕就表示要谈恋爱了，我会不会就这样和她好下去呢？

夜里开会讨论时事问题，我们对国际问题知道得太少了，掌握的资料更是贫乏，实在说不出什么名堂。

2 月 20 日　白朗拿份《文汇报》来，《文汇报》的确是丰富的，给读者提供了好些知识。包括了自然、社会、历史、地理和文学等。

《文汇报》有一个小栏目叫《桥边私语》，它从许多中外的名文里摘出一些句子加以发挥和注释。《双城记》中的卡顿为所爱的女人，愿意去代替她的丈夫上断头台就得到崇高的赞美！

2 月 22 日　这两日都沉浸于《文汇报》和《新文化》上了。

晚上续磊来，从口袋里掏出一副扑克牌来说，玩扑克吧！看得出，她依然有着某种意义上的寂寞，我是不爱玩这个玩意的，然而，我又不能让她失望，还是对付了一下。过一会，罗立韵来了，她好像也没地方消遣，可是她又不能跟续磊一样富于男性般的大方豪放，一举一动是那样拘谨、忸怩。

2 月 23 日　打算今天把剧本的初稿写完。谁知还未起床，萧戈就来了。只好陪萧逛街去。

11 点 40 分莫斯科电影院放映《苏联红军 25 周年音乐会》。观影的人不少，我们挤了进去，可节目并不精彩。

延安熟人“老大哥”王真和王克恭来。

老大哥依然幽默风趣。说他的乡下太太，三十老几了，还正努力学文化哪。最近从后方佳木斯写给他的来信，就学会了这样几句话：听说你在车站冻了一夜，我一夜也睡不着！他兴奋地谈说着。王克恭临走时问我：找到爱人没有？

他说刚去《前卫报》见到一位名叫漱身的姑娘，广东人，可在哈尔滨出生。“要不要去认识一下呢。”我在想。

2月24日　夜里写剧本的第五幕第一场，很顺利。月底估计可以写完了！

2月25日　又同萧戈去街上逛。他像个发了横财的阔佬，出手大方，先给我买了药，又去天津包子铺食了10块钱一个的“狗不理”包子，还叫来300元的半个薰鸡。吃饱喝足回来见屋里坐满了人。罗立韵、汪琦、从前线刚回来的记者还有白朗、萧汀等都在，听萧汀谈前方故事。李仙洲被捉住了，拿下蒋介石两个军加上一个师。大家都喜形于色。

隋凤玲突然闯了进来，见是满屋子的人，让她意想不到，当即窘住了。最后还是勉强进来坐下。不久我去开会，也没有交代一句就走了，只剩她和刘仲平、刘和民谈，这一定给她一个难堪！过后我才想起我太大意，应该招呼一下再走才合理的呵！

2月26日　同萧戈去马迭尔影院看影片《普希金的童年》。

白朗说，高铁要到副刊部来接替她的工作，她则要到东北文联编《东北文艺》去了。1940年冬我在359旅9团体验生活时，与高有过一面之缘，印象不是太好。他来接手副刊，我将从此沉默。我知道我若被重视必希是我的作品，至于“为人之道”，我是失败的。我要在1948年拿两三本书出来做10年奋斗的纪念！假如我的处境与心灵没有很大改变的话。

2月27日　突然想到乡下去住两个月，借以看看农村的生活，学习一些群众的语言，等到春天了，我再回来吧。这可能会影响写《十年间》的计划，可是这样下去了，也许能写出一点新的东西来。

2月28日　夜里开了一个小组会，讨论关于一个同志的错误问题。这些因恋爱而失去了立场的行为已经不单是发生于知识分子新干部的身上了，就是在老干部中也已经时有发生。这说明了个人利益与革命利益发生了矛盾时，个人的立场还是顽强的。我以为这就是考验。这种考验比之在法庭上在战场上还要残酷的，向着个人主义斗争，也许在战场和法庭上反而容易战胜，可是在和平的私生活中却容易被屈服。这不能不是一件叫人深省的事。

会后我们又闲谈起来。罗立韵今天好像爱讲些话了，只是她不能讲出什么东西来。

夜间，想到一个我所以认识的老司务长，从他的行军故事中，忽然产生了创作灵感，想写篇题名为《钱》的小说。写个十多年的老革命，四十多岁了，尝过旧社会的苦，知道生活的艰难。因此，他喜欢把从生产节约中攒下的钱都放在合作社去生利息。在边区他是不愁吃穿的，他的钱是越攒越多。抗战胜利前夕，他要随部队离开边区，到敌后去建立 新区，他把钱提出来一共有四十八万元边区券。他换了些银洋和国民党的关金钞，在路上他经常拿出来检查。他说路上不比边区，买茶买饭得要有钱才方便，可是一路上老百姓送茶送水送干粮，他的钱也用不着。快到敌占区时，他说敌占区不比解放区，老百姓不一定都拥护咱们，万一掉了队也得用钱。于是他把钱分给困难同志，叫他以备不时之需。可是过同蒲路了，打了一仗，他掉队了。过几天，老百姓又把他送回来，他的钱依旧没有用。他说掉队在老乡家不但不要他花钱，反而招待得就像走亲戚一样，那位困难同志也说钱也没用掉，因为敌占区老百姓一样对八路军爱护，用不着钱。后来，进入无人区了，吃得坏，也很馋，就说出了无人区，到某某镇去一定要好好地吃一顿了。可是出了无人区，停下来休息的时候，边区政府却请客，送慰劳的猪肉粉条了，大家吃都吃不完。秋天了，天气已经很凉，他又计算他的钱了。听说华北平原布和棉花都便宜，要买一床被子。然而，部队到华中时，家家户户都做被子缝棉衣准备给部队送。等不到他花钱，他已领到了他想要的东西。那么，这些钱作什么用呢？他马上想起来了，到东北去，冰天雪地的没有大衣皮衣好棉鞋过不了冬啊！我的钱可用上：我要买一件皮大衣，一身毛衣裳，一双扎扎实实的鞋子……就说公家发也不能那样齐全吧！还是自己解决好。可是呢？到了沈阳还没到市场去，公家又把缴获关东军的大衣、鞋、帽一大堆发给他了。那么，钱有什么用呢？我们的老管理员苦闷了。老被用不掉的钱困扰，深夜了也无法入睡，他把钱都拿到队长那儿去了！他说我不要它了，它对我不中用。不过，对公家还是有用的。我不要了！我把什么都交给了党，党对我完全照顾到了，钱没有用！

通过他的这些生活，工作情节，体现关于“钱”在新社会生活中的价值问题。旧社会金钱万能，文学上也多产生过许多守财奴的典型形象。新社会，金钱已失去能使鬼推磨的功能,许多现实事例,表现金钱已被人们的共同革命利益所替代,产生新的典型主题,否定旧有金钱的社会意义。这在创作思想上岂不是个有益的实破吗？想想,真是如获至宝。我一定把这一深刻的主题写出来!

高铁到副刊部来任副部长！那我这组长的位置更显得可有可无,无足轻重了。落落寡合、不善逢迎的脾气极易叫人误会为傲慢的,想改,又谈何容易,那么,不被赏识乃在意料中也就不足为奇了。但自问,何尝不是把个人的一切完全地献给了革命集体,尽心尽力满腔热忱地积极工作来努力完成党交予的任务啊,结果却得不到信任,怎不令人心寒,怎不令人为自己孤僻的性情悲哀呢。

3 月 1 日 晚餐同萧戈到中央大街新加坡西餐馆吃大菜。叫了一份奶汁山鸡,一份猪排,一份烤羊肉,一份鸡饼,一份汤。花去 1,600 元。

3 月 2 日 同萧戈在马路上走了一天。今天天气太冷,坐在马车上脚都冻得不行。下午上街想买钢笔,没买成,到莫斯科去看"红军纪念节"。出来后到道外北十八道街找萧戈的朋友,不遇,归来在正阳街吃晚饭。饭是隔夜的,吃得很不舒服。

3 月 3 日 下午又陪萧戈去买钢笔。买完了笔我们就到新开张的中华饭店去吃饭。想试一试北平的烤鸭,谁知说是来不及做,没有。外表蛮阔气的大饭店,可里面却土气。沙发窄得叫人转不动屁股,屏风用日本最下等的色布做,显得很不调和。我们叫了四个菜,结果花了 1,700 元。比起前天的西餐大菜来是好吃些,可还算不上是很理想的晚餐。

高铁由总编辑李荒领来正式上任。李对副刊今后工作提出新的要求:树立为广大青年学生、教员、工友、店员服务的宗旨,努力为他们组织稿件,发表受他们欢迎,喜闻乐见的文章。

3 月 4 日 萧戈今天晚上回部队去了,结束了在哈尔滨十天的观光游览生活。他留下一万元钱买书,我可以暂时借用一下,可以买香皂,可以洗澡了。

夜里,高铁谈到我的具体工作。要求我写些文学常识的文章,帮助读者学习和提高写作水平与阅读欣赏文学作品的能力。

去中学校兼课做教员的事,高铁也答应了。不过,我自己反倒有点犹豫了,恐怕影响我的写作！去看望四中校长米庚，他老兄真瘦得猴子一样了，脸色发青。他说天一亮口也没有漱就往外跑了一天没休息过。他已疲乏得坐不稳，说话也没了力气。此时我心里不禁浮着一层阴影，觉得他太辛苦，这样的拼命和身体消耗是否应该做呢。

3月5日 早晨柳波来取他的文章，顺便问他有关闫崇真的情况。阎居然写了6,000字的小说！我想她的聪明是足够使她有所成就的吧！只要她肯用功和自爱。可惜柳波说，她太不易管束了。柳波曾打趣我说，她是茅盾《创造》里的女主角，你就是君实了。其实，她不会成为《创造》中的主角的，她不是璞玉！不过，她的聪明和标致，她的肖似黄海的那双大眼睛是使我留下很深的印象的。只是我们的年岁相差太多了！

莫斯科电影院放映卡达耶夫的《团的儿子》。一个父母被德寇屠杀了的孤儿，在一个夜间的荒村被三个炮兵发现带回炮兵连。由于他倔强和聪明，在炮兵连得到了温暖。连长把他当作自己的儿子一样看待。他机智地去做侦查，曾被德国特务机关审讯，始终不肯招认，被关在破败的禁室，等红军打进小镇，才把他解放出来。最后他加入了炮兵连，连长阵亡后，他被送到炮兵团长那里。团长把连长的肩章给了他说：上尉的肩章是给你的，你将来会用得着它的！观众在这里被感动了！

3月6日 晚上开小组长会，号召提高政治嗅觉，说是国民党特务近期活动很猖狂。任何文件不许带去娱乐场所。

夜间写完了剧本的尾声，可是并不觉得轻松，大概写时不费力，所以写完也就感受不到放下重担似的那种疲乏之后得到休息的乐趣了。

3月7日 校长苏林来电话问能不能到省一师去兼些课？吃过晚饭我就去他那里，一进门两三个女孩正趴在床上看一本什么书，旁边有大人陪着。经询问才知他姓周。他那样迟钝、冷淡，问教学上的情形都不甚熟，可他却是个教员。

屋子有个烧煤屑的炉子，旁边放着一堆木柴，两张桌子都被尘埃封住了，其中一张放着一本茅盾翻译的《回忆·书简·札记》。这就是校长的房子了。校长到教育厅去了，我只好出来顺便到松江招待所附近走走，听说延安来了一批人住那儿,说不定能见到熟人。我还想着万一见到黄海多好呵!人往往爱做一些空想,空想着再见到黄海的甜蜜。

春天来了,这里春的标志就是冰雪在街道上变成了泥泞!风变得轻柔在人们的脸庞上舒缓地抚摸。

3月8日 到"哈大"门口时,看到好些男男女女的学生在那儿聚集等候考试的结果,有的女孩子很年轻,大约十六七岁,她们大概是要学音乐的吧?我胡思乱想。

到李鹰航家推门进厅,看见一只光身的野鸡放在蒙着油布的桌子上。主妇陈晚柳背负着个小孩从里屋出来招呼。她正在料理火炉旁边的小孩尿布,有的烤糊了,散发出一股焦糊的气味。桌子上零乱的很,另外一个小孩在床上睡得挺香。我也不敢多讲话了,陈从抽屉里掏出一包葵花籽来招待,这儿显得很清冷,但却是一个大学音乐系主任的家。

鹰航回来了,他说招了三十几个学生,但是文化程度都很低,还需要补习历史和国文课,想请我去作教员。我很踌躇。晚饭是他们自己做的,用鸡肉炒了豆芽和白菜,还请我喝酒。空着肚子喝不到二两,人就飘飘然了!

3月9日 今天礼拜天,算是能在家坐下来整天写作了,把《钱》做了个开头。因为用第三人称写,有的地方显得不那样自然、真切,故事前后的安排也有点不好处理。大概是用第一人称写惯了,用第三人称写就觉得生疏,这是糟糕的,以后留心。

晚间严文井来,他从鹤岗电影制片厂又回报社当记者来了。他对写作还是那样重视,口口声声关心着别人的写作,他大概是要把写作当成职业了。他还是主张写作不要受章回小说的拘束,要突破那个格调,只要写得通俗易懂让人高兴看就行了。从谈话中看得出他对一些传说故事是很留心的,恐怕一个小说家是要多方搜集他的写作材料的,不管是活素材还是听到的传说。

3月10日 吃过晚饭还不到两个钟头又觉得饿了。跑去杂货店买面包和奶油,一进门,一个女士叫我一声,细看原来是罗立韵。她要买面包、青萝卜。我说你把萝卜当水果呀?她说是的呀!这里水果吃不到。"到上海去就多了,要三年吧!""我精神准备明年就回去了!""你倒挺乐观。到时我也要到上海去一趟看看十里洋场,你家在上海吧?”“是的,到那时请你去我家玩!”

不知怎么回事,我为这句话勾起想望和渴慕来,也许它又成引起我追逐的媒介?我现在就想和她有较亲密的交往。至于她的什么过去的或者还存在的缺点都可以不问了。

听罗立韵说李纳的眼睛快蒙上白膜了。我心里突然掠过阴影,她果然那样不幸吗?

夜里把剧本看了一下,觉得粗糙了一点,那样大场面的剧情怎么一下子就读完了呢?是不是还有动作没有写上的场景。不过,有的地方似乎还是写出了一些好句子。倘若能使它上演和出版就好了。

3月11日 下午去到惠滨澡堂洗澡,到了门口,说是锅炉坏了洗不成。顺便到“民青”去找柳波,他不知到哪儿去了,在他屋里等了好半天不见回,留下一张条子请他代找几部巴金的著作。回到松花商场却见到他跟李子木,另外有一个穿黑军装马裤的少女在一块走。这又是谁呢?长的并不标致,风度却很不错。

夜间写《钱》第三段,还觉顺利。

3月12日 晚饭后出去洗了一回澡,人疲得不行。夜里又开会,副刊头条文章水平不高,叫大家带头动手写,写什么呢?

还是离开不了女人,刘和民大概对罗立韵有好感,可却鼓动我去追,这是一种试探吧。我当然也就无可无不可支吾着,也许我真追时能追得到,然而一定不会长久,因为她不是我需要爱的人。我觉得她过于造作,不了解自己,一个不了解自己的人怎么能了解别人呢。

刘仲平说如果我要追隋凤玲那是有九分之八可以成功,然而,我很踌躇,觉得她没有风趣,光有庸俗的温柔。我还是等待着我所喜爱的人吧,等到什么时候呢?

3月13日 到新华社王金那里想找巴金的作品,杨丙华女士来了,又不好意思问她借,只拿到一本老舍的《骆驼祥子》回来。

忽然下起大雪来,原是融化了的冰道又叫厚厚的雪盖住了。

夜里想写《钱》,罗立韵来了,跟着又是严文井来了,我的笔只得放下。严文井大谈他可以从人的个性看到他的血型。比如沉静的内心生活多一些的人就是A型，他说我是典型的A型。“我是什么型呢？”罗问。“你……大概是AB型吧？”“AB型又是什么样的性格呢？”“AB型就是即不内向也不外倾，有时像内向有时像外倾，很复杂。”

不过，依我看并非完全是这个样的。比如严文井是O型，就跟他说的有点不像，郭沫若是A型也不对头。刘和民说，日本人选用外交官，一定要选O型的。

3月14日　夜里在白朗屋里，高铁、白朗、罗立韵他们都在谈着罗的工作问题，她又要当记者去了。本来她到副刊部来我就有点诧异，觉得像她这样的角色而甘心于做内勤那是很少的。连她是第三个离开副刊部的女士了，她们到副刊来一看是改文章，工作不是在外边想的那样轻松，于是都退却了。

后来严文井进屋也加入我们的闲谈，不知谈到什么扯到了林蓝，严说李纳曾告诉他，林蓝跟李说过，“我现在正爱着一个人，假如那人敢打我一下，我就向他表白”。这人是谁，我没追问。严说那人在林的眼里软弱了一些，若勇敢她就爱他了。这事发生于林蓝在副刊部时，我好像不必去把话挑明了。心想一切不过都像泡沫般容易破灭的。

罗立韵说隋凤玲对她的未婚夫可好呢，每个礼拜六都去看他。罗为何当我面说起这些话。

儿女情长事我现在已能平静看待了。只想赶紧写出一些东西来，写出东西来比什么都愉快。

3月15日　白朗要到乡下去了。高铁和严文井他们凑了几百块钱买大马哈鱼来聚餐，七个人吃了五斤鱼，很过瘾。

没什么事好做，到办公室去看看明天报纸清样。隋凤玲见到我便在桌子嗑瓜子，她笑着走过来说：“陆地请吃瓜子吗？”“你拿钱请吃糖吧！”她又说。我说：“哪来的钱呀，稿子很久不写了，稿费也没有。”我对她是那样冷淡，可她却不肯放松，敏感地向我解说她与未婚夫之间的关系。“礼拜天回去一次。”她说。“他不来看你吗？”“没有。我也不要他来，要他来干啥？这儿有那么多人跟我玩！”她在解释与未婚夫并不很亲密。“别人说你天天都往他那边跑。”“胡说，上星期天才同淑桂去一次。明天礼拜,你有什么好玩的?”“没什么,跟谁玩呀。”“人有的是,看你肯不肯就是了。”她从近视眼镜片后瞟了我一眼。

3月16日 下午从省四中回来,见隋凤玲同几个校对组的小同事在平台玩,我也凑过去,她马上过来和我站在一起,不理睬他们几个了。我说这平台怪不错的,可惜我们要搬家了,你们校对组不会搬吧?你要是不搬家,我们来开饭时可以有地方玩了。“对啰,那时候一定请你来玩,我们校对科才有我一个女的,一定得一个人住一个屋。”最后我觉得平台太冷了,请她到我屋里来,她也进来了。说来说去说到《幸运儿》的电影我还没有看,准备下礼拜天去看一下,她低声地说,“我下礼拜天休息!”“那,我请你一块去看吧。”她听后用眼睛深情地盯了我一下。这就很明白了,但我并不想急于向她伸出双臂!

我今天去省四中一进校长米庚的门,一群女学生在那里谈笑。一旁坐着位女老师正低头给书页打孔。细瞅,美丽的容颜很吸引人,光洁端庄的鼻梁衬托纤秀嘴角是那样娇小玲珑,留给人深刻印象。也许正是这一俏丽的诱惑,让我很爽快地答应米庚每星期来校给同学们上三个钟头的文学选读课。原来这女老师名叫吕荣华,解放前就是个地下党员呢。

3月18日 《钱》写完了。前后花了10天工夫,时写时辍,没有很好地用完整而较长的时间来写,写的过程觉得并不顺手。

回头再读一遍,有点单调似的,未能将主题自然融化于生活细节和人物行动上,而是过分强调了它。小说里的陪衬人物也不多,只见一个人在活动,这恐怕是有损于作品的艺术水准的。

3月20日 南京国民党电台广播,延安失陷了。这使我沉默了好几分钟,虽然我知道我们只是转移,并不是战败。不过,这个曾经住过七个年头的古城呵!每一寸土地都留下许多足以使我回忆的经历。我们这一代革命人的青春与欢乐差不多都是在那里度过。现在虽已沦为统治者的领地了,但广大老百姓会起来为这批豺狼挖掘坟墓的!我们过高的楼房被狂暴的风呼呼叱咤,那声音有些恐怖。

夜里,严文井和高铁都鼓动我去四中兼课教书,高说给你个任务,一年以后找回个爱人。严说我还是找一个A型的女学生,十八九岁的较合适。为选教材事弄得,我有点烦。怎么选择呢？要照顾学生接受程度,还要照顾我们的政治立场,以及教员驾驭教材的文化修养。真多,有时真不想揽这个活了。

3月22日 从文协回来在收发室里见到隋凤玲,顺便进去跟她说:“上我们楼上屋里去坐坐吧!”“上去你请吃糖吗?”她说。不知请吃糖什么意思。只好同她到附近杂货店花200元买了包饼干,回到她的房里去边吃边聊,谈到明天去看电影,她很愿意同我一块去。我说你不去看望未婚夫吗？她踌躇了一下说:“那么明天一早就去他那边打一转吧,十二点钟以前赶回来跟你去看电影。”

3月23日 我军“三下江南”,俘虏国民党中央军两个旅。一早,街道上就散布着好些军岗,可谓“三步一岗,五步一哨”。突然变得森严起来。听说这是今天要将被俘的国民党官兵游街示众,以显示我军的威风。让老百姓看看心目中正统的全副美式装备机械化的中央军是多么的无能。树立共产党的人民军队必胜的信心。

老百姓都出到街头望着东边的霓虹桥。俘虏兵被排成望不到头的队伍,散漫地走过大街小巷。来了,一长列,看不完的一长列呀！他们哪里是什么了不起呢,还不是一件灰布面羊皮大衣,如今是一副狼狈样。看,那双棉鞋已经裂开了,有少数人是有一个拉链口袋一样的鸭绒被,不过,他们好像并不怎样关心这些美国货,倒是对老百姓送给的猪头和一个篮球蛮有兴趣的。

俘虏游完街到经纬学校休息去了。在那里我从服装和面貌上认出几个两广的军官。他们都对战争毫无兴趣,表示要回家当个老百姓。另外一个炮兵军官自称是营长,柳州人,他对未发一弹即被歼,很不服气。还说中央军如果今年不能与共军决战,以后就不能再打了。

3月24日 下雨了,春天真的来临了。唐华从林西回来了。我参加欢迎放下武器的国民党军官的万人大会回来顺道到欧罗巴旅社找唐华。我们出到街上来,街上已被人流堵塞,群众挤着看俘虏游街。和唐华到莫斯科电影院去看《幸运儿》,出来在一家菜馆吃了一顿丰盛的晚餐。

3月28日 下午去找唐华。遇见他的爱人宋季霞。她变得消瘦,翘着嘴唇,穿上黄绒的棉军衣,倒像个女兵,只是身体太孱弱。唐华请我到一家地下室西餐馆去吃晚饭,那里怪僻静的,还有音乐演奏可以跳舞,倒是一个情侣幽会的好地方。不过，东西特别贵，叫两个菜，两杯咖啡就花了800多元。

3月30日　早饭后就去见唐华。唐说要找个地方去游玩游玩，我说宋季霞做向导吧，宋说平时不爱出门，也不知有什么地方好去的。我们只好到“马迭尔”去看音乐会。

从欧罗巴旅馆回来，在街上偶遇闫崇真和同伴一块走。到她跟前叫一声，她停了脚步默默地伸出手来，跟我握了握手。问她为什么不来报社了？她很有兴味地说她到香坊区搞工作队去了。表现得很自然大方，也很快乐。虽然她只是个十六岁的小姑娘，不过心智特别成熟，给人十分可爱的印象，我一见到她就觉得特别愉快，好像她总会带来喜悦。这大概是她的真诚与自然吧。如果她肯常来报社坐坐，常给副刊投稿，那倒是件快乐的事情。

3月31日　算稿费算得头疼。晚上开会总结这月的工作，想不出什么问题与事情来讲似的，脑袋瓜里空空洞洞。

踏歌南归

（1949.8.7—11.11）

1949 年

8 月 7 日　阴　眼下，两广（广东、广西）即将解放。中共中央东北局从各机关单位抽调人员组成华南工作团集中于长春，准备入关南下广州。我和白焰加入了工作团。我俩都是广西人，在《东北日报》干了四年，想调回老家，换个新环境。

今天晚上就得动身离开沈阳到长春待命。上午，《东北日报》同事严蒙特意来白焰家跟我们话别。我们几年相处，无话不谈，如今一旦要分别，却似纵有千言万话也不知从何说起了。默默相对之后，平淡地骑上自行车与大家说声“再见”就走了。下午，在沈阳郊区当党委书记或区长的广东合浦人杜略，来说他也要回老家，见我没带警卫员，于是介绍一位带支盒子枪叫黄永庆的来作我这个团县级干部的警卫员，另外还给我一支“张口等”手枪自卫。这样一来，我一下子变成个官了，觉得真有点滑稽。

晚间,到沈阳火车站集合等车开往长春。22 点 25 分临开车时刻,一位叫伍延秀的广西龙胜人才赶到,说在东北文协刚履行完入党仪式。车厢没卧铺,太挤,一夜几乎没合眼。

8 月 8 日　晴　早起,7 点 5 分抵达长春。凤乡(于晴)回哈尔滨与家人辞行,从哈尔滨来长春,比我们先到了。当我们一行从驻地往中国饭店早餐,在街上与她迎头相见,不禁高兴异常。说她昨天 17 点到的,同黑龙江来的干部住在一起。午间,同晴到附近的儿玉公园走了一转。此刻见到景物,比 1946 年来看到的,面目全非。树皮已被困守长春的国民党军剥食光了,路面柏油路也掀开作燃料,满目荒凉。晴情绪极佳,仿佛无忧无虑的快乐小孩。

8 月 9 日　晴　下午,开会,初步把队伍编了一下,两广干部和云南贵州、四川的分别成立工作团(大队)。

两广干部大队,首长由原长春市长、老红军朱光担任。他是广西博白人,听说曾是上海公学学生,长征中的四大才子(廖承志、吴亮平、冯雪峰)之一。小组组长马皓,原东北广播电台的科长,擅长交际,见人就有一大堆话说不完似的。

8 月 10 日　晴　在大队部管组织人事工作的梁湘问我在广州上学的情况。说他弟弟梁奇达当年在广东“省一师”11 班,那时他们“中大”的党组织与“省一师”地下党支部有关系,他到过我们学校开过会。问我当时叫什么名字是哪班的？我当时在 14 班,受梁奇达他们的影响,参加过讨论艾思奇《大众哲学》的读书会。他说:你们当时闹得太凶了。真想不到,人们常常不期而遇,10 多年前的事,今天谈起来还是那样亲切。想不到当时互不谋面的同道者今天在此相识。

下午,到“长春浴池”洗澡。晚饭后,和晴跟白焰、马皓以及伍延秀一道,逛胜利公园,花万元租得 20 分钟游艇在湖面荡了一会。

8 月 11 日　晴　上午,全体干部到原伪满国务院去参观医科大学。下午,同杜略去伪满康德的皇宫看看。

这里百分之九十都遭破坏了。大理石的墙壁被国民党军队挖得支离破碎,简直像座马厩。

8 月 12 日　晴　早上九点,到师女中礼堂集会,朱光对大家演讲、编队。同杜略、朱亚辉、伍延秀和吴介民等,编为第一中队第一组。

下午从胜利路六号搬到中国饭店，两广干部集中住在一起。夫妇两口的从地铺睡到一张床上了，但两三对夫妻住进同一间房子，怪别扭的。晚间看电影《蝙蝠》。

8月13日　雨　上午，小组开会，讨论朱光昨天讲话，个人漫谈对南下的感想。11点，马皓向朱光借来一部吉普车，叫白焰、吴介民和我们两口一起，到东北电影制片厂参观。厂长吴印咸出面接待我们说：上海接受了五个电影厂，合起来还没有这个厂的设备那么完善。日本鬼本意是把这个"满影"建成"亚洲第一"的，摄影棚就有六处之多，每处棚子都很宽敞……在那里还遇见延安"部艺"的熟人，搞美工的徐一枝，搞音乐的张隶昌和女演员庄畿等。

领我们到处看看的是原"满映"的旧人张辛实。从午后二点开始走马观花匆匆游了一番。归途遇雨，好在厂里有辆汽车送我们。

8月14日　雨　上午，中共中央东北局组织部长张秀山来向我们这批将要入关南下的干部作报告。除了讲一下国内外形势，更希望我们做到这样几件事情：一、不要把个人主义带去新区；二、要学习，不断提高自己；三、团结当地干部群众；四、生活上要朴素，不搞特殊。

8月15日　晴　本来说是今天出发的，谁知道，前面北宁路段铁轨被洪水冲坏了，只好在这再过几天无聊的招待所生活：每天重复吃饭、睡觉、散步和打扑克……给《东北日报》刘哲生，哈尔滨陶然、耿际兰夫妇各写封信。

8月16日　没工作，空闲的功夫很多。只想着早点出发，心旌摇荡，难以安定。什么事也干不了，书也读不下去。

8月20日　阴　下午，在附近东北电影院开会。欢迎铁道部长滕代远。1938年11月在蟠龙第七大队时，他曾以副总参谋长的身份向我们作动员上晋察冀前方去的报告。那时他样子挺年轻的，雄姿英发。现在却显苍老了。我们当时还是一群二十岁上下的孩子，如今已经成大人了。滕讲：一、分析国内外形势；二、强调学习，注意团结。会后，演出节目《三年东北解放战争》和《海贼岛》。

8月21日　晴　下午，朱光向我们全体人员漫谈广东广西地方的社会情况。都是一些叫人发笑的几十年前的风俗习惯，与政治不沾边的情景。最后，叮咛大家到了那边工作，记得团结当地的干部；南行路上，要留心观察一路上城乡的社会状况。晚间，同于跟杜略、吴介明和罗亚辉到祖国电影院看《春》。

8月22日　阴　据说北宁铁路25号之前有望修复通车。招待所的生活在这三四天内可以结束了吧。

8月23日　到祖国电影院看外国片《烽火中的德兰士瓦》。

8月24日　晴　和晴及《东北日报》旧人谢明到胜利公园照了几张相片。晚间，长春市和东北电影厂招待看电影和平剧。

8月25日　雨　听朱光作报告《城市接收经验与政策》。

8月26日　晴　给大连海军谭荫溥、沈阳《东北日报》刘哲生、严蒙，和哈尔滨耿际兰、奚渊和凤琴各去一信。

8月27日　晴　杜略拿他的照相机，给我们照了一天相，结果都失败了，没一张好照片。

8月28日　晴　今天星期天不学习。上午和晴到五马路旧书摊逛了半天，买到一本《罗亭》。下午，我们去正阳楼买只熏鸡去小馆子吃，味道不佳，上当了。晚饭后，到公园散步，遇到延安联政宣传部旧人李超白，送个小本子说给我们结婚礼物。

夜里大家闲扯，谈起南方的毒蛇，莫不引起恐惧。白焰今晚说，团级干部还有正副之分。得到保管《政策汇编》一书的人是正团级，副团级的人只准看，不得带。这样看来，我也算是正团级的了。临睡，白焰又来讲，东北局来电报：入关干部级别要求和人数有变动。说是广东地下党干部不少，营级干部不要去了。特别是非两广的外省干部，可能要留下回原单位，或另外安排到别的省去。

8月29日　晴　白焰昨天的传言得到证实，今天东北局组织部来人宣布，说中央来电，只要300名干部进关就行了，剩下的留在东北分配工作。当场宣布了不入关人员名单，但两广籍的人员通通都要走。重新编队，第一和第七中队合并成第二中队。还是几个熟人在一个小组。

8月30日　晴　晚间，到青年电影院看《极乡少年》，好像是苏联西蒙诺夫的作品，但是没有华文翻译，看不懂。一天就这样无聊度过，真闷人。

8月31日　晴　本来说明天可以走吧，大家都忙得准备了一阵，后来又说桥坏了,得等待修复。人们等待得不耐烦了,会胡思乱想,担心又有什么变故走不成,而被留下来……

早上,同晴去找李超白借照相机去公园照了十来张照片。晚间,到工人俱乐部看哈尔滨铁路局苏联文工队演出音乐舞蹈节目。

9月1日　阴　下午,程子健传达刘少奇在沈阳干部会议上讲的七个问题:一、国内外形势;二、我们的任务;三、经济建设;四、城市工作;五、对于资产阶级政策问题;六、人民代表大会制度;七、合作社问题。

9月2日　雨　读纪德的《日尼微》。写的是一个女中学生对她父辈庸俗的旧道德观的否定,可是她自己所追求的东西却是病态的,显示一般中学生的浅薄。从书得到灵感,忽然想趁日前的空闲,写篇中篇小说,反映1947年东北地区"北满"土改的故事。同晴讲起,她很高兴我能有这样的作品出世。

夜间,在东北电影院看德国片《舞会之夜》,写的是俄国大音乐家柴可夫斯基的故事。柴氏未成名之前,曾被一位公爵夫人爱恋,由于她的资助,他的乐曲得到出版。他的音乐事业得到她很大鼓励。但她毕竟是有夫之妇,不可能答应跟他结婚的要求。柴氏受很大刺激,为求灵魂获得休养,只能跟追求他的一位舞女结婚。但因这种结合并不出于相互了解,所以结婚当晚,音乐家把客人送走后,感到莫大空虚,当新娘睡着后,便悄悄出走了。从此将全部心情献给了音乐,到外国去求得深造。等到他功成名就归国时刻,公爵夫人成了蒙着面纱的寡妇。这时,音乐家的老师才将当年夫人如何资助于他的秘密告诉了他。然而,音乐家已染上鼠疫,在指挥音乐会时倒下了。

9月3日　雨　雨把秋天带来了,人们都穿上了夹袄。

早上,学习讨论会,讨论刘少奇报告中的七个问题。下午,自由活动。杜略请我俩去东北影院看《葛林卡传》,又是俄国19世纪大音乐家的事迹。他是第一个将民间音乐带进俄国音乐殿堂的人。但也如柴可夫斯基差不多,他在爱情生活也遇到不幸,可在事业上却获得成功。

晚饭后到人民广场去看苏联侨民为纪念日本投降签字四周年而向红军纪念碑献花圈。

9月4日　晴　下午，同杜略去看苏联片《荒唐梦》，看不出摄制这片子的意义。晚间，和白焰、杜略去人民影院看《一个女人的经历》，作者用意是通过一个女子的遭遇，暴露旧社会的黑暗。情节是一个歌女，先上当受骗嫁给一个坏男人；第二次结婚又过不了长久；最后遇到一个新闻记者，逃出旧社会的虎口，走上渺茫的旅途。

9月5日　晴　转眼九月份又过了五天，还不知什么时候能通过山海关？

9月6日　阴雨　夜来梦见妈妈死了，哭醒。下午同晴两人到重庆路旧书摊想买本书来消遣，可是找不到合适的。夜里读《静静的顿河》第四部。

9月7日　阴晴　听说明天可以走了，下午队长宣布行军纪律。

9月8日　晴　今天果真走成了，一个月长春生活终于结束。为了告别长春，又到胜利公园走了一转。

晚饭后上车站，等候21点启程。大家情绪都很兴奋，腻味的招待所生活到底过去了。

9月9日　晴　昨夜21点从长春站开车，告别四年的东北生活。黎明时分，车过铁岭，到达沈阳已经七点。队伍得到自由活动的时间，各人可上街采购，或者回原单位告别。

和晴在太原街买新上市苹果8斤，花东北币5万4千元。剩下85万元换得9枚袁大头银元。

11点到东北旅社午餐。东北局张明远来讲几句送别话。14点，车继续南开，22点过锦州。

9月10日　阴　早起，人们嚷嚷："进关啰！"往车窗外一瞧，长城像长龙般地从山峦迷雾中隐约显现。

我们乘的专列，停站半小时，让大家下车观光。有照相机的都往山海关的城门楼上去抢拍"天下第一关"的匾额。从山海关继续运行，不远便看到左边秦皇岛的海面了。15点，抵达天津。停六个小时。让大家下车到街上逛逛。我们只知道在繁华商业中心的罗斯福大街看看。满街地摊摆卖巧克力糖块、可口可乐和美国烟。街头不少摩登女郎在徜徉。比沈阳浮华多了。

9月11日　阴　黎明醒来，车在德州停下，已经到山东省境了，天气还是那样凉。上午八点半到达济南站。队上宣布停留半天。向交通警打听大明湖所在。挤上公共汽车，到院前大街下车，游走了弯弯曲曲到处流淌清泉的小巷，半天才在僻静的巷口找见《老残游记》笔下的大明湖。原来是个浮着一些荷花的大水塘，几只小艇寂寞地等待游人。这时，正下着小雨，雨雾笼罩湖堤柳树，令人感到萧瑟秋风景况。也许还有可观赏的去处吧，但担心过时误车，匆匆又跑步返回汽车站。队上一位姓叶的老先生很有感慨地发表意见，风景名胜再怎么好看也只能耳听，不能目睹的。正如诗中说：庐山烟雨浙江潮，未到千般恨不消；及至到来无一事，庐山烟雨浙江潮。

9月12日　晴　天没发亮，有人叫喊："蚌埠到了。"这里沿途两旁，远望一片平原，有时看到躺着一条白色的河流。稻田已经染成金黄；近处，荷花在绿色的荷叶丛中呈现艳红的色调。村庄全是低矮的泥瓦平房，牧童坐在水牛背上，牛群在阡陌间悠闲地移动。两年前淮海战场的痕迹已经见不到了。

11点半钟，到了浦口，面对浩浩荡荡的长江，等待船渡载车过江。李超白来给我们在码头照张相，不知会照成什么样子？大家一边等待上船，一边闲聊，有人又在谈起南京中山陵雨花台秦淮河六朝金粉什么的名胜古迹。17点，车厢搁在渡船上，五分钟工夫漂过了江面。到下关南京站，队上宣布明天在南京停留一天。

9月13日　晴　在南京观光一天。早餐后，从下关进城，沿一条法国梧桐树的马路，直奔中山陵。真开眼界，见过沈阳的北陵，没这样魁伟雄壮的建筑了，真是令人叹为观止。

从中山陵转过明孝陵，那里乔木森森，地面石阶落下不少橡子。东北人说日本鬼子让东北人吃的橡子面就是这些果子磨成的粉，没营养成分，把人吃得浮肿了。从明孝陵下山，城里唯一令人瞩目的建筑，就只有外交部一幢五层楼房。国民党政府22年统治下的首都建设比日本人经营了14年的长春实是小巫见大巫。秦淮河、鸡鸣寺、莫愁湖等等名胜，时间不允许我们涉足了，最能使人流连的是玄武湖。一进玄武湖我们小组几个人便租只游艇在荷叶田田的湖面畅游，买煮熟的菱茨来剥食，但觉新鲜。18点乘车往上海，临上车发现有盐水煮板鸭，买来半只。已是晚餐过后，没胃口品尝。

9月14日　晴　火车凌晨两点半抵达上海。早餐后，大家三三两两尽快利用一天工夫游逛大上海。跟一位熟悉上海的同志先乘二层的电车到南京路下来，商店还未开门，只好到外滩公园坐了一会，看看浊浪上的船只不时鸣笛吼叫，杜略给我们照几张相。从外滩乘公共汽车去兆丰公园，就是从前外国人标榜“不准中国人和狗进入”的地方，其实只不过一个小小的街头公园，没有可看之处。

回到“大世界”看哈哈镜，印象最深。午餐后，在南京路的永安、先施等四大公司逛商店，转了大半天，只买了袜子和手绢小玩意。

上海，人太挤了。自行车一辆接一辆，要走过对面街上，很难穿过马路。人们熙熙攘攘，闲逛的心情在这里被奔驰的车轮碾得粉碎。此外，金钱特别显示它的威力，逛公园自不用说，就是拉屎撒尿也都要买过门券，身无分文是难以生存的。总之，上海太不可爱。

9月15日　晴　又是凌晨二点半，到达了杭州。队上慷慨地允许停留一天。来到西湖，先沿着断桥走不远便到“平湖秋月”一处码头，上游艇到三谭印月游去，到湖心亭，舍艇登岸，在亭子的建筑物房舍观赏水光山色，比起喧嚣的上海滩优雅闲适多了，回看苏堤、孤山、六和塔的远影，是真有温柔纤绻的感觉。要能在此筑室而居，神仙也可以不做了。

我们小组几人，从湖心亭过花港观鱼就上岸步行，看看花港的红鲤便到苏堤下的锁澜桥洞，脱下外衣下水游泳，把一路风尘洗尽，图个痛快。在苏堤上，读乾隆的诗碑，没见有啥肺腑真言，脑子记不住。从苏堤上到孤山，朱光在那里给大家讲掌故。再到岳王坟附近的楼外楼午餐。还走过苏曼殊墓旁，西泠社和苏小小墓什么的。其他刘庄等别墅和寺庙就去不成了。

回到城里，在老街坊的商店买得一磅蓝色蜜蜂牌毛线。晚上21点，回到列车厢，开往南昌。

9月16日　晴　是叫秋老虎吧，天气忽然燥热起来，东北人叫苦连天。一路上见到柚子和青皮的桔子了。

9月17日　晴　列车21点30分到了南昌站，街上宵禁，我们只好在站台上睡地铺。天亮后，队伍脱离了列车，开进中山纪念堂，也还是在大敞厅睡地铺，各人为炎热的天气叫苦不迭。

想不到韦必克夫妇还在南昌。他乡遇故知，真是好不愉快。他说暂时不想回广西去了。其实南昌并不比南宁好，不过，他就怕回去后又到乡村过几年拓荒的日子，那工作的苦处不言而喻。趁机在韦必克家里洗了个澡，仍未能消除暑溽。

9月18日　晴　南昌，跟南宁差不多，20来万人口，几条大马路，行人并不拥挤。可就在放松警惕的时候，口袋一万元的伙食费却给小偷扒了，懊恼了半天。

晚间，和几位伙伴到处寻找滕王阁，不想在一间小学校找出一块被当作洗衣台的石碑，上面刻着正楷体的"滕王阁"三个大字。另外，在晒衣架上还见到运动衣上面印有"滕王阁"三个红字。其余，什么形迹都没见到了。

这里虽然解放才几个月，却相当热闹。中山纪念堂大院的树下，摆有四处茶座，全是一色竹椅，100元一壶茶水，人们可以到此日以继夜消磨时光。醪糟甜酒到处都有，30元一两。

解放后社会的繁盛景况在这座南方商业城市表现较为明显，商店货柜装饰光鲜，生意挺兴旺。

9月19日　晴　传来消息，华南分局机关暂设在赣州，我们广州大队人员，也将跟到那里等待进军广州。今天还走不了，听说明早有汽车可以走了。行程预计两天半。妊娠的女同志和拿不动的行李都暂时留下，因为到赣州后，往广东走这段路程，未必有汽车坐，可能要靠两只脚赶路。

晚饭后，同晴拿在西湖买来的一袋龙井茶和一张照片去省团委组织部给韦必克。他慷慨地给我一把纸伞。

9月20日　晴　今天出发赣州。等了半天，汽车才来9辆。到了午后一点，只好二、三两队先走，一、四两队还得等明天才能有车走。坐上一辆货车，一边一个窗口，比闷罐火车还不自在。车走得慢，180里走了五个钟头。天要快黑时分，到了新淦县城。住到一间破屋，没灯又没烛，摸黑躺在灰土的楼板上过了一夜。

9月21日　晴　一早从新淦上路，到吉安午餐。等汽车渡过河，13点才走得成。到太和,又要等待后面的车到来,从14点等到天黑车队才到齐,只好在太和停下过夜。

9月22日　晴　凌晨三点半起床,四点开车,七点半到达遂川。县城濒临赣江,周边林木郁郁苍苍,风景秀丽。

按路程计,以为午后二点以前可以到赣州了。汽车却在离赣州80里处抛锚,在路边溪水和树阴下消磨三个钟点。到赣州时已是下午五点半。一到赣州,便看到《赣州日报》发表的令人鼓舞的消息:昨天在北平,首次人民政治协商会议开幕了!和晴在街上见到她老姨,真是令人高兴。原来老姨和姨丈卓振标也加入广州大队,准备接管企业部门。

这里天气同南昌差不多,闷热不得了。我们队伍被安排住进省师范学校。几十个人住间大教室,拿桌子拼起来作床铺,夫妻俩只有蚊帐遮拦睡在大家中间,十分别扭。

9月23日　晴　老姨两口子来看我们,一起去公园走走。请她和老卓到桂香居饭馆食广东菜。晚饭后,又和他们到城边河里洗澡。河水清浅,河底细沙,是游水的好地方。

晚间,华南分局赣州会议,发给广州干部大队70张入场券,可全队138名团级干部,只好让一部分人去。不得去的人便嚷嚷,认为政治待遇不应当如此随便处理。

9月24日　晴　赣州会议又多发下几张入场券,我也得到一张,会场上遇见好些熟人。原延安联政宣传部的顶头上司萧向荣部长,现任十五兵团政治部主任,听说要到华南分局任宣传部长。见面特别热情,叫去他那里谈谈。到了广州,少不了又得同他打交道的吧。原《东北日报》记者常工和到过哈尔滨的剧作家宋之的,也随着部队到此等待进广东。原《解放日报》记者曾艾荻从北平来,准备到广州办报。听曾说,原香港《华商日报》刘思慕带来七八个人,都是搞新闻的人马。打算去找已决定做分局宣传部副部长的李凡夫谈,要求到文协去搞专业创作,要不回广西老家也罢。

今天会议,作为分局书记叶剑英继续昨天未做完的总结,最后谈关于集中统一等问题。接着各兵团首长发言表态:表示拥护分局统一集中领导,加强团结。

9月25日　晴　天气实在太热,同杜略到茶园泡一壶茶,躺在竹椅上消磨半天工夫。老杜情绪低落,居然说想回东北,不往广东老家去了。原因是天气太热,不能适应。

晚饭后,同晴又去河边洗澡。

9月26日　阴　下午下雨,炎热消除,得以睡个好觉了。给在南昌的韦必克写封信。

9月27日　阴　给谭荫溥、凤琴、严蒙和奚渊各去一信。

晚饭后,和杜略从南门走到西门,沿着城外村道一路走,空气清爽。曾艾狄带个人来找,说肖部长意思要我同他们去《南方日报》。我却说,什么工作都可考虑,就是报棍子死也不再干了。他老兄见如此回绝,话不投机,悻悻走了。

9月28日　晴　队伍重新编组,按接收单位分成若干小组。我所在小组说是要接收广州市政府机关的教育局。各组组长可能就是市政府各个局的头头,名单宣布时,官瘾大的人,见榜上自己无组长之名便吵吵嚷嚷。一路来,大家同甘共苦,似乎一条心,此刻,有了名位的差距,人们便产生了分歧,各有各的心计。

9月29日　晴　《赣州日报》刊出,中华人民共和国国旗图案:红地五星,象征中国各族人民大团结。从此,青天白日满地红的旧中国,将被新中国取代了!

9月30日　晴　到赣西南区党委去打听一下广州市新闻界的情况。接见我的是个姓欧阳的同志,广西桂林人,遇上老乡特别亲切;谈起他1944年退出桂林时,回头看到日本鬼放火烧城,大火连天的情景如今仍历历在目。他也想调回老家,不知组织肯不肯放他走。

晚间,组长徐某说这次市府没有接收报社的项目,原来干报纸工作的同志去接收"市民大学"。这是国民党政府的教育局为实行党化市民而办的短期训练班。我去接收这个摊子,未必有长期工作可做。那么,留在广州市里干什么好?是否可以转到文教部去,找李凡夫副部长谈谈吧,但又恐怕此时去会被安排到《南方日报》当编辑。不如等接管工作完了,再请调华南分局去找欧阳山,到文协去好些。

10月1日 中华人民共和国,终于在北京宣布成立了!晚间,赣州街头出现两支秧歌,吸引四面八方潮水般的人流,盛况空前。

为庆祝新中国诞生,放三天假,干部队也不再每天开会了。

10月2日 阴 为庆祝中央人民政府成立,赣州各界民众今晚六点在体育场开大会。群众队伍擎举“跟着共产党走”的红旗涌入会场,广播转播昨天毛主席在天安门城楼上向全世界宣告:“中华人民共和国、中央人民政府成立了!”一下子把人们的情绪点燃起火焰。会场各界民众为“中国人民从此站起来了”而欢欣鼓舞。

会后,火炬游行,秧歌队带头穿街过巷。商店霓虹灯好像特别鲜艳耀眼,人们伫立门前、街道两旁,万人空巷……

不禁使我想起11年前的今天,投奔革命步入延安南门的那一刻,往事过去整整11年,革命终于成功了!我如今也已步入中年,充满着浪漫青春的年华早已是一去不返。

10月3日 阴 天阴送来了秋凉,溽暑的日子行将消失。一年容易又秋风!

10月6日 下午小雨 中秋节。去年今天在哈尔滨,到未婚妻老于家过了快活的一天,傍晚饭后,一家人到兆麟公园游玩,与鲁艺同学张波相遇,他顺便给我们拍张照片。从兆麟公园走到江沿,又坐上小艇过江上太阳岛走一转。公家发每人三块钱买月饼,到晚上,商店放完鞭炮,早早就关门过节,月饼吃不上了。

10月7日 晚间雨 早晨给在汉口的西虹写封信,告诉我们已到赣州,等待进军广州。晚上六点钟,听叶剑英和方方作报告。叶说到了广州,一定会遇到许多困难,克服的办法就是一、真心实意为人民服务,一切以大多数人民利益为出发点;二、发扬民主作风,运用集体主义精神来商量解决问题。谈到城市管理三个步骤:一、安定社会秩序;二、团结人民群众;三、恢复发展生产。

还强调说做事要有中心,中心是从大多数人所关心的,大量需要做的事情出发的。哪一样是大量的哪一样就成为我们工作的中心。做事没中心,就像五个手指抓5只跳蚤,办不到的。

10月10日　阴　下午4点,队伍按新编的班组分别坐上10多辆汽车,开始从江西省立女子师范门口,首途启程前往广州。

妻子于凤乡参加她们的卫生系统小组乘另外一辆车,我俩分开行动了。她到底幼稚,不免为她担心。为了防空,汽车队只好夜行。从赣州到南康时,天上的月亮出来了。车队停下等后面的车到来。于跑来对我说,吃东西可得注意,她身边的女同志患上痢疾。

夜间,从窗口飘进来的风,带着潮湿的气息。当下已是白露的节气了。

10月11日　晴　天亮,我们车队已过了龙南,进入大庾岭山脉腹地。四周都是郁郁葱葱的松杉林,山脚谷底流着清澈的溪涧,稻田一片金黄。上午八点半钟,车队停在虔南城外二里地的路旁。到小村庄找老乡弄饭。看得出来,这三南地带农民是贫困不堪,个个衣衫褴褛,面黄肌瘦,房屋低矮污浊。同他们买柴米很不易,即令买得的多半是连糠皮的糙米。一个骨瘦如柴的老农正默默地砻着两筐稻谷,原始的工具在这里仍然被操作。什么时候才叫老农丢开这样原始工具呵?有人说,恐怕得30年吧?心想,也许时间太长了,但是,再过10年,能否用上电动的碾米机呢?

白天,我们车队不走了,就地休息。找到一间小楼房,还有张竹躺椅,可以伸展伸展四肢。但怎么也不好入睡。一位同志从外面回屋来说,后面还有好几辆车未见跟上来。卫生组的车是已到前面去了呢?还是落在后头未赶到?心里不免为于多了份负担。

10月12日　晴　夜里,汽车走了一夜才走了10多里地。不知之前哪天下过雨,现在路面成了泥浆。前面重炮团的炮车把去路堵了。我们的车只好走走停停。

一路上,两旁尽是露宿的炮兵。在泥泞的地上铺上一块床单,人就在上面躺下过夜,身边都是炮车和喂牲口的斗槽。夜间,听到赶马车的北方老汉哼哼悠长的民歌。他们这些胶皮轱辘运输队,不是远从黑龙江就是河北河南一带随军南下的"支前"队,历经华北平原,渡过长江以南的水乡,牲口显然瘦了,老乡倒还精健唱着家乡民歌解闷。

早晨八点半,我们到了赣粤两省的分水岭,从此,再往前走就进入了广东省境内。前面是八匹牲口拉的重炮。路窄,汽车被堵了,后头还有不断地赶来的重炮。只好把车停在边上,让炮车先走。再往前30里,还是山路,一直到了坝子圩,才见到村落、稻田和平地。晚上六点多钟,我们的车停在离翁源县官渡还有10里地的利龙圩上。这是三天逢集的小镇。才解放半个月,老百姓对我们瞪着疑惑的目光,甚至敌视。店铺关着门,什么也买不来吃的。只有个人自己带来的糙米加上供应站卖给的芋头和油盐,勉强对付一顿。

车队的车辆,来一辆没一辆的,好像掉队的落伍兵。等了半天,也没见卫生组的车。于怎样了呢?平安吧?吃上饭不?想把饭留一碗给她,也许她到半夜才到。要是知道路上那么艰苦,当时要求一起行动就好了,免得一路牵肠挂肚。

这里是讲客家话的地区,老乡的话,只能听懂一两句。

10月13日　阴　今天利龙圩逢集。赶集的人稀稀拉拉没见几个人。地摊摆的只是一些米糠、竹器、青菜,很少能吃的糕点、水果之类。我们一行口袋剩下几百元钞票,没地方花。为等后来到的车,一下子走不了。可以赖床休息,几天来太疲乏了,一觉醒来已经是午后一点多钟了。一阵汽车声,到门外看看,后头的车来了。大家都欢呼起来。我见到于平安无恙,特别高兴。

夜里,来一支游击队人马。一色青土布衣服,五角星军帽,个个扛着步枪,那是生龙活虎的小伙子。在北方看惯了大高个,如今面对这群“童子军”,多少有点新奇。这里头,还有几位十八九岁的姑娘,都是挑担子或做卫生员的后勤人员。

有个姓莫的后生,说是广州西关的资本家少爷,父亲当了日本维持会什么伪官员,自己却不肯做汉奸,跑到山区来干革命。在敌人实行肃清平原,围困山区军事政策的日子,他们游击队就在这一带活动。

10月14日　晴　凌晨三点多钟起床,到离开利龙时已经五点过了。车开半点钟左右,抵达官渡。这是一条不很宽的河,汽车得上渡船才能到对岸。人过河后,步行约20里到青塘圩等待车队到齐才能往前开。今天逢青塘圩日,比起利龙,圩上卖吃的东西多一些,价钱比赣州要贵一倍,一只柚子得花300余元,100 元才买到二两花生米。拿铜板或银元买,价钱就便宜一半。钞票在这里还是强制性的货币。

吃过晚饭,车队的汽车才到齐。然后车队出发不久,开到前面一个村子就停下来了,人就在车里抱着膝盖睡觉,冷得叫人受不了。北方人嚷:"广东地方也是这样冷哇!"

10 月 15 日　晴　一早,听朱光说,我们的部队昨天已到达广州市郊的白云山脚下。敌台广播"广州已成真空地带"。大家欢呼:"不吃早餐了,赶!"但是,车开至梅坑被迫停下,前面二十里有座大桥没修好,恐怕要在这等两三天。

10 月 16 日　晴　同于跟杜略买根甘蔗到河边去边吃边聊。完了,顺便到附近农庄逛逛,看看利用流水做动力的水碓。这里大约十个八个小村庄,像棋子散布在弯曲的河边和平展的稻田中间,背后全是青翠的群山,活像一幅美丽的山村图画。

10 月 17 日　晴　一早,见到老姨和老姨夫卓振标。原来他们华南大队的车子昨晚才抵达。这时,街上全部挤满了汽车和北方的胶皮轱辘车、人和牲口。夜里,凌晨四点汽车队开始起动开走,一直开到六点。我们小组两辆汽车为慎重起见,到天亮时才走。

10 月 18 日　晴　凌晨三点半起来在半明半暗的光线下吃了饭就往车上挤,四点开车。车到桥边,修桥的工兵不让过,等三四个钟头他们弄好后才通过。从梅坑到从化县的良口,一路仍然是高山峻岭。车到从化县城已黑夜。大家饿了一天,过河到城里找东西充饥,找不到什么可吃的,只是有人在卖米粉的摊上拿到点锅巴,就着开水囫囵吞下。

晚上 8 点 30 分,车继续向前赶,午夜 12 点半到达以产沙河粉著名的沙河镇。突然出现电灯光亮,映照平坦的柏油路,人们个个高声欢呼。夜深,不许惊动老百姓,不便进城,大家只好露宿马路旁的店檐下,忍受寒冷和跳蚤干扰大半夜。

10 月 19 日　晴　一早醒来,赶紧收拾铺盖上车,到不远的红花岗附近的茶寮做早餐。街上,令人瞩目的是香蕉,四角港钞一斤。不仅是北方同志感到稀罕,就是我这个"广佬",也已经十一年没见了,此刻也觉异常新鲜。另外,又肥又粗的紫皮甘蔗,抗战前是极少上市的,现在却代替了香蕉,甘蔗一节一节摆卖。不知是不是从菲律宾引进的品种。

早餐后,我们负责接管广州市的队伍开进最高建筑的十三层爱群酒店的第九层。这座抗战前夕1937年上半年才开张的13层屋顶茶楼,门券5元才得进,对我们穷学生哥那可真是如同登天。如今,我们居然成了它的占有者了,不免自豪。楼上纵览街市,旁边横跨珠江过河南岸的海珠铁桥叫国民党军队败走之前炸断了,附近的民居也倒塌了一大片。听说,当场死伤民众上千。

和大家一道到最繁华的永汉路去逛一会。自来水金笔、手表等外来货,比沈阳、上海便宜。专卖象牙制品的大新路和海珠路相连一带的街头,尽是一伙一伙闲人在聚赌。地摊摆卖的图书都是五花八门的黄色读物,春宫图一套一套的公开摆着。美国口香糖和香烟触目皆是……

茶楼依然开业,只收港币。我们即使有港币也是被禁止上茶楼的。一位南宁大资本家陈丽南的侄女陈振华说她想拿戒指去兑换港币,请我俩喝"欧华田"(美国的饮料),就是不敢违禁上茶楼吃点心。

10月20日　晴　东北干部每回上街回来都嚷嚷,不是口袋叫小偷摸了钱,便是手腕上的表硬是让扒手抢了。街上的人明明见到小偷也不敢抓。市面的秩序很乱,治安几乎无人过问。

老姨和老姨夫卓振标是华南大队的,住太平南路的豪华大厦——新亚大酒店。卓是马来亚华侨,曾任哈尔滨铁工厂的厂长,这回准备接管海关。晚饭后,同于与老姨们一起在江边长堤买只菠萝,卓把它削了皮便分成四块,让东北人尝尝亚热带佳果。

10月21日　晴　今天开始到市政府接收。朱光以市长身份召集旧职员讲话。下午,市府各个局分别开接收小组会,介绍情况。

教育局的社教科业务极少,不需要多少人。我就去接收专科学校,但市里的专科学校也只有艺专一所,主要是美术专业,音乐、戏剧专业的规模很小。

接收市府的人员从爱群搬到广仁路口1号的宿舍来住了。这里是一般公寓,条件很差,跟初进哈尔滨时差不多。

10月23日　晴　上半天,同一位叫董一的同志到市立艺专去跟学校的教务人员见见面,听他们介绍情况。

傍晚时分,一位陌生人突然寻到广仁路一号住处来说,他叫吴大基,中山大学教授,1934 年秋季同我是培桂高中的新生。呵,太意外了,不由叫我吃了一惊。他说是我前天在市教育局对他遗留下的名片感兴趣而四处打听他,一位旧同事将此事传话给他,他便找来了。原来是老同学呀。他不由分说,立即拉我去惠爱中路惠如茶楼旁边的大公冰室饮冰。茶客见我一身解放军打扮,居然来光顾,个个投来异样的目光。

吴说他目前正在帮助“中大”许崇清校长清理移交手续……说原先是他表哥祝秀侠(市教育局局长)要他帮忙兼差做督学的。问我打算干什么,如果去市艺专,他可以协助。说他在那里曾当过教导主任……

谈起其他同学,专门问了黄流的信息。说黄把他看成亲弟兄,他上“中大”还是黄叫家里给钱接济的。这才使我记起,那年临去延安前夕,和黄流、黄光瑚一道在余家菊家告别时和吴大基说说笑笑的情景。当时,我们都还是大孩子,转眼十一年过去了。想不到他竟成了教授,而自己成了作家。

10 月 25 日　晴　下午,朱光市长要召开全市中小学教职员大会。上午,没有事要办,到街上买床蚊帐,送到卫生试验所给凤乡,又和她到惠爱路给她买双白胶鞋。这样一来,口袋只剩两千元,想去尝尝广州点心,钱够不够呢？也得算来算去。

10 月 26 日　晴　这新住处名字还好听——广仁花园。可是没电灯,角落里还存放着炸药没清理……原在东北某单位当过科长的马俊,因为没被安排上高官,牢骚满腹。

董一去华南局宣传部去找副部长李凡夫谈话,回来告诉我说,李讲本来是打算要我去《南方日报》的;要是我愿去文艺处也好。文艺处现在暂由周钢鸣负责,下边有创作组。到底是到文艺处还是到《南方日报》？到文艺处未必能搞专业创作,还不如到报社死心塌地老老实实埋头编报好。何去何从？真是踌躇不决。

10 月 29 日　晴　同董一到文德路找到周钢鸣。他是广西罗城县人,早年在上海加入“左联”写过《怎样写报告文学》小册子。他对我工作的意见,认为我要去文艺处就去创作出版组吧。将来下厂生活，写作和编书都行。

按说，这样一来，追求几年的创作愿望是可以达到了。可是事到临头，思想又产生矛盾：觉得目前就到文协去，马上写不出东西，岂不悬空？若要先进厂下乡生活，广州话写进作品又不像北方话那样口语即写成文章。想想，当前别人都争先恐后干番事业，我若站在一边冷眼旁观，当作家未免太寂寞了？

10月30日　晴　一早，同老红军覃延年去见即将回广西就任省委副书记的雷经天。他原是我们南下支队政委，熟人，一切如故。鼓动我回广西。广东不放的话，从他领导的两广纵队找个师政治部主任和我调换，那人也要回广东老家。

回老家，到地方工作，还是在此地当作家？回去做实际工作，把自己锻炼一番，一方面还可以体验生活，收集写作素材，两三年后能写就回文协单位，不能写就干脆改行做一般工作也就罢了。这，既可干番事业，又可以储存写作资料，进退都可以由人，倒能心安理得。可是，要回广西，马上就要离开这个南方的大都市，到闭塞的农村去了，日后能不能回得来弄文学呢？

同于凤乡上越秀山纪念碑玩了半天。但人虽在越秀山，心里却像长了草，乱极了，眼下人生的艰难抉择困扰着我。

10月31日　晴　一早，脑子里还是塞满了问号。到市委组织处写介绍信到华南分局谈工作。到分局说我是搞报纸工作的，只好介绍去文教会。但一问我是广西人就说，上头已有我的名单，广西省委指名要我回去。没话说，只好服从组织调动，回老家也罢。

下午，到凤乡那里告诉她要调回广西的情况，她没有什么问题，只要我乐意就行。约三点来钟，有汽车送我到东亚大酒店——广西工作团。

11月1日　晴　吃过早餐，要到卫生试验所接晴。等要车去，一直等到下午三点，车坏了，去不了。只好自己花100元乘公共汽车去。到此，一个铜板都没了，头发已经两个月没理了，穷得一文不名，大都市生活，没钱实在待不下去。

晚上，同凤乡散步，顺路绕过太平南路新亚大酒店看望老姨两口。老姨对我们回广西很不赞成，以为和凤乡离得更远了。

11月3日　晴　两天来冷静想想,觉得回广西不一定那么称心如意;留在广州干创作岂不就算了？能搞写作,岂不就达到发挥专长的愿望了？为什么要改行呢？改行,心有不甘,将来又要写书,岂不走了弯路？另外的问题,于凤乡到广西不一定像在这儿有卫生试验所的技术工作可做;熟人(东北局来的干部)可能更少,生活会感到不惯……

到这里——广西工作团报到的干部已有五六十号人。大部分是广西籍参加东江纵队打了几天游击的大中学生。初步编成几个地区的工作队。我被分配在南宁工作队,队长陈枫,广西地下党城工部头头,在分局那里忙于招兵买马动员干部到广西工作,没空来照面。组织上要我代理队上的学习事务,一共才十来号人。晚间,工作团干事会开会,让我出席。讨论进入广西的工作步骤,掌握政策等等问题。

同凤乡到市立医院看 X 光胸片,诊断结果是肺结核初期。需用连霉素针剂和水杨酸药粉治疗,得花十多万元人民币。这么大的数额怎么办,跟组织上说未必能解决,只望今后写文章领稿酬再说了。

11月9日　晴　从惠福路转过中华路文教接管处想见见董一了解情况。他却病倒住中央医院去了。走到净慧公园附近,迎面走来两个撑伞的妇女,赶到跟前其中一人把伞倾斜碰我胸口一下。低头一瞧,派克钢笔不见了！明知是她们扒去了,但无物证不便追上去扭住她们,只能眼睁睁地看着这两条水蛇腰冉冉而去。顿然没笔,正像失掉臂膀,真是欲哭无泪。

上午又同周凤乡去防痨院透视,病情结论与市立医院的检查一致。如使用气胸疗法需要一年半的时间。生活一下子蒙上了阴影,让人平添几分惆怅。

11月10日　晴　晚上,把只戒指兑换成二万一千元人民币,打算明天去永汉路买支自来水金笔。

11月11日　小雨　物价忽然涨了。原来一百元人民币可兑换港币两角,今天才换得一角五分了。金笔比昨天涨了三分之一。本来是八千五百元的价,现在得花一万一千元才买得来。

下午,庆祝广州解放大游行在微雨中进行,入夜举行提灯游行,民众情绪高涨,场面热闹非凡。心想,写篇注意克服麻痹思想的作品,恐怕是当前的主题。

南方情结

（1950.1.1—1954.12.3，1956.2.1—12.31）

1950 年

1 月 1 日　昨晚忙了一夜，梧州市委机关报《建设日报》终于随着 1950 年的头一天与读者见面了。我虽彻夜不眠，但还是不能把它弄得令人满意。社长的责任担在我的肩头。现在，不单管理业务，对政治问题负责，还要兼管整个报社的家务，衣食住行都得去照顾。这是一个新的题目，新的历练。

祖国将从划时代的 1950 年开始走入和平建设的年份。中央号召我们在这个时间里，做到“完成胜利，巩固胜利”。人们都到街头看热闹去了，大街上充斥着秧歌和欢笑声。街道少，人拥挤，在其中走上一段路都很吃力。

1 月 2 日　今天本是假期，但它却与我绝缘了，我们得开会，讨论《建设日报》怎么来完成党给我们的任务。市委宣传部的工作，暂时由张扬和梁成业去做。张目前做庆祝梧州解放、迎接 1950 年元旦的宣传工作，同时还要筹组市委文工队；梁着手准备干部教育的学习材料，以及调查干部的思想状况，以便将来进行学习布置。

夜里报社开新年联欢晚会。大家玩得挺开心,工人们的情绪也还好,只要有人好好去搞工作,工人是容易发动起来的。

1月3日 整天忙于交涉钱,交涉床板、桌椅,以及电台和人员等烦琐的行政事务。虽然各部门都有人,可是他们都没有发挥自已的主观能动性,为工作想办法,只是被动地待着,等别人去推动他,有时还推不动!现在的工作,好像大水泛滥,而我们的几个干部好像一些稀泥,堵上那边这边又垮下来了。北方来的人听不懂本地话,文化程度低,业务不熟练。本地干部带着好些知识分子味,没把共产党的原则性当回事。什么工作都得我亲自动口动手去干才行,我几乎成了庶务员了!

黄奇英又来,说是要失业了。新的法院不会再用他这位旧书记官的了。好像要我想办法帮他。他可能不知道我们的组织原则是不容许的。

1月4日 又忙了一夜,可是第二号的版面仍然存在好些毛病,有的还不好处理。《广西日报》来了一位记者,说在此大约住两三个月。他来了后对我们的通讯工作开展当然有很大帮助。

庆祝梧州解放和新年的大游行,今天举行,我却没时间出去看一看。昨晚睡眠时间太少,白天只好多睡了一会。天气冷了,穿夹裤都觉得凉。

1月6日 省府副主席陈漫远从桂林来,路过梧州。今天在国泰电影院对本市党团员讲话,说明我们目前工作方针与任务。会后放映《乡村教师》《丰功伟绩》。我这几天不分白天黑夜地工作,有点支持不住了,而且报社发稿还没人处理,只好不看电影就回来了。没想社里的编辑都在观望,不知该干什么,不能不叫你生气。

白焰从广州回信了,说工作不如意,不会照顾上级,恐怕待不下去了。总之,"小资"的思想情绪在他身上依然残留,似乎还没有磨炼成一个"无我"的布尔什维克。他虽有不足,但我比他更是差一步呢!这次回归广西来实在是走入窄途,工作又入了套,真是无法可想。

1月7日 今天礼拜六啦。可是工作使我们忘记了休息。工作是愉快的,然而,工作陷入泥潭没有显著进展那会叫人烦恼。

睛也忙得消瘦了。想吃一根甘蔗一块糖,都感到那样困难。虽然南方到处都是水果和食糖,可是还不如在东北时方便了。我们的贫困,恐怕还得两三年才能摆脱。

收到韦必克的信,他也想“南归”,叫我帮他向雷经天提一提。

1月8日 上午市委宣传部的两位干部来说,书记陈枫叫我们宣传部开会,布置宣传工作。可是,市委对此一直没有开过一次会议,我根据什么去布置呢?自从搬到报社来,很少看到政策文件,好像他们已把我遗忘。想到这里,打算把报社搞出一个眉目来后,就干脆去弄文学好啦。想到这些事,不免心生懊恼,觉得当年不到广州文协去,是走错了一着棋。不知啥时才能补救过来了!

下午开了一个干部会,讨论是否该出四大版报?看看大家都表示有信心,可是,我有点不敢放手,怕收不回来,不好收场。这是否我没有群众观点,不相信群众呢?

夜间,晴发现钢笔丢了,懊恼了半天。去看前锋剧社演出《刘胡兰》,演技太差,结果好像吃了碗带砂的饭。

1月9日 昨天收到石屏的回信,到今天还没闲空读。上午张扬来谈市委宣传部如何开展工作的问题,觉得上面给我们的指示太少,无从根据去开展工作。下午,杨克来通知:把我的组织生活移到市委机关支部去,这里的支书就由葛复惠做了。夜间,宣传部两个同志又来说,陈枫说明天开市委会,整个任务确定后,再谈今后我们的工作。

文学之神缪斯又来叩门了。我老是不能死心,总想在这方面有所成就。想从此抽出时间,每天写一点东西。

1月10日 市委机关支部拉我做宣传干事,今天又得去开支部大会。会上,作为组织部副部长的罗杰林对支部大会该讨论的问题没弄明白,把行政事务拿出来乱扯,一些本应在党小组会讨论研究的问题也被拉扯了半天。对此,我提了意见,他们那帮地下党员却一番哄笑!让我又气又恼。一个严肃的党支部会竟被他们当成了儿戏!陡生“龙游浅滩遭虾戏”之感。

小同乡梁升汗在军队里被解放过来,今来见我,请我保他出来,好在旧历年时能回家乡与亲人团聚。下午二时许,我到他的连队去看他,顺问二哥情况。

他说二哥在乡下同老百姓弄得不太好，把民工的钱拿了，造房子又和邻居闹意见。可能是欺负老百姓了，将来家乡的老百姓发动起来了，他是要被指责的。二哥的事让我心里好不愉快，夜间写信回去，叫他最好能同妈妈来趟梧州。

今晚情绪很差，烦闷无端涌在心头，挥之不去，连写了好几封信。给江西的韦必克、哈尔滨的岳丈家、广州的白焰和老姨、南宁的梁时光、玉林的岳平，还有广州教育局局长黎明同志。

1月12日　发封电报给省委宣传部，请他指示关于在职干部教育和新旧党员学习内容的规定，以及文件由何级党委印发？另向市委组织部要求派会计人员来报社工作。

下午开全社干部会议，讨论报纸出四版的事情。大家对此有着浓厚的兴趣，准备十五号出版，我却有点不大放心。

吃晚饭时，江平秋才派定我今晚写出一篇社论配合明天报上登出召开各界人民代表大会的消息。如此紧急的任务，无异将了我一军，但也只好硬着头皮撑了。找些小册子、报章来参考，匆匆忙忙地弄了半天，写完时已经22点15分了。

到梧州后给严蒙写的信，今天他从遥远的东北回复了。他还是那样孤寂，说是虽然美丽南国遭受严重破坏，但还是怀念它，准备南归。最后，他替我照了一张我在东北日报社住过的老房子的照片。这下让我对东北那段日子生出无限的怀念来！

1月13日　本来要开的小组会延后了，因大家都忙于筹备各界人民代表会议。同葛复惠去电影院看《日俄海战》，原来是在东北时看过的片子。

昨夜赶写的社论发表了，这算是到报社后放的第一炮。看一天政策文件，觉得新华总社对全国新闻、宣传工作抓得挺紧。

1月14日　下午张华同志来到报社看看，顺便向他汇报，我们今天开了会，觉得现在电稿收得很多，不出四版浪费人力，广告也无处登载。但是，我们也有困难，比如经理部没有人，副刊编辑水平低，记者少……

每天夜里12点钟才上床，凌晨5点又要起来看大样，白天几乎没时间上床躺一会。明天要出一张对开的四版报了，增加一倍的工作量，但是大家都兴奋地来迎接这新的任务。假如说,人能再添几个,大家一心一意地把报纸办好,那也是很愉快的。

1 月 15 日 今天是《建设日报》扩版为对开四版的头一天。印出来看看还像个样子。晚间开市委同临时工委联席会议。曹主任对我说今天报纸的扩大版不错。联席会讨论各界人民代表会议怎样开法,开多长时候,准备解决些什么问题等。大家商量结果:会议还是二十四日开,开三天。解决:一、治安;二、金融;三、税收;四、公债。

家乡消息终于来了。镇图还是那样热情,在他看来我是衣锦还乡的了,这原因是人民终于取得胜利,而我正是胜利行列中的人物,引起他们的尊敬与欢欣是当然的。亮浙却痛感失业的威胁,带着一个洋老婆回家,想找我代为出力,来梧找朋友求帮忙。他似乎还不知革命队伍中的组织纪律。亮浙说二哥到南宁去了,不知为何出去,是逃避还是做买卖呢?家里怎么不来信?镇图说,大哥、三哥、四哥都过得去的,“二哥更加快活了”,母亲也还健在。我为二哥的过往担心,深恐他得罪了老百姓。因此,希望他能到梧州来。也不知把信寄到哪儿去好。写了半夜,写给陈翠华和绥渌县县长张玉田各一信,请他们关照一下二哥。

1 月 16 日 正写家信,二哥的信来了!这是十年来没见到的笔迹了,今天见到就如同见到亲人似的,感情潮涌似的冲上心头。二哥告诉我,我的信使得举家狂欢,母亲尤甚。十年来家里变化很大,侄儿增加十多个,大嫂去世了,小哉和国器都参加了革命,现一个在粤桂边纵队,一个在越南胡志明部。珍器在武鸣还无消息。读到这里,一下子长期压在我心上的石头终于落了地,禁不住哭了!小哉、国器终于觉悟加入革命行列,我们叔侄走在一起了,如果见面该是无比的欢欣吧。

二哥对未来的日子表示忧愁,说是母亲已经病倒,还生怕明年春全家数十口会饿死,希望我早点回乡去。也许他以为我回去可以解决他的一些复杂问题吧?可是,他又再三要凤乡也一块儿回去,看他还是那样保持着兄弟友爱的心。然而,我恐怕使他失望,在这个时候怎么好开口,为着个人私事向组织请假呢?只好赶紧写信叫他来趟梧州吧。

正要写信,晴来了,她的父母也来了信,说是接到我们到梧州后的信了。说风琴由组织派去沈阳学技术,不知学什么?

晚上在市委开小组会。会上向组织上提出到乡下去,到地委或者到省文联去搞创作。陈枫表示可以把意见转到上面去商量看看。看样子在这儿是可以放人的,我是走得了的。只是时间问题。

1月17日 给二哥的回信,同马镇图的信同时发出。晴还把我们的相片寄给妈妈,并在上面写了两句话。我们预计七天后妈妈就见到她的五儿媳什么样子了。

这两天太紧张了,人特别乏。晴说今天检查身体,医生叫休息。再劳累对身体更糟。看看近来她的确消瘦多了,但是工作没有人替代,怎么办?

1月18日 今天医生对晴说,根据体检透视结果,左肺大片阴影,右肺尖也有薄影,淋巴肿胀……若再不休息恐发展更快,吃药也将无效。但是现在怎好开口请假休息?买药得花几十万元,公家会不会批准呢?我们被忧郁困住了!晴很悲观,以为拖着这个病不如死去。这时应让晴能得到安慰和休息的,但我却无能为力。

晚间,市委会开会,商量各代会和中心工作。我在会上插不上什么话,却开小差想着晴的病和家中的困难。十一时半散会冒雨回到家,还得审看稿件,一天就这样忙着团团转。

1月19日 上午十时,出席各代会的党团员开会,由陈枫讲明,准备在各代会上解决的几个问题,同时规定各个党团员在会上遵守的纪律。下午二时接着又开文教界代表团会,由我做召集人。选的首席代表,又落在我的头上。这次代表团会,主要由大家提出几个问题,作为我们代表团准备向大会提出的议案基础。由各代表拿回各单位召开大会广泛征求意见,拟出具体提案,然后再讨论做最后提案,交给大会审查。

报上头条新闻标题《打倒恶霸、保护农民》,被张华来电话指出过左,与当前政策不符,叫看大样要慎重细心。编报的担子是越来越重。

晚上同晴上街买回一瓶蛤蚧酒,说是滋补品,不知效果怎样。晴一天比一天忧郁,我的工作也不顺利,彼此心情都很糟。

1月20日 今天是大寒,有点儿寒意。有如东北的五月初。而东北今天恐怕是被积雪封严了！想想东北庄严的雪景,使人胸襟都为之宽畅起来。

工作像波浪一个接一个的。下午两点开检查报纸工作会,晚饭后又接着开关于工薪和开支的会。完了又接着上班了,一天就如同磨盘转。

晴吃晚饭后来报社,也没有空同她打招呼,就让她又走了。她很累,更消瘦了,没有时间休息,没有药。

1月21日 接到奚渊从东北沈阳来信,说是我留下的书已经给我邮寄来啦。还告诉我一些报社的近况。他说,刘仲平他们知道我的“窘境”都挺乐。

晚间,给奚渊写回信,说是他想见南国四季不谢的花,我却怀念北方的辽阔了。信里顺便告诉刘仲平,看到他在《东北日报》发表的诗和译作,知道他们都在进步很高兴。同时也回信给严蒙,鼓励他向翻译方面施展。

1月22日 今天文教代表团到报社来讨论准备送到各代会议上的提案。从提案中看,为着个人利益提出的案件都比较详尽,属于公众的就较简略。但是在这个场合,作为党的代表同志,未能对他们做出解释,采取放任,让他们怎样提就怎样写上去,这是很不妥当的。为此,最后我提出意见,做了些解释,他们接受了,听信了我们公家方面的困难,而乐意取消其过高要求的提议。

1月24日 今天又得出席提案审委会的会议。但是我这方面的经验少,有些提案显然是办不到的也无法顶回去,只好让它提上去了。

外甥时光来信,说他是共产党员,曾经到过十万大山去学习过,现在家当副乡长。他还说二哥几次请他去商量“善后”种种,不知什么事使二哥这样不安?是不是对新政府不摸底？还是有什么风声使他心惊？真让我有点“海内风尘诸弟隔,天涯涕泪一身遥”之感。马上给时光回了一信。

晚上,同晴、陈瑞玲到娱乐电影院看英国片《红粉飘零》,写一私生子被侮辱与被损害的故事。

1月25日 梧州市各界人民第一届代表会今天开幕。我是主席团成员之一。会议代表一共196名。上午10点多开幕典礼,下午,听施政、接管、治安三个报告。晚间,各代表团分别座谈对三个报告的意见。文教代表团由我做首席代表,做主席。主席实在不好做,不善于启发大家发言,也不善于综合各人意见。

1 月 26 日 分小组讨论提案,我们主要讨论文教方面的四条提案。事先没有好好审查提案,现在印出来一看,觉得关于教职员福利的要求过高,事实上是办不到的。因此,讨论时颇费我一番心机。其他党员代表又不能起作用,只我一个人对付另外十二个人,显得我们共产党的说了算,影响不一定好,可是又不得不这样来修正提案。今天的小组讨论算是最吃力了,到下午也没讨论完。下午,开始大会讨论,着重解决治安、金融、税收、推销公债等问题。

1 月 27 日 代表会进入第三天了,本来今天闭幕,但有些提案大家意见很多,被一直拖下来了。下午,意见还是很多,闭幕式只好移到明天去了。提案经讨论做成九项决议。同时选出协商委员会 23 人(我为其中之一),公债推销委员会 43 人。

夜里,接到二哥第二封信,还是催促回家,说是家境较前宽裕,希望我同晴一块回去,他们准备全家欢聚一次。全家有 30 多人,成为全县第一了。但他充满着忧愁,担心明春绝粮,大概这次征粮过重,把粮食征光了。其他关于他个人的事应该没什么问题,自以为过去所做的事曾博得群众爱戴。反复读二哥的信至半夜,忘了睡觉。

1 月 28 日 各代会举行闭幕式。我在会上抽空给二哥回一信。信刚发出,李智来问是否能回家?他今晚下船,如果回去,可一起回去。他还请我到金陵酒家去喝茶,一块坐了一会。他也说到明春绝粮的事,假如成为灾荒可真是麻烦了。

奚渊从东北寄来的书今天收到。托买的“51”派克笔来了,花了整整两个月发来的纸烟变换得来的九万六千元钱。但笔不太好用。

1 月 29 日 同葛副社长商量调整报社人员。

下午一点在市委开会,讨论如何推行代表大会的各项决议。会上先讨论目前急切解决的禁用外币和推销公债两项决议。晚间,到海关地委去听出席亚洲妇联会回来的陈贞娴的报告会议。

1 月 30 日 上午参加协商委员会同公债推销委员会的联席会议。主要是传达昨天市委会的会议决定:2 月 1 日到 15 日为禁绝外币的时间,随后即正式推销公债工作。

谢扶民市长昨天到任,今天和他见面。还找不出时间跟他汇报工作。实在太累了,支持不住了,会未开完就退席回家躺下了。

1月31日 晴的病有加重的趋势,组织上批准休息了,同时还批准七十五万元的药费买P.A.S。把买药的钱转交贸易公司的李少西,请他托人到香港购买会便宜些。这样就可以多买一点了。

上午忙了半天把社论《把我们的决议变为行动》写完。晚上去市委开宣传部的会议。大家感到目前的宣传部工作(特别是党内教育)不好推动。

2月1日 今天晴入医院休息疗养去了。她这一住院,就算我请到探亲假回家乡,她也不能同行。一个人回去是寂寞的。可是要等到三四月回去,恐怕正是家人挨饿的时节,回去既不能救济,又有什么趣味?

新到任的地委书记谢扶民,特地请我去见面,以为有什么工作指示,谁知是限令我们不准收党政军方面刊登布告的广告费,以及替他们印刷有关资料时也不许要钱。我提出关于报社和我个人的工作意见。谢听后没有表态。回来遇见李少西,他当贸易处长感到没工作做,我却工作忙不过来。

晚间七点地委开会让我列席,看样子地委宣传部的岗位派不到我头上来了。越想越不舒服。假如到玉林去不就当宣传部部长了吗?为什么在这就不够资格了呢?既然当不成,我看还是到省文联去算了。明天写封信去碰一下,也许会碰破头皮,但总比憋闷窒息好些。

晚饭后曾去医院看望晴。病房阴暗,对肺病的疗养不一定妥当。可又找不到妥当的地方。假如可能,送她回我老家去,在乡间休养也许能好些。

2月2日 天气阴沉沉的,穿棉袄也有些冷飕飕的味道。上午写了一封信给谢扶民,请求调动工作,想到省文联,专事文艺。觉得报社夜间工作实在坚持不下来,做领导工作自己也无经验。

到医院去同晴聊聊回家乡的幻想倒可忘却眼前的苦恼。晴躺在病床后,更像个病人了。她的病不轻啊。

2月3日 下午一点到四点开了个检查报纸质量的会。报纸出版一个月啦，毛病还是很多。错别字如天星一样，标题轻重倒置，报纸出版迟……这些都是由于制度不完善，群众未发动，积极性未发挥所致？

晚间请梁谷元来商量经理部门的工作。他说工厂电力浪费太大，本来一部马达可带动两架机器的，但是我们只带了一部。其他诸如一些制度未建立，物资、财产没有统计……总之问题不少。工作确有好多问题需要一个一个去处理。但时间和精力的不济，让我处理时难免捉襟见肘。

晴住进医院后，脾气也变了，饭菜不好会生气，照顾不周也生气，最难弄的是生些莫名的气，让你手足无措，只能默默走开。工作、生活的压力真是让你喘不过气来。

2月4日 协商会二次会，先讨论关于对换港币事宜。从昨天1∶2700之比，增至今日的1∶3700，原因是受广州方面影响。至于昨天兑入人的损失，准备赔偿，但兑换人无登记的，只好将该笔款子挪作市政建设费用。会议还通过成立文教研究委员会的名单，我被选为副主任委员。

正在开会时，得二哥第三封来信。这回他充满悲愤，想将母亲及其儿子叫我扶养，而把九栋房子献给国家，自己就到鼎湖去修行了。看样子他在家乡是受到了某些限制和威胁了吧！母亲为这些落泪，希望我能回去一趟，帮助他们。可是，我深感无能为力，这时候请假恐怕未必得准许。

白焰来信，说他调政策研究室当副主任，还去了一趟香港。看来他是比我好的多了，虽然他常说人总是在矛盾中过生活的。报社的工作，特别是当个领导，让我越来越感到力不从心，

整个白天为回老家探亲还是不回始终思想矛盾。请假吧，怕工作走不开，领导难批准；不请假吧，心事放不下。二哥信中说其实他的头脑比我还年轻还进步，不知具体所指，何以见得？真奇怪！我承认他某些方面比我强，但……夜里写两封信，一给二哥，二给张县长。请张能在县优属招待会上对我母亲安慰一下。

2月5日 为着地委要出刊《工作通讯》，谢扶民书记特别要我到他那里去谈一下。他说，要我来编这个东西，由报社印刷厂承印。工作又加重了。在他面前顺便提出回老家探亲的事，他说可以商量一下，如果可以回去明天就通知，

同骆专员一块到南宁去开会。假如他有汽车，那是最好不过了，两天半就能回到家乡，晴也能很高兴地一起回去。关于前天我以书面形式提出的工作问题，谢书记说已经打电报请示省委，等回电再说。所谓电报恐怕就是地委人员名单的报送问题吧？我若是地委宣传部副部长当然要兼管报社，那还有什么改变命运的希望。写封信给莫文骅副主席，要求到省文联去工作。不知命运如何？

晚间给白焰回信。

2月6日　一早给华南分局宣传部萧向荣部长写信，请求让我调回分局宣传部或广州文联去重新分配工作。今天我被通知要参加三个会，上午十时公债推销委员会开会，下午二时地委开会，文教研究会也要开会。

下午两点到海关去开地委会会议。谢扶民传达省委1950年的工作计划。今年计划要做到五项事情：一、剿匪、反特，巩固治安；二、贯彻合理负担，整理财政，保证供给；三、恢复生产，节约救灾；四、建立各种制度，培养干部；五、广泛宣传全国胜利，各种政策，中苏关系，召开各代会。在第五项中，特别指出：办好报纸，印发书刊，建立广播电台，成立中苏友好支会。另外，地委目前要做的事还有旧历年前召开县以上高级干部会，解决目前农村工作中反霸剿匪、征粮、春耕、救灾等问题。其次，谈到《建设日报》改为地委机关报。党报委员会为地委委员，主任谢扶民，副主任张华。准备于最近开一次会议，解决报社的具体问题。最后，关于我请假回老家的事，由谢扶民提出后，大家都说过些时候再回去。张华说，过了年回去。谢说将来总之给你回去一次就是了，还说把母亲接出来也行呀。此事就这样被搁下了。

夜间读珍器的武鸣来信。他母亲1944年去世后迫使他离家投入中央宪兵学校，后来为旧社会做了些事，现失业了，住在其妻家，生活困难，想来梧州……回想，我离家时，他还是小孩子，现长大成人还结了婚，真如隔了一世。虽说他走了一段不光彩的路，但若不叫他来得到个改造的机会，将来的他不会好。设法让他到梧州来，加入干训班学习好了。

2月7日　找各部门的负责人来谈工作，时间很快过去了。下午开了个纪念“二七”暨报社职工俱乐部成立会，恰巧也是购买公债的时间。我去讲了话，希望俱乐部能够做到：一、健康娱乐，二、学习，三、团结。

由梁谷元找关系拿到张免费船票,给珍器寄去,但不知他能找到路上吃饭的钱否。

2月8日 市委来电话通知,党团员下午三点钟去昇平戏院听地委领导报告在职干部学习问题。我在会场坐等了半天才开会。原来只是张华报告两个月来接管工作的会,会上也就是重复一遍陈枫在各代会上的讲话而已。我只好退场回报社。在街头遇黎霞煊问,市委罗杰林已请假回家,你怎样了?听这么一说,我当即愤愤,他凭什么能请假,而我却不行?过了年一定要回去。既然有人走在前头,我当然也可以跟着做。

奇英来说经常吃猪骨头炖黄豆芽汤,可以治肺病。我便亲自去菜市花一千元买回半斤猪骨头,到医院叫护士替晴炖汤,改善一下伙食。今后每天都可以买五百元的骨头来炖个汤喝喝,再多就没办法了。

2月9日 从早饭到晚饭,我就坐在饭桌旁,处理事务、开会,没有一点空闲时间。吃过晚饭又得上班,到子夜12点半才上床。一天就这样转!

鞭炮四处炸响,原来老百姓今天在送灶呢!想念家乡的老母亲该不会正盼望着远道的儿媳归来吧!整天忙碌、操心,到晴那儿仍被抱怨照顾不周。

看看熟人们在报章杂志的文章,心里又动起来,感情又活了。只是当前肩上的担子压得很沉重,什么时候才能让我拿起笔杆子来呢?

2月10日 天气已经暖和了,春天真是来临了。为了准备明天开党报委员会会议,写了一份一个多月来报纸工作情况汇报,以及今后工作的意见。

2月11日 党报委员会的会议在报社开,从下午两点等到三点才开得成,一直拖到六点才散。会议决定报纸交地委领导,党报委员会改组,由地委委员组成;报纸方针以农村为主,兼顾城市;对象为工农兵及其干部;内容以发表地方新闻为主,刊载上级党委指示决定及中央重要文件,新华社电讯稿;及时总结本地区各方面工作经验……这个会还明确了我的工作。社长要专人做,地委宣传部副部长如果要我当,也不过是名义上的,实际还是做报社工作。

本市双拥运动工作会议又得我去主持,昨天筹备会选出来的几个小组负责人,让我等了半天才稀稀拉拉地到来,会上决定要做的几项工作,分配由各小组去筹备。诸如军民联欢晚会,写慰问信,组织慰劳队,开军民座谈会,宴请军属,为军属挂光荣灯……

又向谢扶民提请假事，他仍不答应。我就这样被拴在这根木桩子上了！

晚上，又得二哥来信，他干脆说旧历年初就带侄儿外甥来梧州了。小孩来上学，他来做生意。叫我帮租房子。他们来见面自然欢喜，但同时也带来烦恼，找房子住，今后生活的维持……总之，将是个包袱。我恐怕会被这些麻烦拖垮！

2月12日 今天召集编辑室的几个负责人来讨论第二版改登地方消息事宜，以及各版内容的重新划分。会议从十二点一开就到吃晚饭才完。

一早曹传赞曾来商量梧州地区在职干部学习的决定。主要还是根据华南分局的决定来安排，只是各组学习由我们自己规定。既然三个月内是搞清思想，那么，布置各组也学习《反对自由主义》和《反对各种不良倾向》等文件。

2月14日 夜里到地委开会。讨论曹政委写的在职干部教育的决定，顺便谈17号县委书记联席会议如何开法。会上还传达恭城县地主、特务暴动的情况。

廖联原（石钢）1945年同我在太行区分手，回广西领导游击战争，发展了一千多人的武装，现在做了军分区司令员。但是他说这是逼上梁山，将来是否弄枪杆子还不一定。人对工作都是这样矛盾的吧。廖司令员羡慕我们这些到过关外看过很多世面的人；我却羡慕他有丰富的斗争经验。廖重实到省府当秘书处长了，当了处长情绪就不同了，太多高兴写在脸上。

2月15日 夜里两点钟，新闻总署来急电，要求全国所有报纸务必于15日刊登关于实施14日在莫斯科签订的中苏友好同盟互助条约和关于长春铁路协定、关于大连旅顺口协定。为了完成这个必须完成的任务，我们报纸只好延时出版了。

早上，条约全文和两个协定才收到，两国发表的公告没收齐，维新斯基的演说收到了，但周恩来外长的演说一直到下午三点才收到。报纸只好先出号外，出街招。忙来忙去，直到下午三点多号外才出，听说号外很受欢迎，编辑拿去，只走到街中心就被抢光，第二次还是一样。但是，工厂的印刷赶不上趟，报纸延迟到晚上九点还出不来。读者等得不耐烦了，电话老响，催着要看这特大喜讯！

2月16日 市委开会，原要今晚就开庆祝中苏友好同盟互助条约大会，后经大家提醒，说是今天旧历除夕，晚上开会，不一定有人到，因而改为明天晚上开。准备会上同时产生中苏友好支会的筹备会。

今天是除夕！街上的鞭炮响得很热闹。我们今晚会餐，还有酒。可这两天我忙得乏透了，吃什么都没有味道。

晚上人们都到街上逛去了。我到晴的病床前去坐了一会，回来又觉得无聊，到李少西那儿去闲聊至夜半一点才回宿舍躺下。大年夜，想家人，特别是想妈妈。她今晚也在想念着我这个十多年不见的儿子了吧！

开始服用由广州买回来的四瓶鹿茸精。

2月17日 一早到处是鞭炮声。本来是放三天假，可以好好睡大觉了，可我们要在这假期开地委扩大会，还要早上九点以前到会。今天的会是各县长报告这个时期的工作。晚上开全市庆祝中苏友好条约签订大会。我没去参加，太疲乏，怕支持不住。但一个人在家又待不住，后来便去娱乐影院看《淮海战役》的新闻片放松放松。

2月18日 会议继续进行。讨论关于征粮中的查黑田、并户，以及地主武装的收缴等问题。晚上，举办全市党政军民双拥联欢晚会。我又没去参加，怕身子吃不消。

2月19日 听谢扶民书记传达1950年的任务，曹传赞政委报告剿匪、建立地方武装问题。

2月20日 会议今天结束。由谢扶民总结。晚上会餐。夜里还要讨论关于乡下禁用银元、推行人民券等问题。我不能参加了，因为葛副社长到政治部去开会，我得回报社参加夜间编辑工作。

夜里叫印刷厂经理部的人来，交代这个礼拜的工作。要他们在三天内把工厂工作时间、制度、纪律的条文拟定，由小组会讨论出初步意见后，准备下月施行。经理部还要在这个礼拜内研究工厂的领导、节约，以前物资接管时遗漏的追认等事宜。

2月21日 同张扬谈市新华书店的事情。他意见是要做由市委领导的机构，但又迟迟办不起来，主要是没合适的人去领导。我们想派经理部的人去兼理，但最终也没落实。

文少峰擅自准许两个练习生请长假,这种毫无组织观念的做法,正在工厂蔓延。

见到梁炎昌,推荐黄奇英的老婆去当小学教员,他说没问题,能解决。本是件好事情,但刚巧奇英要被派往苍梧县法院去,这样一来夫妻要两地分居,他不乐意了。他说干脆法官不当了,留在梧州也当个小学教员算了。同奇英谈到二哥的事,他也很希望能在梧州见到我二哥。

2 月 22 日 前天只是对经理说能不能从工友的水电和厨房费用上考虑节约一些。谁知他回去马上宣布,不供给水电费了,引起所有薪水人员都嚷嚷起来。一早厂长跑来说工人要开会抗议呢,他没办法处理。其中是有人在捣鬼,可是,我们的人却不起一点作用,处处让人家牵着鼻子走。副社长还公开说他"只负责管编辑,旁的不管"。部队来的宁德厚说神经衰弱不来上班,却在外到处跑。黄连要请假回家……大家人心涣散像盘散沙。

2 月 26 日 二哥除夕写来一信,说是除夕那天县委书记和县长到我家去贴对联,挂光荣灯,表示着军属十多年的光荣。但家人还是因为我未能回去而感到美中不足。二哥还给我写了对联、诗词。对联:春从昨夜回千里,人到今朝老一年。大概由于组织上对我们家是这样一种友好态度,让他一时高兴即时写成,诗句中仍保持了许多年轻人的情趣。前些日子我还担心二哥在地方上做事得罪了人,现在他说了,做了几年事没吃过一分冤枉钱,保证后辈子孙不会被人唾骂与清算。房屋是他几年来用血汗钱筑成,让我不必为他担心。还说侄儿小哉改名敬人,现在灵山的解放军第七支队 19 团工作,参加了共产党。但身体不健康,患肺病,这是值得挂心的。二哥的这封信掀起我情感的波澜,眼泪忍不住时不时地流下来,是喜极而泣吧。

2 月 27 日 昨晚给二哥写的回信,今早发出。上午九点到公安大队去讲《不合理的旧社会》,哪知等到十一点多才能开讲,讲完时已中午一点。

接到陈翠华信,说是珍器已到她处,她正找关系帮助他来梧。

2 月 28 日 珍器突然来了,说是搭骆明的汽车一块来的。他已是个 22 岁的青年,假如不是他先叫我,我是认不出他来了。当年我离家时他还是个八九岁的孩子啊。他来后有关家里和家乡情形可以让我了解得更多更真切了。他说在南宁遇克保,听说过了元宵节二哥仍要来梧做生意,要帮他租房子。同他谈到夜半一点钟才睡。

珍器过去有一段不光彩的历史,自以为需要过一年时间才能把所受欺骗教育的反动思想洗清……那么,干校三个月的学习是否能完成任务呢?这次他出来,连简单的随身行李也没有,若要久留,必得置办衣食住行一套生活物什,这又是件相当麻烦的事呢。

3月1日 为了开办新华书店,要借款、修门面、找干部、办货下广州……问题很多。一天忙忙碌碌,如同事务员。

珍器来了,为他的工作、学习、生活问题操心。考虑的事情多了,肩头愈感沉重。

3月2日 今天由梁谷元、唐向明两人带一亿二千万元下广州去采购新华书店的书刊。下午听各部门工作汇报,整体情况是工作比较稳定了,学习制度开始建立。但经理部王清义仍带着取消派的口气来说话。工厂文少峰说钟得新领导不起来,通采工作只有一个人做,感到吃力。还是电台和校对的工作比较正常。

3月3日 严蒙和刘哲生来信。刘鼓励我安心工作,希望我保持1945年冬他初见我时的那股朝气。经他这一说,我才恍然悟到我已经变成中年人了。年华真是好像一个无情的恋人离开我了。青春只在记忆里才有它的位置了。

到这里,我又感到另一种缺憾就是寂寞。朋友在哪里?我完全陷入孤寂,好像冬天的荒郊。今天元宵节,又让我想家人了。

3月4日 出版总署突然来一个代电,要求各地新华书店接管本地世界书局。决定由王清义、于维炎两人负责去办理此事。

想不到珍器又给我添麻烦,说是不想去干校学习了。问原因,好不容易他才说出是惦念妻子,要把家安顿好了再来。他还在做梦似的为个人私情打算,一点也不想自己要振作起来,接受新思想,不断改造自己。一个人有一个人的想法,看来我好心设身处地去为他着想并未能使他满意,这让我心寒、伤心。像这样的情形,以后可能还会遇到。有时真想与家人干脆断绝了往来,免得让他们失望抱怨，反正目前也无能为力来照顾他们。

3月5日　上午开个小组民主生活会。葛副社长对我的工作作风不习惯，说是处理问题慢，不能像部队作风那样雷厉风行。所以他想回部队去，把他带来的一班人也要撤回去。他们好像只有回到154师才算革命，到地方上来就不是他们的责任了。他们来了像民主人士来帮忙似的，未能尽心尽责，还一帮子人闹宗派，闹军队第一。工作没做好不让人说，一说就是领导者如何如何了。想来我是太老实了。当然，我也有缺点，诸如工作要求过高，急于求成，了解情况不够深入，对不同对象不能采取相应的态度与方式来处理问题，结果往往弄得效果很糟。

3月6日　为给凌深源同何丝纶结婚送什么礼而苦恼，同黄奇英商量半天也没有好办法。最后干脆花二万元钱去买了一张镜屏送去。

珍器想回家种田，说在梧州工作不能顾家，而且不习惯新社会的好多规矩，工作起来会有困难。回家去能同老婆在一块干活，种上一年的瓜子总够吃穿了。假如他真的甘心回家耕地那也好，只怕回去受不了苦，变成个无业游民就很糟糕了。大哥到时要责怪我对他儿子不关照了。不过，照珍器这样的思想水平，参加新社会的活动将是一次痛苦的磨练，最终会受不了的。那么，回不回去呢，跟他谈来谈去，他也没个痛快表态。晚间到晴那儿，晴也劝说珍器，他老是那股劲，吞吞吐吐说不清楚。

3月7日　得漫萍回信。二哥真要来梧州做生意了。

到海关去见谢扶民书记未遇。本想请他让珍器搭他回南宁的便车。回报社不久，即收到谢书记的回信，说如他去南宁开会的话，可以让珍器与之同行。

下午五点便同黄奇英夫妇到大东海酒店参加凌深源结婚宴会，客人多是一些胖商人。我同奇英独坐交谈两个钟头才入席。

晚间，葛副社长谈到桂平土匪很猖獗，把乡长都杀掉了。目前地方很不靖，公粮才收到二成，梧州公债才推销三万分，只是完成了五分之一。

3月8日　上午开了一个全体干部大会，斗争机房的庞洪。大家都说他在原来的梧州日报社贪污，四盏汽灯只交出两盏，红油墨偷藏床底，然后拿去卖掉，还私吞工友家属水电费，以及平日向工友散布谣言怪话……干部大会最后决定,暂时停止他的工作,让他三天里作出反省报告,然后再作处理。

3月9日 听各部门汇报,除校对和电台工作还能讲出一些问题外,其他部门都是浮皮潦草地说上两句应付。工厂开业迄今已经三个多月了,工人还没发动起来。工人有了组织,但是没开过会。生活、检讨、学习、汇报,样样都没搞起来。一追问起来,我们的厂长一会说没有时间搞,一会说没有办法搞。叫去其他工厂学习人家的经验,又说没有空去。再说他两句,他就要撂担子不干了。

3月10日 青年团介绍来四位青年,两位到工厂当学徒,两位到通采科准备当记者(莫如我、何钟芬),都是女性,刚从学校出来,对工作一下子还不能拿得起来。如果就这样解决缺少记者的问题,那么,农村通讯工作仍然没法展开。

明天珍器要同谢书记一块回南宁了,今天免不了要帮他准备料理一下。在经理部领了十天伙食费,到百货公司买了一丈多布,加上前几天买的共有四丈了。这样他拿回去变卖,可够还人家廿元大洋的债了。晚间到凤乡病房,她为没什么东西拿回去给妈妈和侄子们而不安,想来想去只好去借四万元钱,买了一斤糖粒,一磅葡萄干,剩下一万元给珍器作路上零花。但珍器却说这钱恐怕只够吃一碗米粉罢了。

3月11日 珍器今早回乡了!来梧住了十天,一下子走了,感情上多少有些不舍,忽然觉得心里有些空了。凤乡说不应该让他回去的。他这样年轻,又怪聪明的,到干校去学习,将来不是能成个好干部吗?可我想像他那样对革命没有认识的人,忽然加入到纪律严格的团体来会有好多痛苦的,加上他又放不下在家的妻子。他回去若能真正吃得苦,两口子自耕自食,也还是能幸福生活的。新社会了就不再会有抓壮丁的事了,老百姓的日子可以安宁、稳定了。

白焰来信,似乎他有点孤独寂寞,说到他妻子路明的父亲从乡下逃出来躲避群众清算,增加他们好多麻烦。晚间给白焰、刘哲生、严蒙、沙英写信。

3月12日 今天算是比较得空,看了《人民文学》第四期的几篇小说。周立波的《懒蛋牌子》写得很自然,也有情趣。另外《一件亲事》和《老股》都是一些粗糙的制品,作品形式仍然是新文艺的表现手法,也不是给工农分子看得懂的玩意。

通讯员黄永库闹情绪又写条子来说不愿跟我干了。只因嫌跟着我不能到处在外面走，到处开会，到处赴宴……他不干换个小鬼来招呼生活上的琐事就够了，何必要什么警卫员。只是把他安排到什么地方去呢，去书店又不会说话，带这样的人也是个包袱。

3月13日 读《小说》新年号，吕荧的《论现实主义》批评了左拉的自然主义，赞美了巴尔扎克。他的某些见解是比较深刻的，引证也比较准切。在这方面显示出他有相当高的文学修养。

省委对于地方报纸已作了决定：《建设日报》只准许出一张四开报。这样一来，我们的人员可大大减少，我的工作也可解脱了。想写封信给省委李楚离要求到省文联去，可又有点踌躇。下午写封信，请示骆明关于报纸重新编制问题。

晚间想去看《红楼梦断》，发现检查证被扒走了，只好待在家读书。盼二哥来信，盼他到来，但都没点消息。

3月14日 上午在俱乐部开会。庞洪向大家坦白错误：机器是他破坏的，但原因却说是因同张侠顶嘴，而对张报复。其他诸如赌钱、盗卖汽车、私藏物资、讲坏话等事都避重就轻或拒不交代。总之，他的流氓习性很浓厚，一副不在乎的嘴脸。因他坦白得不彻底，还是让他再反省，继续限制他的行动。

韦必克夫妇回南宁来了。他说之前已写信给莫文骅说过，说我愿到省文联工作，但却不得明确回答。

晴在医院的吃饭成了问题，无人做无人送；托人去香港买回的P.A.S药品，牌子对不上号，剩余的钱也不见退还，这些烦心事弄得心情很恶劣。

3月15日 昨夜连写了四封信，今天给韦必克、莫文骅、谢扶民、李楚离分别发出，要求调动工作到文联方面去。

早晨给地委组织部写报告，问要各县记者和报社秘书。警卫员黄永库被调去书店，杂务员黄庆瑞调来做公务员。

收到奚渊一封信，他愿帮我在东北买莫斯科外文出版社的中文著作，问我需要什么书。他还说，严蒙调新闻总署去了。

3月16日 今天应是各部门汇报工作的时间，不知是大家忘了，还是我到书店去后，无人召集，会没开成。可是，副社长在家，为什么不负责呢。

晚间，开会商量书店的问题。副社长爱理不理，把自已当客人。听周刚说，今天报纸把政务院关于统一全国决定的文件登在第四版是经副社长同意的，可我又说登在第一版，显然是否定了他的意见，所以很不高兴。我想，这个不高兴，那个也不高兴，工作就没人做了。书店决定由经理部梁谷元和于维炎两人去负责，暂无名义，八个人员编制。另外，全报社包干制10个月的三十万斤大米已经领下来了，由谁去经营？是否由梁谷元负主要责任去经营呢？由于副社长不表态，最后不好决定。只得叫经理部去讨论提出方案来再作决定。

报社新增的两名记者李沛鑫、李永之，一名校对李汗雄，一名会计罗济祥来报到。

卢林把卡宾枪借走了。枪码是892030，子弹27发。

3月17日 到书店去帮开包，一个下午眨眼过去了。有的书进得太多了，干部必读的那些大本头，居然有的进了300部，在梧州这样一个城市，恐怕三年也销不完。看这情形，书店想赚钱，实在成了问题。

晚间到信托公司去拿海关没收来的一些牙膏、奶粉、麦片。卢林拉去看电影《侵略》，这回有字幕，比在哈尔滨敖连特看得更明白了。

3月18日 一早，陈真同苏金泉来请教如何做宣传工作。题目太抽象，不好作答。他们借去了我的《怎样学文学》和《通讯员手册》。

韦会计说二月份我们用的水电费是八千多斤大米，这样，每个月三万斤大米的包干经费，怎么能包得起？想想，我们缺乏能干人才，三十万斤大米恐怕是不能轻易拿去做什么买卖啦。干脆把它存入银行，每月用多少去领多少吧。

晚间到书店去看见书摆得非常零乱，叫重新再摆，于维炎的脸色就显得很难看。唉，像这些人怎么好把事情交给他去做呢。

3月19日 还得去书店忙个半天。白焰来信：说他是个专署级的官，但最近分局有规定，每级又分正、副、准。他恐怕只能算是准或副吧。

经理部发鞋子和毛巾，为了图省事，只发钱。昨晚叫经理部的人去百货公司买东西，调查物价，也不知做了没有。现在是百货公司卖三万元一双新鞋，经理部发三万五，九千元一条毛巾，发一万五。像这样来做经济工作，三万斤米的包干怎么够？经理部王清义太无能，也太糊涂了。今天还发生一件与王清义有关的事，他叫黎庶务去烧茶，不让其做书店工作了，还随便叫人滚，使得黎跑来向我诉委屈。

3 月 20 日 开干部会，讨论节约、评工薪等问题。

小哉来信了。他现在团部做参谋，可能是个营级干部。问我要支自来水笔，我去哪里找钱来买给他呢？严蒙来信说已到新闻总署工作。老乡亮洪又来信望我能替他想办法找个工作。哎！哪有这么容易呵！

等到今天还不见二哥来，发生了什么意外？一早把昨晚写的信给他发出了。

3 月 21 日 仍然到书店去帮助他们工作。为了明天要开张，书价怎样订才合适？太高了不合我们文化政策，太低了又影响同业关系，书店拿不定主意，一定要我出主意。结果，我们来一个折中办法，人家卖八千倍的，我们卖七千倍。

3 月 22 日 新华书店今天开张。我看到门市挤满了人，买书的人还不少，大厚本的书不知是因便宜还是为了什么，也有不少人买。一天卖出去 300 多万元。

晚间上街买一双黑皮鞋，才花三万五千元。商店说是清扫尾货，做的是亏本买卖。

给奚渊、西虹、谭荫溥各写一封信。

3 月 23 日 开部门干部汇报会并讨论工薪问题。结果决定原来 300 斤米以上的，现在减五分之一，原来 200 斤到 280 斤米的，减六分之一。各部门还得开会，以才、德、资为标准进行甲、乙、丙三等评定。并定于后天晚饭后开个大会，由负责人讲一讲薪金的问题。我同副社长的工作重新明确分工，编辑部、业务以及行政等，由副社长管，经理部和工厂则由我负责。

张扬从藤县回来谈市委宣传队同军分区前锋剧团合并问题。他对合并有点不愿意，想要求宣传队隶属地委，继续是个单独团体。目前看是不大可能了。我想，借此机会叫他来报社做个副总编辑，他对这工作倒是能胜任。

3 月 24 日 给留在广州采购图书的唐向明写信，叫他多买些文艺作品，少买大本头的书和数量过多的一般图书，免得耽搁资本。

晚饭后开会向全体职工讲评薪问题：一、目前国家财政困难情况；二、公家对工友、职员生活的关心是要照顾全面，不能只顾部门利益，希望工友们多从全局着想;三、评薪注意偏向,不要互相攻击,不要互相抬高;四、节约、积极工作才能使生活改善。工友们对评薪也发表了意见,愿意改供给制。大家觉得这会开得相当好。

平乐路的工人宿舍楼下太潮湿了,叫他们迁移一部分人到楼上住,一部分则搬到原先庶务员的屋子去。

3 月 25 日 地委今天介绍来一位女秘书董惠珍。她有三个小孩和一个通讯员,这无形中又增加了我们的开支。不过,有了秘书事情就多一个人做了,特别是经理部正需要一个人去管理。

目前经理部需要解决的问题:一、三十万斤包干大米的使用安排;二、夏天衣物置办;三、蚊帐的采购;四、世界书局的接管;五、新华书店账目及人员的管理;六、评薪的结果;七、文具的预算。

3 月 26 日 把《大家庭》等八篇小说整理成小册子,准备明天寄到上海群益出版社去,看是否可出版。这两天看了两本书,《忆列宁》和《莱蒙托夫传》,脑子似乎好用些了。打算以后开始写些小说了,否则会在这条跑道上被甩到后面去的。

敬人、珍器各来一信。珍器已回到武鸣外家,过几天回东门老家。二哥还在家筹备货物,没有动身来梧。敬人对做参谋工作不安心,又提出要钢笔。

3 月 27 日 天气一天一天变暖和了,春的气息愈加浓厚起来。到医院查血型,结果与预想一样,我 A 型;晴是 AB 型。

董秘书到职。同她谈谈报社的人事以及亟待解决的几个问题。

3 月 28 日 把公家印章交给董秘书,同她到报社和书店去通通走了一遍,介绍她同梁经理认识。李远彬从营业处调来当庶务员。小唐调去做发行、收款工作。

在街上遇见省一师同学莫逸民,他在倒水圩作税务工作,模样并不见老,只是显得狼狈,衣饰破旧不堪。他为找寻养女来的,养女怕他老婆打骂从倒水圩跑出来了。

晚上去看《新中国的诞生》,看到我们首都的壮丽、雄伟,真是向往!

3 月 29 日 昨天看到工厂的墙壁因机器马达震动受损,牢固程度降低,这个问题要马上解决。黄永库报告机房张侠前天早晨私自拿六份报纸交给一个报贩,大前天也曾将《中苏友好同盟互助条约》小册子的单页交给报贩。从此可见工厂管理应该加强才行。叫董秘书去处理这些事。

这两天老觉得胸膈发痛,不知怎么啦!正躺在床上休息,来了个送信的小鬼。看信得知二哥已到梧州了!现还在民泰驳船上,叫马上去见面。

我一时不知怎么是好,饭已经拿到桌上来了,可我哪里还能吃得下?匆匆忙忙穿上鞋子就跟着送信的小鬼往河边跑。五点多钟,与相隔13年的二哥终于见面啦!同来的有时光、克保,记得离家时,时光还刚读初小二年级,现在已成了大人,做了副乡长啦!二哥比当年老,可是精神仍然那样健旺,变得像个商人胖了起来。在船上吃过晚饭,二哥就同我回报社来,后又去医院见了凤乡。

夜间,我们谈起家里人这些年来的情形,谈起家乡政治、文化、人物的动态,谈着谈着,鸡已经叫过第二遍了,我们还不停歇。二哥说,妈妈本来是要来的,后接到我的信,以为三月三要回去过寒食节,所以没有来。他本人也很希望我回去一趟,可以对家人讲些革命道理,帮助他们提高觉悟。家里人口比以前增加了,生活也富裕了一些,只是缺乏教养,仍然不够团结和睦。

二哥还带来县委书记张玉田和县长黄元亮的信。原来,二哥在家乡帮助他们做了一些工作,得到他们的感激和尊重。张书记还说,二哥是一位可靠的"关系者"。最近他成功劝降伪参议长黎茂林,张认为很有功劳。既然这样,二哥在家里是可以过得下去的。他还说旧历年初一县府把母亲请去吃饭,年初三,二哥又以母亲名义回请张和黄元亮到家里来吃了一餐。

3月30日　一早时光就到房里来,我去同报社借20元给他们拿去开支。我带二哥去找凌深源。他介绍二哥把油送到厚泰行去存放。到船上去吃早饭,11点半才回来听经理部开汇报会。

整个白天再没见二哥他们回来,以为他们到厚泰行去住就不来了。吃过晚饭跑去船上找也见不到人,回厚泰行又见不到,回报社一会才见到时光来,说是要买公债,弄了半天才把手续办清。时光带来妈妈亲手包的粽子,可已发霉发酸不能吃了。还有几只腊鹌鹑和一些香肠、腊肉,但也都不新鲜了。夜已十时,克保和时光他们才要同我拿一斤橙子去医院看望晴。

3月31日 为了节省开支，我们经过再三考虑，决定把我们两个社长的小厨房师傅送回部队去啦。谁知这样一来，引起副社长极大反感，以为我们排挤他们部队的人。

同二哥谈家乡几兄弟的情况。他们还是那么自私偏狭！嫂嫂们也都小气，缺乏教养。孩子们则是半失学。真担心将来同他们父母一样又是文盲。一代一代的落后脑袋，有钱又有什么用？

4月1日 本想跟副社长谈关于明天在党报委员会的会议上，我们要提出的对报纸改进的意见。谁知他不愿意听，反而表示他要把部队的人都统统带回去。我不能同意。对这事我说可在明天的会上提出，由组织来处理。他却说："什么组织，我就是组织！"看他正在气头上，我不能火上浇油便用缓和的语气问他原因。他说部队的人在报社受排挤，不痛快。再问具体些，他说梁谷元对部队的人搬走桌子的事，给董秘书写的告状条子，里面有刺人的字句；叫小厨房的师傅回部队去是在搞排挤……总之，都是些鸡毛蒜皮的小事，他居然发大脾气地提出来，让人吃惊。我算是遇上个倒霉鬼了！

4月2日 今天礼拜天啦。可是我们要在这个时候来开党报委员会会议。参会的曹政委脸色不好，看来副社长在背后告了我的状。

开会时，我把报纸要改版的意见提出后，还谈到干部人选的问题，但什么问题在会上都得不到解决。报纸是否改版得请示省委，报纸工作要另外开个干部会来解决……谢扶民对副社长昨天扬言要把部队带走的言论批评了一通，但也说我不虚心。我真像只被鞭挞的牲口，委屈透了。

4月3日 下午开干部会，动员各部门回去作总结后上交报告来，八号开大会总结三个月来的报社工作。晚间，书店汇报工作，显然他们没做好准备，连数目字也闹不清，汇报得拖泥带水。

同干城谈话。说是对我没意见，以为我对他的照顾很恰当。

4月4日 吃了晚饭同二哥、奇英到街上走了一转。春天来了，树木都已换了新叶。今天是旧中国的儿童节，新中国的儿童节改到六月一号去了。

同周刚谈话，他说副社长并不熟悉报社工作，还是我对报纸业务懂得多些，领导也正确些。部队来的同志爱闹小宗派。

晴在医院说，经大夫检查她已有两个半月的身孕了！医院护士都来贺喜，而我们却犯了愁，这样的身子要孩子不是有害处吗？怎么办。晴不愿做人流，主要还是对大夫的医术不放心。此时的我像是被一层阴影罩住了。

4月5日 今天清明节，天下着雨。到书店去买了几本儿童画册给名器他们，还给自己买了《普希金文集》《悬崖》《钢铁是怎样炼成的》的几本书。

下午二点半钟在市委会听张华报告4个月来的工会工作。

二哥他们杀了只鸡叫我过去吃晚饭。拿几块鸡肉去给晴，她胃口不好不想吃。

晚间，经理部汇报工作。谈到工薪、夏天衣服、蚊帐的发放办法。

4月6日 核定工薪。把干部比例表填好报送。报社的乡级干部有十二人，县级两人。忙了一天，把报社3个月来的工作总结弄好了，算是完成了一件任务，心里如放下一块石头似的。

干城因肺病请假回家休养，地委同意了。由报社负担他回家的一路上费用。

晴从七号病房转到十五号去了。人好像没什么改变。照这样下去，有孩子也不碍什么事吧！

4月7日 召开一个干部、党团员会议，总结报社三个月来的工作。谁知在我的总结报告和副社长的编辑工作总结检讨完成后，对我如暴风雨式的批评就有计划地从部队来的人口中喷射出来。所说如先前副社长的口径一致，只是有些具体些了，可一具体就成了谣言。我好像1946年秋天遇见黄铸夫一样，又见了第二个麻脸的阴毒人物。在革命队伍中居然还有自己不愿工作，坐着嫉妒人并造谣诽谤人的人存在。我又碰破一回头皮了。这更加刺激我向文学靠拢。从此我会把心神寄托给文学，以求得欢乐与慰安吧！

二哥他们下午上船回乡去了，我没有时间去送别。散会时已经晚上九点了。不知船开了不？我一人匆匆忙忙往火山码头赶。船家已经快休息了。问了问才知道升平船还没有开走，泊在河当中。我上船去，二哥和时光、克保都已经入睡，他们在梦中被我叫醒过来。他们要回家去了，母亲和家人怎样地想望呵！我这十多年在外奋斗的人，居然没有一样东西拿回去给妈妈做个纪念！想把一只戒指拿回去给妈妈，这是我写的三本书的一个小小的纪念。可是，二哥说不好带，还是等我回去时再带回去好了。我又重复地讲我们党的政策，劝告二哥、时光应该积极参加新政府工作，响应一切号召支持政府。已经是夜里十点半了，我才从船上回来。

4月9日　一早，把自己写的三本书和一些有关的政策文件拿到升平船上去，作为我给家乡带回去的纪念品。

上午10点钟了，我才赶到海关下边去，船在那里停泊等待检查。到船上时，二哥正休息，好像没想到我会再次到船上来送他们。这回，他可能失望而归！我无钱无官，身体消瘦不像个样子，情绪还那样忧郁，而他来到梧州求医痔疮又不成……十点十分船开了。我匆匆地坐下小艇，看他们的船掀起浪花疾驶而去了！

归来，见到韦必克的回信。说他做了省农协筹委秘书长，至于我给莫文骅的信，他不便亲自送去代交了，说是莫对他有些冷淡，他不想去见莫。可是我请调工作的意见他可以向雷经天谈谈，结果如何难料了！一切都使我感到慰藉了。我还是回到文学中去求得我的快乐吧！

晚饭后到黄奇英家去坐了好些时候，他告诉我好些旧社会的处世待人的方法。有些要不得，有些到今天仍可用呵。

珍器来信已回到家。敬人仍在灵山，部队整编，可能留任团参谋，有个爱人叫李昆。

4月10日　参加地委第二次扩大会。听张华传达1950年工作任务、军分区师副司令员传达剿匪工作。

4月11日　上午谢扶民传达张云逸主席在高干会的总结。下午由各县报告工作经验。夜间，分小组讨论，我被分在地委专署小组。请假回报社看报纸大样。

4月12日　整天听各县报告工作。晚上在市府会餐。吃的是北方菜，又吃上了延安的蜜汁咕噜肉。夜间安排看电影，我回单位听经理部工作汇报。

4月13日　我参加容县和岑溪县的小组讨论：如何发动群众等问题。对于恶霸的界说，虽然有毛主席的具体指示，可是我们两位县长根本就不看文件，所以自己又花了心思来拟出好多条款，实在是多此一举。

此外还谈到团结问题、部队地方化问题。部队地方化问题比较多，已影响到团结。部队不肯在我们这里地方化，认为广西这个地方属蛮荒之地，又言语不通。地方化了就没有国防军光荣了。

4月14日 大会讨论。各小组长综合小组意见后在大会上发言。

4月15日 部队代表就剿匪问题发表意见。

4月16日 会场从浸信会迁移到女师礼堂。今天是地委委员发言，张克忠作关于部队纪律的发言，章宏作关于干部问题的发言，最后一个就是师副司令员对剿匪工作发表意见。

晚上在晴的病房谈得比较久。这几天她快把《悬崖》看完了。谈起书中人物薇拉，她觉得很可爱，但不赞成做那样的人。养成读书的好习惯，培养读书的兴趣，晴算是有了好的开始。

4月17日 地委扩大会进行了八天，今天结束。上午是骆专员对今后工作发表讲话，下午是谢书记作会议总结。目前工作重心是：剿匪、反霸、发动群众。

晚间去军民理发店剪了发。回家写封信给韦必克，并附上一信给雷经天，请韦代转交。目的就是要求离开报社。也许这不是很妥当，但继续待在报社，对公对私都极其不利啊！

4月18日 晴今天生日，买什么东西作纪念？想来想去，买了一块枕头巾。花了一万一千五百元。

物价已经普遍下跌了，大米一担从二十多万元跌到十几万元。老百姓普遍欢喜，说是共产党有办法。

4月19日 晚间听取经理部门和工厂的工作汇报。我们整个报社每月的支出约需6,000多万元，收入仅约4,000多万元，相差有2,000多万元。

4月20日 解放军渡海成功登陆海南岛！反动派在华南的最后巢穴被捣毁。由于渡海作战的胜利，由于物价渐趋平稳，我们共产党在群众中的威信大大提高。医院一个医生说："以后得好好工作了！"黄奇英也高兴地肯定共产党有办法。

晚间大风大雨，报社的房子全都漏了水。

4月21日　市委扩大会今天开幕。因要作文教接管工作报告，我未能去参加，而是在家里准备材料。忙了一天，把几个月的文教接管工作报告算是写成了几千字交卷。

接到黄光瑚信，他老兄已回到南宁了。说曾到梧州住三天，但不知我详情而错失见面机会。我们十多年前一起到延安，后来他上华北前线就一直不通音讯。现在如再见面真恍如大梦一场！

今天是谷雨，这两天的雨水都很大，农作物该有救了。晚间去看美国影片《芙蓉剑影》。里边的斗牛场面，七彩片的艳丽与拍摄技巧让我惊叹。

4月22日　参加市委扩大会，听罗杰林传达华南分局召开"市镇会议"的报告。谢政委说：明天要开一个党报委员会，讨论报纸工作。

听程淇说因省府方面经费困难，梧州不办报纸了。葛副社长也说听到这个消息。停办这个报纸，在目前来说是应该的，照这样办下去，反映不出地方特点。如果光登新华电讯，则看南方日报和广西日报就可以了，何必费那么些人力物力？倘若必须要办，那么干部方面一定得增强。打算明天把这意见提出，不知结果如何？

敬人来信，说所在部队变为路南军分区24团，他任参谋。

4月23日　党报委员会开会，结果，不但报纸不停刊，连缩小篇幅也不成。既然要出大报，经费方面拨一个工厂给做企业化，从新华书店利润中抽出若干补助报社。干部方面，则由组织部负责调剂。我们还提出需要一个编辑室主任、一个副刊负责人、三个记者、一个秘书、一个经理。

报棍子的命运仍不能摆脱，不知要做到什么时候去呢？

晚间去看粤语片《春雷》。一场胡闹的恋爱与遗产纠纷的故事。

4月24日　突然来了两位客人，一个是从汉口回家路过的黄铸夫，一个是从广州到南宁去的石屏。黄在汉口文联美协。同他谈了一下想归队的事，他说回去向组织提出把我调到中南局去搞文学工作。石屏从广州文教接管处回来了，他要到玉林地区去做个县长。

二哥来信，说是十七号到了南宁。听说他从前奉县委书记的命令，劝降后自首的那些土匪头子,现在突然被捕了。这使他又担起些心事来。这些首恶,恐怕要挨“严办”几个的了。

4月25日 把原《北方》的那几篇小说另外重又编了一下,寄给汉口的西虹。由他拿去给新华书店或者上海杂志公司出版,也许能换来一些稿费。书名拟作:《钱》。目录:1.大家庭;2.在抚顺炭矿的日子;3.乡村;4.好样的人;5.钱;6.一个游击队员;7.最后的夜晚。

地委组织部介绍开封人周宗贤来报社做记者,他是学理工科的,平素讨厌文学,来到后口口声声说做非所学。这样,我们如何把报办好!

给北京的严蒙和沈阳的刘哲生各去一信。

4月26日 听江平秋在市委扩大会的总结,又去了半天。经理部迁到三楼办公了。晚间听经理部工作汇报。如果工厂合并,工厂每月需要92拈纸,一万五千斤大米,才能做到自给。这笔款项必须要做到每月发行3,000份才能办到。

给敬人、白焰各去一信。收到《宣教工作》第三期。

4月27日 军管会来通知,把前几天做的接管工作表册重新誊写四份,又得去找于维炎来做此事。

经理部的人说,财经处拨款工厂的事不一定能落实,这样一来报社经费还是很悬。

打了防疫针反应,好不舒服。读《长江日报》和中南总分社《情况汇集》和《业务通报》等文件。

4月28日 收到地委送来《工作通讯》第六期。晚上地委组织部通知,说是省委来电,要我参加5月5日华南分局召开的宣传会议。5月1日报到,明天就得动身。好呵!我可以暂时摆脱“事务员”的角色了。这个宣传会议是否单独讨论文艺工作?亦或还有关于报纸新闻的问题?猜不透省委为何单独通知我去参加。也许雷经天、莫文骅、组织部门都知道我是个弄文学的人,不安心做报社工作,所以让我出席文艺工作会,以便今后到文联去吧!我是有这样的愿望,但愿能成为事实!趁这个机会,我还可以去见见肖向荣部长、李凡夫、欧阳山、周钢鸣他们,表达想到文联工作的意愿。

接到上海群益出版社来信说收到了我的《大家庭》稿子，有决定后再通知。奚渊来信说帮我买到一部《列宁文选》，化了东北币19万。晴的妈妈也来了信，说好久收不到我们的信了，姥姥很惦念。凤琴到东安二十四厂学技术去了。

晚间买一斤新上市还带点酸味的荔枝去医院看望晴。她头一次见到这水果，非常喜欢。但不会吃，连皮也咬来吃了，闹了笑话。

4月29日 为了办理赴穗手续，冒雨到军管会、支前司令部、地委会去盖章。匆匆忙忙，大半天时间就过去了。下午两点钟把社印交给副社长，收拾行李，到医院来同晴交代一下，三点半才离开医院。可是船不是四点钟开，一直拖到六点才开到海关来。七点才正式开走。

路上看从书店借来的翻译小说《萨根的春天》，译文太糟，看不下去。

4月30日 一早六点钟船到肇庆，下午四五点钟时到顺德九江，夜里到了广州海关。可是，海关下班了，我们旅客得等明晨才能上岸。

5月1日 恰逢“五一”到了广州。人们正忙碌着扎彩车挂国旗庆祝这个劳动节日。上岸时正是七点钟。到办事处去找了粟稔，然后到梅花村宣传部报到。说是就在梅花村住了，开会时间是五号早晨，这几天做些准备工作，各地的会议代表整理好材料四号以前上交大会。好在广西省委带来了书面材料，我这没有材料交的与会人员，也就勉强可以说过去了。

这是以广东省为主的地委宣传部部长参加的会议。解决干部学习和对外宣传问题。

从梅花村出来到海关老姨家，进门正遇他们吃午饭，逼着我也吃了一碗，然后还吃到了新上市的荔枝。同他们上街走了走，看到下九甫和十八甫都有了如哈尔滨、沈阳那样的集体商场了。归来遇上大雨，把准备游行的几万人浇得精湿，像落汤鸡似的。我躲雨进了“北平”甜品店，在那儿给凤乡写第二封信，报告老姨家近况。

晚间因雨不能搬到梅花村，只好留宿办事处。那里没有蚊帐还得去找白焰借。最后因雨连办事处也回不来了，干脆就在白焰家住了一晚。同他聊些闲话，谈家乡、谈香港、谈广州、谈熟人们的情况。

5月2日　早晨回到办事处,见到文少峰,说是工厂的铅字已换了,一磅换半磅,四号交货,五号可回梧州了。

上午八点钟搬来梅花村,大会下发的《参考资料》文件,是各地委的工作报告。我还领了入场证、饭票。阅读《参考资料》到中午十二点钟入城去。看了电影《米丘林》。又去新华书店找吴仲,等了半天不见。出来在三联等书店买了《整风文献》《奥尼金》《宁死不屈》《地主之家》《日常生活与科学》等书。又因雨,赶不回来梅花村晚饭了,只得在小茶棚吃一碗沙河粉。

晚间跟李凡夫漫谈梧州地区群众思想情况及干部等情况……席间认识了杜埃,他说,看过我的《怎样学文学》,说是肖部长曾谈到过我。

5月3日　这两天都是雨,雨填满了每个人的生活。十一年前在鲁艺的一个很要好的朋友陈冷,现在分局政策研究室当主任。晚饭后他来坐了一会。人已经老了,说话还是那样理智而沉着。说他也是做了几年的报纸编辑工作,身体太坏了,才做了这个研究工作的。

一个人到街上去,想找肖鲁,从财厅前走到哥伦布餐厅去打听,又说是他住在广大路一巷19号。索性不找了。步行去到西堤中华电影院看黄宗英演的《丽人行》。

5月4日　一早到教育路的大华影院看《青年近卫军》。看完了又遇雨,回不来梅花村吃午饭,花五千元吃一碟牛肉饭。到广播电台去看马皓。他刚从北京开新闻出版会议回来。说是在广州地委的报纸没有编制,基本上不准出,而是要加强广播电台工作。在广州新闻干部很少,文联的人有点走散了,好像也没有什么生气。

晚上到长寿区找到杜略,他叫我去请马皓一起来吃饺子。原来杜略老兄是想从马皓那里找个对象,还想找台收音机听。从长寿区出来快七点钟了,路上人很少,到梅花村已经是八点,只见宿舍门落了锁,大家都到民乐戏院去看南大文工队的“五四”晚会演出去了。

无奈到叶得春的宿舍去坐等。谁知肖部长和李凡夫他们正在隔壁房间开文委会。意外听见他们叽叽喳喳谈到我的工作问题。说是梧州报规定不准出就不准出了,把我调回来的意见都是一致的。肖部长还强调说,以前是广西从华南分局把他要走的,现在要把他收回来。看情形,分局还需要像我这样的人,但不知广西放不放!

5月5日 华南区第一届宣传会议今天开幕了。会期十天。首先是新华社华南分社、南方日报社、广播电台的负责人传达全国新闻出版会议的精神。下午小组讨论关于地委报纸取消后宣传工作如何进行的问题。广东方面觉得地委报纸取消后,宣传工作就不好搞了,因此还想保留它。说是经费方面可以自给,只要发行个四五千份报纸就可以维持一个报社的开支了。

晚饭后写信给晴告诉归期。又写信对副社长讲“编通采合一”的内容,叫他按这原则调配干部。

会议代表观摩十五兵团演出的夜场《刘胡兰》。

5月6日 各地委宣传部汇报情况。靠近广州的几个地委的群众对我党仍然不了解,因此谣言到处流传。北江区是边远地方,土匪暴乱同广西不相上下。

宣传干部缺乏,到处一样。各地委都有机关报,大家举出继续办下去的好多理由,有的甚至认为没有报纸,宣传工作就没法做了。

在会上见到欧阳山,他说在汉口就听到我到广西的消息。他问我以后联系的方法,想多了解一些广西的文艺活动。广州的文艺工作者也不多,连杂志都编不出来。周钢鸣也来开会。他说若回广西好像不是被安排做文艺工作,但其他工作他觉得搞不了。看看情形,文艺真还是冷落得很。

肖鲁回来参加了大会,还请我到他家去,弄了猪肉豆芽汤招待我吃午饭。他老婆像个病人,一句话也不说。他老兄准备到广东省行政学院去当什么教务主任了,但还是想写作,桌面上放着他的写作计划,想写“一个人的成长”。

夜里到军管会看广东军大演出的《思想问题》。它反映“华大”各种各样知识分子的改造过程。其中虽有较多说教成分,但知识分子的几种类型因演员演技不凡而相当成功,有感染力。剧中有自高自大,自视清高,标榜个人民三主义走第三路线的人,有国民党军的连长、小书记官等人,还有操之过急的积极分子,以及特务、舞女……第二幕的说教较为突出,但通观全剧仍不失为一出及时的有教育意义的好戏。

5月7日 上午还是汇报。李凡夫一定要我也说一说。没有法子只好上去也讲了讲梧州地区群众和干部的一般思想情况,以及宣传部门几个月来的工作。

下午是黄文瑜传达乔木报告,目前报道的九条方针。

晚上,同广西省委宣传部派来的研究室主任许革夫和宣传部的两个同志李德韩和王玉洪在一块,没有那么寂寞了。夜里,小组讨论地委级报纸的取消问题。

5月8日　杨奇作补充报告:关于全国新闻出版会议的总结。

5月9日　上午小组讨论昨天杨奇的报告。下午大会发言。晚饭,南方日报社在军管会迎宾馆请客。

5月10日　肖部长作《整顿思想》的报告。今年秋天以前举行全国大规模的《整风运动》,整顿干部的思想作风与工作作风问题,具体是反对官僚主义与命令主义。整风和过去的审干不同,是以自我批评为主。为了完成这个工作,干部的理论学习暂时停一下,以便土改以前把干部的思想作风整好弄通。

5月11日　上午大会安排整理笔记,下午讨论。我同李德韩、王玉洪到广东省中苏友好协会去见周钢鸣,谈广西文艺界的情况。他准备月底回桂。组织上要他做法院院长,他却认为去弄文联比较适宜。从中苏友协出来,到沙面华南影业公司找丁达明,请他发些片子到南宁去。丁达明做影业公司经理去了,为什么放下画笔?这恐怕也有他的苦衷。

从华南影院出来到老姨家取晴的来信,姨丈卓劲标拿出一堆荔枝招待。等了一个钟头也不见老姨回来,去海关找又不见,等到再转回去才拿到了信。晴在信中说胃口好些了,饭量有进步。只是二哥没信来,不知有何变故?余下一切安好,让我安心开会不必挂念。

夜间看华南文工团用粤语演出话剧《红旗歌》。粤语的表演相当成功,剧本有缺点。女工芬姐的倔强落后,大妹主观主义操之过急都被夸大到不合情理的程度,所以后来她们的转变就不自然,难以令人置信。就是说芬姐和大妹的性情写得过火了,其转变的条件就很难安排伏笔了。

给刘宏信,告其此次会议闭幕日期,我必须回梧再上邕。另给二哥信,说我将赴邕开会,可能回家一趟。

5月12日 上午是李凡夫副部长报告《宣传部业务工作》。他讲话没有他的文章那样有条理,听后层次不清,笔记也不好记。

下午应华南文联筹委会常委扩大会邀请,出席讨论中南文联筹备名单和成立华南各协筹备处事情。中南文联筹委会名单,广东有林林等十人,广西方面,由省委宣传部选出刘宏、史乃展、周钢鸣、陆地、段宗远五人。华南各协的筹备,认为广西另有文联,所以各协只限于广东省较妥。会后会餐,也算是华南文联筹委会送别周钢鸣的意思。

给葛副社长及唐向明各一信。叫唐参加中南出版会议。

5月13日 一早大会就安排到中山纪念堂去欢迎苏联青年代表团。等我们代表到会场时,八千多个座位已坐满了。后来好不容易腾出前两排才能让我们这些代表坐下。这是苏联青年团的中央委员组成的代表团,由斐斯良克率领,里边有镟盘工英雄。

5月14日 上午十点才开小组会,大家提出一些需要上级给予解决的具体问题,归纳如下:一、地委报纸何时取消?二、取消后工人如何处置?三、不办报纸,如何进行宣传工作?下午各地委宣传部部长汇报,我也参加。关于以上三个问题,李凡夫没有什么明确的答复。

夜晚,地委宣传部部长被邀参加宴请苏联青年代表团的宴会,会场设在净慧公园军管会。这场招待外宾的宴会规格相当高,用燕窝、鱼翅、乳鸽、鲍鱼……来招待这些外国友人。菜虽只有十道,可是都很珍贵。一只烤乳猪,只吃了上面几块皮就被撤下去了,于是我们这些工农干部一直垂涎盼着那只无皮烤猪在后厨被剁成块了,又会端上桌来再饱口福呢!谁知是傻等一场,因而纷纷惋惜,说这样的食法太浪费。

夜间还到大华舞场出席舞会。

5月15日 会议的最后一天。上午听肖部长的总结,讲到报纸取消后对群众的宣传工作。下午叶剑英讲话:目前宣传工作的几点注意。晚餐在迎宾馆会餐,但这两天闹肚子,饮食无味。

晴寄请白焰转我的信收到。她叫我不要从桂林转往南宁,而是先回梧州,她再随我去南宁。她也想回老家一趟。

5月16日 上午同许革夫到华南电影公司找丁达明谈广西影片的供应事宜。

去老姨家取回晴的信,其中附有二哥寄给我的信。二哥被邀为绥渌县各代会的筹委;家乡无雨,农作物枯萎。晴的信里说她验了血,血沉仍快,身子不见好。晴让我在广州买些面粉带回。

5月17日 上午十点多钟离开梅花村,准备搬到白焰家去住。到街上买些东西,但走来走去,花了不少时间与精力,结果一样也买不到,钱太少,好的东西买不来,一般的东西又不想要。雨还常常把我留在街头屋檐下。

去长寿区政府想见杜略,他开会去了,只得失望而疲乏地又回到潮湿的街头来。肚子还是不舒服,吃不下东西,人真是一点力气也没有了。

下午五点多钟到白焰家坐等半天,白焰才下班回来。因他家还有两个亲戚暂住,我想干脆花一万元钱出来住旅馆算了,他又不让,只好在他家客厅当"厅长"。

5月18日 决定搭东安拖轮离开广州了。船下午六点钟从码头开出,一个人便躺在客舱铺位看《欧根·奥尼金》。肠胃仍在捣蛋,还是阵阵不舒服,真有三分病似的。

上午曾到海关处与老姨告别。回来在街上买一件衬衫、一条浴巾。本想买一张玻璃布将来做小孩尿布,几经犹豫还是放弃了。最后钢笔、手表买不成了,才决定买件雨衣和一件啫士丝的女衬衣。

想买些糖果、罐头,准备回乡探亲时带回去,还想买些鸡蛋,都因雨因疲劳因时间不够而弄得我不能如意。

5月19日 船一早到肇庆。卖零吃的都挤上船来问旅客吃不吃米粉,一碗牛腩粉二千块钱,比起船上一万元一顿白饭是便宜得多了。我虽然不饿,但又怕今晚没有东西吃,勉强买了一碗。一点滋味也尝不出来,吃两口就放下了,白花了二千元。

船上怪寂寞的,听船上一些商人旅客和伙计们议论目前政府的措施,觉得商人与政府是那样疏远,物价稳定他们并不欢迎,以为物价贱了,没有钱买还不是一样。这充分表现商人的心肠,在他们眼中,谁执政都一样,如果他们无利可图就不高兴。

《欧根·奥尼金》读完了,没给我带来多大感动。

5月20日 早晨9点钟,我回到鸳鸯江口来了,10点多上岸。雨把我弄得很狼狈,行李不多,但加上一袋子面粉和书,让挑夫也很费些力气。

回来见晴这廿天变得消瘦多了,脸色苍白,东西吃不下。一天就喝两杯牛奶,吃几只面包。医生对晴一会说还是要人工流产,但已经是3个月大的胎儿了呀!一会又说晴的肺病已控制住,正逐渐好转恢复,就不必流产了。不知这些医生一会说东一会说西是什么意思。

下午二点到地委去见谢书记,廖联原也在场,汇报这次会议的精神。他们同意报纸停办,初步打算本月底停。至于我去南宁开会的事还未得到省委的来电通知。

报社葛副社长调回部队后,报社组成一个工作委员会来集体领导。今晚就听工作委员会汇报,通采部的人问题比较多,一部分新来的不知工作怎么做,苦闷,旧人员对何世荣的领导不满。三版的人不够团结。排字工人工作拖拉,铅字换回来也没有上架。大家对学习感觉有负担。

接到敬人来信,他调合浦县,仍继续剿匪。珍器来信则说回东门老家被二嫂骂作骗子,骗了我好多东西,没有拿回家给弟妹们。他感到很为难。他的信很通顺,相当个高中生的文化程度。看来他挺聪明的,假如参加工作会有前途。可惜有个老婆拖累,只好在家做个农民。不过真如他的愿望那样做个劳动生产的模范也是很好的。漫萍也来了信,希望给他老婆找个工作。

光瑚前天路过梧州到容县去当县长。只差一天没遇上,以后不知有机会不?

5月21日 组织部又调个王景馀来做指导员兼支书。他是冀东的,在部队当个指导员,可是地方工作和部队是不一样的,恐怕又要为工作苦恼。

同孙宗纯去国泰看《火葬》。这是一部抗议小丈夫封建婚姻的电影,可惜它对各个阶层人物的褒贬没有给予恰当估价,甚至犯了错误。比如说小豆子、土娼黑翠,他们成了丑角,而主角展大鹏是一个架空的人物。他为了做戏而出现,而不是实际生活中真实存在的人。孟大妈也没有被塑造成活人。

肚子又弄坏了。人一点力气也没有,走上两步膝盖就酸疼,什么事都不想动。信也都写不下去了。

5月22日 拖着不舒服的身子勉强给光瑚去信。不知怎的了,整天我都感到筋疲力尽。

严明来当经理,把报纸要停刊的实情告诉他,叫他准备把账目结一结。他将来可以到书店工作。沈雪汉来当秘书,可是病了,现暂住朋友家,过两天才能来。

5月23日 今天梧州市各代会开幕,我是列席代表。但因要早点把关于改进报纸工作和目前宣传工作的几个问题向报社的干部来传达,各代会就不能去列席啦。传达从上午十点钟一直到下午一点钟才结束。

上海群益出版社来信,说是我的《大家庭》一书,他们准备出版了,叫把版权草约签字寄去。版权是按折实存款六个单位的十分之一(千字)乘以印数。算起来一版要印五千册的话才得二百个单位,人民币也就五十多万元。

5月24日 上午开党的小组会,新来同志互相介绍后,我讲了讲报纸停刊事宜。最后强调未停前,党员应该起带头作用,维持大家情绪不起大波动,保证日常工作平稳运行。

二哥来信说他在绥渌县各代会上被选为副主席。77名代表,65票选他。希望我回去对他的工作提些意见,还希望回去见见母亲,她的身体一天不如一天了。

5月25日 把新华社广西分社寄来的密码"记密1—10号"交给高芳万。

读《文艺报》十六期周扬的《论红旗歌》。他指该剧没有写工会和党的作用,是个大的缺点。马芬姐这种孤僻、顽固的性格太强。工厂的生产热情看到很少,只觉得吵闹太多。何其芳的《话说新诗》,对胡风对某些人认为凡是生活都是写作原料观点加以批驳。似乎,批评声音正日渐加强,不久,文坛上可能会有一番热闹。

我得读书写作才行了,否则变得空虚,无以招架、应战的了。肚子老不好,又泻了。

5月26日 接到晴的妈妈来信,说是久无音讯,不知我们近况可好?也使得70多岁的外祖母在病里放心不下。后来写了五封信：一、给新华社广西分社告诉收到密码；二、给奚渊，问《列宁文选》寄来没有；三、给凤琴；四、给岳父母回信；五、给敬人，叫他常给父亲写信。

晚上同黄奇英和卢林一起去看苏联片《1949年五一劳动节》，谁知电影院已换成美国片《炮兵鸳鸯》。这真是一出蹩脚透了的东西，好像一碟没有盐的菜，乏味极了。一对夫妇，丈夫参加战争去了，其间曾与一个护士相爱，回来告诉妻子，妻子发怒一阵又和好。这里说战争说炮火，没有火药味；说恋爱没有血肉，没有激情。一切都在做戏。

5月27日 秘书沈雪汉今到职。地委会开会，谢扶民派汽车来接我也去参加。听了骆明报告桂平和平南的情况以后，就谈到报纸的停刊问题。大家对停刊不表示异议了，决定本月31号发个终刊启事。干部交组织部分配；工厂交给省，与企业公司印刷厂合并；资财上交地委。报社这摊子事谈完后，还谈干校的问题。我既不是地委委员，坐听也无聊，提前离场了。临走，廖联原说今晚请农民代表会餐，叫我也参加，我辞谢了。

5月28日 写信给省委宣传部刘宏，表示愿到省文联，或者让我回华南分局去。给二哥回信，告诉他应该怎样与县委书记取得联系，听从县里的意图为地方做些公益。给南路地委青委书记王国强写信，告诉我是十四年前同他一起读《大众哲学》的陈克惠，现在从北方回来了，知道他也同在一条战线上奋斗多年，很高兴。

5月29日 拟写《建设日报》终刊启事。去信省委组织部，报社停刊后，干部的处理问题。下午章宏和黄云来，同意终刊号的启事，同时告诉一下，干部的处理等省委电告。给省委宣传部刘宏信，问我的工作问题以及报社干部如何处理。

接到哲生来信，说是遇见了五年前相爱过的人（曾是太行区某首长的老婆），现在已决定结婚了。知道这消息很高兴。虽说是个27岁的妇人了，但他们是互相了解的，还经过一段人生的辛酸，结合起来，不是会添加许多甜味吗？愿他们幸福吧。陈秀荣给晴来信，说现在回哈尔滨铁路局卫生科工作。

上海群益出版社来信，提议我把小说集以《最后的夜晚》作书名。我却以为

《好样的人》较好。

5月30日 给省委宣传部报送梧州地委文联人选名单:陈更新和陆地。

为报纸停刊做准备。下午二点召集党团员开会,宣布报纸停刊决定。并要大家保证停刊后的学习生活不受影响,党团员应该起带头作用,不要使不安情绪扩大,保证公家物资不受损坏……

晚间同卢林去娱乐影院看《萧月白》。写一个小市民堕落,走入空门,回忆他过去经历的故事。真的爱情失去后,他就对女人报复……小市民就是欢迎这样一些东西。

5月31日 《建设日报》今天终刊。早上,向全报社人员宣布停刊后,希望大家安心听候组织重新分配工作,照常学习。

五个月来惨淡经营,日夜奔忙,算是结束了。以后,我该向编报生活告别了吧?向事务工作告别了!但是,跟着来的是什么呢?是不是可以回到文学的道路上,抑或又被安排个事务工作,重进套子里去?

同卢林谈,他对我打算写的以辛辛苦苦的官僚主义为主题的小说,表示极大的兴趣,鼓励我一定把它写出来。

西虹的妻子王之琪来信,说西虹已去海南岛,七月底才回。我的稿子已交黑丁去了,还告诉晴,有了孩子也是一种安慰……

6月1日 报纸停刊了。好像一头牛挨到了冬天,可以松一口气了。尽管收尾的事还有好些麻烦。

雨把人也弄得很不痛快。叫工厂厂长和经理严明先去地委请示,可章宏开会去了见不到人,什么消息也得不到。

克勤(光瑚)家来信要我转,从中看到家乡某些消息,顺便又给他写一封信去。

6月4日 黄云来同我谈地委宣传部的工作。干部的教育计划,文工队的思想。特别是文工队还存在着很浓厚的旧艺术观点,要我去跟他们讲一讲工农兵文艺方向。另外对报社干部的处理,黄是大略了解一下每个人的能力,至于最终决定还是要等候省委宣传部的电报。最后他还是希望我留在地委宣传部工作。我却以为还是到文联去好了，倘若能有时间读书写文章，弄出一点成绩来也是一种安慰。

黄克勤托罗列带来一张条子，只说了两句话，不像个相别十多年的朋友口吻，也没有点朋友的情感。他虽希望以后多联系，但这种联系太乏味，还是少联系的好。

6月5日 地委总务股派人来接受一部分家具。王玉钧哭哭啼啼要回154师，把出纳工作交给黎晶。手续没有弄清也不负责了，这种人没有一点组织观念。

6月6日 黎晶代替王玉钧到职任出纳。

读《静静的顿河》，书中主人公哥萨克人格里高利的人生令人感慨。

6月9日 上午九点钟同工厂文少峰和王景馀到地委去开会，谈报社干部的处理。我的工作是要搬到地委去，说是谢扶民同省委谈的，要留我下来。可留我下来在地委干什么，下边没人搞宣传工作，上边却要摆两个部长干什么呢？没工作干似乎很写意，但我能这样下去吗。我在此处不是地委委员，工作起来算作帮手似的，情绪肯定不会好。南宁那边生活苦，工作也不一定如意，但总还有事可做。如果弄文联不是可写东西吗？还是走吧，地委并非强调一定要留我呵！

不过，要走的话，晴怎么办呢？坐船怕土匪劫路，坐车她身体吃不消，留她继续住院等船通了再走吧，又没人照顾做饭吃。让黄庆瑞留下吧，他的供给由那儿出呢？

6月10日 收到李鹰航从沈阳来信，说是得了十二指肠溃疡，所以回信迟了。如果南归不知情况如何？叫我详细告诉他。马上回他一信。

为了《广西日报》记者何冬平写了一篇批评梧州地区财经工作违反政策，让地委和市委产生矛盾，使得这里的负责人着急了，召开市委和地委的扩大会，叫我也去参加。先是与参会人员分享了一个极端沉闷的上午，后才逼着几个搞财经工作的讲了话。张化明对程淇不满，银行许展言也有意见。记者文章批评的词句或过于尖锐，可事实多多少少是存在的。到了晚间会议还要继续开，我受不了就回来了。会上旁人老嚷嚷让我回到市委宣传部去，连张华也这样说。他说省委没来调令,等调了再说。真要我回市委,那叫我如坐针毡不开心呐! 费好大劲才摆脱出来又要回去怎能安心呢。市委没人,是搞不出什么东西来的。况且市委被地委领导,我又算个什么干部呢?

6 月 11 日 晚上去看电影《希望在人间》。卢林的工作可能有变更,情绪也有点波动了,跑来我这里坐立不安。

地委今天开会不通知我去了,留在地委是不会了,现我担心的是留在市委!

6 月 12 日 报社有一部分人分配走了,到市委、地委和县委的都有。

把书收拾整理打了一大包,估计有 100 来斤,将来只好用船运走了。其他东西我也收拾了一下,总共还有五件行李。

6 月 14 日 突然接到谭荫溥来信,他寄到桂林去的信给转寄过来。他接到我到梧州的信,以为是到了桂林,而且他瞎猜我是在桂林文协。他去年 11 月已结婚,现在也有孩子的征兆了。

地委组织部派科长张鸿昇来通知报社干部及工友的工作分配问题。

这样一来,我的工作 16 号可以结束了!

6 月 15 日 今天农历五月初一,再过四天就是端午,赶不上回家吃粽子了。已拿到组织介绍信,等把账目交出去后天就可以走了。晴已决定留下,等船通后再去。船停在永淳一个月了,不知还停到什么时候? 她有点难过,一个人待在医院,无聊寂寞,又孤单。写信又那样远,到南宁的信要半个月。

几乎整天在街上跑,买了一对一磅的玻璃茶杯,一件薄毛布的女衬衣,一件背心。晚饭后把请人加工的八九斤饼干包好后,人已累得不行了。到医院去在晴那儿坐了好久也恢复不过来。同晴闲聊,扯到将来临的小孩的名字。她问是叫“毛毛”还是叫“南南”好呢? 在南方生,就叫“南南”吧,她说。前些日子我也想到叫他“南南”,以为在南宁生的意思。但是我想,如果是女孩子,就叫“坭坭”。叫这样名字的人不会多。它却包含更大更多的意思,是泥土可以塑成各种各样的器具,可以建筑……总之是有用的东西。

6 月 16 日 《英雄的故事》因香港新民主社不办出版业务了,昨天被退回来。清早又寄去上海群益出版社,请他们收入《好样的人》那本集子去,或者另印单行本。

二哥来信说母亲身体很坏，白天也多躺在床上想睡觉，希望我无论怎样都要回去一趟。敬人也来了信，我在广州给他寄的《整风文献》收到了。信中附有一张他的照片和给二哥的信。又是想问家里和二哥要钱。

6月17日　严蒙从北京来信，说是在人民日报《人民园地》编辑组工作。精神上没有在东北日报那样沉重，可能有一两年时间工作也不会变动的。信上附来几张我在东北的故居，可是信件被雨淋湿，相片弄糟了，有一张还变成了白纸。等到南宁新的工作岗位再给他回信告诉近况。

终于帮凤琴买到一支西非利自来水笔。还买了一张胶布准备给将出生的孩子做尿布。

夜里去看《珠江泪》。觉得影片开头农民群众自发地向专员，当着恶霸区长的面控诉其劣行，这在反动统治下的社会环境里是不可能的。至于他们最后对付恶霸与三姑的那场殴打，又太过儿戏。

6月18日　要走了，教育科的梁炎昌同孙宗纯他们说是我领导他们工作一场，找个时间去茶馆坐一坐谈一谈。现在茶楼都免费，一早，我们七个人就到总统茶楼去。除教育科全体还加上王长春(工商局副局长)。

谈到梧州市的文教工作，我以为报纸没有了，应该迅速建立广播站，出大字报和黑板报。黑板报可以登问答、批评与建议。这样与群众取得密切联系后，读者就会增多的。另外，建立自己的戏院，有计划地放映苏联片。放映时可组织青年团员、积极分子来观映，然后召集他们开座谈会，通过电影来教育市民。

6月19日　今天端午。早晨跑去邮局寄自来水笔。给凤琴的寄走了，给敬人的因合浦地区不办包裹邮寄业务，只好又拿了回来。

地委派人来跟我交接单位账目，我的工作算是交代清楚了。

晚间为晴跑了两趟街。在万里行买的六万元一双的黄皮鞋，过去在广州得化十万元以上才买得回来，皮鞋现在是大落价了。

6月20日　卢林带来一支1949年式的五一派克笔，笔尖顶细滑。我很喜欢，拿自己的笔跟他交换留作纪念，他答应了。

本打算今天走了，到市府财科去问谢仲文，他要我多等一天，平乐地区有13个人明天也去南宁，大家可以一起走，人数一多，船上吃饭问题可以解决了，大家可以自己做。到贵县后如果请护送也好办些。那就明天再走了。

6月21日 走了，从此半年来的梧州工作和生活结束，编报生涯也就此告终。一早，忙收拾铺盖，弄了大半天，人已筋疲力尽。到下午一点多钟了才赶到医院去，把刚缝制好的蓝色长袍拿给晴。晴暂时留在梧州等船期。下午三点半回到报社做饭吃。等到五点半，临时决定还是去一趟医院跟晴告别。晴正吃晚饭，于是放下饭碗，看我穿上雨衣，冒着很大的雨离开了。

船傍晚七点钟开。原来报社的编辑周刚，以及于维炎、何钟芬、于乔贞，在船上等着我到来为我送行。黄奇英先前也到船上，不见我又回去了。

6月22日 船早上才到濛江。到平南时，已经下午六点了。船上伙食太贵，白饭也得四千元。我同陈更新、黄一芳只好和平乐地区赴邕学习的人搭伙。他们带米带菜，自己做食，吃得很饱。

继续把去年从长春到广州路上没读完的《静静的顿河》四大卷给读完了。

6月23日 天未大亮，船在桂平停下了。我的两支枪证没有写明白，只好同公安人员到岸上去公安局讲清楚。船停靠半个钟。

同平乐区的干部沈同志借来一本许寿堂的《亡友鲁迅印象记》，一口气读完。

晚上九点半船开到贵县，查税查了一个多钟头。我原想上街打听去南宁的汽车行情，可已10点半了，只好等明早去办。船停下不震动了，可睡一晚好觉吧。

6月24日 天一亮我们上岸来。一说要去南宁，那些汽车夫，那些揽客的汽车行经纪人就如同苍蝇一样扑到你身边来。照规定是八万八千的车票，讨价还价半天，算五万元就可买到。但是，从早晨等汽车装货，一直到中午12点半汽车才开出。乘在贵县等车装货时给晴写了封信。本来今天可到南宁的，结果，下午六点时汽车就在芦圩停下了，明天才能到南宁。

6月25日 经芦圩到南宁86公里，汽车竟走了七个多钟头。到了南宁北站我的行李还被检查人员从汽车搬下来，一件一件翻，最后翻得连箱盖也盖不了，叫你气得没话说。

到组织部转关系时，王大中副部长让我同陈更新到宣传部报到，说是要我去当宣传科长。我对王副部长说还是让我搞文联或者政府工作吧,到教育厅文化处如何?他叫我到宣传部去同刘宏同志再商量。

一到宣传部,正遇上今天开文代会,我就一身风尘被拉到会场去了。坐一会即到晚餐时分,又被拉去居然酒家会餐。王宇红这时见我就说:“你来了就好了,我这宣传组的工作就可以交代了。”意思很明白,那就是我来当科长,他的组长就可以摆脱了。王还说,刘副部长说了科长是地委级干部呢。我想管它什么级,这下恐怕又弄得我不安心了,还是去做文联好些。就餐时,刘宏副部长来到我面前说,你来了,以后宣传部就充实了。谢芳春同志也刚来,他原是“革大”教育长,现调来教育科。一肚子不痛快,不知接下来又怎么被安排了。餐后没参加晚会,到邕江客店找同乡打听老家消息。遇见黄润芬、黄朴儒,同他们聊了半夜。

6月26日 文代会今天上午的议事日程是许革夫传达肖部长《整顿思想》。我在广州听过了,就没参加。同王宇红一起到新华社去还回密码。下午,听传达中南文代会熊复的报告。

晚上又到邕江客店同黄润芬聊天。家乡今年旱,早种庄稼完全失收,农会的成分也很糟。真想回家一趟看看。给晴和二哥各写一信。

6月27日 会议由各地区报告文艺情况。桂林的文艺工作有些基础,已经搞开了。柳州、南宁的情况说来还像贫血一样,将来开展起来会很不容易。

下午分组讨论三个题目:一、文艺如何为人民服务?如何与人民结合?二、照广西目前情况,如何使文艺生根、普及?三、关于组织、领导问题。从文学组人员的发言中,感到大家水平都不高。西大教授逯立钦这个主席,也不过如此。

去陈绍枢家找彝鼎,只见绍枢老婆在家。同她闲聊几句,她对我老家的人很熟,好像个亲属似的。开会前到民权路南一里找到彝鼎。他父亲也在那里,旁边还有芳俊。他还是那样年轻,胖胖的样子。谈了十来分钟,他想留我吃早饭,我便告辞回来。

晚上同黄润芬去见吴亮洪。他现做贩米营生,每天得一两万元维持一家九口人的生活,夜间还得教小孩读书。这样下去如何维持得了今后那么长久的人生岁月?

南宁的水果比梧州多。菠萝、黄皮果都已上市了，香蕉、芭蕉、鸡蕉、牛蕉各色各样。南宁街道比较宽敞，比较像一个都市，而梧州只像个商场。分别给晴以及奇英、炎昌、严明等人写信。

6 月 28 日　南宁天气似乎比梧州热，晚上，老百姓总是一堆一堆的聚在家门口乘凉，不到半夜进不了屋子。人一天不洗澡全身就同粘了一层胶，很不舒服，也躺不下来。

到绍枢家去见到主人。他是一个短小精干的人，当过代理团长。1944 年退役后就做生意了。他的某些观点还是正确的，不像有些人那样糊涂。他说有一个儿子在南宁高中部，也是团员，今年二十岁了。

晚上本要参加各界代表会，选举中苏友协筹委。我看了下候选名单，都是些厅长、专员以上的干部，也就打消了参会的念头。

6 月 29 日　同刘副部长谈工作，说来说去，他还是把我抓住，放在宣传科帮他搞文联工作。他说文联由宣传部领导，没有一个内行的人来做是不行的。虽然，他也同意我去新闻社或者广西日报社当总编，可我现在这岗位找不到懂文艺的人来替换。我无奈，只得提出请假几天回家省亲，他答应了。我马上就去汽车行打听回老家的车讯，还得等两三天才有车。

见到欧丕钦，虽然他也陷入了穷困，可是精神还好，比较乐观。

下午，文代会算是闭幕了，又在居然酒店会餐。晚间还有晚会，看粤剧《九件衣》和平剧的《三打祝家庄》。

6 月 30 日　七月二号有车开龙州，但不搭中途下车的旅客。后经欧丕钦介绍我是陈曼夫的弟弟，老板才另眼相看，同意我搭这班车。后天就可以回老家了，明天得办护照、领路费，还得借照相机……

丕钦请去桂南酒家喝茶，谈了大半天。13 年前他还是个孩子，现在已经在愁生计，感到做爸爸担子的沉重了。覃伯承送来了照相机，明天不必为它再奔走。

晚上同王宇红去人民剧院看《乡村教师》。

7 月 1 日　早上到人民剧院参加干部会，听陈副主席报告党二十九周年纪念讲话。从今天起，全党实行整风运动，着重整顿各级干部进入广西后所犯的命令主义。

晚间会餐，刘副部长说今后两个月较大的工作安排。七月十二号高干开整风会，二十号开省宣传会议，月底省文联筹委会成立。八月开各界代表会，九月可以下乡。这样一来，我可以下乡了。王宇红在餐桌上把我灌醉了，事后走到街上还真有点不舒服。

去汽车行确定了明天有车回老家。写信告诉晴明天就可见到妈妈了，又跟她说梧州到南宁水路还是不好走，来时要慎重。

7 月 2 日　汽车行没车开，还说明天也没有车开，得等后天。

听说东门有车来，后天可能回去。但是没有见到东门来的那些人。遇到几个同乡，都认不出了，大家的模样都改变了很多。这几天听他们讲家乡土话，慢慢地也学会几句。

同王宇红到公园一带去走了一转。那边好多过去的建筑都已破烂不堪了，花园也一片荒芜，杂草丛生，修葺起来也得等到明年秋后了吧，修复后，这个花园还是会很好的。省立医院被那么多的树木包围着，环境太好了，假如晴将来能在里边工作该多好呵。

同王宇红到军营保卫科去坐了一会，还打了一阵扑克。这里曾是国民党将军叶琪的公馆，到处都被水和树包围着，不用电扇，风自然就来了，真是个好住处呵。假如我们也住到这片区域来，可是再好不过呢。

7 月 3 日　明天又走不成了，汽车行说是得后天才能走。真是烦恼透了。刘副部长说，12 号以前要赶回来，要我参加 12 号开的高干整风会。那么，后天(5 号)回到家，9 号就得开始等车回来了。

到陈绍枢家去，绍枢说有个外甥女原在十三兵团的文工团，现被分配下乡，她不愿去，叫我想办法让她留在南宁工作。

同陈更新、黄一芳到省文工团找覃伯承一起去公园照了四张照片。陈翠华来找我两回都没见到人，恐怕她不高兴啦。

司马文森主编的《文艺生活》新五号，把我的《新年景》登出来了。弓必克托我带一封信回老家交他家人。

7月4日　今天还是走不成。同丰行说有汽车开,明天可以走了,花四万多元买了一张票。另外又上街买一筒胶卷,准备回老家后给母亲照照相。

下午去省府见到陈翠华,她请去桂南酒店吃一顿晚餐。这是她叔父开的馆子,由一个教授表哥在店里当经理。据她说表哥原是研究经济学的,有点名士味,现在因和李任仁派头不大对,教授也当不成了。

上海群益出版社印行的《好样的人》,给我寄来十本,晚上收到。明天可以带回家去,作为我13年奋斗的一点纪念物了,真是巧!

7月5日　离开13年的家,今天要回来了。早上7点就到汽车行等车,车摆渡过河到亭子经检查后,弄到上午10点15分才开。

家乡改变多了,单说公路,当年那样平坦的道路,路面却已破烂不成样,汽车交由商人来运营行驶,为着赚钱,他们把人跟货一块运,没有车篷,没有座位,弄得乘客极不舒服,有个小孩子就哭了一天。在这个时候出门的人,真是拿生命来打赌。本来两个钟头的车程,结果走了一天。

下午四点多钟我才在家门口下了车。走进家门口见到二哥正忙着招待客人。一会邻居、朋友、亲戚们听说我回家了都来了,有好多青年人,我已经记不起他们。只知道我离开时这些人还是在塘边玩水的小孩,现在他们已经是玩水孩子的父亲了。

过去认识的侄子们都一个一个长大了,已认不出来,新增添的为数众多的侄子侄女又是头回见面,总之大家一下子都成了陌生人。

妈妈到岜等去了,等了一会她才被人叫回来。妈妈老多了,消瘦得只见干枯和憔悴的脸容。对土话我已很生疏,讲起来东一句土话西一句普通话,觉得很吃力。

二嫂被家务和孩子拖累得有点衰老,一个广东人也讲得一口土话了,十二年来她已变成东门的乡下人。

家里经二哥经营,建起九间房子,都太单薄,现在给部队暂住了,没有生意做,显得萧条杂乱。小孩子们读书虽有一个房间一个桌子,但还不如我们当年穷日子时候。名器十三岁了,没养成喜欢读书的性情,寄回去那些书都散失了。晚间同二哥谈到这件事,他也感到很不好办,家务无人料理,部队住了房子,什么也顾不到了。

7月6日 今天是东门街集日,八九点钟就有赶集的人挑着柴火和青菜陆陆续续到来。二哥特别请一位邻居称了几斤牛肚,专门炒“牛下水”等大哥他们到来聚餐,等半天也见不到人。我们先吃了。

因是集日,亲戚来了不少,表哥梁耀珍、耀珠,二姐,大姐丈……家里的人,哥哥嫂嫂,侄子都来了,好几个侄子一个也不认识,经一个一个介绍了,但马上又叫不出名字来。曼萍夫妇及其子女也来了,还有……屋子不断地涌进人来,话都不知跟谁说好了。

二哥忙于准备到宾阳出席分区召开的各界代表会,其他几个哥哥嫂嫂则担心他们的生活,大家的话题可谓千头万绪,但就是没有闲情谈说我别后的生涯。

家庭哥嫂不和睦,地方上土匪捣乱,老百姓对政府顾虑……不论是公众的,私人的都需要我讲些话。可是,我只有两三天时间,不知该从何说起,又该说些什么好呢。

7月7日 吃过早饭同家人一起访问我出生的地方——岜等岩。本来想依旧习俗顺便给父亲扫墓,后来看各兄嫂间不大和睦,想召集全家几十个人团聚实在也不容易的,加之二哥的情绪不知为何也不好,拿去的鸡也不杀了,墓也就没有拜成。没有谈话的心情和环境,自己就花些工夫埋头整理放在岩洞的两三箱书。这是十多年前存下的书籍,因几回搬迁,有的散失了,有的已霉变。至今仍有有用书籍,可惜大都已破朽,给老鼠做了食物。最可惜的是一本照相簿里的照片大部分因受潮而败坏了,这是有钱也买不到的东西。

大二嫂跟广东二嫂不相容,一个人孤独地过日子,跟我说起来还难过地哭了。可是平日里她的性情很倔强,嘴巴不让人。集体谈话不可能了,只好分别同大哥、二嫂、四哥都谈了谈,回来时又同耀荣、瑞器谈了一下。妈妈在归途中同我讲了些平时哥嫂姐妹间闹矛盾的情形。都是些鸡毛蒜皮的小事,都是些无知的争吵!难道是因乡下的天地太小而造成了他们的小气和心胸狭隘吗?没有文化,缺乏教育是很难走出自己的小圈子的啊!

7月8日 打算今天要去两处地方,先到二姐家去,然后到大姐家。可是,一早要弄饭吃,二哥又忙着准备到宾阳参加各界代表会的事,结果一直拖到上午10点多钟才得出门。

时光特地向县府请到假陪我一起去看望我的姐姐。十多里的路有时光、曼萍同行,说说笑笑很容易就到了。二姐正在田里收获,外甥在村边玩耍,几个外甥我都认不出来了。大的19岁了,已娶了老婆,没读过书,老三还在读书,可是身体不大健康,脸色枯黄,老四又大又胖,也没读书。看看她一个寡妇支撑这个家实在是不容易!孩子失学让人太痛心,但是十年来就是二姐一个人拉扯一群孩子,叫她能怎样呢?我现在无能为力帮她的忙!二姐放下农活专门来陪我大半天工夫,还打了鱼杀了鸡来招待我这个十多年不见的弟弟,姐弟之情暖人心啊!

农会主任听说我回到二姐家也来同我见面,占去了我要同外甥谈话的时间,吃完饭已经下午三点多钟。到大姐家去还得先到三叔家去一趟吧,我们不敢久待了。三叔已是74岁的人了,这些年来也弄得贫困起来,几个孙子同一窝猪仔,在地上乱爬。见面又是向我打听政府的政策法令,看来老百姓对共产党普遍不摸底。到大姐家时,大姐给我备好饭菜了。姐丈为此特地到西长圩去买了猪肉和三条鱼。吃过晚饭已经天黑,到县立中学去见一帮本地教员。一见面他们就控诉过去的校长贪污与反动,可是现在政府还不惩办他,觉得很不满意。

夜间同大姐、姐丈谈家常,谈到了鸡叫。大姐说了几个嫂嫂的不和睦,我感觉都是一些女人们的小气褊狭作怪。我们的家族太大了,连大姐二姐算起来有四五十个人,要把大家团结起来也不容易。

7月9日 又轮到东门集日了。早上,表哥振隆杀猪叫我去吃早饭,然后才同时光回东门。集市上的菠萝是便宜的,千五百元可以买到一只两斤重的,黄皮果也只是三百元一斤,不过这都不好带回南宁,只得买了一斤枯劳茶叶。剩下的五万元钱,买了一身土丝布给妈妈做件衣裳。

农会主任弄了个水鱼煲乌鸡这道菜请我去吃晚饭。

夜里,又同大哥聊家常。讲起来大家都很懂道理,可是,事情临到头上就往往冲动起来了。总之,每个人都没有认识到自己的错误,都是责备别人多,所以听哪方面说,哪方面就有道理。

7月10日 今天仍然没有车回南宁。下午,县委书记张玉田同志请我去吃晚饭。他做了三个菜,还包了饺子。席间谈了好多绥渌有一定影响的旧人物。张书记深怕这些曾经在旧社会做过几年事的人将来会造反,或者现在他们中就有潜伏下来的特务。我认为他的担心是多余的,绥渌不会有什么乱子。但是,说这样的话我又没有根据,也没有这个权利。

晚间,二嫂同我谈了好些关于十多年来奔波的生活。在日本人侵占的日子里,她们是吃过苦头过来的。奔波的生活、苦的日子,一定给她造成了极大的压力,不然她不会变得那样的脾气暴躁,动不动就光火,使人感到不易相处。

7 月 11 日 想不到下午 1 点 15 分钟时,被阿三叫醒起来,说是有汽车来了。汽车是土产公司的,叫等一会他也不肯,我只好匆匆忙忙给妈妈再照两张照片就上车了。二嫂也急忙去拿来十斤芭蕉让我带回去,汽车里颠簸得太厉害,还不到苏圩,芭蕉已经被震烂了。

离开老家十多年,好不容易回来,只匆匆忙忙地住了两天又走了,觉得好多好多话都没有说,有的亲戚也没有见到。真好像是做了一场梦。

车到吴圩之前的十来里地,有两个带枪的人要搭车,车夫不给搭,他们拔枪就打,连打七八枪,我们都吓坏了。看样子不是土匪,但是民兵为什么这样做呢?车停在亭子不过江了,弄得我到省委宣传部时已经下午六点多钟。

回来见到晴和上海群益出版社的来信。群益社寄来《好样的人》初版稿费 37 万元,这笔钱不多又不少,做什么好呢。晴的信里说她 10 天的菜金 9 天就花光了,一天为吃饭发愁。又说这几天咳嗽,医生叫她静养不要起床。虽然她在信中说"不要因'咳嗽'两个字而不安,没什么的"。我总感到阴影笼罩,恐怕要被这个病拖住了。

7 月 12 日 刘副部长病了,在小乐园留医。早上同邓燕林去看他。他对我的工作没有具体指示,只为我写了介绍信去组织部找王副部长问可否参加高干会。从小乐园出来,在亚州旅店找到周钢鸣。他觉得自己没有地方可被安排,工作无从下手,有点苦闷了。

7 月 13 日 省委组织部送来给我同周钢鸣每人一张高干会的入场券和会议的议事日程。

早上九点,地委级干部参加的整风会开幕了,检查减退租工作中的官僚主义与命令主义。首先是由昨天北京回来的张云逸主席致开会辞，跟着就是各个地委汇报工作。下午周钢鸣来邀，到小乐园去见刘副部长，谈文联成立日期，谈成立文委或文联党组，谈政治待遇等问题。

给晴、敬人各发一信。

7月14日　给严蒙、荫溥各一信。收到哲生、奇英各一信。哲生同蓝翎结婚了。奇英信里说，晴的咳嗽经化验发现了微菌，医生叫少动。但晴急于来南宁，准备同梧州市府的人同来。

晚间到小乐园刘副部长处开会，讨论省教联及各界代表会的名单。与会的人还有文教厅长农康，周钢鸣和谢芳春。省各界代表会，我作为文化界代表出席。如果二哥也出席各代会就好了。

照片洗出来了，除母亲的较为清楚外，其他的照得都很模糊，光线太暗光圈没调好，照相的位置和背景都选得不理想。

7月15日　高干会上，各地委继续汇报。

晚间去看《思想问题》，天气太闷热了，演技和导演也不好，只看两幕就回来了。给白焰、二嫂各写一信。

下午，从前楼搬到后楼地下一个小房间住下。这小房子西晒，每到下午就热得住不成。因搬房子没有去听汇报，结果晚间张主席传达三中全会毛主席的讲话没能听到，真是遗憾！

7月16日　下午高干会议休会。到邕江旅馆去打听有什么人近期要回绥渌。同黄润芬也谈不上什么来，坐一会便回来了。这几天吃大灶，九二米，每口饭都有谷子，吃一顿饭要花好长时间来挑谷子。因此常想还不如花几个钱去饭铺吃一碗面或几个包子。

黄耀日早上来找不见我，留张条子告诉他在农林厅工作。但是哪有空闲去见他呢。

翻看十三年前的日记，觉得太幼稚了。可是，一些往事却叫人好生感慨。那么长远的十三年呵！一下子说过去就过去了。

7月17日　梧州地委来信问新华分社给《建设日报》的密码交还了没有？还有《建设日报》向邮局登记的证件也需要拿去注销。马上把新华分社收回密码的收条寄回，邮局的证件叫他们去问于维炎。

读中宣部通报，关于东北局斗争韩进思想的情形。说他的思想与党当前的政策不符，对党的城市工商政策，他认为是发展资本主义，并且有反党的小派别活动。天津读者出版社出版他一本《论知识分子的个人主义》。

晚间看《参考消息》，朝鲜问题在国际上引起极大震动，可能招致帝国主义出面干涉。如果朝鲜能迅速把反动力量消灭了，那帝国主义就不会再喊了。

7 月 18 日　地委的汇报上午结束。下午是各小组讨论。省委小组就小组会如何开好，要谈些什么问题，先初步讨论了一下。然后让大家今天晚上和明早准备一下个人意见，明天上午九点再正式讨论。讨论只有一二天的时间，恐怕只能着重检查省委各部门对第一次高干会议以来减退租工作贯彻得怎样，是否发生偏差。至于个人的检讨是要到会后才能办到了。

周钢鸣、胡明树他们搬到省委宣传部对面的小学校住下了。今晚我们一起吃的中灶饭，可是做菜人是个外行，三个人的菜煮得可让八九个人来吃，而且没有一点味道。

黄耀日来见到我了，他在农林厅林垦科工作，思想认识还不错，比较进步，学习精神也很好，对前途非常乐观。虽然他现在还拿不出学费给小孩，可是他相信将来一定会好。

7 月 19 日　会议整天是小组讨论。大家从过去省委对于减退租工作指示的文件研究领导思想，追究发生偏差的根源。记得梧州地区 4 月中旬的地委扩大会传达高干会时，对减退租工作并没有被强调，而只着重指出剿匪反霸任务。认为上半年剿匪反霸是压倒一切的中心工作。减退租虽然说了，也只说到万不得已才借粮。

晚间电灯还是不亮，只得在烛光下读党内文件。梁炎昌从梧州来了，晴没跟来也没口信。是病情加剧抑或是她听我的话，等船通航了，路上较安全了才动身吧。

7 月 20 日　早上写给晴和奇英各一信。

小组会整天进行讨论。我对减退组工作没有什么切身的体会，自然谈不出有深度的意见来。

7 月 21 日　一天都是会议。早上先参加明天召开的全市反侵略及纪念“八一”大会筹委会的讨论，再继续参加高干会小组讨论，下午一点，本来刘副部长约定要文教各部门负责人来讨论和平签名运动，保卫和平分会的名单，到时刘却没到。下午小组讨论刘还是没到。

刘副部长分派我同刘毅生完成以下任务：一、给各地委关于发动反对侵略朝鲜台湾运动周及纪念八一的指示；二、宣传提纲；三、省委给解放军的慰问信。同刘毅生商量，前两项任务由他完成，我负责写信。

会议一个接着一个，都没时间正常工作。中南局来一位教育科副科长周浩然，传达潘部长在高教会上传达的毛主席指示。

接到晴的信，她病情加重了，医生说是胎儿大了，负担加重的结果。她现在如要从水路到南宁，那一路上的照顾，只有去托绍枢哥想办法了。写了一封信托绍枢叫公平船去交给晴，如晴来就坐公平船来。绍枢满口答应帮办此事，即使没钱都可以，到了南宁再说。

介绍陈绍枢的外甥女到广播电台去工作，说是那边已答应叫搬过去了。

晚上，同邓燕林聊起文坛上的一些故事和人物。他原来是弄文学的，搞过《诗垦地》，与曾卓、邹荻帆他们工作过。韦必克来坐了一会。

风琴的信由晴转来，附有一张照片。她在兴凯湖边的一个工厂工作，是什么厂做什么工都没有说。

7 月 22 日　高干会休会。上午省委宣传部和省文教厅召开纪念八一建军节反对侵略朝鲜台湾运动周的筹备会。去了一下，脑子便沉重得坚持不下来了。人实在觉得疲乏得很！下午找宣传科的干事谈关于起草运动周指示的事，却找不见人。

二哥来了，留下一张字条，叫晚饭后去陈绍枢家找他。

我晚饭后在邕客栈找到二哥。二哥先到绍枢家去吃了饭，然后我们兄弟俩就出到街上来边走边谈，谈家庭、谈地方工作。二哥说，县委会有意想叫他当副县长。我也鼓励他出来做些工作。不过这回不用多说了，这次分区代表会对二哥有好大的影响，他觉得共产党真正是处处为老百姓的，回去要叫四哥努力生产，争取当劳动英雄。他还要开书店灌输新知识给本地的群众。自己订了一份报纸,要求我找些有关目前政策法令的小册子给他,带回去好好学习。我们走得太久太累了,到桂南酒家去找位子坐下,又继续谈到深夜。

觉得二哥进步,表现了我们事业在各方面的成功,心里很高兴。

7月23日 今天小组讨论今后的工作。如今年是否可以进行土改?应该选择哪些地区进行?可是,大家没有深入去谈,讨论流于形式了。

同刘副部长谈我的工作问题,顺便反映周钢鸣对工作的意见。刘说,我的工作,组织部王副部长意见还是在宣传科。经我解释后,他好像也同意我到文联或者到新华社去。以为文联应该有一个解放区来的文艺干部在那起点作用是好的,不然,光让原先在港穗的那一套人马来搞,怕不好把握解放区的文艺政策。

周钢鸣拟了个文联组织机构与人员名单,把我安排在文联副主任的岗位上。文协和编委却让胡明树与秦似来弄。假如我专职搞文联,认为应该在文协或编委兼职才好领导。

下午小组会又讨论不起来。我就去给回老家的二哥送行,同他一道坐船到亭子圩去。毛高飞托我好几回,叫我留意介绍他的阿七参加工作。他的地主家庭再不能继续供他读书了。回来,顺路到南宁师范学校去见阿七。他说爱好文学,能够做文化工作最好。看他还是个聪明沉静的人,学文学也许是合适的吧。去书店买了几本书,明天给二哥、侄子和外甥寄去。

7月24日 张主席作大会发言,初步总结半年来工作。下午是各地委发言。

夜间,独自去中华电影院看《风雨江南》。这部由夏衍根据葛琴小说《结亲》改编的电影,写江南小城镇于解放前夕,地主的彷徨丑态。一方面仍在鱼肉乡民;一方面害怕解放军的到来而忙于找门子,要与解放军的亲属结亲,揭露了地主的无耻和狡狯。但影片在情理处理上有与现实生活脱节的地方。导演想用滑稽的手法来讽刺地主的可笑,却冲淡了人们对地主的憎恨。最后的镜头表现地主豪绅听说解放军已到了乡公所,而全场抱头痛哭,如丧考妣。这未必是最好的表现手法。因为人们不禁会问,既然他们能耍手段与解放军亲属结亲,为何不能在解放军到来时做狡猾的投机,用请客送礼来欢迎拥护解放军呢?他们应该也不会仍那么愚蠢,即使过去作威作福地欺压农民了,现在还是可以改头换面,用甜言蜜语来收买穷苦农民的啊。

7月25日　上午莫文骅同志发言,关于剿匪工作的检讨。下午是各地委发言。最后陈漫远同志谈《怎样抓住中心工作》。

7月26日　各地委发言,陈漫远再谈关于农村政策问题。

7月27日　上午李楚离发言,讲四个问题:一、今后工作的几个问题;二、今后斗争应采取的方式;三、春季减退租的估计与会议工作方针;四、整风问题。下午,各地委又发言。龙州地委黄河讲到与安南党的关系问题,其他人讲到对烈士家属的救济问题。交通厅厅长认为一些地主富农的子弟参加革命后,有的还写信回家买田,像这种人就应该好好地整肃批评,这样才能把他们的立场转变过来。

晚上会餐,还有电影《米丘林》的招待。我一个人到大光明电影院去看《豪门春色》,这是一部扯淡的粤语片。看完电影回家遇大雨,街道全是水,一身衣服也打湿了。

7月28日　上午10时到人民剧院听张主席传达三中全会决议。下午,整理十多年前存下来的书籍和相片。

晚上,小同乡亚七和周秉符来访,交谈一个多钟头。他们要求参加工作,请求给予指引。但他们的特长、经历、学历、志趣怎样呢?还得交份自传来看看才行。后来请他们去看电影《希望在人间》。临走,每人借去一本《好样的人》,周秉符还拿去《怎样学文学》。

张海从汉口中南局宣传部来信,不知他从哪里知道我在梧州办报社,现在又调到南宁来的消息。他做着教育科长,编了一本《共产党员课本》,叫我提意见,可是我还没有见过这本东西。给广州老姨写了一封信。

7月29日　张主席继续传达三中全会的决议,到下午一点多才完。下午二点看省委宣传部的文件。中南局宣传部对我省宣传部六月份工作报告提出批评,认为样样工作都讲了一些,样样工作都不深入。以后应该配合当地情况,择其中心专做一两件能做的事,拟出计划,按步骤去进行。比如剿匪是广西目前农村的中心工作,应针对这一工作,把它作为全省宣传工作中心,开展起来。

下午四点又在高干会上听关于财经问题的讨论。由于上半年抓得比较紧,财政收支还有了剩余。经各地委反映意见,以后的医药费和出差费可以改善一点,每个地委专署有百分之十的机动费。

7月30日 张主席做大会总结,谈四个问题:一、关于团结;二、领导作风;三、整风;四、准备土改。

在总结之前,何伟也作了发言,总的精神是怎样才能把工作做好。提出做好工作必须:一、了解情况;二、掌握政策;三、抓住中心;四、总结经验。

晚上,省委宣传部宴请出席省教育会议的代表,我们作陪吃了一顿,居然酒店的菜做得很糟糕。从"居然"出来到"邕州"去见英杰,他昨天从老家帮我带来一些菠萝。请他到"居然"去喝茶,可是人太多,闷热得叫人受不了。

7月31日 本来会议今天结束的,上面却来通知说小组继续讨论两天,讨论张主席的大会总结和三中全会决议。但是大家的精力已涣散难以集中,上午漫谈,下午还是漫谈。

午休时去找英杰上街给二哥买一支金星牌自来水笔(二手)花五万元。另外将一瓶派克墨水、一本诚信日记簿和一块帮二哥修好的怀表一起让英杰帮二哥带回去。

晚间全市各界游行示威反对美帝侵略朝鲜,我担心街上太热闹太拥挤便静心在家读报。

夜里,英杰搬到我家里来一起住。他找来一张床板,两张长条凳子架起来当床就睡下了。我们谈了家乡的好多事情,至深夜二点了才睡去。

8月1日 高干会还有两天才结束。今天仍是小组讨论,大家又漫谈。有人觉得这次整风会好像没有把各地区领导人的错误思想予以深刻讨论,展开批评与自我批评,有些人的发言不正确,也没有人管。大家你说你的,我说我的,各讲一套,互不相关。

下午一下雨,会议无形中没有了,下午六点钟的八一纪念大会就没开成。

长江文艺社来信,叫我多组织广西方面的稿件,同时说长江文艺的通讯员对我的《怎样写作》很喜欢,希望我有系统地写些这类稿件。

领到七月份的津贴和小鬼黄庆瑞的供给。

8月2日 高干会最后是布置工作,与我无关不用去参加了。闲下来了,到“南中”去找王宇红、李东岳和亚七。叫亚七写个自传来,如有机会就介绍其去学习。下午,读了几篇《人民文学》上的文章。

晚间同陈更新去看粤华小学的《民间歌舞会》。小学生们能够有这样的演出,是很难得的啦。其中同正县的采茶舞,有点如同没有改造过的陕北秧歌,存在男女调情的动作和歌唱。假如我们要采用这种形式,内容是一定要改造才行的。

英杰今日返乡。托他带回一支水笔、一瓶墨水、一本日记簿和一只怀表给二哥。

8月3日 高干会议结束了。整天待在家里处理家务事。上午把被服等晒出去,下午就落了场大雨,忘记把皮鞋收回来,两双鞋子都灌满了雨水。读了几篇《人民文学》的文章,没见什么惊人之作,作者多是些新人,编后记喊出希望专业作者写稿的声音。

写四封信,给刘哲生、凤琴、岳父母和北京三联书店编辑。

8月4日 周钢鸣要去开中南文联筹委会,早上把文联的人都叫去交代工作。首先建立起文联的机关,由杨联奋负责秘书工作,做好预算去向财委会要经费,还要交涉房子。再者要展开业务工作:一、筹办刊物;二、改良旧剧;三、建立各部门工作机构;四、开展文艺活动——在青年学园开座谈会等。

最急切的是开筹委会,产生常委,然后各个部门才可开展工作。文联把我安在副主任的位置上,周走了,表面上就得我去多管。但是,目前我的工作究竟落实在哪里,还不能由我决定。

写信四封:给桂材姐丈叫外甥出来到文联当勤务员;给二哥;给敬人;给长江文艺社,回复拉稿子的事。

接到敬人的信,他在发牢骚,一是家里没给他寄钱;二是他的结婚报告组织上不批准。奇英来信说晴的体重增加了五磅,叫不必挂念。恢复正常吃东西后,晴的身体会很快好转。

8月5日 到旧省府去看房子,那里住着军队,还需四五天才能搬出。房子挺宽畅的，假如文联能搬来倒不错。

下午刘副部长叫我到李楚离同志那里去谈话，原来是明确地告诉我，省委宣传部没有人，我主要还是留在宣传部工作，文联那边只是挂个名，有的时候去照顾一下就行了。组织上已经决定了，我再为了去文联而讲来讲去，也是白费时间了。宣传部实在需要人，哪里肯让我去做那无关紧要的文联工作呢！就这样被安放在宣传部了，以后写小说只能是业余的了。

关于省文联的人选问题，李楚离的意见，以为那些在别处还没有来而且家庭负担比较重的人，不必留个空名一定叫他们回来。因为这些人来自四面八方，回来多了容易闹不团结，容易和财经部门闹生活待遇等问题。

8月6日　昨天老家托丕钦送来一麻袋龙眼，是自己老家龙眼树上的果实，核小肉厚味道不错。和丕钦一边谈天一边吃龙眼好半天，果皮果核弄了满屋子。龙眼这玩意，越吃越能吃，吃多了就不想吃饭了。

下午四点多钟，周秉符拿他的自传来，他喜欢音乐，想参加文训队学习，自传写得很用心，也很通顺。毛高飞的妹妹亚七却不见拿自传来，不知她还想不想马上找工作呢？也不见毛有信来。

晚间，同王宇红、陈更新、胡明树去人民礼堂看军区文工团演出《红旗歌》。没有华南文工团演得好，看了一幕，我们就退场了。

王宇红把我写的《怎样学文学》拿走了。他说青年学园的文艺讲座请我去讲课。

8月7日　一早还没洗完脸，黄庆瑞就推门进来说，“我们来了”。跟着是个挑夫搬来一麻包的书。黄说，晴在后边同行李挑夫慢慢走回来。晴终于平安地来了，担心的事总算放下了！能够从码头一直走回家真是很不错啊！晴的模样是胖了许多，她说10天里增重13磅。真神奇，瘦得快胖的也快。晴带来西虹的信。西虹说已向荒煤提出我想到中南局搞创作的事，黄铸夫也向中南局提过，总之，他们都希望我到武汉去。寄去的稿子，他们原来想收入长江文艺丛书，后来见上海群益社已出《好样的人》，便问我怎样处理？另外，李鹰航回信表示愿意来广西，但他期望值很高，要当省委宣传部部长。叫我回信详细告诉他广西的情况。

晚间，同晴去邕州旅店询问同乡什么时候有人回去，托代消息给老家人，送些菠萝和龙眼上来。尔后同丕钦到冠生园吃冰糕，吃完出来却遇雨被困街头。

8月8日　直到今天才正式宣布我在省委宣传部任宣传科科长。宣传科共7人，有一个快生产了，在家休息，一个原是文工团指导员，暂时过不来，有的在做文联工作。除那个文工团指导员是党员外，其他是非党员，看来工作也不好做。

夜间，本来是刘副部长要同宣传科和教育科谈今后工作计划。后因中南局宣传部教育科副科长周浩然来参加，变成了刘向周报告工作了。结果工作计划没谈成。刘副部长只是三言两语地说是以后要以整风、土改宣传为中心，准备九月份开全省宣传会议。至于宣传科的干部如何安排，没说清楚，工作如何进行也没谈。

8月9日　上午，宣传科开科务会，工作大致分了工。李金光隔天的上午来科里一次，具体负责领导文工团、京剧团和文训班，以及负责与地委宣传部的联系；杨联奋负责对外宣传工作，如与市委联系，为纪念会写提纲、拟口号标语等。再就是负责报社、书店、广播台、印刷厂的思想工作。

晚上，同晴去感谢陈绍枢帮助晴这次从梧州顺利乘船来到南宁。绍枢哥的老婆会说几句普通话，对晴很亲切。嫂子说明天她的二儿子过生日，请我们去吃发糕。

8月10日　今天正式上班办公。同事间彼此不熟，相处都有些不大习惯，刘副部长不在办公室，好些事无法请示。干事的工作能力低，写个通知都写不好。李金光又来信说一时还过不到宣传部来，他要在文工团找个老婆以治好其神经衰弱。看看工作是不易展开呀！

明天有车回绥渌，托人带信给二哥和时光，再过几天就有菠萝来了吧。给西虹写封回信。

8月11日　对宣传部的工作还是摸不着头脑。刘副部长不知哪里去了，工作也无从请示。

青年学园方管来电话商量，文联的人是否可分别去青年学园讲课。他们拟的题目都较大，而且专门，比如“鲁迅与人民艺术”之类。同胡明树商量，觉得华南文联给青年学生讲的几个问题较切合实际，因而，我们拟了五个题目供青年学园参照。一、文艺为谁服务；二、为什么要学习文艺；三、怎样阅读文艺作品；四、怎样写作；五、怎样组织文艺通讯员。我准备讲第二个题目。讲课时间定在15号下午三点半至五点。

晚上，同晴到韦必克家去拜访。余枫开会去了，等到九点我们才回来。

8月12日 雨下了几天，房间发潮人发闷，晴的病也犯了。上午我到门诊部去看牙，医生给上了点药，说声如果还疼就再去找他。下午在家泡了一壶茶等待韦必克夫妇来访，结果失约了。

8月13日 礼拜天，在家看些书准备后天去上课讲《为什么要学习文艺》。

晚间去省府开会同各厅处负责人一块讨论整风学习的时间安排，学习文件和编组问题。

去饭馆吃鸡丝窝面，想吃饺子没吃上，今晚晴老大不高兴。

8月14日 宣传部召开所属单位汇报会。听了一天会，各单位都存在好多问题，虽提出来了，却没有很好讨论。说是要成立一个宣干班，可是干部从何处来？房子在何处？没有一点头绪，只有个想法罢了。

荫溥从大连来信，说他哥哥从湖南到大连去看他，住了一个月。母亲74岁了，想儿子成痴，把儿子的旧衣裳拿来穿在自己身上。他家有点土地，今年冬天若投入火热的土改时，不知母亲能否经得住考验。还说以前只觉得叛变自己阶级是光荣的，现在才知道和自己母亲敌对是什么味儿了！

晴的脚愈来愈肿，走不动路了，去省委医务所看又毫无结果。

8月15日 上午到省委去参加讨论宣传工作。刘副部长把昨天收集的意见和问题拿出来讨论解决。最终解决办法仍不具体，有些根本就没讨论到。比如文联的问题就被遗忘了。

下午三点半到青年学园去讲课。听众有一二百人。讲了二个钟点左右，不知听者有否收获，没有时间和他们交流，也来不及征求他们的意见。

家乡有人来邕，但不见我的家人捎信和龙眼来，不知何故。

8月16日 文联柳林要求与文教厅一姓蒙的结婚。在她的报告上批示：由文教厅审查批准即可。

拔除一颗已坏死的大牙,影响我整个下午的开口说话。

晴还在发烧,经门诊医生检查,说是易造成流产,需入院留医。虽说话不便,还是得帮晴到组织部去办留医手续。接着又要回本部门开会。

晚饭后忙了一阵才用汽车送晴到省立医院留医。在医院将晴安顿好后我才回转。

夜间,同丕钦去看《海茫茫》。非常无聊的一部影片。

8月17日 上午开学习动员会。下午,宣传部开会讨论宣干班和文训班的问题。决定:宣干班由各县调党团员来党校学习;文训班对外为文联附设的独立机关单位,招生100人由各地委选派,请军区顾兰来做负责人,指导员由李金光兼。

晚饭后去医院探望晴,她的体温降下来了,精气神也好了些,但什么病没诊断出来。

8月18日 文联的常委、部门的分工经讨论形成决议,交由杨联奋拿去向筹委们征求意见,然后找时间开筹委会通过就可进行工作了。

秦似晚间来谈他要早点把统战部的工作推掉,专门来搞文联工作。他还说在柳州和周钢鸣谈过,他要兼管戏曲工作委员会,秦黛做他的副手。

午休时晴写来一张条子,告诉体温升到40度以上,昨夜发热发冷,肚里孩子的下坠感明显……一阵阴霾掠过心头,前景忽然黯淡下来,担心晴经不住这一关风险!想想几年相处的生活,倘若因此而分开,实在是难以抑制的悲伤呵!

无法午睡了,跑去张赞育医务所询问,问不出结果。晚上去探望晴,好像她又好了一些。

8月19日 晌午,二哥和绍枢来。二哥说县府把省各界代表会的开会通知弄丢了,以为是八月中旬开,叫他出来参加,结果是枉走一趟。出来时汽车到吴圩就坏了,昨天走了一天的路才到南宁,半路上还遇到劫路的土匪。现在路上交通又有问题了,土匪抢劫好像是成为公开合法似的。同他俩到桂南酒家去坐了两个钟头。

晚间,请黄元亮、二哥去大光明影院看张瑞芳主演的《松花江上》。金山编导的这部片子整体说来还算结实,有内容、有思想。今晚它在南宁放映最后一场,仍然满座。

8月20日 早上,宣传部开支部扩大会,我被邀参加。会上对阅读文件,大家提了一些意见。我提了提自己的政治待遇问题,刘副部长叫写一个书面报告来,以便他向组织提交。会后乘机关的小汽车到绍枢家找二哥去医院看望晴。车上还有空位,绍枢的两个小孩也一块坐车去了。晴的烧退不下来,人显得烦躁,为病发愁,又消瘦了不少。二哥去了她也无精打采,较冷淡。

自己在街上转了一圈,想买桄榔粉和一个菜盆,最后空手而归。吃过晚饭又到晴那儿,下午的体温比昨天高。我请梁医师到晴的病房来,她说曾怀疑是疟疾,没查出病菌,又以为是肾炎,最终也没诊断出来。不过听医生口气,晴的病没多大危险。

8月21日 上午整风学习,学习这半天时间就不办公了。整风学习从今开始要延续一段时间。

下午正在讨论新华社广播电台的工作时,接到省立医院的电话叫我马上过去,不知发生了什么紧急事情,刘副部长立即叫小汽车送我去医院。见到晴才知医院的人把话传错了。晴跟我说她患的病已确诊,是肾炎,得用葡萄糖和维他命B1针剂注射。叫我回来向组织上申请这两种药治病。去省委医务所询问后又到街上药房打听药价,在街头逛到晚上八时。

晚上,文联开会,以为明天开筹委会要产生常委了。秦似和秦黛他们却说三十一个筹委,现在南宁的只有十来人,不合法定人数怎样开会?秦似对文联的分工也还有意见,所以明天的会只好改期了。

8月22日 把剩余的稿费和晴平时节余的钱共85万元交给二哥做买卖。以当下时价可买5古洋纱。据买卖人讲一古纱能赚3万元。

祥光把家养的猪拿出来卖,整天忙于做交易。他太不爱说话了,问两句才答一句,真是急死人。说是我母亲本想出来的,但又怕路不好走之类。其他的家乡事就从他嘴里问不出半句了。不知二哥又从哪里听来的谣言,说是美国要在台湾、朝鲜如何如何了,担心真的大战要到来。家乡的土匪现又猖狂起来,他想把母亲和侄儿带到南宁来。

组织部秘书处一早批准了给晴买的那两种药,小鬼黄庆瑞送去医院回来说晴的高烧已退。敬人来信,叫把钢笔放在书本里寄去。

8月23日 晚饭后,领着祥光去探望晴。晴烧退了,爱多说两句话了。医生嘱咐还不宜吃蛋白质和盐,可吃糖。

8月24日 晚上二哥来说,明天坐天主堂的汽车回乡。同他到街上走走,到金发号李荫处坐了一会。李做生意发了财,在我们这些人面前一味称赞新社会的好处。

8月25日 早上是刘副部长报告今后任务。我趁空去医院看看晴。买了龙眼、番石榴、梨。晴不习惯番石榴的味道。说是昨天晴可以吃盐了,她想吃鸡汤煮面条。梁医师也叫弄些东西给她补充营养。回来买了只鸭腿炖冬菇给她送去。明后天再做个炖鸡。

晚上祥光忽然出现在门口,说是车在亭子被扣了,天主堂的车子有些美国药品,税局不让放行。二哥叫他先过来我这边住下,等汽车能开了,再来叫他回去。

夜间,王宇红来邀去“中华”看电影《静静的嘉陵江》。

8月26日 整个白天不见二哥那边有消息传来。晚上去邕州客栈问,二哥坐的车和绥渌商人包的车都已开回去了。问祥光今早为什么不搭商车回去呢?他又是一个不出声。

夜里,我到机关楼上的会议厅来睡觉,凉爽多了。把“金星”水笔和信给合浦的敬人寄去。

8月27日 早上去医院看晴,她恢复得好多了,没再发烧了。只是人消瘦许多。大概再过几天就可出院回家了。回来后晴去哪个单位工作呢?想找军区卫生部的谢新廷商量。今天是礼拜天呵!又是农历七月十四鬼节,要经过陈奕鼎的家门口,很不方便的,只好作罢。

礼拜天也没有什么地方玩,到市委王宇红那里,他老兄也无聊。后来他那里的一位秘书科长,说每人出1万元去一个专卖北京水饺的小馆子吃饺子、喝酒,买了半斤烧猪做下酒菜。一边喝酒,一边又惦记家里已经给晴炖的那只鸡。急急忙忙赶回家来,已经下午四点多钟了,小鬼黄庆瑞还未下面条,我便亲自给弄,结果是忙了一个多钟头。给晴送去鸡汤的一大半,剩下的我也吃不下多少了。

8月28日 从楼下搬到楼上来。房间面东南,四面都有好大的窗户,空气与阳光充足,可惜小了点,只适合一人居住。把书台凳椅摆好,再把窗幔挂起来,觉得是间可以留恋的房子,以后,下午可以坐下来读书或写东西了吧。刘副部长又找我说,想叫我去兼广播电台台长。我不大乐意,以为兼来兼去,最终一样也做不好。不知他的意见怎样?下午听各训练班的汇报。

农历七月十五节。街上各家各户从昨天就烧香烧纸钱到今天了。

8月29日 下午开了个科务会。把科里的工作又重新分了一下。杨联奋和冯廷仪专管与各地委的联系,编农村手册、宣传手册。邓燕林和关定群专管文艺团体。以后每礼拜开一次会议。

目前京剧团发生好些问题,文工团派去的人被抵制。其内部公开贪污,可能有坏分子故意捣乱。杨联奋自告奋勇去了解一个礼拜,把里面的情况弄清楚。

8月30日 早上部里的同志都听许革夫的报告《反官僚主义》去了,原安排的学习暂停。我将昨天支部送来的各地委工作报告看完后,到医院去看望晴。想买只木菠萝去给她尝尝,听人说病人不能吃。结果只买了一斤六两的龙眼。晴已能出病房散步了,再过两天就可以出院回家了吧。

8月31日 上海群益出版社来封挂号信,说是《英雄的故事》决定编入群益文艺丛书,叫在版权草约签合同。另外还说,书名稍嫌一般,是否可改别名?想了好久,改什么也概括不了书中的内容。这是八年抗战中一个连长的气节表现,叫作《钢铁的心》吗,又嫌与苏联小说《钢铁的意志》雷同,叫他作《马连长》更是一般化。最后拟出《烽火的日子》《一个连长的故事》《考验》等书名让编辑先生们选择好了。

书的出版带给我一点点安慰,同时也是一种鼓励。以后把工作安排好,我要写写东西了。

西虹来信,附上他妻子和孩子的几张照片。他说参加了解放海南岛战役,写了七万字,准备送北京出版。到中南来写的几篇东西,已由群益出版社印了一本《戴奖章的人》,上海杂志公司印了一本《新生气象》。

9月1日 一早起床就送祥光到洋关码头去,他要从这里乘摆渡船到亭子去搭车回家。他永远都那样沉默,不多说一句话。与人相处,实在让人难受。从今天开始到人民食堂吃饭。下午省委宣传部召集南宁市各单位宣传部门来开会讨论各代会的宣传工作问题。本来一个省新闻处有采访、报道两个科就够了,刘副部长却把人家秘书处文娱股工作往新闻处拉,再设个宣传科。只为管理安排戏剧演出一项业务又何必新增一个机构呢?全省宣传工作要开,宣传科又从哪抽人去弄?刘副部长也没顾及手下的干部是些什么材料,结果是架子搭了,没人去充实支撑,最终还是会落空。

晚上同王宇红去看《莫忘今宵》,一部无聊的片子。西虹《戴奖章的人》、《新生气象》寄到。敬人来信说会在整训中好好学习的。

9月2日 下午会议,省文联和《广西日报》联合召开文艺工作者座谈会,就如何把文艺刊物办好等问题提意见与建议。会议主席胡明树老兄没有什么掌控会议的经验,本来一个漫谈会,是要征求大家意见,以为《广西日报》文艺副刊或者文艺杂志如何才办得受读者欢迎。可是,来了个秦似老兄,提出要产生编委,要讨论刊物的方针,要选举表决。结果,大家意见纷纷,这个座谈会就跑题了。会议房间又小又闷,弄得大家精疲力尽。

严蒙来信,说还没有孩子,夫人山河还在铁道部工作。他编《人民园地》弄不出名堂来也很苦闷。

晴的家信来说风琴在制药厂做技术工作,附有一张全家福照片。晴这下放心了。

晚上同杨联奋谈工作问题,了解些人事情况。

9月3日 给上海群益出版社寄去《英雄的故事》版权草约的合同和几百字的后记。《好样的人》付来第三次版税清单,由梧州市新华书店转来,不见汇票到。可能款也汇到梧州去了。

光瑚来了信。谈到他过去的经历。解释他头一回没有给我详细写信的原因。说是他受过几次打击,可能是指1943年整风了。

省文教厅转来中南文化部通知,叫文联选一人准备全国戏改会议材料。是否交秦黛去办?写了条子去问秦似的意见。

去两趟医院看望晴。她胖了些,过几天可以出院。出来后做什么?叫她顺便问省立医院院长,可否暂在门诊部化验室当助手,每天工作半天,等孩子出生了再正式工作。晴说据内部的人告诉她,这样做会碰钉子。因医院企业化,旧人员也多,不做工作会影响不好。晴的职业还不好找了!

9月4日 给西虹、严蒙各发一信。刚发出一信问群益《好样的人》第三次版税汇票寄到哪里了?下午就接到汇票了。十八万元的版税,也不能用几天的。为了要应付将来孩子的费用,只好加紧写新东西了。

供给规定:无工作的母亲(非干部)不能请保姆。晴如果目前不能工作,将来保姆问题就不好解决,想来又是一件烦恼的事。

整风学习的阅读阶段结束了,早上李楚离向全体干部回答解释大家在学习中遇到的几个问题。关于第三次世界大战,他说目前国际形势是空前严重的。要完全遏制战争,必须日本和德国的人民都起来推翻反动的占领军,那大战的危机才能有把握扼制。

二哥托人带来一袋龙眼都烂了。信中说4个侄儿、外甥要来南宁读书,叫我找住房。房子找了谁去料理管教他们呢。以目前情况看,我是没有时间和精力去做这事了。还是让他们在乡下读完小学再说吧。给二哥拿去做生意的钱还回40万元,还有10万在浩生那儿。晚饭过后去邕州客栈找到浩生,他才告诉我等两三天后才能还上。钱拿来后暂时用不上,想让二哥再拿去做生意,但现在路上极易遭抢,近期已发生两三起。做生意没有安全哪行。如果花钱去买头母牛回家,一来可以让大姐耕种,二来还能下崽。

周秉符和亚七来家坐聊半天。他们很想参加文训班学习,但自身又无什么专长,让他们好犹豫。

9月5日 到银行取回十八万元版税。给母亲买了一个相架。还买了一支体温计,一本《中华健康》杂志。在街头刻字摊叫人刻一枚象牙私章,八号可以取货。

9月6日 下午四点钟,文教厅的主任秘书蒙贤征来谈如何发动本市学校师生,抗议美国飞机侵入东北,残杀我人民事。决定八号下午召集市委宣传部及工农青妇的宣传部门来开会讨论。

早上晴来电话告之医生让她出院了。下午 4 点 55 分坐汽车去医院接。5 点到医院正碰上晴要吃晚饭。晴为赶着早点回家,匆匆忙忙把饭吃了,像是没吃饱似的。她的病友熊素娥也出院,顺路搭车回财经训练班。这两天晴好像又胖了。

9 月 7 日 李金光、杨联奋召集文联的人来讨论草拟的文训班的课程,大家也没太多的意见,课程内容跟桂林文训班差不多。叫李金光回去同樊清璋他们商量修改,再请班务委员来审定通过,然后聘邀教员进行教授。

晚间同晴、邓燕林一起去中华电影院看黄宗英主演的《乌鸦与麻雀》。

9 月 8 日 刘副部长向省委宣传部以及直属各单位的干部报告八个月来的工作。李楚离同志来参加,听大家提意见。各单位负责人都就本单位的工作向省委宣传部在领导上存在的缺点提了改进意见。会议拖到下午一点才散。

9 月 9 日 刘副部长通知说省委决定我同谢芳春两人每星期二、五下午可到省委办公厅看"电报"。这说明我的政治待遇提高了。

文联召集几个人来组成《文艺旬刊》的编委会。今天开第一次会议,推选我做主编,胡明树、张谷做副主编。《文艺旬刊》第一期在十月一日的《广西日报》副刊全版刊出。以后每旬的第一日出版一期。第一期以国庆节、省各界代表会为中心内容,第二期为各地文工团和各地的文艺形式作介绍,第三期为纪念鲁迅逝世 14 周年出专刊。

9 月 10 日 早上开支部会,选举支委,讨论党员转正,听传达公安厅关于保卫工作的报告。上午 10 点半到省委办公厅去看电报。

组织上说晴已有七个多月的身孕,不便工作,就暂留在宣传部,供给由招待所开支,组织生活归宣传部支部管理。我顺便同刘副部长谈想接母亲出来住的问题。他满口赞成,准备叫人把我隔壁的旧房子修缮一下给我母亲住。这样,可以叫阿六回去叫母亲同几个侄子和外甥出来吧。二哥让阿六送来一只鸡。鸽子在乡下买不到。鸡在我老家才三千元一斤,在南宁要六千元。

9 月 11 日 下午开科务会,布置当前要做的几项重要工作:一、省各代会的宣传工作,召集市委宣传部和省文工团等有关单位来商量;二、指示各地委扩大举办国庆纪念会的规模,宣传内容应着重和平签名、反美轰炸、庆祝省各代会开幕、剿匪；三、文训班课程内容要召开一次教师座谈讨论。

刘哲生来信，附寄她同蓝翎的照片，同时盼我与晴的近影。晚间同晴到西湖照相馆去照了一张二寸的半身像，假如照得好，还可以给荫溥、西虹、凤琴各寄去一张。

凌深源放弃梧州火柴厂会计科长不做，到了东北鞍钢公司，结果又觉得在那边只做个会计员地位太低微，现又想回来了。来信叫我写封信去向广州人民银行的林朗天推荐他。

9月13日 一早，审核省委宣传部准备对各地宣传部下发的关于国庆纪念活动和迎接省各界人代会召开的宣传工作的指示文件。下午，省委宣传部召集各直属单位来讨论如何落实这项宣传工作。经决定15号由省宣召集南宁市各界负责人来开筹委会的准备会，组织成立各界纪念庆祝会筹备会。宣传内容以总结一年来政府在政治、经济、文化建设等方面的成就为主，结合全省首届各代会的开幕、剿匪、和平签名、反美侵略等当前工作。

夜里读文学理论，准备文训班的课。拟出授课内容八个大题目：一、文学是什么？二、文学与生活；三、文学的阶级性；四、文学思潮的几个派别；五、新文艺运动；六、怎样接受文学遗产；七、内容与形式；八、普及与提高。

9月14日 正在讨论文训班的授课内容，家乡的钟英杰找上门来说，他从乡下来刚下车，我母亲怕路上不好走，又怕增加我的困难，就是死活不肯出来。现在路上土匪仍很猖獗，二哥想叫二嫂带小孩出来，二嫂也不肯。

文训班的会议开完后，文工团邀去桂南酒家吃晚饭。这里比"居然"做的菜好多了，价钱也贵。席上军区文工团一团长张兰说，觉得我很面熟。谈起来才知其是延安部队艺术学校的学生，我当年在那里当教员。

吃完饭到邕州客栈，见到刚从家乡出来做买卖的同乡，都说母亲不肯出来。他们帮二哥拿鸡出来卖，有六十多斤，问我要不要？

9月15日 刘副部长说中央来电通知，规定了国庆日的纪念办法，叫我去省委办公厅把它摘录回来，准备下午开筹委会时用。

办法很简单，纪念会场只挂毛主席像，队伍游行可增加孙中山、刘少奇、朱德、周恩来的画像。拟定了全国统一的13条标语口号，宣传内容着重宣传一年来政府各方面成就，反对美帝侵略行为，警告美帝如发动战争必然失败。

晚间上街去给晴买葡萄糖钙和维他命B1。街上的糕饼店，全部张灯结彩，还张贴着月饼的彩色广告。街上有不少到城里来买东西的乡下妇女，她们一群群的逛马路，观赏商店灿烂的灯光和丰富的货物。

9月16日 给二哥寄去一信并《阶级分析》一书。让他转告母亲还是出来同我们住些时候吧，住不惯再回去并不怎样困难的。对二姐土改后的生活与她的几个小孩将来的谋生等问题与二哥也做了交流。

下午，讨论国庆纪念日筹委会工作办法。写一信给刘哲生寄去，附上我和晴的近照。

晚间去邕江客栈找英杰不遇。英杰今早给我送来一只鸡，打算明天请他来家吃餐饭，同乡们却说明天有车回乡，他明天要乘车回去了。

9月17日 一早英杰来把昨天送的鸡宰了，放些买来的冬菇、黄花菜做了个红焖鸡。弄到上午十点多钟我们才吃上早饭。饭后到彝鼎家去坐一会。跟英杰回到邕州客栈去，听说昨天有汽车在苏圩附近被土匪抢了。潘浩生在车上毙命！据逃回来的人说，可能因潘浩生认识那些土匪，所以灭了口。土匪都是附近的老百姓，其中听到有老太婆的声音。大家说不明白为什么政府不派兵去清剿。

晚上同英杰到大众娱乐场看粤剧《一江春水向东流》。写的是抗战故事，却以古代形式表演，令人看了不舒服。

9月18日 给二哥写信说明浩生生前只还给我借去的10万元的一半，5万元。还说由于路上不太平，机关的房子也未修缮好，母亲和侄子们还是迟些出来妥当些。我的脚拇趾发红疼痛，不知何故。

9月19日 脚趾越来越痛，红肿也比昨天明显。到门诊部去给医生看，打了一针盘尼西林，敷了药，但仍疼痛不止。下午省文工团的国庆聚餐也去不成了。刘副部长说如果是蛇头疮，用鹅的口水涂擦可以消除，但哪里去找鹅？

9月20日 省文联搞戏剧工作的秦黛召集本市戏剧界的人士来开座谈会，原以为让他们谈些意见，再把党的政策和希望同他们讲一讲的，谁知他们只谈如何准备国庆演出就无话可说了，意见也提不出来。

上午省委宣传部检查本机关内部执行政策的情况。大家认为存在对京剧、粤剧的照顾不恰当，以及不演电影等偏向问题。这一方面是经济观点，另一方面是无政府无纪律。

9月21日　脚趾不化脓了。今天再打一针盘尼西林再涂药膏，可能就基本痊愈了。走起路来已经较舒服较方便了。下午省委开会讨论党校工作，我因脚疼请假。给西虹、荫溥、敬人各写一信并附寄照片。

9月22日　脚完全好了，可穿上鞋子走路了。下午去市劳动局参加宣传部与京剧团、大众娱乐场所关于劳资纠纷的调解。事情本已经解决了，但是外界不了解内情，今天特别请了商会方面的陈丽南和林某庭来听一听，以正视听。

时光到专署来受训。晚上来看望我一下。

9月26日　（中秋节）晚上要会餐，今天食堂改吃两顿饭。早上的学习也就跟着延时开始了。我抽空给文联机关杂志《文艺旬刊》写发刊词。这种代表一个团体的讲话，必须讲得四平八稳，文字也要面面周到，太为难了。写一天一千二百字的发刊词也没写好。

晚上被蚊子骚扰失眠，十月三日文训班开学的讲话，想讲的《学什么》这个题目便总在脑子里转。提出学习工农兵，到农村去的文艺方向。准备把它写成文章，在《文艺旬刊》发表。可是，看今天的写作成绩，思想太乱，难以集中，文章写成了碎片，联不成一块。

中秋节了，绍枢嫂带两个月饼来送我们，还说是陈绍枢要请我和晴去家里过节。晴的病刚好，又有身孕，不便参加这些应酬，只好辞谢了。

晚上把发刊词赶写完后，同晴到街上去逛了逛，老百姓家家户户门口都摆一个小圆桌，上边供一炷香烛，拨开了皮的柚子，煮熟了的狗爪芋头，干龙眼，饭菜和纸钱。一家人则齐坐在门前，等待天上的月亮出来。从街上回来，刘副部长的通讯员送来两个月饼，说是刘副部长送给我们的。

秋天的蚊子反而猖獗起来。夜里常常有一两只在你脸上飞扑，挥之不去。为了躲开骚扰，移到大厅去睡，到夜里一两点钟时，还是被它找到了，再次被它弄得睡不成觉。

9月29日　写了一篇《杂谈》。对于一些旧观念进行批判，末尾一句说到作为“人类灵魂工程师”的文艺工作者应该担当起改造这些旧观点的任务。文章给《文艺旬刊》的创刊号发表。下午到办公厅去看电报。上级党委对目前时事宣传极端重视,由各级党组织注意开展这一工作。

9月30日 早上开始写《学什么》的演讲稿。准备应付下月三号到文训班的开学典礼。才写了个开头,下午因看文件,不能继续写下去。

晚间,新华书店请去参加他们召集的南宣书店同业的座谈会。经理王重同志经验少,会上不善启发大家发表意见,到会的差不多二十人,只有几位发言。也只是提些不痛不痒的意见。后来刘副部长的一通长篇发言,却被隔壁的歌乐和猜拳声淹没了。归来已经八点多了,新排的粤剧《嫦娥奔月》也来不及去看了。

明天国庆。街上已经出现秧歌队和锣鼓声,以及松枝扎成缀满彩灯的牌楼。

10月1日 国庆节。人们昨晚就开始以紧张欢乐心情来迎接今天的国庆了。早上和邓燕林走在挂满了国旗的街道,观看一些鲜红的墙报、墙画和那些张灯结彩的牌楼。好像是新年的景象。下午在跑马场开全市三万人的庆祝大会,我却在家里不想上街走动,只站在宿舍的前楼等待游行队伍的过来。一直到晚上九点了,队伍才经过。在旁人看来是空前热闹了,我却有点曾经沧海难为水的感慨。这类胜利欢呼庆祝的游行场面早几年随着解放战争的胜利看得太多了,已经失去新鲜的味道。

凌深源从东北回到桂林,来信要求我介绍他去广州银行面见林郎天。这怎么行呢?!

10月3日 文训班开学。下午二点半就去了,等到四点半才开成。今天是假期吧,参加的人不多。文联的几个人和军区文工团的几位主要干部。我是被派为班主任而讲话,讲《学什么》这个题目,本还想说说广西目前的文艺工作任务与方针,可是上台后这方面内容打了折扣,很多话没说出来。

晚餐是请京津食堂做来的饭菜,味道很好。晚会是文训班演出的京剧《小二黑结婚》和省文工团的国庆大歌舞。

10月4日 早上去文训班上第一课《文学概论》中的《文学是什么》。从10点半讲到12点半。同学反映举了昨晚演出《小二黑结婚》的例子很好,大家感到亲切且易领会。

下午省委办公厅来通知,叫去看电报。去后,李楚离秘书长说,今后看电报时间改为每周二、四的下午。

10月5日 我住的房子与隔壁房间打通改好了,显得宽敞许多,如果只安一张床,我就算是住上一房一厅了。打扫房子用了半天。下午又去办公厅看电报。中央十月三号电催10月底前完成和平签名标准数。

10月6日 到省府会议厅参加和平分会的讨论,关于继续扩大和平签名的事宜。下午雷沛鸿来访,邀请去西江学院教授新文学。我提出一些关于写作与阅读的教学内容与办法,让他回去商量研究后再决定是否还需请我去授课。

晚上同晴去中华电影院看《弱者你的名字是女人》,编剧是欧阳予倩,但影片轻飘飘的。

10月7日 本想今天完成起草下发给各地委关于展开时事宣传以及扩大和平签名的指示。刘副部长却叫我去省委办公厅参加讨论关于省各代会的有关事情。在那里见到各地委的负责人江平秋、骆明、高士克。

下午回到宣传部部听刘副部长报告部里的整风总结。晚饭,刘副部长叫我们陪他请来的旧同事江平秋、骆明喝酒。尔后,去大光明影院看粤语片《林冲夜奔》。

10月8日 忽然接到孟冰从重庆来信,说是从西虹那儿知道了我的消息。他们很想念我,正如他忘不掉文艺一样。他要去北京进文艺研究所了。希望将来回延安去或来找我,两者对他都有帮助。看他还是那样深沉,没有西虹明朗活泼,这与他们的机遇与进步是有很大关系的。

孙宗纯来信,说黄奇英过去虽然做过旧社会的法官,但现在工作表现还好,要争取改造他。

写了一天,总算把一个三千字准备下发各地委的指示起草出来了,这比写一篇小说困难得多了。

10月9日 开了一天的会议,讨论了一大堆工作问题。省各界代表会、全省宣传会议，时事宣传，和平签名……都要我们去做。文联还要开纪念鲁迅逝世14周年的大会，搞晚会演出，出专刊。我得准备讲话，写文章……这个月恐怕我是没有空闲的时候了。

10月10日 下午同刘副部长到省委办公厅看电报。

参加全省宣传会议的南宁地委宣传部人已经到了，接待的准备工作做得还不够充分，弄得大家手忙脚乱的。

10月11日 南宁地委宣传部部长许鸿翼来谈了一个晚上。他们下面觉得宣传工作没有人专责，不好弄。

10月12日 各地委宣传部工作报告。提到的困难都差不多。干部缺、经费少、业务生、匪特多、联络难。又同刘副部长研究会议议事日程和调查表。

会场的对联，我拟如下：学习马列主义，加强干部教育，提高理论水平，掌握政策方针；遵循主席思想，重视群众宣传，提高人民觉悟，鼓动人民斗争。

10月13日 正要想利用晚上写纪念鲁迅逝世14周年的文章，玉林地委宣传部部长岳平和梧州张扬先后来谈天，把时间都放过了。晚上本来是戏剧界的座谈会，也不能参加了。现在是到最忙的时候了。

严文井来信，请替他在广西找他的一本童话《南南与胡须伯伯》。

10月14日 上午去省委办公厅参加省委例会扩大会。回来接着又在部里研究明天准备会如何开法。因为是党委宣传工作会议，所以要成立支部来集体领导。虽然会期只有五六天，可是，工作却需要做一大套。

晚上到省委党校参加第一期学员毕业会餐。电影晚会我没参加，而是赶紧回家把《打落水狗》这篇纪念文字写完。西虹来信，并寄其大作《在零下40度》等两本书。

10月15日 省各代会今开准备会。我本是文化界代表，报到时又说改为省委的代表了。总之是领到代表证了。早上开始到会议食堂吃饭，在这里可以看到好些代表们形象，有绅士，也有乡土气十足的农民与朴素的劳动妇女……各色各样的人。

上午回部机关参加宣传会议的预备会，通过议事日程，选定支委……下午，赶写成《打落水狗》一文，约二千五百字。给孟冰写了回信。

晚上,到省党校参加出席省各代会的党组党员大会,听李楚离、陈漫远的报告,关于党员在会议中应注意的事项。

10月16日 全省宣传会议开幕。会场在党报礼堂。李楚离副书记来讲话,谈剿匪和土改的宣传工作。下午会场移到人民京剧院,听李副主席的报告《目前形势与任务》。他对形势的分析比较详细,土改和统战工作则只说了个大概。

晚餐在居然酒家会餐。尽是些油腻的菜,大家都没胃口。

10月17日 省各代会今天是座谈时事。省宣传会议是小组汇报。

下午到人民礼堂参加各代会的大会讨论。各分区派代表发言,大家对目前形势的看法思想都一致,认为朝鲜的撤退并不等于朝鲜失败。正如当年我们撤离延安、张家口一样。

接到鹰航一信,他在东北局文化部可能做个社教处长,等于厅级干部了,他不想回来了。给他回信,有处长做就不必回来了。

严文井叫替他找童话书的事,今天回信告诉他,南宁找不到这本书,只好托人去桂林查一查。

10月18日 听了一天大会汇报,各地区的宣传工作虽然开展不久,可也反映了一些问题,比五月间在华南分局的宣传会议上看到的材料好像还多了些。恐怕并不是过了几个月问题自然多起来所致,而是我省的地委宣传部部长都是些老解放区回来的干部,比广东省的地下党干部宣传经验是丰富一些。

晚上刘副部长和我们商量他后天要做的大会报告关于宣传工作的发言提纲。想去看《三毛流浪记》也看不成了。

10月19日 鲁迅逝世十四周年。我写的《打落水狗》在《文艺旬刊》发表。今天省文联开的纪念会,本来应该由我主持,我推给了胡明树。事后又感不妥,像这样的场合,省委宣传部的人应该出面讲话的。

群益出版社的《钢铁的心》印了四千本,寄来十本样书并十九万九千五百元汇票作为第一次版税。

宣传会议刘副部长的发言提纲整理得差不多了,但未能讨论,明天就不能报告,会议只好延迟一天结束。

晚上在人民剧院举办纪念鲁迅逝世14周年的晚会，是省文艺界的一个音乐晚会，观摩的人很多，找不到座位了，我只好回来了。

10月20日　晚上，省委召开关于确定省各代会提案审查党内负责人的会议。八点钟到省府会客厅，各厅处长都到齐后才开会。由于各民主党派的活动频繁，引起我党的警惕。所以提案需要严格把关，好好审查和更多的人参加。省委常委决定，文教提案由刘副部长、农康、我和谢芳春参加审查，负责把关，保证提案不发生问题。会上听到一些有关各界人士的动态。李文钊骂我们被人当土匪……

10月21日　早上，刘副部长在宣传会议上作关于全省宣传工作的发言。下午去银行领了《钢铁的心》第一次版税。

给二哥写封信，叫他买些鸡蛋、橘子和甘蔗。还告诉了凤乡的预产期，母亲住的房间已修缮，出南宁来有地方住了等信息。

10月22日　宣传会议今天结束。晚餐又到"居然"，参加宣传会议的会餐。餐后有京剧《关羽之死》。

周钢鸣从广州回来了。说是《文艺生活》的司马文森给我《新年景》一文的稿费22万元，他替我买了30多万元的奶粉。

下午，到各代会参加预备会。晚间各代会有音乐晚会，对此兴趣不大，回家同晴闲话，还有四个礼拜，小孩子就生下来了，请保姆、奶妈……许多问题都需要解决。

今遇见在延安白求恩和平医院认识的医师张羽，他老兄也回广西老家来了，现在省卫生处当主任秘书，一副不得志的样子。有他的关系，晴以后在卫生系统的工作是否好安排些呢。

10月23日　今天是省各代会的正式开幕典礼。会议代表560人(缺席20多人)，从上午九点就聚到人民礼堂来了，街上洋溢着群众庆祝大会召开的喜庆气氛，准备献花的小学生一早就把脸蛋抹得红艳艳的，腰鼓和秧歌队更是在人海中掀起阵阵喧闹。会场里热闹沸腾，人声掌声响成一片。来自四面八方的贺旗锦旗点缀着整个礼堂。

来自各界的代表，服装面貌、精神风采各式各样。可以看见质朴的工人，看见带着土地气息的农民，看到解放军的战斗英雄，看到风华正茂的青年学生，看到各党派各民族的代表们。

主席团就座后，小学生开始献花，各群众团体开始献旗，接着一阵一阵的掌声淹没会场。一天大家都感受着这充满热烈兴奋的场面。

晚间军区在桂南酒家设宴招待与会代表和嘉宾。宴会结束观看军区文工团的音乐舞蹈的演出。青年小演员的骑兵舞和苏联舞蹈都学习得不错。

10月24日　上午大会休会，代表们自由活动，我要参加提案审查，到省委会议厅去开会统一思想后，再分组进行提案的审查。我们文教组，审了一个上午到吃中饭时才审查了二条。为加快审查进度，文教组往后得分成社教、学校教育、卫生等若干小组，去分头审查，这样工作效率会比较高点。

今晚在文联开会，汇报这两个月的工作。周钢鸣带来一些关于艺术工作者福利的信息，如要在桂林设《创作之家》，稿费一千字增加十个单位到十五个单位……

10月25日　上午继续参加提案审查。凤琴来信，收到我们寄去的钢笔了。她在东安二十四厂学习制药化验，那里与朝鲜、苏联比邻，但好像她还没有闻到战争的气息。刘哲生信中却说到战争了。他说东北已有人报名参军。是不是东北已在作动员？是不是有志愿军的号召？他说，美丽的和平生活只有我们的下一代或者等到我们老年时去享受了。

钟英杰从家乡上来，给晴带来3只鸽子。二哥托他带回其早前寄来给我的100万元，二哥要交给合作社作股金。我自已有55万元，眼下一时用不上，也交给英杰买洋纱回去，每月可赚个十来万元作零花钱。

10月26日　这两天都在参加省各代会。部机关的工作我一直没有时间过问。晚间见到刘副部长，同他谈文联秦似、秦黛等人的情况，还谈了关于文联的经费等问题。刘副部长说，部里准备用省委名义发一个加强宣传工作的决定，有两点指示：一个是关于宣传工作，一个是干部教育。已由来参加宣传会议的同志去起草了。我们一谈就谈了半夜，还同方舒、许鸿翼一起买来狗肉和酒宵夜。大家弄到十二点半了才休息睡觉。

白焰来信说，广州比从前热闹了，最近在净慧公园还新筑了一个露天舞池，很别致。

10月27日 上午,在省府会议厅,由文教厅、文联、宣传部召开文教界代表座谈会。农康谈关于工农教育的意见。周钢鸣传达中南文艺工作会议精神,改在下午二时的党校礼堂举行,召集各地县委宣传部长和文工团的同志来听。

梁时光和罗远锦从宾阳学习回来。看他们很馋,给了他们一万五千元去买肉买菜来包饺子吃。

10月28日 刘副部长要到中南区开宣传会议,叫我替他准备材料,彼此一谈又谈到深夜。

10月29日 提案审查委员开了一天会,各组报告审查经过。晚间134师文工团演出的《大军回来了》让人看不下去,水平太低。

10月30日 昨天报纸报道,中共中央悲痛宣布任弼时患脑出血,于本月27日在北京逝世。他才46岁,十多岁就参加青年团,30年的革命斗争中,留下不可磨灭的业绩。他的死是中国革命和建设事业的巨大损失!

各代会上一致通过给他的唁电。我主动地以省委名义拟了一个唁电,找刘副部长不在,就交高以洪送去省委审阅发出。今天报上把它刊出了。

上午到报社参加各地委宣传部长出席的报纸工作座谈会。下午到各代会去听大会发言。

张云逸主席从中南回来,带来《中国人民的胜利》《易北河会师》《俄国问题》等影片。但今天为悼念任弼时,停止娱乐,没能放映。

10月31日 各代会今天是大会表决通过议案的时间,一天下来还剩四条留待明天继续审查表决。

晚间,是三位省府主席举办的招待宴会,然后放映《中国人民的胜利》。这部新闻纪录片的摄影与剪辑技术都相当成功。

11月1日 原定今天结束的会议要延期,闭幕式移到明天上午。晚上,弄到两张票同晴到人民礼堂去看《易北河会师》和《俄国问题》。

11月2日 上午九点是各代会闭幕式。张主席作了总结报告。

下午,省中苏友好协会,请出席北京中苏友协工作会议回来的方管来同各地市宣传部长及有关人士开座谈会，通报中苏友协工作情况。

麦工程师请刘副部长到桂南酒家吃晚饭，我也被邀作陪。

夜间，省委办公厅来电话叫去开追悼任弼时同志的预备会。李楚离秘书长说要我同米光华处长做筹备会秘书处长工作。我起草唁电、祭文，拟标语口号，布置会场，做司仪等。司仪这事，我推给青委欧阳做。这种场面我若抛头露面怕当场闹笑话。

11 月 3 日　下午二点去省府会议厅开任弼时同志追悼会筹备会。李秘书长把昨天晚间预备会商量的东西端出来，问大家有无意见或补充，否则就算通过照办了。我拟的“仪式”被通过了。前天拟了三挽联，经省委的同志们圈了两幅。一副作为以省委名义挂出的挽联，一副作为松门牌楼上使用的挽联。

11 月 4 日　早上送刘副部长去中南开会，然后同岳平去文工团，十一点才回来拟追悼会口号，起草慰问家属唁电，写祭文，整整弄了五个钟头。到下午五点才送去给李秘书长，顺便再次把司仪工作推给欧阳，李秘书长回信同意了。

11 月 5 日　为了任弼时同志的追悼大会，一早就到人民礼堂去检查会场布置情形。负责布置的文工团同志昨晚闹了一夜没睡，挽联现在还没有挂好。因挽联送来的时间早晚不定，谁前排谁后排，很难安排，挂上了的最后又要取下来，弄得大家忙得团团转。我也动起手来参加。从九点到下午二点了，花圈还没摆好。

三点钟追悼会准时开始，悼念者排好了队，在哀乐声中缓缓进入会场。队伍秩序井然，气氛肃穆。

11 月 6 日　下午去省委办公厅看电报，强调加强目前时事宣传事。回来又忙于召集有关人员来准备明天十月革命节的纪念会的事。省文工团苏上杰来谈，关于调他来宣传部工作的问题。经过谈话，苏对来部机关工作表示接受了。

11 月 7 日　部里积下的文件太多了，准备用一两天来办理。上午莫文骅在十月革命节纪念会上的时事报告也不能去听。

省委《对于目前宣传工作的指示》和《加强宣传工作的决议》两份文件的校样校好后，寄去给李秘书长和李政委审核。

下午接到省委集体办公的通知表，我也被邀参加。

宣传工作问题,省委21日将开例会讨论。到时是否讨论《对于目前宣传工作的指示》《加强宣传工作的决议》《加强党报决定》与《加强干部学习指示》这四个文件,或者谈另外的问题?如关于文工团的编制,各地委办报问题等。

严蒙来信,说目前朝鲜战事紧张,他的工作也要紧张了!刘哲生因东北局不同意放人,所以还未能到北京来。

11月8日 下午省文联召开常委会。讨论分工、出刊物等问题。我被推为副主任兼出版部长,负责杂志出版工作。杂志,拟于明年元旦出刊,详细办法等编委会再讨论。

会后去陈绍枢家请他们代请奶妈。后来李智来了,大家在那儿谈了两个钟头,出来已经晚上九点了。

11月9日 把《加强党报决定》和《关于干部教育指示》两份文件送去李政委处请审阅。

下午,到省委办公厅看电报。沈阳市发生一次因人心浮动而引起社会形势不稳的问题,部分工人不肯随厂迁移,物价上涨。地主造谣破坏。

省委决定12月11日解放军将红旗插上镇南关的日子为广西全境解放纪念日。叫我起草一份指示下发给各地市委,于是日举行纪念解放大会。宣传内容结合剿匪、土改。

志愿军已出现在朝鲜战场,报上已公布共歼南朝鲜李承晚军和美军六千人,收复城市八座。形势紧张起来了。

收到外甥时光信,说其母亲同二嫂闹架,现又染病。秋收后,大姐(其母)想陪妈妈出南宁看望我们。培蔚来信要买钢笔。

乡下家人寄来一捆甘蔗、一箩筐橘子、两只鸡和十个鸡蛋。

11月10日 起草两份指示文件,一是关于12月11日举行庆祝全省解放纪念会的指示,一是关于目前时事宣传工作的补充指示。

下午五时去李智家吃狗肉。同乡黄鲁、彝鼎和扶南县尹先生也来。吃得太饱,味道也尝不出来了。到邕州客栈去见克保。二哥在县府开会出不来。镇图来信要一套旧衣服穿。

11月11日 一早去省委参加省委扩大例会。听王大中副部长传达中南组工会议精神，关于苏联组织工作考察报告。没听完，就到省立南宁中学去参加文艺界时事座谈会。结果又是提前离场，匆匆忙忙回机关把昨天起草的关于抗美援朝保家卫国宣传工作指示和关于庆祝全省解放的指示完成。

覃伯承同志到宣传科工作，今天搬来，招呼他生活上一些事情。雷沛鸿来邀请去西江学院担任创作实习和历代散文选的授课老师。

11 月 12 日　晴快分娩了，奶娘还找不到，今托人代找，合适的不好找。有的要钱太多，有的不肯来家同住。

晚饭后去五羊酒家食狗肉，麦工程师请客。

写了几封信分别给时光、培蔚、镇图、二哥，还附寄给他们《农村工作手册》《学习》《苏联合作社》等书刊。

11 月 14 日　上午去省委参加例会。听南宁市委副书记孙以瑾汇报市三届各代会的筹备情形和城郊土改的条件。

下午宣传科开会，给新来的覃伯承、苏上杰、骆绍基大致谈了谈各自的分工，介绍了科里日常工作流程，会开到一半，又接到通知，去听陈副主席传达各代会决议。

写封信给白焰。雷沛鸿又写信来邀请做其学院墙报的顾问。晚间去看电影《易北河会师》。

11 月 15 日　下午到文联开会。戏剧和文学界座谈抗美援朝的创作问题。会上由个人提出自己的写作任务。

11 月 16 日　早上把庆祝全省解放周年的标语口号拟出了。下午去省广播电台参加文艺广播座谈会，晚上在“居然”聚餐。

11 月 17 日　早上到人民京剧院听李秘书长作保密工作的报告。十时半散会。在街上遇同乡那隆婆，说是我母亲在乡下受二嫂的气。晚上写信给二哥，还是叫母亲出南宁来吧。

昨天领了津贴和小灶的菜金，今天到街上买了毛巾、肥皂、镜架，一下子五万元就快花完了。

11 月 18 日　给百色地委宣传部回信，指出其标语的缺点。

李楚离同志通知去谈话，叫我写一份《告民众书》，着重剿匪的内容。文件重点指出土匪的危害，给土匪定性是汉奸。

上午，到省委参加扩大例会，听各代会的总结报告。晚上到省文联出席欢送省文工团下乡参加土改的晚会，讲了几句话。

11月19日 《告民众书》写了一天才写出二千五百字。或许是这段时间太忙，休息不够，脑子不好用，文章写得非常慢。

晚间家乡有车来，又见不到二哥，据说是他请不到假，不知是否有什么蹊跷？也没有信说明，只寄来两只鸡。

11月21日 省委会本来要开会讨论宣传问题，因刘副部长还在中南开会没回来，会议改期。刘副部长来信说，宣传会议要开十天，二十号可结束，那么，月底该回来了吧？

上海群益社寄来三百零七万四千元版税稿酬，让我感到突然和惊喜，不知是否稿费增加了，还是会计算错了数？总之，它使我高兴了一天。

今天是我们小孩的预产期，保姆雇到了，孩子未见出世。

11月23日 写了一天的信，把没回的信一下子都回了。给西虹，问他现在汉口了，还是仍在东北？问严蒙，刘哲生已到北京否？并说明年一二月宣传会议如召开，我可能去趟北京。告诉刘哲生最近想写东西的心情。答复孙宗纯关于要求到南宁来工作的思想，鼓励他努力于小学教育，思想不要动摇。鼓励敬人努力学习，做人做事要言行一致。准备寄一本《钢铁的心》给他，还为他订份《新观察》杂志。回复陈君汉，希望他在印刷厂向工友学习，体验工人生活。

周钢鸣要调到广西大学去了，把文联干部的档案交来给我。

晚间，上街去买了二个洋瓷碗、一个(洋磁)盘子、一条准备给小孩洗澡的毛巾。

11月24日 李政委来信叫去谈《告民众书》。他说，内容还可压缩，尽量写得简短些。另外，关于庆祝广西解放周年纪念会的指示，我提意见是否可由省府的名义发出？他同意交给省府党组去办。离开李政委处就来到广播电台。今天省广播电台请南宁市各机关首长来商谈广播工作。可是，首长们哪里有空来讨论这些小事？只是派来几个代表人物，互相谈了一阵就到“居然”去吃了一顿饭。

11月25日　本应开省委例会的,恐怕要忙于准备开高干会,例会取消了吧?没见省委来通知,我也就没过去。

11月26日　岳平和卢林各来一信。卢林又做对外贸易梧州分社的工作了。他说我的卡宾枪已被市委和土产公司经理争夺去了。岳平来信问宣传经费和文工团下乡问题,希望他到贵县后多多联系。

省文工团今天下乡去了。早上,我到文干班去听组长以上干部汇报。过去,班干部对组上同学了解不够深入,引起较多意见。现在同学们对将来分配的工作,思想上普遍存在的问题就是都想留在城市。

11月27日　针对文干班一般的思想情况,今天下午二点半钟到他们那里讲了两个钟头的话,着重指出:一、关于文艺方向问题。在广西具体环境,我们如何为工农兵服务?没有专家的教员,并不妨碍我们成专家。专家是需要每个人付出耐心努力与辛勤劳动的。二、学习时间与将来工作的分配问题。应该按工作需要分配。大家应认识到去哪里工作都不会影响我们事业的成就的。如果想在城市,必须先去乡村。只有乡村生活才是养育文学艺术的广阔天地。学习时间的长短,要看个人学习成绩和工作需要,学习不应该仅仅依靠学校,还应该在工作中边干边学,不断地刻苦钻研。三、政治学习问题。政治给文艺指出正确方向,帮助我们对客观事物分析与理解,是文学艺术的灵魂。四、集体学习问题。今天我的讲话比较自然、生动,听众情绪一直很高。

二哥来信说是前月我寄回的55万元交由钟英杰经营。他帮助政府搞征粮工作,开会多,无暇兼顾其他。另外,侄子武器、名器、人器各自都写来了信。武器的信不通顺,错别字也多。

11月28日　女孩下午四点钟出世了!早上晴就感觉到肚子疼,收拾东西到机关宿舍对门的医院留产部去。下午三点多钟我去看,医生还说大约六点钟才能生产。孩子很大,总以为恐怕晴要痛苦了,事后知道整个生产过程出乎意外的顺利平安。我回办公室继续办公,五点下班回家一问保姆,她说已经生了,是个女孩子!我匆忙地赶往医院,看见晴的脸色没一点改变,好像没有发生什么事似的,但她怀里已躺着一个婴孩了!体重七磅半。从此,我们成了爸爸妈妈了!母女都平安,都健康!该是幸运呵!我们内心充满着幸福感。奶妈雇不到，只请来一位保姆。

11月29日 家乡的英杰、镇图出来办货。家里给带出来15根甘蔗，10多斤橘子。

11月30日 同镇图、英杰到粤剧团去，他们都想看粤剧，可是《一江春水向东流》我已看过，不想再看了，他们感到很失望。

12月1日 到省委办公厅去看电报。华南分局12月29日召开宣传工作会议，要广西派一个人去参加。我对广州不感兴趣，也不想去了。将来不知需不需要派人去？

接到报告称乡下宣传工作黑板报作用很大，应该重视。

伍修权代表我国出席联合国理事会，控诉美侵华。今天报上发表其长达二万字的演讲词。

12月2日 晚上同钟英杰、马镇图去看粤剧。一个小演员林中燕从演技上表现了她的聪明和才能，是一个有前途的角色。今天看的演出比《一江春水向东流》好得多了，不像现代的故事穿古装来表演那样的使人感到肉麻。

12月3日 车行最近没有开回绥渌县的班车，钟、马回不了家。同他们去“中华”看《江南春晓》影片。

给英杰四万元，买两只鸡、鸡蛋、柑子和甘蔗。给二哥写信，交代存在他处的40万元可交大姐买牛耕种。再就是希望他能出南宁一趟，有些话需面谈。想把300万元交由他去经营。告诉“坭坭”出世了，大人小孩都很健康。另外，还给外甥培蔚八尺布做新衣，并给各侄儿回了信。晚上读报。

12月4日 每天都到留医部去看一看坭坭，大家都说她又漂亮又胖。晴奶水充足，要自己喂奶。但不请奶妈行吗？

下午同宣传科的同志谈工作，把业务又交代了一下。新来的苏、骆、覃表现很积极，进取心很盛。

12月5日 早上到人民礼堂听陶铸报告《若干时局问题和广西工作任务》。他对世界局势作了详细的分析，认为今天世界民主力量是占优势的，我们是主动的。朝鲜战争不是世界大战，而只是帝国主义预备发动大战的一部分。

但自从10月24日我志愿军部队在朝鲜战场头一次出现就打赢了,现在又把麦克阿瑟的总攻势打退,英美德内部矛盾加剧,对朝鲜战争产生分歧。英德已嚷起来,反对与中国打仗。广西首要工作任务是剿匪,只有把土匪肃清后才能谈到建设,谈到国防。下午二点半,报告还没完,省府召开的庆祝广西解放周年筹备会,只好交由覃伯承代为出席。

白焰来信,说到广州疏散的事。

12月6日 叶剑英同华南分局考察团到南宁,下午给我们作报告,谈三个问题:一、对广西的认识。广西是太平天国的策源地,广西人民勤劳勇敢,因长期受剥削压迫,革命性很强。同时广西又是东南亚的门户,将来是解放东南亚的主力。为广西服务,即为亚洲革命服务。二、对世界的认识。同陶铸一样指出美国的力量并不雄厚,目前想武装西德和日本也没能搞起来。如果美帝要冒险,只有失败。三、对任务的认识。明年五月前必须完成剿匪,目前广西人民普遍和唯一的要求就是"安定"了。

严文井来信谈到《东北日报》的缩编,他老婆孩子从沈阳到哈尔滨去了。他希望我不要停笔,争取多写些东西。

广东新会一中一位叫杨子江的来信说六年前见到过我。我先以为他是杨绍羲,但细想不对。恐怕这杨子江认识的人是另外一个叫"陆地"的人吧。

12月7日 朝鲜首都平壤解放了。中央要各地举行庆祝会,挂中朝两国国旗。宣传美国的军事失败,扫除恐美错误思想。我们立即忙于打电话通知催促各单位照办。一下子满街五星红旗招展,可朝鲜国旗南宁买不到,没法挂。

下午到省委出席会议,讨论抽调各机关干部下乡剿匪和土改的问题。决定抽调三分之二的人下去,还要把这一工作当成开展的一项运动。我也想下去搞两三个月。

12月8日 刘副部长昨天回来了!省委决定抽调干部下乡的事需向他汇报并与他商量,但一天也没见到刘副部长。

下午去文干班上课,因没有时间好好备课,讲了两个钟头,觉得课上得很乱。

晚上阅读刘副部长从中南宣传会议上带回的会议纪录。

——二哥寄来 4 只鸽子和大姐的 10 多斤糯米。二哥自己为什么不出来？难道县政府不让他离开吗？

大家都说坭坭越长越漂亮了。吴定群帮买来一个浅蓝色的热水袋。

12 月 10 日　母亲、二哥和妹妹突然到南宁来看望我们，我本要出门去参加谢芳春婚礼的，也就去不成了。

陈绍枢今晚在家里摆宴请客，给他的老太太做寿。妈妈和二哥他们去绍枢那里吃寿面去了，回来时已经很晚了，想去医院看坭坭的也就没去成。同二哥聊当前的国际形势。他对时事还是有所了解的，对胜利是充满信心的，但他不赞成战争，哪怕是正义的也好。二哥在家乡被选为县的协商委员会副主席，是驻会的，每月有 150 斤大米供给。对于这些米粮，他是不在乎的。他经营的客栈生意如有客人入住，一个晚上就超过这个数好几倍了。母亲听不懂更不会说普通话，同我们相处很难交流，未免有点生分的感觉。

12 月 11 日　今天是庆祝广西全省解放周年纪念日。一早五星红旗遍布街头。

上午我去纪念会场感受了一下，回头来同妈妈到医院去看到她第 5 个儿媳和第 19 个孙辈。但彼此听不懂话，只能互对傻笑！领着妈妈、妹妹到中华电影院看了一场电影《普通一兵》。

12 月 12 日　生猪落价了，二哥情绪跟着低落下来。我把 300 万元版税交由二哥拿去经营。他准备给大哥去做牛贩。前阵子在他那里的 55 万元，他已买了一头带崽的母牛交给一位亲戚去畜牧了。妹妹在外边对人对事敢说敢笑的，胆大不怯生。回到家对我却不肯说话了，挺拘束的。家族血液中怯羞的因子就这么一代代传下来了，难以摆脱呢。

12 月 13 日　晴今天出院回到家中。晚间坭坭闹了好几回，叫人睡不稳觉。以后生活要增添新内容了，当爸爸的滋味是甜是苦都得轮到我来尝了。母亲呆坐在家里一天，也没个人说话，看她那样子挺受罪似的。

12 月 15 日　二哥和妹妹今天回乡去。我却突然得到通知叫去省委参加省委工作队的队委会。这样说，我要下乡了。我下乡去，母亲也只好暂时回老家去了，免得她在南宁寂寞。下午到省委秘书处去开会，米光华做工作队队长，队委还有田心、陈贞娴等七个人。决定本月21号就下乡了。地点是邕宁县第一区,心圩周围的几个乡。

看样子,这个工作队是要从清匪反霸,减退租,一直搞到土改,时间恐怕要半年吧。能够在乡下搞他半年也是好的,只是这样一来,明年二三月在京开的宣传会议就不能去参加了。省文联的胡明树、陈更新也下乡,刊物只好延期出版了。

12月16日 省委宣传部也有七八个人要下乡,晚上刘副部长给他们作动员讲话。去文干班上课,讲新文艺运动。

要下乡去了,工作要交代,行李要收拾,还要安排母亲回老家……好多事要办,好多事又都没办成。

12月17日 这两天大家都去听各个首长报告下乡的工作。我却被困在家为安排母亲的回乡而奔忙。

母亲出来一场,衣服那样单薄,怎样也得给她缝件棉袄回去呀。坭坭请奶妈也得需要钱,同行政股借30万元来,买了棉袄衣料给妈妈,让她带回去缝制,这样可以少开支几万元。

12月18日 一早去到心圩看看那边的工作环境。汽车开到了西乡塘,那里只有10多间破旧的房子,有几个民兵在河边把守。询问后才知区长在心圩办公。到心圩找到部队的一位营长,见到了区长。他们介绍全区的情况,土匪已被打散了,目前都已潜伏起来,各村都有。清匪工作正需要大力来搞。

心圩离南宁才二十多里地,可是,就有好多股土匪活动。一直到最近才清剿,难怪匪徒们气焰嚣张。他们恐怕没有想到我共产党会来这一下子的重拳打击。现在心圩被关的土匪就有四百多,为彻底消灭他们,解放军的团长师长都亲自率部队来了。

12月19日 外甥祥光把侄子名器、武器、文器和人器都从乡下带出来了。他们不知道我明后天就要到乡下去了,也不能陪他们在南宁游玩几天。他们来了,本应该快乐地欢聚,却这样不巧,我马上要走,没有半点空闲来同他们交谈。母亲出来一场,也没有得到什么温暖就又空手回去了。

12月20日 晚上同侄子们和母亲去看苏联影片《比翼长空》。

收到孟冰从“北京中央文学研究所”来信。他还是那样的热情，不忘我们之间的友谊呀！严蒙来信，人民日报社的《人民园地》取消了，他又要同华君武、汪琦等人弄在一块了，他感到有点悲凉。对待生活他好像无可奈何。

12月21日 突然通知今天下午一点工作队要出发到心圩去了。我赶紧回家来收拾下乡的行装。同母亲、侄子们一起吃了个饭，也是匆匆忙忙吃得不安乐。下午果然走成了。不过等到三点钟才搭上车，四点四十五分才到心圩。

我们住在一个破祠堂里，四周空空洞洞无东西遮挡，好在南方的北风只凉不很冷，垫上稻草的睡铺，睡起来还很暖和，也好入眠。

晚间，马上同区委书记王杏林和段营长开了个会，交换了情况，布置了任务。到半夜十二点多会议才结束。

12月22日 今天同部队、地方工作同志开了个大会。米队长报告工作队的任务是清匪反霸。区委及段营长、区长介绍本区情况。

晚上，各小组开会，讨论今天的报告，互相介绍认识一下。我分在第三组，共九个人，都没搞过土改，有几个是懂当地话的人。

12月23日 吃过早饭我们就同第五组的王长清同志到安吉乡来了。安吉乡原是乡公所所在地，是一个圩集，现只有两户人家。我们工作组同部队的连长商量后，决定第三组去苏芦蹲点，第五组去大塘蹲点。

我们住到一个贫农苏友芝的家里。开始过“苦”日子来！这苦似乎比“甜腻”的味道新鲜得多。

12月24日 早上我们九个人分成两个小组，左英领导三个人配合一个地方工作的同志费燕在苏芦村，滕留寅带三个人和杨广兆到铜江村。白天了解情况，做宣传工作。晚上开两个村的群众大会，宣传工作队的任务和清匪反霸的政策。到会群众600多人。宣布成立苏芦、铜江两村防匪自卫委员会。

12月25日 上午继续调查、宣传工作。下午开全乡干部会。晚上，开贫雇中农会，讨论商量如何清匪，收缴反动武装等问题，大家情绪高涨。目前大家最感兴趣的是要分土地，解决债务问题。

12月26日 早上召集地主、富农开会，宣布四不准：一、不准通匪，济匪。二、不准私藏武器。三、不准造谣。四、不准夺佃。

下午到安吉圩去开全乡群众代表会，宣布工作队的任务和要开展的工作，并宣布成立全乡防委会，选出正副主任人选。晚间，分别开妇女、民兵会议。

12月27日　上午到大塘同王长清他们商量枪决匪首潘西林（反共救国军第九师副师长）、吴鹤（匪连长）事宜。

两匪首是地主富农。当时为了发动群众，在群众大会上立即宣布没收其财产，号召群众即刻去抄查他们的财产。到会群众500多人热烈响应，纷纷要求前去搬运。

晚上，召开贫雇农小组会议。从中了解农会实际的情况。同马振东审问苏琼寿私存武器事。

12月28日　白天发通知到各村办理六件事情。

发动群众去长岭村搬运匪首财产。

晚间到铜江村挨家挨户访问。同武装委员苏叔青谈话。他的斗争表现很积极，是个放牛的贫穷户。

给二哥、孟冰、晴写信。

12月29日　早上，米队长同王杏林、王长清来了解我们情况，并指示工作。

目前工作应引导群众向匪首财产伸手，接着就引入退押、清理债务，一直到土改。这样自然会引导反霸清匪工作了。

收缴武器问题应该向民兵提出，谁去收缴到反动派的武器就武装谁。这样做与利益结合，能激发起斗争情绪。

发通知明天各村派五个人来选全乡防委会。铜江村一个姓卢的青年到组里来参加工作。昨晚写的信，今天全部发出。

12月30日　召集各个村的五六个贫雇农开会，选出乡的防委会和匪首财产处理委员会。经宣传教育，群众觉悟提高，要求没收全乡所有匪首财产来分配给贫苦农民。王长清他们也来参加今天我们开的这样一个会。

苏芦村的贫农苏雄发今天来组里参加工作。李村的韦力功却不愿干回去了。曾仁兴也不愿煮饭而借故去三塘就不见回来了。

没收了一支马双箭的小号橹子，有子弹六粒，小巧得很，我把它留下作纪念。

给周钢鸣写信。告知省文联的干部已下乡,刊物暂不能出了。

12 月 31 日 到心圩去开工作队的队委会。高以洪他们突然来到我们的屋子说,宣传部买了两部照相机,他们带来一部苏联莱卡,要给我们照相。同高以洪一块到大塘去,大家高兴地照了半天相。我也拍了一张,作为 1950 年年末的纪念。

晚饭是在剿匪部队的连部吃的过年饺子。可是吃得匆匆忙忙,也没有尝出个味道来。天色已经不早,连指导员派两个战士把我送到了心圩队部。米光华说,今晚因陈贞娴要开群众会,队委会就不开了。我同孙霖到心圩街上去走了一圈。今年就算过完了。

这一年,我在忙碌中度过,似乎没有留下什么有价值的东西,本想搞些创作,一直都没有时间动笔。艺术的感觉好像与我分家了!

1951年

1 月 1 日 今天在别处该是有一番热闹的了。大家忙碌了一年,在新的一年开头得到一天的假期,应该是珍贵的。

我们在乡下为创造土改条件,白天黑夜地忙,把新年也忘了。今天,我们省委第三工作队开队委会,检讨八天来的清匪反霸工作,讨论今后如何使清匪反霸跟减退租、清理债务结合起来。米光华队长认为我们安吉乡工作组工作走前了一步,群众已初步发动起来,叫我第一个汇报。

目前群众的思想,一方面受恶霸地主与反动匪首威吓,不敢接近我们,怕工作组撤走后受累;另一方面,要求退租退押、清债又特别强烈,所以,我们发动一次全乡性的“追赃”,结果是好的,老百姓得到了利益,他们相信了我们,也敢行动了。如果单提收缴反动武装,单提清匪,他们认为与其切身利益无关,于是只会冷眼旁观不作声。

地主们明里暗里在反抗我们,有的竟公然恐吓:谁敢不交租,看你长几个脑袋?心圩乡的情况也差不多,地主们是不甘心的。

1月2日 队委会开会讨论今后工作安排。目前急需解决的事:一、如何使清匪反霸与减退租、清债结合?二、收枪工作重点放在哪里?贫雇农的枪枝如何处理?三、宣传问题。四、干部调整。五、秋征工作。

工作像波浪一样一浪接连一浪地涌现在我们面前,需要用心思考,需要用行动去完成。这是向封建社会开火的准备阶段,我们这些新兵,目前面临的问题,就是如何去争取群众走进我们的行列来一起参战。会开到吃晚饭时才结束。明天,我要背负不小的任务回去。要在十天内完成一连串工作,在三个月内完成土改。

刘副部长给我回信:要给我一支"'51'派克"或"西非黎"的水笔,叫我回部里时任挑一支。还说等去广州参加宣传会议的同志回来传达时,叫我回去听。

1月3日 一早我同派到安吉乡的五位团校学生回苏芦。事先已通知大塘王长清组的同志,中午十二点到苏芦来听传达。

走到半路,民兵送来刘副部长的信,说是已派汽车来接我回南宁听宣传会议的传达了。工作急需布置,传达又必须听。回到苏芦时,见来接我的高以洪已等得不耐烦了。但是,我还得向大家传达队委会心圩会议精神,交代工作后才能回南宁。传达完了已经下午1点45分了,车到南宁是下午2点半。见到刘副部长,刘说上午已听秦黛传达了全国剧改的决议,宣传会议的传达改在明天早晨。跟刘副部长谈到秦似回文联工作的名义问题。觉得此人自大得没有道理。

晚上,绍枢夫妇领着孩子们来我家里玩,帮我们介绍了一个奶妈。是否雇佣我们拿不定主意。跟晴为雇请奶妈事真是费尽了心思。

1月4日 早上,听刘毅生传达宣传会议有关时事问题报告,接着是王劲传达中央关于宣传员和宣传网的决定。只照报纸上的念,听者兴味全无。听完报告已经下午3点多了,匆匆忙忙给坭坭照了张相就坐汽车赶回乡下来,还带来一部新买来的照相机。留在苏卢村的同志按照我传达的精神,分别到各村去物色了贫雇农训练班的人选。

晚上,我立即召集工作组的同志开会,听汇报。贫雇农训练班的房子和伙食已经有人去张罗了,各村已发通知召开防委会议。接着大家商量训练班的上课内容，讨论我们的干部如何参加到贫雇农的生活中去。据到皂角等四个村子去走访的同志反映，群众对我们已有初步认识，敢与我们接近了，也发现了一些有可能成为我们工作骨干的人物。开展工作已具备初步条件。可惜的是部队同志今晚调走了，以后我们下乡完全成为问题。没有武装总是不能让人放心。

1月5日 布置两个村目前工作，再发通知增加各村贫雇农来学习的名额。地主儿子苏立生打伤老婆，把他扣了半天，晚上开妇女会要他当众承认错误。

部队抓到一个烟贩苏庭荫，没收了他三四两烟土及其灯具。叫民兵把他押送去心圩。民兵们却有顾虑，觉得他是本村"父老"，怕其到半路不肯走，他们不好意思强制他。民兵的斗争性还没培养锻炼出来。

晚间，突然传捷报，汉城光复了！大家说要在乡里开庆祝会，叫公安文工队来扭秧歌。但是，又要开妇女会，结果是两头忙，妇女会没有很好酝酿，会上的群众情绪没有很好激发，掀不起声浪。

1月6日 上午，讨论贫雇农训练班的人力配备，要求每个人都分散到各村去辅导学习。大致分了任务：教务由滕留寅、邓燕林负责，学习由林乃珍、超玉负责，生活由罗哲奎、严刚负责。课程，准备讲四个大问题：一、时事；二、政策、剿匪、惩办不法地主；三、清债；四、退减租退押。

下午开乡防委会，各村长及农会主席参加。讨论：一、对各村匪情如何采取有效措施？二、各村武装如何收缴？决议：一、各村逃亡匪首限本月15号以前回来自新，否则即没收其财产。为防止其分散财产，明天各村派5名贫雇农去其家登记财物。二、枪支限本月10号以前缴完。

1月7日 清早到贫雇农训练班去讲时事。从听众表情看，国际问题、朝鲜战争对他们来说太遥远了，他们对美国人在朝鲜的败退兴趣不大。到下午，我同他们谈处理债务纠纷的条例时，他们却哄闹起来了，就好像一群哑巴忽然会讲话，一群睡着的人被叫醒过来。他们都是穷人，都是债务的负担者，现在我们宣布取消解放前他们所欠地主的一切债务了，无疑像是从他们肩上搬下一块沉重的石头，自然赢得大伙的欢笑。

工作任务太多太繁重弄得我们高度紧张，已经半夜十二点过了，但我们的会还得要继续开下去。谈训练班混进一个富农分子怎么处理？贫雇农的生活如何改善？我们应该如何教育启发贫雇农的思想觉悟，让他们能自觉自愿地投入到我们的工作中来？还有，苏芦村的恶霸怎样处理呢？问题太多了，但人的精力却是有限的，现在它同灯油一样逐渐在枯竭，大家的眼皮也开始打仗了。

1月8日 减租退押条例昨天没讲完，今天继续讲。在空旷的场地上讲课，没有麦克风，声音要喊得大，很费气力。讲完课人有点支持不住，想躺一会，又被闹醒了。武鸣地委介绍的四位干部学生来报到，有两个不仅不习惯普通话，甚至连白话也听不懂，实在成问题。

二哥来信，希望三弟四弟的孩子都能参加革命工作。可惜，他们都不识字。还说县里三四月间要实行土改，正在抓捕一批反动分子。光浙来信说因被招入知识分子旧职员训练班学习，影响其小贩生意，希望能让他早点出来。这怎能办到？晴的来信说保姆不容易找。即时给晴、二哥各回一信。

晚饭后，给村边的“风流馆”拍了张像。

1月9日 群众对恶霸的斗争勇气正逐渐被激发起来，我们打算在贫雇农训练班结束后，就在苏芦、铜江两村展开斗争，抓捕一些恶霸。可是，我们没有武装，而且抓捕的原则还得请示一下，特地派滕留寅到心圩队部去请示。米光华回信说，开斗争大会前，先要做好群众工作调研。如果群众有了一定的思想觉悟，对敌人的认识进一步提高，有了敢于斗争的勇气，那才好下手做这项斗恶霸的工作。根据这个要求检查我们的工作，大家觉得茫然，没有多大把握。到今天为止，我们还没有找贫雇农的积极分子谈过心，还没去了解、调查、收集地主罪恶，如何去组织群众来向恶霸作斗争。显然我们的工作在绕圈子，没有展开，没有深入。工作完全交由工作组队员去做，看来是不成的了，还得自己亲自出马。

叫人从南宁取来个两磅暖水壶，还有英杰从乡下送来给我的两个七八斤重的葛薯。这么大的葛薯能当水果生吃吗？我看作为农产品展览会上的展品倒不错。

1月10日 天气突然变冷下来。训练班的农民带来的衣服被褥少，多少影响他们听课的情绪。

上午，王长清同志讲《谁养活谁？》，酝酿诉苦。到下午诉苦时，我正同各村乡防委会开会,交代他们去办如下事情:一、办理户口登记;二、办理反动党团登记;三、继续收缴反动武装,宣传宽大与镇压政策。

晚上会餐,因开饭时间没交代明白,菜都凉了。会餐时,我们干部没有参加到贫雇农中去和他们搞到一块,不能交流情感,发挥教育团结的作用。

夜里,还举行宣誓仪式,各村都按照我们提出的几点愿望,回去要做到:一、清理旧组织,要同筛米一样把那些不纯的分子筛出去。二、要积极清匪反霸。三、进行减退租、清债斗争。四、宣传政府法令。五、团结农民。六、传达训练班见闻。七、报告匪情。八、评定阶级。九、拥护毛主席。十、宣传提高阶级仇恨。……贫雇农中连上了岁数的老太婆也都讲话表示决心。

最后,我同王长清分别讲了话。我把意见综合几条,形成决议。制定出当前(旧历年关以前)的工作方针:一、清匪,收枪,成立村防委,搬石头,武装自己。二、减退租,清债。三、缴农业税。四、整理旧组织,建立民兵。五、开乡村农民代表会,成立乡村政权。六、旧历年初二开庆祝会。王长清同志接着宣布五要五不准,作为集体宣誓的内容。五要:1.要房子,2.要土地,3.要农具,4.要牲口,5.要粮食。五不准:1.不准贪污腐化,2.不准窝藏土匪,3.不准勾结地主,4.不准包庇恶霸,5.不准收地主礼物。另外,还有四要四不准。具体是要给政府军队送信,要亲自搜查土匪枪支,要工作积极,要打破情面;不准违反政府法令,不准破坏仓库,不准假报告,不准泄露秘密。

1月11日 用了一天时间听取汇报和讨论小组工作全面铺开问题。各工作人员将训练班中各村贫雇农的表现及要求分别介绍了一番,其中大多数人能接受支持政府开展的工作,特别是对减退清押,整顿旧组织等,大家都盼望早一点办。有一个村还批评工作组不够关心他们,希望以后工作人员能常去村里帮助他们。

贫雇农普遍对胜利信心提高了,有个老汉以为自已年岁大了,将来的幸福日子即使看不到,后辈子孙一定能享到福的。有的则说,以前不懂革命道理,现在经过学习,认清了共产党领导的前进道路是条幸福路。看这情形,目前群众的思想觉悟有了明显提高,自觉产生革命要求,希望快点有人去领导他们起来斗争。我们决定把队员力量重新调配一下,每村派去两个干部,到附近四个村子早出晚归地去开展工作。

1月12日 花了大半天写20天来的工作总结报告。天气冷了,手指头麻木起来。大家开始分头到附近四个村子去做工作,晚上回来汇报。听汇报得到的材料不大多。

晚上更加冷啦,买了50斤树根柴火来烤火,烟把大家熏得受不了。

1月13日 铜江村依靠几个贫雇农积极分子,开始减租斗争。管公田的芦树材被大家追问得无话可说了,初步承认多吃多占退出七百多斤谷子。

老百姓发动起来了。好多上了年纪的老人在这寒冷的冬天也齐聚在空旷场地上围着一堆篝火,准备向敌人作斗争。“为着翻身吗!”假如你问他们怕不怕冷时,他们会这样回答你。

受铜江村斗争的影响,苏芦村也动了起来,几个积极分子站出来提议把恶霸苏孟雄扣起来,还有地主苏郭威、苏廷忠,他们有的造谣,有的分散财产,最后3人都被扣起来。群众真的起来啦!

1月14日 铜江村继续开展减退租斗争,民兵领去两支步枪。苏芦村开群众大会选出征粮评议委员。

省委宣传部高以洪、丘昌文等七个人到乡下来。日本照相机由滕留寅交王文芳带回宣传部。苏上杰的手枪还回去了,换了自己的来了。

晚餐杀了一只狗,30人吃,味道没弄好,结果还不够吃。

梁祥光从家乡出来参加我们工作队,叫通讯员黄庆瑞回南宁接他。文干班来了三位同志:刘建勋、杨平、谢福铭。

苏芦村晚间开贫雇农大会,酝酿斗争恶霸苏孟雄等人。但群众情绪并不高。

二哥和绥渌县公安局的刘广亨分别来信介绍同一个滞留广西的难民到我们家做保姆。她为福建人氏,随丈夫来到思乐县,丈夫死于军医院后即被人强娶为妻。后来后夫被农会击毙,现她流落绥渌。外甥培蔚信里流露他年幼心灵的苦楚,文字间又不乏聪慧,如有机会让他得到相当教育,或许会有出息。

1月15日 到北湖、北河村那边去看看群众组织发动起来了没有。村防委的招牌倒是在祠堂外挂起来了,里面却显得空寂,我们去到时,只见有两位防委趴在一张孤零零的桌子上，抄写户口登记表。地上布满了一堆堆乌黑的稻草灰，大概是昨晚开会留下的痕迹。本定上午11点要开的贫雇农会，现已是中午十二点了，还得防委们分头到各个坡去催促才陆续地来了五六十人。开会时大家的情绪还是提不起来，就好像是个病人，需要旁人去搀扶才能走动似的。林乃珍讲完话后，大伙儿一定要我也说两句。我认为如何使群众打消顾虑是当前碰上的非常重要的问题。这里有个拥有一百多亩田租的地主，还有个恶霸，斗争对象是明确具体的，如何去组织积极分子发动群众起来掀开斗争的盖子呢。

倒是苏芦村有一帮勇敢分子，今天到地主的鱼塘里打了鱼，让大家吃喝了一顿，增添了不少勇气。晚上对不法地主苏郭威开了第一次斗争会。发言者虽然还有点胆怯，喊不出更有鼓动性的话，可到的人多，只要有人喊起来，大家都能跟着一起喊，地主的余威一下子就被群众的声势打压下去了，不得不认罚一万斤谷子。斗争从此开始了。目前如何团结引导这些积极分子，不让他们脱离群众的同时，还要严防恶霸地主的反抗、暴动，因此，掌握武装民兵的领导权十分重要。

秋征工作的任务也下达了，区委派10个新参加知识分子训练班的学生来协助秋征工作，让他们接受实践锻炼。

1月16日　团结、盛德、北湖村乡防委来汇报，路东有人来报告匪情。

北湖村何云阶的赃物，今天开始搬运。

晚间，苏芦村斗争恶霸地主廷忠。今天斗争会上的群众情绪比昨天更为激昂，苦主有的是妇女，她们倒出的苦水轻易地感化了在场群众，激发大伙儿的斗争意志，会场空气一下子沸腾起来，控诉、追讨声响成一片，让恶霸不得不低头，交出谷子二万斤。另一反动富农也被罚谷一万斤。

给二哥回信，附笺感谢县公安局刘广亨同志帮介绍保姆事。

1月17日　苏卢村今天的斗争会，周边各村坡也派人来参加。以为会有更多的老百姓向恶霸苏子和（体怡）控诉。可出乎意外是除了两三个勇敢分子开头打了其两记耳光外，就没有其他人敢于言语了。追究原因，他的影响力还在，老百姓对他不能不有所顾忌。他是村中三大父老之一。以前只要他讲话，别人是没有开口的权利的。但是，却有群众起哄，要罚他二十万斤谷子。这岂不是开玩笑!

为此,我对左英和费燕提了意见。他们说群众起哄也没有办法。这样说不就等于放弃了领导吗。虽然最终我们是要把地主阶级消灭的,但是现阶段我们所能做的只是削弱他们,还不到消灭的地步。所以提出二十万斤谷子,为时过早。到土改时,这样做就合适了,那时拿他二十万斤谷子还不够数呢,可以提出要分他的田地房产和耕牛,就符合正义了。

北湖村又扣押一个不法地主和一个恶霸,比起绥渌县来不算过左,但以一个村而言有点剧烈了。

1月18日 离旧历年只有半个月了,特规定本月24号以前完成退减租、交粮、反霸、清匪工作。24号到31号就转入分配果实、整理组织、召开乡农代会和成立乡村政权。工作一大堆,时间却所剩无几了。铜江,苏芦大致上不成问题,其他各村今晚才开始斗争,不知能完成不?铜江又弄出两支较好的左轮和几百发冲锋枪子弹。可见枪支还是没有被挖净。

给队部写封信,报告这个礼拜来的工作,请示关于地主财产登记和如何解决民兵武装问题。毛恣观回信同意登记地主的财产,至于富农则有区别,非属反动的则暂不必登记。

皂角村昨晚已有队员下去住了,北湖、北河村今晚才有人下去。盛德村的秋征恐怕不能按期送交,评议员都是富农,普遍瞒田瞒产量。去团结村的几个知识分子情绪很不稳定,想跑回来。

秋征工作原以为有杨广兆去负责,我们思想可放松一下了,现在看来问题还很多。《广西日报》来了一位记者想采访,把我们的经验介绍出去。

1月19日 铜江村卢兆铨昨天具结说,如果再有枪支弹药愿被罚十万斤谷和受严厉处分。可是,今早他老婆却坦白苏乐民(其内兄)曾经有两挺冲锋枪埋在砖窑。为此,卢兆铨只得去找苏乐民商量,争取下午三点把枪交出。我们则准备卢兆铨如带苏乐民来就将苏扣押到部队去。

估计米光华这一两天要回来传达县工委的指示,趁今天还有时间进城去看一看,把晴的工作岗位确定下来。徒步出发到镇北桥时,已经是下午三点了。一路走来,鞋带脱了,衣服又穿得太多,浑身发热,怪不舒服怪累的。回到家听晴说已去找张羽谈过工作问题，结果如何还得等回音。女儿坭坭长胖了，新来的保姆还算干净。

刘副部长小腿害骨膜炎，全身发烧。我前往看望，见他躺在床上，情绪不佳。谈起宣传部的干部，他觉得作风松懈散漫，不好管理。

晚间，我和晴本想去红星电影院看场电影，因时间不够只好作罢。

1 月 20 日　二嫂把一年辛苦养的两只鸡给我们拿来。今早把只阉鸡宰了，有三斤重，肉嫩肥美，有十多年没见这样的靓鸡了。如今得见，不由唤起过往乡居生活的回忆。二嫂从未生养，临近暮年，景况难免寂寞。如我们请不到保姆，叫她从乡下出来帮带坭坭也是好的。吃过早饭，到单位宣传科去拿文件，转一下身就是中午十二点了。天公不作美，忽然下起毛毛雨来，只好借了把纸伞回到乡下工作组，此时伞沿滴下水珠，雨点打湿了身上的衣衫。回来看到抽屉里有几封信。队部来信说，梁祥光需写份自传报上去，经组织部门批准后才能发供给；李村民兵到盛德村抓到匪连长李长经，已经押解到心圩去了；苏乐民的两支冲锋枪已被收缴，送上来了，还带有八个“包”。

看了看《广西工作通讯》第 16 期，对照关于土改试点区的指示文件，我们苏芦村斗争恶霸地主的做法，是搞对头了。

米光华参加完县工委会议已回到工作队，不知哪天开会传达会议精神。

1 月 21 日　这两天铜江和苏芦还在收缴枪支。铜江又挖出一支步枪一支驳壳枪来，还有手榴弹和子弹几百发。苏芦也上交了土枪、步枪和手榴弹。广大贫雇农面对这严峻现实都说：“这些东西不缴净，对我们是个祸害。”“好枪还有，还没完！”群众发动起来后，觉悟都有不同程度的提高，他们已经知道武器若拿在反动分子手上就是对他们生命的威胁。因此，他们自然会要求彻底把它收缴干净。

队部通知本月 24 号开队委联席会议，还规定了一长串的汇报提纲。安排各村去按汇报提纲要求上交材料，我准备明晚得忙这份工作呢。文件也多起来。邓子恢的土改报告还得好好学习。

西虹来信说参加志愿军要去朝鲜了。临行前每每想到我们之间的友谊总是感慨万千，增添了前进的动力。他说想趁年富力强的时候占有更多的生活体验。白焰的信里则说到他患了回急性脑贫血，现在脑子不好用。对自己的工作仍然不安心。谈到有孩子事，他说“有子万事足”也是一种乐趣。

1月22日 工作好像波浪不断地涌上面前来。想用一个上午把邓子恢《关于土改几个基本问题》好好读一下，但常常被工作和来人打断而没有读得完。

盛德村的贫雇来问因没粮缴税是否可免征？张超玉报告盛德村工作情况。北湖村报告王建邦是该村生活促进会的领袖，这个会其实就是风流馆的组织，里面分忠勇（武装）、外交、卫生、总务等部门。

下午，下起了牛毛细雨，天气突然变得特别冷，一点多钟才到安吉乡集市，见各村的群众已经来了一些，工作组的同志正在广场的一面墙壁上贴标语。王长清同我们商量等会要开的公审大会，是否用人民法庭的形式。我却以为人民法庭只有县政府才能有，有的区可成立分庭，但我们只是一个乡啊。今天我们要镇压公审的是恶贯满盈的匪首，先由主席宣布开会的意义，号召群众起来诉苦，最后由武装执法队执行就是了。雨时大时小时停，我们就在雨中举行这个公审会。老百姓撑着雨伞来开会，会场上好像长满了一朵朵的蘑菇。

1月23日 雨继续下着。大家又嚷着这是今年最冷的一天了。我穿上从东北带回的狐皮衣，这点冷完全可以应付过去。准备到队部去汇报的材料。但老是被其他事情干扰，叫你没有完整的时间去完成。

下午四点钟，同左英、滕留寅加上通讯员一起到心圩去。雨把乡村道路淋成了泥浆，水胶鞋成了贵重的东西了。到队部已是吃晚饭时分。

晚间开了个队委与区工委的会议，作为明天大会的预备会。明天，先传达陶铸主任的报告和李秘书长在县工委的总结发言，再由各乡汇报完后讨论。会议最后才布置邕宁一区的工作任务。但是这两天队部就有个行动，根据陶铸的报告“先抓后反”的精神，准备把全区的恶霸地主与反动富农抓一批，然后动员群众起来反。于是，连夜写信回去叫各村把拟抓捕名单送来。

1月24日 一天全部由米光华传达陶铸在134师干部会上的报告《剿匪已进入新阶段，应从何着手》和李秘书长的县工委会上的发言。目前广西的土匪只剩下三万人。不过这三万人是精锐，已隐藏了起来，如果我们不进一步挖掉匪根，剿匪胜利就不能保持。因此，作为匪根后台的地主恶霸一定要根本铲除。

根据各地情况看，群众已初步发动，可是还不够普遍深入，还得进一步去发动。

1月25日 雨下得叫人发烦了，也冷得大家都坐不住。有人又记起北方的生活来了，把大棉被盖上脚，背靠着墙，用膝盖当作桌子来参加会议。各乡汇报了一天，才讲完了三个乡。各乡工作发展很不平衡，做法也不大一样。有的抓住了秋征，有的抓住了清匪，有的抓住了反霸，结合得都不大好，显示我们的农村工作经验不够成熟。

1月26日 轮到安吉乡汇报时是下午两点，等我讲完已是要吃晚饭了。本来我们安吉乡是做了不少工作的，特别是反霸工作做得与各乡都不大一样，很有特点的。但经我那笨拙的口舌一说，再精彩的内容也归于平淡了。

大塘村两个坡的械斗经过两年时间，到现在才得以和解。王长清说械斗原因是因风流馆的男女纠纷，其中一个恶霸富农被打死，迄今还没有埋。现在工作组下来做工作，把贫雇农发动起来，认识这是恶霸搞的名堂，两坡的贫雇农便拉起手来，团结一心把这事给处理好了。这是相当典型的事件，可以写篇文章介绍的。晚间，还有审讯和自新训练班的情况汇报。

发现患了痧眼，乡下没法治。医生说要到南宁的医院用硫酸铜刮。病症还轻，及早医治不会有大碍。

1月27日 早上的讨论发言，大家的意见已经不多了，最后就由米光华来说明十天中要做的工作：一、酝酿反霸，成立斗争委员会；二、反瞒田瞒产的斗争；三、分配果实；四、重点村整理组织，成立村政权、农会，建立民兵；五、其他：1.扩大地方武装，区中队二十人，2.新年劳军，3.成立农民夜学。一个月来要做的事米光华也提了一下：一、旧历初四开区代会（每村派十五到二十人代表）；二、初十以后即结合减退展开大规模反霸；三、反霸后，即分成果；四、分成果后即整理组织。

下午两点会议结束，我们从队部回到苏芦已经三点。得到报告，连畴村缴到三四斤烟土，团结、盛德村缴枪十二支。

1月28日 各村参加会议的人稀稀拉拉来到工作组，直至中午十二点才来齐。先由各村汇报。北湖村一恶霸因与老婆吵嘴被扣，加上他本就带点神经病质，当天情绪激动想不开，晚上就上吊自杀了。这事发生后影响很不好。而且北湖、北河两个村的群众因此还发生了不团结，北湖埋怨北河的人把他们的人斗死了。这问题比较严重，应该慎重处理。因此，叫滕留寅、林乃珍、严刚回去组织积极分子商量，统一认识，统一口径后再通过他们去说服群众，汇报到晚饭才结束。

晚上，传达陶铸报告。然后决定八个村抓捕恶霸地主的名单与行动的时间。夜里三点行动统一展开，工作队员向各村出发。

省广播电台来两位同志参加我们组的工作。孟昭和到铜江，莫光辉到苏芦。他们还带来一架直流收音机，想在这里搞广播试点。

通讯员小黄到南宁给晴送去10万元。带回来四封信。谭荫溥患肺结核住进旅大疗养院；卢林为老婆的工作焦急，叫帮他忙；二哥为将要到来的土改提心吊胆，不知自己的命运如何；晴则为工作岗位那边无房子住而发愁。

1月29日　一早，各村的恶霸地主都被抓了起来。苏芦村七个、铜江村三个、北湖村八个，还有北河村、皂角村、团结村的。

同志们情绪很高，谢福铭穿着皮鞋走路不方便，干脆打起赤脚干得也挺欢。

晚上，开苏芦村群众大会，讲明为什么要抓这些人，抓了以后，大家应该“有冤申冤，有仇报仇，有苦诉苦，有债清债”。有人报告，苏乐民回来了。苏芦、铜江两村民兵，又是夜里三点钟去围捕。夜来狗吠特别多，是否坏人在活动？

1月30日　苏乐民把私藏两支冲锋枪的责任都推给了他老婆。其他事情不肯吐露。我们只好送他到心圩去关押。

听说，苏庭治有几十斤烟土，有支卡宾枪。我们发动群众去查，结果发现他屋里有一堵复壁，藏有两千多斤谷子，铜元数万，驳壳枪子弹五粒，冲锋枪子弹四粒，青色土布四十多丈。

晚上，狗叫得怕人，搬到隔壁楼上去睡，仍被狗声惊醒。这两晚狗把人弄得不能入眠。精神感到异常疲乏。

老百姓都送公粮去了，工作只好暂停。

1月31日　春天好像来了。棉袄已经穿不住。广西气候变得那样快，前天还是严冬，今天却是春天了。到大塘去走一下，了解那边的工作情形。他们现在开始搞减退租。公粮明天才开始送，怕过年时粮没交完还得交。吴鹤的赃物还有三千多斤谷子,决定拨给盛德八百斤,一千斤留作机动,看哪一个村子有最贫穷户的就予以救济。

晚上,苏芦贫雇农大会讨论分配果实和斗争拖欠公粮的地主,情绪都很热烈。妇女也挺身而出,指责那些地主的狡猾。果实的分配等级,分三等。规定三个条件作为分等的标准:一、穷苦,二、劳动,三、斗争态度。凡具备三个条件的就算甲等,具备两条的就是乙等,只具备一条算丙等。大家都赞成这个意见。接着是要廷忠、国威的儿子和上槐的妻子交粮,限明后两天完全交清。

一连写几封信,分别给旅大海军学习的谭荫溥、广州的白焰、梧州的卢林、南宁的廖克俊、家乡的二哥。

2月1日 乡下老百姓正忙着过年。今天腊月廿五,在我们家乡是杀猪的日子,在这里听说是做米花糖。今天不知哪位贫雇农送来好些米花糖,我尝了一块。这里也做粽子,不过,只包四两米一只的,如果要送礼的话才包两斤一只的,不像我们家乡普遍的都包一斤一只的。

今天总算搬到苏氏宗祠的蔚文堂来了。铜江两贫雇农木匠来做了一天工,把两个门做好了。现在我们工作组的机关像个样子了。我脱离了低湿阴暗的房子,呼吸畅快多了。房东老太婆再三请我们不要搬走。不知是为她的利益呢?还是为了我们这些日子来使她感到了亲切?搬来后,想把工作安排得有秩序一点,还是想写些东西。队部又来信催要材料了。

2月2日 一早起来接到三封信。晴说:上月底已到省立医院门诊部工作,暂住宣传部,等医院房子腾出来后再搬去位于跑马场的医院宿舍。将来如果卫生试验所成立了,还是到试验所去。哈尔滨的岳母来信求救,说是姥姥已经病危,医生不给看了。家里没有钱,希望我们寄去几十万元救急。这是应该的,只是一下子拿不出来,怎么办?打算明天回去看看,能借到就寄去一些吧。宣传科的同志来信要取回相机,春节要拍些相片寄去北京的人民画报社。

早上,跟铜江、苏芦两村干部开了个会,听取汇报,规定汇报制度和解决学习生活等问题。随着各村民兵、农民干部拥上门来,使得一大堆急需解决的事情摆在我们面前。盛德村民送来三个匪徒,北湖村民来请求宰杀老弱的水牛,皂角、团结和北河的村民来要求分斗争得来的谷子。铜江村一个贫雇农昨夜因醉酒捣乱会场要处理。

夜间，苏芦村开分配成果会，顺便追索地主欠的债，结果，在众怒之下，恶霸子和被揍开了。群众现已敢于向地主作斗争。不过，有一点不好的偏向却出现了，就是有人因怕被批评为不积极而分不到更多的果实而用动手打人的办法来表现其积极的精神。目前，对乡村干部应培养他们当家做主的精神，消除其依赖心理；对群众应通过诉苦，提高其阶级觉悟和政治觉悟，破除等待工作队恩赐的观点，确信土地还家的正义性，追究穷根。

夜读邓老的《论发动群众》。

2月3日　旧历除夕各村干部都要回到苏芦村来过年，只好这两天抽空回城去看一看。但是一直忙到下午四点才能脱开身，到城里已经五点半，到家已经六点。碰上陈翠华来请晴去她家吃抓鸡虎。我虽已吃过了粽子，为了要尝尝“龙虎斗”的滋味，也同她们一道去了。她的大哥当过县长，现在变成一个悠闲者，把果树砍掉，改种蔬菜。今晚他拿出埋在地下十多年的白兰地款待我们。

2月4日　去找文联陈闲谈工作。以为省文联现在的工作首要是把《广西文艺》办起来，让它真正能够成为地方性和通俗性的刊物。其次是抓戏改工作和培干工作。培干工作，目前在南宁可以开设文艺讲座，把爱好文艺的青年都组织起来，引导他们朝着共同的目标前进。

下午回到苏芦，已经是4点了。见到满屋子的糖米花、年糕、粽子、香烟……老百姓还准备了酒肉请我们明天同他们的干部过年夜。铜江村送来一面旗子。农会门口挂了两个大红灯笼，添了一副对联，锣鼓买回来了，孩子们被锣鼓声吸引来了，我们的房子变成了热闹的街市。

但是，队部来通知：明天下午都到队部集中过年。因今天各乡送到区上的慰劳品太多了，引起米光华队长大大的不高兴。使得送慰劳品的同志被泼了一盆冷水，回来也吃不下饭了。

2月5日　除夕。忙了半天，等各村干部来苏芦集中，等到下午两点，连畴村的邓燕林他们三个还没到。盛德和团结村，本来是不叫他们慰劳的，他们却敲锣打鼓抬来了两头猪，两担糯米，还送来两面旗。叫他们抬回去，他们不肯，非要到心圩见区长不死心。只好叫他们去吧,反正被批评是定了。下午两点从苏芦去心圩。在路上同大家照了两张相。

到队部,米光华说,老百姓目前还未得到什么好处,也未见到土改的成果,送来的慰劳品太多,会使他们的负担过重,不应该让他们这样做。到侦察队长那里去吃年饭。这位李队长是个活跃分子,他用三花酒把我弄得有点醉意了。

夜间,开会。商量干部会怎样开。经大家意见决定:一、传达陶铸主任报告,结合心圩乡的工作总结;二、评功;三、总结近期工作,讨论今后的做法。

2月6日 心圩乡举行各村农协成立大会和军民联欢大会。一早,阳光照耀着,气候变得温暖起来。村民在爆竹声中迎新年。人人穿戴整齐的衣帽,聚集到村外的会场。八音班到处喧奏,人们放松心怀尽情娱乐。到会的总有一两千人,热闹非凡。照了几张照片,胶卷完了,许多大好场面只好让它白白溜过去了。

夜间,米队长传达陶铸的报告。给二哥写信,叫他将公债兑换成正式证券。至于我留在他那里的钱暂时不买牛了,免得土改时引起贫雇农的误会。

2月7日 上午米队长继续传达县工委的决议。下午,队委会本要讨论今后工作的,因两点钟连队请去吃饭,大家正好休息一下疲乏的身体。连队的饭菜弄得大盘大碟的,没什么味道,只有饺子引起北方同志的兴趣。

苏芦、铜江两村发生的一件严重的事情。苏克明说,区中队的人调戏了苏友芝的老婆,一些民兵和群众因而聚众殴打区中队的人,并且缴了枪还吊起来问口供。事情是严重的,非回去处理不可。虽已是夜里也只好带上一个班的武装马上回去。回到苏芦村即刻召开全村村民大会,宣布因区中队的人赌钱,行为不正派,禁闭三天。至于苏友芝的老婆,自己否定了被调戏。部分民兵和群众对区中队的做法不正确,给了初步的批评。但是事情并未了结,像这样的事情并非出于一时气愤,而是带有一种暴乱性质,还得继续深入调查。会开到半夜十二点,返回到心圩已经深夜一点多了。

2月8日 上午,我们安吉乡向队委汇报。其他同志讨论今后工作。米队长说,把我调上来搞土改训练班的工作,安吉乡的工作交由王长清负责。这样也好,改换一下也许不那样操心。对工作也许更有好处。

晚上,各队委汇报各乡工作计划。其他同志评功。今后,各乡工作中心是反霸,心圩则转入土改,准备40天完成,全区的争取80天完成,最后不知会不会打折扣?

2月9日 上午,米队长作总结。下午散会大家返回各乡。晚间,回到苏芦村,本想还有些米花糖,大家可以聚在一起边喝茶边吃米花糖座谈一下。可是今晚人人所在地点都比较分散,不好召集在一起,我只得分别找些人随便谈些闲话,交代各村一些工作就算结束了这段乡下的蹲点生活。

夜间,收拾一些文件,移交给王长清。把个人不准备带去心圩的东西也收拾了一下,准备明天带回城里去。这样一弄,到鸡鸣才上床。

2月10日 明天要同区农代会的代表们一起到心圩,今天把工作组最后的工作交代后回城里一趟。到城里已经下午一点了。

印刷厂请吃晚饭,下午五点同晴一起到冠生园吃了一顿丰盛的晚餐。刘副部长说,五月去北京开会,问我能不能一起去?吃完饭回来,到中华电影院看《愤怒的火焰》。

家乡送来六个枕头大粽。我给刘副部长送去两个,张明霞一个,刘毅生一个。还剩两个明早请宣传科的同志来尝尝。

外甥女婿黄吉祥说二姐被登记查封的财产已解封。因她被定为富农,浮财不被没收。至于一些恶霸,如农志斌兄弟被镇压了。

2月11日 吃过早饭到电讯局去找刘副局长,谈卢林老婆的工作调动问题。哪知她已到梧州去了。转到绍枢家,他们正吃早饭,也是吃粽子。绍枢说要去训练了,听他口气好像去训练是自由的,礼拜天还可回来。恐怕他进去以后就要被管起来了。不过,他比较会变通,可能这一关会过得容易些。给他们全家照了相。

中午十二点回苏芦,下午两点多到。区农代会的代表已经快要出村了,匆匆忙忙收拾了行李跟着一起到心圩。

晚间,开区代会主席团的预备会议。通过大会日程和主席团名单……米队长让我先参加区代会,然后再搞土改班。区代会的秘书工作要我同雷区长一起负责。我明后天要作“声讨恶霸”的报告,要写一个宣言和一个决议。

2月12日 邕宁县第一区首届农代会早上在心圩镇振兴村陈氏宗祠前开幕。代表762人，女代表就有二百多，人还挺多的。晚间，米队长作时事报告。

苏芦村发生的村民殴打区中队事件，主使人苏克明供认地主苏树铿是主谋。苏树铿给他一百万元，让他煽动不明真相的群众来破坏农会和区中队。我们把苏树铿逮捕，半夜审问，他的供词与苏克明所供一致。是否由于审讯的同志走漏风声，他被逼而供出？待查。如果是地主的暴乱阴谋，给大家的教训是很大的。

2月13日 我从上午11点到下午两点才把《声讨恶霸》的四个问题讲完。晚间，米队长向全体代表作诉苦动员。

到各乡的代表团里去参加他们的诉苦会。有人顾虑还多不开口；有人只会哭，苦却诉不出来；有人以为自己的苦是因子女多；有人说生来就是穷……总之，诉苦会酝酿时间短，不成熟。干部也缺乏经验，不善引导大家追究苦根。

读《桂北区党委的土改工作方法与步骤的总结》。整天的工作生活显得忙乱，有点坐立不安，想看书报也没有时间。

2月14日 给全体代表一天的时间酝酿诉苦。经过深入酝酿后，有人顾虑打消了，要在大会诉苦了。吃过晚饭，各村工作干部汇报时都说发现了一两个较典型的苦主，于是决定夜里就开诉苦大会。

晚间，把汽灯蒙上一层纸，使会场气氛显得阴惨，代表们以村为单位围绕成一个圆圈，经过队长引导动员，讲一番诉苦的道理后，苦主就走向会场中央诉苦了。头一个苦主是北湖村何王氏，她一边诉说一边哭开了。代表们为她的悲苦身世而涕零。由于她的开头，好些个苦主也都自觉自愿地站到会场中央来哭诉他们的过去。苦是各种各样的，有的被抵押债务做了丫头，有的丈夫被谋害死在狱中，有的被土匪杀了兄弟，有的田塘被占了，有的被强奸……全场被哀恸气氛笼罩着，不断地传出抽泣声。苦根在哪儿啊！报仇啊！最后，苦主们举起手来要求报仇伸冤。

2月15日 由我同代表们谈为何要反霸？霸是苦处的根，恶霸就是地主、富农制造出来的。我们如何去把它铲除呢？一、要宣传，结合访苦问苦大力宣传恶霸罪恶；二、建立组织，依靠贫雇农骨干组织斗争委员会；三、具体做法，

1、打消顾虑，2.认清对象，明白中农无霸，3、开斗争会，算总账，该罚的罚，该认错的认错，4、实行没收政策；四、分果实应把握天下穷人是一家，不要让敌人看笑话；五、成立农会民兵组织。我一口气讲了一个多钟头。

晚上，由米队长报告大会决议五项草案。我草拟大会宣言，到半夜十二点才写了一千多字。

2月16日 区代会今天闭幕。全体会议代表照了张集体照。

下午，人民法院公审苏芦村苏树铿阴谋暴乱的事件案，公审会给代表们上了一课，认清了地主的阴谋，明白了贫雇农与地主的关系，在什么样的情况下就成了地主走狗。谈到地主阴谋时，大家都很愤怒，全场暴风雨般的声讨袭向恶霸走狗。

上午为区代会赶写了四份通电：一、给朝鲜志愿军；二、给广西省委；三、给张云逸主席；四、给广西军区。写得很顺手，大概是有了内容，写起来能言之有物吧。

晚间，米队长解答大会问题，我宣读宣言通电后大会结束。

通讯员小黄从南宁回来说，我二哥寄来一只鸡和20万元。

2月17日 省文联陈闲秘书长突然带了十多个人来搞图片展览和参加我们的斗争会。晚间，陈闲同我谈到本来周钢鸣叫秦似搞的是南宁市的剧改工作，现在秦却挂起了全省剧改的招牌来了。让我将这种越权行为向刘副部长反映。其实今早我写信同刘副部长研究宣传部下乡干部如何兼及注意宣传业务问题时，已经顺便跟刘副部长谈到了这件事。以为趁周钢鸣、农康不在的情况下擅自组织这么一个全省的机构，恐怕将来不好办。

陈闲要我写稿子，4月1日《广西文艺》刊出时要用。

给二哥和时光各写一信，问二哥为何寄来20万元。

2月18日 陈闲马上要回城里去了，要我们和他一块照了两张照片。他真是个带孩子气的读书人，容易让人感到可亲。可是若以政治家来要求他时，他是否够格呢？

图片展览老百姓看不大懂，内容偏于华北农村生活多些，与本地农村生活结合不紧密。有的油画花花绿绿的，更是让他们看不懂。

米队长叫我负责几个训练班和《好消息》的编辑工作，这事还不好办呢。

想写这次苏芦村暴乱的故事，材料足够编成一个中篇了，但如何把它变成一个较严密的，主题富于教育意义的东西得费点脑筋。假如能把它写成一个中篇，就可向米队长交卷了。

2 月 19 日　土改训练班今天来报到的有 36 个人，女的有 3 个。人没到齐，明天还是不能开课。晚间把他们编好了组，一组 8 个人，让他们选出组长料理生活上的事情。同时叫他们漫谈各村里的斗争情况。

知识分子训练班，分了 50 个人去县政府，留下 18 人参加工作队，其他的回乡去办小学校。他们有的想参加工作，但又问“参加后还可不可自由退出？”知识分子训练班明后天可结束了。这样我可腾出时间来搞土训班。

米队长仍叫编写苏树铿暴乱的故事。

2 月 20 日　今天是元宵节，在东北家家户户都要吃元宵了。这里乡下没有粉团子的元宵，只有粽子和米花糖，老百姓家家户户都煮一块腊肉和杀了一只鸡，端到大榕树的神位和土地庙来拜神、装香。有的还放二三声爆竹。

心圩今天的集市好像也比往常热闹。鸡蛋 450 元就可以买一只了。鸽子一对才 5,000 元。买了二十个鸡蛋带回去给晴，假如能经常买到，自己也想每天吃一个，给身体补些营养。

省文联和友协的几个人，多待一天也不行了，匆匆忙忙要今晚赶回南宁去。看他们对乡下生活好像受不了似的。这样怎么能希望他们写出反映农村和农民的作品来呢？

土改训练班的农民干部已来 48 人了，其中 4 位是女的。打算明天开始正式上课。今晚把新来的人编了组，互相介绍各村里的斗争情况。

2 月 21 日　土改训练班正式上课，共有学员 61 人。准备给他们讲七个问题：一、时事；二、为什么要土改；三、谁养活谁（阶级教育、诉苦）；四、怎样划分阶级；五、如何分田（土改法）；六、如何查田；七、如何组织农会和民兵。今天我讲前面两个问题，讲了一整天，讲到晚上时，身体几乎支持不住。往后请陈贞娴讲怎样划分阶级、毛恣观讲如何分田，如何查田由崔四久来讲。

省文教厅来通知叫我回去开全省剧改会议。本想廿四日进城一趟，粤剧团却要在那天晚上来演出《白毛女》，我要走开了也不好。

匪首(副旅长)陆又明出来自新了。他说每天躲在深山里靠一个望远镜瞭望山野的动静实在是太苦了。

2月22日　一早，就路铎玩枪走火打死杨静波事写了一个通报，叫工作队的同志引以为戒，并要求他们联系实际情况对于自己的枪支保管作深刻检讨。另外，有关苏芦村事件的消息稿写毕交米队长。

同土改班讲谁养活谁这一课，以为酝酿诉苦。晚间，参加土改班诉苦。虽发言的不少，但情绪并不高涨。

2月23日　早上是陈贞娴同土改班讲怎样划分阶级。课讲完了接着就是讨论，大家对这堂课兴趣浓厚，提出好多问题，总的就是想多划些富农和地主出来。他们把一些小土地出租者也要划成地主，把多年前的陪嫁田也要收回来分。下午是毛恣观讲“如何分田”(土改法)。晚间参加土改班讨论，发言很热烈，仍旧纠缠在谁是地主富农的问题上。

心圩集日，鸡蛋450元一个，鸽子6000元一对。买了3只鸽子，36个鸡蛋。

米队长说，明天他进城开县工委会，土改班结束了，我可以去听听各乡村的情况汇报。这样，后天我就可以到城里去了。

2月24日　群力粤剧团曾宁带来一个班子，今晚演出《白毛女》，我负责招待他们。他们来了40多人，一些老演员也都来了。大家对农村现状很有兴趣，想多接近一些贫雇农。

土改班今天结束，明天就到心圩各村去参加实际的土改工作。从工作中一边做一边学。

晚上演出《白毛女》，观众居然有四五千人。可见乡下老百姓极其需要能够欣赏的文艺！今天，也只有这些传统形式的东西他们才易接受。

接到一大堆信。二哥的来信很长，他现在县政府做县各代会副主席，是人民审判员。可是由于目前群众对扫除旧势力残余的要求很激烈，影响很广，这不得不让他有所顾虑，作为旧人员，以为自己还没过关，“还在桥上”。另外说到家里无人料理，生活颇感艰难。敬人的信说已调到钦廉军分区教导大队，驻扎钦州，叫把《新观察》杂志改寄新址。

刘副部长,陈闲都来了信,叫本月26号回去一趟商量剧改等工作。

2月25日 早上,把招待粤剧团开座谈会的任务交代给区政府以后,我就回南宁去了,走到半路汽车才来接。

行至铁路站点广场,见火车头已经装上彩花和毛主席的相片了,人们好像发现了奇迹似的,浪潮一样涌来。欢迎铁路员工大会是下午一点开幕,现在鲜红的旗帜和彩色的秧歌队已吸引广大群众到会场周围来了。我带着照相机,对这样场面自然特别敏感,可是只剩三张底片,一下子就照完了。我急忙到老百姓家里去,在被子里换下照相机里的胶卷,但装新胶卷卷片时,将片子弄断了,焦急出了一身冷汗,最后还是得回到城里的照相馆才把胶片装上。同晴一起又回到会场凑热闹,时间已是下午三点多了,会场还是很拥挤,我们就上到主席台去拍了好几张,摄下了这空前欢快热烈的场面。

晚间陪晴上街一转,人已疲惫不堪。谭荫溥回信,说他的初期肺病需要卧床休养一年半载才行。他还劝我也去照个 X 光片。

2月26日 县工委的会,在省委办公厅开。昨天开始已汇报两个地区了,今天是继续汇报。晚餐省委请客,我因已回省委宣传部而错过了。

晚间没有会,到省文联去找陈闲。他老兄拉我到冠生园去说了二三个钟头,反复地谈论关于剧改的一些人事问题与文联的关系问题。还有一件事他做得不好:他把他反对剧改的事情都说是我的意见,这样一来容易闹出许多分裂来的。回家又见到刘副部长阅后交来的陈闲的信。陈闲对秦似的成见好像很难消除,总担心文联秘书长自己做不了。这样一弄,又是半夜了,精神更是疲乏。

钟英杰来访,我没见到人,但见他带来的三个大粽子,说是我母亲叫拿来的。

2月27日 从上午到下午都是继续听汇报。

早晨,英杰来,同他到冠生园去坐了一会。他说了一些家乡反霸的事情。似乎是做得激烈了一些。

晚上,同晴去看电影《小城之春》。写个年轻医生在边远小城里遇上患了肺病的早年同学,其妻又正是医生的初恋对象。三人相处,发生许多苦涩又甜蜜的微妙情感。女方受丈夫多年病痛的折磨,早已失去上进的心志。但今因医生的出现,让她的精神生活从枯萎中又重现生机。她几次从初恋的情人那里唤回失去的青春热情,可是又几次限于礼教思想的束缚而错失幸福的机缘。最后,她说她是有丈夫的人,让医生死了心。医生知道她真正爱的人是丈夫,只好离开了。它写到了知识分子的一部分“人性”,可是没有什么意义。不知道红星电影院为什么选映这样一部片子。

2 月 28 日　今天是小组讨论,分两组进行。甲组讨论土改,乙组讨论反霸。我参加乙组的讨论。大家认为过去我们反霸乱打乱吊的事情是相当严重的,干部中误认为这撕破情面的表现,是群众发动起来的标志。结果,说法说理的做法被忽视了,这样造成广大群众的反感,认为我们太毒辣,使群众反而同情起被打的恶霸来。因此,目前人民法庭的运用甚为必要。我们现在是执政党,应该提倡说法说理。

晚餐省政府请客,菜不太多,味道却蛮好。

夜间,会议招待看京剧《十三妹》,我因要同刘副部长谈文联工作,没看戏便回机关等他,他有其他事没谈成,改明天晚上再谈。刘副部长交来一篇关于开展乡村干部教育学习的社论。看了一下,感到文字枯涩,替他改了半天。

胡振洋是我在广东时的朋友,这十余年虽倾向于进步,可又舍不下温暖的家,进步只算是半截,现想来追赶革命,把他安排在哪里呢?

3 月 1 日　今天是县工委的大会讨论,由昨天各组的中心发言人向大会发表各组意见。最后,刘县长传达关于制度上的一些决定。

晚间,省文教厅两位处长汤有雁和蒙贤征来宣传部报告出席中南教育会议的决议和本月五号要召开的省文教会议的开会计划。省文联陈闲也来参加,顺便谈到文化事业费的分配问题。一谈就谈到夜里十二点钟。

珍器和克兴从家乡出来办货,本想同珍器谈谈家乡事。谁知他来去匆匆,也没说上话。

3 月 2 日　会议今天结束。李秘书长做总结,提出今后工作的几点意见。一、如何发动贫雇农完成土改;二、如何动员干部完成土改任务;三、土改应当与生产结合；四、土改中的几点具体问题；五、清匪反霸，认清使用人民法庭的重要性，强调说法说理斗争；六、从反霸到土改的过程如何转换；七、慎重处理与认识宗派斗争；八、收尽匪枪，捉尽匪首。

今天全省剧改委员会首届会议开幕，我虽为委员之一，可是要参加县工委会而不能出席。

下午四点才从省委办公厅回宣传部，刘副部长和陈闲谈文联和剧改的关系问题。可陈闲没做准备，谈不出什么名堂。

晚餐和晴在家煎鱼吃，随后去中华电影院看《胜利英雄》。

3月3日 一早，秦似、袁家柯、史乃展就到宣传部来开文联和友协的党组会，陈闲来一下就走了，我们开会没有陈的参加，一些具体问题无从谈（比如文联的计划等）。于是秦似讲了一阵与陈的矛盾，以及陈过去的历史和犯精神病的情况等。秦对陈有很大成见，以为陈做文联秘书长不合适。我对陈的能力也流露出怀疑的态度。过后，刘副部长给我指出，我这样表态很容易被秦似利用去作攻击陈的口实。一下子让我恍然大悟，看来我还很不成熟。会后去找陈闲谈心，他就是一句话，坚持对秦似的批判，绝不能与之一起工作。说了半天，就是不能说服他。看来省文联工作，很难收拾。陈不是常委不好召集会议。不开常委会，计划无从付诸实行。不开常委会刊物怎样出刊呢？问题就僵在了这里！

下午二时半，同田心一起回心圩。四时四十五分走到了。

3月4日 三联书店寄来《怎样学文学》，说是准备再版，叫我修正后寄回去，修正部分按例给稿酬。这本书当时是在东北写的，针对的主要是东北读者，好多例子现在未必能适合全国读者，实在是需要修改才行。

今天，各村干部都来听米队长传达县工委的会议精神。我抽空修改《怎样学文学》和补记日记。这两天天气特别冷，冻死好几头老牛了。我穿狐皮衣都觉得冷。

3月5日 各村汇报反霸情况。石埠乡石钟村的反霸酝酿工作做得好，群众发动起来了，七十四岁眼瞎的苏三婆的翻身诉苦就很打动人，大家都说她的故事很典型。其次是苏芦村的反苏树铿的暴乱故事，也很完整很典型。以后，到各乡去做调查研究时,可以写通讯报告,将来还可以编写些故事。

通讯员从南宁带回敬人一封信。敬人到南宁来了,想见见我,想了解家乡一些情况。可是,他没时间来心圩找我,马上得回钦州教导大队去。不知他在南宁住哪里?什么时候回钦州?十多年不见了,真想能够见到他。

3月6日 小时候常听妈妈说"惊蛰不冻,寒到芒种"。今天是惊蛰,特别寒冷,是否以后的天气就有可能暖和过来呢。

今天各村继续汇报。大家讨论起来都觉得过去的工作,普遍都犯了包办代替、行政命令的毛病。诸如马上要进入土改试点的心圩各村工作,因为没有先搞反霸,反而搞查田,现在检查起来就发觉群众觉悟不见提高,在查田中出现坡与坡之间的争吵。不少村子也只见几个积极分子在动,其他群众则抱着观望态度等待着共产党恩赐地给他们分田。看样子,心圩乡工作走了弯路了。还得回来闹反霸。

3月7日 各村各乡讨论、检查过去的工作,提出今后的方针,是反霸春耕还是反霸分田?我参加心圩乡讨论。好像提不出什么意见来,干部们在等待,听上边的意见。结果米队长出来讲了一番成绩与缺点,讲来讲去,成绩还是多的,讲不完。

晚上,心圩乡讨论今后工作。老米的意见,心南四个村还是要搞土改,心北三个村迟十天半月再闹。

我偷空修改《怎样学文学》,弄了一天,马马虎虎算是改过来了。

3月8日 今天是妇女们的节日,一早心圩各村的妇女,不分年轻年老都穿上崭新整齐的衣服,聚集到村边等候参加大会。年轻妇女穿藏青色土布衣裳,头上围着绣上花边的头巾,腰际系着也是绣着彩线的腰带,有的穿凉鞋,有的打赤脚片,但在她们看来,已是盛装了。大会中午十二点开始,到下午四点过了才散。一千多个妇女兴高采烈地享受着属于她们的盛会。有十二三个妇女上台去作号召反霸、妇女翻身的发言。妇女的觉悟鲜明而单纯。

明天,我们就要到西乡塘去参加调查研究组的工作了,今天赶紧把《怎样学文学》的后记完成,并附上一信给"三联"编审部。

刘副部长把陈闲在博白搞的"合家运动"材料和一连给刘的三封信及文联

计划，叫通讯员亲自送来，叫我看后给周钢鸣写一信，并盼文联常委会能召开。我马上回信刘副部长，说明常委会的召开最好等文联的工作计划被周钢鸣修正后再开，以作为会议的讨论内容才好。看来陈闲还真是个书呆子，固执而狭隘。

3 月 9 日 下起牛毛一样的细雨来。吃过早饭后，我们就收拾铺盖准备到西乡塘的陈西村去。同乡胡振洋和甥婿黄吉祥突然来找，让我推荐他们去考“革大”。为此耽误了一个多钟头，我们才出发。黄泥的道路，遇上不停的细雨，路面变得泥泞，走起来很吃力。人说从心圩乡到陈西村才八里路，我们走起来觉得根本不止这个数，还背着个背包，格外疲乏。细雨向人身上袭来，衣服鞋袜逐渐湿了，身上却渗出汗水，内外夹攻好不舒服。到陈西村已是下午一点半了。

这是傍着邕江上游的村子，全村 400 多口人，加上陈东村就有一千多口人了。过去的一批村干部都被地主陈振然“五记合”收买，现在这批新干部还未培养起来，我们干部来了不敢完全相信他们。晚上，开小组长会议，选出七人来清算“五记合”的剥削账。

3 月 10 日 一早，植广庭同志向我们报告陈东陈西两村群众运动工作发展过程。下午，我们分头去找积极分子和贫雇农谈话。我同被“五记合”收买的走狗大炮王陈可桐谈被收买的经过。他不够坦白，说是因为去年退租时分不到谷对农会不满，因而被“五记合”唆使，得 10 万元回来，去到对河周村与土匪通消息，替周村的土匪带信给“五记合”，叫拿 500 元白洋交给黄生泰。后来“五记合”给过他 60 万元娶老婆，叫他以后不管农会的事。可是，后来他征粮工作和区农代会都去参加。这就不对了。他显然不肯坦白接受的真正任务是什么，群众觉得他不是老实人，所以给个外号叫大炮王。

这村子的问题很多。农会五个人中有一富农，两个中农，埋头计算田亩，工作队却不过问。陈东村昨天全村聚会过土地诞，工作队亦不知道。农会没成立，干部不健全，事事都是听工作队的意见和命令去做。晚上，陈东酝酿斗争，陈西开干部会，讨论清算“五记合”。

3 月 11 日 给刘副部长信，附致周钢鸣信请他看后转发。

去同陈东村干部座谈。陈乃雄、陈乃贤、宋引才、宋大嫂他们表现了一定的阶级觉悟，放手给他们是会能够担当起这个村的工作来的吧。

陈东全村156户,人口780人,女性409人。贫雇农(76户)365人;地主2户,富农11户。贫雇农组织只有以户为单位的七个组。民兵15人,15支枪。贫雇农主席团4人。已斗争过陈辉廷,是个通匪的恶霸小地主(有田35亩,一个人劳动,其余雇散工耕种)。现正酝酿斗争陈某先,是个放高利贷的人。

天气忽然变暖和了,人们可以到河边去洗澡了。

这里傍临邕江上游,江水清澈发蓝,显得特别清丽。渔船偶然在江心划过,落日映照着江面时,牧童举鞭驱赶牛群回来了。姑娘们放下挑茅草的担子,嬉笑地挑着水桶往江边去汲水,她们从岸上到江边得走好高的码头,不知她们存有"将来有一天,水从自来水管直接注入水缸就好了"的希望吗。

3月12日 工作组刘继斌同志对我们在群众中搞调查工作有点不满,以为这样会造成群众猜想,是否工作组犯错了,现在派人来调查。因此,对我们听来向他反映的意见,不愿接受,以为这只是几个中农说的话,为了同他讲通这看法不正确,他却跟你强辩了半天。

陈东陈西两个村的大致轮廓已有所了解,打算明天去尚明尚文村看看。报告由何冬平执笔。但他说不舒服,到西乡塘玩去了,只好等他晚上再写了。

我花了半天时间,把《学什么》这篇对文艺青年谈学习的文章改写抄完了,准备明天寄给陈闲,看能否在《广西文艺》创刊号发表。

晚上,陈东村斗争陈某先,到会人数约300人,情绪很高涨。但他们却用一根绳子挂在会场上,吓唬被斗者承认赔账和认错。这是变相吊打作风的反映,应批评制止。一个地主女儿、恶霸的媳妇偷听斗争会被民兵发觉,反而诬赖民兵强奸她,结果引来村里的青年殴打民兵的风波。可见地主阶级仍在想尽办法反抗。

3月13日 天落牛毛小雨,去尚明尚文村恐怕要受阻。给米队长的报告今天由炊事员送走。

昨天想了半天,要把苏芦村地主暴乱的故事写成中篇小说,或者电影脚本。想写出:工作队干部一个工农出身的经验主义,犯错误成了群众尾巴。一个知识分子,高高在上,脱离群众。在群众中,因风流馆的封建思想,造成多年村与村的宗派斗争。地主趁此收买流氓,制造桃色事件煽动暴乱。最后,群众觉悟勇敢检举地主阴谋,解决干部错误作风,消除群众封建思想,打倒了恶霸。将来再接下去写分田、参军。题目或为《苏村的人们》。

同何冬平、卢植堂到尚文尚明村去看了看,尚明人多是一些泥水匠、种园子的,全村找不出富农地主来,大家对如何发动群众感到棘手? 没有恶霸没有地主的村子怎样发动群众? 这恐怕是一个题目。尚文村有个恶霸陈美兴及其儿子继晖,他的罪恶较大,被害人也有十多户。但是一般人都很害怕他。

工作队进村已经两个月了,队员竟答不出其依靠的贫雇农是谁,什么事都是工作队包办代替做了。有22个小组长,谁比较可靠? 谁是核心,没人敢肯定。说是有3个人比较接近工作队,然而不敢肯定说他们就是可靠的积极分子,22个组长大部分是贫雇农,但是对他们又不放手。找到十几个苦主,却不能通过他们去串联影响其他群众。这种不敢放手发动群众,怕流氓走狗混进来的思想方法和工作方式当然会让群众对于开会不感兴趣,徘徊于运动之外了。

晚上,刘继斌从队部回来,说是反霸的果实只给苦主,同时,不能用利滚利的算法。看来,掌握政策,照政策办事是必须注意了。

昨夜诬赖遭强奸的妇女今天坦白了,说是有人指使她这样做的。主谋的人仍未坦白,还被押着。

3月14日 又下起了牛毛细雨。我们却要在这样的雨天,从泥泞的道上出发到尚文尚明村去。又是像几天前从心圩到陈西来一样,才走几里地就觉得挺吃力了,鞋袜还粘满泥浆。在这样的天气下,到各家各户去显然是不方便的。同卢植堂临时改变原先的打算,一起回南宁一趟,卢晚上即转回来,我则留下明天再回。

在宣传部遇见李金光,他说四月初中南开宣传会议,要省委宣传部的宣传科长和地委宣传部部长、县委宣传部部长去参加。刘副部长已给我信要我参加。去不去中南开会? 去开会就不能参与土改的全过程了。

晚上同晴去看电影《母亲》。影片写一个受旧社会意识影响很深的母亲,抚养儿女长大后能出人头地,光宗耀祖。但她的儿子却背叛了她,不肯做资产阶级的奴仆,却甘心去开平民诊所,为穷人治病。

3月15日 见到刘副部长,他说写信去问组织部,如他们不同意李金光去中南开会，就叫组织部调我回来去。

四哥托人从乡下带来两斤腊肉。上街逛了半天，买不到什么东西，一双7万元的橡胶雨鞋没舍得买。把西菲利笔放在春秋书店寄卖，要价14万元。下午二点一刻才回到乡下来，走十里路人已乏得不行了。

晚上，读丁玲的电影脚本《战斗的人们》。

3月16日 我们到西乡塘来已经七天，深入各村调查搜集材料的工作告一段落，今回队部去重新研究下一步工作如何开展。卢植堂只有热情而无办法，何冬平办法多点却缺少热情。我们调查研究组人员的素质一般化。

下午两点回到心圩乡，正赶上乡里开"追悼死难同胞，惩办恶霸匪特大会"。我们到时群众的愤怒高潮已过去了，恶霸匪首已经被拉出去枪决。留在会场上的还有几个自新的匪首，在为死难者披麻戴孝守灵。虽然他们是自新的，但全场两千多群众几次三番要求枪毙他们，米队长再三解释也难以说服群众。好几个妇女跑上台去愤怒地指责跪着的匪徒，丈夫被杀害了，儿子被抢劫了，她们自身被奸污了，财产也被掠夺……数不完的苦难伴随着泪水接二连三地涌上来了，有人疯一样地扑向匪首陈老蔡……群众敢于喊出与大会主席不同的意见了，不赞成给陈老蔡宽大。有人说这样的人不杀难平民愤，那么我也去杀人再回来自新不是也可以吗？

3月17日 米队长叫把西乡塘陈西村的材料写成一篇稿子先作为对内部的教育材料，将来再对外宣传。我跟何冬平商量后由他来执笔。

米队长把李秘书长的信拿给我看，省委已同意我到中南去参加宣传会议。是否明天就走？米光华问我的意见。我说，明天先回去同刘副部长谈一谈，如果可以不去就回来，一定要去，只好叫人回来取行李了。

本来打算到苏芦村去的，这样一来，又去不成了，土改这段过程能够参加完整是比较好的。否则，将来要写东西或者是指导工作都会受影响。

晚上，参加维德村的诉苦会。会议开得很沉闷，是没有可诉的对象呢？还是群众思想有顾虑？看来，心圩乡的群众发动得还不够彻底。

铜江村的卢汝勋四兄弟都是惯匪，但是过去我们却依靠了他们开展工作，发动群众，现在群众觉悟提高了，已经起来揭露他们的恶行与阴谋了。农村斗争的复杂情况越来越尖锐明显。像铜江的情况也在陈西、苏芦发生。我想一定还不止这些地方。米队长也感觉到问题的严重性,他上次向县工委的汇报过于乐观,思想上有错误。

3月18日 本来想同米队长到铜江去看一会,完了顺道回南宁。谁知道,何冬平写的陈西村材料过于抽象,只得重写,结果弄到下午一点多。这时一看日历,原来今天是礼拜天。我匆匆忙忙要赶回南宁去看《解放了的中国》这部电影。

卢植堂、何冬平都舍不得我走,期盼能同我继续一起工作,他们送我到村外走了好长一段路才回头。从心圩乡走到南宁得花两个钟头,走得人都疲乏了。到家时已快下午五点。

晚上,去中华电影院看《解放了的中国》。这部片子比《中国人民的胜利》拍得好些。但新闻片镜头转换太快,让看的人有点跟不上。看完电影回来,刘副部长叫我去听桂林市委书记郭伟人谈宣传工作。

3月19日 一早给二哥写封信。找刘副部长一天也没见到,不知是否一定要我去出席中南局的宣传会议?去时要不要带什么人?交代冯廷仪、苏上杰分头搜集材料,准备带去参加中南宣传会议。

到邕州客栈去找几名年轻同乡谈家乡情况,他们都说,现在群众不怕地主恶霸了,但对某些农会干部却怕得不得了。这些人有的是烂仔,做了不少坏事,强奸的、贪污的都有,可是谁也不敢说,群众以为他们有共产党支持、纵容,所以才这样做的。现在看来有不少坏人在钻共产党的空子,农村基层组织的建设问题尤其严重。

本来约《长江日报》记者来谈通讯站的建立问题,碰上刘副部长临时有事不在家没谈成,陈闲和张显龙来了,顺便同他们谈些闲话。

3月20日 早上,刘副部长叫我去谈到中南开会的事。说开会是由李政委批示叫我去的,若不去又得再请示。这事就这么定了,去时,可以同苏上杰一起去,材料则由冯廷仪、苏上杰整理。刘副部长答应介绍黄吉祥到"革大"学习。但是,当下印刷厂需要校对,叫他去做校对工作似乎更好些,以后家里来人可以由他去招呼了。

晚上,《长江日报》记者孙祖年来谈《长江日报》在广西建立通讯站的问题。

同晴到冠生园吃顿午饭,化一万七千元。三月三照的相片还不坏,把它放大了三张。

3月21日 到省委办公厅去看关于宣传会议的电报。

省文联孙希明来说秦黛的一些情况。孙显然有钻空子之嫌,摆弄是非,不够诚实。

晚上遇见王宇红,同他去文化馆见到市文教局副局长林道行,他们对"革大"招生情况也不甚清楚。回来路过省文联想约陈闲去看军区晚会,却碰上陈闲正主持开检讨会,整治孙希明。我听了一下会,发表了一点意见,认为批评者因本着治病救人的精神给予同志帮助,使其得以进步;被批评的人应本着自我批评的勇气虚心接受意见,改正缺点。但秦黛的意思是要狠狠地打击一下孙的。

回到家里看了李纳近期写的一篇小说《爱》,题材是那样的平凡一般,主题也流于公式化。

3月22日 早上带黄吉祥到南宁印刷厂和"革大"招生处去走了一趟,两处总有一处成功了。向"革大"招生处还介绍推荐了农又武和李增泰。晚上,黄吉祥就来说已搬到南宁印刷厂营业处去听候分配工作了。

下午,到各书店去看看新书,走一转就到下午四点了。收到华南文联赠送的一本华南画报。

中南宣传会议,四月四号开,省市区党委宣传科长四月一号就要报到。如果廿八号走,火车不误点当然可以赶到。决定廿八号启程。看了一下苍梧县委宣传会议总结,人便乏得不行。

拿邓燕林送的那瓶派克(51)墨水放到寄卖商店去。坭坭的单人放大相片取回来了,大家都说照得很漂亮。准备寄去给她的外曾父母和阿姨们看看。

夜里,同高以洪、苏上杰去看纪录片《吉国风光》。反映蒙古的游牧民族经社会主义建设,荒凉的沙漠变成繁荣的近代化的城市了。

雨下了一整天,我的家乡不知还缺雨否?

3月23日 到办公室看冯廷仪同苏上杰整理的材料。接到敬人来信,他还是不安心于新工作岗位,想到地方搞群众工作。这样对他是不利的,准备写一封信去劝他。

晚上,中华电影院试映《七月落薇花》,叫我们去审查。这部粤语片的故事写得很不近人情,好像是几个人凑起来的东西,没有经过周密的组织。但也不含毒素,不过一些恋爱的胡闹就是了。

3月24日 苏上杰的"宣传网"总结已写出来了,写得比较清楚,稍微改动一下就行了。冯廷仪整理的"抗美援朝"却过于简单、抽象,运动发展过程交代不清楚,还得重新改写。

晚上,到邕州客栈去和同乡们谈谈家乡事。谈到九点回来,街上行人已很稀少。今天二十四号了,还有四天就得走,材料整理不出来怎么办?心里不免焦急起来。但又不好拿过来自己动手改写。

陈闲来信谈秦黛与孙希明不团结的问题。孙希明是有毛病的,但还不至于扯上政治问题。秦黛为其中灶待遇未能圆满解决而怀疑孙从中捣鬼,那也不妥当。陈在信中态度含糊。

3月25日 同冯廷仪研究总结材料的写法,弄去半天时间。其间,秦似来谈关于"和大会"在各县建立的问题,顺便谈到陈闲与文联工作,扯了半点多钟。

没做早饭,同晴一起请冯廷仪上馆子去吃餐饺子,化一万九千元。

下午,滕留寅、严刚来,叫我请他们一块去看苏联影片《淘金记》。看后觉得是部很好的片子。

晚上,把冯廷仪交来的总结材料修改到深夜。

3月26日 天气忽然变晴起来,下午,同晴到省立医院去照相,顺便看望张羽夫妇。现在张羽老兄像个"官"了,不再像个朋友,有点话不投机。

回到省委办公厅来看了几份电报。中央对今年"五一"特别重视,要求各地在"五一"纪念活动中,做到每个人都受到抗美援朝的爱国教育,五月是"抗援"的普及工作开展月,以后还要进一步深入开展工作。目前的工作就是要及时编写宣传提纲和要点。

通过准备召开的这次中南宣传会议,宣传工作要被重视起来了。

晚上,收到二哥寄来的信和一捆甘蔗一只鸡十多斤木炭。说是国器在安南那边有了老婆孩子、成了家,自己也做了教员。二哥仍在担心他的过关问题。虽然他现在县政府工作,可他的历史问题让其顾虑重重。同时子女尚年幼,将来的教养使他牵挂。二嫂想来给我们带坭坭,又因不懂普通话而无法交流。其他侄儿有的参加县大队工作,有的参加夜校,假如能努力提高文化,将来会进步的。

3月27日 明天要到中南开会了,要带去的会议材料却没有印好,苏上杰却拿来《宣传员手册》的稿子要我赶紧看。周钢鸣来了,又不得不停下手头工作同他谈谈,时间不够用使我心烦乱。

教育科长袁似瑶今天来到。刘副部长原说今天晚上要同我谈谈陶铸传达的中央二月政治局会议精神,结果又没谈成。

给二哥写回信。卢林来信,一下子没时间给他回信了。

3月28日 晚上,刘副部长简单说了下陶铸传达的中央政治局二月会议的精神,史乃展传达省高干会总结。

陈漫远副主席邀我去,他托带一个报告给中南军政委员会,说是最好四月一号能送到。

同高以洪、丘昌文去看了场电影《花街》,觉得比某些片子好些,但主题一般化,叫人看了不够味。晴开了张要我到武汉买东西的单子,大约得花65万元,我们仅有的80万元可就所剩不多了。

已经半夜12点了还未入眠,明早6点钟就要乘车出发了,这下弄得又是个疲惫不堪的一天。

3月29日 清晨6点钟的车,5点钟就得起床了。小坭坭也醒了,同她逗逗笑便离开了家。

今天何伟副书记回桂北区党委,我们是搭乘他的车,一路走得很顺利。上午10点钟到宾阳,遇上玉林的岳平和桂平的赵福英,他们也要和我们一块到中南开会,便上了何副书记的车。这样路上又多了伙伴,减少好多寂寞。车到柳州时已经下午5点,但从城边绕个大弯子等过了铁桥再到下榻处已经是傍晚7点啦。因为同何副书记一起来,陈枫又同行,所以破格让我们住到交际处来。陈枫还交代交际处长亲自来招呼我们一行人。

太饿了,也想吃一点好的,只得到饭馆去吃饭。结果花了八万元,每人分摊一万多元。

魏伯来电话叫我去他公馆玩。一是怕路上的烂泥,泥泞难行;一是有点感到同一个市长见面不免拘束,恐怕再也不好回到往日的时光中,过去那不分彼此,无拘无束,无话不谈的革命生活已然不在了。索性婉谢了。

3月30日 火车上午10点15分开往武昌。我们到车站买票时已是10点,买硬席位坐上三等车,比买卧铺每人可省下七万五千元。即想省钱,大家只好挺着了。别人上车开始玩扑克,我却趁这个旅途的闲暇,读起《高干大》。

下午五点半车到桂林时,雨水遮住了人们的视线,往车外望,也看不到什么东西。不知什么缘故,我的肠胃愈来愈不舒服,最后还把早上吃的东西吐了一地。晚上叫了份红烧鱼和米饭也吃不下,白花了五千七百元。夜里像虾公一样弓着身子睡了一夜。

3月31日 上午车到衡阳。我们下车走到火车站边的小吃摊去吃两碗汤面。

雨仍在下着,想多走两步却被雨水拦住了。大家都嚷着一路太疲乏了,赶到汉口也不马上开会,不如到长沙时下车休息一晚,第二天白天还可以游览一下长沙城,看看湘绣。下午五点半车到长沙,我们下了车。

本来想在长沙看些新鲜玩意,可是迎接我们的只有细雨和泥泞。长沙是个中等城市,好多专业商店在这里都有巨大而辉煌的招牌。街道却被过多的泥泞损伤了它的繁盛。听说岳麓山有好风景,要去得过河。然而,雨老不停歇,就连在街上的曾文公祠也去不成,只到中山公园里转了转,见有人玩汽枪打弹,苏上杰和岳平自己掏钱去试了试枪法。一天就这样过了。我们除睡了一晚,可以说没什么收获。湘绣太贵了,一床被面20万元,一幅画屏吧,70万元的都有,我们怎么买得起。

又是昨晚下车时间,我们又坐上了火车。六点零五分,车离开长沙了。

4月1日 睡了一夜好觉,醒过来已经八点多。到哪里去玩呢?街上全是乌黑的泥浆和满天的冷雨,从街上只看到与其他地方没啥两样的商店,如果特别些的就是差不多每家商店都摆有剖开四瓣的槟榔。三百元一瓣，不知嚼起来是什么味道？大概这里多雨多泥，人们穿一种高跟的木屐满街跑。

4月2日 一早起来，火车慢慢地开入武昌了。七点钟我们就走出了车站到码头来渡过长江。从沿江大道花四千元雇一架三轮车到中南宣传部报到。会议安排的住处在市中心的友益街，我们从德里路坐汽车返转回来得用一刻钟，如不是住在市中心，像在这样的大城市里想买些东西就困难了。

同王宇红到街上去逛一下，他老兄买了大堆皮鞋和水壶。皮鞋是较便宜，但十万元以内的没有好底子，底子用料好些的还得十万以上。

晚上见到郭小川和张海，现一个在宣传处，一个在教育处，两人都是处长了，真有点“同学少年多不贱”之感。据中央的决定，省级的宣传部也要设处了，不知广西是否同意这样办。

张海变胖了，他说已结婚两个月了，对方在职工会工作。他告诉我周洁夫的电话号码，可是，这里打电话很不方便，去找也不知地方。

4月3日 今天仍然没有什么大会的活动安排，我们几个广西人便过江去看“黄鹤楼”。但历史上的黄鹤楼已经倒塌了，只剩下一些残缺的碑石。现在还有一幢奥略楼，挂着张之洞题的匾。楼有三层，登楼可以俯瞰武汉三镇。

这里好像曾是城墙的墙基，地势较高，一个黄克强的铜像，它仍然是个很不错的风景点，游人都喜欢到这里来看看长江的船和武汉的屋瓦。因而，照相馆也特别多。

接近清明了，太阳一出，天气温暖宜人，一些学校学生结队来这里采集花草的标本。这时桃花正盛开，满树的粉红色，美不胜收。

4月4日 一个人到中山大道和江汉路一带走了一天，买了件衬衣，还有小坭坭同晴的衣物和水胶鞋。东西便宜不了多少，有的比长沙还贵。

晚上，郭小川来说参会人员的编组事宜和会议日程。明天正式开会，头两天典型报告，第三天赵部长报告，接着分小组讨论两天，大会集中讨论发言一天，然后是会议总结和胡乔木、邓老莅会给会议代表作报告。广西没有作典型报告的任务，就只是作为听众，向先进省份和地区好好学习经验吧！

晚上看苏联影片《大地之春》。反映斯大林在苏联的造林计划的具体实施过程。

4月5日 中南区宣传会议正式开幕。因是党内工作会议,会场没做任何装点,同平常的例会一样,刘祖春秘书长宣布开会,接着就是各地的典型报告。

今天报告"抗援"方面的典型。有武汉、郑州、广州等城市与临汝、零陵等乡村的"抗援"工作发言。听起来,他们真正抓住了这项工作,布置下去又把它作了经验总结的。有的同具体中心工作配合得很好,推动了中心工作,发挥了宣传工作的作用。晚上,两广的参会人员在一起漫谈讨论。

同杨林到长江日报社去走了一转,见到萧彦、徐敏、艾虔。

4月6日 今天的典型报告是谈关于建立宣传网问题。黄冈地委介绍的典型是女宣传员杨凤姣运用了辩证逻辑阐明谣言和土匪的苦根在杜鲁门,而甜头却在北京毛主席那边。他们针对群众思想情况提出宣传的内容,收到很大效果。

省委宣传部电汇一笔款到我名下,是给广西各地市参加会议人员作路费用的。

4月7日 今天上午还是继续典型报告,下午休会。

周洁夫的《战士报》不知在哪条街,找了半天找不到,索性回来看《文艺报》35期发表的《实践论与文艺创作问题》一文。该文对何其芳在《人民文学》上发的文章有所补充,有所修正。其中比较普遍强调的就是修正何其芳所提的赶任务妨碍了大作品的产生的观点。

晚上看电影《新儿女英雄传》。

4月8日 今天赵部长作报告,谈关于宣传网和"抗援"两大问题。中宣部胡乔木副部长来参加会议。

会上,见到李季,他请我给《长江文艺》写理论性的文章,还见到了《长江日报》的副总编张铁夫和副刊主编黎辛。黎辛很热情,希望有空我去报社谈谈。

王宗一陪同胡乔木一块从北京来,他说杨思仲现在做了马列学院的教授。延安时的同学、朋友都进步了——这五六年来,大家各奔前程,通过彼此的努力,都获得一定的成就了。这不能不是一种激励!以后我该怎样打发自己的日子,多少得到了启示。过去不安心本职工作,把大好的时光都浪费了。我今后可要好好珍惜有限时光，多读书是重要的功课，做宣传工作，不读书不学习恐怕很难顺利地完成党交给的任务。

4月9日 城市小组、乡村小组分开讨论赵部长昨天的报告，关于宣传员的问题。

早上，我们到胡乔木的住处去讨论，这样多少会造成些精神压力。胡的住地原是英国人住的房子，是个相当讲究的别墅，我们被招待进客厅，主人一下子就出来了。他还是那样温文和蔼，一副老生风度，对每个发言的人每一句话都没有放过，而且马上有反应。他能够在你谈话中立即发觉问题，马上抓住，追问清楚。玉林岳平谈到利用山歌作宣传时，他立即追问了解，搞清楚后，证明真能够起宣传作用，就要求中南局宣传处的同志写个指示推广这种形式。胡乔木说："写这样的指示，字不要多，500个字就够了。"

下午，回到宿舍继续小组讨论关于宣传员的指示。晚上，到中南看电影《新捷克风光》。

4月10日 上午继续昨天的讨论，但意见已不多，大家只在字眼上推敲。下午，刘秘书长祖春报告关于宣传部门的业务与训练干部、报刊管理等问题。

晚上，到广播电台、文联，见到黄铸夫、李季、黑丁、张菊等人。李季还是希望给他写稿子。黑丁买了橙子和香蕉招待我们。

夜里，座谈山歌问题。参加的人很少，新华社记者来想把有关用山歌形式进行宣传的材料整理介绍出去。因岳平手头没带这份材料，凭口说出来的就多是抽象概念。

4月11日 上午，又到乔木处去讨论关于宣传部业务与配备干部等问题。在这里，乔木对于宣传部与中心工作的结合问题提出了新的看法。以为宣传部是党委的一部分，它的工作是服从于党委的需要的，如果不懂中心工作，不做中心工作，那是没有它的单独工作的。如果一味强调部门工作，那是犯政治上的错误。因此，宣传部应经常研究各不同部门的工作，不懂的就请各部门的人来谈话了解，有些问题，有些经验就叫各部门的人去写文章对外宣传。这样做就叫结合了中心工作，宣传了实际。

下午休会，到中山公园参观。公园里有好多临水的亭榭，都卖茶招待游人在那里消闲。园子范围宽广,是比较大的公园。动物园有玩把戏的人养着几个怪鸟兽来向游人表演,收取点费用。看守管理人员和鸟兽住在一个屋子,屋子里满贴“万事亨通”等古旧的宿命思想的招贴。动物名字都用土名,什么“金峰骆驼”“红面猴子”之类。

晚上,赵部长做总结。

4 月 12 日 上午,中南军政委员会杜润生来同我们谈关于土改与宣传工作的结合问题。他有着丰富的农村工作经验,对农民的思想教育的重要性与进行的办法,都讲出一套相当深刻的意见,听后大家都感到脑筋开窍了。接着聂绀弩报告香港的情况。

下午胡乔木报告,对关于宣传工作跟党委关系、与实际工作结合以及报刊出版管理等问题都发表了意见。

4 月 13 日 今晚就要离开武汉了。还有一个白天时间在武汉停留。本来想去军区找周洁夫和西虹,到他们俩人的家里去看看,可是,军事单位的门牌不容易找,问也不好问,只好作罢。需要买些东西,到街上去逛一阵又是半天。

下午同岳平到百货公司,花四十九万五千元买了一张鸭绒被,是国营厂产品,都是细绒做的,店员介绍说比私营厂的质量好。最后买照相胶卷花三十万元,放大纸花十万元。走了一天实在太疲劳了。火车是夜里 11 点 15 分开,我这次买了卧铺票,可以好好睡一觉。

4 月 14 日 火车误点,到长沙时已经中午十二点了。到衡阳已经下午七点。

雨整天落个不停,天气阴阴沉沉的叫人难受,饭也不想吃。去时也是这样闷人天气,旅客们说,已十多天没见过晴天。湖南到处是水田,很少看见荒地。给人一种丰足富庶的感觉。

不知叫什么名字,开着红色花朵的植物,像桃花一样染满了广大的山野,有人说它是杜鹃。假如是杜鹃,为什么我在家乡却从未见过呢?

一天躺在卧铺上读了几十页的《希腊神话及其传说》,都是写得挺美的文章,文字真是那样的素净光洁呵!

4 月 15 日 火车停到柳州北站时已经是早晨 7 点多了,天气阴沉得叫人难受，地上布满泥浆。从北站到城里要走相当远的路。叫马车得按着次序排队等分派，况且我们几个人包一辆车又得多花钱，结果自己雇黄包车走了。看着车夫在泥浆路上走个三四里路真太吃力，心里很过意不去，只盼快走完这段路程。本可到交际处住的，但不想再去麻烦陈枫和魏伯，干脆自己花几千元钱好了。我们在市政府对面新世界旅社租了一间房子住下，说是明天从柳到邕的火车通了，夜里八点开。那么，明天在柳州可以玩一天。柳州的物价并不比汉口贵，水胶鞋和棉布都还算便宜。

4 月 16 日　早饭后到《柳州日报》去打电话，想到沙塘农林试验场找方舒玩。得知路程太远，来回 70 多里地，去不成。只好到百货公司找李少西。他并不太忙，陪我们去看《红伶恨史》影片，回来又做了丰盛的晚餐招待我和岳平。我们还到公园去看了柳宗元的墓，是柳宗元死在柳州？还是为纪念这位曾经被贬柳州而吟咏“江流曲似九回肠”句子的诗人呢？

回到旅馆，苏上杰说是火车不能直通南宁，只到黎塘。于是，有人主张今晚搭火车到黎塘转汽车，可以省钱，同样是明天到南宁；有人则主张今晚仍住柳州，明天再坐汽车回南宁。我同意后一个办法，可是明天的汽车票已卖完，最后大家只好都等坐火车。火车没按原定的晚上 8 点开，延后到夜里 11 点。我们就这样无可奈何地被搁在车站上大半夜。

4 月 17 日　昨夜的大雨下了一夜。火车到来宾时就不能前进了，前面新铺的那段铁轨被大水冲垮了，有一列车还出了轨，得等抢修通车后才能前进。火车不能走了，但车皮必须腾出来，转开柳州。同时有 200 多个男女老少的打石工人要到前面路段去修铁路也搭了上来，弄得车厢很挤很乱。等天亮一看，我们停在来宾车站这个小集镇上，漫天细雨，遍地泥浆，整个天地昏暗潮湿。车是停下来了，车站职工懒懒散散，旅客像一群难民。街上偶尔有一两个卖糖果的或卖煮番薯的，到车站边叫卖。

下午五点钟火车继续开。在新铺的路基行驶，车开得很慢。

半夜到黎塘，车长把我们赶下列车。在黑茫茫的夜里，车站落在荒郊上，哪里去找宿处？雨和风来了，肩上又背着二三十斤东西。地上全是泥泞，真是啼笑皆非。岳平和王宇红找住宿去了。我和苏上杰就在个空洞洞的茶亭下，坐在背包上待了大半夜。第二天脚肿得老高,手指按下去留下个大凹陷。

4 月 18 日 一早搭上一部回南宁的汽车,车装的全是货,人在里面只能躺着或弯腰挺着。车到芦圩,岳平和王宇红赶到,同搭这部车一起回南宁。到南宁时已经是下午五点半了。先到玉泉浴室去洗了澡,回头去饭馆吃了碗米粉。岳平想在此时解决婚姻问题,专门到省委宣传部找了间房子住下。

离家 20 天,回来看到小坭坭,好像没见怎么长。

"五一"示威大游行筹备会的招牌又贴到我们门口上来了。省委宣传部又要做这些临时性的差事!

群益出版社来信问《好样的人》《钢铁的心》两书要再版,看我有没有修改。又有点稿费用了。

广东省一师同学黎秀统来信,说是当中学教员,同周悦金结婚,养了四五个孩子,想找工作做。

4 月 19 日 等了刘副部长一天,他也没有空听我汇报。

毛子良认为硬性要求全市人民来听明天举行的全市广播控诉大会,有的娱乐场及茶楼就得停业了,这是不妥的。因此半夜了,我又去找广播电台来研究解决这个问题。结果,茶楼与戏院仍然做生意,不借用他们的场所。

4 月 20 日 晚上,先向省委宣传部的领导同志汇报这次中南宣传会议精神。一谈就谈到夜深了。

4 月 21 日 钟英杰从家乡来,送我一斤古劳茶,还有一小袋我母亲叫他拿来的瓜子。他说,这次县各代会上有人反对二哥做代表了。二哥因此有点担心,叫他来同我和晴说,万一他出了问题,他的孩子们就由我们照顾了。本来如果真正都能按照政策办事,二哥应该是没有问题的。只怕下面执行政策的人不这样看。

4 月 22 日 向省委宣传部直属单位有关宣传部门传达中南宣传会议精神。从上午 11 点开始,到下午 2 点才结束。

同岳平到省文工团去照了几张照片。晚上,杀了只鸡请岳平吃晚饭。花 3700 元去看《农家乐》,结果没看完就离开了。觉得太沉闷,还有点公式化。

4 月 23 日 下午两点到市总工会参加"五一"筹委会会议。有陶铸、李楚离参加,会后各委员在拥护和平公约上签名。

白天,匆匆忙忙写就1,200字反对美帝对日单独媾和的短文,交王宇红拿去做“五一”大会传单。

晚上,李金光汇报全省各地建网的情况

4月24日 早上去省委办公厅看两份电报,一封是关于“五一”示威大游行的,一封是关于镇压反革命的有关宣传的。

省委宣传部召开本部门及报社电台等单位的会议。听关于建网工作意见和关于干部学习计划,以及五一大示威、经费开支等工作的报告。会议开了整整一天。

4月25日 岳平和阳梦琼今晚结婚,刘副部长叫我去冠生园办两桌酒。傍晚六点半钟入席,饭后大家都去看京剧。我去坐了一会,场子空气很坏,座位又偏角落里,蚊子太猖狂了,只好回来。帮岳平去招呼一下有关铺盖和搬房子的事情。

4月26日 为完成出版镇反通俗小册子5至10种的任务,下午一点由文联召集刚下乡回来的文工团和文联的同志座谈创作问题。到会的都是些年轻的文艺工作者,热情很高,提出有关题材、方言、下乡工作态度等问题。问题很多很大,都不能围绕镇反这个中心。最后我只好谈了一下,目前的创作任务,应是响应上级号召,多写镇压反革命的东西,形式要通俗,尽可能利用民间文艺的形式。晚餐在桂南酒家吃,与会人员坐满三桌。

夜里八点到陶铸处去汇报中南宣传会议几个报告的情况。只有李楚离和报社的人员参加。

刘副部长走后的工作安排,陶交代要做的有:1.筹备于六月十号左右开的省宣会议,地县宣传部部长参加。2.开600人的宣传人员会议。3.深入抗美援朝,总结五一。

4月27日 开了个宣传科的科务会议,布置目前要做的几样工作。由苏上杰负主要责任编《宣传员讲本》期刊。苏撰写镇压反革命的宣传要点,作为本期《宣传员讲本》的中心内容。覃伯承负责总结农耕生产,五月三号交稿,同时兼管五一筹备会宣传工作。冯廷仪准备宣传会议的材料和五一总结材料。刘士德整理收集《人民日报》《长江日报》《广西日报》三报的有关宣传工作文件和材料。老宋协助做筹备会的秘书工作。

托高以洪去上海出差时买一架小孩子的推车和一床毛巾被。

陈闲把五一要出的文艺专刊稿件拿来,我看了一下,发现还是一大堆没有编好的原稿就送来了。其中不是五一的东西也有,同他说,他又不高兴。胡明树曾提出要拿过去编,他认为是人家不信任他而不愿放手,他样样都想包办,自己又办不了。

4 月 28 日 给文联五一文艺专刊修改了半天稿子。叫陈闲来拿回去。陈闲对谢志周的处理很有意见,为此特别写来一封信,说他做了十多年的画评,没出什么乱子,夏衍也称赞过他。他认为谢的画是有优点的,你们都是不懂画的人……不同意见的争执,弄得大家心里都很不痛快。陈闲现在也学会了往上钻空子,还抬出李政委作幌子来压人了。

晚上,到人民礼堂观看招待少数民族的歌舞晚会。象县少数民族的《甘王舞》比较好,其他山歌的表演或因听不懂,或因演员怯于表露情感,效果很差。

4 月 29 日 收拾屋子竟耗费了我的整个礼拜天。晚间开党小组会,议论到省委宣传部使用干部的问题时,大家都认为原则性较差,保密工作也做得不好。丁超同志(刘副部长的妻子)居然对刘副部长信任使用一些大学生而感到极大不满。这一方面或有她的嫉妒心在作祟,另一方面也暴露刘副部长在使用干部的原则性问题上是有欠缺的。这种情况不改变,省委宣传部的机关工作很难搞好。刘副部长虽然对部里的每位同志都很照顾,但仍有不少同志对他不满。因为凡是不讲原则,只凭感情将会把事情越弄越糟。感情用事是难以将一碗水端平的啊!

给敬人写一封回信。

4 月 30 日 被邀去审查市美协的画展,到了文化馆只见到文化馆画的美帝侵华史的连环画,里边好几幅图画的文字说明或很含混,或不正确,有的甚至还歪曲了事实。

到省文联,见到昨天才回来的周钢鸣,同他谈了文联人员的安排。周认为陈闲极力争权位的做法很不妥当,心胸又那样狭隘,处处不容人,对一些问题的看法非常固执,还是要他休息算了。

下午整理办公室,在处理事务过程中把陶铸的高干会总结看完了。

5月1日　筹备了将近一个月的“五一”示威大游行,今天举行了。

从昨天到今天人们就被卷入紧张繁忙的氛围中去了。昨晚商店几乎停了业,到街头来参加游行的演习。糕饼店的面包和饼干都卖光了,大家在准备第二天的干粮。今天一早,人们就挂着水壶、腰鼓聚集到指定的场所,准备进入会场。红旗染遍了街头,鼓声充满了天地。店铺都参加大会去了,好像是旧历大年初一关门歇业了。

群众队伍上午十点开始进入大会会场,到下午一点了才进场完毕。开会时,报告参会人数是六万八千六百二十三人。这是空前的盛事的。南宁才10万多人,居然动员了一半以上的人员来参加抗美援朝的示威。游行是下午三点开始,到七点才散。一共走了四个钟头。

二嫂从家乡出来帮我们带小孩,二哥没给她带信,连口信也没有。听说,乡下人在找二哥的岔子,他正担心被清算,大概一时也没有什么话好说了。母亲也在为这件事发愁呢。二姐的田地财产已被分了,把剩下的衣物赔上也还不够退租。不过,风暴总算过去了。

5月2日　陶铸《关于抗美援朝的形势报告》印本错误太多,动员宣传科全体工作人员赶了一天才改出几千本,明天还得一天的时间才能完成。科里的工作只好停顿了。

我去文化馆看画展。在抗美的题目下,都是一些飞机轰炸下的惨状.除此以外,好像就没有可画的了,绘画技艺又很拙劣,几乎是中学生的习作,给观众的印象是模糊的,像这种画展弄出来有什么意思呢。

看了半天报纸,查关于镇反的材料,想自己动手写镇反的宣传员提纲。

樊清璋在文工团的《艺讯》上发表了一篇文章,谈到他们的缺点和今后努力方向。其中多半是检讨艺术学习不够,至于政策学习及今后面向农村则谈得太少了。如果这样下去,长期与政治脱离,对于今后的提高是成问题的,必须抓紧扭转了。

晚上,看军区文工团演出一出粤语的歌舞剧,剧情过于儿戏。

5月3日 下午,广西中苏友协邀去参加他们的干事会。听了他们各部门的工作汇报,最后,周钢鸣讲话,我也被邀请说几句。会后,到“居然”聚餐。文教厅的陈此生把刘副部长写条子叫姓朱的把西大借用的纸厂房子强行取回来的事情跟我说了一下。以为朱带着军队去逼着人家搬走,影响很坏,特别是对待党外的民主人士不应该这样,有损共产党的形象。

5月4日 读党刊,读关于镇压反革命的文件,准备写一份宣传提纲。没去参加省文联的座谈会。

晚上,省文工团演出《为和平的奋斗》四幕剧。这是华北军区的一个剧本,故事是公式化的东西,多半着重于部队和平思想的批判,对广西今天的现实斗争结合得并不够。为什么他们从乡下回来,没有赶紧把乡下的材料组织整理总结一下,而急急忙忙排这样一个东西来提供给城市的干部?樊团长的脑筋急需打通,否则会让文工团的青年走弯路。

海燕书店来信,《好样的人》和《钢铁的心》准备付印。老姨的来信说五月初我的岳母要从哈尔滨到广州去看她,问凤乡到时来不来广州相聚。

5月5日 读《实践论》。打算下礼拜一开始写东西,此后,要养成写作好习惯。

省文工团的工作方针和领导关系,需要整顿了。准备下礼拜一开科务会时讨论。规定他们制定今年的工作计划,完成目前镇反的写作任务,作出下乡参加土改的工作总结。李金光的原则性太差,有些问题替他们袒护得太没道理了。发函给市委宣传部要他们做五一总结。

把上月赴中南开会的差旅费结清了,预支剩余款112万元交还回去。

晚上,同二嫂、晴到百货商店想买些布料给母亲,装在口袋里的16万元不慎被小偷给偷了,为此懊恼了半夜。16万元对我们来说不是个小数目,以后每月零用钱要吃紧了。

5月6日 省委副书记何伟召集我们宣传部的几位科长去谈话。说是华南分局要来的曾部长不来了,宣传部的工作正式由他来负责。我们目前有哪些问题,对宣传部过去的工作有什么意见和今后工作的打算,可以写成书面文字给他，以便他了解全面情况。以后他每个礼拜来部里办公两天。另外，史乃展来当副部长，专管报社工作。

看来宣传部门是要紧张一下了。不来别的部长，对刘副部长来说还是好一些的。假如宣传部同新闻处分开，宣传部今后不再插手经济泥塘和陷入布置会议的事务中去，那么，刘副部长的作风会被逼着不得不改变的。

下午，到市场给二嫂买了块布料和一双拖鞋。

看影片《人在屋檐下》，暴露了旧上海的黑暗面。

晚上，开党小组会讨论开除陈光党籍问题。会后同毛秘书扯了个把钟头。

5月7日 一天的工作排得满满的。上午修改《宣传员手册》的稿件，下午开科务会议，晚上又继续审阅"手册"稿件。李副科长很少能帮上忙，这样下去，一个人很吃力！

刘副部长来电说中央会议七号开始，会期二十天。这样，六月十日能赶回吗？六月十号的宣传员代表会，由李金光去筹划。

文联党组会明天下午两点在省委宣传部开。我们负责通知史乃展和军区文化部长参加，周钢鸣负责通知农康和秦似参加。

五一大示威的初步总结，《广西日报》发表了消息，再综合几个地方的材料，可以当作初步总结报华南分局、中南和在北京开会的刘副部长去了。

《人民日报》发表短评，指出各地作五一总结的办法和内容，打算把它整理成文转发给各地市宣传部门。

5月8日 镇压反革命今天由陶铸在党内动员。十五号要开展览会，我们的宣传提纲写得真是及时。

下午二时，省文联和中苏友协开党组会，由周钢鸣召集，文教厅的农康，史乃展和秦似参加。讨论：一、抗美援朝工作，各文化团体如何配合的问题。二、文联1951年计划。三、剧改工作。四、出版社。

晚上，本有好些事要办，乡亲陈彝明的到访占去了我的整个晚间。彝明刚从家乡回来，听到县政府透露的消息说，我的二哥以前为了"统战"的需要，吸收进县政协去做了副主席，现在群众起来了，对过去为旧社会做过事，当过官就不能用了。言外之意，似乎还要对这些人进行清算斗争。不过，据说县长黄元亮对我二哥在解放前和解放后的表现还是认可的，认为都是比较好的。但是真的要清算斗争起来，又“何患无辞”呢。陈的谈话还扯到个人的遭遇。他是有一定工作能力的，只恐怕锋芒太露了。

5月9日 李楚离亲自来叫我们准备组织一下宣干班参加南宁市抗美援朝的深入工作，随即进行镇压反革命的宣传。明后天可能由市委召开会议，讨论出具体办法来。省文工团也参加一部分人。这样一来，工作就很繁重紧张了。

史乃展还未得上级党委批准，一时也不好来执行副部长的职务。但是报社已当他是省委宣传部的人，统战部也当他是宣传部的负责人同他联系了。

今天审阅了《镇反宣传大纲》、春耕生产宣传简报、五一初步总结材料。打算明天分头发出了。

史乃展写了一份《关于镇反宣传工作指示》，明天送去何伟同志处审定。

分配给覃伯承写一指示给各地市的宣传部门，要求总结五一大示威、深入抗美援朝与镇反的宣传工作。

审读“宣传员”第四期稿件。李金光草拟的宣传员代表会计划，太空了，还得替他修改。一天工作忙忙碌碌，晴患了肾炎也难得照顾。

5月10日 上午写一报告给何伟，汇报宣传科和宣传部的情况。报告写了一半，胡明树来了，同他扯《广西文艺》的出版问题，又谈到陈闲工作问题，上午时间就过去了。

陶铸对宣传工作抓得很紧，他叫我们把《长江日报》和《人民日报》有关许昌地区宣传工作的介绍文章都收集在《宣传员手册》里，这样一来，《宣传员手册》的读者对象(本期)只有改变了。因为这几篇文章都很长，是给县委、区委的宣干看的，宣传员很难接受得了。到下午，他的秘书又来电话，说是《五一文艺》太不工农化了，以后一定要刊发真正为工农群众都能接受的东西。

下午，省文联常委扩大会，听了各工作委员会的工作报告，听了周钢鸣传达关于文化工作的一些规定。最后讨论《广西文艺》的出版事宜，通过1951年文联的工作计划，选出省文代会议的起草委员。选举中我得9票，周10票，其他人士8票。结果是周钢鸣、陆地、秦似、方管、胡明树当选。

5月11日 晚间科里开生活检讨会。过去每晚两个钟头是各人自由支配时间,大家很少利用,把它浪费于聊天和逛街上。今晚大家同意往后拿这两个钟头进行业务学习。这个礼拜先学习许昌地委的宣传工作经验和《人民日报》的社论。下礼拜五讨论。今晚会议开得很热烈,涉及面很广,以至时间悄悄溜走了,大家还浑然不觉,到熄灯时还以为是电灯线路发生毛病,欲等待其重放光明。其时已是十点过了。

5 月 12 日 早上何伟找去谈话。他说,给华南分局、中南和中央关于五一总结的报告已发出去了;镇反宣传提纲写得很好,除用在《宣传员手册》上,还可放在报社刊出;春耕生产简报等看过再说;镇反宣传工作指示和李政委研究再决定;省宣传员代表会议规模太大,不容易开好,不开了。不过,等刘副部长回来,省的宣传会议要开,等他月底回来再商量。何副书记最后说,明天他下乡去,有事情找李政委商量。

将何副书记的谈话精神向科里同志作了传达。《镇反宣传提纲》送到报社去登,拟一份电报给刘副部长,告诉他宣传员代表大会不开了,宣传会议分局如同意我们自己开,请予电复。

晚上,去省委办公厅参加镇反委员会的会议,要求我们宣干班投入市的工作中去。另外组织成立宣传工作委员会,由史乃展召集。

5 月 13 日 丕钦来邀去冠生园喝茶。他到财经训练班学习去了,学习对他是有益的,从他的言谈中看出有了好大的进步。照他这样学习下去,将来可以改造成一个好干部的。

一个人去中华电影院看《烟花儿女翻身记》。晚上,参加镇反宣传工作委员会的会议,又到 10 点半了才休息。

今天礼拜天,本想写封信给四器,也没时间。家里寄来一包茶叶,不知是谁寄的。二嫂说可能是二哥了,早先他买了好多这样的茶叶。二哥近来没有一点消息告诉我们。我也好像没有什么话对他说。

5 月 14 日 省文工团送来八个剧本,十来幅画,请我审阅。我把它们分给宣传科的人都看一番,然后集思广益提意见。我重点看三个剧本,其中反映抗美援朝的较短小精练,但还得添些细节才行。画挑选出四幅,交给省文联去让大家再选。

下午，开科务会，讨论到共和乡去检查宣传员工作的事，然后安排这个星期的工作：郭文翰写减退租宣传大纲，覃伯承准备七一宣传大纲材料，冯廷仪写柳州中亚烟纸厂宣传员工作开展情况和准备总结“五一”。李金光参加镇反宣传工作，督促省文工团订计划。省文工团分两队巡回全省演出，七一前是准备演出节目和总结乡下工作，七一后即下去演出。

晚饭后去党校找谢芳春谈宣干班宣传业务课如何讲授。大家要我主讲一次“关于宣传工作”后，再由其他人分专题去谈。

夜，陶铸找我们科长去谈史乃展到省委宣传部来做第二副部长的决定。要我们回部里开个大会讲一下，还要审查过去的账目。

明确宣传员代表会不开了，但七一后要开二三百人参加的宣传工作扩大会。另外说到《广西文艺》一定要通俗。不通俗不准出。第一炮要打响，创刊号就要通俗。还说我们宣传科最近做了一些工作：五一总结，生产简报，镇反宣传提纲，五一总结指示等等，都很好，开始和省委工作结合了。过去是没有的，各搞各的。以后就是运动来了，布置、中间督促、最后总结，提高一步。

最后陶铸还关心我们的生活问题，说要把生活搞得好些，吃不好就没劲了。

5月15日　剧改会邀去参加讨论以镇反为主题的剧本创作座谈会，司法训练班也请去参加开学典礼，好像一下子我成了个大忙人。科里一大堆文件却未能看完，只好两处的邀请都不去。

晚上，胡明树来谈《广西文艺》创刊号的内容，但只带了一张目录来，听他介绍所刊发的文章都相当通俗，实在是个什么样子呢？很难断言了。如果真能把《广西文艺》办得通俗，能够有人读，那也是一项很有意义很有价值的工作。

我什么时候拿起笔来呢？搁笔两三年了，现在拿起来是有些沉重之感。可是，老放下去，心又不死。

5月16日　史乃展到宣传部来当第二副部长，主管新闻出版处的工作。今早开了干部会，我把工作交代了。以后减少了一份附加的工作，可以专心做宣传科的事了。

同史谈了一下宣传科的工作。目前急需解决干部人手不足的问题，《宣传员手册》的编辑工作要做好，是需要人的。他同意从土改队调回邓燕林他们来。

晚上部里几个科长聚在一起谈干部问题，教育科同意让滕留寅调来宣传科。这样，再把刘建勋也调来，宣传科就能多做些工作了。

史今天要我考虑如何把宣传工作弄得更有成绩，发挥更大的作用。特别提到有关通俗出版物出版的筹建工作问题。

5月17日 昨夜暑热难熬，今早天气转凉了。

史副部长要我们研究中南对于总结五一，继续深入抗援工作的方案，定出本省的具体实施办法，准备让领导做出决定。

工作似乎就这样下去了。如果不能很好安排时间，还是要受工作支配的话。那什么时候开始写作呵！不说写作了，就是写一封信也觉得写不出来。心情总让杂事俗事所干扰，虽有紧迫感，人却好像溺在狂流里，难有闲情，更没有充裕的时间让我来思索文学的形象或编织故事。

5月18日 省反特治安展览会今天开幕，我又得去一趟。在那里看到“一贯道”骗人的把戏，他们以自身的坦白揭穿“一贯道”的罪恶，所谓“开砂”都是预先拟定好的鬼话。特别坦白台有一伪调查局的译电员坦白在上海破坏我党地下组织的罪恶。在匪乱的证件中，看到我家乡一些人物领受的委任状和他们又往下委派的派令。看到伪造的钞票，看到各种各样的图章印信。从这里，那些曾怀疑广西土匪与白崇禧有联系的，应该可以得到解释了。

晚上，科里开业务学习会，讨论学习许昌地委宣传工作的好经验好办法，做好宣传工作。大家仅是漫谈，没有深入钻研，在广西我们如何提出宣传的口号呢？谈得很少，原因还是我们对下面了解太少。

苏上杰来信说共和乡的宣传员工作起了大作用。

5月19日 晚上去看苏联影片《党证》。是部比较好的影片，同奸细作斗争，就是在苏联仍然是一个重要的主题。帝国主义总是无孔不入地想办法来破坏革命事业。

5月20日 组织上发给母亲40万元的救济费。顺便给二哥和侄子们写了信，把一本《学文化》和一些儿童故事书也寄了回去。下午，同晴、小坭坭和二嫂到冠生园喝茶，小坭坭见什么东西都想吃。喂她猪肝和鱼，她也嚼得很有滋味。

到邕州客栈去见同乡，听听家乡传来的消息。曾经“恶霸一生”的陈成瑶已被押解回乡了。可能要在这场“镇反”运动中被枪毙。像他这样的人真是死有余辜。

5月21日　替郭文翰改写《退租宣传大纲》。他的写作能力太低,改起来比较费劲。扩军任务又来了,又得准备写宣传提纲。

晚上,开科务会议,布置工作,每个人都分配了任务。这样大家就不至于感到无所事事了。

我自己要准备写一份指示给各地市,指出深入与普及抗援的办法;写一篇关于利用圩镇为宣传场所的文章,登在第六期《宣传员手册》上;写份扩军宣传提纲。

李金光写了关于广西建网的补充指示,可是,写得不够具体,还得重新为他改写才行。

5月22日　写了一天,才把关于深入与普及抗美援朝的指示写完。

史副部长传达今后几个月的工作重点。乡村:六七月搞减退租反霸。十月以后转土改,明春土改大展开。九月总结减退租。审查中级干部。城市:六七月镇反,八月总结。九月开全省党代表会,布置土改。

本月廿七号开省协委会,解决减退租、镇反问题。十月间开二届省人民代表大会,解决土改问题。

宣传科要好好地把《宣传员讲本》办得通俗易懂,便于宣讲。找有关部门来开会讨论座谈。

了解情况,将来出《情况通报》,注意各级党刊,有问题的要给予批评。

晚上的小组会讨论镇反,大家多在闲扯,不像是在开什么讨论会。

白焰来信说升职为广州市政府办公厅副主任了。黎秀统的老婆来信问好。坭坭发高烧39.5度,医生说不出是什么病,我们只能干着急。

5月23日　《长江日报》两周年纪念,他们的通讯站在南宁召开座谈会庆祝。本来我们应该表个态说几句的。但平时很少读它,能说什么呢?会议去参加了,说不出什么来也怪难为情的。

李金光今天结婚,在婚宴上大家敬酒祝福,我不习惯这一套,显得很尴尬。

昨天写了一天给各地市关于总结五一工作与布置今后计划的指示,今天交给史乃展，他看后客气地说写得很好，晚上送去给了李政委。

李政委为了要在省协委会报告关于抗美援朝与镇反的问题，特别邀请我们去座谈讨论一番。

刘副部长来了长信，讲起会议精神。这次很强调宣传工作重要性，从此宣传工作吃得开了？

胡乔木的报告，把这个会要讨论的中心问题归纳为四点：一、群众宣传，二、干部教育，三、思想工作，四、组织机构。

5月24日　一天看各地来的报告都看不完。本要写一篇文章谈利月圩镇为宣传站的问题，也没有时间去考虑。给各地市县的指示，李政委已批发出。打算用油印。郭文翰写的减退租宣传要点，已改了一次，现看起来还得改一次。改得太乱了，又得让他重抄一遍。

晚上，科长以上干部开会，讨论处理部内的人事问题。说来说去，有问题的、闲杂的人员也就是一二个人，可是处理起来给人的感觉却是那样复杂似的。

5月25日　镇图从乡下出来谈及家乡一些事。我的二哥很担心在"反霸"这场运动中，难免会有人假公报私怨。不过，他又宽慰自己说："东门的老百姓都是和平的。"照理说，不应反到二哥头上的。只怕政府里有人认为放过了二哥这个旧军官，运动进行得就不能算深入，也不能算彻底。很难说不会转回头来授意群众酝酿清算斗争二哥。

听了这些消息，心里总是有点憋闷。邀镇图去冠生园坐了一个钟点，喝茶散散心。

5月26日　花一天时间替冯廷仪改写《怎样宣传抗援》。工作一件一件涌到面前来，好像不好摆脱似的。副科长不但不能做帮手，写出的东西还叫你替他修改。他什么事都不放在心上，想同他讲清楚分工，这样可以减轻我的负担，也免得他感到没工作做。只是工作分给他，他能不能拿得起呢？他像是个包袱压在你身上。

去省协委会报到，明天下午三点大会开幕。

5月27日　礼拜天轮到晴在医院值班。晌午，领着抱小坭坭的二嫂去跑马场附近的省立医院给小坭坭喂奶。顺便检了坭坭的血型为A型，与我的血型一样。下午二点三十五分，匆匆忙忙赶回来到省协委会参加第二届会议。听半年来的工作报告。看到民族兄弟献给省首长的礼物，有民族的乐器、武器和饰品。

晚上，有个京剧晚会，我们却要回机关开党小组会，结合本部门干部情况的了解，讨论镇反工作。

四哥从家乡出来转道宾阳县去参加专区土产会议。但不知他在邕住哪个招待所，无法找。

5 月 28 日　早上，在汽车站见到四哥。他马上就去宾阳了，只得匆匆忙忙告诉我，二哥叫我写信去给县委书记张玉田，如果群众起来要斗争他，希望能够得到宽大处理就好了。但是，又听说，张政委(书记)曾写信给二哥，叫他不要担忧，安下心来，如果老百姓要斗他，他可以从中劝说。另外，区长也对四哥说，叫二哥在斗争陈成琣的时候，不要阻止群众。张政委的信如果是真意，倒不必担心了。因为群众还是按领导的意图来行事的。只怕该信的目的只是让二哥安下心，不要逃跑，不要自杀而已。从区长的话语中，感觉区里是不大相信二哥的政治态度的。否则为什么在斗争恶霸的场合，还怕二哥说反对的话。

据四哥说，农会对二哥没什么大意见，只有一二个人有小意见。说是有次为公家筑围墙，不给民工干饭吃，只煮了稀饭。四哥最后说我可以写个信回去，但作用不大。如果事情不会发生，信写回去没必要。如果二哥真的要被斗争了，写回去反而会影响到我，而且最后事情也还是挽救不了。

5 月 29 日　从土改队调来邓燕林、刘建勋和滕留寅充实了宣传科的干部队伍。

上午，听何伟在省协委会上报告减租退押问题和贺希明作财经工作报告。下午分组讨论没参加，回到宣传科去处理一些工作。省文工团一定要出《艺讯》。来信说是团长樊清璋叫他们出一期。先前已批示不准出了，怎么又要出？这样扯来扯去，不能令行禁止，究竟为什么？省委宣传部和省文工团之间好像不是领导与被领导的关系了，上级决定的事还可以拿来作争论不休的讨论，简直像个讲买卖的市场了。负责分管省文工团的李金光怎么这样不讲原则，一点小事都处理不好。

晚上到市府礼堂参加公安会议。听覃应机传达中央公安会议的报告。中央精神是六月一号到九月三十号，基本上要停止捕人与杀人。运动到这地步是要收缩一下。否则照样下去，恐怕产生副作用。因为现在已开始反到中层和内部来了，再不收缩将不可收拾。所以中央会议的中心议题是收缩，是清理案件。

5月30日 同毛秘书去看苏联影片《到民间去》。故事描写乌兹别克铁木耳的后代的王室生活。当中有个诗人，想用他的诗，用智慧和正义来建立一个理想的国家。但到最后，他发觉他是在给一个瞎子掌灯，他在幼年的朋友当今的皇帝面前已没有作为了，决心回到民间去。

协商会议的招待晚会，是兄弟民族的歌舞和杂技表演。夜里，晴忽然发冷发热，高烧39度，小坭坭没奶吃，哭闹了一夜。做父亲也不容易。

5月31日 上午，到省协委的会议上去听委员的发言。下午，回机关处理一些事情。《宣传员讲本》的目录编排出来了，该期的编辑工作结束了。隔天，文件就来一大堆，每天都看不过来，还有其他工作要做呢。时间真是太宝贵了。

晚上，又同大家去看京剧《武松与潘金莲》。这是田汉的脚本。剧中潘金莲与武松的缠绵悱恻之情是田汉杜撰的吧。

6月1日 省协委的会议今天闭幕。下午去听陈副主席的总结报告，参加会餐。晚会放映苏联影片《空盒仙笛》，在哈尔滨看过了，干脆回家照顾晴。晴患痢疾，让她喝家乡的古劳茶，或许会好些。

《广西文艺》创刊号印出来了。看了一下，几篇散文都不通俗。胡明树的剧本，其中写个土匪的妻子在藏匿其丈夫的山洞口与一个小孩子大谈里边有老虎而吓唬小孩子的故事，简直是笑话。那是作者的主观臆想，脱离现实生活。

6月2日 上午，参加兄弟民族工作会议。下午，回机关处理日常事务。刘副部长来电报，请假十天医治腿疾。这样，要二十号才能回到机关来了。把电报转去给何伟，何伟让我们打个电报去告诉刘副部长家中事情多，不要在外停留太久。

去六哥处坐一会。他开了个简易的甜品店，生活有了着落。六哥开会去了，没见着。六嫂当了居民小组长，问我“如何扭转害怕反革命的思想”？看来，群众的思想政治觉悟都在逐渐提高。

省首届文化工作会议，省文联副主任却不能参加，不知闹的什么名堂。

6月3日 一天都听公安会议的总结。晚饭到省委参加欢送李楚离副书记离职的宴会。

《长江日报》来长途电话，要我们整理广西山歌，6月15号以前寄去给他们。

6月4日 下一夜的雨，到今天也没有晴。下午开科务会，检查每礼拜的任务，结果都没有人能够完成。大家说起来，感到看各地市的文件花时间太多；有人觉得工作被动性太大；整天只知道听上面的工作分配，主动去研究的很少，不熟悉业务，不清楚将要做的工作。

为解决这个问题。我提出以后各地市的报告，不一定每人都看，可按工作项目分别处理。个人今后除要报告上礼拜做了些什么，还要提出下礼拜要做工作的计划安排。这样大家对工作就可以心中有数了。

晚上，在资料室读杂志，夜里看胡乔木在中央宣传会议上的发言。

以后，这样来安排自己的时间：早上，读报学理论；上午，处理各地市来的工作；下午，写回信、指示，发通知。五点到六点读《长江日报》《人民日报》；晚饭后，到资料室看杂志；夜间写作，写日记。

6月5日 校读《宣传员讲本》第六期的清样。草拟一份《宣传员讲本》的出版计划。

严蒙从人民日报社来信，说是调到文教组工作了。

6月6日 几天来积压的文件都看过后，开始给各地市的报告写回信。

李金光写来建立宣传网的补充指示，给他改了一下，交去省委审核发出。

晚上，参加欢送李副书记的晚会。看京剧折子戏：《捉放曹》《穆柯寨》《扫秦》。《玉堂春》和《金钱豹》没有看就回来了。

看玉林地区的山歌。对于情歌他们写得比较熟练，用的语言和打的比方都很生动，贴近他们的生活。但写到新社会的生活，新的欢喜，就显得语言贫乏，给人有点捉襟见肘之感。

省文教厅来信邀请去讨论文教会议的决议。当初开会时不邀请，会议要结束做结论了，却客气起来，真有点滑稽啊！

四哥从专署开完土产会议回来。他谈到在修筑来镇段铁路时,曾以自己的劳动态度影响过落后分子。他以英勇无畏的精神深入麻风病地区挖掘土方,克服困难,把工程提前完成,被选为头名劳动英雄。从他复述其在领奖会上的讲话看,他接受新思想是很快的。同他到冠生园去吃冰糕,谈了二哥的处境。看来大问题是不会有的。不过,目前也很难叫他消除顾虑。因乡村老百姓对政策不摸底,以为凡是在旧社会当过官的都要挨斗,那样,二哥的命运就很难说了。

6月8日 下午,到办公室看《人民日报》对电影《武训传》的批判文字。

夜间,看了看中央关于七一的指示,准备明天再办了。本月11号就要到宣干班讲《群众宣传工作》了,大纲还没写出来。明天又是端午节,不抓紧到时就被动了。

6月9日 今天是端午节。明天礼拜天的休息时间被移到今天来了。我为准备后天宣干班的讲课,中午十二点以前都在做提纲,下午才得休息。

七一纪念办法,中央有规定。要各市、县委分别筹备,支部、总支召开以党员为主体的纪念仪式;省党委书记发表纪念文章;各报登回忆党的历史等文章。我们广西省委直属机关如何纪念,由李副科长负责去同组织部商量。

克保来说:“东门最近抓了16个人,有镇图、英杰,还有珍器。据县公安局说,这些人有秘密组织,进行反革命活动。他们有官职,谁做什么,都有证据。”这个情况是真是假?照理说其中有几个人是不会也不敢做这种事情的,怎么会闹成这样,是不是有人乱说。

晚上,到人民剧院看《白蛇传》,未至终场。

6月10日 准备明天向宣干班讲《群众宣传工作》,忙了半天,写出一份大纲,仍是粗糙得很。

晚间,党小组开会,讨论开除陈光党籍问题,联系到个人的思想,大家都轻描淡写地讲了一下。毛子良背了很重的老资格包袱,对与己差不多的人都不服。但其忙来忙去也抓不出什么名堂,结果只剩一个资格,这样就很难同人比了。

6月11日 到宣传干部训练班讲了三个半钟点的课。有一个女同志递上一张条子,叫我讲我写的那本书《怎样学文学》。

何政委叫去谈关于纪念七一的工作。李副科长和教育科长他们去了。回来说是要宣传部来主持开个会，把省委级的部门支部组织成立一个筹备会。

6月12日　组织部部长乔晓光上任来了，省委设宴欢迎，叫我也参加。我的脚近日受真菌感染，发炎肿胀走不了路，这餐饭吃不上了。周钢鸣来谈文教厅要建立文化处，想要一些文联的人去搞。差不多要把文联的人都拉走了。他说以后文联工作就是专家团体，组织人创作就行了。其次，谈到陈闲闹事，他想让陈走开，如陈不走就开常委会来叫他走。

6月13日　《宣传员讲本》第七期的稿子，大家都写出来了，晚上加班看也都忙不过来。覃伯承写的七一讲话材料太简单，关于共产党的功绩写得太不具体了。帮他改写了一天。

晴的母亲从广州来信，叫给她写个家属证明信，她想迁来广州落户。

6月14日　白天特别闷热，晚间下起雨来稍微凉快些。忙了三天才把《宣传员讲本》的稿子审读出来了。现"讲本"正在逐渐通俗化，文章都是自己人写的了。有人说，字还是大点好，文章也还长了些。

中南转发来中央编的《党史资料》。

脚肿得愈来愈厉害了，脚趾已溃烂，不得不上医院看医生了。拿回一大堆洗的敷的药，还有口服的消炎片。

家乡亲人送来4只大枧水粽。

6月15日　今天，省市文联开会，讨论捐献问题。邓燕林去开会回来，也说不出什么来，好像会上没有讨论出结果。

审阅冯廷仪写的五一总结和苏上杰写的共和乡宣传员概况。

6月16日　下午去办公厅参加讨论中层干部学习镇反的问题。七月份要用全力投入这个运动。什么会也不准开了。我们的宣传会议恐怕只好移到八月初了。

要在内部清查坏人，这是很艰巨的大工作，恐怕要紧张一下子了。

党群部门团体成立学委会，一共15个人，我也是委员。另外，宣传部门的学习委员会指定我是副主任。

6月17日　一早又去办公厅开会。陈副主席说，要讨论两件事情：一件是广西捐献飞机的数目如何确定？另一件是讨论如何欢迎志愿军代表到广西来。

经讨论，广西捐献四百亿，买26架战斗机；欢迎的事，明早由抗援分会在办公厅召集讨论具体办法。

《党史资料》交廖经天去整理，由他去广播电台作播送。

晚上，党群学习委员会开会，讨论七月前准备工作：提出各部门委员名单；廿号以前交去几种数字：有问题的人数，学习人数，需要学习文件数，骨干名单。

6月18日 报送宣传部门委员名单。

上午开科务会，讨论第八期“讲本”的内容为纪念八一；业务生活讨论会，两周一次。

史乃展回来了，同他稍作交谈。明天他就到办公厅去住，专搞学习事情了。

晚上同苏上杰谈心，解放思想。他感到这样打开了思路很好，假如在两个月前这样做，他的工作也许能做得更好些。同苏谈到夜深，刘副部长回来了。接着我又同刘谈了个把钟头，鸡叫了才睡。

同邓燕林去看《盲婚遗恨》，这电影简直坏到不能再坏了。接到侄子四器从绥渌县委会来信要《学文化》杂志和钢笔。

6月19日 晚上停电，想工作也办不到。许杰在《文艺新地》发表《廓清错误思想的根本》，提出大家对《武训传》的错误认识是由于没有看到事件的本质。如何才能看到本质呢？他也说不出所以然。他还有许多糊涂思想弄不清。还说孙瑜编导的东西是好的，艺术是成功的。想要针对他的这篇文章发表意见，这两天就要多读有关这类争论的文章。

上海群益出版社把我的《好样的人》和《钢铁的心》印了第二版，寄来一本。封面怪好看的。重印稿酬来了后可以解决我们一部分问题。

高以洪带来孟冰的回信。他还是那样热情。对李纳等人他是不喜欢的，他说她们脑子太尖了，只会在小组会上做“斗争”。

6月20日 上午，把中层干部学习镇反的问题向刘副部长汇报和向几个科长传达。下午由支部将应交去学委会的数字与名单整理送去。

下午到省文联开会刊编委会。来的人稀稀落落，来了也不说话。看来这个刊物是办不出起色的。要求通俗化，却没有肯做通俗的人来干。光是在上边吹牛叫喊，终难兑现的。

上海群益出版社来信，要把我那两本书的版权移交到新文艺出版社去。以后群益和大孚出版公司、海燕社等将组成一个公私合营的新文艺出版社了。

版税也规定了一个新办法。不按定价抽了，按字数来计算。这次，我的两本书可以得二百万元左右的报酬吧。

荫溥来信，说是也许六月底就可以出院了，肺病已好转。

6月21日　同邓燕林到中华影院看《国士无双》，影片是写俄国十月革命前后一个农民英雄的奋斗道路。以前在东北时已看过，忘记了名字。今天再看还是蛮有味道的，从里边得到好多东西。

办公厅来信叫把省委宣传部的学习人数及清查对象亲自填表给送去。叫丁超办，弄了一天也弄不出来，光是干部人数都搞不清楚。

清查对象很多，连带反动党团人员共24个，这是相当费脑筋的事。

刘副部长说省文教厅想要我们的几个人去充实，明早叫我同他到何政委处一起听省文教厅的意见。

6月22日　一早就到何政委处去，农康提出省文教厅需要秘书主任、文化艺术处的负责人，以及秋天要举办的全省运动大会、省立艺专的搬迁等问题。

下午，看郭文翰的坦白材料，有特务嫌疑。总之，解放前他是专门与我们对头的人，从思想到行动。

晚上，机关又停电，同邓燕林去桂南酒家喝茶，遇见胡明树。

6月23日　去省委办公厅看电报。中央民族访问团要到广西来，要广西方面配备一个30人的文工队和电影队随团活动，还要8个人协助访问团做调查研究工作。刘副部长说要省文工团明天去开会后再决定。

伍延秀来访，为的就是要省委宣传部派人去帮助他们搞接待中央访问团的工作。他现在省府民族事务处当科长。

夜晚到街上想给坭坭买玩具，商店因停电都关了门。到冠生园去喝茶，花了一万多元。

6月24日　志愿军代表柴川茗等今天到南宁访问，一早就听见欢迎锣鼓响了。

读杨平在《学习》4 卷 5 期对《武训传》的批评文章。想开始写文章，思想总是不能集中。灵感好像闹别扭似的，不肯与我牵手。《长江文艺》又来信要我写《实践论》的读后感。

才好了两天，脚气病又犯了，拇趾化脓，疼得厉害，又不能走动了。

6 月 25 日 下午去听志愿军归国代表柴川茗的报告。天气太热了，电风扇没有电开不动，人挤在一堆，闷得头晕。柴是个善作鼓动的宣传家，他用具体生动的例子打动着每个听众。

上午，刘副部长去办公厅传达刘少奇在宣传会议上的总结。

6 月 26 日 参加土改队文训班的周秉符他们回来了，省委组织部推他们到省委宣传部来。宣传部怎么安插呢？宣传部本身的干部也都回来了，将来怎样解决这些人的工作？

到中华影院看《豪门弃妇》，电影没看完就离开了，觉得这都是些让人提不起精神来的低级趣味。

6 月 27 日 下午去省委办公厅开中层学习会。

晚间，刘副部长召集我们开会，谈学习的分组问题，谈内部的人事问题……扯到半夜。

6 月 28 日 工作忙起来，科务会也开不成啦。应付好几方面的工作：中央民族访问团来了要去接待，志愿军代表来了要去接待，赴朝鲜慰问团来传达又要去接待。今晚还被拉去参加全省军事学校招生委员会的会议。

大姐丈来访，说是问土改政策。这有什么好问呢？问工作队不是可以吗？他是为了图新鲜，头回坐火车出来走走看看罢了，反正才花 8000 多元钱就从家乡来到南宁了。

6 月 29 日 上午原说是要听刘副部长传达中央宣传会议胡乔木的报告的，因他去参加志愿军代表的活动没开成。

史乃展来电话，问去华南开会的人选。如果是袁去，恐怕会被打回头，因他当科长未被批准。那么，谁去呢？

下午到党校听乔部长报告中层学习镇反工作。

晚间看粤语片《断肠百家娘》。这部影片比《豪门弃妇》稍近人情。

6月30日　下午听刘副部长传达胡乔木在宣传会议上的发言。参加党校组干班毕业晚餐。

夜里，抗援会又来叫宣传部派人去陪志愿军代表到柳州去开展宣传工作。这样一来，省委宣传部被当成了一个交际处，无一定的业务范围，一年忙来忙去都是为了应付差事。结果下面来的工作总结和报告不能细心去研究处理，变成了下面自流，上边应付。群众思想情况是什么，并不了解。这样下去，宣传工作怎么能够结合实际？

7月1日　"七一"党的生日。街上热闹得很，红旗招展，锣鼓喧天，全市沉浸在喜庆的气氛里。

中南派来了一队摄影记者，准备在广西拍摄新闻片《锦绣广西》。

7月2日　上午，好不容易才开了个部务会议，史乃展也来参加。研究宣传会议如何准备，部内干部如何调整，事情谈得很多，但没有很好地深入讨论。不过，各人都有机会反映了些情况。这次部务会上决定，《宣传员讲本》可发稿费。

7月3日　上午抽时间开科务会，研究讨论第九期"讲本"的内容，布置新来的高以洪分工负责宣传工作，关定群协助覃伯承做文化机关团体的领导联络工作。到中午有些问题仍未交代清楚，科务会下午继续开。

刘副部长去省委开会回来传达上级的意图，宣传会议延至九月廿五号开，七月廿号左右刘要下乡去。

彝鼎带来一封二哥的信。二哥很简单地说我放在他那里的三百万元借给了堂兄弟克兴、克保，现他们想赖账。还说他的处境困难，数十年奋斗眼看要完了。

他是否已被老百姓斗争？抑或还只是听到风声？总之，一股阴影一下子笼罩在我的心头，觉得万一被一些不老实的人公报私仇而斗争，弄得下不了台，那么，他家的一群小孩子将如何安排？一天里为这事弄得很不愉快。

7月4日　下午，陈副主席作学习动员报告。七月份将整个卷入整风学习的空气里了。机关半天学习，半天工作恐怕也弄不完。

黄润华来说，东门破获的地下军组织成员虽然都承认当了什么股长、主任，但好像是被陈成珸诬赖才这样说的。照理有几个人平日就胆小怕事,安分守己的,绝对不敢去做那样的事。

写两封信,分别给绥渌县委书记张玉田和县公安局局长刘广亨。声明我在二哥处有三百万元。如要处理这笔钱的纠纷时,希望慎重考虑。

7月5日 上午,刘副部长动员本部门开展整风学习。分组,派定组长,布置这个礼拜学文件的要求和目的。每天上午十二点以前为学习时间。

7月6日 上海群益社寄来版税通知单,两书酬金共210万元。下午省委去办公厅看一份电报,是中央关于朝鲜停战的宣传指示。夜间开学委会,传达上交个人配枪及勤杂人员学习问题。

看佐临改编的电影《表》。主题很模糊。不知是表现儿童教养院的功绩呢?还是表现好教员的行为?是暴露统治阶级办教养院的黑暗呢?还是鞭挞坏人的丑恶?总之,原作《表》被改得不三不四的。

7月7日 想开科务会,刘副部长布置大家去搬房子,下午五点钟又要到何伟那里去汇报,科务会开不成了。

在何伟的办公室,刘副部长解释一番过去一年没做好工作的原因。何听后说不忙解释,还是要自己先检讨。花费钱是小事,主要还是过去工作没抓住中心,对政治思想上的领导做得少。上边的机关弄得太大太庞杂,结果无精力兼顾解决下面基层的问题,不能形成政治上强有力的领导。

回到家没饭吃了,上街去吃面吃得直倒胃口,真是懊恼异常。

7月8日 早上,学习小组长汇报。大家学习文件的劲头好像都不大足。袁似瑶对上交枪支的做法想不通,认为自己是经过斗争考验的人,有资格配有枪支。

刘副部长又发动大家搬房子,还亲自来布置。事务主义作风之所以形成,原因恐怕是事务工作不用费脑筋考虑,近在眼前,动手动脚就能办到。如果要作政治思想领导,就要动脑筋,而且动了脑筋也不能马上兑现,所以捡便宜的,眼见什么就做什么。看起来我是很忙的,你就不能说我了。

晚上,开支部大会,个人表态保证这个月要完成学习任务。

7月9日 下午开部务会议。刘副部长说本月15号到下面去分头传达中央宣传会议精神,省的宣传会议决定推迟到九月下旬去了。广州的华南宣传会议由袁似瑶去出席,我写了一封信给白焰,最后也没有给袁带去,还是花八百元邮票自己寄走。

晚上处理科务事,几天积压下来的文件真是没办法一下子看得过来。

张玉田书记回信说我借给克保、克兴的钱还是要照本利来还的。至于二哥的问题,解放后没做过坏事,还帮助政府工作有功。不过,如果过去有对不住人民的,则应该道歉赔偿。这样看来,县委对二哥的看法还是有分寸的。不知下面的工作队怎样搞了。

7月10日 到银行领到《好样的人》和《钢铁的心》第二版版税二百一十万零四千七百元。

晚间开科务会。讨论在土改前每人写一本通俗读物供农民群众使用。比如控诉地主罪恶,弄清楚是谁养活谁,怎样建立农会……

7月11日 下午到陈副主席处参加学委的会议,讨论如何将学习转入第二阶段。各机关的学习进度不一样,所以进入第二阶段的时间不能一样。省党群学分会可以在十二号即转入忠诚老实阶段了。

晚上,部门的骨干及学委开会,讨论我们宣传部的学习安排。十二号仍讨论文件,十三号由刘副部长动员交代问题,填写简单表格,十四号即转入通过历史。

各组培养的典型人物与积极分子,以及有问题的人被初步确定。规定了汇报的制度。

7月12日 晚上,到省委办公厅汇报学习情况。各机关都已经转入忠诚老实交代问题阶段。新问题不断出现,参加过三青团的人员还不少。

到和平电影院看《打击侵略者》。这部新闻纪录片反映了中国人民在解放战争和当前的抗美援朝战争中抗击美国侵略者的大无畏精神。它保留下来许多珍贵的历史镜头。

7月13日 从今天起,学习开始转入第二阶段,各组分互助小组作初步坦白交代个人的历史。

收到白焰来信,说是路明的母亲(他的岳母)已在土改中自杀,他自己的母亲也是地主,将来不知经得起考验否?

7月14日 下午到省委办公厅去看电报。一份《江西省宣传会议的经验》通报和一份"抗美援朝"三大号召的新指示。

7月15日 买回一只鸡来炖冬菇,过礼拜天加菜。下午同晴带坭坭上街买脸盆和席子。没想一阵雨把我们逼到席子铺困住了。到"新联艺"照相馆给坭坭照了张像。

晚上开支部会,讨论如何保证学习任务的完成。

7月16日 下午开部务会。宣读几份电报,听樊清璋传达全国文工团会议的精神。教育科提出宣干班的学习问题。

接着开了一个学委会。规定各组明天起,以大组为单位开始交代个人全面历史,把交代次序排列了一下。

现在各组暴露了大批有问题的人。问题如何能搞得彻底,那是一个细致的工作,要研究分析材料,要发动大家提高对问题的认识。

张玉田回信说,二哥藏有两部电话机,到现在才被追查出来,在人民群众面前不能不失掉些信任。但对他的处理,当然会按实事求是的原则办的。

7月17日 晚上,开科务会。大家对工作都比较积极了,对自己本分工作能用心思去钻研,提出一些解决问题的办法。土改前的小册子,每人准备写一本到两本。

《宣传员讲本》,各地都反映发得少了,要多发。书店觉得五千本不够卖了,要求每期给七千本。这不能不是一种鼓励,大家写稿情绪提高。

"八一五"纪念文章写一千八百字,花了我五个钟头,文章写起来觉得吃力了。

7月18日 李鹰航来信,说莫文骅已调到东北军区任政治部主任,他回桂的希望很小了,但仍想回南方来。他夫妇俩都在病中。可又说经常到沈阳北陵打麻雀,看来他还是自在的。

每天处理各地市来的报告,审查回信,四个钟头根本不够,晚上需要继续办公,否则公事将积压得更多。学习进程趋于平稳,新问题出现少了,接着就要求深入了。

同覃伯承去看影片《吕梁英雄传》。主题没抓住,使人感到零散无力。样样事情都出现一下,样样都没深入地揭示生活的细节和本质,看后没留下什么印象。也许原著就没有写好?但是,它却有那样广泛影响,是读者水平问题还是作品太少?

7月19日 给杨联奋看份粤剧《玉锡记》的剧本。再给北京和南京的市委分别去信了解郭文翰、杨联奋的历史情况,要些材料。下午四个钟头就过了。晚上,翻了翻文艺杂志,时间又溜走了,想写封信给孟冰也写不成。

晚餐,由青委主持的军干校招生委员会在桂南酒家宴请参加军干校的学生,他们邀我参加我没有去。还是不愿在交际场所露脸的思想作祟,将来怎样得了?还是回到写作或编辑岗位去吧?否则,政治家是没有我的位置的。想起来也不满意自已,可是又不能改变!

7月20日 日子就这样全是被学习、镇反和日常工作挤得水泄不通。理发,也抽不出空来。

郭文翰今天向我报告他的历史。解放前他曾是国民党北平华北学院区党部书记,指挥过中统特务分子,破坏自治会的民主选举,送黑名单,出面抓了6个进步同学及秘书长。发展了特务组织。做难区同学会理事。但他说自己不是中统分子。

晚间到学委分会开会,讨论怎样深入的问题,学委分会决定请省府民政厅一个坦白较好的做一次报告。

7月21日 同滕留寅谈本机关这次清查工作的问题。觉得郭文翰的特务问题交代得不清楚,但事实却又明摆着。

我们谈得很广,谈到宣传科如何工作,最后还谈到中苏友协和省文联等工作,谈到鸡叫了才散。

7月22日 上午还是学习。郭文翰承认曾送过两份名单带特务半夜到学校捕人,还到天津勒索过商人,并利用中统名义帮助商人走私。但自己不是中统。下午,到省文联参加作品评奖委员会的会议,任务是负责文学组的评奖。限下礼拜天开第二次会,时间这样急,怎能弄得好呢?

拟十四条标语,作为明天开坦白典型报告用,送省办公厅审。

7月23日　下午，到总学委开会，陈副主席主持，省府各单位学委作具体汇报。会上还请我专门发言。最后陈副主席讲，这次要求有问题的大多数人交代清楚了就可以过关，目的在于打击少数，不坦白的就要调训。

7月24日　还是听杨联奋的历史报告，大家听得打起了瞌睡。他的历史听起来好像很顺畅，可经不起分析。一分析就散了，矛盾百出。

绥渌县刘副县长来信，说是在二哥的屋后搜出四支枪，两只长两只短，但二哥不承认。不知怎么回事？

7月25日　到省委办公厅开分学委的会议后，回家即听二嫂说，阿六李东阳从家乡带来一封信。一看是二哥的信！他被清算了。被算了三万七千多斤稻谷，同时被划为地主。他陷进火热的焦虑中了。哪里去找这笔巨大的金钱呢？二哥说他宁愿净身出户，扫地出门，把几间房子交出去得了。但现又被划为地主，房子就不能抵偿而要被没收了。他预感到生命的险恶，顾惜年幼的孩子更使他无限的遗憾。

怎么会将他划为地主呢？他说这与绑票有何区别。他把几间房屋的契据拿来证明他的所有并不是抢夺来的。但今天人们哪里看你这种证件呢？人家既然不能原谅才要斗争了，既然要斗争就不好下台了的。现在，二哥像一座冰山溶解崩塌下来，扶也扶不起来了。当务之急是要考虑如何安排善后，他的几个小孩该怎样安置呵！

7月26日　一早我到客店去找李东阳，同他到"冠生园"去一边喝茶一边了解眼下二哥在家乡的情况。

二哥虽然还没有被吊打，可现在的情况对他的压力是太大了。本来他也没什么罪恶，不过是平时在街上，他的雁嫂嘴较刻薄，再加上有些钱，人家多少有点嫉妒。现在公开与他清算的，只是在他店铺当伙计的，还有帮他起房子的人讨要些工钱而已。至于刘局长说在他屋后捞出四支枪来，那是没有的。现在也没人追查这件事。据李东阳说，他于解放前后住在二哥家的这段日子里，从未听说过有枪支的事，如果有枪，他们不会不知道的。

从"冠生园"出来转回过陈绍枢家，同他分析二哥情况。他很担心二哥的下场。他想，一个在家乡做事多年的"官"，难免有对人不住的地方，如果人家不能原谅,恐怕不止算了账就完事!

晚间,妈妈同彝鼎的妻子从乡下出来了,像逃难似的,鞋子也没有。妈妈来说,二哥被人诬赖清算了!要我替他借五百万元回去还债,或我亲自回去一趟,否则,二哥他会被斗死的。

7 月 27 日 面对二哥这样的现实情况,我真感到无话可说了!

二哥的罪人家其实也说不出什么来。一个邻居家的小孩同他儿子睡在一起,没事有时帮忙洗洗碗,招待一下客人而已,现却被指为剥削,一下子算了几千斤的稻谷;众人的鱼塘大家打来鱼后都分了卖了,现在要他一个人赔偿;他已经与土地脱离多年了,如今把他当作地主斗,这是很难说服人的。

母亲已是七十多岁的人了,见了这场风暴,吓得目瞪口呆,变得痴痴呆呆的了。逼得没有法子,我冒险写封信回去给刘局长,对他们掌握的情况提供一些反证的材料,不知他会怎样看。

7 月 28 日 下午开科务会。晚间去看《红旗歌》影片。觉得马芬姐在银幕上没有表现出一个完整的性格,前后有点矛盾。

昨天要写的信没写成,今晚重新写。给刘局长提供那四支枪的来历是不可靠的根据。另一封信告诉农会,我母亲暂时不回乡了。写这样的信,颇费思量,弄到深夜三点钟才上床。

7 月 29 日 上午还继续学习。下午省文联召开评奖会,由邓燕林去参加,我在家审读"讲本"的稿子。

晚上听公安厅厅长报告一些特务性与政治性的政策分析,以帮助将来有问题的人作结论时有所依据。

今天一早母亲就闹着要回乡下去。这时回去不但不能帮二哥的忙,反因二哥的遭遇而受刺激,增加她的痛苦。可不让回去,她又放心不下二哥一家人。经再三劝说总算勉强把她留下来了,但看她那模样明显是灵魂与肉体已不在一起,一天痴痴呆呆的像个重病的患者。我也没时间来安慰她。

7 月 30 日 山东《宣传员手册》编委会来信,要我们把"讲本"的编辑经验与编制告诉他们。他们看了六、七、八期"讲本"以后,觉得很通俗,结合了实际。下午看"讲本"稿子。晚上去分学委开会,讨论如何结束第二阶段,转入第三阶段对重点对象处理时应注意的问题。

7月31日　继续审改“讲本”稿子。

晚上，学委同小组长开会，讨论写自传及对重点对象的处理问题。从下月一号到三号是写自传，五号前完成通过。对几个重点对象，打算在大会上来通过，结合运用挤压方法，能压出来的就解决问题，压不出的就保留下来。决定，明天早上由刘副部长动员写自传，号召最后一次争取把问题交代清楚，否则，以后发生问题将由个人负责。

8月1日　今天算是入夏以来最炎热的一天。没有一丝儿风，人们像是生活在蒸笼里。机关镇反学习转入第三阶段，三号以前要写出自传，为此早上刘副部长又作了一番动员。下午，省组工会议会餐。晚上还有电影《第三次打击》招待。1949年在沈阳看过，现看第二遍还是觉得是部好影片。

在南宁中学见到李东岳。他被书本压垮了，文章写出来充满了书斋气，人也越来越迂。看看这样的教书生活很是晦气。

8月2日　昨炎热今阴凉，晚上还落了小雨。人们总算在酷暑中得以暂时透了口气。

开全省文工团会议。作为省文联副主任的我没去参加，好像我要在文化的世界退隐，对热闹的场面失去了兴趣。但是，他们在冠生园的宴会，还是去了。在那里遇见鲁艺同学刘镇，现在军区京剧团工作，还有一个部艺学生张星，是军区文工团二团团长，熟人好像还不少，可是能说到一块的却不多。

同刘副部长又谈起还是希望有机会去弄文学。明知一时得不到答应，埋在心里的话却藏不住。

陈翠华送来我托买的蛤蚧酒，说是有滋补作用，试试看是真是假。

8月3日　半夜风雨大作，要把房顶掀翻似的，门口彩楼上的旗子被大风刮得狂呼不止。一早人们又穿起夹衣。天气变得太快。

上午同杨联奋谈他的历史。他慢慢改口，逐渐否认过去所说的“革命”历史了。但他真实的历史情况却始终说不清楚。下午，参加省组工会议。听中南组织部钱副部长传达中央组工会议决议。以后的整党工作，对每个党员的要求更高。党员标准八条都要做到,否则,将被劝退。

8月4日 这几天因学习问题,把科务工作制度也都改变了。本该开的科务会不开了,让大家有时间写自传。

晚间,彝鼎来谈到夜深。周末的两张电影票也浪费了。

母亲住在家里一直是那样的忧郁,无人能打开她的心结。她总在担心乡下二哥的命运吧。

阿六从家乡出来说二哥对我不让母亲回去很不满,认为这样做对他很不利。埋怨我忘记了过去送我读书的兄弟情分,现在他有灾难了,却不能救他。对二哥的指责我无言以对,对他目前的处境我也心焦。但只能哀叹!

8月6日 下午,讨论本机关干部的调整问题。有好些不称职的人,刘副部长就是舍不得放走,这样一来,机关的工作作风还是难以转变。

晚上,去看《蓝色的道路》(《秘密水雷》)。影片写一个参加苏德战争的商船长,战后本该复员了,却为了扫清水雷,没有回到他平静的商人生活里,没有同新婚的妻子享受小家庭的安乐,依然在冒险"作战"。为祖国海上安全而忠心耿耿地履行他的义务。故事比较单纯,甚至还有点枯燥。可中间写上夫妻生活,写了妻子某些正当的情感要求,很有人情味。这里没有如我们的作者那样写得俗套、生硬,要不写妻子落后扯后腿,要不写毫无挂念地送郎上前线。

8月7日 一早起来,妈妈不在了。二嫂说她回乡下去了!她不辞而别,这样坚决地要回去,留也留不住。她舍不得乡下的孙子,担心二哥在受难。但她回去的遭遇真是难以想象的。人们不愿原谅的话,会被指责的呵,何必"飞蛾扑火"回去受罪呢。但是留她下来,没人同她说话,没人陪她出去走走散散心。她就像笼中鸟,精神也是苦闷的。

到邕州客栈去找到母亲,汽车没马上开。带她去吃了碗粥,买些糖和饼子给她带回去给孙辈们,陪着她坐了一个多钟头,也没太多的话。

下午说是要开会讨论调整干部问题,可部领导临时有事不在,会议变成了闲谈。晚上,袁家柯来传达中央宣传会议上陈云、李富春的财经报告。

8月8日 整天听乔晓光部长作整党建党报告。晚上,会餐。

8月9日 第二阶段学习结束了,把该保留的几个人的问题关键都整理出来。

晚上，袁家柯来继续传达周扬、徐特立、陈伯达等部长在中央宣传会议上所作的报告。

8月10日 处理了几天来积压下的文件。晚上，袁家柯传达陆定一关于宗教问题和罗瑞卿关于公安问题的报告。

克保来跟我谈家乡退租退押的情况，彝鼎也来陪坐了很久。二哥没钱还，好像事情也就过去了。克保说要二哥退工资的这件事是不合理的，许多老百姓对此都莫名其妙。

8月11日 上午，听省委组织部王副部长报告建党问题。下午，开科务会，讨论如何准备宣传会议和如何提出检查爱国公约。《宣传员讲本》读者很欢迎，如何进一步提高，使内容和形式更为群众所接受，是我们的努力目标。

晚上，去中华影院看《秘密使节》，拍摄镜头转切变化很快，有的观众恐怕很难完全接受。

8月12日 上午，审读编改"讲本"第十一期稿件，没看完，脑子就不行了。今天礼拜天，午睡起来已经下午三点半了。

米光华来电话，说秦似编的《牛郎织女》有问题，要他做个自我批评才好。晚上，同邓燕林去看《牛郎织女》。牛郎被写成高中二年级的文艺青年，口吻与精神状态跟劳动的农民子弟风马牛不相及；牛郎的哥嫂都是穷人家子女，为什么把弟弟撵出来。牛郎在人间遭受的苦难，最后被放逐，不是统治阶级，不是地主，而是本阶级的兄长。这就模糊了阶级观点，问题很突出。其次主题不鲜明，不必要的穿插太多太杂乱。剧本的毛病明显。

8月13日 写了一天才把整理农会、选好干部的一篇短文章写完。怎么那么吃力呢？是注意力不集中吗？还是笔放得太久了？

8月14日 全省组织会议今天由陶铸代书记作总结。晚上在冠生园会餐，席间有鱼翅和燕窝。餐后去看军区文工团演出《文天祥》。

8月15日 晚间，听袁科长传达华南宣传会议精神。讨论为迎接省宣传会议召开而要做的准备工作，决定我到桂平去搜集一些情况，18号走。王肖琴调来科里工作，分配她编《宣传员讲本》。

8月16日 文联、文教厅和戏改会的负责人来汇报部门工作。刘副部长事先没做好准备,汇报会成了漫谈会,聊天会。会上我谈了下对《牛郎织女》的意见,秦似立即作辩解。会后又去找刘副部长扯,大概想缓和对他的批评吧。

晚上,宣传部开娱乐晚会,缓和一下前段机关学习的紧张气氛。

看了一天菡子改写的《保尔》,大概有七八万字,我一口气读完,改写得相当流利。《钢铁是怎样炼成的》这部苏联长篇小说本身就很吸引人。

我打算把《英雄的一代》也用这样通俗的体裁写出来,先作为大纲,如果可以了,再细改。

8月17日 上午,开科务会,布置为迎接全省宣传会议要做的准备工作,整理三方面材料:一、时事宣传方面由冯廷仪负责,整理爱国公约与捐献运动的材料;二、政策宣传方面,主要整理春耕十大政策宣传和退租退押宣传,由覃伯承负责;三、宣传网由高以洪负责。

下午三点半,刘副部长拉去商量本部门人事调动问题。因四点钟要坐船到桂平去检查宣传工作,没谈成。

在船上,遇桂平县委宣传部赵福英部长开全省组织会议后回返,正好同路。船一直等到傍晚七点才由海关开出。

8月18日 早上船到横县,下午三点多到贵县,夜间十二点才到桂平。

一天在船上看老舍的《龙须沟》。他用人民政府修葺北京一条臭沟影响了一条街的贫民对政府对事物的新看法。写得那样平易,是一些街头巷尾议论,但是安排得匀称,显得特别自然、真实。

另外看《人民文学》四卷一期康濯的《正月新春》,写北方农村一天里头的工作。觉得叙述有些繁琐,形象不够鲜活,容易乏味。另一篇写工人参加朝鲜战争的《老大哥》就写得有味道。

8月19日 在桂平同赵部长谈了一个上午,具体材料不多。下午,县委宣传部在城厢镇工作的几个干事回来汇报情况。

城厢工作没真正做起来,街长由旧人员做,群众没有发动,捐献运动成了摊派、逼迫。老百姓提出没工做,哪来的钱捐?因为没有实行民主改革,形成"灯下黑"了,县城反而不如乡下。

晚上，罗播乡的宣传干事谈土改后宣传员所起的作用。宣传工作与中心工作都结合得很紧。这些经验可以推广。

晚上去公园看了一下，这里的公园很不错，自然环境好。

这里有一种木头戏拥有广大群众，演出也简单，可以推广，打算去石嘴找演唱的人来谈，把它介绍出去。

8 月 20 日　早晨，给晴写信。告诉月底可回去，叫她代外甥梁祥光去向省委宣传部要求，写介绍信让梁去考中原大学。给李金光写信提出杨联奋和郭文翰的工作问题。

中午，过河去检查村上的宣传工作。今天是桂平城里集市，村里人不多。在粥店随便找几个农民谈谈。他们对抗美援朝和捐献的道理都懂得差不多。

黑板报的内容有批评一个民兵分队贪污、包庇地主等错误的。和本村本乡工作结合得不错。

晚上到西山去看瀑布，桂平的中山公园和西山这一带的风景真不错。同王冠华副县长、赵部长他们还照了相。

8 月 21 日　上午，同各区区长座谈各区宣传工作。大部分区都能把宣传工作和中心工作结合起来一起布置，不过，有的区还只知布置而不懂得如何贯彻到具体工作中。

抗美援朝、捐献运动，一般群众都懂得，但多是只知其一不知其二。

下午，到石嘴去。坐帆船，一个钟头到了。这是一个靠江的码头，集市时人相当多，街市狭窄拥挤。我们到时已是四点了，街上还是人挤人。

夜里参加搬运工人的读报组活动，组里共 63 人，女的占多数。他们经过有组织的轮值分配工资，生活有了一定保证，情绪相当好。每天中午利用休息上识字课，夜间读报。读报的人每回讲得太多，他们记不大清，建议最好每天少讲两段好记住。

这里的人们普遍认为山歌作用大。木头戏闹了几个月，一直闹到农忙时。农村是欢迎它的。

8 月 22 日　上午，在街头问一个年老的木匠。知道他现在不能拉锯做活了，只靠在街头摆小摊过日子。对于抗美援朝的认识推说记不住了。捐献他捐了六七千,说是人家都捐。自己怎么能不捐呢?从与他的谈话中也了解到我们的工作不但有强迫捐献问题,还要强迫人家说是自动自愿捐的。

区政府召集乡长来反映各乡情况,虽然是宣教干事主持的会,也没有要各乡长汇报宣传工作。但问他们相关宣传工作,那还得找乡的宣教委员来另外开会。可见要想宣传工作与中心工作一起布置一起总结的做法,恐怕还得努力。

晚上,请来黄载初木头戏班演《气死杜鲁门》,他们自编自导自演,老百姓非常欢迎,六七百人来看了三个多钟头才散。

8 月 23 日 在大湟江口。本想到二十里的弘源村去检查一个村子的宣传工作,但交通不便,只好到江口去,再下到村子去好了,免得走路麻烦。早饭后雇木头船,上午 10 点钟从石咀出发,11 点半才到了大湟江口。到金田纪念中学去问一位姓黄的教员,了解附近村子的情形。

区政府的负责人都到县府去开会了,只有几位会计文书在家,情况无从了解。街上读报组比较普遍,晚上打算去看看。

这里是黄流的老家,他的父亲是个大地主,统治着全村,外号叫“十四公”。过去村里的什么事若不通过他是不能办的,现在被关起来了。黄流曾回来一次,否则,要被镇压了。

在船上时问船夫对美国侵略的认识,他的回答同大前天问桂平的船夫一样,都说没有时间参加会议,不大知道消息。在街上问了一个挑柴火来卖的农民和两个小学生,对抗美援朝的事都懂得一些,可是回答得很勉强。

8 月 24 日 金田中学来一个同学作向导,带我们到十里外的磐石村去。这一带的村庄都处在河的两岸平原上,周围全是良好的水田,各个村庄被浓绿的树林所覆盖。

现在区政府的驻地原是一户地主的宅院,它像座城堡一样矗立在低湿的小房屋中间。我们分头下去访问。我问了 6 个人,只有 78 岁的老伯爷不懂什么抗美援朝,但其他懂得的人也知道得不够透彻。

一个唱山歌的女人陈召雄,走到哪唱到哪,还沿村去唱。这里,到处都用山歌来宣传。乡长说,他们用山歌来管制土匪恶霸。因为山歌人人欢迎,有人就把它油印出来,每张卖 100 元,逢圩日还可销掉不少。有的把抗美援朝的山歌写在扇子上,叫作“抗美援朝扇”,300 元一把。

8 月 25 日　一早,到大宣乡去访问金田村。走了二十多里路,到大宣时已经上午 10 点多了。区政府的宣教干部黄嵩生是个很有朝气的青年小伙子,对宣传工作能谈出些具体事情。他说读报组成了农民的顾问组,鸡生病了他们都来问。

下午一点,到金田村的乡政府,乡长是个农民,刚提拔上来,他说这里抗美援朝的思想发动宣传工作只做了十分之三。

太平天国的练兵营在离乡政府二里地的高坡上,土围墙已经坍塌成了土堆,有块 1944 年国民党的甲长训练团立的碑。旁边是甘蔗地,有人在那里耕种,山坡下围绕着护城水沟。兵营旁边不远有座韦昌辉的庙。

8 月 26 日　安众乡有个 91 岁的钟九公,他能记起太平天国的故事。我们一早就赶去访问。这位老头牙齿全落了,全身好像是一层皮包骨头,说话很费劲。他告诉我们说,韦十二(昌辉)当时卖田制造兵器,说金田村紫金山是产金的地方,从北流召集来几千人,男女都有,军纪很严,男女不乱。饮鸡血酒发誓,作战勇猛,女的也上阵……现在,乡政府还存留一把剑,是洪秀全的先锋独眼龙的遗物。但此人后来投降了清朝。

这个村子对抗美援朝的宣传抓得较好,听乡长说有个 72 岁的二伯娘就捐献了四万元。她还准备拾粪肥增加粮食产量。我去看了她,她正要出门做工去。见我们来访问,给她照相更是高兴。72 岁看起来才像 50 多岁的人,所以她能够劳动。她说捐献飞机大炮是打日本,不让它再来。

下午又回到江口来,走了一天路,人疲乏极了。

8 月 27 日　上午,在江口区政府办的农训班里,测验群众对抗美援朝的认识。我问了 8 个农会干部或积极分子。中间有个中农,有个妇女。妇女是贫农,解放前常常饿饭,吃树叶发肿发晕。所以解放军来领导她向地主斗争,她积极参加。这次她捐了六万五千元买飞机大炮。她丈夫和她比赛,比她多捐了五千。两个小孩七岁和四岁,也靠拾粪捐献一千五百元。这些都是动人的故事。8 个人都知道抗美援朝的道理,但爱国公约还未订立。抚优工作做了,不知是三大号召。

下午，没有船上贵县，只好多等一天了。

8月28日　今天是江口集日，街上挤满了人。竹器和木器都特别便宜。一个小孩坐的竹车子在南宁要二万六千元，这里才要五千元。买了一张躺椅才花一万元。

等一天，还是没有船上贵县。到码头去瞭望，到茶馆去等。天黑下来了，打电话去问平南那边，今天应该到的船还是没见。在码头等到晚上十点了，露水把我们赶到屋檐下。最后还是到江沿的镇公所办公的地方去睡。

到了半夜，三点钟，船的汽笛才把我们唤起来。总算是坐上永泰拖渡了，船拖三只驳。一个小时才走十公里，到贵县恐怕到30号上午了。

8月29日　船走得太慢了。从江口到桂平，要四个钟头，十二点才到桂平。赵部长送来一包报告材料，省里宣传部连华南宣传会议的资料也寄来了，可是，在路上怎么看得了。

我把时间全让给读书了，一天看完了《落胆坡》，觉得它问题很多。主要是把匪势写成主动的力量，我们工作处处被动。有些问题提出来了又没有解决，工作队长逃避斗争，只剩一个干部孤军坚持，没见到党的领导作用。还有好些人物的出现和消失都没有交代得清楚。打算就此写个书评给《长江日报》。

8月30日　本来昨天夜里就该到贵县，却迟至今天中午十二点才到。开往南宁的班车今早走了，它逢双日开行，要等到下月二号才能坐上回家。我们只好明天去黎塘转火车了。

到贵县县委宣传部，见到姓董的同志。他对宣传工作倒是很热情，据他说，各区因缺少干部，或干部业务不熟，宣传工作不够深入。同他到江南电影院去看《卖油郎独占花魁》。还是那样俗气十足的粤语片。

贵县比去年繁华多了，好些商店的玻璃橱窗和货架都摆了不少洋什百货，俨然是座时髦小城市。我们花万把块钱，住进大东酒店。

看到8月28日的《广西日报》上有关《牛郎织女》的两篇文章。京剧团集体写的一篇意见对王劲的批评挑了些字眼。“广西戏改”的有意拿几篇稿子来谈神话和迷信问题，企图把中心的实质的问题扯到枝节文字上去。

回去有几篇稿子要写的，1.《关于牛郎织女——谁是牛郎的迫害者》（评论);2.山歌成了口号(通讯);3.捐献(小说);4.木头戏(通讯);5.关于《落胆坡》(书评);6.小故事。

8月31日 早上,从贵县坐汽车,上午11点钟左右到黎塘。火车要到明晨四点才开,我们只得在这里做吉卜赛人了。车站附近已经有铁路员工家属用草棚搭建起来了一条小街市。有好多间茶店和卖河南饺子的饭铺。我们坐在那里泡一壶茶过了半天。然后又到区委来同书记方之栋谈宣传工作。因刘副部长前几天在宾阳曾召集各区负责人开了宣传会议,作了报告,他们在思想上对宣传工作是重视了。

9月1日 早晨二点半就到车站来等火车。火车到站却已四点多了。在车上,遇见李少西,他作为柳州百货公司经理去南宁出席省贸易会议的。

车行太慢,一个钟头才走10公里。从黎塘到南宁120公里要走12个钟点。到家时已经下午五点了。看到坭坭好像长大了些。二嫂说,二哥还差五百万元还不起,叫陈绍枢想办法,但彝鼎说,绍枢也是没办法的。如果就是五百万元也并不多,只是出了这五百万元,只怕事情还不能了结。

晚间去看五彩片《世界民主青年大会师》,很美丽的场景。

回来收到两封信,杜略到广州荔枝湾区工作;光瑚问我还要不要子弹了?或者要其他东西,可以告诉他,他想法解决。

9月2日 到街上去走了一转,想买本《学习》,几乎走遍了南宁的书店才买到。每期的存货很少。

《牛郎织女》的争论在南宁引发风波。"戏改"和人民京剧团不接受批评,激起普遍反感。据说《广西日报》有几十篇批评文章未发表。"戏改"开了次座谈会。会上史副部长因对这部戏的严重缺点认识不足,发表了不恰当的意见,认为批评出现两种偏向,一种过早赞扬,一种是一笔抹杀。王劲因此极大不满,认为自己的批评基本是正确的,不存在偏向。如果一个党委的宣传部部长都说有偏向,那被批评者当然不接受批评,反省检讨了。

总之,当前的思想很混乱,缺乏强有力的领导。这场争论有可能弄得很庸俗,最后息事宁人,相安无事地了结。

9月3日 晚上，我们下乡检查的人要作汇报。白天整理材料而忙了一阵。

宣传会议要宣传科拟两个方案：一个关于土改运动宣传工作方案，一个是关于宣传网的方案。这两天各地报告都来了，真有点忙不过来。

给黄克勤回信，让他代弄一部收音机。

9月4日 看了几篇有关《牛郎织女》的文章。《广西戏曲》最近登出立羽的文章，更加毫无道理，令人气愤。晚上，报社、文联的人来部里谈《牛郎织女》的问题。决定组织人员写几篇文章；等秦似回来后，由省委宣传部召开座谈会，统一思想，使对《牛郎织女》的意见能取得一致。如果一天的会议不能解决问题，那就开两天三天都是需要的。文章由廖经天、周钢鸣、王劲和我去做。我打算写"关于神话与迷信的问题"。下午去看《世外老人》影片。《长江日报》来函邀作《文艺短论》栏目的撰稿人。

侄子陈四器已参军，现驻扎在宾阳待命出发，来信问候。即复回信。

9月5日 党校三期开学，请去吃晚饭。

廖经天请我给他的报纸写关于文化思想问题的短论。到处都要文章，我却连看文件也看不过来，不知怎样安排我的日子了。

9月6日 下午到省委组织部开会，讨论省委直属机关出席省党代会的团长人选及搬到招待所去住的问题。省委宣传部两位部长和我三个人，必须有一个人去住。谁去呢？我去了，家里的事谁做？

看各地来材料，审阅各人整理出来的材料。工作开始紧张起来了。

每天早晨学习党史，只看胡乔木的文章，没有其他材料参考，很难学得好。

9月7日 早上收到敬人来信，他对过去曾在旧军队的那段历史感到烦恼。觉得奔走半生，毫无所得。现在虽然找到了革命队伍，却背着历史的污点。到底是找到自已的队伍了，只要肯努力求进步，过去的污点是可以抹净的。

李副科长要到北京学习，晚上，部里弄了两桌菜叫大家吃一顿为他送行。

9月8日 到今天，应该整理的材料和拟的两个方案才弄完。各地的宣传部部长都来了。

韦必克来同刘副部长谈他的副部长和他参加不参加宣传会议的事，顺便也来看看我们。现在他是我们家乡的地委副书记。家里二哥的问题想同他谈，可怎么开口呢？

省文教厅弄来《武训传》影片，今天招待我们省直机关干部观看。看了以后，觉得如果没有毛主席指出其毛病，其他人恐怕是不容易发觉有问题的。

晚上，同晴、二嫂带坭坭到安乐冰室，今年头次尝试吃冰糕。

9月9日 上午，部里开会讨论宣传会议的议事日程及讨论内容。今天以后，就进入会议生活啦，党代会后是宣传会，宣传会后紧接着是省各界代表会议，恐怕非到下月中不得空。

下午，到陈绍枢家去坐一会。他说二哥问他借100万元，但他感到有困难。

9月10日 党代会下午开代表团的准备会。明天上午9点正式开幕。

小组会要在招待所开，饭也在那里吃，这样一天要跑好几趟路。

9月11日 省首届党代会今天开幕，我是440多个代表中的一员。陶铸代书记致开幕辞，陈副主席作了基本情况介绍与提出今后工作方向。

晚饭会餐。我晚上八点钟要参加苏联的华南领事的座谈会，饭还没有吃好就到市政府会议厅去了。苏联这两位领事，服装穿得很随便，只穿着短袖衬衫。同我见面也没讲究太多的礼节，原来紧张的空气一下子便和缓了。

听我们介绍广西特殊情况，宣传工作。他们对苏联影片在广西的放映非常关心，好像这个东西代表了他们的国家一样。他说前天中华电影院放映《阴谋》，把色彩和声音都弄得很糟糕，应该追究原因，敌人是企图用多种多样的办法来破坏民主和平事业的。广州的苏联片放映时便常常有发现被减掉某些镜头，或者故意把声音弄得听不见的情况。

散会时已经半夜十二点一刻了。归来刘副部长又找去谈他准备在党代会的发言提纲。

9月12日 今天小组会讨论昨天陶铸和陈漫远的讲话和报告。

省直代表在小组讨论中对陈的报告提了意见，认为报告中没提张主席的作用问题，重点剿匪前的宽大无边政策是右倾偏向等。还有人认为报告像本流水账。大会主席团给我们省直机关代表新任务，要我们分别到地委代表团去参加讨论，一方面是学习，一方面是代主席了解基层情况。

晚上看了几篇“讲本”稿子，人就很乏了。

9月13日 到钦廉地委去参加他们的讨论。在合浦和灵山小组,讨论如何组织力量参加土改问题。灵山认为土改条件还不具备,11月要完成试点不可能。现在才完成退押退租试点,全县还未铺开。即算有干部,领导思想不一致也是不行的。去年搞清匪反霸,几百个干部集中在邕宁一区,可是三个县委和一个地委领导的意图不一致,结果工作没办法开展。

晚间,部里讨论刘副部长关于宣传工作的发言报告。看第十三期"讲本"稿件。

9月14日 听何伟副书记报告土改的方法、方针和步骤。他的报告整整一天也没讲完,明天还得听半天。

晚上去中华电影院看《上饶集中营》。影片激起对敌斗争的仇恨与决心,充满着坚实沉重的气氛。

9月15日 何副书记的报告上午结束,下午由小组分别看文件,土改复查地区的代表要去听乔晓光秘书长的复查报告。

晚上,部里召集各地委宣传部长来座谈刘副部长的发言提纲。座谈会最后何副书记发言批评宣传部过去未被党委重视是因其没有很好配合中心工作,没有发挥作用,因而也就没有被重视。这样一说,引起刘副部长不满,发起牢骚来,埋怨党委没照顾宣传部门的工作,使其不了解整个党委的工作意图,怎么去配合呢?

韦必克今天同凤乡说,绥渌县委反映二哥隐藏3架电话机的事是真的,还说临解放时二哥想组织一帮人去越南。二哥的事叫我不必去管了。韦说的情况,应是下边的一面之词。下边非说出有这些材料不足以证明他们斗争的正确性。可是这些材料的可信度有多少呢?没人去调查了解,只能妄而听之。在现今如此的情况之下,我又怎么能为一个曾在旧军队当过副团长的哥哥说些什么呢!

9月16日 上午,听乔秘书长报告复查工作问题。晚间,彝鼎来谈二哥事。他说虽然现在可以找到钱给他。可给了钱问题也解决不了。反不如等土改过后,他有困难,生活不下去了再帮他了。

珍器参加省劳改队在车站附近修铁路,要求给他一本练习本和一支钢笔,我都给了他了，还给了几本《宣传员讲本》供他学习。真心地希望他能要求进步，好好改造，争取做个好人。

9月17日 上午去参加灵山县小组讨论何伟的报告。下午，在机关修改《关于推行几种宣传工具的指示》文件。

9月18日 上午，在部里讨论史乃展起草的发言提纲。下午，我负责整理资料对以往宣传工作的成绩做评估。

晚间，去看《百兽奇观》。影片里的百兽都是马戏团的动物，已失去原先的兽性了，个个半生不死的。远不如苏联另一影片《动物生活》，从森林里摄到的动物形象，每个都是鲜活富于生气的。

同苏上杰、丘昌文谈起省文工团的情况，感觉李金光受樊清璋左右摆布，起不到领导的作用，致使省文工团成立快两年了，对广西的实际工作没有一点贡献，今后不知他们要怎么搞下去。

9月19日 参加钦廉地委的小组讨论会。合浦县的宣传部长想调到省委机关来，他好像在下面有点不得志。

晚上，看《人民文学》四卷五期，张立云对碧野《我们的力量是无敌的》作了全面的分析，这部作品看来太糟糕了，为什么"人民文艺丛书"给它出版。

1939年鲁艺同学陈冷，现在改行做起了华南分局的调查研究室主任。今来找我没遇上，留下纸条说是想有个畅谈机会。我们十多年前曾经是要好的朋友。这十多年来的分别，大家都变老了，也变得结实了。他还居然进步成了高级干部。

9月20日 刘副部长这次传达刘少奇中央宣传会议的总结比较周到。目前宣传工作的问题都接触到了，不知各地党委负责人听了后有何感想。下午，刘副部长发言，目的打通思想，可是，对本省情况了解太少了，不能联系实际发挥刘少奇的结论。只是反复来回讲宣传工作与中心工作的结合，党委的重视等等。

周洁夫忽然到广西来收集剿匪材料准备写电影脚本。同他到冠生园去坐了一个钟头，谈了一通写作上的各种问题。大家都觉得现实是伟大的，但是典型人物没有被我们的作家塑造成功。

9月21日 上午,中央兄弟民族访问团的李德全、费孝通到党代会来报告他们在广西工作情况。

下午,我们部里开科长以上干部会议,讨论抽调干部下乡和最后两天的宣传会议如何开法。下乡问题,只能抽调次要干部下乡,还有一部分人留在机关。一方面应付门面,一方面临时派下去搞调查研究。

晚上,看省文工团从兄弟民族地区学习来的歌舞。中央访问团的西藏舞和山歌独唱给人的印象比较深。

9月22日 今天是大会发言。听了一天都是各部门各地区对土改运动的任务表示态度与初步的计划。

9月23日 钟国松说他就是1939年春在延安追王思真的李真,也同陈冷很熟。这一说,使我想到一个瘦高个,穿着抗大陕公服装的人来了。他现在只有鼻子还没变,其他部分由于他的发福而改变了。十多年实在不容易走过来的。可是十多年也很容易就过去了。好像天地真的不大,怎么那些人都又有机会遇上呢。

下午,到省委办公厅去看关于国庆纪念节的宣传要点。晚上,开小组会。各自发表意见,没有交叉。

9月24日 听党代会的大会发言。

晚间再到和平电影院看《阴谋》,遇陈冷。同他谈了好些往事,互相询问那些旧日的熟人,大家都成长了。有的在事业上成就,有的在职位上高升。陈冷也居然成为华南分局的重要干部,他对我的文学事业给予很大的期望,问我要作品。以为我应该到广州去发展文学的才能。

明天休息时间他来看我。今天,他好像比去年在梅花村相见时热情一些。

同刘副部长谈了半夜,睡觉时已经第二天的三点了。他说,部里的科改称处,已得批准了。

9月25日 党代会由陶铸同志以代理书记身份作总结。他以气势磅礴的精神,才气横溢地发挥着每一个论据。

9月26日 上午,陶铸继续总结到十一点多。

下午,陈冷来访。送他第二版的《好样的人》和《钢铁的心》。既作为相识十多年来的纪念品,也作为他了解我这十多年情况的依据吧。本来我们希望有时间来谈谈私人生活,刘副部长却请他去谈公事了。

晚上,我们几个科长商量明天宣传会议怎样开。商量后,已经是九点多啦。也许陈冷在晚会上等我,但太晚了,我不能去见他了。

9 月 27 日　全省宣传会议,早上由刘副部长讲今后的工作意见,何伟副书记也来说了一些宣传工作的重要性,以此来打通思想。

各小组讨论会是下午在各地代表的宿舍里进行。我去参加容县地委小组的讨论。他们对经费和编制问题意见很多,如何贯彻土改宣传却说得很少,很不完整。

晚上,审改"讲本"第十四期的稿件。

9 月 28 日　上午,听各地宣传部长汇报。大家对土改宣传工作方案提了些意见。下午,陶铸来总结,没说更多意见,他认为这次会议只能解决一两个问题。一个是打通思想,一个是解决土改宣传工作问题。

从"居然"酒家招待会回来,到中华电影院看《生命交响曲》。

9 月 29 日　到宣传干部训练班去讲《关于群众宣传教育工作中的几个问题》。从上午 10 点半讲到下午 5 点半,除了中间休息时间外,一共讲了五个钟头。人已疲乏不堪了。

在那里顺便同省文工团创作组谈了谈关于下乡问题。他们对于下乡参加土改没有什么打算,现在正在布置学习党史。这样怎能配合得上土改运动呢?他们对于当前政治动态茫然不知,有如处在世外桃源里。

9 月 30 日　礼拜天,人也懒散起来。昨天太累了,今又发现干咳,气力也没有,担心患肺病。

上午,到省文联去同胡明树谈参加中南文艺工作者大会的代表名单。顺便同他谈到文联干部如何下乡参加土改问题。他们也是对土改运动毫无准备,有几个人都动员到工矿部门去了。可见,文艺干部政治领导是薄弱的。

晚上,开小组会,讨论如何做好国庆节的保卫问题。接着又开部的行政会议,讨论如何结合土改宣传工作的问题,后来又谈到人事的调整。最后同王劲、刘副部长谈有关刘的领导问题。又是鸡叫才睡。

接到侄子敬人来信,他调到军分区做第四科参谋。

10月1日 大家停下工作,忙着庆祝国庆。从早上到夜间,街头的锣鼓声就没有停止。街上的彩色牌楼和墙上的标语、墙报,商店民户的国旗,把整个城市装饰成如同过新年的小孩。

我以一个摄影员的身份去会场巡阅一番,照了几张照片,但不好摄取大的场面。晚间,人已很疲乏。

10月2日 躺了半天疲劳还是没有消除。下午到街上去走了一转。南宁的街市太喧嚣,没有什么场所可以停脚的。可是,我又喜欢常常到人群中和商店里去走,好像别人到公园去逛一样的。现在,引起兴趣的东西真是太少,工作以外,再找不到可以消遣的东西。

晚上,听毛子良回来传达中央出版会议精神。后来,刘副部长拿来一瓶葡萄酒在方舒的房里几个人喝到半夜。

下月我要到中南去开文代会,回来想到土改队去。

10月3日 晚上,到省文联开常委会,讨论出席中南地区文代会名单问题。同时,也谈到今年鲁迅逝世15周年的纪念方法,谈到招待出席省各代会的文教代表问题。

10月4日 下午,去省文联参加美术评选工作。晚上去看军区文工团演出《董存瑞》。

10月6日 省文联开会讨论如何纪念鲁迅逝世十五周年,以及如何招待省各代会的文教代表。会上,大家情绪不高,方管一言不发,显得很清高。这样的读书人在新时代里恐怕只作为旧社会的痕迹存在了。

纪念鲁迅的大会开不成了,大家都要到乡下去为"闰土"们闹翻身,只好召开文艺干部的小型座谈会和晚会。

10月7日 新来的《文艺报》47、48期合刊和《人民文学》第4卷6期,里边有几篇纪念鲁迅的文章,看了一天。

陶铸代书记到广西来十一个月,打开了广西局面,肃清了土匪,土改的准备工作有了基础,现在要回中南军区政治部去了。晚上,在交际处四楼,办公厅设宴欢送。我受邀去参加,见宾客多是民主人士,党内的人只是些厅处的负责人。

去看影片《思想问题》,跟话剧没多大区别。导演没有突破舞台剧的桎梏,人物化妆也很粗糙,对话也不清晰,给人印象很稀薄。

10月8日 以为到十号才去宣干班讲"建立宣传网"的课,突然发觉我记错了,今天就要去上了,匆忙中写了个提纲,临时去对付。

下午,改写"土改口号"和《建立宣传网的方案》。"建网方案"如果照中南的标准重写一遍,那是没有必要的。想把它改写成一个工作计划,把建网的道理以及宣传员的任务,工作方法也提到,这样对下面区乡干部是有用的。

10月9日 打算写本省的《建立宣传网的方案》。中央的决定已经把宣传网各方面问题都规定得很周到了,只是我们这里的各级党委没有很好讨论,所以至今不少地区仍对宣传网的认识不对头。假如另外写一指示,可能会与中央决定重复,不写吧,又觉得过去的两回指示都说到了本省情况,只有制定自己的方案,才方便基层使用。那么,怎样写才好呢?最后,把写作任务交给苏上杰,要他写出各地建网的具体步骤和要求。

土改宣传要点和口号今天弄好,交秘书处抄送省委办公厅。晚上,读《人民文学》斐定的《爱伦堡创作的道路》。

10月10日 卢林来信,说是将到南宁来,可能带来梧州的蜜枣。

开科务会,初步规定个人的工作任务;"讲本"改为每月15号和30号出版,从50开本改为64开本;土改小册子名为《宣传员丛书》,由高以洪负责去接洽出版事情;规定每天晚上为学习政策和业务时间,目前的学习文件为陶代书记在党代会的总结以及何伟的土改工作报告。

土改山歌,刘建勋编得不够精,改起来很费力。我重新拟定了工作学习时间,不知能照办不。

中南文化部来人了解广西文艺情况。

10月11日 同吴三才、曾海君谈将来调到宣传科的工作,介绍他们去找省文工团的陈列、张润增,一起向中南文化部的焦焕之谈文工团的情况。因谈得很兴奋,下午头有点发晕,看《山歌选集》也看不下去了。

陈翠华领着一个叫李妮的女同志来,要求介绍到省文联去工作。

10月12日 又弄了一天算是把四本《山歌选集》编好了。四本东西,分成:一、抗美援朝;二、清匪反霸,退租退押;三、土地改革;四、歌颂与生产。

刘副部长领导的土改队明后天就走了,部里的人事调整以及工作安排没有交代。

夜间,刘副部长把陈副主席的指示传达。陈指示宣传部应注重三方面工作:一、土改中的宣传和培养干部;二、关于文教厅的学校教育问题;三、关于思想动态的领导。

上海新文艺出版社来通知:《钢铁的心》出三版,版税七十一万七千五百元。

晚间去看电影《民主青年进行曲》。

10月13日 上午,开部务会议,讨论的问题好多,但部里的具体工作决定,还得留待下一次会讨论。组织文教部门参加土改工作,要等到17号。大致决定:文工团交给文教厅的文化艺术处。

下午,刘副部长的土改队下乡去。同他们到心圩去走了一趟。刚下过雨,村里到处泥泞,空气挺潮湿,感到很不舒服。刘本想留我们住一宿的。

先在那里的燕京和辅仁两大学的学生早在等待土改工作队去同他们会师了,大家见面都很热情。

10月14日 上午,到何政委处开会。讨论:一、各地市农民报及工人报问题,要求明年《广西日报》发行五万份;各地市共发十四万份;从报社调出九个人到龙州、百色、宜山三个地委办报。二、出版社可筹办。三、省委筹办大纸厂,宣传部纸厂交工商厅去办。四、文工团暂不交文教厅。五、秦似小资产阶级思想浓厚,对于《牛郎织女》的错误认识不够,应叫其参加土改。六、周钢鸣像党外人士,没有党员气味,也让其参加土改。

下午,宣干班结业。晚餐在桂南酒家。欧文思和李增泰来访,同他们到冠生园喝茶。

10月15日 早上开部务会,讨论从宣干班调干部的分配问题。

外甥梁善光从乡下出来,告诉些情况。二哥仍在做客店生意,但不知能过土改关不。

10月16日 刘副部长叫去讲了一番昨晚他同史副部长交换意见的经过。

他说史说的，我同袁似瑶两个科长难领导。其实，我们就是书生气浓厚一些，性情比较直，容易碰撞。但并无转弯抹角，搞当面一套背后一套，了解了倒容易相处的。

晚上，同胡明树去看歌剧《白毛女》，比话剧好像更生动活泼。但结尾太草率，1937 年八路军刚到华北时，群众不可能是这样子的。

10 月 17 日 谭流来，同他谈了一下宣传科的情况。他来可以做秘书。科长不在时可代行职务。

上海新文艺出版社三版《钢铁的心》寄来一本。白焰来信，说原来家乡有老婆，现在办了离婚。到绍枢家去坐了一会，他请求我代荐他的六嫂到印刷厂做女工。

中南文代会要党委审查代表资格，并组成代表团的党组。何伟政委要我做党组的负责人，去中南之前他可以来讲话。他还要求在代表团中做好团结、统战工作，号召大家在会议期间，虚心地向兄弟省份的代表学习。

部里开文化工作者参加土改的会议。

10 月 18 日 从宣干班调来的谭流、梁家禄、曾海君今天到科里报到。开个小会介绍工作情况，初步分了工。

到省文工团去的吴三才来谈文工团的情况。一号寄去《长江日报》的《学什么》（与爱好文艺青年谈学习）在该报十四日的第五版《文艺》栏发表。

编好苏上杰写的《怎样做宣传员》的小册子。“讲本”第 15 期审核完。

黄吉祥从桂林纸厂来信。

10 月 19 日 审阅王肖琴写的《妇女翻身》小册子。她写得比较通俗，三个钟头可以看完了。

晚饭后到中华书局去，在鲁迅逝世 15 周年纪念日，买回九折价钱的《朝花夕拾》和《华盖集》。

10 月 20 日 上午去省文工团讲文艺如何与实际结合，如何为政治任务服务等问题。一共花了两个半钟头。

晚上，听史副部长传达省文教厅从全国初等教育会议带来的关于周总理的报告。

目前,我们是处在战争的中间,对世界局势,我们是“力争和平,准备战争”的方针……克服事务主义的作风,应考虑最主要的决定一切的问题,其次是每天必须有一定的看书和考虑问题的时间。

10 月 21 日 去人民礼堂参加全省的第五次公安会议。晚间,收拾东西,准备明天搬到桃源路的新房子。

10 月 22 日 整天都下大雨,我们就在雨中搬家。新房子比旧房子好多了,我们专员级的干部还发了一张沙发床。和小孩子分开房子住,以后可以安静一些了。

把版税二百万元存到银行,作定额保本保值储蓄,今日牌价每分3700。

接到文少峰来信。他是工人出身,现当报社经理。

10 月 23 日 得敬人来信。他已来了三封信还没给他回过信呢。那浪村的两位同乡来信希望我介绍他们去“革大”学习。

10 月 24 日 上午,看“讲本”的清样。晚间去文联找周钢鸣谈出席中南文代会广西代表团的一些问题。他刚从北京开完中苏友协代表会回来,谈到京城文艺界的消息,周扬可能来广西参加土改。

10 月 25 日 苏上杰从邕宁第一区省直第二团的土改试点乡村回来,传达那边群众的思想状况。

到新华书店去谈“讲本”发行问题。书店承认过去是有点单纯经济观点,没有吸收订户,现在已转变观点,打算作扩大订户的工作。

下午处理省文工团送中南文代会锦旗上的题词和回答省文联贯彻民主改革运动的招贴画问题。

晚上,部里开会,讨论第二批参加土改干部名单,宣传科有高以洪、刘建勋和蓝启煊。散会回来同科里同志研究以后的工作安排。

10 月 26 日 上午科里开会,讨论下乡的同志如何结合业务开展工作,在家的如何承担下乡人员的工作等问题。另外还研究业务学习如何进行。

刘副部长来信要宣传科派人下去讨论土改队的宣传教育工作。派谭流和苏上杰明天去。

晚上,部里开会,谈编制、谈下乡、谈经费如何开支。

10月27日 上午到陈东村的土改第二团去见刘副部长。谭流、苏上杰、高以洪都跟着去了。

刘副部长原来打算让宣传科的同志下去后,立即到各村去调查了解情况,就地写出宣传材料来,然后印发下去的。现在宣传科的人下去了,跟刘副部长他们谈了半天,得到经调查研究后的情况很少,大半是闲扯了。他们把团部设在一个仓库里,与村里的老百姓分隔开了,知道的情况当然有限了。末了,刘副部长拿出他家乡寄来的十几颗福州寿山石赏玩,从中挑出一颗最小的送给我。

晚,同晴上街去买了面镜子。

10月28日 上午,去听全省第五次公安会议总结。下午看高以洪写的《伟大的祖国》的稿子。他写得比较空,文字也不通俗,看和改都比较费力。

晚上,省文工团吴三才来说,今天省委组织部开会,要组织下乡工作队。听说党群系统组成一个中队,周钢鸣队长,周要我作队副。

为什么事先我没有消息呢?不知史副部长如何看法?下去了,宣传科的工作谁做?《宣传员讲本》谁主编?如果不考虑工作问题,我去也好,到乡下去锻炼一段时间,将来可以写小说,不一定做现在的工作了。但是,如果要下乡就不需要去中南开文代会了吧?

晚上,开支部会,被选为支委。

10月29日 下午二时同史副部长、周钢鸣到何伟处去请示。何副书记对我们广西文艺界代表团到中南也没有什么交代,只随便谈谈代表团应注意团结,向人家学习。后来还谈到《牛郎织女》的错误问题,认为这些错误都是由于作者思想没有得到很好改造。

下午三点半回到省文联开会,由史副部长向全体代表讲话。选出团长秘书、干事等。副团长不设,我只担任组织干事,党内的事却由我负责。

10月30日 今天动身到汉口出席中南文学艺术工作者代表会议。周钢鸣迟两天才走,由我代理团长把全团人领去。

上午,到银行把母亲的五十万津贴存入定额储蓄。

中午十二时三十五分,火车从南宁北站开出。同行的有方管、甄伯蔚、胡明树等人。

10月31日 天刚亮到了柳州。火车到中午十二点才开往汉口,我们到城里走了一趟。在一家专做云片糕的店里买了四包云片糕,吃起来也没什么特别味道。

晚上到桂林站。平乐代表邓天培,柳州陆田,桂林的朱乃文、谢至君等上车来了。邓天培是地委宣传部长,带一个警卫员,看他好像不是来开会的。他曾当过贺县县长,如今改行做宣传工作了。

11月1日 上午到衡阳,下车吃碗面条。这里有莲子粉卖,8,000元一盒,打算回来时买点回家。

下午到长沙。大家在车上都被五百分吸引住了。我却读着柳青的《铜墙铁壁》。他写得很熟练,不过,人物性格并不突出。事件倒安排得相当周到,在政治上掌握得很紧。

11月2日 早晨六点半到武昌,七点到中南文联向大会秘书处报到。下午上街看行情,打听要买的打字机。到《长江日报》去见到绿原。晚上去怡新澡堂洗澡,顺便买双小孩的鞋子。入夜,大家都被房间里的千百只臭虫赶下床来,睡到了走廊。

11月3日 早上,到中南新闻出版局熊部长处开大会的临时党组会议,讨论主席团名单和讨论熊部长的发言内容。

下午,到洞庭街99号军区文化部去看到西虹和他爱人、小孩。西虹专门弄创作已弄出些成绩,现苦恼写不出好作品。这是他不断要求进步的表现。1947年他也曾苦恼天天写小故事,写真人真事没味,后来写了《零下40℃》一炮走红。现在的苦恼也许正是为将来写出好作品积蓄能量吧。他的女孩不到两岁,个头不小,模样挺俊俏。在他家谈了一个下午,吃过晚饭才离开。

11月4日 同邓天培到街上走了一天,打听放映机的价钱,每台要三千零八十万元左右。我花四万元买回两双象牙筷子。

晚上去民众乐园看越剧《龙凤洞房》,没看完就离开了。到各个剧场走了一转,都是听不懂的唱腔。

11月5日 上午开大会的准备会,各代表团负责人参加。通过主席团名单。我是主席团成员之一,又是支部委员。

下午开支委会后,接着开党员大会。晚间,又开党小组会。

武汉通俗出版社邀请在冠生园吃晚饭。认识了廖冰兄和黄谷柳。他们两个,一个是武宣的,一个是钦县的,都是在外省工作的广西人。

11月6日 中南文学艺术工作者代表大会正式开幕。我就坐在主席团台上,结果反而听不清报告者的发言。全体代表共400多人。赵部长到会讲话。

下午,广西团开会,分成三个小组。

晚上,看常香玉演豫剧《新木兰从军》。大家都叫好。她也是代表,要靠义演捐出一架飞机,现在已经得到五亿多元了。

11月7日 上午听湖北农村剧团和武汉市第一纱厂文艺活动的典型报告。下午是部队陈亚丁报告。

会上,艺人"展览"。武汉相声;演粤剧的白驹荣,他眼睛看不见了仍赶来参加大会,去年还参加了广东土改。

晚上,看中南文工团演《冷战》。剧本写得很好,好多对话很精辟。

11月8日 今天的典型报告有武汉戏曲改革;香港文艺活动(司马文森讲);李苏报告参加全国政协情况;江西的山歌;农民李文元和战士高玉宝的发言。

刘副部长来信,附致刘祖春、郭小川信,想请调工作。本来想和小川谈谈部里情况,可是看他好像不很愿意听,我也懒得去再问。

晚上,看电影《勇敢的人》。

11月9日 中南文联筹委主任熊复报告《为坚持毛泽东路线而斗争》。

晚上看楚剧《血债血还》。同王宇红去看苏联影片《春天的故事》,等了三个多钟头没看成。

广西代表团全体代表合照纪念。回刘副部长信,并给敬人、荫溥各一封信。

11月10日 大会支委开会,研究如何讨论熊复主任的报告。

晚上,看马连良演京剧《甘露寺》。大家觉得不如常香玉的豫剧易懂。

11月11日 上午熊复主任继续报告。下午杜润生报告土改工作与知识分子改造问题。两天来熊复的报告过于沉闷,杜的报告生动具体、一针见血,一下子震醒了人们的耳目,全场为之振奋。

张靖来看邓燕林和我。同她到冠生园吃了晚饭,又到交际处去看了一下舞会。张告诉我好些《东北日报》熟人的私生活。

11 月 12 日 上午熊复继续报告。下午大会休会。中南宣传部报刊处召开出版工作座谈会,华南分局杜埃,中南新华书店,出版局曹主任等参加。我反映了广西情况,出版社有成立的必要,但缺机器和经费,再就是书店发行过分强调经济观点等。

11 月 13 日 上午,我们小组到中山公园茶亭开讨论会,一边喝茶,一边谈问题,倒是怪惬意的。下午,听赵毅敏报告民主改革工作。尔后主席团开会,讨论更改开会议程事。

给白焰寄出一信。

11 月 14 日 整天开小组会,整天就待在中山公园里。晚上,看苏联片《俄罗斯航空之父》和纪录片《中华杂技团》。

刘副部长来信,叫代买棉毛衫,并说宣传部情况。

11 月 15 日 给刘哲生、严蒙各一信。上午广西代表团开讨论会。下午,请假到百货公司买打字机。到新闻出版局要求补发给广西的新闻纸。

在复兴村见到徐敏夫妇,他们感到低薪制不够开销。张建虹也在那里,她生养了两个小孩子,人却没有多大变化。

夜里,周钢鸣谈及秦似,极不认同。

11 月 16 日 赵部长政治报告。指出今后三大任务:一、抗美援朝;二、增产节约;三、思想改造。

11 月 17 日 大会发言。给史副部长写一信。

下午开支部大会,说明保证选举全中南区委员会名单。开头准备保证选 71 人,因华南提出的人太多。中南感到不好办,熊复说:都不保证,由大家选好了。结果只保证 23 个人。

晚上,到部队艺术学院看他们演出歌舞节目。

11 月 18 日 大会通过会章和议案,并选举委员会委员。

被派为开票员,同廖冰兄一唱一记,弄了二个多钟头。选举结果,广西当选三个人，周钢鸣、阳太阳和我。我是没有得到保证的，结果还有95票，比某些省的文联主任还多，大概总还有些人知道我。

会议今天闭幕。晚上，看中南艺术学院的表演。

11月19日 同邓燕林到武昌去看张靖，同她到黄鹤楼去玩了半天，照了几张照片。

晚上，中南局招待茶会，邓老出席讲话，李雪峰和张平化也出来见了见面。

谭流来信，讲了些部里情况。王真调来中南工作了，写信来叫明天去看他，他还是那样念念不忘我们的友情。

11月20日 到民生路长江饭店见到王真。他从广西军大调到部队艺术学院当副院长，觉得不比去华南军区当文化部长好，所以谈话总不离这个思想。

上街逛了半天，到夜间才下决心花94万元买了一床俄国毯子和一只白皮箱。

11月21日 火车时间改变了，到广西的下午三点就开车，二点钟以前就得过江上车站。

早上到街上去买苹果和一些零碎的东西，想到胜利街旧书摊买《战争与和平》，没买到。下午一点四十分我们离开中南团校（广西代表团宿舍），二点过江。今天从西边袭来的寒流到了，我们的船几乎被它撞翻，长江的浪掀起好几尺高。

天气骤然变冷，大家藏到被窝里去躲避这股寒流。

11月22日 看小说《活人塘》。作者对文字的运用不够熟练，有好些江浙话也不好懂。本来是动人的故事，但经作者描绘后反使人不是那样地感动了。

11月23日 天没亮就到柳州了，火车清晨6点40分才开往南宁，我们在车站等了一个钟头。在车上，把《文艺报》49期和50期两本都读了一下。

寒流一直在追赶着我们似的，天气变得非常寒冷。早晨两只手都不敢拿出来。

车行速度加快了，从柳州到南宁，13个钟点可以到达。下午7点45分，我们就回到家了。

回家收到一堆信：谭荫溥调到青岛海军基地政治部；萧戈在江西军区政治

部；黄永章告诉我，同“小黄”一起那个姓谢的是特务，让我留意“小黄”；阿眉说想进工厂做工，叫替她们介绍。

11 月 24 日　刘副部长从乡下回来，同他谈了一下，又同史副部长汇报了一下代表团的情况。

敬人来军区司令部开会。他长得高高大大的，离开他时，他才是十四五岁，现在他说已经 29 岁了。他很重视思想锻炼，一些看法有相当水平。

晚上，同晴与敬人到电影院想看《翠岗红旗》，结果没看成。

11 月 25 日　早晨同敬人去喝茶。中午十二点又同他和晴去看《翠岗红旗》。影片把老苏区人民二十多年的斗争，革命干部家属的生离死别描写得很动人，是部好作品。下午给坭坭和敬人各照了几张照片。晚饭，杀了只鸡请敬人来吃，也算提前给坭坭过周岁生日。晚上开党小组会，讨论中央关于吸收新党员标准的规定。

11 月 26 日　早上向省委宣传部全体干部传达中南文代会的重要报告。下午，到省文工团同甄伯蔚谈他的工作问题。他想离开广西，劝他不要走。将来等土改完成后，大家一起搞搞文艺运动。

11 月 27 日　给白焰、萧戈各一信。

史副部长和谭流到柳州、宜山去检查下边的宣传工作。同袁科长、樊清璋、甄伯蔚到刘副部长的土改团去听中队长汇报。

晚上在省文联同周钢鸣谈如何传达文代会的问题；讨论《牛郎织女》的问题；甄伯蔚要调走的问题。

11 月 28 日　“戏改委”送来一张戏票，请去审查他们准备参加土改演出节目《九件衣》《白毛女》《情深似海》《小二黑结婚》的试演。晚上，到人民礼堂去看戏。白天处理中南催要的建网总结。到省委办公厅看电报：有关党校工作会议的通知；新华社工作要当地党委给予监督与领导的指示。

坭坭今天周岁了。

11 月 29 日　支委开会，讨论本部门检查压制民主书面汇报。下午，骆绍基来汇报出版社的筹备情况。我让他做明年出版计划送给中南出版局。

部里翻印柳州文联陆田的《土改一现，人民生活齐改善》，有人提出批评，宜山地委没有发下去。以为单纯经济观点,工农联盟思想不够明确。工业不振,归罪于农业生产力不高,不够全面。应该还要提到帝国主义的侵略与剥削。全面来看,陆田一文政治性不强。在土改后没有把农民引导到爱国主义上来,在土改中没有强调阶级斗争,消灭封建,只着重讲生活方面。从这教训中,我们认识到审稿工作不能大意。

到省医院去看陈闲,谈到夜间十点才回。他过两天就去土改二团了。

给四哥去信,叫他把二嫂在乡下的衣服寄来。

11 月 30 日 看了半天各地的报告。容县地委各县的宣传工作都因党代会对宣传工作问题的重视而显得比起以前大有进步。宣传工作的意义及重要性初步为负责人所接受。问题是今后如何弄好还是需要宣传部门努力的。

还是保持每天早上读理论。打算把《实践论》读通。

给荫溥、容县县长黄克勤、若嘉各一信。

12 月 1 日 到省文联同周钢鸣谈传达中南文代会决议问题和关于《牛郎织女》座谈会的开法。以为座谈会还是先在内部开,把意见统一了(特别是秦似的意见),然后再在党外开。否则意见分歧太大,座谈会的效果就不大了。

审阅向中南报告宣传网的总结,在报告上签写今后意见几条。

审阅陈更新和雷时康的连环画。

晚上,看土改巡回演戏队试演《似海深仇》。

12 月 2 日 审阅《宣传员讲本》18 期稿。给西北局调研室黄流写信;给《文艺报》寄转董均伦信,问他近况。

到江沿走一趟,旧时道路改造后好多了,以前有个临江公园已经见不到痕迹了。晚上,看《小二黑结婚》的粤剧试演。

12 月 3 日 看各地报告。宾阳、容县地委各县的宣传工作,从上到下都作了一次动员,过去认识不够的,由于九月党代会传达刘少奇的总结,大家都认识到宣传工作是思想领导,不是技术性的工作了,也知道一切工作都要通过宣传了。

上午谈了一下学委工作。党史学完了,改学土改文件。

晚间，开党小组会，学习《广西日报》批评张运祺压抑批评的文章。顺便扯到我们部里两位领导人的作风问题。

明天土改第二团各队汇报，打算同刘副部长一起下去住一宿。祥光来说名器在家失学，想出南宁找工作或学习。这个担子落在了我的肩上。

12月4日　同刘副部长、陈闲、方管到土改第二团去听各土改队汇报。中午十二点开始汇报。各队现在只能汇报比较突出的问题。有的发动落后层较好，有的斗争会准备得好些，有的是如何斗倒地主的，都讲了一些，但是讲得都不够具体，因为这些中队长都不是深入到群众中去的，只是浮在面上听小队汇报。要求明天各中队做出阶段性的比较系统的发言。

各队现在都有专人负责青年工作和妇女工作，只有宣传工作没有专人负责，群众还是不能从中明白道理，提高认识。

同方管、陈闲他们谈了些闲话。方管说自己并不是专弄文艺的人，如果说是弄旧文学的那还有道理，因为他是方苞的后裔，曾经也弄过旧文学。他对李白是感兴趣的。

12月5日　正准备听各中队的典型汇报，突然通知省委扩大会要我回去旁听，汽车也派来了，只好回去。

今天是陈副主席传达中央政治局的决议。主要精神就是三大号召：一、抗美援朝；二、精简节约；三、民改与土改。在这里边，毛主席特别提出三大要求：一、抗美援朝必须胜利；二、物价必须稳定；三、生产必须增加。

其他方面，还有整党整风，社会主义建设五年计划，十年远景。十年后进入社会主义，二十年后全国工业化。

晚上，看影片《大地重光》，写新四军在抗战胜利北撤后，留在后方的游击队的艰苦奋斗故事。

12月6日　上午，刘随春代表军区报告部队整编，转业建设人员的计划。下午，贺希明报告财经方面的增产节约问题。

晚上，覃伯承从桂林造纸厂回来谈纸厂问题。其中质量问题影响到“讲本”的校样看不出来。

12月7日　早上赶看“讲本”校样。

魏伯来坐了一会,把图书馆的《铜墙铁壁》借去。他还念念不忘弄文艺。不过,他的天地越来越广了,恐怕对文艺也只能想想而已。

苏上杰来信,宾阳地委召开的宣传会议暴露一些问题。县以下干部对建网问题认识很模糊,发动起来多不能按中央决定,手续很乱。如果统一全省建网的步骤和方法,单发一个指示,恐怕不能解决什么问题。唯有召开一个会议,由各县来一个干事参加,专讲建网问题。不过,目前在土改高潮中是否能办到,是一个问题。晚上,开部务会议,把以上意见提出,史副部长表示考虑。

12 月 8 日　早上基本能坚持一个半钟头的读理论时间。同处里同志交代关于精编节约问题,布置大家写传单等。

12 月 9 日　袁似瑶同史副部长谈话谈炸了,跑来跟我说史不虚心。准备有机会时在小组会上还要谈。同陈闲到附近果树园去坐了半天,谈谈广西文艺界工作如何搞法。感觉周钢鸣的领导责任没有真正发挥起来,许多工作都没做。

给苏上杰、高以洪和刘建勋写信,告诉他们关于建网工作问题。

12 月 10 日　刘哲生来信:他早已调北京新华社总社工作了,而且已经做了爸爸。思想感情变得扎实些了,感到了当爸爸的乐趣,感到幻想已不能喂养他的生活了。他对我写作倒是异常关怀,总是觉得我放弃笔杆很可惜。

审阅滕留寅写的《土改通俗讲话》和几幅连环画。

晚上,开党小组会。史乃展不愿接受同志间的批评,处处解释,处处联系宣传部过去工作的缺点。因此对过去宣传部的人现在做的工作都存在着不信任的态度。就连宣传处编的"讲本"在现实中是起了较好的作用的,他也认为这不属于宣传处的工作范围。这样一来,下边的人要开展工作就大成问题了。

12 月 11 日　一早,《南方日报》副总编辑曾艾狄来谈在南宁建立通讯站的问题,陪他扯了两个钟头。

谭流从宜山带回来那边土改中的宣传工作情况。照说来,那边的工作是重视了宣传工作的,因为宣传部长能挺身而出,敢于负责,敢于部署,敢于作战。他在土改试点中,大队部有宣传机构,中队小队也有。形成系统的领导,有部署有检查有总结。所以能把局面打开,形成那里宣传工作做好了,那里的中心工作也就做好了的态势。

审阅了滕留寅《土改宣传讲话》。觉得重复的地方相当多,排列也乱。叫他另行组织添补。

12月12日 下午,旁听省委扩大会,何伟、覃应机、李天佑等同志发言。晚间去看《民主德国》新闻纪录片。

今早被史乃展邀约谈话,把早晨学理论的时间全占了。

白焰来信说广州海关查没的手表比市面上便宜几成,如我有需要他可代买。他现仍在弄码头工人的民主改革工作。

12月13日 省委扩大会议今天结束,我去旁听了一天。增产节约的另一面是三反:反贪污、反浪费、反官僚主义。这个问题被强调起来。

土改工作重新作了布置,明年六月争取完成,下半年省委即转入城市领导了。在广西这样条件下,是否太快了一些?

土改政策有了新规定,公安工作、教育工作也有了决定。只有宣传工作没有提到一句,这样一来,宣传工作还是很难弄的玩意。

12月14日 到省文联去开常委扩大会,讨论参加土改后,留在家的人如何编《广西文艺》,如何发动文艺界学习问题。因为大家都下去土改了,学习的问题只能推延到明年四五月间大家都回来才可进行了,到时要好好把过去的工作都摆到桌面上来谈清楚。去开会前,史副部长没有对我交代什么,开会回来对我却说些"马后炮"的话。这种做法实在难搞拢上下级关系。

看了中央关于文艺界学习改造问题的指示,周扬挨了一棒,预感文艺界要来一次大整风了。全国胜利了,接触了更多的资产阶级和小资产阶级的东西,文艺思想是有些混乱,不整一下容易退回到小资产阶级的王国里去。

12月15日 开处务会,布置工作:一、结束1951年,写一个报告给分局和中南,讲明1.省代会后,广西宣传工作的转变;2.关于土改宣传的布置;3.关于建网的工作;4.关于抗美援朝捐献;5.关于《宣传员讲本》。二、土改宣传:1.发正式宣传大纲,2.出连环画,3写传单。三、建网发指示,通报宾阳建网的布置,写总结一篇。四、发指示,如何宣传三反,增产节约问题。五、每月发宣传提纲。六、编情况通报。

同乡胡振洋从大浦煤矿来谈,有点经不起艰苦生活的味道。

接到四器从柳州来信，盼知家乡消息。晚饭后上街给坭坭买娃。

12 月 16 日　看孙谦写的《陕北牧歌》。故事太单纯，人物也直线平板，叫人留不下深刻印象。

晚间，支部大会讨论滕留寅的入党问题。刚来的梁家禄他们对其了解不深，加之平时的感情因素，用很高的条件标准来衡量他，认为他还达不到党员条件。平时同他相处较好的骆绍基则把其身上的小优点提高到原则的高度来评估。大家的意见不统一。

黄克勤回信，说等有人去南宁时给我带来一架 3.5 镜头的照相机，质量很好。

12 月 17 日　修改土改宣传方案。接到谭荫溥从青岛海军基地政治部来信，说是当了宣传部副部长。但有一点懊悔抗战胜利后放弃了写作这个理想。因此希望我多多劳动，做个作家比做文艺的官好些。萧戈也回信了，说是结了婚有了小孩，过些时候设法给我寄些江西瓷器来。

晚间，参加省委扩大会，听传达中南整编问题。省文工团取消，这件事情的善后工作还得要费些事呢。

12 月 18 日　读"湖南省委宣传工作通报"。审阅毛正三的诗画。

了解宣传部浪费的具体情况是多买了几份报纸和杂志，如果拿去作为动员反贪污浪费的材料那是不够的。夜间工作是安静的，但是开夜车又妨碍明天精力不济而影响工作。

12 月 19 日　卢林从梧州市工商局来参加统计会议，同他闲聊了半天，晚上到一间狗肉馆去吃饭。他送我一包梧州蜜枣。

听说，中央来一批文化工作者参加广西土改，里边有艾青、田汉、胡绳等人。

夜间被阿·托尔斯泰的小说《两姐妹》所吸引。人物描写得很细致，笔调也异常流畅。书的篇幅虽然很大很长，却没有使人有"什么时候读完呀"这样的感觉。

12 月 20 日　改了三个小传单。读《宣传通讯》。

下午曾艾狄来辞行，他老兄倒还是很本色，没有总编辑的架子。晚间继续读《两姐妹》。

12 月 21 日　拟了《讲古》的十回节目，打算从“讲本”的二十期开始连载，五个月登完。

下午到中华电影院看《保卫察里津》影片。看到 1918 年苏联革命的某些面貌。在街上看到中央土改团的行列里头，好像有李又然、王宗一他们。有个像是地子的人，和一个女同志对着我微笑，或许也是熟人吧。

12 月 22 日　开处务会议，先听传达电力厂的民主改革情况。接着研究部署宣传处的工作，目前是整理《土改宣传大纲》《一月份宣传大纲》和《五一年总结》《宣传网的指示与总结》。

明年要做的工作是什么呢？部里没有布置。刘副部长对史副部长的作风不大同意，工作就很难展开，我们夹在当中也就无所作为。

到“南中”去看李东岳，他不想教书了，想专搞文学工作，将来让他弄文联也许会好一些。给侄子敬人、四器各回一信。

12 月 23 日　晚上到省委办公厅参加党群系统节约检查委员会的会议。明天开始集中学习，到明年一月底才结束。

表姐凌清现来说，二哥还不完债被扣了，现在鞋也没得穿，像个伙夫了。母亲为替他借钱，被挡在外甥的家门口，说是地主不让进屋。母亲说，我有五个儿子，只有一个地主，其他都是农民，为什么说我也是地主呢？

这些人为了表现自己“革命”，这样做未免太过分了。一个 70 多岁的老太婆，过去一生没有停止过一天的劳动。近些年失去了劳动力，才靠一个做客栈生意的儿子过日子，这就成为地主了吗。

12 月 24 日　同刘副部长到大塘（去年我在此参加清匪反霸）听土改队的工作汇报。中央土改团田汉、千家驹、胡绳也刚到那里去。同胡绳见了面，他说，王宗一也来了，到队上去了。因要回来开会布置本机关节约检查的学习工作，没听完汇报就离开了。

同陈闲一道回来，顺便谈了一下他将来的工作问题，他想到地委宣传部工作，我以为他还是去教书好。他老兄很固执，听不进别人的意见。对自己不自量，对别人要求过高，刘副部长恐怕会被这些人拖累。

晚上，省文工团、省新闻出版处都来省委宣传部听史乃展动员。最后，我宣布学习的组织机构。检查组还是由我来负责。

夜里谭流来谈家庭交不起公粮的困难。

12 月 25 日 反贪污反浪费反官僚主义的学习开始。

写信三封:给刘副部长的信提到可以抓紧机会向中宣部胡绳同志请示工作,让他多了解广西宣传部的困难;其次,提到对陈闲的帮助应该正面指出他的弱点与毛病。给韦必克的信谈他专区文工团梁平川的问题。给覃伯承的信,告诉他纸厂也应该开展贪污浪费的检查。

找牙科医生萧育诊牙,他说要镶三颗牙才行,得花三十六万元。

接苏上杰来信,请示试点后回不回来。信中他对自己的毛病有所认识,但还不稳固。下午五点钟去看《抗美援朝》纪录片。

12 月 26 日 最后审阅一二月份的宣传大纲和审核容县、柳州市两地建网的经验。

下午四点卢林来,说他的梧州市工商局计划科的统计工作成为全省的典型,还谈到他参加了民盟。同卢林去看《野火春风》影片,不伦不类的玩意。

听"三反学习"小组长汇报,决定明天开始转入讨论,酝酿坦白、检举、检查。

12 月 27 日 下午,忽然被通知去开转业委员会的会议。去"转委会"工作的人员今天已经集中,以后每天都要去办公,纪律规定很严。这样,"三反"学习的领导只得由别人去担当啦。

给表姐夫苏文兴带回家 40 万元给母亲做生活费。

12 月 28 日 开始到转业建设委员会去办公。今天讨论一月份第一周动员的日程和方式。一月份后三个礼拜是教育周,等中南教育的指示文件来了以后再讨论布置。下午回机关看中央《宣传通讯》25 期。

晚上,谭流从土改第二团回来,带来刘副部长两封信。刘信中希望我下期能到土改工作团去搞一期土改。和谭流谈到半夜 12 点一刻。

12 月 29 日 参加转业建设委员会的会议。军区另外要成立整编委员会,要调回去几个干部。宣教科的科长调回去了,由我和张星来负责搞这个工作。宣传科的工作在部队就是弄娱乐晚会,假如不去下边督促检查的话。我们只需拟出一个计划来发到下面去就没事了。

12月30日 史副部长来交代,要我去“转委会”工作后仍要照顾好宣传处的工作。

下午,转建委员会开会,明年一月二号各科要提出工作计划。检查组、宣传科不派人出去了。但是南宁的招待站仍由我们参加。

卢林请我到珠江饭店去吃晚饭。

12月31日 二哥让阿六带来一只腊鸭和几孖香肠,说是去学习回来了。是张政委叫他回来的。是否二哥经复查被认为是不应该挨清算的呢,如果要扣留就不会让他再回来了。

晚间去工人礼堂看《胜利重逢》,都是写国民党征兵剥削,地主逼走了农民,农民在国民党军队里过着非人生活,最后被解放过来,又变成革命的英雄。这种事情是动人,也反映了当时的历史现实,可是,多了就成为一套公式,不能给人以新鲜的感觉了。

今天是岁末了。为了节约,街上没见什么张灯结彩的东西。

一年又过完了。也没工夫来结算一下一年来的工作。明年又怎么开始呢?想多写些东西,少浪费些时间。这点还得需自我斗争才能达到呵。

1952年

1月1日 花了半天时间才把关于转建工作宣教问题的几个指示、计划写好。今天元旦,人们到街上去看热闹,但热闹比以往节日少了,一切被节约限制了。只见家家户户的门前五星红旗在招展。

绍枢为他儿子陈镇崇结婚,请几个人吃饭,我也在那里待了半天。

1月2日 早上去转建委员会办公,把昨天拟出的两个指示和两个计划拿去同宣传科的同志研究。张星副科长说,指示应着重地方上的动员教育,需要修改。

委员会开会,秘书长说,中南来提示,工作推迟半个月。从1月15日到2月中旬是动员教育时间。因此,决定本月7日召开各专区秘书长会议,了解下面情况，传达中南会议精神。下午，到军区政治部听刘随春讲转建工作问题。

晚间，谭流来谈省委宣传部的“三反”学习情况。不少人对刘副部长有意见，要求刘从土改团回来听意见表态度。史副部长对此未正面答复。李德韩对刘副部长意见不少，但在会上又不说。

坭坭今天断奶。

1 月 3 日 又把转建委员会要下发的宣教工作指示改写好拿去交办公室秘书。这次指示分成几项：方针、目的要求、做法、制度、纪律。做法又分十一条款，也算像个样子了。

整个上午做完这个工作后，回头改写好“省宣”给“各地宣”的指示（关于转建宣教工作问题）。

再写了几封信：给苏上杰，叫他暂不回来；问覃伯承有关纸厂的情况；回吴三才来信，说省文工团取消后人员的安插转业应预先准备，有关刘荫林的工作应放到小组里去。还给白焰、黄克勤回了信。给黄还附照片两张。

晚上，审阅了《讲本》20 期的稿子。

1 月 4 日 一天都在军区政治部听检查组下去的调查报告。

写两封回信：给南昌军区的萧戈和青岛海军的荫溥，附带寄他们两张照片。

到转建委员会去看刚搬的新地方，分配给宣传科的房子没有窗子，大家有点不高兴，认为宣传工作不被重视。

政研室主任肖寒说，刘副部长和他要向乔秘书长提议叫我参加下一期土改。

坭坭断奶情况还好，夜间不太闹人，白天也一天比一天乖。能走几步路了。

1 月 5 日 今天搬来转建委员会住宿了。同晴上街买两条围裙给坭坭。回来读了十多页《两姐妹》。

1 月 6 日 早上，刘副部长写来一张条子，说是已同乔秘书长和陈副主席谈过，要我去土改，还要我去参加前期土改试点工作总结，但是，“转建委”明天就开会了，我到底服从哪里好呢？又说要我回部里参加三反运动。三样工作，样样都是中心，我服从哪一个呢？

同刘副部长谈了半天，他对工作也是有许多矛盾的情感。

1月7日 晚上,回部里去参加三反大会,由大家对领导揭发与检举。米光华分会的负责人主张不开大会,而是以小组会提书面意见方式对领导批评,然后再由领导对批评意见作公开检讨。认为一开大会就成斗争会了。可是李德韩、谭流、余英主张开大会,史副部长对此不置可否,说什么开有好处,不开也有好处。结果,大会由余英他们开了。对史的批评没有提到原则上去。对刘的则在李德韩、谭流引导下进行了揭发批判。其中有些是事实,有的却是下边的人搞的,不应由刘来负责,如开设冰厂事。李德韩夫妇积极投入运动,热情很高,有好的一面,但比之去年七月镇反时,对特务分子为何不主张开大会来斗呢。

1月8日 转建委员会秘书长联席会议今天开始。上午是各专区汇报。下午是吕琦传达中南会议精神,军区政治部王秘书报告省转建工作计划,把我们宣传工作指示主要内容也放到里边去了。

晚上,回部机关听刘副部长检讨。他费一些时间把他主要的缺点和毛病都作了相当诚恳地批判。看来,他揭发自己这些毛病是痛苦的,也是感人的。但他否认昨天张明霞说的,为照顾张身体弱而给的几十万元补助费是拉拢行为。这是他最感痛心的一件事。

刘副部长还是把我调去搞土改当队长。我担心弄不好,还是作副职妥当,当个翻译好些。

夜间牙剧痛,难入眠,恐怕要把它拔除了。

1月9日 秘书长联席会议,由谢扶民部长做了总结。我决定下乡土改了,等办转调手续。

晚间去看《血海仇》影片。写一个地主压迫雇农家亡人散。把雇农女儿带进澳门,当作走私漏税赌博的交换条件。最后雇工从南洋回来找寻女儿,又被地主(从乡下逃亡来城市)虐杀,女儿被同乡救起,回乡参加土改。这些故事都是都市人瞎编的,虽然硬凑些阶级矛盾的理念,本质上还是没脱离小市民的色情口味。

牙医萧育说,病齿治不好了,明天拔除。

1月10日 刘副部长叫丘昌文送信来,说是替我写信给陈副主席了,叫我十号到土改团去参加他们的会议。

下午三点半钟在萧育医师诊所把患病的一颗智齿拔除。萧医生术后叮嘱少活动。同晴到糕饼店买些饼干给坭坭,回来就上床看完《两姐妹》和53期的《文艺报》。

阿·托尔斯泰的《苦难中行进的两姐妹》,前半部写旧社会的布尔乔亚生活是细致的,后半部写到十月革命前夕和黎明的时候,对工人暴动,军队起义的描写就无力松懈了。整个过程也很单薄,通过两位中产阶级的女性遭遇,反映了当时知识界中的某些动态,似乎还不能抓住时代的主流。

1月11日 去"和平"看《高歌猛进》影片,觉得故事过于单纯了。看完后仅只在理智上知道工人对劳动态度有了基本改变,树立了主人翁感觉。

明天要到土改第二团去工作了。跑去街上买双布鞋花一万六千元,想买块油布,买不到。路过陈绍枢家门,进去同他坐了一个多钟头。

1月12日 早上,搬到党校新校舍来,参加省直第二团的土改。听邕宁县第十三区的情况介绍。见到胡绳、田汉、李又然。李仍如故,旁人的事情他好像都不大闻问。

王宗一,现在居然做了中宣部宣传处副处长了。严文井做文艺处副处长。王宗一进步是飞快的,他说《人民日报》社论他也写。可见在中央的人是得天独厚,对自己的进步与提高是有绝大的好条件。

晚上,参加北京来的土改干部演出晚会。有国家级的演员、歌唱家登台,节目是精彩的。

谭流向我反映部里"三反"对我提的意见,不多。其中说我的自由主义造成的浪费较突出。比如对省文工团的领导采取自由主义态度,造成一些开支不恰当。

1月13日 早上听土改团各中队汇报。

1月14日 整天听陈副主席关于土改试点工作的发言。着重批判包办代替,形式主义的作风。强调深入思想,深入关键……

1月15日 乔秘书长作了一天的总结。

晚上回宣传部参加"三反"学习,个人做了检查。大家意见也不多。

1月16日 开团工委会,讨论配备中队干部问题。我回来买雨伞和一张席子。

1 月 17 日　上午,刘副部长宣布编队。下午肖寒向小组长以上干部讲话,中队又开会介绍情况。党总支成立,我被指定为支委兼中队支书。

晚上,本想去看电影《儿女亲事》,逗坭坭玩错过了时间。同郑维纲到布新街去吃白切鸡。

1 月 18 日　我是以一个中队副的名义参加到省直土改第二团的行列来的。二团由包括中央政协和清华、燕京两大学师生,以及省直机关、南宁师范学院等单位在内的人员组成。我分在第一中队,同艾青、刘建庵、李又然、夏同光等在一起。

我们是坐邕江上的拖轮走的。上午九点离南宁,下午三时多才到老口。一早离开家时还同坭坭照了一张相。

晚间,我们到一个有着 37 户人家的小村庄来,住进一间老百姓装谷糠的小房。这里虽离南宁五十里,走水路有木船汽船,陆路有火车,可村子很小、很僻静。

晚上,团部开会觉得村子太散,要抓重点工作恐怕弄不出名堂来。

1 月 19 日　早上,在阳光下的榕树根,与夏同光、孙宗慰和广西文工团幻灯组开会,讨论春节宣传工作问题。下午三点到对河老口圩去吃一碗米粉,一根甘蔗。

晚上,团部开会讨论搬家到锦腾村去的问题,那边有 117 户人家,作为重点比较合适。其次,讨论春节宣传工作,出土改导报,建立专人负责宣传工作等问题。吴寄寒是中宣部办公厅副主任,他是团委中专管宣传工作的。

看幻灯组放映《白毛女》《土地回老家》。

1 月 20 日　天气热得像初夏。决定明天团部搬家到锦腾村。趁今天有空,到第三小队的上彭和滕村去走一趟。滕村的中农多,贫雇农太少,丁超她们觉得工作不好开展。

小队长韦永清,把人撒得太宽了,六个坡都派了人,结果力量很分散。同他商量,决定把大同圩的两个人收回下彭坡,原在下彭坡的丘昌文、李汗调到滕村。

晚上，听第六小队吕森汇报建宁村的匪情，那边还有二十多个土匪不肯投降，群众对此有顾虑，不解决将影响下步土改的铺开。因此那边的工作目前应该是以剿匪为主。

1月21日 从麻子畲搬移到锦腾村来。这里有一百多户人家，坐落在山沟里。有的居民讲土话，和我们绥渌县的话小同大异。

张志民说，我们一中队过旧历年时召开一次小队长汇报会，交换情况，学习深入开展工作的方式方法，注意土改中的"三反"问题。组员集中到小队部学习"三反"（反飘浮松懈、反形式主义、反包办代替）。

1月22日 早上在锦腾村匆匆忙忙写了一份一千二百字关于春节宣传工作的方案交给了吴寄寒。

上午去麓渌坡听一小队汇报，听到下午三点半。几个坡的工作开展很不平衡。有的深入下去了，有的还在乱撞。从麓渌到滕村，经过车站，吃了晚饭，到村子里来已经下午五点半了。

晚上，参加群众会，座谈对比过去和现在过年的不同。联系到地主未到，如何管制等问题。群众对当前的土改多少还有顾虑。据说地主还在威胁农民。最大的地主，收租几万斤，退租退押才退了几千斤。一个惯匪现在当小组长，他还曾是国民党宪兵。一个小学校长，当过伪乡长，想参加我们的工作，我们的小队长还很欢迎他。不快点提高警惕，将来会被这些家伙蒙蔽了。

1月23日 滕村和刘村两坡合起来召集地主训话，从早晨到晌午，人都不齐。有的农会干部不肯来参加，是否怕同地主面对面不好意思？

下午，我们开小组长汇报会。各坡情况可归纳如下：一、敌情：地主未倒，滕村最大恶霸地主退租退押才退了几千斤谷，现在还威胁农民；刘村的"杀人王"惯匪仍操纵农民，横行乡间，还有枪支未交。二、我情：农会干部不纯相当严重，刘坡一个主任是人贩子，鸦片烟贩卖者；滕村一个小组长是惯匪，当过宪兵、匪排长；群众普遍同情地主；工作队员还漂浮在上面，没有找到根子。

搬到梁周培家住。他母子二人是贫农，比较安静。

晚间，召开民兵小组长会，讨论管制地主办法，决定分组管制，各小组明确具体对象。

一个小学校长,当过伪乡长,又参加我们地下工作,现在自己带来几个教员要参加我们工作。他是本村人,可能是富农成分。如果吸收他工作,是否妨碍群众发动呢?他没有区府和区委介绍,又是否好中途吸收为工作人员?富农要求杀猪、打鱼,但阶级未划定可以吗?都需要请示。

1月24日 写信给晴,告诉这里的自然环境和交通。另告诉宣传处的同志们,这里的宣传工作。

到刘村去走一趟。几个驻村队员虽然不懂本地话,可是情况了解得比较深入。

看了《文艺报》54期发表的何其芳、欧阳予倩等人的文章。

今天,我们提前过年,买三斤鱼、一斤猪肉和房东一起吃。

1月25日 昨夜下了雨,今早天气变冷了。房东的隔壁有个吹鼓手,做了三十三年的贫农了,现在做粽子、糕粉到车站去卖。看来倒是一个劳动人家。我们是否可以找他做朋友呢?

下午,我们到中队去开会,三点半从滕村出发,五点才到锦腾。晚间,团工委和队委开了准备会,讨论明天一中队小队长的汇报会如何开法。这次会议要解决如何扎根串联,准备斗争问题。

见到艾青,他对人热情朴素。他说我回到本地来应该是如鱼得水的,问我是要准备写小说了吧。李又然被病和他的旧包袱拖住了,像个多愁善感的林黛玉似的。

幻灯组放映自己制作的陈廷选四代剥削和最近的《比比看》,技术太粗糙。艾青、田汉提了很多意见。从内容上田汉认为《比比看》把地主从前的过年同佃户的过年对比写法,使得人觉得生活太暗淡,应该写今天农民的生活不同了。所以他不主张拿出去。意见也许是对的,可是,他对具体情况不了解。许多农民今天什么也没有看到。如果要弄得很好才拿出去,那就让农民过空日子。

1月26日 早晨,替艾青和李又然拍了一张照片。艾青说现在天阴光线不好,等天晴大家一起照一张吧,天南地北在一起不容易。

吃过早饭就开始了整天的汇报会。

今晚是旧历年除夕,厨房弄了个肥肉炖萝卜和豌豆炒猪杂。饭后同李又然吹牛到夜间十点方睡。

1月27日 一早,房东泡了一碗米花糖放在我床头,叫醒我起来吃。老乡们到村边去摘回绿树叶插在门口,预卜丰收;小姑娘到溪边去担水,水桶上放上竹叶子回来。这里老乡贴门神和春联都是初一才开始。香炉用木架子来敬,很简单。过新年的食物,一种是用两斤糯米来包的大粽子,一种是米花糖。

上午,还是听小队汇报。下午,刘副部长发表综合意见,认为敌情比较复杂,中农多,土匪多是地主阴谋的另一种方式。刘发言后,大家讨论。

晚间,在刘副部长房里,与艾青、吴寄寒等人一起谈如何分工掌握各小队等问题。张志民谈明天总结内容,提到宣传工作做得不够,需要强调。最后,刘副部长请吃糯米糖粥作宵夜。没想吃后我整夜拉稀、发烧。

1月28日 上午继续讨论,下午张志民布置下一阶段扎根串联准备斗争的工作。宣传工作由吴寄寒谈了一下。

我昨夜被弄了一晚,今又不想吃东西,太乏了,躺了一下稍有缓解。下午四点多钟会议结束,马上回滕村,下午六点才走到。

房东的家在新年里并没有什么改变,只见香案多了些香灰和一些紫红色的香杆,桌上又恢复了肮脏就是了。

丘昌文、李汗反映,各坡来学习的都联系到深入工作的对照检查,比较起来,滕村的工作还不够深入,别坡了解的积极分子和敌情都较系统具体。

1月29日 上午,开中农调查会。向他们宣传政策。大家觉得思想打通了,情绪相当愉快。

各坡工作队员来听韦永清的传达,到下午三点半,最后再由我讲《宣传工作》和《转业建设》工作。

晚间,又开全体中农会议,韦永清和我都讲了话。我着重讲目前形势,打消他们的变天思想顾虑。

1月30日 周绍游去团部,调陈刚回来。听说,团部又迁回麻子畲来了,陈刚今天未见来,可能因为搬家的缘故。

看《文艺报》《人民文学》《学习》等杂志。夜间读苏联长篇小说《收获》50页。

1月31日 天气忽然变冷了。可是,老乡们为了要过“开年节”,在这样寒冷的早晨还在塘里打鱼。

这里附近几个村,从今天到元宵,每一个村子都规定某一天为他的“开年节”。今天是滕村,明天是同礼村,后天是牛岗。这样,今天滕村人家所有的亲戚都到这里来吃一顿比除夕还丰盛的晚餐。吃完后还带上几个小粽子回去。明天又轮到这个村的人到同礼村的亲戚家去了。

读《收获》150页。

2月1日 到牛岗村去看了看那边的扎根情况。当我走到村边一个小屋旁,见清华学生吴宗德正捧着一碗稀饭就着一大碗萝卜吃早餐。旁边一个小孩和一个妇人,他们的语言是不相通的,但是他们相处像一家人一样,这是一种新的情感萌芽啊。

找到小队长冯以棠,他住在楼上,几个农民围着他听他讲话。原来一个地主经不起群众的管制,昨夜上吊死了。现在他正雄辩地揭发地主是以自杀来对抗土改的阴谋。农民们听完这番道理都走了。我同冯和吴宗德谈到扎根子问题。冯说他的“根子”(农民的积极分子),过去因为赌钱输了,老婆自杀。也是因为太苦了才赌的钱,所以老婆才死。这个逻辑虽然讲得过去,可是把这样的苦诉出来争取农民对地主的仇恨,那是不可能的。因为贫穷不一定非赌不可。因为赌输了老婆自杀也要地主负责,这诉苦是不能取得圆满效果的。

到了上彭坡,丁超、小赵帮老乡割草去了。吴觉南讲了群众思想情况。要求以坡为单位分田,要求分富农的牛和田地的思想相当普遍。可是,他不能很好地做思想解释工作,只是推说将来政府自然有合理的办法处理的。看来,干部的政治水平不够,又不充分宣传,工作的开展是受许多限制的。

晚上,调查一些小土地出租者,一些富裕中农的情况。

刘村的几个惯匪,威胁我们的“根子”。“根子”都怕工作队员住在他们家。

2月2日 雨把人关闭在屋里。有的老乡到村边去拾一些枯树枝来烧成火堆,几个人就在风地里围坐谈天。

通讯员送来几封信。桂林造纸厂覃爱科说纸厂移交给工商局后就回来了,目前搞“三反”。黄吉祥说纸厂移交后想回南宁来找工作。滕留寅寄来《宣传员讲本》和《山歌选集》，顺便讲到部里“三反”快结束了，结束后想下来。另外很想了解目前群众对开展春耕的思想情况。吴三才来信说未接到我的信。这封信的遗失不知是否与信中谈到省文工团整编和处理刘荫林他们有关。马上给吴三才、滕留寅写了回信。另外又写了一封给袁似瑶，谈他走后省委宣传部的情形。

夜间，开滕村干部会，谈三个问题：一是要互相检查，退租退押以后个人的工作态度；二是个人先坦白是否与地主有私情，隐藏包庇，以此为明天全村开动员大会起模范带头作用；三是解释说明工作队为什么不住在干部家里的道理。

读《收获》50页。

2月3日　给孟冰写一信，附寄照片五张。读完叶林娜·尼古拉叶娃的《收获》上册。

丁超来说，不愿回滕村来，仍愿在上彭村坚持，反映吴觉南的毛病。

2月4日　昨天韦永青从团部回来说，张志民要求中队长以下的负责人都要深入扎根。这就是最近中南发出的指示有关土改中的“三反”精神。本来这项工作早该在旧历年一中队的小队长汇报会上就强调、检查与布置的，可当时一个字也没提，现忽然半道喊叫，未免走了一段冤枉路了。为此，我应该“做出个样子”来，但是到什么人的家里去呢？“三同”是容易的，却不知与谁同，对象似乎不好选择。

开了一天的根子碰头会。有根子李景信、覃仁清和康儒英三人。

我们就在康儒英家的堂屋烧一堆火围炉诉苦。李景信和覃仁清二人的觉悟比较高，覃还参加过工作队。我打算搬到覃仁清家去同他一起住。到他家去看了一下，他的房子没有一点亮，需要划“洋火”才能见到他的床铺。正要搬去的时候，张志民来信说，六号开中队长会，叫我五号就得回去。那么今晚就不必搬了，等开会回来再说。

晚上，同几个妇女谈话。她们对我们所讲的关于地主为什么越来越富的逻辑发笑。可见我们的宣传工作，所谓的革命道理已经成为老套了。如果不添加生动具体的内容，那是要脱离群众的。

妇女们不落夫家这里是普遍现象,大家都酝酿离婚。如果说能自由离婚的话,她们是非常欢迎的。

2月5日 雨像牛毛在空中飘飞。我一早在房东处吃了红薯就到牛岗、上彭两个坡来了,想顺道了解几天来的情况。

到牛岗,冯以棠还未起床。他一个人住在阁楼上,也不能说是"三同"了。昨天上彭的根子碰头,陈顺荣这个根子就说他没有受过地主剥削,旁人替他分析,他也不肯接受,结果吵起来退出会场。据说他和地主是本家,受过地主小恩小惠。那么,只怪我们工作不够深入,为什么要扎他这个根子呢?后来为什么又不培养教育呢?我们的工作还是这样粗枝大叶、急躁。同丁超、梁焕宗讲群众观点问题。

到麻子畲正好是中午十二时,团工委正开会。我就先过河到老口圩去打电话给晴问家中情况。晴说二嫂曾回乡一趟,二哥又叫她出来了。刚请的保姆现还辞不掉……还说刘副部长可能要回部里重新检讨。现在"三反"又要重新反,要打"大老虎"。

夜间,同毛子良、刘副部长、张志民谈后天会议的问题。一中队要我讲讲工作中几个问题。我怎么能讲得了,还是独个让张志民讲吧。

刘副部长为"三反"的问题而被弄得很不安。史乃展来信要他进一步检讨到广西来后所做的不可告人的事,向党坦白。现在已经有人检举他了。特别是与政治上重大嫌疑分子的来往关系问题。从刘平日里一贯的行事作风看,引起群众的怀疑是难免的,现在就看他本身是否纯洁了。

2月6日 天气变暖了。同张志民谈了半天,关于目前土改工作的扎根、深入、发动和群众觉悟等问题。觉得我们工作多半是流于老一套的形式主义,没有针对群众当前思想情况,进行深入浅出的宣传,结果,使得群众听来听去没有新鲜感觉而打瞌睡了。

见到李又然,他说孔厥被开除党籍了。曹葆华因贪污受贿留党察看处分,打扫中宣部的茅房。

2月7日 团工委扩大会。各中队介绍基本情况和扎根问题。

谭流来信,说是"三反"结束后,想下来参加土改。又说黄克勤送我的照相机已交晴。

在土改团遇文学研究所的王景山,说是在京时同孟冰一个小组,孟常谈到我。他还说孟冰就是不敢放胆下笔。

艾青又问我打算写东西没有……

2月8日 团工委今天由张志民布置工作,让大家再讨论。看大家都不发言,可能是要谈的都是没接触的具体问题,无切身之感,也就说不出什么意见,因而会议变了个形式,团工委单独研究。

刘副部长和毛子良今天被一起叫回去反省。

2月9日 严蒙来信,说是《东北日报》的一些人都当了社长、总编辑、编委了。

白焰的信说,广州"三反"很紧张,幸亏他和路明还不是典型。还说因"三反",春节在广州冷清了。只是永汉路的花市仍很挤。提到花市,十多年的回忆又浮上脑子来,是广州生活的诱人,还是青年时候的可爱呢?

吴三才的来信则说我的前信被姓于的拆看,知道要被整编了,大发牢骚。认为樊清璋对文工团有贡献……我马上回吴信,让他把偷拆信的人调离,不准做收发!

今天一中队各小队汇报,只讲最突出的问题,一天就讲完了。

2月10日 今天是各小队长讨论关于深入一点与领导全面的关系。晚上与吴寄寒、夏同光等同志讨论展览会的筹备工作。

每天天未亮,艾青就起床点上灯写东西了,问他写什么,回答说是写信,天天写信,谁信。

2月11日 张志民作会议总结,王祝光讲深入和串联等问题。下午大家都回各驻村队去了,我被吴寄寒留下来再讨论土改展览会的问题。

晚间与李又然谈天。他讲到一段没有希望的恋爱。又讲到他对清华同学薛传钊的喜欢。这都是很难达到的理想!可是他说宁肯这样抱着理想生活,也不肯改变他的条件。看来,他受旧文学的影响太深了。

麻子畲一个化形地主收买了一个流氓强奸了一个我们准备培养的妇女积极分子。

2月12日 昨夜写了几封信:告诉北京《人民日报》严蒙和广州市府的白焰,有关下乡参加土改的生活。回复黄克勤,他的信和照相机都收到了。再就是给胡明树、陈更新的信,叫陈下来帮忙弄土改展览会。

周绍游从南宁回来说刘副部长已被隔离审查,可能回不来了。见到丁超,不想把刘的事告诉她,免得受刺激。

小队开会,韦永清传达中队总结。

刘村、上彭两坡主根垮台了,公开与我们作对。反对我们的串联做法……晚上,开滕村第二批串联会。二十几个人诉苦,好多没有感情,好像自我介绍,时间又拖得很长,到讨论问题时,大家注意力都分散了。

今天开始搬到一个没有光亮的房间去同一个雇农覃仁清同铺床睡。这样做法是否也流于形式?

2月13日 天气骤然变热起来,好像初夏。连薄毛线衫也穿不住了。我的房东覃仁清今天不上山,说是在家磨米,半天也找不见他。

我读了一下《怎么划阶级》,下午洗了个澡。替中农覃云标算田亩数。

晚上,开会,通过第三批串联对象名单,分组讨论串联办法,漫谈漏网地主。会又拖得很长,散会时已经夜里11点多了。

2月14日 本来准备同覃仁清去打茅,他说没有镰刀不让我去,还说太远,来回六十里,我去吃不消。

他不让我同去,勉强也不太好。到大同街去走,看看那边的情况,以便土改全面铺开时好派人去。那里只一条街,三天逢集,多卖蔬菜、猪肉、油盐之类。今天卖甘蔗种的特别多。是一个半农半商的地方,有些地主都分散东西在那里,情况比较复杂。

晚上,参加宣传小组的汇报和看他们夜校。汇报都偏重讲调查情况了,宣传工作少,变成了秘密性的调查组。夜校偏重搞文化,他们正教一本湖南通俗出版社的《妇女三字经》。因受三个字的限制,许多道理没有交代明白,教的人又不知发挥,工作流于形式了。

收到谭流、袁似瑶的信。袁信对史颇为不满。

2月15日 李汗从团部回来说,省委宣传部的理论处长谢芳春来替代刘副部长的工作了。另外,张志民问我到八小队去了没有?看来,八小队要去,那么,这里的深入工作又做不成了,怎么才能搞好这段工作呢?

去上彭坡走一趟,梁焕宗上山去了。同丁超谈一下,原来反对与下彭坡合作分田的莫廷芳思想有点通,但仍不彻底,以为这是土改队说的,不能说不对。他们第二批还未串联。

对滕村宣传组工作的领导,和丘昌文、李汗谈了一下,以后规定以讲土改道理为主,学文化为副。土改内容以《宣传员讲话》《山歌选集》《婚姻大事》为根据,可以结合编写本村的具体材料。

晚上,覃仁清领导的小组开会汇报串联情况。他匆匆忙忙地结束汇报主要是想快点到夜校去玩,那里可能有他的对象。他这个人不用脑子,对什么事情都不放心上。对他应该怎样帮助呢?因为他与别人不同,他参加过清匪反霸的工作队。

群众反映滕村与那马有村仇,争水利、茅山、牛路等。

2 月 16 日 一早刘村韦永清写信来说,第二批串联情况很好,挖出两户化形地主。

到下彭路上遇见王昆尧,同他谈到下彭村串联工作,他好像看不出什么问题。他同意把区干部调到大同乡去。又遇见丁超,谈上彭工作,告诉她串联必须教好串联的意义和方法。把滕村的缺点告诉他们,以防重犯。

晚上滕村开第二批串联碰头会,比较好。周绍游来谈要求回三小队工作。

收到黎秀统信。他说,王国强在湛江雷州地委当青工委书记,陈其辉当湛江市劳动局长。郑光海却做了特务被扣押。我们几个同学(省一师)有的走对了,有的却落得不好的下场。

2 月 17 日 写一封信把滕村的工作遇到的问题报告张志民。这里的根子有的扎得不正,有的扎得不深。

谢芳春来信说代理刘的团长职务来了,望我回团部谈谈。土委会来信,叫我切实参加二团土改展览会工作,取得经验,应用到省展览会去。省展览会二月底三月初开始筹备,到时准备抽一部分人去搞。叫我做好准备工作。张志民来信叫本月 19 号回去碰头。又说八小队第二批串联如未搞起来,就撤退到六、七小队去,不搞了。可是,恐怕已来不及了,他们已经搞开了吧。

晚上,贫雇农小组长的选举,我们的三个根子居然落选了。工作队员小丘、小李竟然不发挥作用,完全让选举自流。

今天特别冷,不烤火几乎不能过活。晚上,一只小狗受不住寒冷,吠了半夜。

2月18日 天气寒冷,小牛犊都冻死了两头。

写一封信给谢芳春,并将土委会的信及中南的指示给他。

开干部会检讨昨晚选举的错误,并布置今晚增选小组长的事。对宣传员讲话。

晚上,张志民来信,叫明早回团部,因为团部人事有变动。

《收获》看完了,转借给李又然。周绍游交托十五万元转交郑维纲、冯廷仪、潘义。

卢家良又借一万五千元,一共两万五千多元了。这些人用钱无节制,把伙食钱也用超了。

2月19日 离开滕村到团部来。张志民说,第二中队胡绳回北京,要艾青去接替,由我去接替艾青的四小队工作。

见到谢芳春,他同我谈了一些刘副部长的问题,据说刘已承认一亿二千万元了。另外,有关政治问题,准备在科长以上干部会上检讨。“三反”后的整编与制度,谢还说,据一些未正式决定的消息,将来或者发给各单位负责人的活动费,由个人负责招待宾客,不再公家报销。一个省主席每月有三百万。同谢芳春去打鸟,他技术不好,三枪也未中一个。

晚上,参加团工委会议,胡绳回北京,听他对工作发表些意见。我的工作仍是去四小队,艾青却留下来搞展览会工作,二中队让吴寄寒去搞。

谢芳春把团部与中队的工作分得很清楚。已不把张志民当作团的负责人之一来看待了。张对团部工作放松了。看来谢这样做,将来会影响到团结。

吴三才、胡明树来信。

2月20日 到四小队来了,在庙背村见到陈闲。他住在一个根子家里,比我们滕村好得多了。

下午到板桥村开小队工委会讨论第三批串联工作。

唐明照，一个美国华侨，外交部秘书长，刚从老口圩买回猪肉排骨和甘蔗，准备炖萝卜汤；赵坚，一个工人作家，文学研究所学员，提问题比较尖锐、明确；清华学生余家骏很精明；覃世强农协干部，人很老实。看样子，他们几个能力都不太低。

这里工作到廿四日才能成立贫雇农主席团，斗霸要到廿七号了。

晚上，和安村开村民大会，宣布欢迎“转建人员”的问题。

这一带的橄榄树林像个大花园。夜间附近村庄的农民携着四方玻璃风灯，像萤火虫闪耀在阡陌，相聚到橄榄树下来开他们的会议。山歌此唱彼和，充满田园的风味。假如将来办集体农庄，这里应该是最理想的场所了。

2月21日 听小组汇报，妇女工作还没有怎么搞活动。一个妇女要我们的同志陪她到区府办了离婚手续后，马上就要同另外的人结婚。这是她在利用我们，而我们事前并未晓得。可见我们的工作并不深入。因为马上就结婚，由此引起群众反感。陈闲因这件事，用半开玩笑的“严厉”态度指责处理这件事情的张秀楣小姐，使她受不了哭了。

下午，开小队长会议，讨论明天的第三批串联工作如何碰头，有些工作其实昨天已经讲过，今天又要花半天时间来重复议论。这种做法好像是工作很细致，其实是流于会议形式了。

夜里，在一个独立房子里开根子会议，研究明天贫雇农小组分组和临时召集人的人选问题。一弄又去了大半夜，散会时又是十一点多了。

这里的橄榄园是迷人的，橄榄树那样魁梧、挺拔，把这一带平原点缀得好像一间大花园。我们生活在这里，感到大自然的优美，使人幻想着美满的生活。在树林里照了五张照片，但是恐怕只能是见树不见林的摄取一些角落的景象。

2月22日 一早就为着两村贫雇农第三批串联的碰头而操心忙碌，但等开诉苦会时已经下午一点了。100多人的会场，诉苦时是肃静的，诉的人也是真情流露。只是最后陈闲做总结用问答式太多了，不能使感情紧凑提高。

诉苦会后，分了小组，由主席指定临时召集人，明天再由各组选出正式组长和代表。我们一些天真的同志，认为指定临时召集人是包办代替。如果不指定临时召集人来组织群众选举，怎样产生组长呢？可见，放手与包办的分别，还是不为一些同志理解。下午四点多，我同陈闲趁到团部去开会之机，特地买了只二斤二两重的鸡拿到老口圩来找饭馆做成白斩鸡，吃了一顿丰盛的晚餐。几天来吃得实在太坏了，大家有点受不住了。

晚上，小队长汇报各小队的突出问题。

2月23日 张志民报告斗霸工作后，大家进行讨论。晚间本来是张作总结，下午的讨论已解决了问题，总结就没有什么可说的了。

我赶紧抽空批阅各队斗霸对象材料。

2月24日 郑维纲去南宁抓地主，路过借宿一晚，同他谈过去省委宣传部存在的问题。接谭流信，说报上对黄克勤有些微言，他送我的照相机是否不收为妙。还说宣传部贪污分子已有老虎四个（刘、高、钱、徐）。

赵醒民把照相机拿去照展览会的相片。

晴来信说，坭坭病了几天，刚出院回家。读《文艺报》第56期。

2月25日 看麻子畲斗争恶霸覃信荣。斗的人倒很激动，可是，地主却挺顽固，不动声色地应付一些愤怒的苦主，不少群众则是无动于衷地观望。这样斗法是说好呢？还是失败？我这个外行人实在无话可说了。

继续处理小队请求斗争对象的报告。

2月26日 火车行车时间改变，从西江站去南宁是下午六点五十三分开，明天七点半又可回来。张志民回来后，我向他请了假，晚上回去一趟。他同意了，让我明天一定回来。没想到火车误点，晚上七点半才从西江站开，到南宁已经八点三刻了。回到家里是夜里十点。

二嫂讲家乡土改消息，二姐、二哥两家都被清算了，所受惩罚够他们熬的了。

2月27日 昨夜坭坭睡了，没有叫醒她。今早临走时，在灯光下看到她。一个多月，她记不起我了。变得娇气了，脾气也大了，不能再逗她玩了。出门时已经清晨六点四十分。急得只好花二千元坐三轮车赶到火车站。

回到团部也没有什么事。张志民要我去各小队检查工作并审批他们斗争对象的材料。

2月28日 到滕村来,遇到他们开会讨论斗霸。同李汗与农会主席去刘村开会,讨论斗霸的准备工作。韦永清急于斗争,他说一边斗一边发动。

有人认为非吊打不能打倒敌人,经过解释,原先主张吊打的,也说了真话,认为吊打的行为,反倒会让台下的群众心软。

晚上,本来是动员干部带头报上当的,但谈到这里,他们都沉默不作声了。有两个积极分子却操纵会场,登记地主的罪状,把报上当的主题转移了。

看来,还是几个积极勇敢分子当权。新培养的根子,还是听这些人的。

2月29日 到牛岗和上彭村看斗霸的准备情况。牛岗要求将劳改队的黄如梅要回来斗,但材料不够具体,杀不了他。不把他要回来,又没有斗争对象,如何办?冯以棠亲自到团部找张志民研究去了。到上彭村见到丁超和王昆尧,同他们谈划阶级的问题。

晚上,滕村开贫雇中农大会,讨论报上当的问题。当场报出的只有两家,大家反响也不热烈。

3月1日 微雨像雾罩了天地,冷冬又出现了。老乡们又三个二个地缩在村边的门楼下或塘边拾起柴火来烧火取暖、谈天。

虽然天下着雨,也阻止不住韦永清同志要斗霸的积极性。冒雨到刘村去,看他们已经搭好两张帐篷了。人们慢慢地聚到学校门前的篮球场来。一直到下午一时斗霸会才开始。

地主一来就被迫跪下,诉苦的人一个一个过来,面对地主述说受的剥削与迫害。听众只见遥远的背影,听不清他对地主说些什么。因此,说不上什么愤怒、提高阶级仇恨了。有的还为地主的跪下晕倒而掩面不忍目睹。最后,地主也不承认什么,也赔不出果实来。这样斗争能叫垮了吗?

晚上,滕村的主席团讨论今天的斗争是否斗倒了地主?如果不倒,怎样才能斗倒?

我提了一些意见,以为诉苦的人一定要面向全场群众大声控诉地主罪恶,一定要有人证物证。可是大家好像对我的发言不在意。

3月2日 昨天虽然交代培养苦主,交代斗争时苦主要把苦难传达给每个听众,感染每个人。求得人人痛恨地主阶级,人人感到贫雇农翻身的正义。可是,今天的情形,使我的这个预想打了个折扣。

一个九岁就被杀死了父母的孤儿,平时诉苦叫全村人哭了,现在上去第一句话就说道:“滕上合,你沟通土匪,把我父母害了是不是?”地主否认,一些勇敢分子就上去要揍要绑,弄得台下的人莫名其妙。

一些惯匪都成了积极分子了,当他问地主:“你是不是通匪?”地主说:“土匪不是你带来的吗?”

这样,因为压力不是来自下面真正激愤起来的广大农民,所以地主就顽抗说:“反正我是比你们先死就是了,我不说。”

虽然诉苦的人有50个,虽然有些老实人也都上台控诉了。然而,地主并不被这压力压服,群众也没有得到提高。

可是,为此辛勤奔走的工作同志却说这样的斗霸是成功的!

3月3日 今天决定回中队部了。临走,对三小队队委们提了几点意见:

一、斗争目的没被深刻认识。没认识到通过斗霸来提高农民阶级觉悟的重要性。所诉的苦无法传达给群众,这些就做得很失败。而只单纯地靠审问、要口供,要不出就捆绑,结果弄成僵局。

二、小队长的领导,只知深入一点,忽略了面上的领导,没有很好组织同志们发挥工作积极性。

三、斗霸失败,说明发动群众不够,只被少数人包围,依赖少数人所致。

回来后,张志民听到斗霸失败了,很不高兴。认为发动不够,小队长不听中队指挥,批评我不坚持自己的意见……

见到阳太阳、胡明树、陈更新,谈了一下“艺专”迁校问题和省文联的房子问题。阳太阳想来找田汉要干部,这点恐怕会失望。

史副部长给我来信说,刘(副部长)这两年堕落变质了,一旦组织上将他的事情公开,要我同省委宣传部的同志都要接受教育,吸取教训。袁似瑶对刘的堕落很是气愤,但对今后宣传部将由史来领导,又失去了信心,想改换教书工作去了。对我的文学写作他鼓励了一番,以为还是搞写作好了。他这些话是充满感情的劝告。我也正在唤醒我的写作情感,可是,写作机会恐怕如同失去的青春难以复返了！

滕留寅来信说，感到在省委宣传部工作不大合适，想到将来成立的人民出版社或去做其他工作。人民出版社成立谁去搞呢？是否史会把我推出去？假如不在宣传部了，我也不去出版社的。就到“艺专”或“西大”去教书吧。

3月4日 听各小队前一段工作的各种经验介绍。给各小队发通知，七号开会总结斗霸工作。给韦永清信，传达张志民的批评意见。

复信三封：向史副部长略谈刘的问题；叫滕留寅安心工作，“讲本”应多些山歌；让晴注意健康，问坭坭的小疮好没好。

《广西日报》用头条刊登省委对刘宏的蜕化变质给予“开除党籍，撤职查办”的文件。

3月5日 今天忽然来了夏天，棉衣穿不住了。

下午参加团工委讨论土改全面铺开和杀人问题。晚上听肖寒、谢芳春的总结讲话。

接到北京文学研究所孟冰的信和照片。他好像正为恋爱所苦。

谭流来信谈到刘的消息。高以洪、钱耀华、徐中杰等已被送交法院。毛子良大贪污案也已暴露，如何处理未定。“打虎”在宣传部快告一段落了。

3月6日 各小队工作今天铺开到新的乡村去了。决定我到原来四小队的乔版乡去当“片长”，管三个乡的土改工作。

下午，回到麻子畲团部补写几天日记。遇见阳太阳、胡明树、陈更新、薛传钊他们。我说明天就到橄榄园当片长了，那边有美丽的风景，假如写小说，那倒是很好的背景。他们就开玩笑似的替我安排了一个理想的写作环境，什么小洋房、檀木写字台、日光灯……我说：这些我不需要，只要给我时间就够了。的确，我现在最缺乏的是时间。什么东西失去都能够弄得回来，只有时间失去了就永远回不来了。可惜，这些年来，我却不由自主地失去了好大一笔时间财富。

晚上，是各小队汇报斗霸工作，几乎全部斗不到。地主的顽固是意料中的事，我们应该检讨工作是否深入，发动群众够不够。我在三小队的斗霸之前不能很果断地阻止他们的性急，要检讨。

3月7日 听三小队的汇报，地主顽固嚣张。这说明地主还是有恃无恐。

看到你们所斗在他意料之中,早有应付准备了。四小队斗颜仕进时,苦主下来还把纸烟递给他。这样怎么能叫地主低头?肖寒代表省土委会与大家谈话。下午是各小队分片开会,检讨小队领导思想问题。陈闲经不起人家的批评,哪怕是不关痛痒的缺点,他也解释很多。晚上,转入讨论如何打开僵局的办法。大家都提到回来进一步发动群众,从报上当入手,查敌人、查力量。把地主与所依靠的落后层剥离开来,才能迫使地主低头。

3月8日 上午,听张志民作总结,总结斗霸失败原因,指出打开僵局的办法。回来的做法,从总结工作入手。总结内容就是三查:查地主倒不倒,查自已力量够不够,查上当的报了没有。一层一层推开,成立了农会,然后再集中火力来斗霸。会后,又抽空开支部会。规定今后中队开会,党员一定参加,在会前会后都要开一次党小组会。支部会还对区委钟书记提了意见,认为他工作不深入,缠在老婆的圈子里拔不出来。

下午才回到庙背村来。夜里同唐明照同志聊天聊至十二点,他才回去休息。他原是加入美国国籍的华人,现为全国"保和总会"秘书长。他说美国工人如果来一次总罢工同盟,坚持一个月,马上就可以取得政权。总罢工必须在经济危机来临的时候。朝鲜战争前,美国的奶粉一磅才一美分。唐明照还谈到美国作家生活,都为了金钱腐化了。他说我们现在注意组织作家从事写作了,感到中国这样伟大没有作品表现太可惜了!半夜十二点多陈闲开会回来,又同他继续聊,谈将来想搞文学写作的问题,扯到深夜二点多才睡。

3月9日 从庙背吃过早饭就搬到那扼村来。他们替我安排进一个宽阔的众屋里,这里前天还有一个不肯同丈夫同居的妇女住,昨天听说要来人住她才搬走。房子本来是谁结婚谁就到这里来拜祖先,新婚生活就在这里住下,等到又有下个新婚者来了才迁出。房子很少人住,天井和墙角全长着碧绿的苍苔。谁家把几绺蒜种挂在横梁上,已经枯黄了,风车全是灰尘。好像一座古庙,一个人怎么住得下去呢?

晚上,我搬到一个贫农的家来了。看来这个人不像贫农,有那样宽绰的10来间房子,老头子的床上还摆着绿绸被面的被窝,一挂高高的蚊帐,四个孩子都穿戴整齐,一群鸡,两个外国种的鸭子在踱来踱去。屋檐下还有一窝蜂房。也许他是弹棉花的工人,有些特别收入?

今晚特别乏,只得在九点时候就睡下了。

四小队开全体干部会,由陈闲传达中队总结后,检查斗霸失败原因,讨论如何打开僵局。今后工作由覃世强负责,三天到我处汇报。并决定集中吃饭了。

3 月 10 日 给中队张志民写信,报告工作情况:一、四小队由覃世强领导;二、集中吃饭;三、土改一个乡(三乐、忠良)的情况,听赵坚、余家骏汇报访贫问苦找根子工作。

晚上,参加永安、和安两村小组长以上会议,总结斗霸、查上当工作。但是大家都不大愿意说上当。上一次斗颜仕进,回头又给颜香烟抽的石光,果然报出了上当,代颜隐藏一丈五尺布和二十几斤玉米。群众说不止这些的。

3 月 11 日 给谭流写封回信。阳太阳和邓燕林来访。阳说:“到艺专去一块搞搞吧。”要是搞行政工作我是不干的,我是想找机会到北京去。邓谈了一下省委宣传部“三反”情况。他现在学得很慎重了,但人也消沉了。

忠良和三乐都送来几个根子的名单要批准。灵托乡金再及来汇报,情况了解还不够深,还是没有深入展开。群众见我们同人谈天,总以为是在要情况。可见我们工作队好像讨债,见人就是要情况。

同阳太阳到老口圩小学校去看土改展览会布置情况,地主的家私被摆放出来了一部分,有的颇有代表性。一个地主做寿,扶南县长把县印给他盖了一张好大的寿字印。可见县官老爷与地主是一家人。

3 月 12 日 永安、和安两村正作打开僵局汇报时,谭流来了。他说,史叫他来和我谈谈今后工作怎么搞,从省文工团物色一些干部到省委宣传部工作。还说史让我写文章批判刘宏。一个“老虎”已倒下了,踢他两脚于事何补,除了显示一下自己的“勇敢”以外,与人并无裨益。同谭流去老口圩一趟,遇雨,弄得周身不舒服。过后,史有一信才由邓燕林交来,其中意思和谭流谈得差不多。还叫我考虑出版社问题,等我回去就成立起来。不知什么意思,如果把我从宣传部推开,我也不愿去出版社的。

杨联奋也在“三反”中染了一身污秽,把在柳州乡下弄来的一口汉代铜鼓卖给桂林文物馆,要了人家 100 万元。

晚上参加永安小组会,一开头就叫报上当,没有从总结工作入手,结果,弄得很僵。这样搞法,实在把老百姓弄得疲于奔命。

3月13日　等赵坚来汇报,中午十二点了还见不到。同小余到滩头去找他,人说他很早就出去了。回来路上见到了他,说是一个老乡骗他说我们到老口圩开会去了,他赶到那里才回来的。就在路边同他交换两村根子情况,有比较好的对象。忠良的梁建辉,三乐的郭育祺与郭天来。本月16号可以碰头了。在滩头他们正在研究根子的培养问题。有的根子知道我们扎根串联这一套,他们说"三同"是形式。可见,我们的办法如果做得不够真诚,可能为群众所回避。

正写报告给张志民就接他来信叫明天上午去开会。同时讲到一小队已整理农会了,叫我抓紧点。

晚上,又参加永安小组会。扩大组织问题,结合报上当。但上当的人是不知呢还是不愿报?感到为难似的不肯听下去。

3月14日　上午十点钟中队部召开全体干部会,由谢团长讲划阶级问题。当中各小队讨论时,张队长又补充说明划阶级一定要在斗倒了恶霸,成立了农会,两个条件都具备了才能进行,性急也不行的。划阶级是包括全体村民参加的活动,应把它当作斗争,当作运动来搞,通过这个运动,使农民进一步认清敌我界限,明白地主整个阶级的罪恶。

谭荫溥来信,说他的亮亮正过十五周月,已能在任何一本画报上找到毛主席的相片了。

吃过晚饭,同张志民谈了一下铺开的工作。他觉得根子都找得不错,就是情况了解不够。以后片的工作由片自己掌握。

刘宏给我来了一张条子,同样的条子还给了艾青、陈闲,他依然在到处找同情。为什么一点组织观念也没有,到处找人替他设法找工作呢。

3月15日　下了十来天的雨。今天才稍微晴了。但是苍蝇马上出现了。热天也有热天的烦恼。

木棉花在高大的树上繁盛的开放了。青山背衬出一片繁花,把山野的寂静添了一些热闹。八哥鸟在刚下种的田地上寻找没被泥土盖实的种子。

十五号《长江日报》发表中央组织一批作家深入生活,准备进行创作的消息。里边有好些已经多年不写作的葛洛、晋驼等人。他们已做行政工作了，怎么调得开呢？我是否也可以去报个名？看来，写出文章来是主要的，如果有了表现，回去搞创作是不成问题的吧。打算这两天分别给严文井、丁玲、周扬、立波他们写信提出创作的要求。

夜间没有睡好，人一点劲都没有，疲乏极了。

3月16日　赵坚、余家骏来汇报昨晚他们各村根子碰头情况。等金再及半天不见人来，他们先回去了。决定本月19号在三乐农会开片的农代会。

金再及后来才到，也没带材料来，她们那边不知都搞什么东西去了。

晚上，写一封信给严文井转丁玲，请求调回文艺队伍去从事写作。只写了这样一封信就写到了夜里12点多，是什么道理弄得脑子这样迟钝了呢？

3月17日　“夏天”忽然来了，棉毛衣都得脱下。

听完永和乡讨论成立农协后，已经下午三点了，去灵湾又去不成。到十冬坡去找孙景亮，同他交代一些宣传工作。带回梁述光的自传材料，此人曾经是国民党县党部的党务人员。晚上，同老乡谈起来，知道梁述光是附近几个村的恶霸。

3月18日　天气忽然变得炎热，宛如夏天，棉衣脱下来，可以穿单衣了。

到灵湾去。今天是石埠圩期，先在那里理发。那里最多的交易就在鸡鸭行。南宁的小贩用低廉的价钱换取鸡鸭运到南宁去。一斤鸡才3，200元，农民都嚷着养不起了。到灵湾，见金再及同张定和在河岸的竹林下边谈工作。李虹刚从圩上吃完米粉回来。大家还是上面飘浮！

晚上，同余廉怀扎的根子黄玉乾家生活。余说住在他家好几天了，找不到什么好办法与根子交流。因为根子都知道了怎么办？我说，正如谈恋爱一样，必须看准对方心情、爱好，从那儿谈起才能打动他的心。因此，别人的一些具体经验方法是很难硬搬硬套的。

夜间，到处是山歌，到处都有夜校、读报组。我同一群贫雇农住一间众屋，那里也是读报组。同他们解释工作队不是作为侦察员专门调查材料来的，而是来同大家讲道理，帮助大家提高思想认识，知道我们在旧社会里为什么穷，为什么苦，最后要齐心落力去打倒地主。

3月19日 早晨,听金再及、黄为聪反映,读报组每天都把人吸收走了,妨碍了扎根工作,感到很讨厌。他们不知道把宣传工作抓过来转为自己工作服务,真是可叹之至!为什么不能把读报组、山歌等宣传形式为扎根串联服务呢?为什么不把扎根串联以及每段工作的中心作为宣传内容交给读报组,用山歌去进行配合宣传呢?为什么有武器而不会利用?而只是老想用官印来解决问题。

从灵湾黄屋坡到李屋坡来见到吴定群,他参加扎根工作很勉强,以为根子应该早点碰头了。但是上级不同意他的看法,强调稳。

天气忽然变冷了,到托洲走了一转匆匆返回。

3月20日 开三个乡(片)的农代会,试点乡的李文俊和邓盛兰来参加。李文俊是刚培养出来的永和乡农会主席,他在会上热心地介绍扎根串联和成立主席团的经验,讨论会时还到各组去启发引导大家发言,一副热情负责的主人翁态度。

3月21日 吃过早饭回到中队部。本来回去是研究下阶段如何转入划阶级工作环节的,后来变成讨论以中队为单位集中全体干部整顿思想、立场、作风。会议内容变了,开会时间也改为明天报到。下午有空我乘机请假回南宁一趟。晚上老百姓都看电影《白毛女》去了。明天一早我再回中队。

3月22日 回到中队部时才刚开饭。艾青、张志民我们几个人商量这次整顿队伍的会议如何开。大家要我今晚作动员报告,我没准备,不知讲什么,还是由张志民讲。

晚上开支部会,要求党员在这次整顿会上带头检讨以带动大家。会上大家还明确提出六小队负责人王毅和区委钟书记要检讨的意见。

3月23日 小组检查:这次斗霸为什么成了僵局?大家对僵局先有个统一认识后,对小队长覃世强、陈闲分别提出了批评。

3月24日 金再及汇报灵托乡工作。

大会讨论六小队工作中犯的严重错误。大家对造成错误的负责人及其他人员都很气愤。最后会议转入批评清华学生徐君儒的思想作风与言行。他表面装糊涂,实际心里反苏反人民,发表荒谬言论。

收到16年前广东省第一师范王国强同学从广东南康县委的来信。他在抗日战争中参加了武装斗争,成为支队司令员。现为地委青工委书记。

袁似瑶来信,说是史副部长把他和我的信给宣传部的部分干部传阅。这样一来,他对史的看法有所好转,对宣传部也不如前信说的那样非离开不可了。

3月25日 大会批判徐君儒的错误思想。下午,吕森报告斗霸胜利经验,李秀灵报告划阶级问题。最后,张志民总结,布置工作。

3月26日 会议今天结束。宣布开除徐君儒,送回北京。撤销钟区委的片长职务,降为小队副,调刘建庵去当六小队的队长。张志民说调我回中队部来做看门面的工作,和他轮流下去蹲点。

滕留寅来看春耕生产情况。给他带上三万元回去订《文艺报》。

3月27日 大雨下了两天,田地里都储满了水。青蛙日日夜夜地鸣叫。农民冒雨犁田,真是:春晴儿女忙农去,闲煞门前一树花。

木棉花树笔直、挺拔,比别的树高出一头,灿烂的红花缀满了光秃秃的树干。野玫瑰也在河边盛开了。春意特别浓。

回到那毓岭,赵坚和余家骏来汇报忠良、三乐两村工作。报上当已有七十多户了,价钱约在二万斤谷。看来还不坏,实际情形如何?

晚上,卢永澄在那毓岭讲如何划阶级,没有将要点讲明白,老百姓听到11点多时,有好多人都打瞌睡了。他只讲一年劳动不到120天的就是地主。贫雇农说我们没有田,也没劳动120天算什么呢?

钟桂初调来跟着我做通讯员。

3月28日 开两乡的根子会议,听他们介绍串联工作。问了十多个人,会挖根的只有四个人。可见我们培养的根子能力还是很差。三乐的两个根子梁天来、李圣书,你问什么都不开口,这样怎么开展工作。我耐心启发他们如何挖苦根,具体指导他们如何成立主席团等。午间,花八千元请他们吃红薯。

“保和总会”唐明照要回北京去了。陈闲来同我去买一只鸡与唐他们一起弄晚饭吃,也算是给唐明照饯行吧。

天一晴,农民都被吸引到田间去了。犁田、点种、戽水、送塘坭。只有中午才见到他们三三两两地坐在树根下歇,修修牛口罩,编牛绳,等牛吃上稻草。到下午两三点钟又下田,等日落了才回家,在一盏豆油的玻璃方灯下吃上两碗稀粥。

收到吴三才信,说是省文工团刘荫林的缺点逐渐被群众所认识了。

3 月 29 日　一早写了三封信:给青岛谭荫溥、海康的王国强、合浦的袁似瑶。

到三乐村去,打算参加他一晚上的诉苦大会。路过细樟岭时,遇见宣传小组的梁钦其,才知他们的诉苦会昨晚已经开过了。到三乐村农会见郭育祺在那里,问他昨晚开会情况。他说有 500 多人参加,四个典型诉苦。一个岭尾坡芦廷乾的母亲诉芦超伦地主的剥削时都哭了,许多人被感动。全乡报上当的已超过 100 户。挖苦根,李锡瑞妻会说"穷不是命,如是命,我们 500 多人都是一样吗"的道理

从三乐出来,到托洲去。见到小钱,他们在帮老百姓整理田基。说是报上当的才只有 12 户,都是中农富户借东西还未要的。灵湾的黄屋坡有 19 户报,李屋坡稍微多一点。到滩头去,见到老赵同姜岁宁在填表。他对昨晚三乐、忠良的诉苦大会很满意,认为下月四号就可以开始斗争了。明天就成立贫雇农主席团。

从郭育祺(根子)那儿吃了晚饭回来,天已黑了。

3 月 30 日　听完四小队队工委划阶级的讨论会,到下午才能回到中队部来。

张志民到南宁听上级指示去了,叫我同五小队和一小队根据本月 27 号《广西日报》的社论来研究分配工作。晚上组织大家学习这篇社论。

3 月 31 日　姜岁宁来反映,三乐、忠良两村选举贫雇农主席团,谭方海培养的郭天来,十冬坡辛金亮培养的梁宅饮,张秀楣培养的梁云高的母亲,胡学恭培养的李圣书都落选了。会议开得很不好,群众情绪不高。

晚上,开团工委会,为打破僵局,只好镇压几个顽抗的罪大恶极的地主分子,以提振贫雇农群众的信心。

今天是这里老百姓拜扫坟墓的节日,杀鸡捉鱼和开年一样热闹,晚餐丰盛喜庆。

4月1日　由我主持召开新铺开的小队长会议,听大家报告近来的工作情况,讨论研究今后的工作方法,怎样防止僵局发生。最后张志民同志作总结。

晚上,读最近三期《宣传通讯》。

4月2日　唐明照到南宁后给我寄来“关于覃世强转正的意见”,附信说他回京筹备亚洲“保和”会议。

为看《攻克柏林》,吃过晚饭就到火车站去坐晚班车进城,看完电影,到家已是夜里十二点了。这次回家在圩上买了一对鸽子两只鸡,上车时被叫起票,交了五千一百元。这样一算,每斤鸡要花四千六百元了,比在南宁买每斤贵了一千元。

4月3日　从城里回来,处理各小队的工作报告。二小队所在的那汪、华香都闹起宗派来,因为是同宗同房的人被划为地主,原来是苦主的现在都不干了,起来反对了,甚至要把工作队赶出村去。

胡征寄来他的三本作品,两本诗集《七月的战争》《主席台》;散文集是他与老婆徐孟文合作的报告文学。他仍在西南军区文化部创作组。

谭流来信谈他的忙碌,扯到宣传处的工作。他也想弄文学,以为有个专长好。

张志民回来催问请示镇压对象一事,对二小队和八小队莫庆的消极松懈感到气愤。

上海新文艺出版社来信通知迁社址,康平路83号。读《文艺报》59期至夜半。草明的《火车头》有人批评了,对曾撰文吹捧《火车头》的张沛也捎带了两笔,打得还相当沉重。

4月4日　整天都在处理中队部的事,真想不到有那样多的工作,那样多的人拥到门上来。工作队来请示打开僵局的具体办法,或者有什么破除宗派观念的思想武器;老乡们申请去南宁捉回地主来斗争……

胡征的信今天才到。他还是那样热切地呼唤着我们的友谊呀！1947年他随部队挺进黄泛区,被国民党军俘虏关了两个多月,最后脱狱,这期间他说多么想念党,想念朋友啊。

薛传钊谈她怎样组织发动儿童的故事。她讲给孩子们听中国铁木儿的故事，和小学生们一起“捉特务”，使得小孩子都动起来了……她还给我说了一些大学生在土改中的笑话。有人躲在蚊帐里读小说，有人因为怕鸡拉屎进鞋子里要搬家，还有人说担一担水瘦了两磅，偷偷喝鱼肝油。

4月5日 到滩头坡去调解三乐村与对河村庄有关牛路的争执。

今天是清明没有雨，太阳倒很好。田汉说，有人把清明节的诗改为词：清明时节雨，纷纷路上行人，欲断魂；借问酒家何处？有牧童，遥指杏花村。田汉还说，这一改，比原来的诗要好。

去解决这条牛路的纠纷是谢芳春、吴景超代表土改团去的。对河的那位乡农会主席就是我们这个团土改试点时培养起来的农民干部，但是，今天（昨天他已对田汉很不客气了）他对谢、吴这些政府来的人毫无恭敬，不但不讲什么天下农民是一家的话，就是谁给他分的土地也忘记了。

他们这些农民说什么“你们的牛有路就走吧，我们的田可不准走，毛主席号召生产，怎么能让牛走过田里去呢”。于是他就不管你们三个村的100多头牛有没有草吃了，也不考虑你用什么田地来换他们的那五亩田或拿谷子来给他们补偿每年的产量损失，总之一句话就是不准走。这就是我们辛苦培养出来的农民领袖！

这件事情不正是很明白的给我敲了警钟吗？我们发动群众的功夫用到哪里去啦！由此也可以让我们窥见农民的思想是那样狭小，还需要我们大力艰苦地开拓！

4月6日 为了打破斗争的僵局，人民法庭给老百姓来撑腰了。今天决定在老口圩开庭，接受建华乡人民控诉，审判顽固对抗土改的恶霸地主林绍祺。我被推做审判委员之一。林绍祺霸占一个苦主林绍桂二十三亩田，并逼迫其流离失所，现在，林绍桂成了审判他的审判委员之一。

叶德光借照相机去拍摄展览会的材料。

4月7日 在团部医务室打了伤寒霍乱防疫针。见薛传钊一个人在草地上看巴人的《皮包与烟斗》。同她谈了好些闲话，她谈起她的流浪生活，谈起她的父亲、叔叔、大哥，他们都各有各的一套，都有着非常奇特的性格。

父亲疾恶如仇，我行我素，不会逢迎，厌恶世俗；叔父60多岁才结婚，结婚后变了，父亲说没有从前可爱了。从前叔叔是一下子装八部电话机做一笔投机生意，赚了钱马上切断电话线不干了；卖了果树园，买了几十个碗，吃完一顿饭就把碗罗起来，等碗都用完了才请一个工人来洗；平素成天就学雕塑，弄雕塑。

哥哥是学电工的，边看书边刷牙，刷一个钟头的牙也不觉得。她给他吃生香肠他吃了也不知是什么……

我说，你们这个家族可以反映这个过渡时代的面貌呢。要是写一本书，人物都是现成的。

4月8日　昨天打了针，反应今天还没有过去，人一点力气也没有，到永安村是拖着两条腿去的。到了永安真想躺下。到长江岭找不到陈闲，同覃世强躺在他房里休息了一会好了些。

又回到永安那轭岭同赵坚谈三乐村斗霸问题。叫他准备得差不多就斗吧，不必等到以后什么时候去了，把时间拖下去也不好。

邓燕林从展览会回来了，张志民交代他到那马村去工作。他好像有什么心事说不出口，跟我谈谈整理广西民歌，最后又没有谈下去。

昨天滕留寅来信说，3月份的生活待遇提高了。王肖琴在信笺上加一句：王向你敬礼！这是什么事情使她愉快起来。是爱人老滕的贪污问题作了结论吗？还是生活待遇提高了？生活待遇好了，以后可买些书来读了。

4月9日　在中队部批准地主富农的阶级成分。发觉大家都在制造提升地主成分的借口，好像“土改法”、“怎样划分阶级的决定”都没有好好看。

收到孟冰回信。说等丁玲回国来，他可以替我请求调到文学岗位去。估计可以的，丁玲有这个权力。他很希望我回归文学。

敬人来信说是可能转业地方工作。一般干部不是不转业吗？转地方是搞政权建设还是退伍呢。

4月10日　草拟一张枪毙不法分子滕上合等三人的布告和一份明天公审大会秩序细目。下午过河去同毕区长商量如何开好明天的公审大会。

土改展览会里文工团的同志们反映邓燕林工作表现不突出，交给工作不积极去做，专搞山歌收集去了。他还是故态不改怎么得了？

各队要求批准的阶级划分中，有些如果不是地主就只有划中农，划富农的话,剥削条件不够。那么一个地主没有剥削,这不是很怪吗?他们把儿女们代替的劳动也算作剥削了,或者算拟划地主不够120天劳动(犁田、插秧、割禾等)来决定。这样不是侵犯到中农利益去了吗?

4月11日　人民法庭第二次开庭,枪毙两个不法地主。今天逢集,人特别挤。伞和草帽好像密叶覆盖着山头。人们用山歌来表示他们对地主阶级的控诉。

晚上,小队长(扩大)联席会议,解决征收没收与分配问题。

4月12日　小队长会议今天结束。晚上,同艾青、李又然、郁波到和安村去参加斗争李岱年大会。

听艾青谈对当前文学问题的看法,他感到当代的文学作品水平太低、太干燥,人情味太稀薄了,希望能有反映出浓烈的地方色彩和深刻的人生意义的东西。

4月13日　昨天下了一场大雨,今天才晴。太阳却不肯抛头露面,人们又穿上棉袄了。

晚上,艾青邀我一块到南宁去。他刚收到一百七十万元,要到南宁去购买夏季用品。到南宁在省文联遇见了阳太阳、张正宇,同他们到万国茶馆去喝茶。艾青不知哪里来的兴致,今晚天真得像个小孩子。

回到宣传部,晴说,韦必克来医院疗养,韦谈到二哥在一个多月之前就被扣押了,让我不必过问他的事。

我还有什么可说的呢?作为旧社会敌对阶级的代表人物被人民推倒下去了,好像春天的冰块,好像早晨的垃圾被消灭和清洗出去了!这是社会运动的法则,我能说什么呢!

4月14日　早晨见到坭坭,三个月她变多了,变得沉静,能自己走路,还不会说话。但旁人说的话有些她似乎能听懂。留在南宁一天,也没得空。到展览会去看看夏同光画的"十大政策",又过文联来看看艾青、阳太阳。回省委宣传部见到宣传处的同志扯上三两句。

吃过晚饭,王劲马上来谈宣传部干部待遇的评级问题,一谈就谈到夜里一点半才睡。我被评为五等二级,以后每月有三十多四十万元的收入了,可以买书、买水果,手头宽裕些了。

4月15日 一早同艾青回到团部来。暂时也没什么事可忙的。于是艾青谈到写东西的问题。他同意我回到文学岗位上去,回北京后可以替我提意见,只要广西放就行了。但据他知道,在广西我还是有点威望的,恐怕走不了。可是写作的人实在太少,还是搞创作好。

晚上,各中队长都来开团工委会。谢芳春怕会议开得太长引起大家反感,索性只由他讲清华、燕京学生的离队问题,土改什么时候结束等。没有安排讨论就算完了。

吴三才来信谈到省文工团将来的工作,感到困难很多。同陈闲谈天,准备下半年写以这段土改为主题的长篇小说。

4月16日 小队长又来听张志民交代:如何追缴果实,如何结合征收没收分配。

晚上新铺开小队长来开会,内容和白天谈的差不多,都是为着追缴果实问题而着急起来。

经过两次镇压不法地主后,地主自杀事件接二连三地发生,一中队各小队都有这种情况。一共有十一个地主自杀,两个逃亡,两个自杀未遂。

4月17日 接到袁似瑶来信,他对保证每个农民得谷一百斤的任务感到困难很多。

4月18日 薛传钊给我打防疫针,针头太粗了,比上次疼。

4月19日 昨天打了防疫针,今天整天不舒服,四肢发软、没劲,不想动弹。

萧戈还在南昌军区政治部做秘书科长,说是在景德镇给我买了一把茶壶,可是还要过几天才能寄来。

4月20日 昨晚同薛传钊谈话,受了凉,今早嗓子发哑,做审判员受了限制。

第三次公审,加上各村秧歌腰鼓来欢迎转业人员回乡,会场特别热闹。今天被审人员是先由各村小斗,然后再交到人民法庭。小斗会上效果并不大。

同勇村地主莫期猷全家五口人投江自杀,养女莫月带女民襟章在衣服上发现。可见,我们在工作中产生了严重的逼迫行为。

4月21日 写一份关于农村宣传工作的指示,打算用省宣和省土委名义刊于“土改简报”,让工作队离乡前把宣传工作移交给乡政权和农协。

下午,张志民叫我同陈贤良、林杰到同勇村去检查莫期猷全家投江自杀的问题。

晚上在农会主任家(莫宜祖)了解好些问题,群众对莫期猷被划为地主,思想是不一致的,认为他和小婆都有劳动,也没余粮,要五千斤是拿不出的。主任自己不知根据什么划莫期猷为地主,也不知村里有几个民兵。而我们的工作队却认为,群众对死了五个人毫无反应,所以也没有对群众做安抚工作。

4月22日 昨夜又有地主胡永柏逃亡自杀了。这个村工作问题多,但他们限制我们的行动,不让到处去访问,我只好回来请示张志民,张同艾青连夜赶去处理。

4月23日 这两天都是夜间下大雨,白天放晴。农民已经忙了。

张交代我和二小队和三小队研究建政庆祝胜利问题。两个小队的人来了,叫他们回去学习肖寒的报告好了,具体办法我也说不出。

李秀灵从八小队来反映王书廷、莫庆在那边的工作很乱,农干不纯,但是又不能重新选举。

省委宣传部把干部评级结果寄来了,我被定为五等二级,每月有四十四万元用度,以后生活可宽裕些了。

四器来信说因为学习很进步,没有转业回来,被留为国防军了。到湖南湘潭的工兵十九团运输连去当战士,情绪很好。

寄重庆军区文化部的胡征一本《好样的人》作纪念。

4月24日 李秀灵来谈同本村的工作,说是王书廷在那里搞得很糟,具体办法少,只是原则上的指示,吃苦精神差。莫庆也一样,不艰苦深入地去发动群众,而是组织青年排戏。

到那轭岭去参加片的农代会。但是,赵坚和他那个小队的所有干部都为了鉴定评奖没有一个人来,使得今天的会没有主持人。托洲的小钱也有点掌握不住。讨论追讨果实问题时,这批农干部争相介绍经验,也提出今后意见,都感到突破落后层是重要的,可是如何突破,却没有好法宝。

开完会过和安乡来,见到农民正在分配农具,不见陈闲,听说是送鉴定到团部去了。

晚上见到陈闲在片队部,谈他们的鉴定。谭流、苏上杰来信谈工作。李又然到滩头坡参加小队工作了。他是否知道他写的信,别人已知道了呢。

4月25日 写七封信:给重庆的胡征,北京的孟冰,南昌的萧文,湘潭的四器,博白的吴三才、刘建勋,南宁的谭流、苏上杰。

晚上,张志民从七小队检查回来,说是七小队追讨果实时打了人,发生逼迫的现象,批评了他们,曾枚哭了。

4月27日 每天早上到草坪的坟头读书。毛主席的《矛盾论》今天才读完,有些地方是懂了,有些地方却没有弄得明白,还得再三细读。

中宣部检查今年一、二、三期的《学习》杂志。发现艾思奇、杨耳、于光远等人批判资产阶级的文字出了毛病,他们把资产阶级曾经起过一定程度的进步作用以及今后的可以听从共产党领导继续合作的可能性一笔抹杀,并且要以工人阶级的思想体系去改造资产阶级,不让他们有自己的思想,那也不合乎逻辑的,与中央的政策有了抵触。中宣部部长陆定一要求对此事处分,并给予此事同犯错误的同志处分。中央批示,不处分,但要作检讨。可见文字工作,思想工作之艰难,动不动就要出乱子。

晚上,向徐毓楠、赵德洁两教授提意见,我提了二点:一、站在客人立场来对待周围工作和生活;二、没有勇敢地投入生活中去,以为改造并不太重要似的。这样容易在学生群众面前引发不满,因为学生都把国家人民的事业当作自己的来对待了,先生却当着客人来看,他们当然感到不足。

4月28日 陈闲因为对群众要求解释划阶级的问题,他表示不耐烦,结果被坏分子钻了空子。居然聚集了四五十个人跑来区政府告状。毕区长说,他们来势汹汹,事情弄得很严重。

下午,到和安乡去了解究竟是怎么回事。

这件事引起来的原因,多半是借划阶级,没有经过大会通过。因此,人家就说工作队是包办代替,说这个坡包庇本坡的地主。等到群众来质问我们了,又不给解释,反而表现不耐烦,态度粗暴,阻吓群众去告状。结果使群众反感,矛盾更大。

同其中闹得较凶的李延年、邓麟楷、李秀霜谈话，他们看风头不对，马上转舵，口口声声承认不对了，认为对自己人不应这样态度，现在应该集中精力追地主果实……

4月29日 清华、燕京的学生突然得到土委会的消息，今天不集中了，等工作搞完了再走。这消息给一些教授是个不愉快的刺激。本来以为今天可以离开简陋的农村了，这样一变更，又等到什么时候去呢？

艾青到南宁去参加展览会工作，想叫我陪他去。

4月30日 谭荫溥来信，说是亮亮的母亲又快有第二个小孩了，坭坭什么时候有弟弟妹妹呢？

一晚上读完了伏契克的《绞刑架下的报告》。这是血和火的发泄，是充满了乐观主义的控诉，他把真心与革命事业留给了后人，他失去的只是个躯壳。

5月1日 晚上，回到南宁。“五一”游行已在上午举行，街上没多少行人，安静多了，多半商店关了门，想买些东西也买不来了。

回家听二嫂说，母亲因二哥影响被列入地主队伍中，可能要饿死。因与外界完全断绝来往了，几兄弟有东西也没法接济。80岁的人了，还让她经历这段人生，未免悲哀。假如去年她不回乡，不是没事吗？

5月2日 下午同晴上街，商店里东西很少，还多为陈货。连给小孩煮牛奶的小锅也买不到。

5月3日 早晨回中队部来了。土改工作到二十号左右可以结束。艾青对时间被拖延特别反感。农村生活已让他腻味？可是他又那样急匆匆地回到小队去，说是想写东西。

5月4日 天热得憋闷吓人，《文艺报》读不下去了，干脆掩卷出门透透气。行至医务所远远瞧见薛传钊宛若天使，头顶似乎还现耀眼光环。顿时我意识模糊，魂魄出窍，继而身不由己随风飘浮于云端，亦梦亦幻。待缓过神来，方感觉先前那瞬间一幕乃异乎寻常，不免心中暗暗称奇。夜晚，屋子里骤然惊现一条吹风蛇，把北方人都吓坏了。从此，广西蛇多的传言被证实，他们可以把这个亲眼所见的活证据带回去了。

5月5日 天气闷热,人人难熬。老百姓说玉米地里现在正盼一场雨,下来了就是包米了,以前的雨只是包米叶。但今晚的雨,一下子就被雷电和风刮走了,还成不了包米。

读《人民文学》五期,果戈理的《马车》和土尔耳的一篇《鹅》,写得很精彩。

5月6日 今晚开农代会,建华乡长黄乃进报告征收没收分配经验。大家都觉得讲得好,一个农民能培养成这个样子已经是很不坏了。

5月7日 参加农代会小组讨论,最后,张志民作总结发言。回中队部审批那马坡几户农家的阶级成分。

晚上,接到谭流转来中宣部指示,五月廿三日是毛泽东《在延安文艺座谈会上的讲话》发表十周年,要各地组织纪念文章在刊物、报纸上发表,并举行小型座谈会。其次韦珠明要我填干部登记表,分局书记要看,还得贴照片。

5月8日 花了一个上午把干部简历表填了。给谭流写信叫他同胡明树商量组织在南宁的文联委员写文章和准备座谈会发言。还写一信给艾青,把中宣部的指示告诉他,请他写"讲话"的纪念文章,并请他送一本《诗论》。

同陈闲在老口圩买到五只鹧鸪,交给米粉店弄菜吃晚饭。炖的汤特别鲜,炒食的味道却不见好。到和安乡去交代农会明天到法庭来办理接管李岱年房屋的手续,并了解那里工作情况。他们的工作要做到十三四号才结束,差不多闹了四个月了,农民都有点疲了。同和安村的几个同志照了几张橄榄林的照片。

5月9日 到三乐村去催促老赵加快工作进度,争取本月15号前后结束。他们正在发动全村群众进行没收征收,如不是我发现,他们把房屋里的楼房也拆了。农民意识总是那样的自私狭隘,分田时为了这个坡那个坡产量等级又争吵起来,居然有二十来个妇女到农会请愿,把农代会的决议否决了。但是为了不至于把事情弄僵,也只好又去做思想工作,不能拿农代会的决议来硬干。

托洲的保产党还在进行活动,不把他们首要分子扣押,阶级划不下去。决定把李炳珍扣起来,然后在群众大会宣布其破坏罪行。

同李又然谈文学,他听了我谈到《钱》被翻译到苏联的事,深为我抱不平,认为严文井他们做事不合适，要替我向丁玲讲一讲，并鼓励我还要写。晚上，姜岁宁来取《好样的人》，要看书中《变化》那篇文章，说是吕森介绍他们读的。

庄稼真是到了赶人的时候，田禾和玉米一天比一天长高，只几天，遍地都是被浓绿覆盖了……

5 月 10 日　托余怀廉进城买两本《好样的人》来准备送李又然。这本东西虽然写得不是那样好，清华的大学生们还觉得有所获益。

同李又然过对河吃蒸鱼，下午他什么时候回去的也不知道，也许又怪我冷淡他了。

把《红楼梦》借给薛传钊看，也许这又会同《悬崖》一样被她觉得不好看？薛传钊问我欣赏《悬崖》什么呢？她本人是最讨厌薇拉的祖姨了，莱斯基也并不可爱，只有薇拉还有点值得同情。

晚上，徐毓楠谈《红楼梦》，他说这本书可以不朽，不论到什么时候什么人读起来都要感动的。苏联不是还上演莎士比亚吗？比如李尔王轻信谗言，奥赛罗的嫉妒，哪一个人都不一样的。这完全说明徐教授仍然是那样坚持人性的永恒。这些虽然已经有不少文章批判了，可在这些教授的脑子里仍然深藏着并未清除。就说“嫉妒”吧，在苏联小说《收获》中已经不是莎氏那样表现了。可见社会制度变了，人的感情会跟着变的。然而，我很难说服这些教授们。

5 月 11 日　四小队忠良村工作队清华学生张式讲，下午五点半钟因游水没顶死掉了。这引起我 16 年前的回忆，广东省第一师范同学何伟生也是在这样的年纪在这样的江水里被吞没的。当时我曾写下挽联：江水滔滔，一去不回怜君逝；匆匆花草，三春先谢增人愁！现在要做这样的挽联恐怕没有那样的才情了。听说，张死前的情绪很苦闷。自己有爱人在北大医学院，现在却在这里和一个女工出身的陈芝卿恋爱。他曾经参加过三青团，这次鉴定时坦白出来了，问题没有得到很好解决。学籍问题（从山西大学转清华）还有些问题。出身是地主家庭又是资本家……这之前曾经几次表示要随江流远去。这次虽不是自杀，但精神苦闷而恍惚，不能清醒地应对水性，恐怕是导致溺水身亡的主因吧。

恋爱问题仍像胶水一样黏着每个人呵！据张生前谈话，很怀疑陈芝卿与陈闲的恋爱，这也许是他对想爱的人特别敏感的嫉妒。但是陈闲与陈芝卿的关系也是引起误会的因素。

5月12日 从中队部到忠良村来收拾因张式讲的死而颓丧的干部情绪，并督促分配工作的进行。途中大雨滂沱，躲了一个多钟点，雨仍未能停。

尸首已经收敛了，农会干部已给他挖了墓穴，杀了鸡，还写了一篇祭文，召集来几十个人在棺头举行了吊祭。从余家骏和杨矗处了解一些张式讲的思想状况。

张秀楣这位小姐的小毛病也是非常严重的，怕吃苦。延长回校消息公布后，闹了三天情绪不干工作。说是知道到清华参加土改她就不转清华啦。张曾经参加过青年团，被停止团籍了，还曾到长春高等商业学校做过文书干部，嫌职位低不干了……她恐怕是个具有相当典型的小资产阶级思想的人物了。

给青岛谭荫溥和合浦袁似瑶各寄一信。

5月13日 等吴景超（清华教授，土改团副团长）来后，我就陪他们到张式讲的坟场去察看其棺木下土。张生前培养的根子梁少贤从长江岭赶来，未见灵柩即放声哭了。忠良村农干们为他挖掘墓穴，烧香，立碑，都很尽心。土改委派来一位干部了解事故情况。

下午说是讨论分配果实，结果因为整理数目单的没有搞好，又延误了。看来明天还是分不下去。

分田问题，杨村因没有地主，本身没有田分，从别坡调剂来的田就远了些，于是耍赖不要了，说是宁愿开荒还比较合算。这明明是要挟。可见农民自私又暴露了。

没收的家私，什么都要来了。一双穿旧了的布鞋，一个已破烂了的铜勺，甚至是一块腊肉排骨，这些东西怎么好分呢？看样子完全是把地主做到净身出户扫地出门了。可是在另一方面还有人说是右倾，那又怎样说呢？

赵坚来了一下，三乐今天也分田了。他的工作，问到什么，都说得很好，不知实际又如何？政协的大臣们本月17号离队了，清华、南师23号才走。省直和区里的干部延到月底。本月16号要开个会，我只好明天回团部去看看。

5月14日 写了封信给赵坚叫他把做总结的事交姜岁宁负责，过两天卢永澄就去接替他的工作了。给李又然一张条子，叫他今天回麻子畬时见我一下，送给他《好样的人》。

同小杨谈,对忠良村的分田,杨村有意见,应做好工作,不然闹起宗派来不太好,明知其落后也得迁就一下吧。

晚上,谢芳春动员中队和团部机关做鉴定评奖。

5月15日 上午,写自我鉴定,写了半天。晚上才开会通过。教授们提意见都是那样含蓄,拐三四个弯才能猜到他们说什么。徐毓楠教授说他并没有感到中队队委不开会对他有什么不好,因为,他不肯参加到自己不起作用的场合里边。他还说:文艺作品犹如维他命有营养价值,但不能当饭吃。可是,他对文艺的看法,显然是属于所谓“永恒”的人性的欣赏者。认为《红楼梦》可以流传到数代人,几百年后还会一样动人。

李又然来信说他从金鸡车站走了。希望我的写作活跃起来,每年送他一本新书,“我这是走群众路线摸底来的,你在群众中有影响”,他说。

5月16日 肖寒来参加全团干部会议,布置巩固胜利阶段的工作,会期两天。晚上,开准备会,各中队长参加。肖寒对我说:宣传部的具体事务现没人干,提出要我回去。

5月17日 全国政协土改团今天离开,前往南宁。为了欢送他们,下午,我们的小组会开得稀稀拉拉,可是送也没送好。

我同陈闲到车站去送艾青。同他照了张相,另同他们全体人员也照了两张。同吴寄寒(中宣部办公厅副主任)谈广西省委宣传部长人选,希望他能回去反映,要中央快点派人来负实际责任。吴觉得史单独负责宣传部是不够的,说他了解史,还说宣传部应该管一管报社。时间太短了,话未尽意,“你今晚同我到南宁去谈吧!”吴说。王宗一也说到南宁去谈一谈吧。

晚上,讨论“大家多留下来补课的思想障碍是什么”。四、五小队的人都不肯暴露思想。

谭流来电话要我回去主持文艺座谈会的工作。张志民说,过两天再走吧,把未办完的事搞完。

5月18日 上午,肖寒报告如何巩固胜利的问题。下午讨论。正讨论时,土改委来电话叫我回去。不知除了准备座谈会外,还有什么别的事情?张志民和谢芳春都同意我回去一趟。

说好请陈闲他们吃鸽子的,这样匆匆忙忙的最后也没有吃好。

四个月前的今天我下来土改,至今整整四个月。任务基本算是完成了。这四个月见到不少东西,也学到不少东西,假如要写文章,那是太丰富了。可是,作为作品中的灵魂,典型人物并不是很突出,还很难掌握。

5 月 19 日 见到谭流,方知回来完全是为了准备廿三号的座谈会。其实都是谭流搞得太紧张了。大家现在都忙于“土改”和“五反”,为座谈会这事搞大动作,也不很妥当,而且大家没准备好,忽然拉我回来也谈不出什么道理来。

史副部长已回来了,他届时不敢去座谈会露面主持,只好把这事推脱给何政委。

晚上去新党校见到吴寄寒、艾青、田汉。艾和田答应座谈会若提前廿二号开,他们将出席讲话。

祥光来信说:“二舅被划为旧官吏,赔了两万斤谷,现仍被扣押在扶南。”还说:“文器在抗美援朝战场负伤,已回国正在黑龙江省北安医大医院住院。”

5 月 20 日 到省文联等袁家柯来商量廿二号的会如何准备,谁知他只派了个市文联的干事来。我们只好把当天的会场布置和晚会的筹备工作分了工给陈更新、游碧轩去做。从“文艺座谈会讲话”中选了几条语录交给他们去制作标语。

看了一下方管写的文章,偏重于讲他从“土改”和“五反”中体会执行政策的重要性,与文艺思想联系不多。

桂系的旧艺人都来了,准备表演给北京的文化人欣赏。樊清璋来信说到对刘荫林姑息的错误。

同晴到均兴饭馆吃顿晚餐,化一万五千元。上街买水桶和坭坭的脸盆等日用品。

接敬人钦州来信,已调灵山县武装部任参谋。

5 月 21 日 为了避开明天庆祝毛主席《在延安文艺座谈会上的讲话》发表 10 周年报告会那样的场合,也为了给清华大学同学作鉴定,还是决定回土改团去。留了一张条子给谭流告诉他,明天的会可以由胡明树主持。

回到中队部，张志民已去南宁，团部也没了人，两个教授准备今晚就走。才走了两天已经不习惯这里冷清清的环境了，觉得人去屋空，有一股冷落的气息袭击人。只好到和安乡去找陈闲。下午下了场小雨，天气仍闷热。遇见区委钟书记到各乡查看生产情况。新选的乡长来谈了一番群众目前思想，分配问题没有很好解决。一头牛六家人分，不好使用，争吵起来。

明天清华同学吴克俭和韩仲琛要走了，买只六斤重的鸡来吃，还请邻村莫世民也来参加。他们北方人看到这样大的鸡认为是奇迹。

5 月 22 日　清华同学今天走了！薛传钊借去的书包了一包还回来。别处清华、燕京的师生也都陆续来了，有些熟人也就捞不到时间说什么。薛去上火车，我也没有去送。觉得熟人多，朋友少，去了很勉强，索性不来那一套吧。

人们都从麻子畲走开了，以后每天黄昏再也见不到一些悠闲的教授和一些风尘仆仆的土改队员在这条小路上，以及邕江河边出现了。四个月来我们曾经在这里紧张的而又是悠闲的生活过来，现在突然寂寞起来了，心里莫名其妙蒙上一层淡淡的惆怅。

5 月 23 日　写了四封信。给因抗美援朝负伤而在黑龙江北安医院治疗的侄子文器，希望他努力学习，早日康复。给灵山武装部的侄子敬人，告诉他文器和四器的通讯处。给南昌的萧戈，收到他寄来的景德镇茶壶。给博白的樊清璋，叫他总结省文工团参加土改的收获。

我是参加这里的农代会后再回省委宣传部去呢，还是现在马上就回去？这两天无所事事挺无聊的。

5 月 24 日　这回土改，因自己没有参加第一阶段的试点，缺乏经验，来土改团最初基本做见习，主动性做得很不够，讲话唯恐讲不对头，解决不了什么问题，心里的确有点尴尬！现经过四个多月的磨炼，学到了很多，收获了很多，人也成熟自信了。这都是四个多月前想不到的呵。

给区委宣教干事黄为聪写一封信，回答他关于今后宣传工作问题。

晚上读《人民日报》社论，关于纪念毛主席在文艺座谈会上讲话发表十周年。指出目前二个偏向，一是受资产阶级艺术的侵蚀，一是由于深入生活不够，作品概念化、公式化。

概念化、公式化成为反对的中心课题，艺术性的强调是今后的努力方向。通俗作品中的粗制滥造也被批评了。

5月25日 晚上，区农代会开动员会，毕区长作动员编组。这次与会者都是新选出来的乡长、乡主席，好些都是群众领袖。

夜里，睡在银行办事处的楼上，太疲倦了，躺下就睡着了，蚊子叮咬也不知道了。

5月26日 上午区委钟书记总结土改工作。下午各乡典型报告。有黄乃进的退坡思想转变，林志讲地主破坏情况……

晚上，各乡讨论，检查退坡思想的危害，各人都不同程度的暴露了退坡思想。归纳起来，两个大原因。自卑不识字，领导不起；宗派多，干部不团结……自私耽误生产，果实没多分，肥田粉领来销不出，自己吃亏……

有个李桂枝的妇女部长，挺会编山歌了，而且张嘴就来，等于即席诗人。当场她就来了两句：要想发家勤劳动，要想健康讲卫生。

晚餐同丘昌文、陈元良、李文杰、陈闲、李秀灵、王昆尧吃鸡炖脚鱼。

夜里太热了，同陈闲、李秀灵提着竹筒灯到江边洗脸。归来又闲扯至夜深一点多才睡。

5月27日 继续参加农代会讨论，检查退坡思想和敌情。大家已认识到退坡思想是敌人喜欢、自己损失。同时，有的地主心不死，想变天，通过落后群众的宗派观念制造反对农会的事端。有的亲自上阵借故摸田螺而践踏田禾，收回菜园等。

和安村的梁少贤对曾在他家住了很久的陈闲的工作态度不满，公开表达对其不信任。说上回他们50多人到区政府上访请愿，曾被扣押3人，他们认为不妥当。3个人后来虽然很快释放了，但群众要求区政府或工作队的同志对此事给予当面解释和道歉。当时陈闲出面拒绝解释，也不道歉，大家对他的态度很反感。现在梁少贤在讨论会上把这件事又提出来，陈闲听了更是不能冷静了，他一口咬定群众是被敌人收买了，是闹宗派，还说要把梁少贤的职务给撤除。陈闲的这种态度是脱离群众的，这样做还会把自己卷入宗派的圈子里去。他的作风显然是让群众难以接受的了。可是他对自己的缺点死不承认，非常固执，这怎能在群众中挽回威信呢？我说出我的意见，又变成了吵嘴，真是太没有价值。看来，与老陈合作是颇有些困难的。

收到一封意外的信，严文井回答我两个月前的去信。他说我给丁玲的信因信到时丁在国外，现才转给她。中央决定再抽调一批作家下到基层去，我的要求根据他看来，应该是能得到满足的。

这封信的迟来，是否就等有了个肯定的意思才写的呢？我的要求能得到满足，不会是种猜测吧？文井是文学工作者的组织者，假如没有相当眉目，这个意思不会轻易透露给我的。

如果去北京，重回文学岗位能成为事实，那固然是高兴的事！只是，今后我要更加努力，更加辛勤地劳动了，还要准备受更多的挫折，孤独与失意。因为文学事业比起行政工作来是需要付出更大的耐心与毅力的，也需要承受更多的清贫与艰辛，刺激和鼓励也会更多的。

假如想得庸俗些，我不应该再去冒这一风险了。因为现在我大可不必去操好多心思，就可以安稳地度过一个寂静的生涯。然而，再想想，一个人不去释放自己的能量，不去追求，不去奋斗就这样过他一生，未免也太可悲了。

胡征到北京去参加写剧本(电影)，在工作路上(宜昌)给我写了一封信，他是看了《好样的人》以后对我作了过分的赞誉与鼓励。他说如果我放弃文学，那将是个很重大的损失！

5月28日 今天是端午节，一早就下起雨来，南宁今天的龙舟比赛不能举行了。

老百姓说端午节是穷节日。过去农村里家家户户到了这个时候都是没米没盐的，所谓青黄不接。记得小时候，我的家也是在这个节日里买不起两斤糯米来包粽子，买不起一斤肉来供神的呵！今天乡下的妈妈是不是又遇上了这样的境况呢。

5月29日 上午仍是小组讨论，讨论生产计划。下午张志民作总结报告。

三乐村岭尾坡五十来个群众，请愿式地否认其本坡的四个地主成分。该村工作已告完成，划阶级时他们不讲，到今天才闹起来，昨晚他们公开声言反对农会，反对工作队……这明明是敌人的操纵，同时也暴露了我们干部的包办代替，没有很好依靠群众,结果被敌人钻了空子。

5月30日 今天会议结束。我在最后作了关于今后宣传工作的发言,交代各乡主席把原有的宣传队伍接管过来,配合党和政府的要求,予以充分利用,使其能为中心工作服务,成为领导工作的好助手!

到晚上,张志民又动员省区的干部也检查思想,争取工作完全结束时,有个"良好的结束",避免行百者半九十的错误。

5月31日 张志民问我是否今天回去?他说肖寒同志曾来电话问我什么时候回去?他答复肖说开完区农代会后就回去的。

我决定今晚离开麻子畲。这两天我的肚子还是时好时坏,今天又泻了,连晚饭都不敢吃了。等一阵骤雨过去后,我一个人到车站来,路上泥泞不堪。

住了四个多月的麻子畲,突然走开了,那块草坪,那株榕树,那门前的两个石礅都使我回过头去看了一下。"人去物留",这些景物都曾留下我的踪迹呵!

6月1日 一早到省文联去见周钢鸣。他要到灵山县去支援那边的土改,八月底才能回来,文艺界整风目前是不能进行了。他说,留在南宁的人先整一下也可以。我想,没有他来主持,没有秦似、秦黛参加,整风就没有对象了。他还说艾青临行时曾问过他,是否让我离开广西去弄创作,可见艾青把这件事是记住的。如果艾青同李又然回京向丁玲再提一下,那我也许这次就可以回到文学岗位去了。

下午,去探望李东岳。他因吐血已躺了三个多月了。同他谈肺病的一般疗法,今后文艺工作的方针。他也明白肺病患者需胸襟放开,精神愉快才有利于康复,但却不知道怎样才能做到。

6月2日 见到史乃展,谈目前省委宣传部要做的工作。袁似瑶来信说8月底土改结束才能回机关,但对回来兴趣不大,觉得史不信任他。

花一天时间把房子另行布置了一番,换了新的气象,读写的空间更宽畅舒适了。今后要多用点心思在读书与写作上。去书店买两本果戈理的书,一本《外套》,一本《鼻子》。

小妮子懂事许多了,还不会说话。见生人特别怯惧,在母亲面前挺聪明,能口含西瓜到处走，用双手搬小凳子给妈妈坐。

6月3日　土改委要编土改展览会的特刊，挂我一个编委会的主委。早上到省文联开会，讨论特刊编目的总体设计与编辑流程。周钢鸣还没下去。他又说如果中央没有调我去创作，我就来搞文联好了，他有别的工作顾不了。

晚上，在部机关讨论史副部长的“三反”自我鉴定，都认为写得过于简单，没有分析，没有批判。

6月4日　一早听史副部长谈他的自我鉴定，仍是解释多。可见并不是每个人都能作客观的自我批评的。晚上，大家把昨晚提的意见又讲一番，但史副部长并未能接受。下午参加省委召开地委书记的会议，讨论整干、生产、复查等问题。

接邓燕林信，向组织提出两项要求：1.调他爱人回南宁工作；2.他的“三反”错误使大家还有疑惑，希望能彻底弄清。

6月5日　写一篇短稿《讲道理》，发表于《宣传员讲本》。批评农干的退坡思想。

地委书记会议下午结束。布置了六、七、八月的工作。陈副主席会上总结整干、生产、复查工作。

这两天太忙，洗澡、写信都找不到时间。

6月6日　花一个上午写了二千字以内的“三反运动自我鉴定”。

在思想检讨上，自认为官僚主义作风的产生是个人主义与自由主义的结果。致使对所管干部和省文工团的思想领导不力。斗争性不强。今后努力方向：一、克服自由主义，注意一言一行，注意影响。二、重视革命利益，做好任何一件革命工作，清楚认识只要为人民创造了福利，个人的福利也被包括在里边了，因而，除了革命利益不应另外有什么个人打算。

晚上，支部鉴定，基本上同意我的自我鉴定，同时提出不足之处。大家意见最多的是：斗争性弱，对人迁就，受自由主义影响。

6月7日　同处里的同志们谈地委书记会议上有关今后三个月的工作布置。然后讨论宣传处如何结合中心工作进行宣传，布置写七、八月份宣传提纲，内容是：一、关于反细菌战。二、农村的生产问题，抗旱防涝、施肥捉虫，以及组织合作社、互助组。三、农干的整顿，批判退坡思想，树立长期为人民服务、当家做主的思想。四、复查工作的宣传。

再就是六月底召开县的宣传干事会议，布置复查中的建网工作。同时把意见提供省委负责同志在省的复查工作会上提出。要求今年底完成建网工作。

6月8日 把《钢铁的心》分寄给全国文联丁玲，文学研究所的李又然、孟冰（《好样的人》一起寄），军委文化部的胡征。

写了六封信：给胡征回信，告诉他严文井说我的写作愿望应该在中央决心调一批作家从事创作的原则下得到满足的。同时也给文学研究所孟冰写这样的信。给土改中陈闲的信是告诉他周钢鸣想叫我做文联主任，并劝他少谈他人闲话，艾青就不满意他的嘴巴。给邓燕林回信，有关他的工作和爱人的工作调动，等他回南宁再谈。给黄为聪和程刚的信，叫他们把土改中的宣传工作汇报给省委宣传部。

读《约翰·克里斯朵夫》54页。

6月9日 听节约检查委员会谢扶民主任报告思想建设阶段的做法。时间花了一个上午。

遇见王宇红，他觉得宣传工作难搞，想在调整干部时要求去做电影演员。这恐怕是渺茫的了。

到省文联，胡明树对于文艺整风没有什么主意与办法。看来大家都在土改未回来，整风一时也整不起来。

同宣传处的同志谈写七、八两月宣传大纲问题和月底要开宣传会议的事。

晚上欢送王文芳、陈敏等同志去人民大学工学院学习。大家深深感到在毛泽东时代的人太幸福了。旧社会里读大学多不容易呀！没钱不用说了，有钱没有人事也考不进，进去了还得担心毕业文凭，担心职业等等。现在一切都不用担心了，只要专心学习就行了。

6月10日 牙齿拔过后，今天突然剧痛起来，是否牙根发炎了？人疲乏极了，坐着都要倒下似的。

审阅处里文件，帮曾海君看他的剧本《同仇敌忾》，写明朝中国和朝鲜同御日寇的故事。他把一个农民写得不像农民，倒像一个士大夫了。故事也写得很粗糙。他自己又不懂京剧,怎么写起京剧的剧本来呢?

6月11日 牙齿又疼起来,好像发炎。把脑子都弄晕了。

晚上,中苏友协赵乐群来谈干部问题,接着又是胡明树和陈更新来谈省文联的整风、《广西文艺》发行等问题。胡明树慢腾腾的态度真是急死人,又说不出什么主张。整风问题恐怕只等周钢鸣回来再说了。如果没他们参与,光是在家的人整了,谁又来执行正确的文艺方针?

七月初要开的宣传会议通知,滕留寅写得不够周到,又由我来重写。

有关母亲生活费的问题去询问人事厅。答复是人回乡了就不发了,如有特殊情况,可向本单位申请。

6月12日 用大半天修改宣传处下半年工作计划,下午同处里的同志谈计划安排。大家都觉得人手少很难展开工作。

邓燕林来信表示愿到省文联去写作,但又不愿参加编辑,觉得底子太差,弄不好。

给苏上杰回一信,告诉他月底召开全省宣传会议的通知已发出,专署恐怕难于单独再召开专区的宣传会议了。

6月13日 写"关于农村宣传工作的意见",注意力不能专注,且觉得挺吃力,写了一个上午也没写完。下午,跟宣传处的同志们谈月底召开全省宣传会议的准备。接着肖寒又来扯一扯展览会特刊问题,一天就过去了。

接三封信。李又然信说,回京后补"三反"和文艺整风的课,没有空写信。丁玲也忙得厉害,我的事李只好写信向她致意。李很希望我现在就重新写起来。敬人信说已到灵山武装部,现参加土改去了,以为今后生活可能比部队散漫一些,只有自己努力了。黄为聪回信,邕宁十三区的宣传工作,他已开始搞了。《讲本》农民都觉得很需要,就是不易按期买到。订购很慢,有时收不到。

准备写一本小册子谈关于建立宣传网的问题。

6月14日 "关于农村宣传工作的意见"初稿写完了。不知能这样发表吗?拟了"关于农村建网"小册子的大纲,写起来又要三五天,另外还要写宣传要点。给艾青、田汉写信。目前工作不重只是繁。

遇见梁谷元,他说除了工作、政治学习外,他倒读了好些小说。我没他那样的好命。月底要开宣传会议，必须得准备了。工作是没有一点空闲可停留下来的。

6月15日 写了六封信。与艾青、丁玲谈我回文学岗位的问题。请田汉给“土改展览会特刊”写篇稿子。复信李又然谈近况。希望他能抽空同我多谈谈北京文艺界消息。给袁似瑶回信，讲省委宣传部的业务开展受人力限制，很困难。给岳平信，谈敬人在他的专区工作，望多予教育，并问邓燕林爱人的工作安排。

6月16日 写《关于农村政治思想问题》一千字的宣传提纲。

中午，土改队的人回来谈话，影响了午睡。毛子良也来坐了一会，他还是不大正视自己的错误，以为这次“三反”他吃亏了，但承认自己有点滑头。可又说自认为老实的一面却被别人看作滑头的一面。

省文教厅严贤贞来谈关于要上报中南的五年文化建设计划。他一个人怎么能订出这样的东西来呢？五年文化建设计划应该开个正经的会议，请领导和专家参加来讨论研究后才能制定的。

和邓燕林谈话，指出他清高名士派的作风不可取，与现今时代要求不符，应下决心改。

晚上，去找萧育医师补牙，等了好半天。后天还得去镶。

6月17日 陈闲来谈了好久，把午睡时间也耽误了。他把人家开玩笑的话也当真地去思考了好长时间。张志民对他说要李秀灵替他找爱人，帮他的忙把和小陈的关系搞好。这些明明是开玩笑的话，他却那样认真。我婉言劝他痛改好传是非、嘴巴不严的毛病。

今天算把土委会要我校对的文件看完了。发现一些错字，内容不便提更多意见。

支部会对我的鉴定意见，根据我的申述和实际情况改得比较客观了。文字是这样写的：陆地同志在宣传部期间，对刘宏的贪污蜕化未能及时发觉，对刘的官僚主义，生活作风虽然初期提较多意见，后来却采取迁就、放松态度，在这方面表现了对党利益的维护，应有的高度的战斗性不够。

6月18日 好些天不下雨了，禾苗是否枯槁？天气那样炎热干燥。

脑子好像有了毛病，精神老是不能集中，往往做一件工作、读一篇文章没有完，马上又想到别的事情上去，还马上就丢下正在做的事而去应付别样的东西了，怎样医治这个毛病呢？本来打算把晚上的时间交给写作的，已经半个月了，还是不能按计划进行，往往让时间漏过了。

部队学速成识字法的成绩是惊人的，这样一来，我国人民在文化上是要起大变化了，文化工作会因而受到刺激而迅速提高的。

6 月 19 日　党委会又说这次“三反”鉴定应该全面，每个人的优缺点都要提到。

我个人除了上次的缺点外，添上了几条优点：一、解放广西以来，思想水平、政治水平都有提高。二、在宣传部那样的官僚主义领导下，还能主动地想办法建立业务制度，发挥处里每个人的力量，培养了干部，得到相当大的成绩。三、作风正派、朴素。四、遵守制度，公私分得很严。缺点补充了几条：一、在政治理论上帮助同志不够。二、和外界接触多，有些群众会议参加少，文章写得少。不能更多扩大影响。三、工作没有很好抓住中心，重要环节未突破，样样照顾，平列对待。

晚上去医院看望韦必克。他的肺病又犯了，正住院治疗，现讲话都很困难。

6 月 20 日　晚上写一千字《革命道理》，讲农民群众组织起来的好处，给《宣传员讲本》用。

又花半天时间做“鉴定”的补充材料。这两天太热了，人坐着不动，汗也不停地流。

6 月 21 日　支部通过我的鉴定，优点还增了一条共五条，算是好鉴定了。

这次“三反”后，好多干部都提升了。钟国松准备去当专员，容县地委书记贺亦然要来当省委宣传部部长。这样，以后的宣传工作会有所改观了吧。

《广西文艺》把艾青在纪念毛主席的《在延安文艺座谈会上的讲话》发表 10 周年会上的发言刊出了，里边有些话是不好讲的，史乃展要他们立即停止发行。

下午，一场暴风雨从天而降。

6 月 22 日　得李又然信，说是在文学研究所教务会议上他提了我两回，大家都很欢迎我回到北京去。也许是提名调，也许由我自己提。总之，要我预先做必要准备。看来,我有可能回到文学队伍中去了。

为补牙跑两趟诊所,把礼拜天的时间都耗完了。晚上,看电影《光芒万丈》。缺乏人情味,说服力、感染力都不足。

6月23日 这几天被“鉴定”的时间占满,剩下下半天的时间又做不出什么来。精力不济,工作效率低。

孟冰从中央文学研究所来信,说是那边成立创作室,要调一批人。我可能被调,只看中宣部同不同意。还说创作室很好,我一定满意。

看来,这回有几成把握回文学战线去了,只怕自己搞不出成绩来。不过,专门去钻一门工作总易取得成就。

同乡钟德思参加农林厅虫害防治工作,来信问候。

6月25日 参加省的复查工作会议,听了一天王祝光的复查试点报告,会议期间同钟国松谈了好些事情。听说史乃展可能调“西大”当秘书长,贺亦然来省委宣传部当部长。如真这样,宣传部或将改观。

赵乐群来谈中南召开中苏友协代表会议的事情,广西将如何派人参加。决定由他或秦似去出席,各专区去一两个人。

6月26日 李又然又来信,说是中央文学研究所已向中央文化部请求调十几个人,其中有几个是无论如何要调的,我的名字就在里边还是头一名。但是问起许革夫来,他说还没有见到电报。李又然说如果文化部不调,那恐怕是因为照顾广西工作所致,其实大家都欢迎你来京的!

克兴从东门家乡带来广州二嫂的噩耗!虽然是病殁,但假如她是像普通老百姓一样能正常的生活,应该是不会这么早就死的。受二哥事情的牵连,生活难以维持,加之伤心过度,吐血而死。死或不足悲,只是还留下个不满周岁的婴儿和一个两岁的儿子,一个年幼的女儿,3个孩子一下子都交到我80岁的母亲手上来,她怎么能担当得起这沉重的担子呢?

母亲奔波了80年,晚景还须经历这般艰难愁苦,人生未免太过凄凉!但一群幼小的生命又怎舍得撒手让他们死灭呢。母亲尝尽了人生的悲苦,怎么还受得起?没有吃,不能劳动,孩子们都小不懂事,这样的日子怎么过?!我把50万元交克兴带回去,让母亲她们度过这艰难的岁月吧。不知别人肯让她吃下这口饭否。

6月27日 上午把今后建网工作方案的稿件草拟完了。

晚上,讨论建网工作方案和宣传会议日程。

6月28日 写了一天关于今后建网方案。早上先给复查工作会议总结提供有关宣传工作的材料,交给史副部长去。

6月29日 省宣传会议,今天报到了。准备工作做得不够,临时有点忙乱。

早上同史乃展交换意见,决定利用下午时间座谈一下情况。

晚上,我召集各地委带队人来开准备会。大家要求会议开得紧凑些,给典型报告多些时间。

6月30日 省宣会议今天开幕。上午先听陈副主席的复查总结,下午才是各专区分组座谈一般的宣传工作的情况。

7月1日 省宣会议由我主持。各地来参会的宣传科长和干事共九十九人。今天是宜山、宾阳两地委作土改中宣传工作和建网工作报告。

我搬到南宁酒店同与会人员住在一起。这是南宁最大最新式的大旅社了。但是管理不好,沙发摆得到处都是,显得杂乱无章,再过半年恐怕全都被糟蹋完了。

7月2日 继续典型报告。晚上,史副部长作今后建网工作发言。

7月3日 会议今天是小组讨论。我修改报中南的半年来建网工作报告。

下午写了五封信:

给青岛的谭荫溥,北京的李又然、孟冰、严文井、刘哲生。

得胡征从南京军事学院来信,他为写剧本正在那里体验生活。

丁玲交托陈淼来信,说我回文学队伍的要求,已向组织提了意见,等有确实消息后再告诉我。

陈闲来谈其工作要求。文教工作不想搞,要求再去土改。他还是很主观,不大务实。

晚上,听小组长汇报。史谈明天的会议,由我征求各地意见将建网方案修正后再报告。另外找几个建网有特点的地区的乡来,取长补短,综合成一个乡建网工作的具体做法。

7月4日 张正宇来信谈土改展览会特刊印行的接洽事情,并附来照片两张。一张是我个人的,一张是他与阳太阳、小金凤、胡明树和我的合照。

上午做方案的修正,下午报告。晚上,再修改报告中南的方案。

给中南部队艺术学院院长王真和钦州的袁似瑶写信。

7月5日 宣传会议上午由史总结。晚上去看电影《优秀共产党员——斯维尔德洛夫》,觉得很好。

7月6日 抄写《论思想发动》,一天没出门也未抄完。

晚上,与土委会和报社、文联的有关人物开会研究"土改展览会特刊"的编印问题。

7月7日 收到三封信。吴三才说省文工团的人有三分之一都得了土改的模范奖,他们九月底才回。搞土改时间太长,业务都丢生了。袁似瑶来信说没有收到我寄去灵山的信。敬人信里又要求给他买支钢笔。

晚上,去镶上两颗假牙。

7月8日 上午支部开会讨论培养提拔干部三年的规划。下午抄改《关于农村宣传工作》,到下班时才脱稿。

晚上,开会总结宣传会议。一致意见以为这次会议有收获有成绩:抓住了建网工作中心,会议开得紧凑不拖拉。

缺点是:一、准备不充分,面与点的情况不平衡,缺乏点的经验与材料。

二、思想领导、组织力量不够。没时间深入,发现了问题也没时间研究解决……

7月9日 这两天暑热非常,久旱不雨。各地灾情普遍发生。

用整天时间看完《讲本》稿件和修改了《关于农村宣传工作》,再写五百字短论《怎样当好带头人》。

晚上去看《海上风暴》影片,故事过于单纯,又很沉闷。

7月10日 接到吴三才来信,请求以省委宣传部名义写慰问信给省文工团,鼓励他们参加土改取得了好成绩。下午,弄"土改展览会特刊"。

7月11日 两颗假牙被固定好了。下午开始写"建网手册"。史乃展说过支部工作由我负责，但又不大放手。明天他要到“西大”去了，把部里的工作交代给的那个人，很明显地是他心目中所看重的了。这个人善于恭维取宠，时不时要点小滑头，与之打交道真有点别扭。

史去贺来，贺亦然来了不会如同旧样吧。若是精明者是不会让这种人钻空子的。在此本来我就不想跟任何人计较，也无什么个人得失可言。顶多别人都提升了，我仍落后。只是看不惯这种阿谀奉承的人，觉得这种作风可厌。很盼望能早点到北京去。

7月12日 下午的一场大雨把炎热的暑气压下去不少。夜间又去看一次《乡村女教师》，仍然觉得影片很不错。

史乃展到“西大”去了。肖寒说他不怎么想去。也许是准备知难而退，也许是为回部里留条后路，在大家面前他一直不肯承认调工作。送走这位“盒子里的人”，心里敞亮起来。

回文学岗位的消息这两天沉寂了，不知怎么回事。新部长要来了，会带一些人来吧。最好这时能到北京去呵！否则若被放到省文联去，岂不糟糕。

准备写东西去了，以后的工作可能就会比较正常了吧！

7月13日 给博白吴三才写信，对他说省文工团能够在土改中多多地锻炼，对获得进步是有帮助的，不要太强调业务生疏问题。

继续写“建网手册”。晚上去看《1951年的“五一”大示威》纪录片。给白焰、敬人各回一信。

7月14日 下了场大雨，凉快许多。覃伯承从桂林造纸厂来信，要求回来工作。

十多年前的省一师同学黎秀统的妻子来信，说是黎因在国民党政府做过事，已被人民政府扣押，叫我帮忙。

7月15日 中宣部严文井回信，说是中央文学研究所已提名要我去工作，如果广西愿意放我走，那我的归队就有希望了，最后希望不久见到我。看来，关键在于这里放不放了，如果中央调令不坚决，那是很难走出广西的。

克兴、亚六都来跟我谈到二哥的几个小孩已被农会叫别人拿去抚养了。农会还同意让二嫂回去。二嫂回去辛辛苦苦干活也不一定每月弄得20万元生活费,何必回去。

写完“建网手册”初稿,有4000多字。丁超今天到中南去了。

7月16日　落了一天的雨,凉爽许多,不为汗水所苦了。

7月18日　给中央文化部艺术事业管理局田汉去信,关于桂剧的入京公演,省文教厅意见是经费无问题,就是缺乏政治上可靠的领队人。

中南部队艺术学院政委王真回信,觉得剧院化缺乏可演的剧本,工作乱。作家们高喊无生活,现在到生活中去了,也没捞到什么。真正好的作品是不容易产生的。

李汉写来一篇他们创作组的学习小结。

7月20日　到南宁中学看望李东岳,他的肺病未见好。因对学校照顾不周而抱怨猜忌,致使精神错乱。现虽病情平稳,可人变得痴痴呆呆。大家都担心不能好转。他的岳母与我母亲很熟,谈起家乡来,尽是些令人烦恼无奈之事。

去看电影《拖拉机手》。用喜剧手法表现集体农庄生活。嫌它过于滑稽,感人不深。

7月21日　参加城工会议。听柳州魏伯和南宁孙以瑾两位书记的汇报。“五反”后资本家顾虑多,生产普遍下降,工人不守纪律现象多发。

问省委办公厅主任许革夫有没有调我的电报来?他说没有。但看他表情,好像有这么回事。

接袁似瑶信,对我的工作多方鼓励,说如史已离去,希望我不要走。省文工团的吴三才回到南宁,准备明天去中南开文化工作会议。

7月22日　继续听各市委书记汇报,下午讨论生产(商业贸易)问题。

土改委派杨士衡带“土改展览会特刊稿”到北京去出版。肖寒叫我写信去请胡绳也代为审一下稿。我顺便向胡绳提到关于我的归队问题,希望能离开广西。

敬人来信,说他所在的土改队与周钢鸣的土改队在一个地方。感到民兵工作要配合中心工作难做。

7月23日　全国文联联络部来信说,国内外纷纷有信来要求得到我的小传和照片以作出版和讲课的参考。这令我很诧异,是什么文章使得读者想知道我这个作者呢？

陈闲从平果县来信，说是人生有限，历史悠长，不想再花更多时间来与周钢鸣他们纠缠了。另外，希望我争取北上，不要犹豫。

7月24日　岳平回信说敬人在灵山工作还积极，作风也正派，要求进步心切。

谭荫溥回信，希望我入京能实现。

听陈副主席总结。目前城市工作是增产节约，发动工人群众。

7月25日　听何伟传达中南财经会议精神。五年计划已作了初步方案，等九月中央四中全会最后讨论再在党内公布，对外是不宣布的。

五年计划主要是重工业建设，强调计划性与集中统一性。邓老说过去革命是靠发动农民，现在经济建设则靠计划性。总的方针是六个字：便打（便于打战）；便稳（物价稳定）；便建（经济建设）。

地方工业也根据这个总方针发展，除了工业，就是农业增产粮食，增产粮食主要靠水利……水利的解决是搞抽水机站。按次序的安排：工、农、商、交、文。为了达到五年计划，强调集中、计划。地方机动权缩小了。

关于培养干部甚为重要，建设有几个条件，最主要的是人……

7月26日　下午参加崇左与宾阳并区的讨论会。

晚上看《讲本》大样和对《广西文艺》的审校。《广西文艺》水平太低，读下去好像吃了有砂的饭。

看影片《刘胡兰》。故事编得很生硬，程式化，情节还弄得很乱。

7月27日　白焰来信，“三反”后工作变动可能不大。杜略仍作区委书记，生活待遇是地级干部。

史乃展来信叫我去“艺专”参加省文工团训练班开班仪式。他就在那里却不肯去一下，不知何故。晚上开党小组会。

7月28日　写了一晚，写了一千八百字的”小传“，附上照片寄去全国文联联络部。

吴三才从中南文化会议来信请示省文工团编制的意见。有少数民族地区设了民族歌舞剧团。以为在广西把文工团和民族歌舞剧团合二为一似乎适当些了。

刘大可从百色地委宣传部来信，谈到那边宣传工作因人手少难开展的问题。

陈闲说已到第六区，不日下村了，以为死在农村也甘心。邓燕林来信说，愿与几个合得来的同志去搞好《广西文艺》。

7月29日 晚上同陈更新去看电影《天才发明家》，讲述无线电发明人苏联的波波夫。影片还不坏。

7月30日 鹿寨县委来信并附敌机撒下的反动传单，叫老百姓收藏青天白日旗，以备将来他们打回来免遭罪。口口声声污蔑我们为苏联的奴仆。

写了信给鹿寨县委，要他们在适当的场合驳斥这些传单上的谣言。

7月31日 覃伯承来信说，下月十号可以回来。那样，让他去中苏友协好了。

写一篇八百字的《革命道理》。近来写这样的短文章，手慢慢熟练回来了似的。打算日内就开始进行副业生产（写小说）了。

8月1日 今晚，省委、省府和省军区宴别何伟副书记和财委副主任贺希明。大概是要每个单位的首长参加，省委宣传部没有人就要我去了。我感到去同这些上级在一起吃饭，很受拘束，就是吃宴席也没味，索性不去了。

刘建勋在土改中得特等奖，还照了一张照片送我。给陈闲复信。夜读《在顺川发现的一本日记》。

8月2日 下午开处务会议，讨论复查城工的宣传工作及建网问题。

史乃展来信说，人员的调动可以向省委提意见。“讲本”的发行交出版社去……晚上回信，向他报告我们最近的工作部署。

8月3日 约王宇红来谈南宁建网计划。他有自己的想法，很难改变。

到省委办公厅去看两份电报，七月到九月都以宣传经济为主。各地要推行识字法的计划。

下午去听陈副主席总结组织工作会议。晚上开小组会。

8月4日 处理一天办公室的事务，做不出名堂来，日子过得好像空了些。

这两天还提不起精神来写作。

读完《在顺川发现的一本日记》，发现作者的政治感觉十分敏锐，组织力、表现手法都很到家。明明是从报上发表过的国际新闻里选取材料，把它表现在文艺作品中却看不出是概念的东西。

严蒙仍在《人民日报》文教组。说是北京很美丽，假如我去了，大家可在一起了。

晚上想去看京剧《梁山伯与祝英台》，去晚了没买到票。

8月5日 看影片《人民战士》，说人物个性表现不突出，说故事不够入情入理。看过了就像看新闻片《民主东北》，一般化、概念化明显。刘白羽的这个剧本怎能叫作艺术品。

8月6日 武器来信说寄回的50万元家属救济金已经收到了。以后由他父亲陆续给祖母。又说他想来南宁读书，行不行。

看普希金的小说《上尉的女儿》。这两天等北京来调令等得很心焦。这件事像是被压下去了似的。

8月7日 在三个专区发现敌特散发的反动传单和细菌，发了通报叫各地市注意，针对其反动宣传进行反驳，同时收集群众思想动态及敌特活动情况。

三哥的女儿亚桃读夜校扫盲，现能写信了。要给她买有关青年团的书，还说8月收了花生要来南宁玩。

8月8日 吴三才从中南会议回来传达，中央强调创作为文化艺术的最中心工作，等于工厂的产品一样。没有产品工厂就失去作用。但如何有效地组织创作，说得不够具体。

省成立文化局，与文联合署办公。如果去不成北京就在此搞文化局副局长也不错，只专心于文化艺术一门，也许能抽空写些作品。

收到袁似瑶、胡明树各一信。给武器、立器复信。

8月9日 收到胡征从南京军事学院来信。电影脚本的写作不好掌握，感到有困难，还得一两个月才能回重庆去。他好像很不得意，觉得西南包袱太重，希望能到中央文学研究所创作室去。

晚上，同晴去看电影《锄奸记》。1948年曾在哈尔滨看过，当时片名叫《决斗》。第二回看了，仍然被故事情节的紧张刺激所感染。

8月13日 上午支部讨论复查“三反”中受处分党员及受刑事处分的群众。下午听梁家禄汇报贵县的宣传工作情况。刘建勋昨天从土改工作队回来了。

8月14日 读《攻克柏林》的电影脚本。支部继续讨论复查毛子良所犯错误问题。

8月15日 邀省文工团的人来谈，要他们的幻灯组到邕宁十四区去结合复查放映和顺便做建网工作。

读《长征》剧本，太肤浅了，好像是嚼没有成熟的甘蔗毫无味道。这简直是跟伟大的长征开玩笑。

8月16日 覃伯承来谈桂林纸厂与毛子良的一些问题。又说李德韩向他讲，叫他来搞出版社印刷厂。这样，中苏友协又是谁去搞呢？

昨天阳太阳来谈，“艺专”合并于华南艺术学院后，他想到北京去。广西虽干部少，但他在这里一时也用不上，不知周钢鸣意见如何？他本来想同省文教厅商量如何解决广西艺术师资问题，今天却忽然来电话要回桂林了。

晚上，去看东德新影片《每日的粮食》。写劳动的伟大，投机者的毁灭，误国者的转变，都是比较合情合理的。

8月17日 读完孙犁的《风云初记》。这是一本写抗日战争初年在冀中平原的农村中发生的事情。语言文字写得很简练，但是人物性格却未能突出。李佩钟当女县长太过轻易。因为她刚参加革命，怎么就当起县长来了呢？整个书看，人物发展还不够充分，好像才是开头。

8月18日 晚上去看准备参加中南戏曲会演的邕剧节目《七状纸》《拦马过关》和《小进宫》。第一出像是在表演舞蹈，不像是在唱戏。三分之二的时间花在过山这件事情上。《拦马过关》比较好些。

8月19日 给陈荒煤写信，要求到中南搞文学创作，或到文化局工作。

晚上，去看《拉脱维亚》纪录片。放映前加演短片《莫斯科万兽团》，片中的河马、狮子，都是少见的东西，增加见识不少。另外，纪录片里的19世纪油画，也是很美。

贺部长来信说他廿号左右就到任。同杨明谈省委宣传部的一些人事,顺便询问有关我入京的事,他还未听说。土改、“三反”后,干部大都提升了。原来梧州地委的那帮人也都升了级。

8月20日　看电影《华沙一条街》,紧张惊险。描写了纳粹德国对犹太人的残暴统治,也写出人民对反动者的不屈斗争。当中通过几个儿童的生活来表现这一主题,更增加观众对弱小的同情与加害于她的敌人的仇恨。

8月21日　写了一千四百字的《一个建议》寄给《文艺报》,提出反对概念化、公式化的作品,应从名作家的创作里去寻找。现在有的名家的东西往往被阳光照耀、勇敢、坚定的字眼所充满,好像一个人戴上假发,涂抹了胭脂,让人看不清真实的血肉了。例如看过《民主东北》新闻片的人,就会觉得《人民战士》苍白,缺乏感染力了。

审编《讲本》第35期稿件。

8月22日　黄克勤从容县来信,说工作多,累得吐了血。胡振洋去找他要工作做,大事干不了,小的又不肯做。回了他一信。

读美国马尔兹《马戏团到了镇上》。

8月23日　去看粤剧《借红灯》。林公子自我介绍他调戏妇女的台词太露骨了。

8月24日　写信三封,给孟冰、胡征、李鹰航。晚上开小组会,给吴三才提些意见。

8月25日　滕留寅来信,感到建网工作不能为区委接受,很闷。立即回他一信。

晴超过预产期不见生产,今到医院去催生了。我这两天疲乏得不成,胸口有点发闷。

8月26日　李又然给胡明树带来两大捆画报叫转交三乐村。他还附信说,不止他一个人欢迎我到研究所去。如果中央不调,自己争取去也好。立即回他信,问其他要调的人都到没有?希望来一信。

贺亦然部长今天到任。晴今天仍不见生,大家都很焦急。

8月27日　上午听各专区汇报中学思想改造问题。下午头痛,做不成什么事。晚上去看望病中住院的谭流。他痰中仍带血丝,估计下月才能出院。

雨很大很急。坭坭到医院看妈妈,因雨没回家来。

8月28日 坭坭的弟弟凌晨两点钟降生。体重九磅三,毛发稀薄,小秃头。分娩才三分钟,无痛分娩法成功了。

下午三点半钟,我连续吐十几口唾沫都是粉红色,量体温37度4。这两天我感到筋疲力尽,注意力完全丧失了。写信给严文井,问他关于我的归队有无新情况。

晚上,看《芦根的春天》影片。里边的凯苏也还是概念的人物,一些恋爱的场面和纠纷,人工的做作是存在的。他对于发现磷灰土的斗争是浅薄的,当然,主题的选择很新,说明新五年计划贯彻到了深山僻壤,深入到每个人心。

8月29日 下午,贺亦然召见我们谈大问题。处里需要解决的问题乜插不上话。晚上,开全体干部会,贺部长做自我介绍,历史、个性都说了,初步印象人还比较直爽。

8月31日 早上向贺部长提出"归队"的意愿。他说不到北京去不成?从他的话里,感觉此前已经知道我的情况,对我这个干部的工作已经有所安排了。讲来讲去,就是他已经考虑调人来加强了。他说,我的问题待与组织部商量再说。难道我可以离开了?还是要被放到什么地方去?文化局,或是文联。

晚上,开支部会,讨论复审"三反"中受刑事处分的高以洪等三人都应免予刑事处分。大家通过了。

上海新文艺出版社来信说:《钢铁的心》印第四版,问我有什么修改?

9月1日 脑子仍然不大好使,精力涣散,工作效率很低。下午参加报刊处举办的省报刊工作会议的准备会。

9月2日 部长找各处长谈工作。我处只说了禁毒问题因各地不来电报,情况了解很少。

大哥、三哥、四哥家里的女孩都从乡下出来要看看城市生活。她们带来几束落花生,给二嫂看看她们的丰收。听到家乡消息,土改搞得很乱,80岁的母亲还得陪着受罪。

9 月 3 日　方管今天去北京参加批判胡风文艺思想的会议，顺便让他帮带一封信给严文井，说如中央决定要调人，这是最好时机，希望他能帮一把力。

去省公安厅开会讨论关于禁毒宣传工作。写禁毒补充指示和向中南作一报告。

晚上在省委办公厅会餐，一是欢迎贺部长莅任，二是欢送许革夫出任南宁市委书记。

同侄女亚桃、亚雪和亚眉聊家乡事。

9 月 4 日　晚上，侄女们去看电影《抗战中的越南》。我抱着坭坭去省立医院看她弟弟。她闹着要回家，半路上就睡着了。

邓燕林要求去中央文学研究所。

9 月 5 日　李又然来信说中央文学研究所要调的人一个也没调得过来。而我的问题估计是调不动，所以也没有去调。如果我向省委争取要求，能走时再去调……看来文研所与文联的调动还不是一回事。

全国文协来信要填会员表。现在正进行整理会员工作，要让文协真正成为作家和专家的组织。整理后就发会员证、登报。组织第二批作家深入实际斗争中去的计划是放在 10 月以前完成，不知是否等到那时再来调我？赶快把登记表填好送走了。另外还附信给舒群，请他和严文井作介绍人。

南南从省立医院回家来。陪侄女们去逛街。

9 月 6 日　参加地委书记联席会议，听各地汇报复查试点工作。

9 月 7 日　礼拜天仍去听会如故。午休时岳平来，打听他的工作出路。组织部好像要他去省文教厅当副主任兼科长。

9 月 8 日　周钢鸣来谈准备到北京开中苏友协会议，接受十月革命宣传月的工作。

甄伯蔚来谈，李鹰航在长春市的东北师范大学当音乐系主任。邀他去，那边待遇高，副教授都有 800 分。

9 月 9 日　地委书记会议今告结束。下半年的土改复查要加快做好，争取明春完成，以迎接 1953 年的大建设。

去看了《海鹰号遇难记》，影片很不错。

9月10日　胡征从南京军事学院来信，谈电影脚本的写作虽然比小诗容易，但不好表现整个主题思想。

给李又然寄去三斤木棉花，共花四万元。去看周钢鸣，在他去北京前谈覃伯承、邓燕林的工作问题。

侄女们借去十一万元上街买东西，让她们将来还给我母亲买米吃。她们明天都要回乡了，想要亚雪留下来帮助看孩子，也不愿意。她们来玩几天，没很好招待也花去十来万元。

9月11日　凌晨五点钟就送亚桃她们上车站去，弄得疲惫不堪。表姐把“妹妹”带出来了。她已经长大快上学了。看到她这个孤儿，一阵酸楚不禁涌上心头。

9月12日　下午去听贺部长作报告，谈党员八项条件的一二三条。

给李鹰航去一明信片。

9月13日　下午，接到孟冰信，说是中组部不同意把我调去文学研究所。理由是广西干部少，我现又在重要工作岗位上。看来，文学创作只能作副业来完成了。

去听刘云（总工会）传达工运以及今后建设问题。晚上去看电影《夏伯阳》。

9月14日　给李又然、孟冰复信。

接到严文井信，说是组织第二批作家时即把我调去，先到生活中去，回来再研究保障写作问题。下去的方式到北京后商量……看来，我又可以回去搞文学了。以后就这样搞专门化了。这玩意真是如同在大海游泳，有点冒风险。但是，十年来都没有死心，只好去尝尝味道看吧。

到省立医院看望谭流，碰巧邓燕林、吴三才他们也在，扯起文学问题。谭流他们鼓励我写《长征》，说这东西还没人写，写出来有价值。

给老姨和坭坭的姥爷、姥姥各一信，并附照片两张。

9月15日　不知道怎么了，人乏得支持不住，看书瞌睡。丢开书又睡不着。写信给贺部长，请他考虑从容县调来一些干部。

秋天随着雨声来了，晚上也需要毯子了。

9月16日 这两天要参加讨论会，学习党员八条。

9月17日 读孙谦和林彬的电影脚本《丰收》。故事太干了，不吸引人。

9月18日 下午同文联胡明树研究拟定文联工作人员的薪金和津贴的问题。

晚上开支委会，讨论整党学习。接到陈闲的信，说是平果县土改还顺利。

9月19日 晚上想看电影《世界青年节和平大会》，头场票卖完了，看二场时间太晚，没有看成。

9月21日 侄子四器到海南岛海口市参加国防建设。信中对家里几个堂兄妹的孤苦十分关心，问寒暖。给四器、陈闲、胡征各复一信。

同晴、“妹妹”上街买布给小孩做衣服。

晚上，为干部评级问题与王劲起了争执。他要否决已谈过的东西，把他原先被否决的意见再提出来，企图在今晚我和他，加上邵松参与的小会上通过。我们三人只是执行者，怎么能把上次部务会议的决议作变更呢。

9月23日 李又然来信说，他又去跟丁玲说了广西可放我，要她再去向中央调。还说木棉花是他替张养吾找的，已经收到了。

前天晚去看《火凤凰》，太肤浅，还有点肉麻。

9月24日 去省府办公厅讨论国庆节纪念筹委会工作。下午去乔副书记公馆看中央发出的国庆节宣传要点。

晚上，去看在医院住院的谭流、伍延秀。

9月27日 去省府办公厅开国庆纪念筹备会。

9月28日 中南来电指示，国庆节期间要唱《我们要和时间赛跑》《在祖国和平的土地上》两首歌曲。史乃展叫去布置这个工作，我亲自跑去市委宣传部找王宇红发这通知，安排唱这两首歌。市委书记许革夫知道我在王宇红的办公室里，也进来谈了好一阵子。

9月29日 贺部长回来了。下午开部务会议，听我们汇报后。他也谈了一番梧州、容县的中学校有关思想改造的情况。

9月30日 省文工团从乡下回来了，我和省委宣传部办公室秘书邵松去看望他们。回头又到省立医院去接谭流出院。

下午，到国庆大会会场去检查，等了好久，大会秘书处、指挥部和组织处的人员才来。今天已有过节的味道了。各机关门口搭了彩灯牌楼、挂了灯笼，铺张风气又抬头了。

贺部长来我屋里坐了一会，谈几句无关紧要的话。我送他一本《好样的人》，拿严文井的信给他看，让他知道调动的消息，对我的工作安排有个准备，同时也表明我所说的是真有其事。但他不表示态度，只说写信的人脑子不好吧，怎么一封信落了那么多个字。

10月1日 国庆大会筹委会发了一张观礼证，省委的处长和省府的厅长都到观礼台去坐，不必在队伍里头蹲了。

一早就到大会场去检查。昨天跟秘书处、组织处的人约好要来碰头的，谁知等到开会也没见他们一个人。

上午9点半大会才开始，开了一个多钟头，这段时间和军区办公室三任廖联原在一起闲扯一些在延安时期的熟人情况。

晚上听说街上很热闹，但走不开，出不去。留在家里逗小孩子玩。

10月2日 上午和省文工团的党员开会，了解他们的情况，布置他们保证能够再去土改，同时把留下来的一部分人的名单提出来。

下午，开会讨论评级。晚上，同谭流到街上去逛。街上仍然热闹，霓虹灯也多起来了。

10月3日 上午同樊清璋谈话，他要求入党，又说他领导不了省文工团……对吴三才有意见，不欢迎吴。

下午讨论如何搞评级工作。晚间，过中秋节，省委宣传部开晚会。给老姨写信。

10月4日 看《讲本》第38期稿。这个刊物已经发行七万五千本了。再发展下去有可能发行至10万份。

读《文艺报》71期。去北京的消息还没见来，领导上却已经同意走了。那么，自己应该有所准备吧？但是准备什么呢？一切都没有头绪。

10月5日 陈荒煤来信说，准备把我调去中南写作或到中南文化部工作，问我有什么意见再告诉他。

省文教厅副厅长来听关于思想改造的情况汇报。

贺部长突然要我去参加宜山的复查。下午去省委办公厅听分组和布置。

10月6日 要去宜山的人都到省委宣传部来集体学习。本部门评级不能参加了。

省委组织部谢部长找去谈,要我去桂西僮族自治区当什么文教处处长。我说中央快调我去搞创作了,而且自已也不善于搞行政工作。他听后也不勉强就算了。

读陈副主席的关于复查的报告,同省府的同志交换了意见,打算明天写一份提纲便于大家下去检查有个范围。

晚上,部里开会,贺布置工作,结果变成了漫谈会。

10月7日 同检查小组的人讨论了下乡的宣传提纲。

贺部长又通知我明天听乔晓光的传达再下去。今晚检查小组的其他人先走了。

下午,周钢鸣从北京来谈到中央调集一批人去搞创作和研究工作,郭小川也去了。陈荒煤也准备去当电影局长,可见中央是准备集中人去完成这个工作的,为什么还不见来电报调呢?

评级的结果,群众对李德韩、王劲的等级都有意见。

10月8日 写三封信:回陈荒煤,给严文井,均表要回到文艺队伍的愿望。再回阿桃信,叫她在家安心生产,努力学习,照顾奶奶。

听乔晓光传达中南会议精神,晚上又讨论评级,今天去不成宜山了。

10月9日 上午上街买坭坭的浴巾,下午到医院去看南南,他搬到了另一个房间。晚上甄伯蔚来谈想到东北去教书的事。夜里10点一刻雇三轮车到火车站去。上了火车就躺着睡了。

10月10日 早晨见到陈副主席,他说还是照计划行动吧,他到柳州先见石涛后就下去。我在柳州南站下车,走了半天才转到北站来。先来的同志还在柳州等待,两天就这样浪费掉了。

中午十二点在柳州雇马车赶到沙埔,90里地,马车走不动,到沙塘又遇雨,只得在第五区政府住宿了。在沙塘见到这里一带农林作物,令人感到建设的伟大。

10月11日 天气骤然成了冬天。赶马车的人穿起他老婆送的毛衣,嘴里不断地对她表达感谢。从沙塘到沙埔走了三个多钟头。

在土改复查指挥部见到李彬秘书,还有宣传部的黄绍进。晚上,听覃平小组长介绍情况。

10月12日 农干集中在沙浦训练上党课,上午我们看些材料,下午找农干谈话。觉得他们把二流子的不满和中农的消极中立,当作敌人来揭"盖子"来打击,而让地主在复查中却轻轻地溜过去了,这样似乎方向出了问题。

10月13日 上午,农干讨论管制地主,有所谓思想管制,行动管制。没有按中南管制条例来讨论。

10月14日 找积极分子了解大村屯复查第一阶段的情况,又找三个中农谈话。尔后,赶沙浦圩。

晚上,大村传达乡农代会,本来要着重谈民族团结和遗留问题,但传达时专谈党史、青年团、妇女、婚姻法。到讨论时大家无话说。

10月15日 复查指挥部李同志来大村告诉我,他要到柳州去开会。我顺便同他谈大村的情况,觉得民族团结和处理遗留应成为这段工作中心,可是现还没有贯彻到乡干部里来,他们把生产、婚姻法、入党入团工作都与"中心"平列来看了。先解决民族团结再解决遗留问题,也办不通。他听了没有什么表示。

刘建勋从苞芒来谈的情况也是差不多。上雷诸葛士群来谈,他们只注意查田定产,前几段工作注意不够。让他们要了解整个乡的全面工作。

夜间参加大村大会,群众对干部倒还肯提意见。干部是有点脱离群众,但这样一整,干部也有点提不起精神似的。

读10月份《人民文学》杨朔的《三千里江山》,长篇连载。一口气读下去,故事很畅快,文字洗练、易读,对话受《红楼梦》影响很大,加上东北口语简练,特点显著。再就是看出作者对朝鲜战场的生活相当熟悉。这样的作品可过得去了。

10月16日 听说平范乡要开会讨论民族团结问题,到乡政府去听各分会代表主任汇报这两天来民族团结工作,都认为不先处理遗留,民族团结搞不起来。

晚上,大村改变工作方式,先从处理遗留做起。

10月17日 早上去王植屯见滕留寅。同他到一个果树园去,一家地主还拥有这座果树园,柚子和柿子仍被其采获。他的女儿很坦然地出卖果园里的柚子。

刘建勋来,大家将情况归纳成几个问题,准备我同刘先去宜山看宣传工作,这里由滕留寅再待几天,廿二号一同回去。

10月18日 写平范乡土改复查工作检查报告的大纲。复敬人信,让他去掉个人打算,多做工作,做好工作。

10月19日 早饭后就到沙埔河边来等车到柳州去。在河边同刘建勋、滕留寅照了十张照片,想在今晚到柳州就马上能冲洗出来,看看机子的性能和照相的技术。

晚上,到柳州宿柳江路永兴旅店。去看电影《女司机》,像部教科书,无感情。

10月20日 一早到柳侯公园,在柳宗元衣冠冢旁照两张相片。回书店买到一本廉价的《红与黑》(司汤达)。

下午一时半从河北到河南南站搭车去宜山。车是三点十分开,六点多到达时已天黑了。

到宜山好像是落在山坳里去了,四面都是峻峭的石山,山边蜿蜒一条蓝色的小河,河里乱石耸立。

宜山是一个小城,明末始置,太平天国石达开曾到这里。地委新建了一座高大魁伟的楼房和小城的风格不大协调。

10月21日 天气又变成夏天了。从宜山城区到二区政府有十三里,走了两个钟头才到,人都走乏了。二区很偏僻,虽在县的范围内,全被加里树和柏树包围着,四周都是山,村落都被隔在山坳和丛林里。这儿的人讲僮话的多,衣服和我们家乡很像,可见桂西是僮族的主要分布地区。

晚上,参加宣传员夏月英宣传建设共产党、司法改革、速成识字法的演讲。她是不识字的女人,讲话常常重复,给区长的介绍打了好多折扣。

10月22日 天气又突然变冷了,必须添加衣服才行了。

去看夏月英互助组打谷子,给他们照了张照片。又去城泽分会找张保华,不见。那村有个老奶,每天都来读夜校,说与共产党有因缘,所以取名字叫"王姻缘"。

晚上,参加建党代表会。

10月23日 从区政府到山歌手王文祥家住宿。他晚上马上编一首产量评比山歌。夜里进城看《四进士》,买绸布八尺。

10月24日 早上给山歌手王文祥照张照片。刘建勋说他不但山歌唱得好,还领导着互助组和采茶戏团,在群众中威信相当高。9点10分离开宜山,中午12点40分到柳州。

10月25日 在柳州参加宜山东邻五个县的宣传干事会议,听他们汇报。

晚上看电影《和平一定在全世界取得胜利》。

10月26日 天气又冷了。没带够衣服来,又没借到钱买,真是有点支持不住。会议上午结束,我在会上讲了几点意见。

晚上,七点廿分上车回南宁,买不到卧铺,熬了一夜。

10月27日 凌晨五点多到南宁了。没吃上饭就到乔副书记处汇报。他对我们这次检查的报告还满意。

回到机关就听贺部长说中南已来电话,叫我11月5号到中央去搞创作。但是临时的,半年后仍回原机关工作。

看来走成了,半年后不一定再回来,这或许是为避免有关组织部阻止调动的一种策略。人思想很奇怪,一个愿望忽然达到了,马上又产生另一种顾虑,怕搞不出东西来,不如现在坐办公室稳当。加上小孩带不去留下来,还有二嫂和"妹妹",家乡的老母亲,许多要操心的事都涌上面前来,好像一个走入多藤树林的人,被缠得不好开步。

晚间去听乔副书记作建党报告。

这次出差回来收到一大堆信。白焰改任《广州日报》副社长;陈闲在土改队参加检查组;四器在海口参加国防建设;老姨和岳父母也都来了信。胡征的信说还在南京,月底完成电影剧本就回北京,急切盼望届时我们能在北京相见。

10月28日　参加省委城工会议听陈副主席的总结报告。下午参加复查会议,晚上,部务会议。一天全无空闲时间来处理个人生活了。

10月29日　早上参加支委会,把支书工作交给张同志,提了一点关于建党意见。

到省文联同周钢鸣、胡明树等见面,周钢鸣对整风态度消极,总是推,至今还不肯积极筹划。

晚上,贺部长来谈部里的情况,希望我走之前把对部里的意见留下来。

10月30日　办公室副主任也来谈关于部里的事情,还谈到希望我半年后争取回来。顺便我将为母亲申请生活补助的报告交给她,她说把母亲从乡下接出来好些。但我们的具体情况不便这样做,有点生活补贴也就算了。

晚上,袁似瑶请我和刚从北京回来的李金光吃饭。随后去看文工团为纪念冼星海逝世七周年演出的《黄河大合唱》和舞蹈。

10月31日　给白焰、严文井、李又然和谭荫溥发信,告诉他们赴京的事和到京的日期。

三哥、四哥从家乡出来,谈了些土改中的问题。

11月1日　与省委宣传部的同志们照几张照片留念。省文联请吃晚饭。明早三哥四哥要回乡了,同他们谈到夜深。

11月2日　晚上,部里为我即将赴京开个临别座谈会。大家对我的评价比较高:一、培养了一批干部;二、工作有耐心,取得相当大的成绩。

贺部长指出缺点两条:一、给外界印象工作热情不高;二、与同级和上级关系不够密切,值得今后改进。然后他又说至于优点是比较多的,成绩是主要的。他还希望我能争取回来,搞文化局或其他什么工作都可以。

11月3日　晴给我50万元,加上自己手头上有的60万元,花100万元买件海貂獭皮大衣,还买四瓶蛤蚧酒,匆匆忙忙地就准备起身了。

这次走本应是十分愉快的,只是小孩子不能一起走,临行又不无依恋!至于此行是去从事专业写作,成功把握有多大,不免忐忑。患得患失的心境就这样缠绕着,难以摆脱。

夜间十时半离开省委宣传部宿舍，贺部长等大批同志都出来热情地送行。晴送我到火车站。

11月4日 在火车上读《人民日报》的斯大林《苏联社会主义经济问题》。

11月5日 晚上9点6分车到武昌。九时半渡江。坐上三轮车就找不见李金光了，找几家旅店都不合适，只得到中南局招待所来住。

11月6日 一早到火车站见到李金光。昨晚他在我后边见我下车没停下，他就自己找地方住了。今早又干脆自己先走。这人不通世故如此，奈何。其实迟一天到北京又何妨，怎么就不能做伴到底呢。到中南宣传部见到刘祖春秘书长。同他谈宣传、文艺有关方面干部的情况以及问题，对了解到的情况他很满意，再三希望我还是回广西去工作，希望仍在党委部门。告别刘秘书长，他派汽车送我到部队速成中学见到王真，他老兄当了校长，好像并不称心如意。回头到中南文化局找到丁超和刘宏，同他们说些闲话。

写信给贺部长，告诉我们这次作家去下厂下乡的消息在《宣传通讯》32期已刊出，把刘祖春的意见也跟他说了。

11月7日 火车上看完《新儿女英雄传》。

11月8日 下午四点二十三分到北京。见李淑华，找严蒙不遇。住文协，与邵子南同住一间房。

11月9日 见杨思仲、林蓝、周立波，林蓝、周立波请去森隆吃西餐。下午，严蒙夫妇、沙英来，请去东来顺吃涮羊肉。晚上看苏联大马戏团电影。

11月10日 同邵子南游颐和园，晚饭到何其芳处，见力扬、何家槐、天蓝。

11月11日 与严文井谈工作问题，他对我们选择下去的地区无任何意见。将来回来工作就是在文学研究所搞创作组的多。因为专门写东西的机构还未组织。

方管请去福建馆吃早饭，领游故宫、北海、中山公园。

给贺部长、于凤乡、谭流各发一信。晚上看电影《难忘的1919年》。见夏雷。

11月12日 去文学研究所见到李又然病在床上，说是发烧。

同邵子南、叶枫到福隆寺街的版本书店看板本书，觉得人们有的又沉醉到玩版本去了,这恐怕是个不好的倾向,为什么不把精力放到活的现实中去呢?

下午自己去访胡征,在半壁街见到他,同他到村味家庭面食馆吃晚饭。他解放战争时因被俘后失了党的关系,很苦闷,只有用写作来排遣。但是,政治生活断了,什么都无味似的。对他这番际遇,旁人听了除表同情外,也难给予他什么帮助。

11 月 13 日 天气冷了,穿大衣也不顶事。见到张正宇,土改展览会特刊月底可出版。

到文学研究室同孟冰游北京图书馆。晚饭请孟冰、李纳吃烤鸭。花钱五万。买俞平伯的《红楼梦研究》。

11 月 14 日 到严蒙处去坐了一会。他送一个笔记本作为给我下乡用的纪念。今天一个人到市场走一趟。北京是生产工艺品与聚集古董的城市,可作纪念的东西太多了。

林漫、李季也来了,至今一共才有 13 个人报到。听说毛主席对第一批作家下厂下乡的人数觉得少了。这次也不多,即算每人保证写好一个东西,也只有十来篇东西,怎么能反映我们这样一个伟大的祖国呢。

11 月 16 日 严蒙夫妇热情地炖了一锅猪膀蹄等待我去吃早餐。吃过早饭,同严蒙到天坛去。看看那里祈年殿皇穹宇的建筑,那里八根柱子,环丘的石柱和九倍数的石板,回音廊,古老的柏树林,宽阔的围墙,处处显出古人创造的智慧。

只有到北京的人才能见到封建中国的面貌,只有到过颐和园、故宫和天坛这些地方才能体会到封建的文化。

从天坛回来,顺便到天桥走了一转。那里是一些卖唱玩杂耍的,还有不少熟食摊,是北京劳动群众喜欢的热闹场所。今天劳动人民自己有了太庙的人民文化宫后,这儿就冷落了。

11 月 17 日 写三封信:给晴,给青岛的谭荫溥和广州的白焰。

同林漫、邵子南去游西郊公园,看看动物园中的鸵鸟和虎狼、鹞鹰。其中稀见的鹦鹉很好玩。

11 月 18 日 去中央文学研究所同孟冰谈天。他请到敦厚里福建馆吃饭,李纳作陪客。花四万二千元,可见北京生活消费之高。

孟冰当过团政委,因而在文艺工作上稍不如意时,往往以此为盔甲,认为文艺不是东西,自己也有另外的可以夸耀。可是在实际斗争中遇挫折,不如意时,又想到文学。这样两头安不下心,很影响进步的。

11月19日 一个人去逛,下午在首都电影院看《顿巴斯矿工》。写采煤工作改用了康拜因后,工人生活和国家建设所起的变化。这本是概念的东西,但经过故事、人物的活动,表现得很有人情味。故事中每个人都很有个性。

晚上,文协召集我们这批作家开会了。冯雪峰和林默涵来讲了话。艾青在会上发了些牢骚,觉得组织上对专家的培养注意不够,对文艺家的要求也不恰当,往往出大题目要文章,使得作家们不能从细小的生活中去表现深刻的主题。

林默涵讲了一下现在创作贫乏,过去对于写作题材限得太窄了,以后应该广泛一点。只要反映国家新事物都可以写的,比如思想改造运动反映的就很少。

11月20日 天气变冷了,街上的积水已结了冰。

今天开始学习斯大林《苏联社会主义经济问题》。晚上,去电影局看《难忘1919》和《顿巴斯矿工》,看了两回还是不厌。

11月21日 读斯大林《苏联社会主义经济问题》,里头有关于经济学上的问题弄不通,只是大概知道从社会主义社会转入共产主义社会必须具备三个条件,一、生产资料生产的巨大增长;二、集体农庄所有制变为全民所有制,商品流通改变为商品的交换;三、消灭智力与体力劳动的基本差别。

社会主义的经济法则的特点:用在最高技术基础上,使社会主义生产不断增长和不断完善的方法,来保证最大限度地满足整个社会经常增长的物质和文化的需要。

关于能不能引起新的世界战争问题,也有着新的解释:斯大林认为新的世界大战的可能性乃是由于资本主义国家之间自身利益的矛盾而引起,比如第二次世界大战,就是德国先向美英法打,原因是资本主义国家不甘心被奴役,不能独立,不能高利润地攫取。晚上,同戈壁舟去东安市场吉祥戏院看湘剧《葛莪》、桂剧《拾玉镯》、汉剧《打猎回书》等。

11月22日 讨论斯大林经济问题论述。下午,座谈文艺思想问题,供胡乔木作报告的根据。

晚间上街买《斯大林经济学》单行本而不得。买回一条衬裤,过于宽大不合适,要穿还得改。

11月23日 一个人上午九点钟就跑去清华园洗澡,礼拜天人多,等了两个钟头才轮到。洗完出来找地方吃饭,到处人满。

到严蒙家去,他们出门去了。回来躺一会,胡征来了,闲扯一通。夜里戈壁舟请胡征去喝酒,我作陪。

11月24日 雪下来马上就化了,北京比东北是暖得多。

夜间去严蒙家坐,山河病了,可能是感冒吧。

看了《金星英雄》影片,这是写库班的集体农庄建设水力发电站的斗争,没有"斯巴顿"那样说服人,可是却得特等奖,不知什么道理?

11月25日 突然,杨思仲来张字条说是岳瑟、李清泉都来了,叫一起去吃饭。李清泉作了专门学校校长,岳瑟在西康的部队当文教科长,大家到东来顺吃涮羊肉,完了,杨思仲又请去吉士林喝可可。几个老朋友聚在一起话是很多的,杨劝我不必做什么行政工作,专搞写作好了。可一会又说做一种能兼写作的工作也好。

他们这些所谓有影响的作家,文艺评级才是三等,我这几年不写了,要评起来当然难得三等的,比起行政工作来显然就降了级了。十年前我是从被优待的文艺干部转为一般的宣传干部,待遇上是降了一级,今天,由于十年工作,已经得到专员级待遇了,如果又改弄文学,那否定了十年的行政工作。这样,假如能够写出东西来当然不管它了,只怕东西写不出弄得情绪很难受,生活上也是困难的。但是回广西去又觉得没多大发展。

收到晴的回信。说本月28号是坭坭两周岁了,该买什么生日礼物呢。近来她乖多了,肯躺在枕头上让人给涂眼药了。南南长得又高又大,变得漂亮多了。母亲的生活费已得到批准,每月10万元,从这月开始领。读到这封信是种安慰。

11月26日 贺亦然部长回了信,对我回广西写广西表示欢迎。宣传处的工作已经打算由阮庆做，我回去或者去搞文艺处，具体事等我回去后再决定。这样回去总觉得别扭。索性忘了这段生活吧，即算文学弄不成也就认了。

给贺部长、袁似瑶、谭流、晴各写一信。

11月27日 读毛泽东《矛盾论》。晚上看常香玉的《花木兰》。

11月28日 下午听熊复报告时事。晚上参加电影局欢送作家下厂下乡的座谈会，看《莫奈尔斯基》影片及《渔夫和鱼的故事》动画片。

11月29日 上午，听胡绳报告斯大林《论社会主义经济问题》。

11月30日 一早就去严蒙家想去看刘哲生。可是找不到他的宿舍，等了半天也不见他来找严蒙玩，只好回来了。

到东安市场买了一本《别林斯基论文集》，一本《密格拉得》，一本《回忆·书简·游记》。

晚上，同邢立斌谈写作和生活问题，都担心写作专门化以后写不出东西来，精神压力太大。

文学出版社厂民夫妇来，向大家拉稿件。

12月2日 写信给贺部长，让省委宣传部给我寄路费，十五号前可能回广西。

晚上，在北京戏场看东北文工团演出《曙光照耀莫斯科》话剧。剧本成功地表现了苏联人们正为着创造更幸福的明天而贡献出更高的热力。在这里，那些保守思想，落后庸碌脱离群众的资产阶级"渣滓"都被批判，洗刷掉了。在这里，使人感到对美好未来的追求鼓舞着苏联人民的生活。那里的人们讲究着美满的生活，爱美爱舒适已经不再是资产阶级和小资产阶级的产物。

遇见洪流，看完戏后，拉我去他的住处过夜。他老兄居然做了铁道部的新闻秘书，有了老婆和一个孩子，人却没变多少。

12月3日 得滕留寅、谭流各一信，他们都盼我回去。明天要讨论了，下午准备发言提纲。晚上，去电影局看托尔斯泰《活尸》影片。

12月4日 开始小组会的讨论，题目是"文学的性能与赶任务"，"写典型与写矛盾和冲突问题"，"语言问题"。

晚上,张正宇来信说他去上海,广西土改专刊的印刷由文学出版社一个姓卞的人来同我谈。其中文字责任由我负责。可是文学出版社的人又说不能改了,要改只能动一两个字,因为已摄成版。这样叫我怎么能负得起责任来?另外,让我打电报回去叫肖寒汇五千万元来给张正宇。

12月5日 上午听赖若愚报告"工会工作"。下午休会,到人民市场去买了一双毛袜子。晚上,听吕东演讲工业的几个问题。

拟一封电报给肖寒,寄钱来付"土改专刊"的印刷费。

12月6日 听政务院副秘书长廖鲁言讲"农村工作问题"。见到孙谦。

下午,听司法部王汝洪讲"婚姻法的推行情况",她照着稿子念,加上她是个无名"英雄",听众的精神就懈怠了几分,有好些人都睡着了。

晚间去文学出版社见厂民和逯斐。逯斐写了几篇文章,就不知所以了。

12月7日 在严蒙家见到刘哲生了。他谈起回山东老家的印象。那里是老区,但老百姓仍有变天思想。原因是感到一些区乡干部的作风太恶劣,待不长。听起来这批新贵的作威作福各地也都有,而且有蔓延之势。

同他们两个到中山公园去照了几张照片,归来遇见杨明远,又一起去刘哲生家看看他的小孩。过一会儿,蓝翎才回来说找保姆去了。她显得很疲乏,与刘彼此间态度也很冷淡。他们的家庭生活似乎有点凉。

晚上去看川戏《评雪辨踪》。

12月8日 下午听王谦演讲华北合作互助情况。下午小组讨论。

晚上同邢立斌、万力到杨思仲家玩。他请去红星小酒馆喝啤酒。

12月9日 小组讨论上午还继续进行。下午休会,到舒芜处闲谈,扯些目前文艺界的思想状况。

晚上到严蒙家,见刘哲生也在,沙英也来谈一会就开会去了。刘哲生谈到他家乡的事情,谈到农民的狭隘与小气,谈到农村干部的胡作非为,都增强了我对现实的认识理解。

礼拜天在中山公园照的相和上月在颐和园照的,全都很成功,比起在南宁临走时同晴和小孩照的简直是天上地下。照相机还是蛮好的,只是外观不好看。

12月10日　大讨论会今天开始。先谈写矛盾冲突、新人物问题。

晚上，胡乔木约去中南海座谈，为他将来作报告获取参考的根据，他细心地询问大家，要情况，听问题。他是那样认真严肃地对待每一个问题。你提什么情况，他都要问清人名、时间。你提到的作品一定要介绍什么题目。

"你所说的个别人是指的什么人呢？"他这样反问着。

他认为写新人物一定要写缺点，否则是没有出路的，不但作品没有出路，就是作者也是没有出路的人。

12月11日　上午继续大讨论，仍然是有关"矛盾冲突""写新人物"的发言。下午，到怀仁堂听周总理报告政治问题。他对抗美援朝和国家建设作了概括性的演讲。抗美援朝运动，毛主席总结性地提出美国方面现在形成四个弱点：1.死人多；2.用钱多；3.战略失利；4.内部矛盾。

12月12日　上午大讨论。下午到文化部听乔木报告当前文艺思想问题。

我们几天来所讨论的各种思想问题，都被他用社会主义的现实主义的观点大加发挥和澄清了。例如写落后到转变问题，矛盾冲突，新人物有无缺点，概念化公式化问题，赶任务等等。

他用社会主义现实主义的精神来给我们的文艺工作树立了一个正确的标准。大家听了都好像从浓雾中见到了大太阳，好多糊涂思想澄清了。

虽然他强调作家的任务很重大，要求也很高，可是大家听了并没有退缩，反而增强了信心了。因为他指出了作家应该怎样去深入生活，又怎样高出生活。他告诉了我们除了生活深入，还需要提高政治水平和道德水平。也解除了过去为了写技术性的宣传形式而赶任务的做法。总而言之，这是精彩的、解决问题的讲话，它将影响着今后全国的文艺运动。

12月13日　整天都是大会讨论乔木昨天的报告。我由于听了报告很激动而做了第一次发言。在场的有冯雪峰、赵树理、艾青、周立波、严文井、卞之琳等。

冯雪峰最后作了结论。他认为我发言中关于站在生活之上，必须要求作家有高度的政治修养的提法是对的。

袁似瑶来信说，史仍住在宣传部。他在，对原先干部的看法难变，所以他已请求离开，劝我也不必回去。

12月14日 风把我们刮得门也不敢出了。

沙英和林聿时、洛蔚来访，我在厕所，他们以为出去了，没见到。

厂民夫妇来，戈壁舟热情地请他们到森隆去吃饭，我作陪，吃了一个什锦火锅，花六万多。

12月15日 上午休会，找舒芜去看他什么时候能回南宁。他说胡风的文艺思想批评会议还没有结束，他也希望能和我一道回去。在舒芜那里看到一本《丁玲代表作》，说是里边有一篇《不是情书》，是给冯雪峰写的。顺手拿来一看，丁玲爱冯雪峰是热烈的，但因为有胡也频，所以只是让这段火闷住了。

回来听说，艾青曾来请我去吃烤鸭找不到我，同李季、邵子南、陈企霞去了。

下午，交换下乡下厂经验。大家都谈大道理多，很少讲实际亲身的体会。

晚上周扬来同大家见见面，谈一下关于下去的方式和应该注意的事，再就是接受民族遗产，中国歌剧的前途。

他对我们这批人的将来成就都寄予好大的期望，叫大家做长远打算，要把像样的东西拿出来，不是从前写标语口号的要求了。他还记得我们这些"鲁艺"的学生，表现得很亲切。

同严文井谈了我的思想，他对我专门来搞写作是肯定的。叫我不要接收文艺处的工作了。如果广西省委随便调，可以写信到中宣部。

12月16日 会议到今天算是尾声了。上午开党小组会。下午人民文学社和文协邀请座谈，让大家提意见，写稿子。

晚上《新观察》、人民日报社请吃晚饭，林淡秋作主席，邓拓总编辑同我们报告时事。最后向大家约稿，要短小的东西，什么形式都要。希望通过文学形式写些批评不好的现象和事物。

12月17日 把明年创作计划交上去了。计划打算明年写十万字成品，五万字草稿。

到文学研究所去见到孟冰和李纳，他俩似乎很接近也很投机。我问李纳将来准备写什么？她半开玩笑地说："写陆地。"接着她反问我，看她变了没有。我说从外表看似乎没怎么变，心思就难猜了。她对我这个说法很不同意，以为我不应该这样看待她。也许她真是没变吧,可她是多了一个包袱的。

文协请客,欢送我们走。想不到欢送我们这些人,也需要惊动那么些名流,请他们来陪客。周扬、冯雪峰、陈沂、沙可夫、郑振铎、曹禺、张天翼、杨骚……都到了。

胡风文艺思想批判会议结束了。舒芜叫我去他的房里传达他所听到会上的各人发言。他对周扬的总论,很是佩服。同舒芜扯得很晚,谈到一些文坛逸话和对某些文章的推崇。

12 月 18 日 一早被鹅毛大雪封住了门口。但明早就离开北京了,必须上街去买些礼物回家给坭坭南南。在书店和百货公司逛了一天,脚尖发麻了,花了 20 多万元,大部分是糕点糖果。书就买了《太阳照在桑干河上》《卓娅和舒拉》《莫斯科的黎明》。给晴订一份《学习》杂志初级版。

想了一下,把《好样的人》和《钢铁的心》寄给厂民,一面是表示我过去写作生活的成果,一面想在人民文学出版社能够再出版。

雪把人关起来了,没法到严蒙家去作告别。

12 月 19 日 一早离开北京了。有邢立斌和孙峻青做伴,可以减却好多寂寞。车厢是临时挂上的,虽然是软席卧铺,灰尘却把我们弄得透不过气来。在车上读"桑干河上"。没很大的吸引力抓住我,书读得很慢。

12 月 20 日 下午两点半到汉口了。邢立斌怕交际应酬,决定不住文联,找间旅馆住下清静些。我也是不愿意去同一些不大熟的人应酬,就同邢立斌一块找旅社住。谁知好的旅馆都被公家包下了,找了半天才在民权路的民权客栈住下。这是四等的旅社,又冷又闹,简直是住到街头一样了。

夜里去《长江日报》见到总编辑张铁夫。他老兄性格倒是蛮痛快开朗的,把我们在陌生人面前的那种拘谨全扫除了。

在街头书摊买到一本写莫扎特的《安魂曲》。

12 月 21 日 礼拜天放假不能去中南局办手续,只好等到礼拜一了。同邢立斌逛旧书摊,买了一部但丁的《神曲》,一本屠格涅夫的《贵族之家》和一本赫尔岑的《一个家庭的戏剧》。

下午去粤汉码头打听买火车票和行李托运事。原想买部小孩推车,后又觉得再过半年就搬家了。东西多了搬家是个大麻烦。

12 月 22 日　同莎蕻去中南局宣传部转关系。没见到刘祖春，只看到戈枫。他同意中宣部意见，给一封信叫我带回广西省委，看来半年后就可以走了。

同李季去拜会陈荒煤副部长。明后天他就到中央电影局当副局长，他对我们能专搞创作的人很羡慕。但又说写作是艰苦工作，要下几年功夫才行，现在对作家作品的要求都更高了。他给两张入场券，下午去参加欢迎中南戏曲界全国会演归来的大会。其中有汉剧《宇宙锋》(陈伯华演)，小金凤演的桂戏《拾玉镯》，湘剧《打猎回书》。

李季拉我到他家去吃了餐便饭。夜里同邢立斌讲述当年延安文坛的故事，以及自己的一些写作生活。

12 月 23 日　晚上九点五十分火车开往南宁。我们上午就把行李拿到粤汉码头去托运了。

买书几乎成为邢立斌生活中的唯一内容。只剩下一点时间，他也要到武昌去逛旧书摊。但没发现什么珍本。比起买书来，黄鹤楼不能吸引邢立斌，我们便到文化俱乐部去泡壶茶，一边读《新建设》杂志，一边打瞌睡。

下午四点半过河，赶到粤汉码头，还得等一个钟头才开始卖票。想不到遇见张羽，他也是刚从北京开完全国卫生会议回来，

这次的软席卧铺比较舒适了，晚上得到了很好的睡眠。

12 月 24 日　到底把丁玲的《太阳照在桑干河上》读完了。她是企图反映土改中领导思想上的斗争，打算把问题提出来再解决它。可是处处显得尽情发挥不够，人物的性格也不是很突出。

12 月 25 日　读《卓娅与苏拉》，写一个母亲回忆她的两个儿女的生活。文章写得亲切近人，容易读下去。从这里看到一个母亲对儿女的幼年教育影响其成长是异常重要的。

在车上遇见魏伯。他说已经写信给丁玲，表示退出作家会员了。事实上他已经当了市长、市委书记，感到得心应手了，对于艰难的写作生活是只有羡慕而不肯尝试了。

从武汉到南宁只要四十一个钟头就到了。我们到南宁时是下午四点十六

分，和张羽等卫生处的汽车来接，又过了一个钟头。

坭坭乍见我显然是不认识了。等得到我给的糖果和玩具后，她才慢慢地跟我亲近起来。回到我的屋里，除剩一张床和三箱书外，便空空洞洞的了。半个月确实有了很大改变。

12 月 26 日 昨夜睡在省立医院晴的宿舍，同孩子们一起。与在那里住院的谭流谈北京见闻。下午省文工团的团长指导员来请去作报告，一扯又扯了半个下午，回到省委宣传部才知道省委办公厅叫去参加省委扩大会议。

晚上，去书店买四本《历史唯物论》，包括第一、第二、第四和第十七章。遇钟国松在街上，告诉他，王思真在电影局工作，离婚了。

接到李鹰航从长春的东北师范大学来信，他又害病躺在军大医院。王国强，这位广东省一师的同学，仍在海康县当县长，来信说很怀念当年同学一场的友谊，希望寄给他一张照片作纪念。

12 月 27 日 回复两封信，给长春的李鹰航和海康县委书记王国强。买《别林斯基选集》第二卷。初步拟了读书计划。

到省文联见阳太阳，他为艺专学校问题奔走，现在还未能很好解决。

12 月 28 日 省文联毛正三来，同他谈了一些关于写作上的问题。他觉得对他帮助很大，从来没听到他的领导人讲过这样的话。

晚间参加支委会，讨论通过每个党员的整党鉴定。

12 月 29 日 向宣传部门有关各个团体的负责干部，传达了胡乔木同志在第二批作家下乡下厂的学习会上所作的报告。周钢鸣说，要在南宁的文艺界也传达一下。我的笔记太简略了，要传达还得找方管去对一对，或者就由他传达吧。

到省文工团去坐一会。樊清璋说听了这个传达后文艺思想是明确好多了。报告的主要精神传达得很好。

晚上同袁似瑶闲话，他对我的写作多方鼓励。

12 月 30 日 省文联要我同舒芜传达乔木关于文艺思想问题的报告。我的笔记不全，到"南中"去找舒芜对一下。他记得比较全，最后还是决定由他传达。时间安排在明年一月二号。

到省文联见到胡明树,同他谈《广西文艺》办不办的问题。他也想不办,可以到农村去参加生活,写些东西。

下午读俞林的《韩营半月》。这是写 1947 年的土地改革运动的。写得很粗,近乎说故事,人物的面貌是看不见的。

晚饭后,到土委会去见肖寒,了解一下农村情况,他以为若要写区委领导,还是到邕宁十四区去体验生活好些。从肖寒那里拿回两大本《土地改革重要文选》。

晚间参加部务会议,扯闲话的多,解决问题的少。贺部长是个比较健康,比较活跃的人物,代表一股新人的气概。袁似瑶提出教育处的困难,他就带着笑声说:“老袁,我们讲好,从明年开始,你不要再叫困难好不好。从明年元旦到 10 号,10 天以内你见到我不要再说困难。困难是有的,可是不要把它老放在心上,天天喊困难就容易使自己情绪败坏。”

假如在文艺作品中要写党的领导人,贺倒是一个模特。

12 月 31 日 下午参加党委各团体高级理论学习。大家漫谈“马林科夫报告”中的第三部分《党》。

见到杨明。他对我专搞写作很不赞成,想要我搞僮族的工作兼搞文学。但是,僮族的事,大家都已经分任了工作了,我能分得什么来做呢?

这两天深感到一个专搞写作的人,杂在行政党务的环境里,是有点孤立的。在谈论工作或扯闲话时,处处都被人觉得文艺工作是客人。人们在生活里彼此之间都有“我们”的情感,文艺工作者只有“我”的概念,人们对文艺工作者也只是以“你”来称呼。

假如我一直就习惯了这种处境,当然习以为常。可是,我原来就是在比较紧张的,与大家都有关的工作里生活工作过来的,今天忽然变了样,好像一个退伍的士兵一样,感情上老觉得不是味。

1953 年

1 月 1 日 元旦放假,跟孩子们照了两张全家福。用自己的相机照,也不知能不能成功。本想看电影《南征北战》，买不到票，只好同晴带着坭坭、“妖妹”逛街，顺便理发。

晚间，贺部长跳舞去了，把他的戏票送给我，同晴去红星大戏院看《红霓关》。

1月2日 去苏芦村看看，是否可到他们那里去参加生产，体验农村生活。两年前曾经在那里搞清匪反霸运动，当然可以唤起一些回忆。可是，当年的干部都已更换，找不到熟人，离区委领导机关还蛮远，要在那里生活下来也不适宜。本来还想到心圩去看看，走得累了，只得转回头来。

从火车站到横塘之间的七八里路都建了房子，老百姓说将来横塘会成为城市街中心的。刚过了两年时间，一片田野就已变成城区了，再过两三年，该会更加繁荣起来吧。

1月3日 一早天没亮就赶到火车站，坐车到邕宁十三区老口圩去。火车6点50分开，赶到时只剩10分钟了。车厢里挤满人，站的地方都不好找。很多小贩到老口赶圩，买回白米、荸荠、鸡鸭来做生意，还有就是农村妇女到城里来看完元旦的好戏，现在回家。一个江西小车站，有四五百人下车。

邕宁地委宣传部有个干事杜晶一，在十三区委会搞宣传工作试点。我们认识，他希望我能够到那里去体验生活，区长还是土改时的毕区长，现在下乡去搞复查，乡村干部有的仍然是土改时的根子，到那里去熟人多，对我写作方便些。

带去的《卓娅与苏拉的故事》看完了。这位母亲把两个儿女的生活写得那样亲切，她不是作家可是挺会表现，她知道哪些东西最能代表卓娅与苏拉的优良品质的特点，哪些是该让读者知道的，哪些是可以减省掉的。读了它，可以学习到怎样教养我们的后代。书里，母亲对子女的教养是很留心的。她时时留心子女们的身心发育，诱导发展良好的品德，矫正显然的错误，又不致伤害他们的个性与特长，母亲充满着慈爱，可是又不流于盲目的惯养。卓娅和苏拉后来成为英雄，与他们从小得到的家庭教育是分不开的。作为父母和保育员，包括小学教师都应该好好读读这本书。

1月4日 到省文联去借《幸福》和《旅伴》两本小说，打算带到乡下去读它十天八天。

晚上，去看电影《南征北战》，这是相当成功的影片了。写人民解放军的军事指挥员，师长、师政委、营长、连长都是那样生动，各有各的面貌和语言。写敌人的也是比较真实地反映他们的形象。影片体现了毛主席的战略思想，反映了解放战争的战略的本质。至于一些群众对我军的拥护，女村长参加战勤与打游击，特别是奋不顾身地剪拆敌人企图炸毁水坝的炸药导火线的场景，都是作者和导演聪明的表现手法。

看了这个片子，对更好片子的产生是完全可以期待的。

1月5日　明天下乡了，到街上去买一双布鞋，买一本《矛盾论》和一个笔记本。

晚间，宣传部的人都去看桂剧了，机关里的每个房间都没亮灯，我得以安静地把中央《宣传通讯》看了好几期。刘宏来信打听对他处分的改变问题。信是由全国文协转来的。

1月6日　钟桂初把我送到邕宁十三区来，免得我的一大包书成为累赘。区政府就在原来的地主花园的一个独立房子里，旁边有荔枝树、橄榄树、梨树，还有个菜园。离集市一里多路，假如是拿来供三五个单身的写作者做写作的房子，倒是蛮好。现在做区政府，人很杂乱，难得安静下来。

区委书记叫李健和，一个年轻的河北人，他从乡下督促查田定产回来，地委宣传干事向他介绍我，还没同我搭话，马上转身去处理另外找他解决问题的人了。这既表现了他处事迅速精明，也表明对写作人的生疏冷淡。

我越来越感到被当作“客人”了。在轰轰烈烈的革命事业中，我们写作者被放在客人的地位是多么难堪呵。这样的地位我实在有点过不惯了。

区宣传委员莫剑青，是原来省文工团的女团员。她倒是比较适合于做群众工作的，她专心工作，为工作奔波，昨夜刚从一个乡回来，今晚又去附近的乡参加农民会议，半夜鸡叫了才回来。她对这些工作一谈起来就好像去看电影那样的，既有味道又平常。

1月7日　昨夜开始读巴夫连科的《幸福》。

一早连写八封信，分头寄去北京的严文井、严蒙、李纳、孟冰，青岛的谭荫溥，广州的白焰，武汉的刘宏，平果县的陈闲。

下午听莫剑青主持的宣传员代表会议。时间拖得很长，大家的精神都不大集中了。布置征粮宣传，没有很好讨论，这样布置下去作用有多大呢？

会上见到李景信，他当了乡长，娶了老婆，现在穿着一身大衣，俨然是个绅士了。这样会不会脱离群众？

1月8日 到和安乡去拜访土改时相识的农民。那里的干部李文俊已经入党，现在参加复查工作还没回来，去看看艾青曾住过的小房子，门锁着，围墙也颓废了，成了猪狗的交通孔道。

在庙背村，见到邓达升，他现在不当农干了，背着一个襁褓，穿一身从地主那里分得来的西装。他热情地招呼去喝粥，还说，翻身日子好过啦，今年有好几只阉鸡，我来一定请我吃一顿。他的儿子邓树明现在倒是成了生产委员，很爱讲话，充满着向上乐观的精神。还有一个退伍军人树清领我去看将来住的房子。这是两间独立的房子，一间是两兄弟住，一间是四五口的人家住。环境倒蛮清静，只是单我一个人去住，还是太孤单了，等两天再说吧。

回到区里写信三封给北京薛传钊、南宁毛华珍和文协留交邓燕林。

晚上，区委开会研究改变农干们对查田定等评产的自私思想，可是不要我参加。我忽然在我们的事业中变成了客人，这种情况怎能忍受呢？假如作家不能成为事业的主人，他怎样写出主人的典型来呢？

1月9日 又花了一个上午写了几封信，给重庆的胡征、广州的西虹、上海新文艺出版社。

下午各乡党团员和干部都来参加关于定等评产的会议。李文俊回来了。他矮个子，还是那样见人就带着微笑，那样的诚实，不会掩饰，也不大会表达。李景信也来了，今天他脱下了大衣，回复他农民的本样，覃仁清同他来看我，请我去他们那里玩玩。他们倒是出于真心的，翻身了，有了老婆分到房子，对原来帮助他站起来的人，感激当然是应该的。

读《幸福》四百多页了。当中第二部伏巴耶夫会见斯大林，以及过后集体农庄庄员们对这次会见的反应都写得很有分寸，也很精彩。

1月10日 读完了《幸福》。晚上，同区委的莫剑青、梁嘉礼谈写作问题。

读完莫泊桑的《羊脂球》。写人们的损人利己、自私丑恶，可谓淋漓尽致，令人读后感到一股阴森森的气流袭来。

1 月 11 日 开始读潘诺娃的《光明的河岸》。

不知为什么，区委开会干脆不要我参加，我越来越被隔离起来。是不是因为我没有组织介绍信来？党的关系为何还不见转来呢？

收到省文工团的信，他们学习马林科夫在苏共十九次代表会上的报告，关于文艺学艺术部分有几个问题没弄明白，叫我本月 19 号去同他们谈一下。

住在区政府很寂寞，打算明天搬到和安村去。早晚可以接触农民的生活，但是吃饭问题没法解决，这时候，有一个人帮忙是很必要的。区委书记、区长下乡都有人跟随，我孤独地住到乡下，还要自己煮饭吃，做一个作家是那样不容易呵！既要克服物质生活的贫困，还得牺牲权位的虚荣，另外必须比别人加倍地刻苦。

1 月 12 日 今天才真的住到老百姓家来过农村生活了。这是庙背村，周围被橄榄树包围着，通往南宁的大河离这里有六七里地，一带都是平川，省广播电台在离这里十里地的附近选择了基地。老百姓有着朴素的思想，将来的日子总是越过越好了，广播电台在这里造房子，电灯也会很快就有了。

我的房东是个民兵，还没娶老婆，有个弟弟，一家就是两个单身汉。清静倒是清静了，只是未免寂寞。他现在每天去读夜学，学速成识字法，还巴望着将来去读速成中学。隔壁是一家贫农，有个小姑娘叫邓肖英，夜里同她走过一个"鬼田"。她对我说人家都说有鬼，我就不怕，哪里来的鬼呢？

1 月 13 日 这个房子在乡下来说，是比较理想的。安静，也比较清洁。门前还有一张浅水鱼塘，院子安放一个用脚力带动的米碓，有时邻家的妇女来舂米，碓子发出单调的声音。

地委宣传干事杜晶一同他的父亲到来游逛，顺便同莫剑青谈宣传工作，陪他谈了一天。

夜里参加党支部会，研究评等定产问题。

1 月 14 日 开始读潘若娃的《旅伴》，被它明快的调子、活跃的形象、流畅的叙述吸引住。比之《光明的河岸》的枯涩、牵强和零碎来，它是富丽而清新的，好像初春的晨风送来鸟声和香气，悦人心目。如说《幸福》比较深沉，《旅伴》则是轻快的。这也显出荣获斯大林文艺奖金首奖是有它一定分量的。

晚上,在池塘边参加村民围着篝火的闲谈。一个30多岁的单身汉,分得了田地和房屋,现在急于找个老婆,但是他又采取从前耍风流的办法,引着几个同伴带来别的地区的妇人在一起吃喝玩乐,农会干涉他,他就恐慌起来,以为人家要冲散他的姻缘,弄得神魂不安了,讲话都有点错乱,好像脑子不正常。

现在老百姓的确对《婚姻法》有很多疑问。什么才是正确的恋爱和婚姻?他们急切地需要确切的解释。

1月15日 突然飘起毛毛雨来。到区政府得两封信:一封是全国文协寄来的一张调查表,叫每个作家拿出1953年的工作计划;一封是政策研究室肖寒的回信。说是需要他供给什么材料他可以寄来。另外还告诉我,元月廿三号全省开干部代表会,布置明年大生产,最好我能回去参加。

在区政府遇见地委书记冯寿天。他很愕然,见到我像见了陌生人,躲避打招呼。看来我这写作者很难得到实际工作的领导重视,我的存在对他而言应是多余的。

一个穿得干干净净,梳着小分头,露着一颗金牙齿的人,一进门来就盘腿坐在床上,向我讲述他的经历。他原来也是参加工作队的,后来觉得如果在家能分到田地房屋,参加工作队能得到什么呢?于是便回家不干了。复查时又去工作了一段时间,因犯错误被退回来。现在学习了速成识字法,觉得机会来了,又想再参加工作。他倒是那样天真地承认自己的自私,可是怎样改正却没有明确的解释。

晚上,天气冷,屋里烧一堆火,大家围起来谈天。莫剑青突然来了,同她谈些读书问题,她是那样喜欢读书,可惜理解得不够深。

速成识字法每晚教学都弄得很晚,11点才下课,很多人穿的衣服少得可怜,扯着烂军毯去挡风,如果太晚了,效果不会好。另外,教员订了一条不合理的规则,不让人把速成识字法的口诀歌教给没去上学的人,怕人家先懂得了,将来上课时就不用心了。这不是笑话吗?速成识字法,应该在全民的生活里广泛地推开,不是什么机密,不是什么秘方。这点如果不来一次检查制止,让各地继续这样搞下去会偏差很多。

1 月 16 日　读完了《旅伴》。晚上,读祥光刚寄来的 24 期《文艺报》里边周扬在全国戏曲观摩会上的讲话,和苏联《真理报》社论《文学批评的任务》。

地委书记冯寿天大概因昨天在区政府对我的态度不客气,今天特地来看我表示歉意?难道他见我一个人出现在基层的政府是发生了不好的事情?是犯错误所致?像我这样身份的人到下面来人家不知你干什么,的确容易被误解。他把这次下来的目的跟我讲了一下。他们是要来了解区乡干部的工作关系,领导工作问题。目前工作就是完成定等评产,完成秋征。生产能不能搞得起来呀。临走时,他感到我一个人在这未免有点寂寞与孤独,能有两三个人就好些。这两三个人哪里去找?

我们这间房子,每天都有一些闲人来谈谈天。今天有两个中年的妇女来找速成识字法教员补课。她们学了一个多月了,还没记住注音符号,但仍表示有信心学好。

1 月 17 日　只读了法捷耶夫在苏共十九次党代大会"关于文学艺术"的发言,再翻阅《学习》杂志第八期,读《人民日报》关于迎接全国普遍制定宪法的社论。回复全国文协发来调查作家们 1953 年工作计划的信。整个上午就过去了。

房东家的隔壁屋一位读高中的儿子回来了,他叫邓华强,是个活跃青年,热情好动。他得了甲等助学金,每月除了六万三千元伙食,还剩三万多元零用,新社会对他的思想影响极大,因而,他的思想里充满着乐观,忧郁在这些年轻人看来真是一个怪物了。

他冒着雨送我到老口圩,今晚我要从这里回趟南宁。在圩上同他吃米粉作为晚饭,他去打了半斤本地的烧酒,非常淡,简直没有酒味,剩了大半送给饭铺了。

南宁雨比乡下的还下得大,满街都是泥泞了。水胶鞋也进了泥。

晴的理论学习从初级组升到了中级组,她又高兴又担心,害怕将来赶不上。不过,这几个月她进步不少。

1 月 18 日　雨下得太大,街道成了一片泥浆。上趟街实在不大好受。想给小孩买的东西都找不到合适的,最后只给"妹妹"买回一套衣服,一双水胶鞋。

1月19日 到街上买一本新版的《钢铁是怎样炼成的》,一本吉洪诺夫的《列宁格勒的故事》和一本小字典。还花65万元买了块做大衣的毛呢料子。到北京要穿的服装问题解决一部分了。

我的等级批下来是11级。每月连伙食可得75万元左右。打算每月用35万元,供给侄子教育费10万元,还剩30万元。每月用度35万元中,伙食15万元,购书5万元,15万元购置小物件等。

得舒群信,谈起前些日子请他做我加入中国作家协会介绍人的事情.他说当时住在医院,现在才回来。如果我的归队仍有问题,可写信请他帮忙,他也快到生活中去了。

写信给桂林的广西医学院院长韦必克,打听于凤乡想到那里学习的有关事宜。写信给邓燕林,问他到大瑶山生活情形,希望他回来后到乡下跟我一块生活。

1月20日 写一封信给姐丈,问母亲的生活情形。想把她接来,不知她肯不肯?

到省文工团去同他们座谈有关文学上的几个问题。他们对马林科夫报告中关于典型问题,写矛盾冲突的问题,社会主义与现实主义等问题都弄不清,要同他们讲一讲。

晚上,同吴三才去看《保卫胜利果实》影片。编剧的中心思想没有很好掌握,写解放战争的故事很零散,好像这些仗打和不打都是作者主观把它安排上去的,而不是生活的必然规律。演员演技、化妆等都很粗糙。

1月21日 写了三封信:一封回舒群,一封给白朗和罗烽,表示将来想到东北地区去参加工矿区生活。一封给白焰,劝他安心做报纸工作,钻下去总会有所获的。我说:“这当然是道理,谁不懂得？还是做吧!”

下午去街上买一件狐皮袄给祥光托人带回家给母亲过冬。买到一本精装的《中共三十年》。一本时代版的《斯大林论语言学的著作与苏联文艺学问题》。

1月22日 参加省委干部扩大会。会议主要内容是从改革转入建设的方针、任务和计划。参加的人是全省地县负责人。陈漫远书记致开幕词后,由乔副书记作报告。意外地见到黄克勤了,他作为容县县长出席这次会议。

1938 年我们在延安抗大分开后,从未再见过面。大家在十多年中都有一段相当艰苦的经历。但他似乎变化不大,甚至可说“依然如旧”。对人对己的看法仍如以往那样含糊,言谈中还多带闪烁。以至大家谈了半天,难听到他推心置腹的话语。

中苏友协周秉符来谈协会工作,认为工作很混乱,周钢鸣完全不理,他们领不到津贴也没人管。想不到周钢鸣会这样。

1 月 23 日　听乔副书记继续报告“农业生产发展方向、政策计划”。下午休会。贺部长要我替他去铁路局报告国内外时事,这个差事我完成不了,只好推掉。

1 月 24 日　天气忽然变了,弄得南宁市的体育大会只好在微雨中开幕。

今天干部扩大会的议事日程是小组讨论。省直干部怎样讨论法,没得到通知,躲在房里看最近几期中央《宣传通讯》,还看了七十多页的《种谷记》。

晚间,在家同小孩子玩耍。坭坭两岁多了,还不会讲话,却喜欢跳舞,对音乐很敏感。

1 月 25 日　上午,参加省委扩大干部会的小组讨论,大家闲扯起来,有点漫无边际。

1 月 26 日　上午,写封《读者来信》投《人民日报》,报告扶绥县第六区农民群众因中学校址迁移和旧校舍拆除,与政府人员产生争执,结果被政府人员诬为反动活动,引来县公安局武装人员抓捕,当场开枪击毙一对农民夫妇。当地农民派代表到县里上告,又被扣押……现在县长、县公安局长自知理屈,只好在群众面前软化,说愿将死者子女收为儿子。下午,参加省扩大干部会的小组讨论。晚间去看桂剧《梁山伯与祝英台》,演得不怎样。

姐丈来信,说母亲仍无棉衣穿;侄子读书也不正常;三哥四哥拿母亲的生活费去娶儿媳妇用了。

1 月 27 日　得西虹从广州四野政治部回信。希望我写出好作品来,鼓励我说以我的老经验和几年的故乡斗争生活,一定能写出好东西的。他自己打算从二月份开始写新东西。还说他已有两个孩子了。

托黄文瑞带 8 万元给母亲,另外 10 万元由邮局寄。

1月28日 省委扩大干部会今天是第七天。大会发言,由统战部部长赵卓云讲“少数民族工作问题”,公安厅厅长覃应机讲“取消反动会道门的问题”,省妇联邓戈明讲“贯彻婚姻法”,军区副政委谭甫仁讲“建立民兵工作问题”。

到新华书店买了时代出版社出版的《暴风雨》《收获》《百万富翁》和文化生活版的屠格涅夫的《文学回忆录》、托尔斯泰的《复活》。

1月29日 晚上参加省文联文艺座谈会。出席的有文联主任周钢鸣、教育厅副厅长李迪生,南宁中学校长舒芜以及胡明树和南宁市文艺团体、中学教员的代表。会议由舒芜主持。讨论的题目是普及和提高的问题。在今天新的情况下,我们对普及工作的要求是什么?对提高又如何理解?

1月30日 省委扩大干部会总结。听一天陈副主席作总结报告。

1月31日 雨总是下着,好像永无停止了似的。人的心情也要跟着发霉了。

参加省宣传部召集地委宣传部长开的座谈会。又是听了一天的漫谈,把人弄得很乏。

想去看电影《四海一家》,第二场的入场券也没买到。到“中图”买一本冯至的《杜甫传》。

2月1日 清晨醒过来,一看六点差五分。外面的雨声没有停。下不下乡去呢?不下去留在机关读不成书,贺部长又要抓去拟今后的口号。下乡又是满地泥泞也不好活动。最后还是下决心走。六点钟从省宣传部出来,走到兴宁路才坐上三轮车,赶到火车站差15分钟车就开了。

半个月来,雨把冬天的草弄活了,河岸上的草地,显现一层缎子样的绿色,木棉树和桃树都开了花啦。春已经在这乡村萌芽。

在邮政代办所得到两封北京来信。李纳用亲切和深致的口吻叙述她获得我的信的喜悦。她讲起这次在北京的会见对我的印象:开头觉得我当了几年官也变了,变得概念化了,也失掉了当年我那种强烈的、个人独特的语言和思想。最后的一次谈话才纠正了她这个观念,以为我仍然保持基本的情调。因而她说:“如果说我们在文学事业中能弄出什么来,希望是我们的友谊在帮助它。”她学会用比较含蓄的话来表达心思。记得第一天在北京见到她,她说的“陆地倒应该去看一看《梁山伯与祝英台》”。因我对梁山伯的迂没有太深的认识。当时听了她的话也没什么反应。最近看了这个戏,才大致明白她要我看这出戏的意思。

另一封信同样使我读了两三遍,那是严文井回答我提出作家的生活问题。他说现在北京的文艺领导机构正在研究这个问题。将来准备作家都要靠版税和稿费生活,不属于哪一个机关,作家协会会员可参加创作组,住“作家之家”或住民房。在过渡时期,用贷款、基金来解决作家目前不能解决的困难。

这样一来,一些写得少,刚从行政岗位归队的作家恐怕是有所考虑了。如果对靠版税来维持生活没有相当把握时,恐怕好多人都不敢归队了。即算有贷款、基金,但谁肯去冒这个险,没有作品而靠照顾、靠救济过活呢?再说如果靠版税,那么版税和稿费必须得提高,否则作家生活太苦,谁去干它呢?

生活迫使我变得很庸俗了,不计较生活问题似乎不能。

离开了半个月。农村工作搞完了查田定产、秋征。秋征比去年增加,农民情绪很消沉。乡长们对于农户的负担量又没有深入了解,凭感想发命令,房东去年负担才320多斤,今年忽然增加到940多斤,交不完,弄得很为难。算了一下,产量多算了500多斤,公粮当然就多了100多斤。可见,我们工作不细致,不深入,光喊农民自私是不能解决问题的。

2月2日　给严文井同志回信,提意见二点,供北京文艺领导部门讨论作家生活福利问题时参考。一个是,研究作家的生活专靠版税和稿费来源时,应该照顾到一些写得少和一些刚归队的作家的困难,否则,怕吓退一些把握不大的作家。与其做个空头的作家靠补助金来维持生活,还不如干脆做别的工作来得稳当。但是中国又很需要作家从事创作。解决办法,是不是提高版税和稿费。第二个意见,就是作家的住处,还是由作家协会统一租下房子然后再收作家的租金就比较妥当,免得各人分散,脱离组织生活。

邓燕林来信说在桂林查看大瑶山的资料,在那里停留几天找些材料,回到南宁就来看我。

读完马加《开不败的花朵》和田间《拍碗图》。前者写亲身经历,较亲切;后者略嫌粗糙,中间插进几句五言诗不伦不类。但它们都曾流行过。

2月3日　继续读柳青的《种谷记》。开始实行每天上午读理论:斯大林《论社会主义的经济问题》。打算一章一章地学,以列昂诺夫的《政治经济学》做参考。

房东的妹妹,早年曾被送人去养,今天从南宁和她的女朋友、堂兄弟一块来乡下走亲戚。两个哥哥还没有老婆,纯粹是个农民,每晚都去读速成识字法。妹妹倒是穿上女干部的服装,还小学毕业了,带来一股新社会的气味。她们谈及城里礼拜六的舞会,谈起电影,给乡下人听了产生好多幻想。

2月4日　雨好像不肯停止了似的在树梢、在庭院、在每步村道上飘落。"什么时候才能晴天呵!"人们见面就自然地说出这句话。

但是今天是"立春",气候倒是格外暖和。房东的兄弟为了要缴纳农业税,露着大腿到塘里去网鱼。也许是年轻也许还是习惯,连上身也脱得只留一件单衣。

《种谷记》读完了。或者写的是自己的故乡吧,这里边的生活气息是浓厚的。同时也看到作者在那儿申诉了他的政治观点,他通过生活,通过人物的性格和故事的发展,批判了乡行政王克俭小农经济、自私落后的思想。另外一个大公无私的新人物王加扶则得到恰当的描绘。这些都是在1947年,在《暴风骤雨》《太阳照在桑干河上》没有问世的时候产生的。可惜没有引起更多的人重视。在目前,像这样水平的作品还是太少了。

2月5日　早上,在房东家附近照两张照片,作为一点踪迹留下纪念。另外,替房东的弟妹也照了两三张。也许,这些人十年后都有好大的变化。

姐丈来信说,母亲收到我寄给她的皮衣,凌二姐新年时可能去邕一趟。敬人的信说被调到了军分区。刘建勋来信高兴地告诉我,他的入党申请被批准了。

将因迁校纠纷而被县公安局杀害的旧城农民吴鼎吉夫妇事,写信给省公安厅长覃应机。

去石埠赶圩,泥泞和人挤得叫人难以插足,站了一会只好回来了。

2月6日　雨把人锁在小小的房子里了。雨成天成夜地下着,云朵堆满天空，好像堆积了过多货物的码头，二十天了，太阳好像远行去了的亲人，一切都潮湿了。

下午，写信给李纳谈到最近的阅读，觉得柳青的《种谷记》是难得的好作品，作者应该是有希望的作家。

给西虹回信，鼓励把信心和勇气如同他的耐心和毅力一样重视起来。除了生活积累外，对他说在生活里的实际磨炼与马列主义理论的修养也是非常必要的。

晚上开始读苏联小说《白桦》。这本书一下子就吸引住了我。作者一开头写战士安德列撤退路过家门，同美丽可爱的年轻妻子的会晤与重别，写他的过往的日子，他的自私保守落后的古怪的父亲，写家乡小村庄的风景，这一切都是那样鲜艳、生动。

2 月 7 日　继续读《白桦》358 页。

上午学习斯大林《论社会主义的经济问题》的第四个问题。参考《学习》杂志 1952 年 8 月刊千家驹的文章《关于现代资本主义基本法则》。

2 月 8 日　邓燕林从大瑶山回来今天特意来看我。他身穿一件皮短大衣，头戴一顶呢帽子，脚上一双沾满泥的黄皮鞋，这比他以前的狼狈样子整齐多了，精神也开朗些。他带来一根当手杖的甘蔗。

他谈去大瑶山两个半月的收获，准备写两个短篇和写一个歌剧。他说听舒芜传达胡乔木的关于文艺创作问题的报告后，好些问题都弄通了。谈到从事文学的艰苦，个人的信心问题，他说，海涅有两句话，学艺术有两条路：一条可能到天上，一条引入死亡。

这是农民们准备过旧历年最紧张的几天了。他们男女老少都在这一年的末尾到圩镇来看热闹。青年妇女来把自己劳动的果实几升谷，一担花生豆，一挑荸荠卖出去，换回她们渴望好久的头巾、玉镯、发夹，有的还要打听买学习本和铅笔。青年男子却要买一双花袜子、一管水笔、一个电筒。家长们则要在糖市、油盐行奔走盘算他们所需要的斤两和价钱。

我们的房东义孙，一天不知到什么地方去了，忽然在雨里牵来一匹马，马鬃和主人的头发一样都被雨浇湿了。主人拴了马，立即进屋揭起锅盖，舀一大碗稠稀饭,骨碌骨碌地吞了两碗,在这12月的严寒天气,他吃起冷饭,如同夏天一样。过后问他,才知道马是舅父的,今天拉到市场去买,五十五万元也没人要。

他和他那位天天躲在家里,闷闷的念着速成识字法拼音的哥哥是完全不同的人。

2月9日 希宾诺夫的《白桦》,今天只花三个钟头就把它读完了。后面写战斗故事就不吸引人了。结尾写得很草率,好像不是故事结束。安德列的家乡,他妻子的命运,那个可鄙的逃兵洛兹涅伏中尉营长后来会怎样呢?好多这样的问题都必须给读者讲到的啊。

当然,这里边作者对于战争,对于在战争的炉火中照耀出来的各种英雄的性格,以至于那些人类中的渣滓,都给予鲜明而辛辣的刻画。写到团政委和团长召开的战地党团员会议,如此生动的场面,给这本书带来一股强烈的新鲜气息。这是一个战斗动员,党号召他的党员克服困难,在艰苦的战斗里面担负先锋的任务。如果按常例是要听各小组长反映冗长的一般思想情况,需要千篇一律的说教动员。但是,作者在这里打破了旧的一套办法,而采取适应当时当地的战斗环境,把需要解决的思想问题解决了。这里团政委就在会前听到各人的漫谈、议论,就抓住了最真实的思想情况,用不着再去听什么汇报了。掌握情况后,团政委团长就用闲谈方式来跟大家谈对天气的埋怨,谈党员应该怎样认识目前的任务,起模范作用。等到大家都同意这样说法时会议也就结束了。排长还以为会议没有开始,做记录的人叫苦,怎样做记录呢?

整本书的调子如一曲轻快的音乐,四十来万字的大书,毫不费力地就读完了。

2月10日 早晨被满天的浓雾笼罩着,这预示着晴天要回来了。人们在二十多天淫雨围困下,对晴天是如此的渴望。到中午12点以后,太阳冲出层层的云雾稍露它的薄光。天地间都充满着春天的温暖。戽塘水的人的忧郁面容,也跟着云彩飞散了。看看塘里的水不会越戽越多了。到傍晚,人们就可以到塘里去,从浅水中用手逮到一条一条鲤鱼。这原是地主的鱼塘,现在分给了农民,他们头一回有自己的鲜鱼了。虽然鱼缺乏饲料,长得不大,可是你看农民们多么满足呵。

今天头一回，可以到村边去游玩，去接近农民。

塞摩希金的《阿里泰到山里去》写堪察加北极冰岛的渔猎民族生活，一上来就以它线条的鲜明，人物性格的突出，生活的奇异抓住了读者。一本很厚的书，很快就被翻过去了。

2月11日 收到韦必克从省立医学院来信，说学生是全国统一招考，机关保送不行。他的身体仍不见好，当院长还不习惯。

表姐夫来信，想外出谋生，但不知去何处，要我帮介绍。

2月12日 几乎一个月了，今天才见到好太阳。老百姓欣庆着阳光的照临。大家可以尽情地洗衣服，晒糯米做米花糖，晒发了霉的猪肉。

现在，每天上午阅读政治理论文件已成习惯。打算以后把阅读文艺理论也安排在一定的时间内。把生活过得有规律起来。

下午继续读《阿里泰到山里去》的第二册，它始终那样引人入胜。

得刘宏信，他将肖寒、乔晓光、贺部长等人跟他谈保留他党籍的信寄来让我知道。他正为这个难解决的问题苦恼。

2月13日 除夕。回南宁两三年，春节都不在家里度过。1951年参加清匪反霸在心圩过了，1952年土改时在邕宁十三区锦怀村同艾青、田汉、吴寄寒、唐明照他们正在商量过春节的宣传工作。今年算是可以同小孩老婆在南宁过了。

到书店买了两本书，一本是《细菌学》，一本是《社会主义社会的生产力与生产关系》。另外，买个玩具娃娃给坭坭，还买些糖果给孩子们。

2月14日 一早，大家都嚷着看日食。可是太阳光很强烈，不用一块玻璃自制成“墨镜”是看不到什么的。

参加“艺专”的音乐晚会，听不出什么味道来。

白天去看老同学程肇琦，他在南宁参加中学教员思想改造的学习。同他到街上走走，遇见周家植，他也是中学教师，都是老乡，但是家乡话讲起来很别扭，不讲又不好。去看钟国松，他打猎去了。

2月15日 上午，同晴去看桂剧《西厢记》的预演，演的还好。下午去省文工团坐一会，拿到五张票，准备明天去看他们演出《赵小兰》。

回了刘宏一信。去看了一下方管。

2月16日 春节假期,人们相互拜访,宣传处的同志们也照例来我家一下。我却不习惯这些应酬,所以什么地方也没去。

晚上同晴去看文工团演出《赵小兰》。

2月17日 又下起雨来了。昨夜约好今天去白沙游玩的决心,有点动摇了。王宇红坚持冒雨也要去。结果,我们同樊清璋、吴三才共四人在细雨中,雇了只小船沿着邕江向下游划去。

来到傍河的一片果树园,这里香蕉最盛。房子是一间一间的独立在果园里边,很优雅,假如你有这样的一间房子读书、写作那是很不坏了。雨把我们的情绪打落了不少,在泥泞的村边树下没走多久就回亭子圩来了。

到省文工团来吃晚饭,谈些对《赵小兰》演出的意见。我认为剧中赵小兰对她爱人讲起他的腿脚上伤痕的话是违反生活真实的。他的伤痕自己是知道的,他也没有要她讲起那些故事,她为什么就这样叙述起伤痕的来历呢?这很明显是作者在那里向观众演讲。再就是赵小兰的离婚也是过于戏剧性。

2月18日 名器、人器和培蔚都同祥光从家乡里出来了。名器已长大了好多。培蔚爱说话、爱动,比名器开朗。

这帮孤儿,也许经过艰苦的磨炼,将来长得更加坚实吧。他们的到来会增加我更多负担了。不过,能够培养他们成个有用的人才也是应该尽的责任。

2月19日 睡晏了,下乡要乘坐的火车已开了,走路去吧,天又阴又雨,只好推到明早再走了。

同名器、培蔚去书店买几本少年读物。路上遇见胡明树谈了几句,希望他们把创作组搞起来。

2月20日 凌晨4点钟就醒来了,看看时间还早又睡了一会,5点的钟响了才起床。和名器、培蔚把铺盖打了,匆匆忙忙往火车站赶,从桃园路到火车站,走了四十五分钟。

到老口圩,在邮寄代办所得到陈闲从东兰九区土改队的来信,说是月底可回南宁,将来工作未做打算,有转入工矿区去的想法。看来他还是那样执拗。

放假反而弄得异常疲乏,回到华安乡房东家来收拾一下书桌,写了一封回陈闲的信，头就有点晕了，躺睡了一下。晚间，教名器和培蔚各写一信回家乡。

乡长李文进来谈他当乡长的困难，干部年轻，工作碰钉子就不干了，群众不肯参加没有区干部参加的会议，以为乡干部的话就是那一套，不说他们也知道了。好多党员思想退坡，“党员，什么党员，我的儿子要饿死了。”这就是有的党员说的话。

教给乡干部工作方法是非常必要的，他们不是知识分子，但思想通了就能想出办法来的。

2月21日 一早，太阳强烈的从门缝中放着金光。大家为这晴朗的天气欢呼。全乡都要到狗爪水坝去扛石头了。乡长李文进今天也去了。他说亲自下去几天才能了解大家实际有什么思想问题。

李文进去参加修水利，我也跟到现场去看看他们怎样地工作。

春天来了，青草和树叶在枯黄的旧叶下边茁长出来。山岭好像公鸭的颈项羽毛发着闪亮的青绿。农民一早散布在田野里。还没挖完的荸荠田，蹲着两三个人闷声闷气地挖掘。

离种玉米的季节很近了，大家都为这个长久完不成的水坝工程表示不耐烦地努力，争取在下种前结束它，大家可以安心做别样农事。

筑坝需要大量的石头。石头却离场地十来里，一天才能抬回两三块，耗费的人力也很多。妇女同男人一样，有时同男子四个人扛起一大块二三百斤的石头都不叫累。

大家将过年包的糯米粽和一桶竹笼的稀粥拿到现场，抬了两趟石头就停下来囫囵吞食一个饱又爬起来走了。

写了二封信：一封寄北京给人民文学社陈涌，一封给贵州文联邢立斌。

2月22日 昨夜接到区委莫剑青来一张字条，说是省委宣传部来电话叫回去参加全省民间戏剧会演的党小组会。当时已过了七点，火车已开了。今天回去也还可以，只是这件事情由宣传处一个干部参加也就行了，我一回去又得十天半月，将来写作计划完不成怎么交代？想了半天，写封信回去给王习礼，不参加了。

早上，除了照例学习斯大林的经济问题，再就是写了几封信：给西北文联戈壁舟,《人民日报》的严蒙,给在东兰土改的陈闲。再就是附在名器信里给大哥的信,叫他给母亲在本地请医生治她的疮。

教名器和培蔚学记日记、写信、演算术。他们还聪明,名器会写美术字。把他们教养好也是一件大事。

2月23日 昨天写的几封信,打算今天拿去老口圩寄发,又忘了,脑子很坏。

开始看《道里亚》,译得很不妙,读不下去。读莫泊桑的短篇小说集。《月色》《修理椅子靠垫的妇人》,都暴露了人们心灵深处的隐私,这隐私是本能、是天性,人们的意志不可能抑制的。这就是莫泊桑所以成为自然主义的原因吧。

2月24日 雨又下了,又是雾一样的细雨笼罩着整个大地。

除了上午的政治理论学习,下午写了五篇短文章。《群众观点》和《钻空子》投寄新观察《小品》;《怎样领导宣传员工作》《如何对待风流事件》和《怎样运用农民报和宣传员讲本》投寄《宣传员讲本》。共写四千字。照这样看,一天写三千字是容易办到的。

晚上,教名器他们学习分数。读莫泊桑中短篇小说集的《珠宝》。

2月25日 忽然有个写作的灵感,以为房东义孙的生活倒是可以写一写。他由于没有参加革命工作,想从找老婆,要风流方面得到安慰。现在已经被对方知道他不爱劳动,不喜欢他了。他这两天真像一个劳动农民似的埋头犁田了。想从此要恢复拿起笔杆子来。

每天做理论学习笔记,下午,读莫泊桑小说,李青崖的译文太陈旧了,注意力老从那里开小差。

陈闲又来信,对文坛的兴趣不大。他说打算土改回来后就转入工厂去"了却此生",看来他有点赌气。

乡长李文进又来谈,李屋坡一个妇女借口去外家,而去同情人要风流。丈夫去外家找不到。这妇女回来知道后就提出离婚,区政府不批准,昨夜关起门来要自杀……现在有些人去耍了风流回来不好意思就要离婚,真要离婚了又舍不得。有个妇女就是拿起包袱出门时哭了,还是舍不得离开这家门。

2月26日 接到几封信。刘宏的信说陈副主席的亲笔信告诉他,省委欢迎他能回到党里来,但现今还没见组织的通知。他知人事已尽,由它去吧。曾海君回信说,他从小就喜爱文艺,尝试好多种文艺形式都失败了,没有找到很好的办法。表姐夫来信催问他要求外出工作的问题。另外,省春节民间文艺会演委员会给我送来的入场券和出席证的佩带上注明是副主任委员。看来上个礼拜我给贺部长的信起了作用。

夜里,邓达升来谈乡间闹风流的风气很严重,要求政府给予行政上的惩罚。否则,这风气将来不得了。这种风俗已经是多年的习俗了,要一下改变是不可能的,用行政命令更不是办法。只有让给时间,等待群众思想的提高来逐步消灭它。但是,老百姓总是希望用法令来制止。

读完莫泊桑的《两个朋友》和屠格涅夫的《文学回忆录》。

2月27日 雨天在这时都已成为农民的忌日了。大家都渴望晴天来下种玉米,却盼不来这种好天气,晴不到三天又下了,一下又是那样连绵不断的淫雨。

打算这两天以房东义孙为原型写一个人肖像。没想到一早又被别的心绪搅乱了,只好读梅里美的《伊尔的美神》。梅里美好像一个有高度艺术才能的雕塑家,给我们奉献的艺术品,人物的性格由于外表的非凡言行,表达了真确的内心世界,看了书,真是如见其人,如闻其声。

晚上,同义孙谈此地的风俗。这里,没有养过孩子的年轻妇女,几乎都要风流,你到圩镇去可以看到她们三五成群,穿新鲜的衣裳,手挽着小竹篮,在街上走来走去,又不是做买卖,又不是为了去尝尝圩市上的食品,一会儿就转回来,脱掉她的新衣服,又欢欢喜喜地到田里去做工了。那是因为她们到圩市去,在街上巡回的时候,她的情人在她后背跟她已约好见面时间了。她们去街的目的,就是为这简单的唯一的事情,见下情夫得个约会就心满意足。有的人初交上情人,就到村边背阴处谈情、约会,有的人甚至当场把自己的衣服或首饰交给对方作为赴约的物证。

她们赴约的时机有的借回娘家,有的则去与别家的姑娘玩耍后留宿不归,半夜出来丈夫就不知道了。若家婆知道了也不要紧,家婆也是过来人,她不会去责备她媳妇的,也知责备不管用。

有些妇女,知道外村某人的妻子来同自己的丈夫耍风流,为了出气,为了报复,她可以在激动的情绪指使下,半夜跑到情敌的村子来报告,甚至有的还会当场表示也要同情敌的丈夫好。这样一来,往往闹到械斗,男女关系非常乱。

2月28日 一早,接到几封信。谭荫溥来信说,上月去北京在会上见到好些熟人,但是不想去找什么人。因为朋友们不见面互相想念那倒有点意思,往往见面后反而破坏了想念的美妙。这点,大概是我们这些人担负繁重而且实际的工作,很少有个人的余暇来让给与朋友们海阔天空地畅谈个人的喜爱,个个都是四平八稳地讲着工作,讲起原则,那么私生活已经被占据了。朋友们见面也就索然乏味。舒芜的信,则对他去京的消息迟迟不到很是焦急,要我去帮打听中央电报已转市委否?敬人来信说跟他一起调到军分区的有数十人,或转业或去学习,具体情况不明。

邮政代办所通知,有两个挂号信待取。叫名器和培蔚去取回来,原来是宣传部寄来的广西和中南的"通讯"。

下午,两点半从岭顶出发,步行去南宁。到石埠,三点半。从石埠走六七里就拐入右边靠河沿走小路,到西乡塘已经四点五十分了。到火车道是六点十五分。到南宁差不多要四个钟头。如果要走到桃源路就得五个钟头。走累了,到省文联去看邓燕林他们为"婚姻法展览会"日夜忙碌,说有些典型材料非常突出,容后他弄些给我。

回到宣传部时,人们都跳舞去了,房子里的灯全是黑的。

3月1日 到省文工团去借了《猎人日记》《一个平凡的故事》和一本《人民文学》一月号。陈涌在《人民文学》评《三千里江山》估价有点过高,文字有堆砌之嫌,文章也拖得太长。

听袁似瑶说组织部召开组工会议,王部长传达上级一些重要性的决议,叫我也去听听。可是,并未有人正式通知我去听传达呀。我一天天被隔离了。民间文艺会演今天是优秀节目演出,我也不去了。开头"会演委员会"把我放在名单末尾,现又改为副主任委员。好像我是要与他们争虚荣,索性不去应酬了吧。这样,我就处在一个冷落的环境里了。

同晴带坭坭上街想替她买架童车,两家儿童玩具店都跑了也买不来。南宁的儿童商品匮乏由此可见。去理发店理个发排队一个多钟头才轮到,这也说明南宁商业发展太落后了。

3月2日 早车是赶不上了,走路回去还是明天再坐车回去?犹豫了半天,最后还是决定走路回去。从中午12点出来,到文联找邓燕林一会,又到街头吃甜酒,走到岭顶来已经是下午5点多了。

回来收到薛传钊的信。这是件快乐的事情,得到这个友谊的信任,自认总还保存着某些优点与可贵的品质吧。她是那样真挚地告诉我学校同学和教师的近况,讲她的病,讲她的生活、学业,希望我的作品能早点让她读到,最后希望我抽空给她写信。

田边又鸣叫着音乐样的蛙声了,可是我仍如去年一样回答不了她的问题,因为我还是分辨不出它们在用几种声音来合唱。

3月3日 区委从县里开完会回来,召开全区的乡干会,部署转变工作问题。主要是打通干部思想,扭转从改革到生产的拐弯。

晚上,党、团员组织分别开动员会,安定大家的情绪。据反映,不少人来区里开会是有顾虑的,因目前正是忙于种玉米的时节,再就是有的怕来了挨检讨,有的来了又怕回去领导不起大家。为了熟悉乡干的生活,我也同他们住进一间民房,在楼板上一起打地铺。

华安乡有个互助组到现在还没有散,今天组长也来了,他叫李文峰,是个高大麻脸的人,不大说话,是个老实农民的样子。

3月4日 由区委向到会的140多个乡干部作关于强迫命令,侵犯私人财产的检讨报告。下午各乡讨论,乡干先向区干批评,再暴露自己。大家对批评已经打消顾虑,但是检讨自己却不深刻。

3月5日 一天都是讨论会。乡干部对区干强迫命令的作风提出一大堆批评意见,轮到自我的检讨就不吭气了。被认为命令主义最严重的乡主任芦德光没有一个人敢动他丝毫,他更是不愿自我触碰了。这样,克服命令主义的效果就很难预期。

下午,边参加讨论,边在膝盖上写了七张信纸的长信给薛传钊。

3月6日 在旁听乡干部讨论修水利和有关农业税政策的时候,偷空读《人民文学》一月号的《互助的故事》,也还是概念化的东西。

忽然,想起春节城里工人去乡下野游的生活,他们到农村来见到原先在城里打工的伙伴,互叙斗争违法资本家和斗争地主得到解放的故事,同时,憧憬明天美好远景。看看工人今天的快乐生活,回忆当年学徒的痛苦,引起已回乡做农民的工友羡慕。但是,想想自己快要结婚,快要下种,还要组织互助搞水利的乡村生活,羡慕的心情又被满足感所代替。

假如能把他们生活再现出来,那不失为一篇真实的作品吧。这样想来,可写的题材写一个礼拜也不完了。还是把主要的几篇写了再写长篇吧。这就算它作试笔吧,拿去《人民文学》探探行情看斤两。

一个不幸的消息突然飞来到每个人的生活里。《广西日报》发表苏共中央公布的斯大林严重病况。从3月1号到5号,呼吸障碍,已失去说话能力,脑溢血。以他70多岁的人患这样严重的病,恐怕是不易恢复健康了。不过,苏共中央的公告说全体苏联人民已有了正确认识,要一致团结围绕在党和政府的周围。

3月7日 一早,电话员就通知大家说:昨夜得通知,斯大林在五日逝世了。全国人民停止娱乐三天,下半旗三天志哀!

当然,斯大林的死不会停止工人阶级革命事业的继续前进。但这样一个有着高度广泛影响的世界领袖人物的树立绝非三天两天能形成,因而不能不说是我们革命事业的巨大损失,他本人没有看到共产主义社会在自己创造的劳动中出现,也是一件遗憾。

老口这个百多户的圩市,也家家户户插挂着国旗,街中心的一根旗杆一幅国旗挂在中腰。旁边横挂一条黑布,上面有斯大林的像,两旁贴着白底黑字的款:向斯大林同志致沉痛地哀悼。区政府、银行、贸易、合作社等机关的工作人员都挂上黑臂纱。一种沉重的气氛罩在这个小市镇来了。

3月8日 为了哀悼斯大林的逝世,三八节庆祝活动推迟举行了。

下午,看到《广西日报》七日的新闻。头版用特大的黑框框住,发布苏共中央、苏联部长会议、苏联政府主席团的联合公报,通告斯大林于一九五三年三月五日下午九时五十分心脏停止了跳动。报纸的第二版和三版全是对这位世界劳动人民领袖的逝世而引起的全国人民全党和各民主党派首长、民主人士的吊唁。

有一个同志说:她要把这张报纸保留下来。

读《磨坊文札》,这里都德给读者揭示了另一个角落,一个静静的乡村,一些老朽的人物的心境。

3月9日 区农代会今天结束。下午3点40分,由区委召开追悼斯大林同志的群众大会。会场设在圩场南头的草坪,在原先搭好的戏台上方,挂上一张幕布,横额写着:邕宁县13区农代会暨各机关团体沉痛地哀悼伟大的革命导师斯大林同志大会。两旁的对联是摘录毛主席唁电的话:遵循斯大林同志指示的方向,把保卫世界和平的神圣事业担当起来;斯大林不朽的光辉,永远照耀着中国人民前进的道路。会场的四周是用小学的课桌倒竖起来,桌面贴上白纸黑字的标语。天色是阴沉的,太阳被浮动的云层掩盖着,风吹动着河面的帆和掀起波浪。区委书记用深沉的语调报告斯大林同志的生平。肃穆的气氛笼罩着每个人心。

今天,莫斯科正午十二点(北京时间下午五时)斯大林下葬。中国全国人民在下午五时停止活动,默哀五分钟。

收到人民文学出版社陈涌的信。他也越来越感到文学事业的艰难,好像比其他工作更不容易弄出显著成绩来一样。也正因为如此,所以有些人可以做到显赫的什么长,却写不出可读的小说。文学技巧的掌握是不容易的,有些能掌握相当技巧的作者包括我在内,应该坚决重新拿起笔来。他是很希望我写出文章来的。他说大概人慢慢老下去了,延安的年轻时候生活,常常使他有“不胜今昔”之感。

过去曾经同他有着相当长的一段友谊。那时我们都为着共同可悲的命运——对恋爱追求的失败而惺惺相惜。后来他一天一天趋于老成练达,很快地走到前面去了。我们的友谊就此失去联系。今天要接起来依然难把距离拉近来吧?

3月10日 读《人民文学》二月号石果写的《石土地》,这是写贵州清匪反霸运动中，对“石土地”这个长工的思想发动过程，还是一般化东西。虽说写的是贵州山区，可是没有在字里行间看到和闻见那边的风土人情。作为主人公的“石土地”的性格也是平板的。

艾青把越剧《梁山伯与祝英台》的剧本看成是对文学的一个珍贵贡献。认为那是最好的诗。

3月11日 用了一天的时间，写完了《元宵节后》一篇5,000字的小说草稿。这是写一个农民，由于幼年孤苦，养成孤独、寡欢倔强的心情，也养成狭隘自私的观念。经过农村改革运动的实际教训，只能使其糊涂思想稍稍改正，仍然没有完全解决问题。虽然他参加工作队几个月，由于个人思想未得解决，又从工作队回到家里来了。到最后，想躲到爱情里去，躲在家中找寻他孤独的欢乐，结果，恋爱着的对方是外区的妇女代表，知道了他的自私思想，还和人闹不团结的情况后，也把婚期拖延了。

这里提出问题，反映农民自私的被否定，但是否能够雄辩地解决问题？主要的人物形象的描写是否真实、生活规律是否对头？这些就我而言还是没有把握的。

3月12日 又花大半天时间才把《元宵节后》修改誊写完。这样看来，平均一天只能写3,000字。而且一天时间全被用上了，不能再做其他工作。那样，预计写的几个短篇，若写完它就得占满三月份的时间。四月起才能开始写《美丽的南方》。这是不是又走了弯路？心里越发着急了，感到时间过得太快。如果七月一号以前不能把长篇草稿写完，那就很成问题了。

接到王章焕和程肇琦各一信。“南中”的初中部可以收插班生，但必须经省教育厅批准。绥渌中学倒是随时可以去读。只是名器、培蔚他们都不乐意回到县里去读书。回县去读花钱也省不了多少。等礼拜天进城再去处理这件事吧。

3月13日 到老口圩找报纸看，等到下午四点钟有邮差才从南宁挑着邮包来到。《人民日报》3月7日的那一份报没有了，那是关于斯大林逝世的专刊，想把它存起来也没办法了。

回来路上，见李文峰的互助组正在泥田里挖“田头井”。他们这么快就响应爱国丰产运动干起来了，应该宣传鼓励一下。打算找两天时间去访问他们。

晚上，写信给白焰，请在广州代买一对藤椅托太平船运来，顺代打听小孩推车的价钱。以宣传部的名义拟函给省教育厅，请审批名器、培蔚到“南中”初中部去作旁听生。再看看《元宵节后》，觉得有些地方还可以写得更形象些。可见文章越改越能发现毛病。

3月14日　一早八点钟就领着陈名器、吴培蔚到南宁去。下午一点钟才到市中心。在书店给名器买四本少年读物。回到宣传部接到戈壁舟和敬人的信。

戈壁舟说他回来先忙于行政事务，然后开完西北作家协会筹备会，最近打算到陕北去，将来写自卫战争，时间三年。又说据其所知作家专靠写作稿费吃饭在这一两年内不可能实现。他对我印象很好，觉得是热情而老实的。希望能成为朋友，在文学上齐肩并进吧。敬人信说仍在钦州军分区学习，听候新的工作分配。

坭坭一天天长大，知道做些简单的事，吃饭、穿鞋、玩小娃娃。对弟弟南南表现得特别友爱。只是还不大会说话，常常因害臊而沉默矜持。

3月15日　为交涉名器、培蔚入学事，到南宁饭店204号房找到教育厅钟主任，同他扯了些闲话，又借枝猎枪，只是他才给三颗子弹，太少，这东西街上是买不到的。

晴说，看了《元宵节后》，觉得开始有点沉闷，后面还好。自己还不敢拿出去给别人看，姑且放它几天再看吧。

夜间，参加部务会议，讨论今年上半年工作计划。自己离开了半年，好些事情很生疏了。可是贺部长却要我考虑关于文艺整风问题这件较难的差事。

3月16日　因要看完《宣传通讯》，今天多在城里留一天，明早再坐火车回乡下去。

下午，省文联胡明树来谈文联创作组怎么办？文艺整风如何进行？以及对一些人住房的安排问题。他叫我去找周钢鸣商量一下。这不知是他感到周钢鸣不理睬他而要我去帮忙提出来呢？还是周叫他来向我解释呢？

晚上，谭流、邓燕林都来医院晴的房子谈天，谈了一阵多是些闲话。谭流说我的创作该抓紧时间了！自己也感到轻易就滑过去三个月了，真糟。

广西军区办公厅廖联原主任回信说，敬人调工作可考虑。

给妈妈寄五万元，叫她作路费出南宁治病，否则就当生活补贴用。给大哥一信，告之敬人生养了个女孩，以及名器他们读书的一些情况。

3月17日 坐早车到金鸡站，过河从把村掉头回房东家还比较近。

接到邓燕林的信，说是把《文艺报》让给他，真是“瞌睡遇着枕头”。因为现在不容易买到。

《人民文学》一、二、三期一起寄来了。三月号又有石果的小说《喜期》，反映贵州地方的农村生活。主题是写地主与农民的关系。一个地主把自己的女儿去换一个佃户的儿子，但最后又把他抛弃，后来被抛弃的女儿儿子都团圆了。问题倒是相当集中，可是艺术性还是不够成熟，缺少一些柔和的生活线条与色调。

3月18日 写了整一天，填满了17页(每页400字)稿纸。开头觉得抓住了官僚主义的嘴脸，能够细致地刻画他们，后面却有点不好下笔了。似乎写得一般化(脸谱化)了。

看来写的速度还是快的，照这样速度，三个月长篇初稿可完了的。

但是写东西，别的事就顾不上啦。看报纸，读作品，政治学习的计划都不好完成了。

3月19日 早晨写了500字，妇女主任邓杏凤来取她们青年人收获的芋头去卖，叽叽喳喳把我的写作搅乱了。

今天下午自己另起炉灶，跑去石埠买油盐，顺便把猎枪带去打白鹤，义孙做枪手，结果，四只白鹤全飞掉了，浪费一粒子弹。只走了二十里路，人乏的不行，下午简直什么事也做不了了。只做一锅饭，把两条鲤鱼也煮得稀烂。自己做饭吃，又添一桩麻烦事。

本月17号的报纸发表批评扶绥县委官僚主义，因迁校问题误杀人命案的消息，还作一篇社论，可对县委领导未见给予处分。

从明天起，这个月还有10天工夫，至少要把两个短篇小说写完。争取再把两篇通讯也写好，那样，四月份就可全力写长篇了。

以后每晚还是争取读政治理论，写日记。

往后，写作成为日常功课时，把时间作一次安排才行。夜间，礼拜一、三、五是读政治理论，二、四、六是学文艺理论和创作。白天，上午八点到十一点写作；下午二点到五点写作。礼拜二、四、六的下午四点到六点读作品。

3月20日 继续写《挖山塘故事》。写了一天，进行很慢，时被一些邻居断断续续来谈话打断。写到下午，已写了27张稿纸了，大概再写三五页也就能结束初稿。怎样结尾才有力量呢？这点灵感对我太吝啬了。因为断了一天不写，好像连不起来。自己觉得只注意一些情节的发展了，人物性格刻画留意不够。《人民文学》三月号的短论说，当今部分作品，写了技术知识、工作经验、工作方法，忘记了文艺是为了提高人类品质和德性。这里倒是给了我一点提醒。

天气暖和，春意更浓了。地里已长出三四张叶子的玉米苗了。木棉花染红了林梢，粉白的柚花散发着一股浓烈的香气。夜里，田里和塘边充满了青蛙们的合唱，屋里的灯光引来一些飞虫和拇指一样大小的小蛙，还有蟑螂。

嫩绿的树叶已经全上了枝头了。在这里很难细察春的来到，冬的远离。

昨天开始自己煮饭，今天又把个人作息时间拟定了。打算从此养成有规律的生活习惯。自己煮饭有点麻烦，可是当作休息也很有趣。这两顿用沙煲煮饭，拿竹筷量了水准后，在筷子上刻上记号，以后每顿都用这么多分量的水就可以把饭煮好，不用添水，也不用排水了。

买14斤鱼，放在鸡笼里用绳子吊放到鱼塘去养着，做菜时再去取出。可昨天就溜掉了三条，今早又少了一条。放在笼里没东西喂会瘦的，顿顿吃又没味道，看来买得多了还真不合算。

同这里几位年轻人照了几张相。自己又在屋前塘边照了一张，不知这回照的成绩如何。

3月21日 《挖山塘故事》上午写完了初稿，共34页稿纸。下午，同速成识字法教员老杜和老马到乔版村去访问互助组李文峰，他出去犁田了，没见到。

读《人民文学》白桦小说《山间铃响马帮来》，苗人的生活被相当真实地反映出来。

接到孟冰一信。他说常常感到空虚孤独，生活好像抓到什么东西，可是认真看又不见。又害着严重的失眠。看来他正走在我1947年走过的那段泥沼地。医治失眠的药方就是结婚。可是，他好像还是醉心于灵魂的追求，还在云端上做着桃色梦，怎好让他得到鼾声的甜睡呢？

读高尔基"关于社会主义现实主义论文"，又感受到他辛辣的文字的刺激。

3月22日 上午，没去老口圩之前，把《挖山塘故事》看了一遍，觉得区委书记和乡长、主任写得不够突出，容易流于概念。应该把他们的生活多刻画，这样人物才能活。这样，字数可能会增加，时间也要多几天才弄好的了。

收到陈闲信，说是正在收集东兰韦拔群的故事。4月可能回南宁。给海南岛四器写信。给名器、培蔚各买件汗背心，做一床蚊帐。这个月的生活费又超支了。

晚上，读《学习译丛》二期的《俄国讽刺文学古典作家与苏联文学》，鲁迅的《社戏》。

3月23日 修改《挖山塘故事》。花去一天时间才修改一半，把每页稿纸都涂得像一堆乱麻了。恐怕将来还再改一次才能定稿。这样看来，初稿只完成大纲的任务。把修改时间加起来，每天写的字数也就不算多。

晚上，按自己定下的时间排列，读政治理论。把修改文章的节奏打断了。

3月24日 今晚修改完《挖山塘故事》，但誊抄来还得二天才能完工的，抄完了，恐怕仍然要有可改的。好像越改越膨胀了。

读鲁迅《呐喊》里几篇短篇，似乎没有《彷徨》那样完整，如《端午节》《兔和猫》《头发的故事》。

给"南中"教员王焕章回信，谢谢他帮助名器、培蔚入学。顺便对南宁白话速成识字注音课本，以及目前的速成识字教学方法提些意见。王老师现在正参加南宁市的扫盲运动。

3月25日 今天送名器、培蔚到石埠圩去搭帆船回南宁去进省立南宁中学。顺手买了几斤米面、木瓜、一对鸽子、一张草席和猪油等，自己背着回来，弄得满身疲惫。晚上自己做饭，名器他俩不在身旁了，顿然感到空虚，看看小孩子自己钉在墙上挂手巾的木架，门板上的风景画，练习簿上的字迹，每天傍晚他们在塘边树下的影子，都让我现在的孤寂生活增加一种惆怅。往常他们在这时候，虽然要分去我一些时间去照顾，现他们走了又感到空虚了。

我想，一个人孤独寂寞才特别感到友谊的可贵的，在热闹的生活中谁去怀念离别的朋友呢？

白焰回信，说是藤椅和小孩推车托人去买了，不久该到了，顺便讲到从常工那儿听来的一些《东北日报》人员升迁的消息。个个都当了官啦。常工却想当作家。他是知道作家要靠写作养活自己和妻儿的，他为什么还想做呢？难道稿费提高到容易解决衣食生活程度了吗？

晚上，给孟冰回信。告诉他，医治失眠的药方就是结婚。也谈到自己对文学事业的看法。以为真正可敬的，还是那些干实际工作的人。写文章的人，只是等人家做出来了才去写进作品。并不算什么了不得的创造。创造者应该是那些实践家。

另外，为邓燕林在省文联不被重视与支持，反受不公平待遇，住房还不如普通新干部等情况，以文联副主委身份给胡明树写信，鸣不平。

3月26日　开始誊抄《挖山塘故事》。一天才抄四千字，感到太慢了。边抄边改，比单纯写作还慢。

下午，突然一阵大雷雨，屋外一株白橄榄树被吹断了。房东说，这株树每年有六七百斤橄榄收成，损失不少。

屋边还有一株空了心的老树，也是经不起暴风雨的。村里人都叫我"醒定"，大风时危险，倒下来屋子会被压倒的。屋子在老朽的橄榄树底下太不安全。

3月27日　下午继续誊抄《挖山塘故事》。母亲从家乡来南宁看病，我抄了一半的文章只好搁下来，从岭顶回南宁。到西乡塘附近遇见从前宣传部的汽车司机，他正送越南干部学校的校长来交际处，搭上他的吉普车，四点十五分到了南宁。

到省医院见到母亲。她瘦得全身皱纹，只剩层皮似的，在80岁的高年，遭受长时间病痛折磨，我不能不为之难过了。本来想接她出来住些日子，现在既然癌症无药可治，她也不愿久住，而且谁来护理她也是一个问题，我们没有那样多的时间来招呼她，可送回家乡有谁料理她呢？思想被这些问题搅扰，精神负担加在我身上很沉。

3月28日　本月16日照的照片，晒出来看还不错。到书店买了一本《历史唯物论》第十八章。一本《常用汉字三千五百字表》。

下午，回来同小孩、母亲在屋里消磨了半天。夜里去看卫生展览会。南南的照片成为“种痘”的典型在那里张挂。坭坭站在照片前认出伯娘正抱着南南接种疫苗，便手指照片喊“弟弟、弟弟”，久久不肯离开。

上午 11 点钟前，抄了三千字。《挖山塘故事》还得一天才能把它抄完。邓燕林来约，明天上午 10 点，同王宇红、舒芜一起去到白沙看房子，准备租间屋子作为省文联的写作室。

中南局宣传部召开文艺工作会议，省委宣传部问我去不去，不去就让曾海君去。打算把意见让曾海君带去。

3 月 29 日　同邓燕林、王宇红、曾海君、刘建勋、毛正三和晴一群人去白沙找房子，准备住下来写作。这一带全是芭蕉园，其次还种有黄皮果树和枇杷树。枇杷正熟，老邓买了二斤请客。枇杷好看，可不好吃，带点酸味。回来在河边路上，又是邓请大家吃狗肉。

房子是找到一间，修缮费用不知省文联是否能解决？

晚上，去找中医为母亲治肿瘤。据说可以治，先拿药膏敷上，有效果就继续治。

雨又下了。

3 月 30 日　为了名器、吴培蔚入学住宿事，又亲自去找方管商量，顺便谈到他入京问题。教育厅副厅长已回信同意他走了。他还谈到最近红星戏院演出的《双玉佩》有问题的事。

这两天为母亲的病延医，为侄儿入学奔走，弄得精疲力尽。再加上遇到机关有人说已取消我母亲的医药费，房子要搬出给秘书长……这些事真让我心里不愉快，感到写作已被看成不是做革命工作。由此，对应付敷衍我而说谎的人发了脾气。

接胡明树回信，数说邓燕林一大堆坏话，对自己的缺点却不说半句。

3 月 31 日　上午，忽然得通知参加省委扩大会，听取陈副主席的总结关于开展生产运动问题。

下午抄《挖山塘故事》。晚上去平等街的客栈查访同乡们有没有人要回乡下去,想托他们陪我母亲一块回去。

4月1日 今天晴了。

《挖山塘故事》今天算是修改誊抄完毕,字数增加到两万三千多字,觉得未免臃肿,啰唆。虽然是写到了一些生活的边缘,骨头却没有碰到。但是,再做怎样修改似乎力气不胜了。打算再看看,先把它寄到人民文学出版社去叫陈涌提些意见。

4月2日 再把《挖山塘故事》看一遍,仍然有好多地方可修改的,特别是文字(语言)方面有好多小毛病,读起来不大顺嘴。

全国文协来通知,全国委员会常委扩大会上审查我符合会员资格,仍为正式会员。

同母亲到街上去买药。买了电影票给她,她也不看,慢慢同她走回来了。80岁的人了,还是能走十多二十里。如果不是这个病,可能有几年长寿呵。

4月3日 写信一封给陈涌,把《挖山塘故事》和《元宵节》一起寄给他了。

晚上,袁似瑶夫妇来访,谈及昨夜在部务会上贺部长对袁大发脾气,叫他滚蛋,要他搬到招待所去了。一个部长居然对一个处长作这样驱逐,实为惊人举动。假使袁曾有不对,那么部长也不应该这样子来对待的呀。

4月4日 写信给严文井报告三个月来的工作情况,告诉他写了两篇东西寄去陈涌处,有空时能替看看,给提些意见。

午间,去看匈牙利影片《安娜·萨宝》。

4月5日 夜里醒过来看表是一点四十分,以为表停了,走出房外去看挂钟,也还是一点三十五分。但是人怎么也睡不着了。凌晨五点半得送母亲乘往凭祥开去的火车回家。只好睁眼躺着等待时间的到来。

母亲这一回去,恐怕病会把她的生命夺去了。一个经历八十岁的人生,经历多少离乱的生活,尝味多少苦难,带大抚养成十个子孙的人呵,到最后又遭受这几个月的痛苦。我是在她怀里长大的儿子,是她血肉的一部分,这时候的心情是沉重的。倘说她不是这个病,她应该有着最后一两年的安静的日子结束她的高龄。

这些日子来，我只有默默地对着她，她人老有些糊涂了，有时大家都没有话可说。

凌晨五点十分，我出门去叫三轮车，到省立医院去叫醒母亲、二嫂、人器、重器，卷好铺盖，匆匆地就走了。母亲怕惊动坭坭也没有最后向她看一眼就走了。

重器已经喜欢而习惯了她的学校，是不愿意走的。可是，她的课余生活谁来管教她呢？

我终于怀着沉重的心情送她们走了。

到火车站见到周秉符，他是来陪我送母亲他们到渠黎去的。从南宁到渠黎，上午十点就到了。从渠黎到东门七十里，走一天是到的了的。只是母亲八十岁了，虽然我给从没骑过马的她雇了一匹马，但她能不能安然到家呢？

今天清明，满天的细雨。真是应了“清明时节雨纷纷，路上行人欲断魂”的诗句了。母亲说，清明落雨，今年就会雨水多，虫害也会跟着增加了。几十年的经验也许是说得对的。去年今天，记得是大太阳，同田汉、吴景超、谢芳春去金鸡车站调解滩头与杨村争牛路的事，田汉还就当天的清明节说，有人把唐朝杜牧那首“清明”诗改为词反而更好些，随即他还饶有兴致地把诗改词吟诵一番。

下了火车，在渠黎村边的茅亭米粉摊同母亲他们吃了饭，雇了一匹马，然后就在这样的细雨中，这样的小村落送走了母亲一行人，也许这是我同母亲的最后一面。

昨天给母亲和坭坭南南一起照了两张相，一个枯木似的老人旁边，陪伴花朵样的孩童。叫我们日后想念起来，不至于感到人生的寂寞。

送了母亲，同周秉符和一个小同乡李森林去渠黎圩看看。在那里遇见幼时的朋友马龙云。他二十年来都是做着缝衣工，现在他的小孩又同我们小时候那样长大，那样上学了。真快呵！生命真容易衰老！他现在自己有着衣车，算是个独立劳动者吧。

李森林做小贩，述说税务重了，又述说乡区干部的命令主义作风严重。他生动地描述了乡间干部胡乱作为的情景。他还说现在乡里干部有两种表现：一种就是“年初一讲话”都讲“好好好”，一种就是做了“三佛宝”，到会不作声，不表态。

乡村政权的建设与巩固实在是需要作认真深入调查研究，解决那些命令主义违法乱纪的人和事才行的。不然，一个乡长就可以一手遮天地胡来。

下午四点半钟，又从渠黎坐上回南宁的火车。晚上八点十五分到了南宁。

4月6日 想来想去，把五十万的储蓄券兑了现款，寄四十万回去给二嫂买头牛来生产，使她能够好好地照顾重器和人器吧。顺便写封信给大哥，把母亲的病的料理和照顾二嫂回家生产的困难，小孩子的教养，母亲万一治不好的后事都写清楚一一交代了。

4月7日 一早坐火车回来邕宁十三区，走到村里，觉得才离开十来天，怎么就变得如此冷落了呢。

跑到老口邮局去取了部里寄来的文件和一封王章焕通知市文教局招插班生消息的挂号信。到区委会去交党费又找不到人。

陈闲从东兰来信，他好像没接到我的信。他说4月可回南宁，搜集到韦拔群和红七军的革命历史故事。其他人就没信来了。十几二十天了读不到朋友来信，在这小村子里一下子增加了不少寂寞孤独。

村中小孩子说我变瘦了。自己没照镜子，但瘦是觉得到的。十来天精神负担太重，饮食失调，睡眠不够，三样东西把我的精力夺了一大半，乏得什么也不想做，但睡眠又睡不好。

4月8日 准备今天恢复写作和阅读。可是脑子不受使，只好写信，给邓燕林一些开导，希望他振作起来，在写作上为革命尽力。再问他何时搬去白沙？给王章焕回信，请他帮忙让名器他们能插班就读初中第二学期。

读《关于李立三在全总所犯错误》的文件。

4月9日 给戈壁舟写回信。

交一万元做三四月份党费给区上一个干部转给莫剑青。

4月10日 才写《春节》的一个开头千来字，陈闲就和一个农民来了。这是他从前培养的农民干部，帮他担一大口袋的铺盖来了。他一来，我的工作被打断了。谈笑、煮饭、烧茶水……农民来访也热闹起来了。

晚间同陈闲去访问李文峰互助组。他们正在灯光下评分计工。有人手上还拿着报纸在看，李文峰说，他们种了几亩“小株密植”作为试点。

4月11日　同陈闲去看狗爪水坝的填土工程。人们如同蚂蚁搬家那样忙碌。

陈闲同农民闲谈了一阵子,有些是土改时的干部,现在退坡了,被问原因都不好意思走开了。

晚上,参加农会小组长会议,听布置生产工作。乡长大声地讲了一番生产的意义,干部要带头之外,就分组讨论。一讨论,大家就摸不着头脑该讲什么好了,结果是区干讲了一番氮肥、磷肥的分别,人畜粪便包含氮肥,木炭含有钾肥,两种东西对在一块就起化学作用,效果消失……讲了一大堆,农民还说什么呢?而且妇女干部一个也没有。在广西,农妇是生产劳动的主力军,若不能成为生产运动的骨干,生产工作的开展定会受影响,可是,现在一个妇女干部没有参加。一个妇女副主席在一边学文化。听说她最近因同别村人恋爱,引起一些守旧人不满,使她脱离了乡的领导工作。

4月12日　邓燕林不见来信,白沙的房子修理得怎样呢?如果不去那里,我干脆回区政府了。今天只得同陈闲进城来打听情况。

早饭后,同陈闲到石埠去坐小帆船开回南宁。中午十二点四十分开,四点多才到。

天气忽然变冷起来,坐在船头,顶着东北风,单衣顶不住了,有人穿上棉袄。与陈闲探讨过去他和省文联一些人闹不团结,在自己的思想和工作的方式上是否存在毛病时,他很不愉快,把一切责任都推给对方,这样将来回省文联工作还是搞不好的。

4月13日　去中南局宣传部开文艺工作会议的曾海君回来了,带回一大堆草案,有关中南区作家协会的,保障作家生活福利的,有关省市编制的。他说听于黑丁讲:中央要把我留在广西,作为我创作生活的根据地,中南却想拉去做中南区的基本队员(创作队)。

上午11点,同陈闲、邓燕林去舒芜处谈天。陈闲要舒谈谈胡乔木在北京创作会议的报告,谈谈对胡风文艺思想批判的情形。一谈谈到下午二点。

晚上,同陈、邓去看桂剧《蝴蝶媒》。戏剧中,用老虎来把一个恶毒的媒婆吃掉,以作因果报应,而不是以人的斗争取得胜利。这是封建社会的人生观,是宿命论的哲学史观,是应该批判的。最后,皇帝将刚选进宫的状元未婚妻发还状元,成全他的姻缘。这虽反映皇帝的“君不占臣妻”而割舍眼前享乐,以主要的矛盾(声誉)来克服次要矛盾(享受),看似合理,实质上却是虚伪的。它会产生副作用,会使普通观众误以为帝王是开明的恩主。同老虎一样,都是主持公道,裁判善恶的“执法者”。

得谭荫溥从青岛海军基地宣传部来信。他说太忙,每天工作10小时,所以写信的心情也没有了。

4月14日 同陈闲冒雨过江,到白沙去看准备搬移的新居。木匠正在那里喳喳叫,等钱买材料。邓燕林却不见人过去。这点小事他又拖下来,真是把光阴看得太不值钱了。

下午听曾海君传达中南局宣传部文艺处召开的文艺工作座谈会。都是一些草案,没有正式决议。不过看趋势,这些草案总是要实行的了。以后每个省有10个人的创作组编制,另外文联15个人中有三分之二是创作干部,这样一来,创作是有着足够的名额的啦,只是找不到人来领取这份差事吧。

4月15日 一早回到岭顶,马上去赶圩买了一只鸡、一只鸽子,准备加菜。鸡留下明天早晨再杀,届时请房东吃饭,一起过三月三的扫墓节,也有辞别房东之意。

晚上,同坡农会副主任邓树明和小组长邓信芳谈今后领导工作的作风问题。

最近,乡长李文进有点退坡,原因是工作推不开,旁边没人帮手。干部都年轻没威信,因而自己也就慢慢地变得独断独行,滋长了脱离群众的命令主义作风。邓恒升有一头小黄牛不能耕种,想把它卖掉,另外买头水牛。乡长不给写证明,恒升不满,对武装委员树清讲。他说你不要讲了,你不是会员谁管你。这是非常要不得的遁词。卖牛的批准权是乡长不是农会。不是会员可以不找主任,但他是人民,可以找乡长的。这点大家似乎都没认识清楚。

从谈话中,了解群众对目前乡村的党团员活动颇有意见。以为什么事都是他们知道,小组长、生产部长也不懂得。可见党团员已经脱离了群众的地母,悬在半空中了。假如党团员能将所活动所商量的问题贯彻到群众中去,群众当然不会因党团员的活动而表示不满，相反，应该是积极赞助这些活动的，因为这对群众有益。

改革后，乡村的领导是很大问题。解决不好是有碍于生产建设积极性的发挥的。

4月16日　早晨同房东吃了饭，叫义孙一起把行李带到石埠圩，花一万五千元雇一只小艇到南宁。从江西码头又请小艇开到白沙。

老邓还没有过来，只剩一个木匠闷闷地修整门窗，工程大致告成了。只是床板、桌椅一件也没有。

门口陈闲留一张条子，是下午一点才写的，可见刚走不久。他说晚上在他弟弟的木屋为方管去京请吃饭，叫我同老邓作陪。这样，我只好把东西搁下就从白沙过河到市区去了。

今天是三月初三，老百姓扫墓。陈闲就利用这个节日在工人弟弟的家里，做了10个菜，欢送舒芜夫妇去京。吃罢，陈闲又谈了谈想去京的心愿，还顺便谈起周钢鸣对待他的态度使他难以待在省文联，希望舒芜在林默涵、邵荃麟面前表白一下。

陪陈闲去看桂剧《拾玉镯》。陈闲已经不能从舞台上认出十多年前他陪崔真吾去追逐过的小金凤了。

4月17日　今天冒雨过江。到新的居处才上午九点多钟，同老邓把房子裱糊过了，又去扛着沉重的大门板来安床，忙了一天，人也精力全尽了。

我又住到风景优美的一片果树园来了。自然的思想是深厚的了，但愿我在这里能为人民写出一些使他们喜欢读的故事来吧。

今天扛门板时得到一个教训：如果依了老邓的话，等着地主来帮扛，不但白天无凳子床铺坐，黑夜也没地方睡觉。一直到夜晚未见地主来过。好在自己牺牲些力气，主动地去把沉重的门板搬来，又把它架好安床，可以读书，也可以休息了。可见，什么事情不靠自己劳动是达不到所期望的效果的。

4月18日　也许胡明树觉得今天礼拜六下午我们会过南宁去，礼拜天才回来吧，所以上午他就同谢福铭一起来了。这一来就表示他——省文联对这些写作的人的关心吧？他来了，也是同他们欢送舒芜去京一样，言不由衷地说几句赞美风景的话，但是，好像什么也没有说似的。

同老邓去亭子买大米蔬菜水果，回来休息一会，用碎砖砌了一个脸盆架。下午四点多钟渡过河对岸，转到十六小学背后就是省立医院了，走起来才二十分钟。

晚上，同名器、培蔚去街上，替他们买了三件衬裤。

4月19日 晨间一阵骤雨，早饭后出了太阳，大家都高兴起来。坭坭听说要带她上街去，十分高兴，平时不肯穿袜子的，现也不推脱了，叫她做什么都行。到了布店给她和晴剪了几尺花布做夏衣。午后，我和晴拿些生活用品去白沙，我肩上扛张躺椅，晴提着个水桶，里边放些茶杯碗筷、油盐瓶罐之类零碎器皿。到白沙见到在医院休养的一些县级干部带了两个护士来玩。谭流、李丹、廖力，一下子就把我的木瓜和香蕉都消灭光了，只剩橄榄没吃完。同他们照了两张相片。

老邓的爱人躲在屋里弄饭，弄了半天鸽子也没炖烂。正吃饭时，陈闲突然赶来，把饭菜抢去了一份。

4月20日 去桂西僮族自治区党委转关系，遇雨淋得一身湿。下午又到市委去转关系，见王宇红，向他借两本唐诗。接白焰信，藤椅已买到，但无船下广州，寄不来。

4月21日 本来今天可以恢复写作了，却写不下，心绪同这些日子来的梅雨天，有点儿阴沉，不畅快。下午接到全国文协办公室来信，说严文井让他们回答我，早先要求50万元修理房子的这笔钱，无法开支，请原谅。信写得如电报般简单，让人觉得受到了冷落。要知道平时就没有什么指示、联系了的啊。不知严文井把我看成什么人呢。本来没有作品却要去做作家就很不识时务吧。可现在走到这地步了，还能怎样？前面是泥途，也得走下去。看来，去北京希望渺茫，去中南也许可靠些。到大冶钢铁厂去找个工作岗位好了，能写再写，不能写也不愁饭吃。反正参加一份实际工作也好。但是，目前我还是要写下去。

向省委宣传部报告从邕宁十三区转来南宁郊区白沙居住的情况，并把通讯处告诉他们，以后有文件照新地址寄来。

写信去给出席中苏友协会议的覃伯承，请他代把寄存文协的皮箱取回。又一信给乡下大哥，问母亲病况，附上南南、坭坭的照片两张。

读康濯的《竞赛》，写的比较平易近人，但仍难将概念洗净。

4月22日 把《春节》继续写了二千来字，觉得并不顺手。晚上李汉、陈列、陆里搬来和我为伴，招呼他们一番后，过河去看电影《幸福之途》。这是捷克电影周的影片之一，比匈牙利《安娜·萨宝》好些。

4月23日 继续写《春节》，觉得同几个月来的梅雨一样，使人感到烦了，思想上总是不能集中在这几个人物身上，可能是写的对象没有引起我的喜爱？晚上，同李汉他们谈胡乔木的文艺创作问题的报告。

写信回答姐丈有关母亲治疮的问题，要他把病况详细写来才能决定用药。附寄母亲同坭坭南南合照的相片。

4月24日 接到胡征从重庆来信，说是我1月9日的信他才从北京回来才见到。他已调任解放军文艺社编辑，但他还不是文协会员。不知文协会员要什么条件？

王宇红和陈闲前后来坐了一会儿。

《春节》是写完了，但缺乏水分，概念难免。恐怕放它两天再改吧。五月一日以后才能写长篇了。

4月26日 清早上街逛。同陈闲借5万元买块白布来作帘子。吃了午饭，买本陈伯达的《论十年内战》，回省立医院取些衣物就又来到白沙。躺下午休半点多钟，一个姓周一个姓吴的《广西日报》编辑来看我。三年来他们并不想认识我，现在也没从我的作品里认识我的人格，只是我去了趟北京忽然成了作家，因而都来了。接待这样的客人真是浪费时间。

4月27日 下午谭流带他那帮在省立医院养病的县级干部来，目的是叫廖力来向我道歉。说是前天夜里他们打死了只老鼠，本想拿去跟护士们开玩笑，吓唬吓唬她们。但护士们事先都知道了，吓唬不了了，才把它扔进于凤乡的屋里吓唬她……那个玩笑开得过火了。

晚间，同陈列他们车大炮，让时间都溜走了，《春节》还有一半没抄完。

4月28日 这两天晴朗了，人们开始穿上衬衣。昨日已可下河洗澡，今日泥泞的道路也开始干了。《春节》今天已抄完。帮曾海君看了一篇小说《枉自操心的人》。

文工团指导员吴三才参加北京的民间文艺会演回来,同曾海君、谢福铭来看我。

4月29日 早晨又把《春节》看了一遍,算是完工了。读契诃夫《村妇》《邮件》。

下午,同李汉、陈列谈写作上的技术问题。

晚上,读"毛选"上的《在延安文艺座谈会上的讲话》,有好些地方的改动比原来表述得更明确了。村支部来叫开小组会,乡长很迟才来,会开到晚上十二点才散。支书是乡农会主任,说是以后逢九就开会,晚上八点半开始。

4月30日 写短文两篇交《宣传员讲本》。

过河到城里去看电影《带枪的人》。"带枪的人"是个开头连按电铃都不会的农民战士,忽然被委为指挥官,在出发前指挥大批战斗队伍,未免有点突兀,或者说前面按电铃的那些农民特征被过分夸大了。

5月1日 早晨被参加"五一"庆祝活动的游行队伍喧闹声吵醒。到省立医院同晴带着坭坭过河到白沙来。新的环境带给坭坭新奇的感觉,有点不习惯怯生生的。只有脆甜的马蹄诱住了她,午休还睡着了。晴先回去照顾南南,那知下午三点坭坭醒来不见妈妈就哭闹不停了。无奈只好带她上船过河回去找妈妈,她不愿上船大哭大闹。我哄着她改变回程路线,去亭子渡口坐小蓬船准备直达对河洋关码头。下起雨来,船主担心风浪,先是不敢过河,但坭坭哭闹不停,迫使他又不得不勉而为之。小船刚到河对岸,风来了,未到码头就停了下来。坭坭不肯在篷船上躲雨,我抱着她下船往岸上走。上岸的路很滑很陡,雨又下得很大,踢到一块石头摔了一跤,鞋子也掉了。一手拿伞一手抱坭坭,还要担心路滑一不小心滚下河去。真是心焦没办法,不走也不行,风风雨雨的,叫你进退两难。坭坭此时似乎也知道了危险,紧张得不敢作声。我们最终上了岸,走在马路上,这时坭坭才高兴地指着她熟悉的街道,嘴里叽里咕噜的。

回到省立医院,我全身淋湿了,才穿的新裤子破了两个窟窿,右膝盖还擦破了两块皮。还好,小孩子没受损伤已算万幸了。

5月2日　马路才干燥了一天，雨又下了。看来还没有晴意，把人弄得挺不畅快。去街上买了一本《苏联文学艺术问题》。

晚上，看《在延安文艺座谈会上的讲话》，魏巍的《长空怒风》，写一个骑兵转业到空军的故事。指出不单是技术的转变，应该是从个人的猛打猛冲、突出个人的作风转变到领导别人一起前进的集体主义的英雄主义行动。

5月3日　盼了几个月，严文井才来信说是中南不愿放我走，准备把我调去中南作家协会。五月间中南作家协会可成立，我的供给等问题，不等作家协会成立也可解决了。到中南就决定去大冶钢铁公司吧，到工会去搞他两三年再说。

想起来，只要你有作品，哪里都能去的，假如没有，到了北京也是空虚。刘宏从开封来信说见到李蕤，也说中南作家协会要调我去。

晚上，连写三封信分别给严文井、于黑丁、刘宏。问于黑丁，五月份开的中南作协会议，我不打算去了，他有没有意见。

5月4日　准备写《美丽的南方》。先列人物表，但又觉得人物不跟着生活发展来表现，很难预先把他的面目描画出来。

下午看苏联长篇小说《被开垦的处女地》。晚上，省文工团的李汉他们邀谈写作上的技术问题。一谈就谈了半夜，睡觉时已经12点半了。

5月5日　今天开始写《美丽的南方》，头一段没有写完就去了一天了。万事开头难，写开了头，以后也许能继续写得下去吧。

河水已涨到村边的石阶。过河已经很困难。晚上，继续阅读《被开垦的处女地》。

5月6日　把《美丽的南方》头一段写完。

下午，省委宣传部有人来找这里的乡长了解群众对生产有什么思想情况，晚上他们要来召集农民开座谈会，我少不了又得陪他们一个下午和晚上。

5月7日　继续写《美丽的南方》的第二段。写地主家在听到工作队要来了，忙着商量对付的办法……

夜晚，读《苏联文学艺术问题》。

5月8日　中午，晴过河来说已买了两张电影票，叫我明晚过河去看《乡村医生》。

晚上,陈闲拿着舒芜的信来叫我看。信里说中南刘祖春、黎辛、黑丁很关心我的情况。严文井打电话问黑丁关于我的供给关系问题,他们认为解决的办法,只有把我调到中南,算作中南的人才行。刘祖春听说我在乡下没有担任实际工作,“似乎有点意见”。看来,写作这碗饭并不那样好吃呵。

陈闲来了,不免同他周旋一番。晚上两人打“500分”到12点半才睡。

5月9日 陈闲上午没走,我的工作就不能进行。下午要过河去看电影,这个礼拜只写了万来字,看来进度太慢。下礼拜得加倍赶才行。等写出初稿后,去北京修改讨论就不回来了。这样也可走出中南的圈子。

吃晚饭过河去看《乡村医生》彩色影片。姐丈来信,已去请医生来给母亲看病,医生说能治好母亲的病。

5月10日 我原住的宣传部房子里已住了别人,现在回省委宣传部去就像个客人。贺部长却来信说想留我下来当文艺处长,真是啼笑皆非。

写信两封分别给贵州文联邢立斌、解放军文艺社胡征。前些日子给陈涌寄去两篇小说,至今不见音讯,对人寄予太多希望也许过于天真。

晴接家信,凤琴这个月要生小孩了。我们分别时,她还是个小姑娘,现在要做母亲了。

5月11日 今天写不成东西,本想写《美丽的南方》土改工作队到区上听情况介绍和组织分配干部力量入村前的情景,以及领导人物的描写等,觉得都不好抓住特征和重点。写了一个多钟头,感到很枯燥,放下了。

下午,看宣传部送来的五本《宣传通讯》,又读刚到的《人民文学》第五期。晚上也还是读这些东西,本来准备晚上写也没有写成。

秦兆阳的《农村散记》头段和二段都写得挺清新,像初春的气息,用第一人称写乡居的见闻,使人感到特别亲切。

骆宾基的《王妈妈》反映农村托儿所一个老保姆的生活。主题是表现新社会把人从贫困的昨天走上丰富的今天来了,一个60多岁的老太太也变得像年轻人似的爱打扮了。读了这些东西,对自己写作倒是有所启发。

白焰来信,童车买了一架24万元的,问还要不要。马上回信叫他拿去给李秀灵帮带回来。钱等 15 号就寄还他。

5 月 12 日 上午,把提纲拟了一番:第三段不是先写工作团入村前的活动。而是写农会开干部会讨论迎接工作队来村的问题。这样容易下笔些。下午,读完马烽的《一架弹花机》,批判了一个手工业者的保守思想。文字朴素故事也单纯,颇有说服力。

曾海君、吴三才来谈天,曾海君想叫我回去参加礼拜五宣传部开的文艺座谈会,谈谈今后如何开展工作。

吃晚饭后,陈闲又来,使我一天都成了招待客人的交际家了!

5 月 13 日 寒潮突然袭来,搁起来的毛衣又穿起来。

下午,王习礼和蓝启煊来谈《宣传员讲本》的停刊问题,说是编这个东西的同志思想有点舍不得。再就是又来探听我的口气,愿不愿当文艺处长。

晚间乡支部来找去参加小组会,讨论乡农会主任卜盛礼同志等人的党籍转正问题。会议一开就开到 11 点半。

袁似瑶写信告诉我,贺部长想拉我回去搞文艺处的消息,叫我考虑一下。15 号他去中南开会,可能见到刘祖春,让我写封信给刘,他帮带去代为致意。表达希望到北京或中南来搞创作的决心。

5 月 14 日 今天写了两三千字,似乎顺利一些。下午开会跟文工团同志讨论鲁迅的《故乡》和我的小说《变化》。

5 月 15 日 《美丽的南方》的开头撒得广了,写起来有点散漫,今天写完了,接着要写发展,如何发展开去和如何深入?粗粗地想起来是容易的,写下去却遇上好多困难。是不是没有详细提纲的缘故?

5 月 16 日 上午小说写不下去,只好读《被开垦的处女地》。

下午,过河去打算看《重返前线》,托文工团通信员买票,没见消息。电影看不成,我在小孩子屋里帮晴收拾家什杂物。

5 月 17 日 晴搬到一间比较宽敞的房间,安上两铺床,还有活动的地方,可以走动、读书写字,还有空间搁东西。有间这样的屋子真的非常好。只怕住不长。有了这房子,宣传部的房子可搬出来了。

晚上,同晴去看《重返前线》。是部较公式化、概念化的影片。故事人物都一般化。谁说比《南征北战》好？欣赏水平简直太差了。

汇39万元给白焰，还他帮买椅子和童车的款子。

5月18日　一早过河回到白沙，没见来信，有点失望。总盼北京或中南能来有关工作的确切消息。

陈涌收到两篇稿子也不回信了。难道得病了，或有其他什么变动。

5月19日　天气闷热得厉害，下了阵雨，也没把暑气消煞。

晚上，参加村支部会议，讨论如何补救禾苗不发育问题和组织互助组问题。禾苗不发的原因就是水太凉，雨水多，只有放水、追肥补救吧。

写了2,000字左右，这算是把各方面的人物和关系交代完了，从此就写它的发展了，是不是能写得顺手一些呢？这些日子，好像粘上了糊糊，拔不出来似的，头绪太多抓不拢。

5月20日　收到几封信。

中南文协于黑丁回信，说是调我到中南作家协会的电报已经发出了，等广西回信怎么说再讲。他个人是希望我到中南。说是中南局很关心写作的，去的时候，几个人在一起学习一定能搞些东西来的。李蕤在于黑丁的信尾处附笔，希望我能去中南，大家在一起搞创作。

宣传部办公室的信则说是贺部长已经从北京回来，想同我谈谈关于广西文艺工作的领导问题。叫我今天就过去见他。

吃过晚饭就过河回城区，天黑才去贺的公馆。

贺部长正同姚天纵、肖寒、王祝光在露台乘凉。张黎敏也在那里。以为是他们闲谈，哪知等到九点多他们还未散，后来姚还同贺谈公事去了，又等到10点半，贺才出来说改天再同我谈了。说是也没什么事情，就是想动员我把写作当作副业。看来，广西、中南都不能取消我写作的权力。不过，都在为着本单位拉拢人才。在广西搞文艺处长未免局促了。

敬人爱人李琨来信委托把信转交敬人，她已转业去北海航运局工作。

5月21日　上午到省委宣传部去看电报。中南宣传部最近来电报询问关于成立中南作家协会委员会名单和常委会名单的意见。我也被列到了常委里头。电报说是这些常委是准备集中到中南来的、经常参加活动的人，叫大家不要误会。第二封电报是中南拟调各省写作干部的名单,里边有我的名字。

下午,参加李汉他们几个人的写作座谈。晚间把《春节》改写一番,把开头的沉闷气氛扫除了一部分。准备把它寄去中南《长江文艺》试试。

5月22日　一个上午没有写下一个字,思想很不集中,时时为工作上的问题搅扰。下午过河去找贺部长谈工作问题了。

晚上,去贺部长那里谈话。又遇到卫生厅长跟他汇报,等到10点他才有时间。说是中宣部熊复同他讲了一些关于中央组织创作的情况。谈到将来作家协会会员是靠自己稿费维持生活的,所以他劝我还是当作副业来搞好些。熊复也叫他动员动员我看,由我自己决定。不过,中南要调我去搞中南协会的常委,则要我考虑再说。如果留下来做什么都可以,留在宣传部挂个副部长名义,或者到文委去当秘书长。

回来考虑一番,我想,在未完成写作计划之前暂不离开广西。这样文章写出来了,自己可以有个估计,是搞专业还是搞副业再重新决定。

5月23日　写了一封长信给贺部长表示我昨天对工作岗位考虑的结果。希望将来搞写作不管是专业的或是副业的,进退都可攻守。但也恐怕会被"聪明误",两头都落空。

王宇红和秦黛、游碧轩夫妇过来白沙玩。把我的蜂蜜吃了一大半。

晚上,同晴去看电影《一寸土》。这里用着平易的生活来展露地主阶级对农民的迫害,说服力是相当大的,这对写作者是一种可贵的启发。

收到贵州邢立斌同志来信,他觉得专业写作的压力大。

5月24日　白焰帮买的童车由李秀灵从广州带回来了。以后小孩子上街不用抱了。坭坭见了小车子很高兴。

下午,晴过河来玩,同她去买了几斤西贡蕉。夜间给邢立斌回信,告其最近的遭遇;给于黑丁回信则讲与贺谈话过程和自己的意见。

5月25日　早上写一信给严文井。精神有点懒散。只好读新到的《文艺报》。

下午跟文工团的同志讨论马林科夫报告中的艺术部分。夜里写作一千多字。

5月26日 写了第六段。

人常常感到疲乏,上午从七点到十一点就想休息了。

5月27日 黄昏时过河去。晴说,贺部长牙齿发炎,在医院里留医,说曾有信给我。他叫晴也动员我留下来。留下来或者到文委会去当秘书长。看来他不敢放我在宣传部了。到文委去业务生疏,更加不能搞写作副业了。我还是到中南去是正经。

写了一个上午,才写一千来字。下午,读《毛选》一卷,颇有所得。书中处处说明了毛主席对中国革命的预见性。

5月28日 贺部长真来了简单的一封信给我,说是可以打电报去告诉中南局,等完成写作计划后,或留广西搞副业或去中南再说。

5月29日 邓燕林母亲突然对我说:“你真是很积极呵,一天不是写字就是读书,他们几个(指她儿子和李汉他们)却很散漫。有你在这做样子他们还不学好,真是!”房东的一位73岁老太也说:“你真有耐心呵,一天都不到哪里去,总是读书写字。”

我是在不停地劳动,只是至今没有得到比较称心的效果,弄得自己很沉重,好像走在泥途里迈不开步。

陈闲写完思想总结,也跑来找我替他看,弄了半天才回去。

用一天时间把《被开垦的处女地》最后百来页读完了。

5月30日 上午写了不多的一点儿,却觉得如同在硬地上犁田很费气力,且前进得非常迟缓。

写文章犹如写信。假如不是给知己朋友和必要的人写,那么虽然短短的一封信,虽然勉强写上好多动人的字眼,耗费极大精力也还是写得很不亲切的,容易看出里边虚假。

写文章写不下去的原因是由于对要表达的事物和人还没有使作者发生十分热烈的感情,还没有像要对一个知己朋友和爱人写信那样的写作欲望,而是为了某种义务,为了其他政治目的而执笔,好像替人写家书,好像办公事写的往来公函,都流入硬邦邦的概念里去了。

我现在写的东西,有自己想要表现的东西,也有些则是没有的,所以往往在写到为照顾整个故事的发展条件而又不能不写的时候，就易提笔捉襟见肘，精力疲乏。

下午与文工团同志一起讨论秦兆阳《偶然听到的故事》。晚上过河去同晴看电影《我的童年》。

5月31日 没有什么地方去，谭流和李丹来坐一会，也没说什么，就又走了。越来越感到寂寞了。以为文学事业没人关心，没人过问，人们都热衷于做官，谁今天又提升了，谁明天又调走了。而我这个工作没有一个人需要它。寂寞沉重地压下来了。

6月1日 今早写得比较顺利，觉得灵感来了。下午，读《学习》杂志第五本中共中央《关于农业生产互助合作的决议》。这与晚上文工团李汉他们回来向我报告的，肖寒传达的"中央农村工作会议"精神也差不多。

同李汉他们谈起少年伙伴梁升俊的故事，他们听了都说这个人个性倒是很突出，他的故事也很有传奇性。照我所讲，假如把他作为一个反面人物来描写，怕是个生动的典型。

6月2日 去省委宣传部参加文艺工作座谈会。到了会场又说是改为晚上开了。这样来来回回折腾，把一天时间花去大半。

晚上，周纲鸣、秦似他们来开了会，谈一下叫人去搞创作组的名单和加强编辑《广西文艺》等问题。

听人说，中南局已来电报给组织部调我去中南局分配工作了。但见到管人事的张黎敏他们说并未见正式通知。可能就是上次贺部长说的等我写完长篇后再考虑留广西搞副业或者去中南的那个消息吧。

沙汀来信说中南局既然决定要调那就没有问题了，如果还不行，他们再想办法，使我这件事能圆满解决。叫我安心写长篇吧。同意我在广西写完初稿再去中南修改，之后转去"大冶"。还说了些个人在乡下摸索的苦闷，认为这些困难不是个别人会碰上，而都是关系好些人的问题，得想办法解决。以他一贯的脾气性格还能写这样长的信，看来是不易呀。显然他变得不一样了，不是只在狭窄的圈子里搞自己的东西了，也不像丁玲那样染上了官场作风。

6月3日　正要写东西,敬人来了。他凑在部队大批转业的风头上,转到地方来生产了。他出来几十年,怎样回乡生产?好在他有党籍,想来想去,介绍他去找文委岳平、建设局钟国松,看人家有没有岗位将他安置了。敬人得到几百万元退伍费,今天一身的新衣新鞋。把钱都花了,将来拿什么生产呢?

写信三封:给全国文协沙汀、中南作协于黑丁、广州日报社白焰。

读完《水浒传》。1940年"百团大战"时曾读过,印象很浅。现在重读,好多处地方很生疏,基本上就像初始阅读一样。

6月4日　文章写得还顺手,到今天是正式写作整整一个月时间,估计已写完五万字了。再写两个月,初稿可能完成的。

下午,读《苏联文学艺术问题》,觉得有所得。

6月5日　一天按着时间表分配时间,写作、读书、思索。过得很平静,这平静中未免有些苍白。

6月6日　同晴一起去看电影《解放了的土地》。都说没有《一寸土》好,故事不够集中,结构有点乱,线条不鲜明。

6月7日　偶然的机会,看到《被开垦的处女地》影片。影片没有达到原作的水平。比如村支部书记因胜利冲昏头脑执行过左的政策,在区委会被开除党籍回来,正遇到妇女群众要向达维多夫要回麦种。他当时不顾自己已被开除的痛苦、失望,而是挺身而出,保护麦种不被抢夺。这正表现了一个共产党员最高品质。但是,影片却把他被开除党籍改编成是群众抢粮的后果。这就让这性格品质弱化了。

遇见袁似瑶,还是劝我到中南去,说是将要从湘潭到株洲建设一个新城市,像斯大林城一样的毛泽东城。

6月8日　一早,我正要写东西,陈闲来了,带来钱要请我们几个人的客。只好陪他到亭子圩去买两只鸡,两只大西瓜回来。

下午,文工团团长樊清璋和指导员吴三才也来了,上下古今谈了半天。樊团长说,小金凤演《拾玉镯》出了名,现当了桂剧团副团长,演技不能提高,观众已不大满意了。以为演员就应该是演员,如果让她做官那就成不了名演员了。

6月9日　全国文协突然来通知,为了七月间开全国文代会初步总结作家深入生活经验,要我写份半年来深入生活总结。花了整整一天,写了三千字。平时不联系,到时候一下子来要总结,未免有点难以招架。

6月10日 上午滕留寅和徐君慧来拜访,把我工作安排又搅乱了。下午只好读书。

读《人民日报》法捷耶夫和希宾诺夫批评格罗斯曼小说《为了正义的事业》,颇有所得。

6月11日 花了一个上午,写了一千二百字的小品文《演员·作家·官长》投寄文艺报《新语丝》。反对把演员从舞台拉到办公室,把官印换了作家的笔杆。社会对演员、作家的尊重,应该有另一种办法给予奖励待遇,不要用"官职"来作代替。

读老舍写"五反"的小说《春华秋实》,觉得如流水账。读后,情感上起不了波澜,印象也模糊,很一般化。

6月12日 今天写了一二千字。

读小说《妇女代表》,生活气氛浓厚。只是这位妇女代表的进步与其丈夫的性情,应在前面有所暗示和交代就更好些,照现在看来,是丈夫不在家的这三个月中,这位妇女是突然变化起来的。

6月13日 正要写东西,李金光、樊清璋、吴三才来了。李从中央宣传干部训练班回来了。文工团今天有新人结婚,叫我去喝喜酒。没有到过他们的新址,下午趁参加婚礼顺便去看了一下。

那里是雷沛鸿搞的国民基础教育研究院的旧址,树木花草都成园林了,环境怪幽美的,有这样的去处相当的理想。

6月14日 去省文联参加一次没有人发言的会议。从头到尾就听周钢鸣宣布去参加中南作家代表会的名单,没有人反对就通过了。

同陈闲去看根据高尔基同名小说改编的苏联电影《在人间》。

收到李秀灵来的一封很长很热情的信,讲起广州市的民主改革问题很多,朱光副市长的"小资"思想被批评,领导上犯了大错误。还讲起他回家乡开家庭会议,帮助哥哥嫂嫂解决思想问题。

6月15日 下了一天雨,准备举办的水上运动也流产了。

收到陈涌信,叫我把《山塘》和《元宵节》修改一下。《山塘》后面说理多些,再就是区级干部的命令主义恐怕是由于高一级的官僚主义造成的;《元宵节》的亚宣从工作队回家想分田是大缺点,应该给以应有的批判,他后来的转变不宜归功于爱人的刺激。

于黑丁也来信了。说是欢迎去中南。人可暂时不去,关系先转去也行。

6月16日 修改《山塘》,在稿纸上涂了两千多字。

6月17日 花了整整一天,把《元宵节》重抄一遍,从六千字加多到七千四百字了。这一来恐怕反而增加了说理。把篇名改为《亚宣的道路》。

6月19日 看到《山塘》草稿改得太乱,索性把它重抄了。两万字连抄带改,整整去了两天。这两天全部精力都用到这篇文章上去了。改过后,读起来顺嘴些,后边讲道理的地方删掉不少,但总没完全弄干净。真是文章是改出来的。

白焰来信,问我是否仍在南宁,他想买只办公用的藤椅给我,叫快回信。说是希望我还是搞写作好,万一搞不成再转行也不迟。

6月20日 一早过河去省文联开会,研究出席中南文代会的代表团行前准备问题。自己因正在写东西,怕一走动影响写作的进行,决定不去了。这趟周钢鸣也不去,由秦似带队。他问拿什么去作工作报告,周钢鸣不言语。几个人开会,又是谁都不说话,常开这样的哑巴会,恐怕人都要短寿几年。

出来到书店转一转,陈闲说:你想要买什么书我买给你好了。可是后来他又说,等从中南开会回来再买。晚上,同陈闲去万国茶馆坐到夜深才回,上下古今谈了一通。

给白焰回了一信,告他还有两三个月才能离开广西。

6月21日 把《山塘》又校正了一番,写了短信寄发《人民文学》转给陈涌了,不知能不能登得出来。借中苏友协的照相机,给小孩照了几张相片。

晚间同晴让坭坭坐上她的小车推去街上卖零用品。回来路上她就睡着了。

6月22日 把党的关系转回宣传部支部去了。见到办公室张黎敏。她说中南有信来催我去。组织部问宣传部意见。贺部长同乔晓光说,广西没有这类文艺干部,希望我留下来。

留下来要我搞文化局、文委、宣传部，总之这些地方都需要人。我也不置可否。想同杨明谈一下，找不见人，只好写了一信给他，顺谈敬人退伍问题.希望组织上考虑让他有个工作做。

6月23日　今天意外顺利地写了五六千字。照这样，七月份就能把初稿写完了。

薛传钊来信，说是还有两个月就毕业了。志愿表最后填在北京。希望离校之前得到我的信。

她讲起他们如何紧张地学习，每周50小时功课，每晚八点睡眠，每天一小时时事学习，一小时运动。

她是那样真诚地谈说自己的心情和生活，字里行间显出她的庄重大方。我的小说正写到她呢。如果小说能出版，她看了，不知作何想法了。

时间真快，一个月不散步，外边的稻田已经是到处飘香拂人，瓜田也是果实累累，盛夏到了。

6月24日　今天整天都写，想不到写了六千字。写东西有时写的顺手，有时简直挤不出一个字来。

敬人来说，交通厅有工作，但得组织部的介绍信介绍才行。

6月25日　替李汉看他写的《两个朋友的故事》。觉得他还没有学会在什么场合下抓住最能表现人物个性最能说明问题的写作技巧。

晚上，写回信寄中央财经学院薛传钊。最后引用苏轼两句话：但愿人长久，千里共婵娟。今日是农历五月十五，此时屋外天空的月亮明净如画。

6月26日　到今天为止写了50天，大约有八万字以上了。如果不因旁的事情耽误，恐怕不止这个数。打算七月份集中力量来对付它。争取一个月把全部初稿写出来。八月份改它，九月份抄，十月一号以前结束。

断断续续把孙犁的《风云初记》二集读了。他语言的精练是很到家的，故事也那样平易近人。这是好不容易达到的境界。近来我的沙眼病症加重，下午跟晚上常淌泪，恐要治疗治疗了。

6月27日　收到邢立斌从贵州黎平县来第二封信。他说那里交通十分困难，老虎最近吃了三个人了。他现在每天在那里学侗族的话，读书。离城远，很安静。

到省文联去见到毛正三,同他谈了一下关于他的诗和《兰姐》的问题。买一本《阿细人的歌》。

到邮局去领回一封欠资的信。原来是舒芜从北京人民文学出版社用400元邮票发的。他只讲一下邵荃麟他们对陈闲印象非常不佳,陈闲去京毫无希望,叫我在旁边适当暗示给他。

晚上写一信回舒芜,略谈我的写作生活。

6月28日 到省委宣传部开小组会。选举小组长。

感觉用宣传部的供给来从事写作,精神上受的压力太大。因为这不是文艺机关,他们对作家的活动不能十分了解,在某些问题上人们是用一般的尺度来衡量你的,认为你太特殊。

6月29日 收到刘宏一信,说是见到黑丁。黑丁说,中南调我不成问题,广西也会放,就是我自己也不怎样坚决表示去中南。

给邢立斌回信,说是我离城近反而感到孤独。人们都有中心工作忙,听到你要搞写作几乎同听到你去做和尚似的。冷淡与歧视在沉默中充分流露出来了,使你真感到寂寞到窒息了。

6月30日 半年时间过完了。我这半年似乎每天都没白过。写了十万字。读了几本"大小说"。可是,我常常觉得不够充实,有点空虚之感。原因可能是所做的工作,质量不高,自己不满意吧。

加以没半个人关心过你,搞得有点失了信心了。

做旁的工作自己又觉得没经验,也不会做得好,弄得真有点进退维谷了。

收到陈闲从中南来信。说是打算在会上好好地学习,把自由主义杜绝了。

晚上眼睛还是不好,写东西很吃力,只好读阿·托尔斯泰的《1918年》。

《城与年》还剩一半就不想读了。写得太怪,这恐怕是斐定当时(1922年)还没找到社会主义现实主义文艺的表现手法吧,以为社会生活变了,文艺形式也来个变化,变成什么呢?都还没有轨道遵循,于是,各人各搞一套,弄得有点花哨,跳来跳去,颠颠倒倒的。不知曹靖华为什么这样推崇它呢?

7月1日 以为晚上开省宣会议传达中南赵部长的时事问题报告,跑过河去又说是会议改期了。弄得你非常懊恼。改期也不通知一下,真是越来越没人理睬了。做作家那样不值钱,真是不好坚持呢。

7月2日 收到刘宏信,说是黑丁说:我去中南并未表示决心,倒不是中南不能调或者广西不放的问题。看来三弄两弄,到处都不讨好。

陈闲来信说是中南作协的会上月廿六号才开,这月五日才能完。

文章继续写,但灵感不够,觉得有点尽义务之感,而不是抒情的了。这样别人读起来也会乏味的。

读托尔斯泰《1918年》,叙述的历史事件很枯燥。给刘宏、敬人各去一信。

7月3日 一个人散步到江边瓜田里去,两个月时间,一片沙地已经成了绿色的瓜田了。道路全叫花草铺满了,龙眼果一天一天沉重地压弯着树梢,稻田已经倒伏,荷花在绿色的伞盖似的叶子中间绽放着粉白的花朵,鸭群已经是荷塘里的贵宾,使静静的村庄增添了一番喧闹。

7月4日 下午过河去听传达中南局赵部长的学习问题报告。这是根据各省高级组学习斯大林论述苏联社会主义经济问题提出的问题作的解答。都是一些条文,不好记。大家都拿着笔装样子,记不下。

白焰来信说买来一张藤椅送给我作读书写作用。还问买不买手表,华侨回乡带些名牌手表,90万元就可买到自动的米度牌手表了。回信让他如果真能买就买一只。

7月5日 上午继续听传达赵部长解答关于斯大林经济学论文的问题。

下午,遇见李秀灵,同他过河来到瓜地去吃了一只西瓜。他讲起他的婚姻问题,说是老毕给介绍了一个爱人。看来两人都还满意。

他说,现在农民对我们政府意见很多,有人说,交公粮给你们吃了,拉出的屎还要我们的钱(郊区的人进城挑粪,每个粪坑收他们的钱)。建设建设,还不是起了房子叫你们住。卖只鸭子都收五百元税,将来进城怕也要买票了。

听说,在宣传会议上也暴露不少农村的思想情况。桂林地区有人敢干强奸女干部、打干部的事情。

7月6日 听了一天的会。早上听贺部长总结,下午听郝副书记的报告。

见到张铁夫。他现在中南局宣传部当宣传处长。贺部长在他面前讲留下我工作,保证有二分之一的时间让我写作。张劝我说回到宣传处来吧。

7月7日 陈闲这两天没信来,不知是什么道理。

我打算听陈闲从中南回来报告行情后再去同贺部长谈。这回谈就决定去留了吧。留下作什么呢？文艺处李金光做了,文化局去吗？同他们搞起来怎么搞法？到文委也是不好插手。还是去中南当作家就是了。

回来心又乱了一阵,不能马上写东西。只好读《钢铁是怎样炼成的》。

7月8日 陈闲本应这时开会回来了的,却见不到人,可能是会议延长了吧!

7月9日 晴把省委宣传部办公室张主任的信送来。信上说因我家庭困难可改薪金制。从七月份开始执行。这样,钱多点花费也大点就是了,人说"蛇大孔大"是有道理的。

张主任还说七月中旬可能开地委书记联席会议,届时再通知我参加。看来是要把我留在广西吧。

7月12日 严蒙从人民日报社来信,并寄来《而已集》等八本鲁迅的杂文单行本,还差几本没买到,说以后再想办法找吧。他告诉我,刘哲生与蓝玲的婚姻弄到已濒临破裂的地步。这点去年冬天我在京时就已感觉到些信号了。大概是刘的地位低,生活拮据让蓝忍受不了所致吧。

晚上参加支部小组会,谈个人学习情况,后来扯到工作时,大家都有点不安心。以为不知道做些什么业务。据说现在宣传处很薄弱了。假如说,贺部长又要我回宣传处去,如何把人心收拢集合起来再投入战斗呢？

7月13日 这两天到了盛暑季节。人坐在屋里,周身老冒汗。

胡征七月三号到北京解放军文艺社见到我五月寄去的信。他说葛洛在《人民文学》杂志也同他一样当编辑,似乎没当成作家。

陈闲从中南文代会回来。关于我去中南,黑丁和黎辛都说广西省委已有电报去要把我留下来,因此,他们也就不怎样坚持调了。

由于陈来了一扯,加上文工团樊清璋、吴三才也来,把我一天工夫都扯没了。樊来有想就与小金凤的婚姻同我打个招呼的意思。我只表了个事不关己,不便插言的态度。

卢林调梧州市石油公司工作了。他说因为没有贪污，组织上补发给他十四个月津贴，还说他老婆罗芸在中南电业局工作很好。他自己是学矿冶系的，希望将来能归队。

陪陈闲在树根底下乘凉，到夜里十二点半才睡，此时也就不觉得太热了。

7月14日 《钢铁是怎样炼成的》读完了。天气热得在屋里待不住了。给卢林、胡征各回一信。

7月15日 天气炽热得都能把鸡蛋烫熟似的，弄得人也头晕晕的。

这里四周围虽是浓绿的树木和芭蕉林，又濒临河流。可房子是东西向的，早晨阳光进来，下午则西晒；窗口巴掌大，风吹不进来，屋顶没天花板棚挡住热气。轰炸机一样的花脚蚊子嗡嗡的咬你一口，皮肤就起个大疙瘩。

但是，我必须在这样的环境里每天要写10个钟头，不然，八月份还是写不完。现后悔动笔太迟了，如二月份就动笔，也许今已写完。像这样在盛暑的天气环境下写东西的确太辛苦。

下午，去中南开文代会的胡明树和蒙自年过河来坐一会。胡明树太胖了，怕中暑赶快找凉水湿毛巾敷头。他说中南已准备等我去了，所以会议文件没有给我带来。倒带来了前年中南文代会同周国瑾、廖冰兄合照的照片和周的短信。周国瑾已调到华南文联，没告诉做什么工作，信上说是谭彪来信问到我。

7月17日 这两天开始读《战争与和平》。

天太热，每顿饭吃起来都像是挑了重担过后要流一身汗水。

7月18日 今天是初伏，最热的天气开始了。

7月19日 去见贺部长，史副部长也在座。我要求把关系先转去中南。他以为等我写完东西走时一起带走好了，只要我个人一定坚持要去搞写作，组织上也会同意的。可是，史副部长却想叫我去文联作具体领导。

中央剧本创作所来信，要对他们1954—1957年电影创作的主题计划提意见，并问个人三年内的创作意图。现在弄得对创作到底是搞专业的还是搞副业的都没个着落，怎么还能来什么意图？

收到敬人信，知道母亲的肿瘤病情严重，土医已没有办法。儿子媳妇都不敢接近她，弄得她差不多如同讨饭的了。她只能去找个巫婆装神弄鬼求点安慰。从这简单的叙述里，一个老人可怜凄惨的晚年形象完全被刻画出来了。本来有那样多的儿孙应该不至于发生这样的事情的。哥嫂们既然这样来对待母亲，又何必养儿女。

汇回40万元给敬人代收，顺附上一信，叫二姐来照顾母亲，不知能办到否。

7月20日　写信五封：

给李金光和史副部长要求不参加文艺整风的挂名领导。因为不做工作只是挂名很不好的，也不是我们的传统。

向贺部长申明不愿留广西搞文联工作。因为现在文联已摆了那么多人，我再挤进去，这在干部使用上是浪费的。

给中南局宣传部文艺处黎辛，说明初稿写完后再去中南。

给严蒙和谭荫溥各一信，略讲近日的心境。感到自从离开行政工作搞创作后，这里的人对我像是看一个“出家人”似的，当作异类。彼此之间都没有话好讲了，弄得很孤单。

7月21日　天气热得像把人放进蒸笼中去似的。院子里被房东堆满了新收割的稻谷，热气蒸发开来更觉得闷热。

才来这地方时正是插秧时节，现在已经收获了。我写的这个东西却像掉进了泥塘里去的样子，进展很吃力。看来八月初又写不完。恐怕要推至八月中旬去了。

现在，一天只有早上可以写，下午和晚间身上总是冒汗，读书都感到困难。

房东雇来几个短工，怕我们说他是在剥削吧，总是反复在我们面前解释，以求得理解。

7月22日　到江边去洗澡。天旱水清了，河床下面都是浅沙，每天在清澈江水中把汗水冲洗了，倒是凉爽不少。

附近的小孩每天也到江里来嬉戏，姑娘们没有泳衣，就身穿平常衣服到水里泡个半天再跑回家换。

7月23日　卢林来信说，在《南方日报》看到中南文代会选出我为中南作家协会常委。为我祝贺。我自己却还不知道。

7月24日 农民开镰收割早稻已进入繁忙期。天气热得熏人。

7月25日 收到青岛海军谭荫溥、广州白焰、扶绥东门敬人、永福李汉共四封信。谭荫溥说利用休假回家探望母亲;白焰说买名牌表要等有难侨回国才好办到,还说他母亲去年土改跳塘死了,因而不想再回广西了;敬人说奶奶还能自己煮吃,不至于成叫花子;李汉讲在永福县搞普选的情况及有关写作的问题。

7月26日 晚上,参加小组会,李金光把报纸上关于省纪律检查委员会对象山县委所犯错误的处分一边念一边又解释,让两个半钟头就这样过去了。

7月27日 一早,广播器发出朝鲜停战谈判正式签字的消息。因为谈判拖延了两年之久,对美方的和平诚意,大家都在怀疑。当前,美方因为在政治上完全陷于被动与孤立,不得不接受停战的协定了。可能它会通过李承晚出面来捣蛋是完全可能的,但停战倒是真的了。

祥光带来一位姓凌的表侄,说是母亲在家没人照管,钱寄回去又不能完全得到,都叫儿孙们挪用了。

想象一个孤独老人的景况,那是很凄惨的,但是自己也没办法。

同个乡间医生要了两条药方叫祥光去中药铺抓药,寄回去给母亲。明知效果不大,但也算是只尽人意吧。

7月28日 这两天凉快一点点,但仍没雨下,老乡都发出焦急的声音了。

没水利的田禾已经龟裂。修有水利的田,农民每晚提着小灯去等水。他们说这都是解放后这片田有了水利才可以种两造,旧时只能种一造。

7月29—31日 这几天写得很顺利,已经写了十五万字左右了,看来再过半个月就可以结束。只怕又遇上什么意外的烦扰,那就要延长到月底了。

以后这一段是高潮也是收尾,是成功或失败的关键处。但天气热得叫你思索都停止了。

8月1日 几乎已成惯例,每个礼拜六,我总要过河进城去看看孩子,同晴去电影院看场电影,上街买些零碎。

今天,黄云,一个僮族自治州的宣传部长到省立医院晴的宿舍来等我。我们在梧州虽曾共过事,可是相见很少,交谈也少,现更是无话可谈了。

袁似瑶来医院看马志虹的胸透照片。马昨天吐血，今医生说没在透视片上看到肺结核病灶。但大口吐血很可疑，需找病因。

8月2日 收到中南作家协会常务会议纪录一份。他们把我编进创作委员会里去。另外，参加全国的作家代表会的名单，拟增添丽尼、司马文森、伍禾和我四人。等北京全国文协正式批准再通知本人。看来，我可以再到北京一游了。

下午，去南宁饭店见岳平夫妇。阳孟琼因开支大而借债，但仍挺乐观，没有斤斤计较这些生活琐事。

同晴去看军区文工团演出，庆祝朝鲜停战。有场放风筝的舞蹈很感动人。广西军区文工团总算挑选到了几个有相当表演天分的人才。

8月3日 去找到陈闲谈了一个早晨，告诉他可能去京的消息。他的一个南中教师的朋友来说，其妻子是工作多年的助产士，现在找了三年也没有工作。助产士目前不是正缺人吗？为什么找不到工作呢？是卫生机关官僚主义作风存在所致吗。

去省文联见到全国文联回函，全国文协的会议“八月间可开”，具体日子未确定。

得刘宏从中南来信，说是黑丁仍盼我去中南，他也说到中南比较开阔些，希望我去。

8月4日 写了半天，才写一千字左右，又写得很不顺手。

为名器和培蔚的读书事，给“南中”校长岳平写一信，请其准予他们继续升学……

读普列汉诺夫的《论个人在历史上的作用》。又读科罗连科的《嬉闹的河》，写得那样平易和亲切，但也因而显得过于繁腻。

8月5日 写文章有时觉得很顺畅，能抓住人物，有时好像走入泥途，感到吃力而艰难。

天气又变热起来，旱象越来越严重，秧苗已成枯草的样子，稻田大面积地龟裂。农民天天想望着下雨，可是，几次的云彩都叫风吹散了。

8月7日 省文联来通知，秦似传达中南文代会的总结和几个重要报告。

这不能不去，一去又把一天的写作时间放过了。传达过于简略马虎，重要问题三言两语也就过去了。

8月8日 照例过河去同小孩们度周末。

去看《六号门》影片。看到解放前的搬运工人受把头剥削的生活，把头压榨的残酷以及青红帮的内幕都写得不错。

黎辛来信说，中南调我不会松口，但房子还没调整好，等到九月，他们把房子预备好再去也好。

8月9日 又不下雨，天气热得难熬。坐在房子里不动还是有汗水不停地冒出。

下午带坭坭去吃冰糕，她挺喜欢这新味道。

晚间，去宣传部开小组会。

8月10日 忽然想写这样一个短篇：一个70岁的老太太，有三个儿媳，这也推那也推，都没有一个肯养活她。结果，生产互助组因她的四儿子为革命牺牲，作为帮助烈属，反而照顾了她的困难，使其有了不愁吃穿的晚景。说明集体主义思想比个人自私自利优越，革命的感情比之家庭的狭隘观念还要好等等。这主题恐怕是可以成立的，也比较深切，想把长篇写完就试写它。

名器、培蔚、祥光来玩了一天。晚上，陈闲来住一夜，又谈些陈旧的话题。

8月11日 下午，王宇红同他老婆和樊清璋三个人来玩。王夫妇是休假，樊是为了想挽留我在广西以便支持他的工作，甚至还有他同小金凤的恋爱。

留在广西等于在浅滩上游泳，倒是不会没顶，可以平静地度过庸俗的生活。可是，天地未免狭窄。浅滩有优点，也有缺陷。到中南去宽广是宽广些，但像我这样空头的作家在那样场合中，精神上会被淹没的。

现在我竟然被视为老作家了。自己都还未长大就已经列入老作家，能有比这更悲哀的吗？

8月12日 这两天又热得不可耐了。听说汉口的机关干部每天下午已经不干工作放假了。我却在这样的酷暑下，这样的房子里留着汗拼命地挤着脑汁爬格子。

8月13日 旱了一个多月，今天算是下场大雨了。但是禾苗已成了九月衰草，田地裂缝也有五六寸深了，不下个两三天雨，恐怕还是不能解决问题。

祥光代买来《资本论》第一卷，马上雷雨暴风来了，不能过渡，他跑去亭子圩，恐怕还是过不了河。

《人民文学》七八月合刊仍未见我的文章。文学的饭有点吃不开了。做个没有作品的作家实在悲哀。我在去中南作协还是留广西之间仍徘徊不决。

8月14日 这两天刮起台风，天气有点秋意了。

家乡的人出来说前年发生的所谓地下军的案子，经省公安厅派人下去查了好几回，最后认定为假案。原因是县公安局有人想立功而造假乱报。他们还吐露一些土改时乱斗争的情形，把有些人当作地主斗了，只是为了想打人家一顿出气，有的是因为人家的房子好，把其划为地主就可以分房子了，到现在又说人家不是地主了。

8月16日 为名器和培蔚考中学，去见了同乡周家植和市委王宇红。见到陈闲，他请吃晚饭，一天弄得异常乏了。

去中央开会的消息还是没有，去开会也许能打消一下闷气。

《美丽的南方》写了二十万字草稿，恐怕还得写六七万字才能完，但天气炎热，心情又坏，真有点难以为继的样子。

时间过得真快，一下子秋天来了。黄叶已开始飘落。龙眼果、梨成熟了，甘蔗也已上市。

我的写作计划却搁在浅滩上似的。深感寂寞得可怕，也觉得失掉鼓励的悲哀。在这时候，我完全是个文学事业的孤独者了。

8月17日 收到两本《作家通讯》。人家都有消息在那里发表，我却在这儿默默地写。到底要不要做专业作家呢？仍在动摇着。

8月18日 墨水没有了，心情也恶劣非常，一天只读《作家通讯》和《人民文学》中巴金的《黄文元同志》和康濯的《第一步》以及李季的《菊花石》。《第一步》仍然摆脱不出概念和枯燥的圈子，《菊花石》的形式有点“七古”的风格。这条路是不是就是新诗的道路？主题也并不新，仍超不出《王贵与李香香》的套路，题材却有点神秘，带着浪漫色彩了。

8月19日 文章写不下。晚上，过河去为名器的入学问题奔走。

8月20日 陈闲来说，省委宣传部想叫他去省文联编《广西文艺》，他好像还有兴趣。比起做图书馆长来，《广西文艺》的编辑是更加艰难的。不知他是怎么想的。他过来一谈又去了一天。什么事也做不出来了。

下了一场雨，天气凉了些。颇有“一雨助成秋”的味道。

8月21日 老乡们把今天当作旧历七月十三的盂兰节来过了。我日历和报纸上清楚标明今日是七月十二。他们却说有一部分的农历是六月少一天，所以今天是七月十三了。

写了一天，觉得情绪不能全部被作品吸引，进度很慢，也没兴味。

等来等去，北京开会的消息总是不来，这不能不分去一部分心思。

8月22至29日 这个礼拜赶写三四万字，把整个作品的主要地方已经写过去了，以后还剩条尾巴。假如再写它十来天，可能就可以收尾。但这只是草图，离完整的作品还很远，今年能否弄成看来是个疑问了。

打算再写半个月，九月中旬就可以去中南作协或者留在本省搞别的工作了。留下来，作品可能不好完成。可是去中南作协专职写作，压力却过于沉重。总之，我仍然感到踌躇。

8月30日 突然接到省文联通知，说是全国文协代表大会也要我去出席，要四张照片，下月十号开会，个人可直接到北京报到。

这样一来，我就得准备走了。《美丽的南方》的尾巴等以后再说了。袁似瑶夫妇和董其翔来省立医院宿舍找我谈天，他们都还是关心着我的呵。

前天是南南的周岁生日。今天我们才有空买些菜来同侄子、外甥和保姆一起，全家人会餐庆祝。

8月31日 到省委宣传部去办赴京手续，领出差费，还文件。

9月1日 一早回白沙把东西收拾好准备搬回家来。住了四个半月，写了二十万字草稿，战胜了酷热的暑天，成绩如何，等待着作品的讲话，自信没在白沙偷懒。记得在炎热如焚的日子，勤劳惯了的房东老太太和邓燕林的母亲都劝我到户外乘乘凉，我却不敢让时光空空飞走，仍然躲在没有窗眼的房间熬着、写着、读着。

这生活今天结束了，可惜作品没有同时结尾。但是已经不是主观力量所能左右了，且待开完会后再继续吧。

名器和培蔚在南宁参加考初中的7200多名考生中，最终与6000多名考生一样落选了。为他们上学读书事，分散了我不少精力。今后要把他们安置到什么地方去呢。

9月2日 早晨去见贺部长，他去省委开会了，只见到张主任。同她讲了一下愿意到僮族自治区去工作。这样结合实际，将来也许可以写僮族的东西。张主任听完没说话，对我的去留也没表态。

下午，到市一中找周家植，跑到那里了，办公室说他在高中部，到高中部又说他在办公室，弄得无所适从。结果空走了一趟。

收到谭荫溥从青岛来信。他说书名叫《美丽的南方》，"美丽"太滥调了，建议改用一个。另外书中知识分子的分量应该少些，主要应写农民。感觉到他的意见出于关心和好意。

9月3日 收拾了半天行李，雨下得没停的味道，索性明天再走了。

晚上，贺部长找去谈话。他说留下来在宣传部当副秘书长，或者到文化局当第二局长。不过他的意思还是希望在宣传部好。他说将来，他、史、莫、我四个人把工作具体分工，我管管文艺处和宣传处，兼不兼处长都没关系。这样看来就回答了我说的史不放手而感到工作困难的问题。他还说，可以同莫轮流下乡，是有时间写作的。

这样做，压力会少些，也较为实际些，不再被架空，不再捕风捉影地感到渺茫。

但我还得到北京和汉口去同大家商量后再决定。也看看作家的生活究竟怎样个过法，我能不能满足读者对一个作家的要求。

假如他们把我看得很重，认为我是能够完成一定的写作任务的，那也不好开口退却。

这次会议全国才是163位代表，除了全委会委员是当然代表外，各地各方面的代表才只有84人，人家也把我算一个，这点也不能不考虑到。

9月4日 突然听邓燕林来说，全国文协会议改期举行，10月16日才报到了。

这样，我还能多住几天，这几天还是可以写的，能把东西再多写点，将来的尾巴问题就可以省些力气解决了。同时七号也可以听到陈副主席传达中央会议的决议。

同小孩子住太闹人，搬回宣传部来住几天。省委宣传部办公室建了新房子，白天他们都上班去了，我在这里倒也清静。

带坭坭去省委大会议厅看《光明之路》，但因她的哭闹电影也没看成。

9月5日 读《战争与和平》第一卷，明天再读半天就完了。晚上去街上想看电影《中华女儿》，第二场的门票都买不到了。

拿皮袄去裁缝店换个面，得花十二万元手工钱，连带布料费用加起来就得二十五万元了。

书店来了《远离莫斯科的地方》，想买又怕带不动。

9月6日 读完了《战争与和平》第一卷。见到邓燕林，他给买一部《远离莫斯科的地方》。

去看《中华女儿》，不是很能抓住人，不过，作为年轻中国的人民电影的成就看，还算不坏。

9月7日 参加省委扩大会，听陈漫远书记传达中央财经会议精神，因为是关于国家现阶段的总方针路线，一个字一句话包含的意义很深远，没有文件看，只听口头的传达很难领会得透彻，再加上不让记笔记，大家精神更加涣散。听了一天，觉得听到的东西很淡薄。

会上遇见韦必克，他认为我要写作还是回文艺团体机关去搞好些，在其他机关别人一般不了解你，也就不能给予理解与同情。

9月8日 又恢复写东西了，但是情绪上有点疲沓。晚上，去街上看电影《虎将》，买不到票。

读《党史资料》关于毛主席早期的革命活动。

9月9日 名器回乡去取转学证件出来，说是奶奶的乳癌发作，剧痛不堪，已不想活了，盼望我回去见一见。这恐怕是一个母亲的常有感情了，想不到她得这个病告终。辛劳了一辈子，临终还是受这样痛苦的折磨。

陈闲来谈,希望我留下,认为这样也好。但留下就做不成作家了,做政治家是很凡庸的。去中南也未必能成出色的作家。因为只剩下点天赋而缺少丰沃的生活土壤,技术也丢荒了,非得三五年后才能把它建筑起来。深入生活是需要坚韧耐劳的心,写作也需毅力,而这些都在我还年轻的这十年中被别的工作掩埋了,现在才开始做打桩工程,似乎有点来不及了。

9月10日 去省委扩大会听大会发言,扩音器的声音听不清楚,下午就没有去。

读了安东诺夫的《在电车上》,粗粗看来,那里边并没有像我们批评家所要求的轰轰烈烈地在呼喊着主题,只淡淡地描绘了几个乘客情绪、思想,却已经有了苏联人民热爱工作和生活的精神面貌,自然地发散着馨香。

为名器上学读书,去中苏友协找覃伯承,没见着。见到周秉符闲谈几句就回来了。

9月11日 接到严蒙信,说刘哲生同蓝翎闹翻了,离婚又没离好。蓝翎把孩子留下,悄悄地到中国人民大学去了。弄得刘哲生很痛苦。

去看陈闲,他老婆王迟从博白带来只木菠萝,没熟透,不好吃。

外甥时光休假回来路过南宁。

9月12日 买不到软席卧铺票,结果走不成,只好明天再赶去北京了。

9月13日 夜里11点45分搭上开往汉口而转上京的火车了。

此行是作为作家身份参加全国代表大会的,深感自己两手空空,作为一个作家而没有作品是异常难堪的事。不过,能够去听听中央首长的报告那是难得而又可贵的机会。

到车站遇见樊清璋,他们来送周钢鸣。可是,车开时,周未见来,他们算是空跑一趟了。

9月14日 火车上没有什么人扯谈,可以静静读《远离莫斯科的地方》。这次带了185万元旅差费,此趟车费花掉68万元。另带60万元零用钱准备上京给孩子买东西。

车早上八点到柳州,下午三点半到了桂林。车上的饭菜味道不好,只好吃4只荷包蛋就算过了一餐。

9月15日 天未亮过衡阳,下午6点45分到了武昌,过江花了些时间,到中南作家协会已经快8点了。本来还有一趟慢车晚上9点35分开往北京。但人已疲乏不堪,只好不去了。在汉口上街吃了饭回到协会一觉睡到天光,疲劳消除了大半。

《远离莫斯科的地方》第一部读完了。

9月16日 汉口天气还不凉,人们还穿夏衣满街跑。

好容易买到卧铺票了。后半夜的四点半钟可以走得成了。

见到莎蕻、俞林。俞林说,我如调来的话,就到大冶炼钢厂去搞它两三年,把大冶建设的整个过程都能反映出来,那就看到国家工业化的过程了。

上了火车,同华南的代表在一个车厢,画家符罗飞是个诚恳朴素的人,容易谈得来。漫画家廖冰兄依然爱开玩笑,说笑话。

9月17日 夜里十点十三分到北京了。大会派人来接,其中就有华君武。他老兄很会做人,轻轻地问我:"有几个小孩了?"这语调是相熟的,没有官腔的。

我们被招待到东四牌楼六条,一间新建筑好的大旅社。这里边有暖气设备,有冷热水管,恐怕是作为招待外宾用的吧。

同住的是武汉大学教授程千帆,他也是中南作协创作委员会的人。

见到黎辛,他问我工作问题,老实地讲了我的想法,他不表示什么态度。

9月18日 北京还不冷,还有穿白衬衣的人在街上出现,但也有穿夹衣的了。

下午开中南代表团的会,宣布负责人名单,通过团委委员等等。

去严蒙家,他同山河已经把一个家经营得像个样子了,只差一个小孩打闹。他安心下来了,能够在这样大报社当然是不错的,可以安心把工作做好起来了。他也不赞成我专搞文艺,觉得这事太苦。

去看评剧新凤霞名角演《豆汁记》等三个小戏,一共看了四个半钟头,弄得头非常疼痛。

9月19日 到文学研究所见到李又然。他用一只小白磁盘装好新鲜的葡萄,好像准备招待什么客人,我去了,把它吃了一大半。

他把房子布置得蛮干净,墙上还贴着张半裸体的睡美人的名画。一会,院里一个女子走来走去,最后请他出去谈什么。

艾青来电话说公木去找他,叫李又然去玩,听说我也在李处叫我也去。

从鼓楼到东总布胡同的电车要半点多钟才到。

艾青情绪有点不痛快吧,讲话很少。额角破了点皮,李问什么缘故,他顺口就说:“碰壁!”引起我们都笑了。李说,他从前在一个地方见一个人靠一张门板,门板倒了,他也顺嘴说,这就叫作不可靠!

问他写东西没有?他说:“写,不过不拿出来,我是反对那种早上写晚上拿出来的行市。”过后他又补充说:“停几年不写东西至多叫人忘记一下也没关系。人最怕是人家当你活着而自己却死了;至于自己活着而人家当你死了那倒没什么关系的。”

我随后发表感想,说是出席文代会的熟人很多,朋友很少。后来,艾青说:“陆地这两句话我的女孩记住了。”

他请我们到东安市场和平宾馆吃西餐,他 11 岁的女儿清明也跟着去。

9 月 20 日 在严蒙那里见到贺安夫妇和他们的女儿。贺安胖了些,谈吐仍如旧,女儿菲菲才 3 岁,说话已经非常流利了。长得还怪漂亮的。同贺安、严蒙去中山公园玩。礼拜天人很多,这时树叶未落,风沙不起,正是北京最美丽的季节。只是心情不佳,处在再美的环境也会感到沙漠味。心情愉快,虽然沙漠也会感到绿洲。不知什么道理,越来越觉得孤寂难堪。代表团中没找到朋友,早知这样真是不来也罢。若将来发票还分红色的为代表,黄的为列席,划出等级区别来,岂不更形孤单。国庆节观礼列席旁听者不参加那就更受刺激了。自知不是作家硬插在当中未免尴尬。

9 月 21 日 给贺部长发一信。又给在北京的胡征、薛传钊信,告诉他们我来了。

下午,谭彪来谈了整整半天,他老兄病了几年,但是学习抓得很紧,从文学到国际问题知道得不少,而且健谈,两人见面几乎都是他在讲话。

9 月 22 日 上午听到副团长李蕤传达明天开始的会议精神。下午三点到中央文化部礼堂出席党组会议,周扬主持,乔木来讲这次全国文代会精神。

同谭彪、周国瑾去东安市场走一趟,什么也买不成。又同周国瑾去明星电影院看《乌克兰音乐会》。

9月23日 全国文艺工作者第二次代表大会正式开会了。主席郭沫若致开幕词,来宾全总工会赖若愚、部队傅钟、青年团胡耀邦和德国作协副主席赫姆林致大会贺词。

会上见到好多熟人。陈涌说,现在对作品的批评都是"好得很与糟得很"。

舒芜邀去他家吃午饭,谈了些北京文坛上的逸话,对于社会主义现实主义的学习,引起好多论争……

下午,是周总理的政治报告。讲的是过渡时期总路线,国内外形势。最后是总理的个人自由谈,关于文艺的八个问题。

夜里看青年剧院演出《屈原》。

9月24日 周扬报告《克服文艺工作的落后现象,为创造更多的和更好的文艺作品而奋斗》。下午,大行政区发言,华东夏衍发言。

晚上,同胡征到他的家去玩,孟冰也来了,他们多鼓励我搞专业,要我找沙汀去谈,但我还是很踌躇,一方面人家是否欢迎?另一方面感到自己没有本钱,真要搞专业恐怕吃不消。我们谈了一夜,还是没有谈出结果。

9月25日 上午有部队代表陈沂,电影界代表蔡楚生,音乐界代表马思聪等在大会上讲话。

下午,文代会休会。文协代表大会开幕,由丁玲致开幕辞,来宾是德国作家主席讲话,接着是茅盾作《新的现实新的任务》的报告。

9月26日 今天开始小组讨论。上午是对笔记,下午是讨论周总理报告中的总路线问题。

晚上去看总政文工团演出《伏契克》话剧。周总理真的践行了上次在会上的承诺,来陪我们代表再看一次这出话剧。

这个剧本把伏契克一个共产党员高尚品质,从容就义做了突出的表现。显然,作者处理这个题材是大胆的。它突破了在绞刑架上的报告的真实素材。

9月27日 继续小组讨论会,题目是《关于题材的选择问题》。

参加的人有张天翼、艾芜、孙伏园、陈企霞等名流。

所谈的多是空泛之论,或者就是讲讲各地情况。我的发言虽然提出了题材的“百花齐放”给作家展示了广阔的天地，可是要求文艺为当前中心工作的直接服务这种狭窄圈子仍在地方实际工作中普遍存在。居然形成一种空气，突破这个空气需要“闯将”，可惜闯将没有产生。原因不外乎政治水平不高，看不出平凡生活中的本质，技术水平低不能表现，因此只好写些表面现象，甚至概念以应付。今后要扭转这个风气，一方面要求批评家的提倡，编辑的发表，同时要求作家在政治上和艺术上的提高。

晚上，到怀仁堂参加四大文化人（屈原、哥白尼、拉伯雷、马蒂）的纪念晚会，出席的有外宾及名流1,200多人。

9月28日　下过一场雨，天气变得很凉，早晨不穿毛衣已经挺不住。小组会议今天继续讨论写矛盾问题。周扬、茅盾的报告已经解答了的，但各人仍然本着自己在地方上的感觉讲了一遍。

下午休会。《人民文学》夏蕾来拉搞，同她谈了谈。她请我把东西写出来后给他们。但是《人民文学》对稿子的要求太高了吧，我这东西能否进入大雅之堂就很难说了。

去严蒙处取家信。凤乡信里说，名器不肯上学跑回乡下去了，这真叫人生气。为他能在南宁读书奔走，托人情。结果，他不愿读了。不愿读又干什么呢？姑念他年幼无知。但是几个侄子没谁听话的，真令我失望。给姐丈去信，讲名器不肯读书事，叫他代为劝说使之回心转意。

9月29日　文协小组讨论会结束了。这次讨论会好像是例行公事，完成任务似的，各人发各人的感想就完了。

晚上，去歌舞戏院看《音乐舞蹈》，其中福建的民间歌舞《采茶扑蝶》最好，生活内容比较丰富，舞蹈也比较优美。

给薛传钊回一信，告诉她下月二号中午十二点半以前等她到来。

9月30日　文协大会发言。老舍呼吁“作家写通俗作品，学习民族文学遗产”；叶圣陶谈“语言问题”；周立波谈“创造人物”；张天翼谈“儿童文学”；郑振铎谈“如何使古典文学普及化”；曹靖华谈“翻译工作”；柯仲平谈“关于诗歌问题”。

下午是丁玲、曹禺等发言。同周国瑾、廖冰兄去天安门想照相，遇警察说今天和明天国庆节游行前不准在此照相。

为了迎接明天的国庆,街道上已经是一片红火的气氛了。准备出队游行表现工业、农业的成就和国防的飞机大炮的模型,展览车辆等都已经摆布在街头了。

长安东西大街今晚灯火如昼,人们都跑到街上来了。

夜间去青年宫听音协主办的音乐观摩会,都是参加这次文代会代表的作品和表演。周小燕的歌唱相当有成就,李群的作品《一对喜鹊叫喳喳》,轻松愉快的调子经周小燕唱出来,更加显得今天我们的生活多么美满和快乐。

10 月 1 日　一早各代表的胸前都别上了黄色的缎条——这是参加国庆观礼的凭证。没有参加过这样大典的人精神上不免有点紧张。一会就有三四十万人——我们国防军各兵种的装备和队伍、青年团、少年先锋队、工人、妇女、四千人的文艺大军等经过天安门了。而这几十万人都朝着天安门上的毛主席欢呼:“毛主席万岁”“万岁毛主席”。

我们终于在上午九点半前进入左侧的观礼台。十点钟,几十万人用欢呼与鼓掌迎接毛主席的莅临。

检阅开始,朱总司令在汽车上巡视了武装部队一周,完了发布命令。司仪人高呼“分列式开始!”

部队先由军事学院带头以正步走过天安门,接着是空军、海军……拖拉着的大炮经过时大地都震动了,电动的喀秋莎最能吸引着观众的喝彩,喷气式飞机,那样迅速疾飞过天空。

群众队伍游行时,声音就同海涛掀起了。少年先锋队放开手上的彩色的小气球,鸽子给蓝色天空凭空增添无比的美丽,好像蓝底彩色珠子的花缎。其中较大的气球一到天上挂下一条标语“毛主席万岁”“中华人民共和国万岁”“中国共产党万岁”。

礼炮打到天空变成了降落伞挂着一面国旗随风飘舞。

北京的天气使得人们穿的衣服是五花八门的。有人已穿深色的呢子夹衣了,有人还穿白色的夏装,妇女们都穿上美丽的裙子。

检阅和游行从上午十点到下午二点才结束。最后,毛主席走到台上两边来脱帽挥手向大家告别。群众一齐涌向天安门,顿时全场响起一片海涛般的欢呼声和掌声。

晚间同黄谷柳、周国瑾赶去天安门照相,到那里,人们已经把天安门广场挤满了,你很难找到一分钟的空闲来拍一张照片。

照不成相片,只好去中山公园坐。找了半天才抢到茶座。

七点半钟从中山公园出来,天安门和前面几个大的楼房,周围的红墙都点缀上了电灯。人们已经把所有地面占满,你在那里已经没有走步的余地,只好让人推着移动。有的布鞋被挤掉了,好心的人替他捡起放在槐树上。学生们一堆一堆围了圆圈跳舞。

八点半天空开始出现色彩缤纷的焰火。这是最吸引人的了,没有赶到天安门去的人,就在街上停下来对着天空这美丽的焰火观望。我们三人走回紫禁城北面,在护城河边看焰火映在水面的倒影,又是另一番风趣。

10 月 2 日 人们仍被吸引到街上来,每一电车站前都排着好长的队伍,每一趟车过去了,还剩下好些人落下来没搭上。三轮车这时候要价特别贵,大家不肯花 10 倍的价钱去坐它,只好都往电车上挤。

上午等薛传钊没见来,下午同周国瑾去天安门前照相,人还很多,照相的也不少。

到中央医院看望李鹰航,他肝脏有毛病,但人还是胖胖的。他说还是在副业中写出作品了,再转入专业才好。谢力鸣原先当文化局长,他把文艺工作估计太高,末了感到后悔了。但是,如果有生活,有作品那当然不同了。

晚上,抓紧时间去理发。在北京理个发也像要完成一件艰难任务似的。

10 月 3 日 沙汀托艾芜来跟我约好上午十点钟去他那里谈话,丁玲的发言只听得一个开头我就走了。

到沙汀那里,舒群正在同他谈工作问题。这之前不知发生过什么事,舒群的声音很激动,要求到鞍钢去当夜校教员,自食其力,以减除别人的干涉而感到的负担。看来,当作家也是不容易的。

同沙汀谈了话后就等于没有谈过一样,他还是说叫黑丁和黎辛跟我谈,把我调到中南作协，再多的话没有了。当作家没有作品是不好交卷的，想来想去，还是把写作当作副业弄弄算了。

夜间开党组会，保证选举文联及各协的名单。

遇见辛莽，约我去他那儿玩。今天还听了李富春关于工业建设的报告。

10月4日 晌午，薛传钊来。同她到中山公园去喝茶，她说差一点就到大冶去了，后来组织上怕她在路上犯病，才改派到石景山。她是满怀欢欣迎接新的工作，我却对写作表示动摇了，说是写作就像已经熄灭了的火，再烧起来是很费事的。她说现在再烧起来会更加旺盛的。"你都不知道有多少人等待看文学作品哪！"她这样地鼓励着我的写作。她临走时说了一句"以后到城里来就是看戏了"。这难道说，她到石景山钢铁厂工作后，在北京城既没有朋友也没有歇脚的地方了吗？

送她走后，突然感到很快就要离开北京了，心里对北京有些依依不舍。

10月5日 各协会代表发言。文协由丁玲讲如何了解生活，如何处理感情等问题，郑振铎谈如何接受遗产？吕骥、江丰、曹禺、田汉，还有曲艺代表戴爱莲都讲了话。外宾有罗马尼亚作家主席、捷克的女作家、波兰的文化部长到会讲话。

下午休会，同周国瑾上街，我买只线织的提包和一只瓷器小狗。

10月6日 全国第二次文代会今天由茅盾致闭幕词而告结束。

10月7日 同周国瑾去华北党校看看谭彪的小家庭生活。主妇是最高人民检察署蓝公武的小姐，刚当了母亲，谭彪对几个月的小娃娃慈爱备至。

他俩陪我们到颐和园知春亭坐一会，照了两张相片。这样来回万寿山一趟，一天的时间就没有了。

回来见到薛传钊的信已在桌子上。她说礼拜天准备讲业务课不进城了，以后写信联系吧。但又问我到底确定是哪一天离开北京。

10月8日 一早去中宣部参加文艺处召开的座谈会。

整个上午是各地方文艺处负责人提问题。普遍都感到业务生疏，不好领导文联和文化局工作。下午，上街买床被单，还给垀垀买了件毛衣。匆匆忙忙赶回来参加北京饭店郭沫若、茅盾、周扬为代表们举办的鸡尾酒会。都是些冷食，很不合胃口。

晚间在文化部会议室听林默涵传达胡乔木的讲话，以解答上午大家所提问题。开完文艺座谈会回来，见到贺部长信，说是我的工作已决定留在宣传部当副秘书长，叫我开完会马上回来。

给传钊写一信告诉她，当专业作家恐怕得推迟些时候了，而且只能用自己的成就去争取了。

10月9日 早晨同中南作家协会的人们一齐到火车站候车，小金凤专门来给大家送行，站了一会才走。忽然感到马上就离开北京了，真有点舍不得。哪一年再来呢？这里的朋友、街市、古代文物是那样的亲切呵。

同翻译家丽尼在一间车厢，但此公沉默寡言。胡一川倒还爱说说话。只好读书来缓解旅途上的寂寞，《远离莫斯科的地方》读到后面觉得工作似乎写得多了些，不如前头那么吸引人了。

从北京到汉口这段路，站上有烧鸡、水果等各地土产出卖，九千元可以买到一只大烧鸡了。一到站，汉口的旅客就争抢着买只回家。

10月10日 在中南作家协会见到熟人黄铸夫，他老兄很关心我的工作。劝我不要到中南作协，还是在地方做实际工作好，中南作协主席同大家关系搞得不很好，大家都不安心，对专门搞写作情绪都有点低沉。黄说，不来中南“焉知非福”。

住在中南作协的宿舍。它就是将来我调中南后的住处。这里光线很暗，白天经常要点灯。后窗外还与厕所为邻，蚊子非常多。作为客人，作协安排我住下，吃饭却没人过问了。晚饭只好跟黄铸夫去他家里吃了。

记得刚下车时，俞林说，中南局已批准我留在广西省委宣传部当副秘书长，叫我回去自己再争取一下来中南搞创作。但现在看到中南作协的情况，虽仍想创作，也不想来了。

10月11日 为给坭坭买三轮童车，在街上奔走一天。晚上同黄铸夫又谈了一夜。

10月12日 火车上午11点31分从武昌往南宁开。十点半同周钢鸣得到中南作协派汽车送到码头，过江上武昌火车站。

车票难买,软席没了,只买到硬席的上铺,有点不舒服。贵州文联蹇先艾、石果和云南的李乔也同一趟车经柳州转去贵阳,石果说邢立斌已回贵阳写作了。

10月13日 整天在火车上读《远离莫斯科的地方》。

10月14日 早晨5点40分到南宁了。去见贺部长,他匆匆忙忙讲了两句话,说是先安心工作以后再抽部分时间写我的东西。

下午,去文联找周钢鸣商量传达问题。同陈闲、谭流、邓燕林谈了半天。谭流请去均兴饭店吃了顿便饭。

晴和两个小孩闹肠胃炎,弄得很消瘦。南南的样子变得特别明显。坭坭会说几句话了,但还不清晰。

10月15日 下午参加部务会议。贺部长宣布我的职务是宣传部副秘书长,兼管文艺处和宣传处。

关于文艺整风工作由我来考虑,精神主要是为展开创作,不要过多算老账。宣传处最近要开宣传员代表会议,主要工作已由各人准备了。报告由莫秘书长做。

10月16日 下午同莫福芝秘书长到贺处谈话。贺要下乡,把宣传部的人事问题交代了一番。宣传处长调郑少东来,把王劲调出去做越南育才学校的教育顾问。

看省文工团演出《在新事物面前》,演得还不坏。

10月17日 整理中宣部文艺座谈会林默涵的讲话。下午参加高级组理论学习,讨论商业问题,大家只是漫谈一番,时间到了就散了。

晚间去看苏联影片《彼得大帝》上集。

10月18日 邀来伍延秀、邓燕林、陈闲,一起闲谈了一上午。后来又同邓、陈过亭子圩去趁圩,买了两只木瓜。到白沙房东那里买了六只大柚子回来。一天的时间就这样过了。

晚间,上街给坭坭买饼干,又去红星大戏院看电影《彼得大帝》下集。人太疲乏,精神不集中,品不出影片的味道来。

10月19日 晚上,去军区大礼堂看话剧《英雄的阵地》,从头到尾都是打仗，场景过于紧张，未得愉快的感受。

读了半天文件。这两天工作还不多，已经忙到报纸都看不上了，更不用说还要读文学作品了。

10月20日 对了一下笔记，下午到省文联去向南宁的文学艺术工作者传达胡乔木在全国文代会上的总结。

晚上，同谭流谈他的工作问题，夜深才睡。

10月21日 给省委写报告，关于在南宁市举行文艺工作者文艺整风学习座谈会和准备召开全省文艺工作者代表大会问题。

收到《作家通讯》五期，上面作家消息栏有关于我的写作计划和活动情况。

10月22日 去省文联讨论关于文艺整风的筹备问题。

晚上参加欢迎越南代表团从北京国庆观礼回来的晚会。军区文工团的歌舞，多是临时杂凑，精彩不多。

10月23日 同莫秘书长、袁处长去心圩访问越南育才学校，听伍校长介绍，他们要训练正规的师范学校的学生，与我们过去的做法有点不一样。

名器说家乡传来消息，祖母快过世了，恐怕挨不过这两天。

找20万元明天寄回去，也许能帮补一些殓葬的花销。想来她奔波一生，到头来还是带着这样大的痛苦告别，终是太凄凉！

10月24日 给中国作家协会沙汀和解放军文艺社胡征各去一信。对前者是工作报告性质，告诉不能去中南作协的原因，以及今后准备利用业余时间把《美丽的南方》写成。对后者是把近况告之。

给大哥寄20万元，准备给母亲作殡葬费用，所能尽的儿子之责就止限于这样了。

机关的理论学习大家也就是发表感想而已。

同晴上街买麦片给坭坭南南。南南断奶后，消化不良，人都瘦了。

10月25日 花了半天工夫把胡乔木在文代会上的总结整理出来，才是六千多字，可见我记的尽是些“骨头”。

读艾芜《新的家》，写工人的家庭生活，看到了工人积极的情绪和他们间的友爱，到底是写出些生活来了的。

晚上开小组会,讨论苏上杰入党问题。给白焰和周国瑾两人各写一信。

10月26日 给传钊写一信。每天到办公室去没什么工作要做似的。大家有什么问题都找秘书长解决,我坐在那里像个客人。假如工作范围只缩小为管理文艺处,倒不如干脆到别处去另起炉灶,或者到文联去还清静。到文联去也许能写出什么东西来。现在,在省委宣传部一样是悬空。

看了一天党刊。把胡乔木的文艺整风报告又看了一遍。晚上去看波兰影片《不屈的城》。

10月27日 下午,召开党内负责文艺工作同志座谈会,检查几年来的管理工作。大家的意见大致集中在领导和团结问题上,由于领导的放任自流,不积极负责的结果,产生对创作活动和批评自生自灭状态。由于没有工作活动,没有一定的会议,使各方面的意见不能够交换讨论,而取得一致,形成自由主义小广播,闹不团结。也因此文艺工作在政治上的提高未能达到应有的程度。

得姐丈信,母亲这两天恐怕去世了。她带着我们走过长长的人生道路。如今忍不住病痛,也盼望早些到阴间去。要我回去见一面,同时给她买套青色布衣。她想穿一套新衣裳到阴间见那边的新人。80多岁的老人临终还有另一种期盼支持着她的死呵!

10月28日 开始把《美丽的南方》的草稿看一下,打算把其中的人物特点列成人物表,使得他们前后的表现统一。

晚上,中南军区文工团演出《曙光照耀莫斯科》。把票让给晴看去了。留在家里把《远离莫斯科的地方》读完。正是夜尽时分,外边下着雨,晴看完戏淋了一身回来。

10月29日 对三年来广西文艺工作的意见写了一个上午,准备在今天下午党内文艺干部的座谈会上讲一下,也是将来在整风会上的发言。一共是写三个大问题:一个是方针、任务的贯彻问题,这里边就谈到创作和批评问题。第二个是组织领导问题,这里边谈到组织机构不健全,文艺界力量的组织问题、团结问题。第三个谈谈学习态度和要求。

下午开会时候,先是周钢鸣谈谈他准备检查的意见,然后大家再发表对他的意见。王宇红认为省文联没做什么工作,意见也不好提。只觉得周钢鸣有点右倾,喜欢接近党外人士,与党内同志接触交心少。

10月30日 继续写"对广西三年来的文艺工作的意见",关于学习的那一部分。

看了看谭流交来的《广西文艺》复刊的稿子,依然是一些通讯,一些真人真事的人物传记一类东西,文字上也没有修改。这样的稿件,还是脱离群众的,仍然满足不了群众要求。谭流不能切实认真地改一改这些稿子,带动几个徒弟来做好编辑工作,让你也没办法。今天去哪找能干的人来担当这份工作呢。

晚上,去参加音乐工作者纪念冼星海逝世八周年的演奏会。军区文工团仍是那几个少数民族舞蹈和歌唱表演,给人"炒旧饭"的感觉。

10月31日 上午去省文联开常委会,讨论成立创作组、文代会的筹备会和《广西文艺》复刊等问题。

周钢鸣事先没有做好准备,会议开得很散漫,《广西文艺》复刊方案照念编辑部的意见,结果在会上还念不通。

下午,听陈副主席报告"关于国家资本主义"的理论问题。

11月1日 天气阴冷,有了点初冬的味道,有人还穿上了棉袄。同坭坭上街买花布给她做冬衣。

晚间,去军区礼堂看中南军区文工团演出《曙光照耀莫斯科》。没有东北文工团演得好。

11月2日 伍延秀调到文联创作组,今天也来文艺处参加会议。我在会上把创作组、省文联、文艺处的业务都谈了一番。

《广西文艺》的编辑工作目前很困难,没有人做技术编辑,稿件不能加工,水平就提不高。

谭流要去党校整历史了,省文联工作又处于无人状态。

贺部长回来了,办公室通知明天开部务会议,叫各处准备意见。

11月3日 同莫、袁开碰头会,三人商谈育才学校的教育方针等问题。下午参加部务会议。

白焰来信说,当文化局长比秘书长好些,前者是主管,后者只是"幕僚"。但我本愿还是想写出作品来。

晚上，看匈牙利电影《火》。镜头过于跳跃，不易看懂。

11月4日 同袁谈心一晚。他觉得不被贺部长赏识，在部里工作总觉得有些别扭。这让我想起自己在《东北日报》的时候。

给青岛海军谭荫溥、中南文化局刘宏各写一信。

11月5日 晚间去红星戏院看京剧《貂蝉》。

11月6日 省中苏友协和省文化局举办的苏联影片展览周今晚开幕，放映《光明照耀到克奥尔地村》。影片没有字幕，影院音效很差，听不清楚。结果故事内容没弄懂。

11月7日 写了一个关于召开省文代会的报告请省委批示。

下午，集体学习“苏共党史”第九章第五节，关于国家工业化方针任务问题。

晚间，中苏友协庆祝十月革命三十六周年，演出“大型音乐晚会”。

11月8日 上午参加省委会议，讨论报纸问题。报社草拟的省委《关于加强广西日报的决定》中关于经济建设报道工作的意见，有点空泛且思路混乱，没把经济建设的政策方针扼要讲明，只是讲些一般的对什么工作都适用的话，比如说用毛主席的《矛盾论》观点解决事物的矛盾，这对农业不是一样可以适用吗？

下午，搬家忙了半天。搬到桃源路2号新址。这里背街，环境较前安静。

11月9日 打算整理《广西文艺》工作意见，在办公室难得安静的时间，忙忙碌碌的，一天很快过去了，打算落了空。

晚间，整理书架，人累得几乎晕倒。

11月10日 省党代会通知我明天出席会议，领来了代表证。明天开始要过十多天的会议生活。

晚间在书店见到黄克勤。他当了百色副专员，情绪显然很好。他拉我去南宁饭店聊了好久。他说贺部长可能去专管农村部了，宣传部由李殷丹来负责。

11月11日 省二届党代会下午在人民礼堂举行。陈漫远书记致开幕词后，由郝中士副书记传达中南农村工作会议和中央粮食会议精神。

晚间，去军区礼堂看《曙光照耀莫斯科》。

11月12日 听一天郝副书记报告今冬明春全省的中心工作任务——征购粮食与发展农业生产问题。

夜里在家登记藏书。

11月13日 萧一舟副主席传达华南党代会的总结报告。

下午到省文联见到伍延秀,了解一下创作组情况。邓燕林的创作想法很多,一下想写这个,一下又想写那个,心绪安定不下来。

见到陈闲,拉我去粤桂楼吃狗肉。遇上十多个男女在那里喝酒、唱山歌。或许酒精起了作用,弄得他们精神亢奋,几近痴狂地追求快乐,影响旁人就餐。

夜,去看电影《莫奈尔斯基》。

11月14日 收到传钊的信。她问我现在职务具体负责的工作是什么?同作家生活有什么不同?还问《美丽的南方》内容是哪些?希望我去信时对她提醒应该留心的事情。

今天是各小组阅读文件。贺部长要我写一份关于宣传总路线总任务的工作计划。叫宣传处先拟出草稿来再改吧。

11月15日 上午下午都是讨论总路线。宣传部几个人自己在一起扯,也扯不出个所以然来。

姐丈来说母亲垂危,叫我回去见一面,或者买给她一条手巾……一个母亲对儿子殷切期盼的心情难以形容。但当下正开着会抽不出时间来呵。

11月16日 到贺部长那里讨论关于总路线总任务的宣传教育计划。由我来负责搞关于宣传计划部分,小组会就不能参加了。

11月17日 给《广西文艺》写一千五百字关于"写作漫谈"一类的稿子。上午,参加组织部的小组讨论,有关农业互助合作运动的问题。

11月18日 花了半天和一个夜晚,把宣传处写的关于总路线的宣传计划改写好。

11月19日 在贺部长处讨论宣传工作计划。大家给计划草案提了些补充意见。晚间开完党小组会后,继续修改"计划"到夜深二时才上床。全身已觉得冰冷。

11月20日 今天是大会发言。组织部王部长传达中央组织工作会议关于组织工作如何为总路线服务的问题。下午是财经发言。

11 月 21 日 大会继续由各专区代表发言。各人都讲了一套类似表示态度的话。这些话给大家的作用都不大,但每次会议又总也少不了。

晚上,宣传部召开座谈会,由贺部长把宣传教育计划向大家宣布。

11 月 22 日 整天听分局书记陶铸的讲话,他对总路线进行了一些解释。对于总路线、社会主义改造的本质就是解决所有制的问题,对于统购统销是制止小农经济自发势力的重要步骤等问题都有所发挥。

11 月 23 日 陈漫远书记作了一天的大会总结报告,下午大会宣告闭幕。关于粮食统购统销,关于互助合作运动的工作,今后成为中心工作摆在日程上来了。

晚间,去看红星京剧团演出《游龟山》。到书店买一本《列宁》(马雅可夫斯基著)。

11 月 24 日 收到白焰和刘宏各一信。白焰说,到中南开报纸工作会议,下月初才回。明春想请假回广西走走。刘宏想回广西工作,问我和袁似瑶有什么意见。

写了千字左右"关于《广西文艺》复刊的话"。夜里读邵荃麟在文代会上的总结发言。

11 月 25 日 又将关于粮食统购统销和关于总路线任务的宣传计划修改一番。开始整理关于文艺整风的发言稿。

11 月 26 日 上午去中苏友协在业余俄语教学座谈会上讲话,给大家打打气鼓励一番。华南中苏友协总干事吴楚来传达他到苏联参观访问的见闻。今晚去柳州,广西省中苏友协请他吃饭,我被留下作陪吃了一餐。

夜里,周秉符请去看《冷酷的心》影片。这是部神话故事的电影,教人爱劳动,反对残忍暴戾、冷酷无情。严格说来,阶级观点不够明确。比如一个荷兰鬼代表反面人物,他是恶魔化身。他反对重情感、心肠软的善良性格。反过来说,这些应该是好的一面。可如果不用阶级观点去衡量,那就很难得到正确的评价。所谓善良是有阶级性的,看它对什么人善良,如果是对敌人,也要讲善良就变成缺点,而不是美德。心肠软弱就不是好东西,不单是恶魔鄙弃它,正常人也是不主张做人软弱的。电影主题应该是反对贪得无厌、不劳而获的思想的。

11月27日 偶然把《译文》第四期的《卡尔曼》读起来，觉得梅里美作品的风格雅致，很有魅力。

11月28日 坭坭三周岁了。买只鸡回来今晚加菜为她过生日。除了保姆，没什么客人。我们不喜欢请客，生活圈子较小。

晚饭后，同晴上街看电影。

11月29日 史副部长去东北工矿企业参观考察宣传工作回来了，叫我们去他那里看中央关于总路线的宣传计划。上午，到他那里扯了半天。

晚间，史副部长传达中宣部关于宣传总路线的指示。贺部长叫把我们的计划照这些指示改写。

近来猪肉脱销，想吃猪肉也成了问题。今天礼拜天下午，过亭子圩去买了一斤猪油和三斤橘子、一只木瓜来改善生活。

11月30日 整天都为宣传总路线忙碌起来了。

12月1日 上午改写补充关于总路线的宣传材料，下午参加讨论部里干部调整问题。

12月2日 现在每天早上都用在抄改《对三年来广西文艺工作的意见》，把理论学习的时间都占去了。

莫秘书长今晚去桂林，白天他也没有什么话交代，只是临走时才说了一句，叫多照顾工作。

晚上，开了一个关于文艺整风的党内会议。决定从本月七号开始做整风动员，打算年底整风结束。

12月3日 关于总路线的宣传补充材料今天总算改完了。

12月4日 关于《对广西文艺工作的意见》一文今早算抄改完毕，字数有八千二百字之多。

这两天工作堆到桌面上来了。关于总路线的宣传是一个相当繁重的任务，怎么做得好，倒是一个需要解决的题目。

忽然想到写一篇关于农民走两条路对比的文章。打算通过两夫妇离合的故事来表现。也想采取话剧形式来表现。

晚上，去省文化局同周钢鸣谈工作问题。叫他今后放手让下边的人多做工作，自己少管点，这样可以发挥下边的积极性。

12月5日 上午，去省文联参加整风委员会，通过了整风的具体办法。

会后同李汉他们去吃了一顿狗肉，谈了谈最近想写农村里两条道路的斗争。通过两口子的结合与离异，说明两条路的前途。大家都觉得很好，鼓励我写出来，先给《广西文艺》写成小故事。我却准备把它写成剧本。这个故事让我充满了创作灵感，生活细节慢慢在眼前活现，也许会成功了。

下午回来给传钊写一回信。把所担任职务的日常工作与写作的意图告诉她。

12月6日 在家待了一天，把想写的话剧的故事梗概草拟了出来。同时还把《写作漫谈》第二段写了个开头。

12月7日 一大堆工作都堆到桌面来了。机要室叫去看电报。下午，文艺整风座谈会的动员会，也没有时间去参加。

史副部长说，我的《对广西文艺工作意见》通过了，看找个什么时间讲吧。还谈了一些对省文联的意见。他的意见应该加以整理补充才好。对周钢鸣的信任度显然减低了。

晚间，去省文化局参加党组会，讨论最近召开的文化馆会议问题。

又到省文联同邓燕林、吴三才他们谈我的话剧剧本的题材处理。

12月8日 下午，听去南宁市参加粮食统销宣传工作回来的潘文、滕留寅汇报。由宣传部草拟的关于总路线总任务宣传计划，今天由省委批发。

这两天寒潮来袭，人们穿上棉袄和大衣了。

12月9日 关于宣传总路线的补充材料稿件，今天才算修改完毕。史副部长同意印发。

《写作漫谈》之二《怎样深入生活》，刚写了个开头，每天早上写一个钟头，把理论学习时间占用了。

12月10日 史副部长布置总路线的宣传工作。拿不出办法来，有些毛病不敢通报也不敢上报，报纸抓不过来，那还有什么可以做的呢？

12 月 11 日　晚间去省文联参加整风委员会议。讨论如何进一步动员使参加的人完全了解文艺整风的目的与要求。现在大家普遍对学习文件重视不够,都有点不耐烦,希望整风早点结束算了。

上午去听贺部长对农业生产合作社的总结报告。

12 月 12 日　上午,参加粮食统购统销指挥部的会议,听传达省委最近指示从县扩干会到乡这一段的三个工作步骤和做法。

下午学习理论,大家平时不认真读书,发言多为闲话。

夜里去人民礼堂看电影《明朗的夏天》。感觉肤浅。

12 月 13 日　上午召开的有关粮食问题的会要宣传部主持。目前要做的是针对乡一级的干部开个会议,发表一些打通这一关思想的文章。报社准备发表四篇社论,还辟些专栏来发表一些言论。宣传部准备根据县扩大干部会的思想,写些小文章印发。

下午,把《写作漫谈》第二段写完了。

12 月 14 日　今天作为一个公民第一次参加南宁临桃区的普选大会。黄昏,选民们冒着雨,怀揣着选民证往会场拥进来了。

为了照顾各选民的生活和工作,分三次举行投票,早晨有工作的,可以在下午选举,下午还没有空的话,可以改在晚上这个时候来参加。

全选区 1,800 多名选民,除了病弱和外出的,到会的就有 1,600 多名。

由于前天报上发表毛主席亲自参加北京西单区的投票选举的消息,使得每个人也都把选举重视起来。“毛主席那样忙都参加选举,谁还敢不到会呀!”人们都这样说。

听了一天李迪生传达中南高等学校教育会议的精神。此人讲话喜欢海阔天空,常常离开正题扯得好远好远。

12 月 16 日　晚间去省文化局开党组会议,讨论文化馆会议的总结报告。

12 月 17 日　参加省文联小组讨论文艺整风的问题。大家对资产阶级、小资产阶级与工人阶级的文艺思想的界线如何划分展开讨论。

夜间开支委会,讨论通过几个人脱党历史问题的处理。

得 12 万元稿费,买鲁迅《中国小说史略》等 4 种和一本果戈理等人著的《文学的战斗传统》,花去46,000多元。

12月18日 给白焰写了一封信。另外把中国作家协会调查作品出版情况的表格填了寄回去。

12月19日 参加文艺整风讨论会。晚间,同陈闲去看粤剧《钗头凤》。演出如同儿戏,十分荒唐。看不下去,中途退场。

12月20日 花了一个上午写《一对夫妻两条道路》,写完开头的前半部分。

同坭坭过对河亭子去赶圩,想买水果与鸽子,结果什么也买不到。

12月21日 晚间写到半夜才把《一对夫妻两条道路》写了一大半,有四千多字了。写完恐怕要六千字。在《广西文艺》刊登是否太多了,还是分二期用吧。

上午,讨论文艺整风问题。由于周钢鸣的总结报告没有写出来,只好挤时间晚间再进行讨论了。

去看保加利亚电影《警钟》。写一个中立者目睹儿子的反革命暴行后,转而同情革命者的女婿。

12月22日 上午看周钢鸣总结报告的草稿,觉得罗列现象多,分析批判少。这样讲,听众恐怕要打瞌睡的。

下午,再把《对广西文艺工作的意见》整理修改后交秘书室去打印。

晚上,陈闲送来几个肉馅圆元宵,拿到省立医院去陪孩子吃着玩。时间就这么悄悄溜走了。

12月23日 今天周钢鸣在文艺整风会上作检查报告。去听了一个下午,觉得并没有把听众鼓动起来,文联内部的人有的都不愿听走掉了。

同周秉符、陈闲去看老舍编的《龙须沟》影片。作者通过北京一个角落的贫民窟的生活,以旧社会所遭受的天灾人祸来衬出新社会为人民造福的优越性,控诉和赞美都被糅合在真实的、平易近人的生活里,让人觉察不到说教的刀痕。这比《葡萄熟了的时候》更有生活内容。

12月24日 上午去省文联开文艺整风委员会的会议,讨论周钢鸣的报告和下一步骤的做法。

下午，读中央七届二中全会的决议，当时（一九四九年）对现在所提出的总路线基本上就已经做了决定。

晚间，读完安波的话剧《春风吹到诺敏河》，写农村生产合作社的发展过程。写出了前进的农村共产党员积极分子带动了落后农民走上了合作社的道路。作为党员的高振林这个形象——他的性格通过思想行动表现出来，是比较成功的。但总嫌理智的生活过分浓厚，感情世界被作者关心得较少，因而不能通过感情感染引起读者去十分关心剧中人物的斗争。

12 月 25 日 晚间写文艺整风的总结提纲。要代表党委在这个整风会作最后讲话，我只想提今后工作的两方面意见：关于创作任务和组织任务。另外可以讲一讲党对文艺工作的领导问题和文艺界的团结问题。

李金光来反映，创作组在讨论周钢鸣的检讨时，提出几个问题。一是党委派人下来没经过文联常委会；过去党委不抓文联工作，现在又包办代替。二是当副主任的我也应该检讨。三是党委文艺处的人不懂文艺。李觉得问题严重，要明天开整风委的会议来解决。伍延秀主张交大会去讨论。省文联到现在仍有人存在这种思想，是否也包含周钢鸣的思想在内。假如没有周的支持，能这样嚣张吗。

12 月 26 日 一早就到省文联去开了一天的会。晚上回来才把总结提纲写完。

读爱伦堡的《论作家的工作》。这里，他全面的谈到关于创造人物问题，涉及真实性、人情味、作家的经验（生活体验）和性格等等问题。这里边，他谈到人物缺点是允许的必要的。与所谓英雄人物没有缺点的说法，多少有点出入。

他是主张文学应该富于情感，写出人的内心世界。我理解也就是反对概念化的东西。

他说，我们今天来谈作家的工作是到时候了。这是说，对作品提出写感情生活，写富于个性的很有人情味的人物，是到时候了。

这里，他提出一长串古典作家在这方面的伟大成就作为榜样。但是，他又说学习并不等于模仿……新的内容会产生新的形式。19 世纪的小说主要是描写个人或者家庭，作者使许多人围绕在一个或几个主角周围。现在，社会生活在人的私生活中占的地位更大了。他说,现在的苏联人已经没有资产阶级两重道德的人了。因而“生活就是小说,而小说也就是生活”。这里就需要作家写出真实的人物。

12月27日 今天礼拜天。去看电影《智取华山》,晚间又同周秉符看《葡萄熟了的时候》影片。前者场面惊险抓住了观众。后者故事稀松,文学剧本还能看得下去,拍成电影就成问题了,最突出的是周大妈误会女儿跟城里来的工人恋爱,这另外加上去的故事不合情理。

12月28日 省文联的整风会开始讨论文学批评问题。想通过对杞愚批评《新儿童》,和《新儿童》的答辩,来讨论批评和创作问题。

12月29日 每天都要到文联去参加整风会议。今天继续讨论《新儿童》的答辩和杞愚的批评文章。

12月30日 继续对秦黛问题的讨论。伍延秀发言慷慨激昂,不能冷静说理,以理服人。居然破口大骂蒙智年是狗腿子。根本没想到自己是个党员又是个领导人,这样公开辱骂下面的干部很失体统,会失去群众。因蒙智年还不是今天我们打击的对象,还不是不可救药的人。同时,把秦黛那篇《韦拔哥的故事》中的《扫把星》说成是反人民反革命的东西也过分了,也会脱离群众。

散会回来,我也有点激动,马上批评伍延秀的态度不妥当,会使今后工作困难。如果将来总结不能把秦的问题提到反人民反革命的高度,那你伍延秀的威信如何维持呢。

为这些事,几天来老是失眠。

12月31日 继续开大会。为挽救在群众中造成的不良影响,由我在会上讲了讲昨天伍延秀态度很不妥,要改正缺点。然后把秦黛平日的反党言行提到一定高度来认识。就是说,我们在努力为伍昨天的发言做解释工作。可是,伍的自尊心和主观性达到惊人地步。他怕我的发言影响他的威信,于是连我们党小组他也反对了,说我们包庇秦黛,只有他是维护真理的。

叫他同周钢鸣、吴三才来谈谈,他表现得异常激动,态度蛮横,这样怎么去团结人呢。

对伍延秀的所作所为不能不失望了。本来我是要把省文联的重任交给他的，现在看来，他只适合做个单独活动的创作者，不能成为领导者。周钢鸣这下更有借口说了，宣传部派去的人自己的工作都搞不好。

下午，大会继续。我在会上指出秦黛的作品与平日的言行联系起来看问题是严重的。希望大家帮助他找出思想根源，把盲肠割弃，然后才能写出好作品。当场有人揭发秦平时的反动言行，说“为什么毕加索不画和平鬼子”，还说邓燕林是宣传部派来的特务。说“政治是你们的，文艺你们不要来管”。

蒙智年发言表示接受批评，承认骂党是不对的。

晚上，省委宣传部开迎新年娱乐晚会。

莫福芝要调钦州地委当副书记了，这样一来，工作只好往我身上压，写东西恐怕要受影响。

1954 年

1月1日　又是一年的开始。

曾经给作家协会写了一份创作计划，打算今年完成《美丽的南方》的修改，同时写一个四幕话剧《前途》。看来计划并不大，只是时间都很挤，秘书长走了，今后可能没有什么人来，工作只好由我担当起来。而这个工作是“忙忙碌碌，空空洞洞”。

可利用的时间只有晚间，有时白天太忙，人一疲乏，晚上就不好再用功。好在现在写作已经不是当作任务来完成了，这样倒可能在比较宁静的心情下写出东西来。

1月2日　文艺整风仍然继续。秦黛检讨不够诚恳，群众强烈不满。

晚间，去看新编京剧《卖油郎与花魁》。故事矛盾没处理好，弄得很平淡。未终场我就离开了。

1月3日　准备作今晚文艺整风的总结发言。陈闲来，他仍是用那套旧的思想方法来看待问题，彼此谈得很不投机。

接到严蒙一封信。他说，《人民日报》现在需要一些文艺作品，叫我写些短东西。

1月4日 支部大会改选支委，大家又以全票把我选上了。除了支书，省人民出版社社长也要我担当。莫福芝秘书长原兼任的职务就这样让我包下来了。

1月5日 花了一整天写了一份为四月全国第二次宣传会议准备的工作的意见给各地市。

上街买了一块哔叽料子，打算裁一身像样的服装做“门面”。

1月7日 晚间，开部务会议，讨论布置准备全国第二次宣传会议的问题。大家对我草拟的指示文件作了补充，我还得挤时间把它修改后才能发出。时间老是嫌不够用，参加文艺整风十来天，许多工作都被压下来了。

1月8日 支委开会，大家推我同袁似瑶做书记。工作是一件一件地压下来，大有推也不好，不推又担当不起之感。

1月9日 一个礼拜以来，今晚才有空上街。同晴去看捷克电影《水堤》。写农村里与富农的斗争，还写工农联盟和建设。故事繁杂，主题不突出。

找裁缝量身定做一套咖啡色的哔叽服装，这恐怕重大节日或去外省开会才好穿。若平日要在南宁穿着，还是太“时髦”了。

1月10日 星期天同晴过对河亭子赶圩，买一对鸽子和一根甘蔗。那根甘蔗还被我临时拿来作手杖爬坡上岸。

谭流、李丹、黄英来聊了半天。谭的历史问题弄清楚了，他就不想干省文联秘书主任的工作了。

把《元宵节》修改，给《长江文艺》寄去了。打算下礼拜写几篇东西给《广西文艺》。《一对夫妻两条道路》出版社要出版，画报社要作连环画，必须把它写完。《写作漫谈》也要写下去。

晚间开党小组会，讨论支部计划。

1月11日 接到广州周国瑾来信，说是想下乡体验一下，打算写剧本。李秀灵从柳江四区来信，讲那边合作社的工作情况。

1月12日 开支委会。把增产节约的检查和新的计划谈了一下。同文艺处开会，要求今后工作应做好全省文化会议的领导工作，同时做好南宁市剧团的检查。

外甥梁祥光来说:“外祖母本月10号过世了,昨天出殡。”母亲!再见不到了!世无百岁人,她能达到80岁高寿,已是古稀之命。只可惜她一辈子辛劳,到晚年我们能够奉养之时,却得了不可药治的“乳癌”,同时见到二哥的遭遇,最后带着凄凉心境离开人间!真是“树欲静而风不止,子欲养而亲不待”。

1月13日 谭荫溥来信说,读小说是一快事,写当然是一苦事,但也是一快事。否则托尔斯泰、曹雪芹不可能坚持了五年和十年的时间去写《战争与和平》《红楼梦》。如果说不为功利写出的作品一定会是好的话,希望我在这点有所成就。

莫秘书长调离宣传部前,大家要同他照个相留作纪念。下午请中苏友协广西分会的摄影师来照了几张。

晚上,写了点《一对夫妻两条道路》的文字。

1月14日 今早莫秘书长赴钦州地区上任走了。以后我的事务工作更加繁重,写作时间要被挤得没有了。

1月16日 今天的高级组理论学习不讨论了,都看中央发下的《关于党在过渡时期的总路线的学习和宣传提纲》。

1月17日 只好利用星期天来写作了。今天续写《一对夫妻两条道路》,仍然要四千多字才能结束。中间需要好多叙述来交代清楚政策,恐怕叫人读起来会疲乏。

晚间,史副部长到宿舍来找我谈干部的升调问题,我的写作时间又没了。

1月18日 下午,听袁似瑶从中南回来传达理论学习问题。关于党在过渡时期总路线宣传和学习的提纲,与原来的好些提法都改变了。说是政权部分是毛主席亲自改的。

1月19日 天气忽然变暖和起来,棉衣穿不住了。赴朝慰问团要回来了,史副部长又要我去抓这工作,如何抓法,也没个具体意见。

读中共党史资料,关于“四一二”和“双十二”两段历史,对我很有用。

收到《广西文艺》稿费47万元。花10万元给晴和坭坭买鞋袜衣服,30万元做了一身哔叽呢料服装。

晚上,同小丘到跑马场去学骑自行车。

1月20日 去参加广西抗美援朝分会召开的关于欢迎赴朝慰问团回来的会议。到新华书店买到一本《历史唯物论(十三章)》。草拟一份省委宣传部关于加进文艺工作的意见。

李秀灵又一信说,柳城沙浦乡的人还想着我。我去年到那里检查复查工作,时间虽然只有两天,但他们都觉得我亲切温和。

1月21日 《一对夫妻两条道路》赶在夜里十二时终于写完了。

参加文委党组会,讨论卫生厅、宗教事务处的有关问题。阎厅长传达毛主席在政治局讨论卫生行政会议上的讲话。毛主席说所谓一个干部的能力强不强,应该表现在三方面:1.对上下级和在平级中善于互相研究;2.对党外人士要善于商量;3.要会讲道理——发扬民主作风。

1月22日 花了半天工夫,把《写作漫谈》第三段写了两千字,算是完成件心事。

接到四器从海南岛7144支队运输连来信,高兴地说当汽车司机了。问要名器他们几兄弟的相片。

1月23日 收到王国强从中南赴朝慰问团来信。还附寄他相片一张。找出他1936年送我的旧照片一对比,样子没改变多少,还是那样英俊。他说,现在当粤西区党委的青委副书记。王是我在广东省立第一师范时的老同学。今天大家能够在革命的道路上相遇,真是不易。

同晴去看匈牙利电影《牧鹅少年》。影片写二百年前农民反抗地主的故事。辛辣地挖苦讽刺了地主的贪婪愚蠢,表现了农民的机智勇敢,聪明可爱。

给王国强和侄子四器分别复信。

1月24日 寒潮来了,室内温度已降至9摄氏度。穿皮袄也冷得颤抖。

下午给青岛海军基地谭荫溥、人民日报社严蒙和在柳江工作的李秀灵各写一信。

继续学骑自行车,能够骑着跑了,但还不会上下车。

晚上,读蒙智年从北海来的信。说春节后同渔民出海捕鱼,将来可以写些短文章。他认识到过去的思想是错误的,党委并不是不关心文艺,而是自己没有到现实生活里去体会。今后要努力工作,做好工作,不辜负党的培养。

1月25日 开部务会议,讨论进一步学习总路线的指示。

关于改进文艺工作的意见来不及再讨论了,只好交史副部长审核后发出。

给薛传钊写一信。

1月26日 下午,秦似来办公室坐坐。史副部长也在场,大家不冷不热地扯上几句。

晚间,读秦兆阳发表在《人民日报》上的两篇散文。文章还是说理多了些。给蒙智年回信。

1月27日 做一份宣传部的编制计划。下午学习总路线关于工业化问题。

1月28日 上街本想买部精装本的《三国演义》,书价让我犹豫了一下没买,只买回半斤木棉来絮枕头。读季莫耶夫的《怎样分析文学作品》。

1月31日 同周钢鸣、秦似谈关于文化艺术部门的干部调整问题。想叫秦似专管文联,文化局工作派王宇红协助秘书室工作。但秦似不愿离开文化局,主张还是周钢鸣多管些文联,他多管些文化局。周、秦都主张文联文化局合署办公。

下午,李丹来坐,他原来是学航空工程的,现在要到柳州机械厂去当副厂长。

晚上,开支委会,扯到十点才散。

2月1日 上午,去欢迎武汉杂技团到访,看他们演出。这些节目当然都是所谓绝技,有不少"惊人"的动作。但感染不了我,我不大喜欢看杂技表演。

下午,部务会议,谈编制问题。晚间,同周钢鸣找史副部长谈文艺干部的调整配备问题。

收到几封信。白焰谈其工作不得志,劝我抓紧时间创作,把时间浪费在芝麻绿豆的生活琐事里不划算。刘宏说广西已去信调他回广西工作,解决党籍问题。甄伯蔚又想从东北回来工作,要我们去信答复他。

2月2日 到组织部参加讨论审查干部的准备会。在三年内要完成这件重大工作。目前则要进行调查情况。春节以后会紧张起来了。

明天是大年初一,机关放三天春节假。晚间上街买一斤糖果,然后去看桂剧《玉堂春》。保姆带着坭坭南南都去了。

2月3日 同宣传部的同志们一起,带上坭坭南南到人民公园游园。全市的人好像都挤到公园里来了,不小的一个公园,今天是拥挤不堪。登高眺望全市,几年来的建设已使南宁变了模样,市区周边已达二三十里,跟广州差不多了,只是房屋还很稀疏,许多空间等待填满。

晚上,请谭流、李丹来吃饭。厨房没把菜弄出好味道。

去看孙谦编的电影《丰收》。仍是概念化的影片。

2月4日 到史副部长那里坐了一会,谈谈干部调整问题。后来又同袁似瑶也谈了谈。

2月5日 坭坭牙疼,嘴都肿歪了。本想去给贺部长拜年也没去成。贺部长同史副部长反倒过来我家里坐了一下。

又学骑了半天的自行车,基本学会上车了。今后可以自己学习练习,不用别人帮助了。

2月6日 学骑自行车一整天。晴也学会下车了。学习过程免不了要摔跤,今天就跌了好几回,小腿也被撞青肿了好几块地方。不过,大家情绪都还好,学习热情很高。

2月7日 春节假期满了,又坐回办公室来。目前要办的事不少:年终鉴定,准备宣传部长座谈会,审查干部。

下午,开部务会议,讨论总路线宣传总结。晚上,开支委会,讨论审干问题。

陈闲从北京开完中苏友协会议回来了,专门来谈会议情况。

2月8日 同吴光华谈出版社工作。今后交由他独立负责,还谈了一下关于调覃伯承去工作的问题。

下午,部务会议,晚间党小组会讨论年终鉴定。

2月9日 准备年终鉴定的发言提纲。晚上把它整理成文字。

坭坭南南收到外祖母从哈尔滨寄来的红毛衣和毛背心。坭坭高兴地穿上给我看。小孩子也知道美了。

2月10日 每天都要开部务会议,早上和整个上半天都花在写各级宣传部门的业务意见上。

晚上,支部小组对我一年来的工作作鉴定。

2月11日 部务会议今天算是结束了。晚上,去津头村看话剧团彩排演出《春风吹到诺敏河》。演农民还不是他们所长。一个曾经在《在新事物面前》演过厂党委书记的演员,今天扮演乡村支书,前后对比并没有什么两样。

2月12日 陈闲来传达在中苏友协总会的工作会议上,熊复、钱俊瑞、廖经天的发言。

陈依然故我,只要在单位里稍微听到群众对他有意见,往往就认为是周钢鸣在后边捣鬼,拆他的台。这样敏感实在是多余而有害的。

晚间,参加机关的分房会,房屋还是太少,大家依然得挤着住。

开始写话剧《前途》,列出人物表。

2月13日 看电影《苏联艺术工作团在中国》。

2月14日 中南局宣传部张海秘书长今早来参加我们的地委宣传部长的座谈会。我们是延安时的老朋友。同他去人民公园走了一转。后来又请他去小饭馆吃了狗肉。他一定要到家里看看我的孩子,就带他到省立医院宿舍去见了晴和坭坭南南,坐了好久,东拉西扯,尽谈些老朋友的情况。

晚间,开了个座谈会的预备会。会期最终定为5天,20号结束。收到谭流信,到广西医学院附院检查诊断,半个月内怕回不来。刘宏来信说广西想调他回来解决党籍问题。但听张海说他在中南文化局表现并不好。

2月15日 听陈代主席作学习总路线联系检查工作的动员报告。接着由阎光彩向地委宣传部长座谈,传达全国卫生会议毛主席的指示。

下午,各地委县委宣传部长的座谈会是阅读文件和准备意见。

晚上,会议招待电影《丹娘》。

2月16日 宣传部长座谈会开始讨论。整天都谈粮食统购统销宣传总结问题。

晚上,参加张海召集的教育厅、卫生厅和文委等单位人事科的负责人来座谈干部情况。

2月17日 晚间,同张海去看桂剧《秋江》。根据川戏改编,添加了好长的一个开头。故事写老尼姑原先很关心侄子的婚姻,介绍个尼姑与之相识,俨然是个世俗的媒人。后来稍知其侄与尼姑越走越近,有犯出家人清规之嫌,遂逼迫其侄赶考。前后矛盾,显见情理不合。再就是尼姑陈妙常与这位落第秀才相识的第二天,即请人家喝茶,未免猖狂,比现代女性还大胆。

当中的吟诗、弹琴,更是与《西厢记》不相上下了。观后感觉编剧多在凭空硬编,与生活真实毫不相干。

2月18日 上午继续讨论。下午是陈闲传达友协宣传工作会议精神。晚间,史副部长把会议的总结意见拿到会上征求大家的意见。

2月19日 上午,贺部长来作今后农村工作的报告。下午,到办公厅开会讨论战线办公的制度问题。文教战线办公室设在政府部门的文委办公室是有点不对头。

2月20日 张海晚上要回武汉去了。下午,同他跟贺部长照了几张照片留念。他征求我关于中南宣传部草拟的对农村宣传工作的决议的意见。完了,他稍为谈谈秘书长工作如何做法。他说,秘书长工作权力很小,影响却很大。差不多提出的意见都是决定性的意见了。

本想请他去吃顿饭,但南宁没个好饭馆,最后也就罢了。

晚间,同晴去民族电影院看《伟大的曙光》。

2月21日 早上,去菜市一趟,买只猪蹄、一块鸡肉和一个萝卜。下午理发回来做了两个菜,陈闲来了请他一起吃晚饭。

晚上开支委会,讨论年终鉴定问题。李金光对谭流不愿去文联工作很不满,主张对他批评。经解释仍难打消其看法。

史副部长一天里连着给我两次字条,都是些偶然想到的事。星期天也不让人的脑子安静一下。

2月22日 向史汇报昨晚支委会上对李德韩及丘昌文的提拔有不同意的声音。他承认了解情况不深入,提拔还是由行政单位先提出好了。

晚上,开小组会讨论丘昌文的鉴定。

到史副部长处谈战线办公室及谭流等人工作问题。

部务会议李金光又提出不去文联工作的问题。他是把我的好心理解到反面去了。可能他觉得不让他做文艺处长是伤他的自尊心,而不是为照顾他的前途！

2月23日 同梁家禄谈他的历史问题。一谈就去了半天，下半天又听史副部长的检查工作报告。时间溜得太快了。

2月24日 去省文联开常委会，讨论召开全省筹委会工作问题。

2月25日 岳平来谈战线办公室工作问题。他不肯把战线办公室搬到省委宣传部来，无结果而散。

检查工作讨论今天结束了。

四器从湛江来信，附照片一张。

2月26日 给中南局宣传部张海一信，说武克仁如愿来广西，工作可放到省文联当秘书长。

读翻译小说《牛虻》。

3月1日 开部务会议，讨论提拔干部问题。晚上，继续读《牛虻》。

3月2日 天气骤冷，才穿上的单衣又得换成棉袄。下午，参加财经机关对于人民切身经济宣传工作座谈会。

3月3日 上午，我在关于人民切身经济利益宣传座谈会上作了一个发言。

为吴光华提升任广西省人民出版社副社长写了推荐意见。

3月7日 到贺部长那里谈了半天，多扯些闲话，正经事彼此都避免涉及。他委婉地批评我，应该主动接近领导，大胆提意见。

搬到一幢新建的大楼宿舍里来。房间很宽敞，但配套家具少，显得空荡荡的。虽装上了纱门，但没安装弹簧合页。进出纱门不能自动关合，等于没有纱门。一幢楼房住28户人家，没有厕所，大小便得走好长一段路才行。大家批评"农村作风"仍在我们的工作中作祟。

3月8日 薛传钊来信，说是工作很紧张，信都是在休息中一段一段写成的。如果多写点，恐怕还得拖一个星期才能寄出。她要调五四钢铁厂工程公司去了。那是在塞外的包头。

史副部长去中南局宣传部开会前，交待谭流仍然安排在宣传部文艺处或办公室。

晚间，去看湖南军区文工团的慰问演出。

3月9日 晚上，开支委会，讨论年终鉴定与提拔干部问题。会议拖到半夜才结束。

陈闲送来为其解决党籍问题的申请书。但仍然没有把他的历史问题交待清楚。

3月10日 上午，传达提干问题。代表支部给伍延秀写信，答复他关于年终鉴定小组会对他的意见等有关问题。

下午，听郝副书记关于农村自发势力与互助合作运动问题的报告。

晚上，读完《牛虻》。

3月11日 参加文联筹委会，讨论省文联的机构设置问题。

晚上，到贺部长处，交换宗教工作会议的总结问题。

3月12日 两天来阴雨绵绵。李鹰航的信中说想辞掉东北师大音乐系主任一职南归，问南方的生活待遇。东北的气候不宜他肝脏疾病的恢复。立马给他复信。

3月13日 同朱惠然谈省广播电台的工作问题。

谭流因过去曾动员其堂弟自首问题未在党校交代清楚，工作暂时不能分派。

3月14日 晚上，开支部大会讨论王肖琴、刘建勋的党员转正，苏丹、龙明取消处分，郑显庶入党等问题。

3月15日 收到史副部长来信，催要关于送往中南局的几个报告。

省人民出版社来谈提干的问题。

3月16日 收到卢林来信，说是想要求入党。他原来是学矿冶的，现在正要归队。

晚上，读《作家通讯》第九期，关于诗的形式的讨论。

坭坭要上保育院了。今天两个保育员来家里访问。这两天为她准备上保育院穿的衣服，在衣服上绣上她的名字。

3月17日 晚上读艾青《关于反对诗的形式主义》。

《广西文艺》社送来两位读者来信。对《一对夫妻两条道路》提出些批评。

读后觉得他们是在引导作者去写些概念化的东西。

3月18日 下午,参加省委办公厅召开各部门联席座谈会,汇报关于以互助合作为中心的生产运动情况。

晚间,同李秀灵谈谈他的工作学习问题。

3月19日 给薛传钊一封回信,希望她到包头后常来信。

夜间,支委会讨论刘宏所犯错误的事实。他的错误主要还不是贪污数目多少,而在于所代表的严重性。

收到侄子文器从柳州荣校来信。

3月20日 去看完《斯大林活在人们心里》记录片后,又赶去看柳州桂剧团的《陈胜王之死》。剧本编得有点粗糙。

3月22日 史副部长从中南开会回来,下午开个部务会议。传达赵部长关于农村工作宣传的问题。

昨天开始敢骑自行车上街了。去理了个发。

3月25日 听宣传处的同志汇报灌阳一区的宣传工作调查。从调查材料看,只要思想上重视宣传工作,中心工作自然就会完成得好。灌阳一区所以能做好了中心工作就是因为区委书记能够重视宣传工作,注意思想发动。可是,由于他这一创造性的工作方式,并不是县委所布置的。因而,区委曾被视为个人英雄主义几乎被处分呢。

3月29日 本来打算晚间写剧本了,可是每到晚上,人就疲乏不堪,只能看看书就过了一晚。

自知毅力不够坚强,事业的成败往往是由于毅力来决定的。

3月30日 这两天公务不算繁重,只是心情没有清静下来。要写一份关于互助合作的宣传材料,可对实际情况了解不多,纸上谈兵,恐怕无补于事,迟迟不敢执笔。

4月1日 晚间把《一对夫妻两条道路》整理了一下,打算交出版社去出个单行本。

下星期就开始写剧本了。

4月3日 陈闲来汇报工作。跟他说些群众对他的批评意见,他就很不高兴地走了。他把什么意见都看作是别人对自己的打击伤害,这样会影响进步的。

去看匈牙利影片《战斗的洗礼》。故事有点硬凑。

4月4日 同宣传部的同志们去白沙踏青。几个月来没雨下,芭蕉树都枯黄了。在早稻要抽穗的田里,也旱得龟裂了,人们干脆把它当作交通,踏出一条道路来。

4月10至15日 省委扩大会一开始就由代书记陈漫远同志传达中央四中全会决议。高岗和饶漱石的反党错误经陈传达后,大家都很震惊,引起巨大反响。纷纷表示支持中央的决定。

经过一个星期的会议,人人都联系了自身的个人主义思想,以及由个人主义而产生的不团结的错误思想行为。

4月16日 省委扩大会今天陈主席作了总结发言。通过一项决议,表示对四中全会的决议的拥护。

下午,到交际处参加全省城工会议,听了各市委的情况汇报。

史副部长忽然决定要我明天去中南参加工矿企业政治工作会议。

这样一来,打算写一篇《过渡时期文学创作的任务》的文章又写不成了。

4月17日 夜里九点三十五分火车开往武昌。我把坭坭送到省立医院交给保姆就去车站了,上车后还有20分钟才开车。

同车厢的是些地市委书记和几个学院院长,他们开完省委扩大会乘车回家,大家好像并不寂寞,有说有笑的。可我却躲在车厢里读莫泊桑的《漂亮朋友》。

4月18日 越往北走,越显得冷起来了。幸亏带一套夹衣,否则,到汉口下不了车呢。晚上,一张毛巾被已经不行了,只好租车上的被褥用。火车上的伙食味道很坏,没胃口。早晨吃了一盘煎荷包蛋还可以,晚上再吃就吃不下了,白花了四千元。

4月19日 天阴细雨把心情搅得很不愉快。《漂亮朋友》看完了,写了法国当时社会生活里的男女关系,通过所谓的社交造成混乱,夫妻之间互相欺瞒,各自找寻异性。莫泊桑用自然主义手法将它们暴露给读者。

晚上,七点五分到武昌了。过江等接待车到空军招待所已经是八点半了。同总工会宣传部长沈超去小饭馆吃了一碗面条。空军招待所有相当阔气的房间和被褥,我们带的蚊帐被毯成了多余。

4月20日 会议是下午在中南局大礼堂进行。上午是自由活动时间。同方舒、沈超到街上逛了一圈,汉口依然喧哗,几条热闹的街道好像没有什么改变,新鲜感觉很少。

电影广告没有什么可看的新片子,书店也是几本再版的小说。商店还没换上夏季的货物,想买衬衣没见到合适的。

下午两点半到中南局听工业部长孔祥祯报告《工矿企业的政治工作》,算是会议开始了。此后十天时间就是讨论、典型发言、大会发言、总结。全是围绕这个问题的解决去进行。

晚会是看汉剧、楚剧。我没有去,到街上去走一下,回来同方舒闲谈。

4月21日 小组讨论。广西代表分成两个小组阅读文件和漫谈。

到书店买了一本周作人的《鲁迅小说里的人物》和一本历史唯物论中的《国家与法律》,一本第七期的《文艺报》。

4月22日 下午半天大组讨论《关于工矿企业政治工作的决议》。

晚上,去民主剧场看越剧《西施》。同行的周琼邦、沈超、周华彪都说剧本编得不好,不合乎历史情况。演出调子和动作也过于单调。饰西施的演员也不漂亮。真有点后悔花了六千元的门票钱。

4月23日 大组讨论,整天都讨论一长制问题。一长制与党委集体领导制的关系怎样呢?大家都揣测,没有肯定意见。有了文件还是将信不信,中南局的决议,不愿将苏联的办法照搬,只是改头换面的东一句西一句乱凑。结果反而很不明确。这个问题在前头提到了,到下面又没讲清楚。使人迷惑不解。

到儿童书店买一本达盖尔的《铁木儿及其伙伴》。这是为了要写薛传钊对小孩们讲这个故事的材料而需要参考的。

晚上,同方舒去找刘宏聊天。他对自己的问题仍喜欢猜想。

4月24日 下起了毛毛雨,这一下不知哪天才停歇。吃过饭坐上交通车到中南局大礼堂听厂矿企业典型报告。报告人有331厂，豫北纱厂，201军需被服厂三个单位。201厂是个女厂长，作的关于劳动竞赛的经验介绍交流很吸引听众。她能从容不迫将实际情况形象地描绘，言语生动活泼，很有感染力。

晚上，上街去做两件绸衬衣，到澡堂洗了个澡。

4月25日 雨越来越大，街上淌了水。大家去参观长江大桥的工地，我没雨具就没去。同方舒冒雨去中南作家协会找黄铸夫，没有见到，遇到黑丁，被拉到李蕤房里去坐了一会避雨。黑丁叫我下星期二参加作家协会的会议，讨论全区的重大工作计划。

从作家协会出来，到联怡里找到黄铸夫了。他同老婆正在用功应付理论学习考试。在他那里谈了好久，还吃了午饭，看看他收藏的画。

买了一本拉脱维亚的长篇小说《走向新岸》。看了一个开头，颇能抓住人。对自己的写作有点启发。

晚上，去民众乐园看《梁山伯与祝英台》。小王玉蓉饰演祝英台很美。剧本比过去精简了一些，显得洁净。但"十八相送"与"楼台会"却没有被强调而很好地表现出来。

4月26日 继续去中南局大礼堂听典型报告。

晚上，因雨未出门，读《走向新岸》数页即入睡。

4月27日 中南作家协会送来一个"通知"和"关于组织五四年创作计划""长江文艺编辑计划"等文件。"通知"说今天上午中南作协开常委扩大会讨论以上事项。因为自己不沾这个边，去了也只有听会，还不如不去的好。虽然一连听了几天工矿企业的政治工作典型报告也有点疲乏了，但是，比去作家协会受拘束好过一些。

昨天是日内瓦五大国会议解决朝鲜和印度支那问题。我国的周外长率代表团已到了那里发表了声明。

4月28日 上午读文件。下午小组酝酿漫谈。晚上，同方舒在街头散步。

4月29日 整天是大组讨论，题目是"对厂矿政治工作的重要性的认识"。

张健虹以中南局城工部工作人员身份来参加小组讨论会。在休息的间歇，她在难为情的心里状态下来同我握手寒暄，几句应酬话之后，再怎样开始往下的话题呢？我俩都没有应变的才能，于是她只好找魏伯谈些言不由衷的话去了。

4月30日　整天讨论回去如何贯彻这次会议精神的问题。

晚间，去中南局礼堂看《小姑贤》影片。我没有去，在家里读拉齐士的《走向新岸》到深夜。天气升温变热了，臭虫也出现了，床单上就发现了好几只大大小小的，这将影响睡眠呢。

5月1日　初夏天气来临了，人们换上了夏装。一早街上染遍了红旗。人们都被吸引到街头来选择一块空地，等待游行的队伍的经过。

这里每年也都举行五一游行大会。检阅台是在中山公园前。我们都接到了观礼的缎条，但是，大家对它似乎不如在天安门观礼那样感兴趣。

我躺在床上整天读《走向新岸》，把最后的四百七十多页的书翻完了。拉齐士用流畅简略的笔调，描绘了拉脱维亚三十年的革命斗争故事。通过几个富农和几个雇农的家庭的离合，反映一连串的社会变革的史实。这里边虽然难免有粗略之嫌，但仍有不少段落是感动人的。

5月2日　听一天大会发言，晚上，大家都去看电影了。同方舒到江滨公园去坐了一回。这是在粤汉码头的江岸上刚建起的，柳树和棕榈树才栽下，在新铺的草地上摆下几只人造石的凳子，管理人员说，明天才开放，今天是有证券的才能入场。我们凭一张出席会议的证件，也可以进得去了。

汉口有这么一块地方，算是对市民的恩惠，有休闲散步的去处了。

5月3日　到中南局宣传部会议厅参加关于企业宣传工作座谈会。遇见张海，他说分局陆莹宣传处长也是写文章的，同他是延安时候的老同事。明天请我们一起去吃顿饭。

5月4日　上午休会。到街上买了两包糖果给小孩。

十一时张海来邀我同陆莹、周琼邦到沔阳饭店去吃湖北菜。说是那里有的粉蒸菜是代表湖北菜的特色的，但吃起来味道并不佳。

下午，听孔祥祯部长总结报告。晚上去买些零碎东西，准备明天离开汉口了。

5月5日 开往南宁的车是上午十点五十六分,吃过早饭我们就得准备过长江了。雨却死劲地下,逼得花两万元买了把纸伞。没带雨具的同志都给浇湿了。

买了一本契诃夫《出诊集》。文章短,便于旅途阅读。

车厢里同行的有个女同志陪着她的老太太。谈起来才知道她同邢立斌都是贵州省机关里的干部。和邢立斌还是山东老乡。谈起相知的朋友来,我们容易就熟了。她说邢立斌好喝酒抽烟,打五百分能玩通宵,文章不见常写了。

5月7日 早晨到南宁。

回到家收到谭葭溥从青岛来信,说是因肺结核病现在仍在医院躺着,出院后要转地方工作了。他有那样才情,常常能把信写成一篇美好感人的散文一样。假如他一直都在弄文学,岂不是给文坛增添不少的光彩吗?

5月8日 收到萧鲁一信,他说陈冷到农林厅当副厅长之类。他却去搞合作社经理。但最近可能上调。

我们三人都是一九三九年的鲁艺文学系同学中的"难兄难弟",现在各人的发展道路已经很不一样了。回首当年恍若梦寐。

5月14日 回到办公室来,零星繁杂的事务就把你缠住了。下午,参加全省文代会筹委党组讨论主席、委员名单等问题。

晚上,黄绍进因恋爱纠纷与阮庆打架,给派出所扣押,丘昌文去保领回来。

于凤乡调到宣传部干部处做人事工作,和孩子们从省立医院搬来宣传部一起住了,今后早晚都在一起了。

5月15日 为解决黄绍进殴打阮庆事,与黄谈话。黄前在宜山与叶肇盈恋爱,中间阮庆插上一腿,使两人几乎断绝关系。黄含恨在心,找机会报复。这是失掉党员立场的,在群众中造成不良影响。

5月16日 晚间,为黄绍进打人事,支委开扩大会讨论处理办法。经决定,先由领导与其谈话,要其反省错误行为,然后在支委会上检讨,最后看其检讨程度再决定开支部大会进行批评。

5月17日 陈闲到梧州、容县地区一两个月,回来汇报工作。该具体谈的抽象了,该简单明了的话又多了些。

这两天正要上调干部参加"一四一"项大工业建设。广西干部支援大冶钢厂。假如去年去了中南,今天在大冶我就作欢迎的主人了,现却在老地方做欢送者。

5月20日 参加文代会党小组讨论周钢鸣准备的报告稿子。

晚间读苏共党史。但思想上老是为写篇《关于过渡时期文学创作任务》的稿子所分心,越来越感到记忆力衰退,思想不集中,真有点心有余而力不足了。

给苏上杰回信,让他不要为自己考虑太多,组织上会考虑它的每个成员的发展前途的。

5月23日 到省文联参加筹委会开会,讨论文代会的议程问题。

5月24日 周钢鸣的《四年来全省文艺工作总结与今后的方针任务》今天才写出一部分。看了一下,发现好些提法不够全面,只好动手给他改。

5月29日 周末去保育院接坭坭回家。晚饭后带她去参加省文代会的晚会。她能够在众多跳交际舞的人员中,认出保育院的阿姨来。

天气闷热极了,幸得夜里下了一场大雨,驱散暑气。

5月30日 大雨下了整夜,把球场变成了水池,一片"汪洋"。

下午去看保加利亚影片《在压迫下》。表现保加利亚人民反抗土耳其侵略的历史。沙俄军队的救援,帮助保加利亚赶走了侵略者。这样岂不是沙皇也成了民族解放的救星了！这是作者的疏忽吗?

6月1日 上午,花半天时间改写《过渡时期的文学创作任务》,仍然没写完。下午,到省文代会听贺部长的讲话。晚间,看桂剧《白蛇传》。参加文代会的会餐,文代会今天就此结束。

收到家乡信,二哥要些旧衣服和维他命B、消炎片等药品,还说要支水笔,可见他仍想学习,追求进步。

7月5日 收到薛传钊来信。她说年底才到包头去,那边将成为中国的乌拉尔。还说,要抽出部分时间来读读小说了。问我读了些什么?另外,盼着我给她寄乡村的照片。她还记得我曾经许过的诺言。

我马上就要投入全省宣传工作会议的忙乱中去了,回信什么时候写呢。

7月29日 几乎是整整一个月都卷入宣传会议的紧张浪潮里,特别是从10号到21号的会议时间,日夜都喘不过气来。

编写了一天的宣传会议报告。把《过渡时期的文学创作任务》寄到《文艺报》去试试,看他们有什么意见。

本月10号外甥祥光曾来相告,他妈妈去世了!算来大姐恐怕还不满60岁吧。想不到她不能多活几年。几年来也没有请她出南宁来见一见世面,不能不说是种遗憾。兄弟姐妹逐渐衰老凋零了,生命是如此短促。“人生有限”这话让我体会得愈益深刻了。

7月30日 上海新文艺出版社来信拉稿子,制定明年的出版计划。填了一份计划告诉他们,明年上半年打算写个中篇小说《前途》给他们。

这两天又要抗旱了,老不见下雨。风吹在人的肌肤上都有灼热感。但武汉长江那边却闹水灾,火车不通已有好些日子。

8月12日 今天有空写两封信。

给《人民文学》主编严文井,告诉他从全国文代会回来后,做秘书长工作,连原先写的小说草稿都没空翻一下,写新的更不能。所以不能回应编辑部的拉稿,感到很抱歉。希望将来能变换工作岗位,回头搞文艺比较现在合适些。

给谭荫溥回信,问他将来要转业的话,打算做什么?以为他的文字常常都是散发芳香的气息,如果他能从事文学,那么文学方面应该会增添新鲜的气息和明快的色调。

这几天早晨和夜晚都抽空写剧本《前途》。第一幕已写完。极力想把人物写活,但总摆脱不掉要宣传政策的思想。

8月13日 前几天过河去赶街。坐在小帆船上,看到各个乘客对影响船的安全的举动都有着共同的关心。哪一个人稍有走动都引起大家的指责。原因就是船的安危都关系到每个人。所以互相监督是每个人的责任。

一个船是如此,一个团体,一个国家也应该这样。见到团体里一个成员危害到团体的利益了,应该有批评的责任。见到违反国家法令的人,应该制止反对，道理就是在此。那些所谓事不关己，采取旁观态度的人，都没有意识到团体和国家对个人关系正如船和乘客一样的缘故。

8月14日 给薛传钊写回信。

同她谈关于入党申请的看法问题。告诉她，如果自己真有为共产主义事业献出自己一切的决心，就应该本着坦诚的态度把心愿告诉党吧。

8月16日 到话剧团去谈谈他们最近弄出来的三个短剧。其中《水》写通过抗旱工作表现一个支部书记为公忘私的新人物的道德品质。他们能善于通过一些具体的平常生活来表现主题，大致上能做到恰如其分。可以演出。

8月17日 读了几篇关于契诃夫的文章，再读他的《带狗的女人》，颇有所得。

8月19日 孙德枢部长从宾阳下乡回来，夜里约去谈部里工作和袁似瑶因调学习室苏丹去学习而生气的事。

8月20日 白焰来信问有华侨带回米度手表要价180万元，要不要。当晚回信说原存的钱去年在北京已花完，现百多万元手表对我而言已成奢侈品，不能买了。顺告我的近况，还是希望换下环境。

8月24日 夜，继续做学习发言提纲，就关于苏联1928年左右发生的粮食问题谈些看法。

8月26日 白焰回信，说是广州改为省辖市后，他可能要改行了，但对到"一四一"去没有那样的雄心。吴三才、樊清璋和李金光来访。本来他们还约了刚从"华钢"回来的王宇红一起来的，王临时有事爽约了。大家在一起谈话剧团的领导和剧本的写作问题。

8月28日 去看评剧《小姑贤》的记录片，并不太好。

铁道兵团宣传部殷步实来谈修筑黎塘到湛江铁路的宣传问题。他说好像在什么地方听到我的名字。后来谈起来才知他同胡征一起工作过。

收到李鹰航从长春东北师范大学来信，打听回到华南做些什么工作好。马上回他一信。

8月29日 上午，省委萧一舟和财委骆明、报社社长、广播电台台长等来开会讨论当前农村某些商品供不应求的问题和我们写的宣传要点问题。

收到《人民文学》来信邀请为十月号的《人民文学》写稿。看来是严文井收到我的信后叫他们来拉拉关系的。

8月30日 下午听下乡回来的孙德枢部长谈下面不注意思想发动，不注意政治工作的情况，和宣传处的同志汇报秋前建社的思想政治工作情况。

8月31日 上午参加部务会议，讨论当前农村宣传工作中关于某些商品供不应求的宣传问题。下午和晚上花了四个钟头修改关于这个问题的宣传提纲。

读党史资料第六期关于南昌起义部分，觉得对于写作很有用处。

9月2日 严文井有空给我写封回信，他还是说希望能抓紧时间给《人民文学》写些东西，写作岗位是要靠写作来争取的，假如我能够下到工厂和乡村去，将来的写作工作即使不能马上换调，但总会有出头之日的。他说自己也想挤点时间写童话，可自己还不够刻苦，浪费时间不少。

9月7日 长江文艺社再三来信催要关于解放台湾、全国人代会、国庆节等感想的"表态"文章。

昨晚赶了一夜写了千三百字，今天寄出，不知合乎他们要求否？好久不写稿子了，乍然写起来是有点生疏，因而颇费力气。

9月8日 打算到武鸣县去了解一下宣传工作情况。十六年前我曾经在那里生活过四个月，也是从那里我走上了革命的道路。十六年很快过去了，那地方恐怕也有好大变化吧。

9月10日 十六年前，我是经武鸣到延安去的。今天又回来了。十六年漫长的时光，街上竟也没多大变化。灵水边的几株大榕树依然苍劲挺拔。

街上的商店多为国营的百货公司门市部了，私营商店已经很少。

县委宣传部的人都到区乡去搞超额增产了。晚上，马部长和潘坤业才回来同我们谈目前乡下的工作情况。他们做了一些宣传工作。但没有总结推广，没形成制度。而是临时想出些办法，用完就丢弃了。

9月11日 一早从武鸣雇一辆自行车，由车主搭到双桥圩的三区政府附近的双桥合作社。

今天是中秋节，又是双桥圩期。虽然人们因过节赶圩的不多，仍然有不少的肉类，柚子等出售。

文化站今天好像也过节，门口贴出新的消息，报导本区超额生产计划和拥护解放台湾等内容。

“农业合作社问事处”新贴上了一张传授员名单，半天来了一个姓黄的传授员，是互助组长。他一边在填写非常细密的超额增产的统计表，一边等候农民来询问。可是，来访问的不多，半天也难见一个。姓黄的人说，问事处已经两个月不活动了，为什么今天又弄起来呢？这恐怕是与我们来了有很大关系。

晚间，房东陆道均，一个翻身农民，打了十多斤鱼来过节，这里与我的家乡一样，中秋节是吃鱼生的。

这一家人今年头造就打了二千斤稻谷，卖给国家就有千四百斤。这十多斤鱼，若花钱买是要三四万元的，可是鱼塘是分来的，农民也就不用花这些钱了。

夜里，韦世其的合作社正在开会评议土地入股问题。二十三家人在草坪上摊开一张竹席，然后坐在竹席上盘着腿开会，韦世其挺会说话的，开头就说：今晚是中秋过团圆，我们却开会，但为的是要搞社会主义，抓紧时间搞，就用开会来过节吧。

这里，正在开会，那边却有千万把灯火在田边捉虫，整个气氛都是紧张愉快的。怀里小孩睡了，母亲把他们放在席子上，又聚精会神地去听别人的发言和准备自己的意见了。

夜里，鸡已叫了，突然，屋顶上的广播发出呼喊，有土匪特务活动，全村民兵都从床上跳起，赶到村外去了。接着四处的广播筒也哇哇地叫起来了。

9月12日 早上，一长列队伍从山脚回来了。他们带回一个布口袋，里边装的是几只芋头、两根竹笋和一小瓶酒。这是那个被追赶的人丢下的。原来半夜时，平湖村刚演完戏，有个人从民兵巡哨前走过，民兵上前询问，他拔腿就跑，追的人摔了跤没抓到他。后来各村民兵在田边树林搜了半夜也没见踪影。

县委书记林山来同区长研究土地入股的产量标准问题。认为定低了有两个坏处：中农田多会不满，影响到社外那些单干的农民，今后扩社不利。再就是将来农业税收他多了，他们就觉得土地入股时才算那样少，不好再讲话。

晚上，几个社干讨论，都同意当初区干意见，把土地产量定的比查田定产时低三十斤(即520减为490),有的人不提具体意见,认为只要合乎实际就好。什么才合乎实际呢?因为土改后,原先一造田都改为两造了,现在一亩可收千四百斤,把它定为490斤,恐怕是因为怕我们区干批评他们落后,要不就是怕出公粮,怕统购。

可见,思想问题是没有解决得好的。

9月13日 从双桥雇自行车搭乘去林渌农业社。走的是山路,蹬车人感到很吃力,遇陡一点的坡只好让我下来步行。六十里路,走了两个半钟头。

区政府的人都下乡去了,赶到林渌林培华合作社,只见共青团桂西区委副书记余达佳在林培华合作社办公室(实际是他的堂屋)整理材料。

余达佳向我介绍了林培华的家庭情况。他妻子也是有名人物,叫黄芳绿,到省参加妇女代表会去了。她是乡支书,农业社副社长。母亲是养牛模范。林本人原先是住在山洞的,土改后才分到房子住。他本是文盲,因为几年来开会多了,现在也能记录了。他弟弟被蒋介石抓壮丁回来变痴了。这都是很好的对照。这对一个写小说的人来说,都是很宝贵的素材。

晚上,参加听乡支部的党课。听课的不限于党员,团员和积极分子都听了。听后,他们分别讨论刚才讲的关于共产党员八项条件的前面三条。

早上,发一信给孙部长,讲到这里宣传部门不能建立业务的情况。

读全国第二次宣传会议的文件,陈云、邓子恢关于工业化与农业合作化的两个报告,很能说明问题。

9月14日 到第二区政府参加乡党支部书记乡长会议,听他们汇报超额增产计划的订立情况。

各乡都动员起来了,但是,宣传上只强调支持解放台湾、工业化和支援灾区多,讲到与农民切身利益少,结果思想问题解决不太好。还有不少人怕订了计划做不到,将来公家照数统购怎办?

他们都讲的土话,我只听懂十分之三,坐了半夜所听到的很有限。

散会后,找到一张破席,拿一堆旧报刊做枕头就睡了。夜来凉气袭人,几乎被弄醒。

9月15日 同林培华到二里地外的石山去看他从前住过的山洞。那是个石洞,和陕北的土窑洞差不多大小,洞口面临很陡的山坡,石头同坟墓似的布满了地面。林培华很自豪地指着亲手种植起来的黄皮果树、枣树、芭蕉树、桐油树、柚桔树给我看,他还说荒草中的石阶路也是他修筑的,这些都因为他参加了翻身斗争,现在又领导了合作社,没有时间照顾而荒芜了。讲起来他还有点惋惜。

他说,他想在这地方修个花园。在这样极为偏僻的小村庄修建花园?我脑子一下子还跟不上他的想法,他似乎已看到农村未来发展的景象了。

9 月 16 日　利用清静的时间,把十万字的全国宣传会议文件中的陈云、李富春等负责同志关于工农业、商业、法政、军事的报告通读了一遍,深感中央领导的水平高,读了他们的报告,使我对许多问题都释然了。

同林培华、覃兴华(副区长)去田间检查禾苗,螟虫仍然很多,合作社田里的禾苗确实长得比较茂盛,因为落肥较充分,禾苗比较绿。

晚上,参加全乡互助组长、生产模范、合作社社干大会。会场就设在大榕树旁的篮球场。从晚上九点开到十二点了,下弦月已经升到中天,露水已在草丛发着闪光,凉风已侵袭着两肩上了。林培华在乡长讲完话时作了几句补充,显得稳重深沉。他年纪并不太大,却显得庄重老成。

夜间十二点多才上床,四点钟又听到广播台高喊:“各位群众,起床出工啰。”

9 月 17 日　一早起来见到林培华趴在桌上写字,非常专心。过后,他拿来写满了字的稿纸给我说:我给毛主席写封信,你看看。

他把他合作社夏收增产和超额增产的计划都写上了,而且把意思表达得相当完整。字也写得还清楚。一个农民已经变成这样能干的人才了。不亲眼看到的,可能还不会相信呢。

上午十点钟离开林渌回武鸣县城来了。

晚上,同陈列去城西明秀园游玩,这是被弯曲的河流三面包围的幽静果园,原先是公园,现在武鸣初中设在里边了。这样幽美秀丽的地方很适宜于消遣。

9 月 18 日　昨天武鸣县开始公布棉布统销工作,去县财委听各区的汇报,各地对这一宣传工作只强调算定量供应数够不够做一套衣服问题,没有提到它的政治意义。

晚上，同宣传部马部长谈话不久，他要开会就走了。对我们这些在上级部门工作的人很不感兴趣似的。

省委宣传部来电话让我们明天回去。

9月19日 一早搭不上汽车，只好雇自行车回南宁。上午七点出发，十一点才到。

下午，赶得上去看彩色影片《梁山伯与祝英台》。越剧的唱词虽不大听得懂，但影片那艳丽的色彩，华贵的服装道具足以让你增添极大美感，太华丽了。

收到谭荫溥信，说已离开病院，在家休养。不适宜海军工作了，今后工作正听组织调遣。

上海新文艺社回信，同意将我的《前途》写作计划列为它出版的计划里了，希望我早日完稿。

9月20日 今天是中华人民共和国的宪法正式公布的日子，南宁市家家户户都悬挂国旗表示庆祝这部宪法的诞生。

9月29日 严蒙在《人民日报》来信，说是《东北日报》的熟人都到《人民日报》来了。还说苏联展览馆快开幕了，希望我能够去京看一看。

9月30日 明天就是国庆节了。在宪法颁布不久，全国人民代表大会刚刚选出国家主席就迎来了国庆，其意义特别重大。各国代表团一个接一个地来了。苏联的赫鲁晓夫、波兰的贝鲁特、朝鲜的金日成等国家首脑人物的到来，显示我们国家已在世界舞台上崭露头角，有了崇高威望。

10月1日 一早庆祝国庆游行队伍的锣鼓声就响彻街头。领着垅垅南南上街去看了半天的国庆游行，南南还高兴地跑到街上去跟着游行队伍手舞足蹈，把游行的人群也给逗乐了。

10月4日 写了四封信。给在马列学院学习的白焰；给广州作家协会周国瑾，表示想到他那里去吃几年作家饭，看看能不能写出什么来；给人民日报社的严蒙回信；最后一封是给苏丹的，也是回信。

10月18日 给中南局宣传部秘书长张海一信，仍然希望他到京后代为申述入京之意。但也说“拟托良媒亦自伤”之慨。

10月21日 严蒙来信说刘哲生已再婚并生了一位千金。但因前次离婚和这次结婚跟组织闹了意见,再加要负担前妻孩子的生活费用,弄得情绪很不好。组织上准备调他去浙江新华社,他不大愿去。

10月29日 第三个孩子今天上午在省立医院诞生,是个男孩。晴说很像“南南”,也是大头,前额突出。叫什么名字呢?就暂时叫“田田”吧。

“南南”昨夜发高烧达39.8度,还连连呕吐,也进医院去了。医生说是感冒,喉头发炎。

10月31日 今天赶了一天,算是把《一个农民》写完了。这是以武鸣林渌合作社社长林培华为原型的小说,用第一人称口气写的。把一个合作社社长几年来的发展过程作了广泛的反映。似乎不够集中,主题可能不够突出。

11月4日 中南作家协会来电报说,原先拟定本月九号召开的常委会议改期,叫我等待另外通知。本来拟定后天去汉口,暂不去了。

近来中国作家协会对俞平伯的《红楼梦研究》进行猛烈批评。认为是承袭胡适资产阶级观点来对待伟大的现实主义的古典作品。俞平伯一系列的观点都是唯心的,引导读者从趣味方面去认识《红楼梦》,避开了它暴露封建社会的政治意义。由于这一批评,引起了文艺界提出了文艺创作的竞赛和自由讨论的问题。反对过去的为照顾权威名家和权威刊物而不能批评的错误看法。

11月20日 下午三点半离开南宁去汉口出席中国作家协会武汉分会的会议。同行有省文联主席周钢鸣。

车上看“人民”“光明”两报近来关于批判俞平伯研究《红楼梦》的资产阶级唯心论的错误思想的文章。

俞平伯承袭了胡适的反动的实验主义思想来研究《红楼梦》三十年,一向是被认为新红学的权威。现在却叫李希凡、蓝翎两位青年团员揭露了。

俞和胡一样,把《红楼梦》这么一部巨大的现实主义作品看成仅仅是曹雪芹个人的自传,因此,找了多年的证据来说明书中的某某情节与作者的身世相吻合之处。而这些证据未免有附会之地方。最大的毛病还是他把《红楼梦》看成是自然主义的产物。

11月21日　开始读高植译的《复活》。托翁描写法庭与监狱的地方的精确是惊人的。他那样从容不迫地精密细致地描写着人物每件富于特征的细节，使人从字里行间看到人的活动。

11月22日　车误了点，下午一点半才到汉口。原先粤汉码头的车站被今年的大水冲走了，江滨公园只剩下零落的柳树和一座孤独的凉亭。

武汉作协分会党组正讨论《中共中央关于展开学术思想研究及讨论的指示》，叫我们也参加。

中央因《红楼梦》问题，重新引起对学术思想领导的重视。从这一指示草稿看，中央是下决心把学术思想自由讨论贯彻到每个思想领域的。今后学术思想的自由讨论空气，可能展现新的局面。

指示上说，被批评者可以有反驳，允许被批评者保留他的意见。即使做了结论还可以申辩。学术思想的批评不同于政治工作的批评。

西虹也来出席会议。他还是那样热情，他说正改写一个长篇，已经两年没下部队了。晚间，我们同住一个房间，谈了好些熟人的情况。他已有三个小孩了，由于他事业上的成就，生活是过得很好的。

作协分会这回招待得很好，请去春明饭店吃便饭，又送到海陆饭店住宿。这是招待外宾的地方，什么都不缺。我带毯子来显然多余了。

11月23日　上午，去街上走一转。武汉的百货商店也很朴素，奢侈品并不多。

下午，开党的小会，讨论会议的议程。听黑丁传达中央、毛主席对《红楼梦》的意见。

从《红楼梦》问题发生，文艺界原先要解决的批评——自由讨论、创作——作品竞赛的两个问题，发展为反对向资产阶级思想投降和培养新生力量的问题。

晚间，参加文化局招待赴印文艺代表团的宴会。里边有以郑振铎、周而复为首的上海、北京的戏曲、音乐、舞蹈的名人。戴爱莲也来了，但她是那样矜持，大家欢迎她表演舞蹈，她只叫她的学生来应付。当然她学生的印度舞也还是不坏的。还有上海京剧名演员叶盛章,他给大家唱了一段。

11月24日 寒潮来了,天气忽变阴冷,还飘落毛毛细雨。听了一天黑丁的传达。

目前文艺界思想斗争是很复杂的,除了俞平伯的资产阶级唯心论的错误,还有胡风、路翎反对派的观点。而这些问题如果拿来自由讨论,那是有一番激烈斗争的。

晚上,看《葛林卡》影片。

11月25日 李蕤主持会议。他不惯于此道,关于《红楼梦》的讨论、关于作品竞赛、关于培养新生力量、关于组织机构变更等,应是一样一样地求得明确答案的,他老兄却让大家漫谈,然后再给解释,完全不是讨论了。

11月26日 继续昨天讨论。

11月27日 今天讨论组织机构改变,广西作家划归广州作协分会联系。

晚上,湖北省文联、文化局和武汉市文化局在冠生园请吃饭,西虹喝醉了。

11月28日 上午,去参观汉水铁桥。本来这样的桥是极为普通的。他们说,之所以引起人们重视在于它提早完成了工期,只一年工夫就把桥梁安上是不容易的事。

旁边有巨大的,能装吊起三十吨的起重机。据说,全国现在才有五台。

下午四点,到《长江文艺》编辑部开会讨论对苗延秀批评的问题。

晚间,武汉市文化局又请与会代表到五香斋吃螃蟹。江西石凌鹤很内行,教我们吃这玩意的窍门。

11月29日 离开汉口,为了去韶山拜访毛主席的故居,我和杜埃、周钢鸣三个人在长沙停了下来,住进省交际处。已经是夜间十点多了,杜埃还提议去逛马路,在一个小馆子吃了炖狗肉和乌龟汤。

这里天气阴冷,令人难受。

11月30日 早上,同魏孟光、周钢鸣、杜埃过湘江去游岳麓山。山脚就有毛主席和烈士蔡和森曾经读书谈论革命的爱晚亭。从亭里可以看到两边山谷一片如花的枫叶。据记载,爱晚亭的得名是由杜牧“停车坐爱枫林晚,霜叶红于二月花”的诗句来的。

从爱晚亭上去有蔡锷的墓。有古代的寺庙,山是逐步高升的。当我们又回到山脚,回头一看,蔡锷的墓在云层里了。

下午三点,我们坐上小汽车到韶山去,到达时已经天黑了,什么也见不到。招待所的人说前不久还打到一只三百多斤的老虎,可见这地方是在山坳中。

晚间刮着风,招待所很寂静,就像座距离村庄很遥远的古庙。

12月1日 早上,细雨和浓雾封住了这里的山林。从招待所去到毛主席故居还要走上半里路左右。

这里完全是山沟了,除大山之间有些田地,有零落的三五家的小村庄外,再也没有空余的所谓平地了。本地的人说,所谓冲,就是山区的平地。韶山冲的名就是概括自然条件来的。

这里原先没有小学,现在的韶山学校是解放后建筑起来的。毛主席当年入学的地方是毛家私塾,就是如今路边的那几间破房子。

我们走到一个山口,见到一块四方的牌示指明毛主席的故居是前面塘边的一座独立房屋。

塘边树立一块牌子说明毛泽东少年时曾在此游水。房屋前面的一块牌子说明毛主席故居。故居是毛主席祖父遗下的。一九二七年以后,国民党政府曾抄家,没收了这座房子。解放后才又把它修缮恢复旧观。它是座泥砖瓦房,里边分堂屋、厨房、膳厅、卧室、谷仓、碓房、牛栏、猪圈。看来,不是中农小康之家是不可能这样整齐的。

房屋的家具本已散失,解放后才收集回来。有原先的床、桌椅和柜子等一些家具。一只牛篦子曾是毛主席幼年用它给牛搔虱子的,被埋在牛栏多年,现在发掘出来已经被锈蚀大半了。

毛主席的寝室有他幼年读过的算术教科书一本,书皮上写有泽东二字。

我们来到毛主席父母的寝室,向导指着一张床说,毛主席就在这床上面诞生的。这张床是乡下普通的没有雕花的架床。

毛主席一个兄弟毛泽民的寝室有张照片挂着,他一九四三年在新疆因奔走于抗日统一战线被反动政府杀害了。

毛主席的父母则是一九一四年先后去世的。现在只有两张放大的照片。大家都说毛主席像母亲。

因为时间来不及了,未能访问到毛主席更多的材料,韶山学校的文物也没去看成就匆匆地转回长沙来了。

省文联请我们到老李合盛馆子去吃牛肉。这是间名馆子吧,田汉在那里还题了两幅字。

吃了饭,到湖南湘戏院看地方戏曲。周立波回家乡益阳来体验生活,也来看演出。他巧遇我们很高兴,说再过长沙时可以去益阳找找他,汽车走两点钟就到了。

明天要回家了,同彭燕郊去泥土街买了竹的茶叶盒子作个到长沙的纪念。

12 月 2 日 上午十点钟同周钢鸣离长沙回南宁,魏孟光把我们还送到火车站来,等火车开了才回去。

天气一下变得挺冷的,摄氏表又降到九度了。

12 月 3 日 算是把托尔斯泰的《复活》看完了。从中看到托尔斯泰的世界观是矛盾的、苦恼的。他曾经怀疑到土地私有制,想否定这种制度,但他没有找到正确的道路,他似乎接触了一下社会主义,可是马上缩了手。结果从马太福音里边去找到解答。这与曹雪芹让贾宝玉出家来解决世界观人生观的苦恼,有其共通性,但都是不正确的。

傍晚七点半,我又回到南宁来了。

1956 年

这本日记托人从北京买回来时,1956 年一月份已经过完了。一月份的文字记在了 1955 年那本日记上,没有移过来。

下面所记的是自二月份开始的事情。

2 月 1 日 利用上午学习时间四个小时,写了长篇小说第四章的开头部分,约二千字左右。

2月2日 晚间继续写第四章,进展很慢。收到侄儿四器从广州沙河运输部队来信。

读周总理在全国政协发表的"政治报告"。

2月3日 晚上去观看《人的进化》等科普影片,写作又被耽搁。

再过一个星期就是旧历除夕了,组织上发给20元家庭补助金。寄回家乡10元给侄儿人器,剩下10元留做外甥培蔚下学期的学费。

2月4日 听王浩副部长传达毛主席在全国高级知识分子问题会议上的讲话。要求我国用三个到五个五年计划时间把我们的理论水平和科学技术水平提高到世界水平。

今年的创作计划仔细想了一下,打算七月份以前把长篇的草稿写完;七、八月最好能请二个月的假专门去修改,九月抄一个月就算完成了。

剩下一个冬季,就把一个中篇(由《一对夫妇》改写)写成。

这就要求每天晚上(除了礼拜六)和星期三、星期天的半天都进行写作,每个星期可以写15,000字。这样做,可能还会遇到不少的会议和工作从中截断,所以,必须抓紧,否则还是落空。

现在必须养成写作的习惯,培养对题材喜爱的热情,要严格遵守按计划写作才能办到。

2月5日 昨天收到堂姐夫马镇图来信。我的家乡附近六七个自然村,五百多户人家已经合起来成立一个高级合作社了。

想起来,这个惊天动地的变化,家乡一定很热闹。他们原先的合作社基础并不很巩固吧,思想、干部的准备都是不足的,那么分散的农户、那么落后的农作技术,现在突然合起来了,生产上的指挥调度,生产量的分配,生产力的组织,这些许多复杂问题都是值得从长考虑的。

写作一个上午,晚间又听王副部长传达国务院二办座谈会,传达毛主席、周总理的指示。

2月6日 晚间参加党小组会议,我的写作又不能继续进行。

2月7日 到新开张的百货大楼去参观,这是南宁市唯一近代化的百货商店了,屋内和屋外的设备、货样品种,同广州和武汉这些城市的差不多。人们都为看热闹跑去打了个转。报纸上今天还为此发表了一段消息。

文艺处李金光传达广州作协召开的有关丁玲、陈企霞反党小集团活动的问题。

2月8日 听省委五人小组传达中央一月肃反会议,晚间参加宣传部肃反领导小组研究余英问题,到半夜12点以后仍无结果。

利用学习时间又继续把长篇小说写了一段,第四章差不多写完了。

近来一段时间,南宁市的妇女,特别是机关的女同志流行烫头发。宣传部的张黎敏和组织部的李云两位女处长就到理发店去烫了时兴的发型。

侄子珍器来信,家乡的大哥、三哥、四哥都参加了高级合作社。大哥三哥看管放牧社里的牛群。他也安心在合作社参加生产了,还说最近要结婚,问我要十来块钱置床被子。

2月9日 给大哥写信,鼓励他在合作社里好好地生产,以社为家爱护它。

给珍器寄去5元钱祝福他的婚礼,顺便帮人器订了半年的《小朋友》。

2月10日 晚上,带坭坭南南去逛新落成的百货大楼。内部的装潢与陈设都比较美观,只是楼梯设计得太窄了,今晚顾客十分拥挤,上下楼梯就难以插足了。

坭坭南南这次出门不闹着要坐三轮车了,来回都是自己走路,进了商店也不乱叫买这买那了,比过去听话。南南在商场看到人们在柜台前不直接交钱就拿到商品,回家告诉阿姨:“百货大楼的东西不要钱!”

2月11日 旧历除夕。

大家都怀着愉快的心情迎接四天的春节假期。打算到郊区访问高级农业合作社,到公园去游园,到体育场去看足球赛……但是,寒潮的消息发布了,下午随着来了细雨。青年团支部不得不贴出通知,明天的郊外行军取消了。

2月12日 雨阻止了户外活动。我打算把长篇小说的前面七章写出来。写了一个上午,算是把第四章写完了。下午,读托尔斯泰《战争与和平》的第二部。

2月13日 写了一天,把长篇的第五章写完了。看来,如果有整天的时间,在不被干扰的情况下,写起来还是快的,照今天这个进度,只要一两个月就可以把初稿写完了。可是,两个月的完整时间是很难得到的。以后恐怕只能挤休息时间来把它写完了。

2月14日 落了两天雨,今天晴了,阳光还带来了春意,领着坭坭南南到街上去。街上尽是些凑热闹的人。转而去体育场看江西队与广西队的足球赛。场地因雨水变成了泥潭,运动员在场上也个个成了泥人。

2月15日 坭坭和南南昨天听我们讲今天要去游园,一早嚷着要去,我们想不去也不被答应了。李仲民、周琼邦也带他们两个孩子和照相机来同我们结伴出游。小孩子在一起显得活跃多了。坭坭同小明更加调皮,到公园后我们就管不住他们了,到处跑,而且还爱往边崖上的小坡走。急得两个母亲紧张起来,孩子却觉得十分有趣。我们趁着小孩们的快乐,能够到处走走了。省立图书馆看书的人还是不少,图书馆前面人工湖和湖边的荔枝树,还有刚刚修起的拱桥,树下的石凳,湖中的绿洲……这些都是消夏的好地方,过去我们都未走到过。

2月16日 春节假期完了。

参加审查李迪生的胡风分子问题专案,由我宣布中央、省委对李的撤职决定。

田林县初级中学校长卢植堂来信要求调到省里专搞音乐创作。侄子文器从志愿军荣校复员回家,来信要求介绍工作。

《人民日报》发表汉字拼音字母方案,汉字拉丁化已经在逐步实现。

2月17日 同凤乡去看匈牙利《奇婚记》影片。

读肖洛霍夫《被开垦的处女地》第一章。

2月18日 收到白焰从广州市委宣传部来信。他说肃反已结束了,最近就要转入业务。

晚间同凤乡去看根据契诃夫小说改编成的影片《脖子上的安娜》,在这里看到俄帝统治阶级社会的腐朽与糜烂生活,看了它使人感到窒息,非得采取革命办法从根本上来推开这个地狱的大门不可。

2月19日 利用星期天继续写长篇小说第六章的开头。现在发觉写得太慢了,好像一个字一个字被挤出来似的,不是涌出来的东西。

2月21日 读中央宣传部长陆定一在中国作家协会的理事扩大会上的报

告。其中讲到形势问题,提到毛主席对于当前中国革命实践提出的几个关键性的问题。没有拖拉机也可以实行农业合作化;把资产阶级分成两种:官僚的是敌人,要消灭,民族的可以团结可以斗争,可以和平进入社会主义。这些都是马列主义所没有的,毛主席把它发展了。

2月22日 长篇第六章写完了,晚间开始写的第七章,预计七月底可以写完第八章。这是全书的总开头,所有人物差不多都出场了。继续下去就是故事的展开和人物性格的发展与形成。如果往后的心情都是这样平静,时间可以总有保证这样一点点空隙,今年一定能够写完它,也许还可以在第四季度多写一个中篇。

读赫鲁晓夫在苏共二十次代表大会上的报告。

2月23日 中央电力工业部来招收有中学文化程度的青年去培训当技工。我觉得这对外甥培蔚来说是个学习技术的好机会。因他下学期初中毕业再升高中的话,我在经济上对他的支助将会发生困难。写封信去征求他的意见,愿不愿去学习这门电气技术,如果愿意就让他去劳动局报考吧。

2月24日 读苏共二十大的会议文件,觉得苏共在这次大会上提出了好些新问题,有不少新提法。看起来,今后的国际斗争形势将会产生重大变化

2月25日 谭流到上海去做胸部手术来信说,那边天气寒冷,物价高花销大,生活遇到不少困难。颇有“在家千日好,出路一早难”之感。

2月26日 写了一天,把第七章差不多写完了。

晚上去看黄梅戏舞台纪录片《天仙配》。这个戏的故事过于单纯,并不能算是很好的戏。但是由于它带有神话色彩,较为适合一般观众的口味,看的人还很不少。

2月27日 侄子敬人来信,告诉其已调到钦州专署交通工业办公室工作了。

2月28日 写第七章的末尾。

2月29日 开始写第八章。写了一个上午和一个晚上没有写完。原来计划这个月最少也要把第八章写完,现在又拖下了一条尾巴。不抓紧上半年恐怕完不成全部初稿的写作任务。

3月1日 去听省委副书记郝中士在高级知识分子问题会上的报告。

《人民日报》报道，上海最后两辆人力车（黄包车）已送到博物馆去了。原有的5,000辆人力车的车夫已经安排转业。从此结束了1874年以来由日本输入人力车的现象。

这两天忽然变冷起来。报上说欧洲发生200年来未见的严重寒潮，已有762人冻死，许多海船在航线上被冻住了。

3月2日 太冷。牛毛细雨把路弄得潮湿泥泞。园子里的梅花都开放了。去看新排的桂剧《宝莲灯》，大家都觉得秦彩霞演的五华山三圣母很好。

3月3日 本想用一个晚上把《战争与和平》第一卷读完，但仍差80来页读不下去。近来常常失眠，精神不济。

李迪生突然投水自杀了！为了去现场看验，骑了三个钟头的自行车，在飞机场附近绕了好多路，才在浪边村的尽头处寻见他的遗体。李在遗书中的最后一句话是说"叶赛宁害了我"。

3月4日 因李迪生的死亡，把我的时间表给打乱了。今天不能安静地利用星期天来写作了。

下午，召集李迪生专案小组的同志们来开会，讨论如何给李迪生结案。

晚间，冒着细雨去看电影《越南》。

3月5日 去李迪生家看望李的遗孀张达，请她早点搬到宣传部处长宿舍来住，免得她一个人孤独而更为伤感。

3月6日 淫雨把人都沤得发霉了。院子里秃头的梨树上已绽放白色的花朵；柚子树也开始散发浓烈的花香了。

收到中央民族歌舞团甄伯蔚来信，要求回广西来搞艺术馆。

3月7日 听史副部长在宣传工作会议的总结。

读李希凡和蓝翎写的关于刘姥姥的看法问题，他们批评某些人把刘姥姥的出身划阶级成分，认为是没落的小地主，不是劳动农妇是不对的。但是他们也没有正面针对刘姥姥这个形象作具体分析。

林默涵对二年来的短篇小说作了分析批判和总结，指出的一些缺点倒是击中了要害，但是要医治这个痼疾恐怕还需更大的努力。

3月8日 全市妇女冒着细雨到体育场参加庆祝三八节。

这个月又过了一个星期了。到今天才又开始继续写作，如果再不抓紧，今年又滑过去了。

收到谭流上海来信。说是还没床位进院手术。他对自己将面临的大手术还乐观。

3月9日 开了一天的部务会议，大家对今后要改进的工作提了意见，但是业务不建立起来，工作实难得改进的。

又收谭流上海来信，他说胸腔手术不一定切除肋骨，残废的顾虑可打消。

3月10日 冒着雨到省公安厅汇报肃反定案工作情况。

晚间，上街雨中散步。仰望夜空，细雨撒在脸上，没有晴的意思。

3月11日 花了一整天整理李迪生的结案材料报告。晚上，部务、支部会议接着开。实在太劳累了，夜间发烧发冷。

上午起床后勉强去了办公室。下午就顶不住了，躺了整个下半天。吃过两片ABC稍微有点好转。

牙科医生说我左下牙根发炎。发烧应是它引起的。

3月13日 经过一个下午和一个晚上的休息，病没继续发展，烧也退了。

读3月号《译文》上的《被开垦的处女地》的四章。肖洛霍夫通过故事叙述给我们描述了哥萨克民族的性格和风俗，反映了旧时代生活的一个侧面。同期刊登的短篇小说《左撇子》，用简朴的风格刻画了帝俄时代一个爱国主义者形象，同时也反映了帝俄统治阶级对自己人民智慧的轻视，把他们当作庸夫。

3月14日 只能利用学习时间写了小段稿子，晚上要开小组会，第八章的写作又被拖下来了，算了一下，三月份至今才写了两个半天。

人事局批准南南可以送保育院了，今天去做体检。他能自己去找护士打针，回来还说不痛。

3月15日 《广西文艺》来约写一篇迎接全省青年文艺工作者会议的社论，写了一晚还没有写成。

开始参加部里的工作了。今天开了个迎接越南宣教代表团来访问的预备会议，向宣传处、理论处和办公室布置了工作。

收到谭流上海来信,他已住进医院准备手术割掉他的肺结核病灶了。

3 月 16 日 夏天随着南风吹来了。人们开始换新装。院子里的梨花一天比一天多起来。《广西文艺》的社论又花了半天才写成。

3 月 17 日 听办公室汇报工作。

向第二批肃反单位传达罗瑞卿在一月肃反工作会上的报告。

3 月 18 日 天气热了,街上许多人已换夏装。百货大楼的背心线衣柜台前经常挤满了人。冷食店的冰淇淋也开始上市了。

想看电影《安娜·卡列尼娜》,整天在街上消磨。这是部老早拍的影片,还是部舞台剧,场景受限制,比之原作相去甚远。画面还有点模糊不清。利用休息时间,把长篇小说第八章写完了。现在一共写了 89 页,算是完成四分之一了。如果每天晚上能写上一点点,今年七八月间可以写得完。

3 月 19 日 天气变得也太快!昨天还是夏日,今早忽又成了冬天,整整相差了一个季节。本想收储的棉袄又得穿上。

3 月 20 日 美工室陈更新来汇报出席广州美协成立大会的情况。目前广西要发展组织会员,如果人数达到一定要求,可考虑成立南宁美协分会。

3 月 21 日 今天利用学习时间把已写的前八章做初步的修改。

侄子人器来信,没钱买盐,几乎要失学了。前天寄回 5 元,今明两天就可收到吧。

3 月 22 日 两位部长都下乡了,工作又都堆到我的面前。

如果四月份能离职自修,可挤出晚上空闲时间写上两个月,长篇小说也就写得差不多了。但肃反工作还有一个尾巴,中途退出行不行,恐怕干部处张黎敏会有意见。

人事局批准南南 4 月 1 日上保育院,这些天要给他购置衣服鞋袜之类生活用品。

3 月 23 日 看匈牙利影片《官场斗法记》。官场中的腐化黑暗被揭露,看不出一点点亮光;检察长的矛盾生活展示得很含混。

3 月 24 日 收到侄子宏器信,他已在初中读了一个学期,现在没钱交膳费,要休学了。

3月25日 修改长篇已写出的部分，我觉得需要改动的地方仍不少。

3月26日 收到广州作家协会的信，为今年五月间全国先进生产工作者写特写的问题提出要求，希望能就地访问本地区的先进生产工作者，将事迹写成一人一事，在本地区或其他地区刊物发表。

3月27日 看影片《董存瑞》。作者们和导演能够表现解放军战士的生活特色，而且善于处理矛盾，人物的性格是通过他对革命事业的无限热爱，对敌人无比仇恨，对事业对战斗英勇顽强来表现的。这就比之过去一些概念的、硬将人物本身存在的本质上的缺点，来衬托个性的特点，显然是大大的进步。其次，主角与周围人物关系所发生的矛盾，也是由于因公众利益，为革命事业的发展所要求的程度不同发生的冲突，而不是那些因个人恩怨的矛盾了。

整个来看，影片是悲壮而动人的，董存瑞虽然牺牲了，但他的死并没有给人留下哀伤，而是给我们以前进的力量。

3月28日 省委组织部来通知，要我四月九号到高级干部自修班报到，十号开始两个月的离职自修，学习哲学，需要带一大堆参考书。两个月的自修，由于是离职脱产，又仅仅是学习，没其他工作分心，可以利用晚上休息时间把长篇写完就好了。

3月29日 白焰从广州来信告诉我，严蒙的爱人山河在西藏病了，患高原病、风湿关节炎病，不久要回北京休养。严办的报纸4月份就要在西藏出版了，他打算在那边干二三年再说。看来严蒙在西域也干不了多久时间。

3月30日 今天报纸发表《真理报》编辑部评论《为什么个人崇拜是违反马克思列宁主义的》。当中正面提出了对于斯大林的个人崇拜而给党的事业所带来的严重损失。

陈漫远书记请去谈改进桂剧团的工作意见。他说陆定一、邓子恢、王首道等同志来看了桂剧都说好，但应该要求加强领导，使之在艺术上政治上都提高一步。

晚上去看《梅兰芳舞台艺术》的纪录片。

3月31日 晚饭后领着我们的3个小孩在院子里的露天球场看电影《南岛风云》。

4月1日 一早，送南南去保育院。因南南身上的皮肤病未痊愈，医生不肯收。

领坭坭南南上百货大楼，买条裙子和一双红袜给坭坭，买件自己穿的背心，就这样也花去我整整3个钟头。利用礼拜天假期五个钟头把长篇的前八章全部修改完了，要开始写第九章了。

4月2日 文艺处长李金光出席中国作协理事扩大会回来了。晚上，听他的传达。

周扬承认，我们过去有的批评是犯了庸俗社会学的缺点和错误的，给反革命分子胡风抓了小辫子，现在我们要把它剪掉。

4月3日 在省文化局传达陈书记对桂剧团改革的意见。收到《广西文艺》20元稿费，可以买双皮鞋了。

4月4日 利用学习时间把长篇前八章修改得比较多的地方，重新缮写一遍。这样别人才能看得懂。想先将这六七万字的初稿拿出来征求意见。

4月5日 《人民日报》发表中共中央政治局会议讨论《关于无产阶级专政的历史经验》。这里，对斯大林所犯严重错误及其所创造的革命事业的功劳有了较为全面的分析和估价。这就可以澄清某些混乱思想，也打退了某些资产阶级国家舆论的诽谤。

4月6日 原来两位部长对我去参加自修班学习并未有什么反对意见，现在却突然表态不让去了。为什么呢？为什么不跟我商量一下就在背后做出决定呢。

这事似乎也反映了王副部长对肃反工作是有点回避的。运动既然由他负责领导了那么长的时间，现在剩点尾巴了就不肯负责了。苏世蕃、黄习礼的结案请他最后审批，他不肯表态，李迪生的案子最后发生问题，他居然推给我来收拾，好像他从未过问一样。

4月7日 到第二门诊部和京剧团去了解肃反工作。第二门诊部本月15号工作将结束；京剧团正在学政策界限，准备第二次检举，然后再排队。

晚间，去看电影《世界摔跤冠军》。

4月8日 既然不能去学习了，写作计划得重新考虑。打算上半年利用业余时间把草稿写完，下半年开始修改和誊写。

今天动笔写第九章得五页稿纸，字数大约有四千，都是叙述文字。叙述文字的写作对我来说最感吃力。

4月9日 开始给党的组织写一份自传，写两个钟头才写了一个头，还需要两三天才能把它写好。

4月10日 谭流从上海外科医院来信，报告上个月做的肺部手术成功，恢复良好。现在只是胃口还不很好。

4月11日 下午要去省委会汇报肃反工作的结束，忙了一阵来整理报告材料，把上午的学习时间都挤掉了。

晚上，去看电影《深山虎影》。

4月12日 曾海君从北京开完青年作家会议回来，舒芜给他带回一封信。信是舒在会场上写的，对我的写作鼓励了一番，他好像很希望回广西来看看的意思。

听曾海君传达全国青年作家会议的报告。

给谭流回信，希望他五月份能健康归来。

4月14日 到省文联参加常委会，讨论本月16日全省文艺青年创作者会议的报告和主席团名单、议程等问题。

4月15日 又利用礼拜天写长篇。第九章写了五分之四。但今年将过三分之一，真担心到年底写不完。

晚间，去各个旅社看望各地来出席青年文艺创作者会议的代表。

4月16日 出席全省青年文艺创作者会议的开幕式。到会的有200多人。都是些业余的文艺爱好者和职业剧团的演员。

4月17日 向文教战线科级以上干部传达苏共二十次党代表大会赫鲁晓夫《关于个人崇拜和它的后果》及列宁1922年到1923年的口授记录。

这个报告揭发了斯大林的专横独裁所造成的许许多多令人难以容忍的血腥镇压的事实。

这也教训我们认识事物是如何的不易，它使我们认识到斯大林的另一面，一些被渲染得那样不可一世的神话人物，原来也难免有如凡人的一面。

4月18日 长篇第九章写完。

去参加全省青年文艺工作者会议的小组讨论,因改期返回书店买了一本宋之的《沿着长征的红军的脚印》和一本《云南民歌选》。报上发表宋之的于昨天因肝硬化在北京病逝。买他这本游记算是纪念这位剧作家,同时作为写《英雄的一代》的参考资料。

4月19日 下午,出席青年文艺创作会议散文小说组的小组会,讨论对文艺事业的看法与态度问题。

4月20日 整天参加文艺工作会议的小组讨论会。讨论关于业余创作和修养问题。

我在每个讨论题目结束时都谈了10多分钟的意见,往往因为时间关系,没有充分地把意见讲得透彻。

4月21日 整天搞定案工作的讨论。

晚上向史副部长汇报文工会议所反映出来的问题,还给他提供明天大会发言的意见。

晚间,去团青委参加文工会议的联欢晚会。遇见李汗和谢福铭,同他们谈了谈关于文艺创作问题。

4月22日 这两天弄得挺疲乏,今天的写作被迫停止。

去看省话剧团演出《归来》《刘莲英》《两个心眼》三个全国第一次话剧汇演得奖的独幕剧。其中,《归来》写一个干部喜新厌旧,抛弃前妻另寻新欢的新的"陈世美"。写出人情,显示了艺术魅力。

4月23日 参加省文联常委会,讨论今年要做好少数民族文艺的整理工作,特别是关于几个著名的民歌的收集和整理工作,利用暑期举办文艺创作讲习班,举行文艺作品评奖,着重评出优秀的演唱作品。

4月25日 夏天真的到了,人们换上了夏装,大多数的妇女还穿起了花裙子。写了一天的"自传",总算是把草稿写完了。

4月26日 凌晨3点40分钟,陪同凤乡到医院妇产科留产去。我俩在如水的月光下走着,街上十分寂静,偶尔有一两个早起的人挑着担子走过。树影也像睡着似的,一动不动。

把凤乡送到医院门口我就回来了。到中午再去看时，凤乡说孩子已生下来了，是个女孩，身体很好。凤乡早就盼望再养个女孩，果然如愿了。叫什么名字呢？就叫"朵朵"吧。晚上，遇见陈更新，同他去看了一出桂戏。在剧场遇见刘真，他说收集了一些民间传说材料放着没空整理，可以拿来给我作写作的题材。

看到《作家通讯》第三期，好些理论家都为《共产党人》一篇专论《关于文学艺术中的典型问题》开了座谈会。大家发表的许多意见又否定了前两年，他们为了马林科夫所提出的关于典型问题而发表过的意见。看来大家还在摇摇摆摆，没有一定的主见。

4 月 27 日　柳州桂剧院演员黄艺君来南宁演出。今晚去看她演《人面桃花》。

4 月 28 日　下午去看京剧团彩排《屈原》。戏里添了好些故事情节，政治内容浓厚了，感人的魅力减弱了。

周末，坭坭南南从保育院回来。晚上带他们去逛街，南南老说口干，要吃汤圆。于是一人吃了一小碗回来，南南一下就睡了。半夜一点钟，南南忽然哭醒，发高烧，满身大汗。钟嫂领他去医院看医生。回来说是扁桃腺发炎。弄得一夜没睡成觉。

4 月 29 日　昨夜没睡好，午休睡到下午 3 点多才起床。

4 月 30 日　到桂剧院找刘真。他说关于"刘三妹"的民间传说很动人，他自已没空整理叫我拿去看看，能不能把它整理出来。可是，他找半天没找到，只给了他收集的几百首零碎的山歌。

凤乡今天出院，怀抱朵朵回来。

5 月 1 日　五一节南宁没有举行游行，会场也没挂领袖像，这恐怕是与反对个人崇拜有关。花了一天工夫把"自传"抄了一大半。

领着坭坭南南上街买凉鞋。

5 月 2 日　"自传"写完交给支部了，算是完成了一项任务。

下午去第三门诊部体检。医生对我没查出什么毛病来。

文器来信仍想找工作做。

5月3日 向王副部长汇报肃反工作，算是把这段工作结束了，以后的就由刘善堂结合审干来做了。

晚间，去影片发行公司看苏联影片《我们好像见过面》。通过喜剧形式，讽刺苏联人民在生活和意识中仍然保留资产阶级的思想作风，吹牛夸大，阿谀逢迎，偷工减料，不负责任的形形色色。这容易使人感到苏联到处存在"垃圾"。太偏向于专门揭发缺点不足去了，就不能让观众全面了解伟大的苏联、真实的苏联。

5月4日 到今天才能够又写起长篇来。看来不抓紧一点，时间又飞走了！

谭流来信，6月中旬才可能从上海回来。下一步是要等外科医院的复查结果。

5月5日 听省委书记陈漫远传达中央政治局扩大会议，毛主席所讲的十个方面问题。这里，显然接受苏联个人崇拜所造成的对革命事业损害的教训，我们的做法也有所改进，就是说，我们的一切工作要更加切合实际。总的来说是要把全国一切力量和积极因素都调动起来，使之为社会主义祖国建设服务。地方与中央关系上，过去中央集权太强调了，今后要强调地方的独立性，四中全会后，党内强调严格的纪律制度，现提出应该更活泼些，有一定的自由思考。在文艺上的方针是百花齐放，在学术上要提倡百家争鸣。

去看根据莱蒙托夫同名小说改编的电影《梅丽小姐》。莱氏这部作品通过一个疾世厌俗的皮巧林来暴露19世纪30年代沙俄社会生活的苦闷与庸俗。皮巧林的厌世和玩弄报复的思想观点与行为，显然与当今的健康思想精神是不相容的。但在他所处的黑暗时代，他的作为无疑成了个英雄。人们从此片中还深刻地认识到人生的丑恶面。

5月6日 写了一个上午，写得很少。缺乏灵感，硬挤出来的东西总是不满意。

5月7日 冒雨去人民礼堂出席省直机关党代会。

5月8日 听省委书记传达中央政治局关于斯大林个人崇拜问题的报告。

5月9日 长篇第十章没有写好，没有灵感，文字感到枯涩。

5月10日 读《被开垦的处女地》第二部第六章。

5 月 11 日　意外地接到省人民委员会秘书处通知,说是今年三月桂西人民代表大会补选我作为省人民代表。

参加了五天的省直属机关党代表大会今天结束了。

为了批评曾海君在传达全国青年作家会议的错误,今晚专门开了一个会,会议至深夜 12 点才散。

5 月 12 日　第一批肃反工作开战线领导小组会议,算是第一批肃反结束了。第二批肃反工作的做法是结合审干进行。

5 月 13 日　去中苏友协找陈闲谈肃反中审查他问题的情况。他自己没有参加胡风反革命集团的活动,就以为胡风也不是反革命性质了,甚至认为《人民日报》发表胡风那些信都是错误的。

晚上,去文联找吴三才、谢福铭谈关于“演讲厅”的问题。

5 月 14 日　这些天每天晚上都有党的会议,弄得读书、写作做不成。

5 月 15 日　广西大学正在筹建,1959 年开始招生。组织上正考虑校领导班子人选。有人传可能我会被派到学院去搞党委书记,然后将原来学院的书记院长提到大学校长书记的岗位上来吧。

到高等学院去,似乎单纯些,只是作为创作的人来考虑未必适宜。如果去医学院那样更是狭窄。然而,老是呆在目前的岗位上实在难施展。

5 月 16 日　去省文联参加常委会,讨论关于曾海君传达全国青年创作会议的错误问题。顺便谈了关于“演讲厅”的讲题问题。我被分配做头一场演讲,题目《如何做好业余文艺学习》。

5 月 17 日　写《关于文化修养问题》的讲稿,准备拿去“演讲厅”演讲。

《人民日报》刊发消息:苏联作家法捷耶夫自杀逝世。他是苏共中央候补委员,他应该是苏联文学艺术的领导者。是不是由于个人崇拜的问题牵涉到他而被贬斥所致。

5 月 18 日　看《新建设》第五期俞平伯的《〈红楼梦〉八十回的校勘序言》,在“求善”与“从真”的精神下仍然摆脱不了他考证式的拘泥。

省交际处举办晚会说是欢送中央首长。可能是张云逸同志在广西结束了休养要回京了吧。我收到的通知怎么是楼上的呢。

5 月 19 日 收到省人民委员会的通知，说是桂西僮族自治州人民代表大会把我补选为省人民代表大会的代表。

5 月 20 日 花了一整天时间把《关于文艺的学习问题》演讲稿写完了。打算讲两个大题：关于文艺的特征；关于文艺的修养。文艺特征讲文艺的作用，以及它的积极性和社会根源等等。文艺修养问题，讲所谓天才的荒谬，讲作为一个作家必须从深入生活、提高政治水平、加强技巧的锻炼三方面去努力。

5 月 21 日 明天要在城市工矿宣传工作会议上作关于先进生产者运动的政治思想工作的报告，现在就得认真准备。

周秉符来谈他回家乡见到当前农村搞合作化运动中所发生的混乱现象，农村里正滋长着“新贵”的恶习。

谭流上海来信。说他肺部手术后，一般情况还算好。但同他一样开过刀的有的人就没他幸运。

5 月 22 日 去城市工矿宣传会议报告《进一步开展先进生产者运动的政治思想工作》。平时没有留心这方面问题，现在要做发言感到捉襟见肘，很难畅所欲言。

晚间，打算要写东西，王副部长来谈，省委副书记去北京开会打电话回来，要文教方面提出地方与中央如何分工的体制来。明天要在文教办公室召开的各厅局长来参会的会议上提出意见来。要我去主持会议。

5 月 23 日 去省文教办公室开会，听取了各厅局学院对中央与地方的体制问题意见。大家都觉得过去中央抓计划方针政策是对的，但抓得太紧太死。有些往往未能切合地方实际，有的地方不需要的或一时用不上的给了下来，有的需要用的却没有给，结果好些事业没有做好。

读《文艺报》第九期陈涌有一篇关于文艺特点的论文。他现在主动强调文艺的特点是给人以美感，把毛主席曾经讲过的，要求政治性与艺术性两者的结合的政治性忽视了。他反对庸俗社会学，反对把写一个工人，一个党员一定要符合政治标准的要求，但他仍然反对萧也牧的《我们夫妇之间》，他说那是没有美。他说鲁迅的印“十竹斋画笺”，那是没有什么政治内容的，单有美感、雅丽、柔和，所以能被人接受云云。看来他会走入唯美主义的歧路的。他没有想到鲁迅的喜爱并不完全代表着进步阶级的观点。

5月24日　晚间，到南宁市工商联合会的礼堂向团省直机关团委组织的"演讲厅"讲《关于文艺的学习问题》。听众约500人，讲了两个半钟头，听众的情绪一直保持着肃静，注意力集中。会后一部分人反映还好。

5月25日　华南歌舞团来南宁演出，去看了也不见有什么太出色的节目，不过，对南宁的观众来说不能不是个新的刺激。

5月26日　为准备城市工矿宣传工作会议的总结讨论，弄得星期六也不能上街了。

5月27日　在工兵部队服役的侄子四器从广东回乡探望父病，今顺道南宁来看我。他1951年春参军，现做运输连的司机，为中士班长。有了一技之长，将来复员可当汽车驾驶员，不致为生活忧虑了。

坭坭这次从保育院回家乖多了。听说还会跳"采茶扑蝶"舞，唱好些歌曲。

5月28日　一天都开会。

中央发展农业四十条纲要，有些地方指标定得高了，为了更加切合实际，要多一些广泛讨论。今天，宣传部各处室负责人开会讨论，都提不出太多意见，但对本省的三十二条纲要和本部门的1956年工作规划，意见倒是不少。普遍认为指标定得太高，脱离实际。从中看到我们不少人容易左右摇摆，一说反右，就会一下子偏到"左"去了。中央十二年规划要求岭南地区稻田一亩地增产到800斤，我们却要在今年增产到1500斤甚至2000斤。规划于是成了纸上谈兵，结果不得不回头来重新制订。

5月29日　谢敏回来汇报省广播电台的情况，问题很多，编辑部制度不健全。尤其政治领导能力薄弱，陈贞娴能说会道，但显然思想水平有限。

5月30日　省委肃反五人小组要我们宣传部写一份向县区干部动员肃反工作的报告提纲，今天利用学习时间写了一个上午，竟写不到千字。思想老是不能集中，写成个句子都不容易，如果真要靠写作来吃饭岂不危险。省文联谢福铭来问要"关于文艺学习演讲提纲"去《广西文艺》发表。

5月31日　孙谦以作家身份来广西看桂林的山水，现到了南宁，他从省交际处打电话来说要过来看看我。下午六点半，他同旅伴海默和李英敏三人来到我的办公室。他们都是电影编剧家。孙依然是十几年前做学生时那样的单纯老实、谈吐平凡。海默是第一次见面,却表现出他山东人的爽直性格,毫无顾忌地谈论他心里的话。他是那样健康,一个年轻的胖子。李英敏是文化部的一个局长,比较沉默。

大家海阔天空地扯到电影界和文学界一些人的进步与堕落种种。说是陈其通写了《万水千山》后,骄傲得不可一世似的。现有人告他吞没年轻作者的劳动成果,把人家写的歌剧《董存瑞》据为已有。

他们对当前对有关典型问题的争论似乎不大关心。海默说他当时对马林科夫有关典型的说法就看不懂,现在又怎么个说法,他还是搞不懂。好像他很满足于这种对理论无知的状态。还说,萧殷已经把北京的房子卖掉回广东乡下体验生活,准备写小说了。说是搞理论搞不出名堂来,因为中国没出伟大的文艺天才,所以文艺理论家也不会创造出伟大的业绩来。

6月1日 儿童节,坭坭南南从保育院放假回家。坭坭懂事多了,今晚还给爸爸妈妈表演舞蹈和歌唱。这是我第一次见到坭坭跳舞与唱歌。她学会了步子较为准确的舞蹈和发音较为清晰的歌唱。但在爸爸妈妈面前多少还是有点害羞。

6月2日 同凤乡去电影院看苏联的舞台艺术片《罗密欧与朱丽叶》。乌兰诺娃的舞蹈艺术典雅优美,每个动作每个姿态都如一幅美术构图,实在太美了。

6月3日 打算为肃反运动写一份报告提纲供给县区干部及中小学校教师做肃反运动报告用。学习室主任王劲来扯谈,结果上半天时间就花费完了。

下半天读完托尔斯泰《战争与和平》第一卷。这是从1953年7月间开始读,中间曾放下,直到今天才读完。可见我从事文学的时间多么的零碎。

6月4日 同杨克谈他的家庭问题。杨今晚为柯丹提出离婚事来找我谈了好久。当时大家都没看表,等谈完我回到房间来再看时间,已是深夜两点多钟了。

6月6日 突然来了一个任务,省委要宣传部半年来的工作总结和今后工作意见,只好拿学习时间来写这东西。

6月7日 为了要去省委农村部召开的有关合作社分配问题的会上发言,王副部长让我来组织人力去收集材料。

晚间,为省委肃反五人小组写肃反动员报告提纲,写到深夜11点还没有写完。

卢植堂又来信,要求调来音乐室工作。想今年八月份去出席全国音乐周。

6月8日 又花了整整一天时间总算把县区干部及中小学教职员的肃反动员报告提纲写完了。

晚间,去省直机关干部举办的“演讲厅”听演讲《关于文艺学习问题》。这是自由听讲性质的演讲,听众才来300多人,看来文艺生活对一般人来说还是不急之务,到底不是必需品!在某些地方,它对人民生活来说,不准还是种奢侈品。

6月9日 为省委五人小组写的县区干部肃反动员用的提纲,算是写完,交差了可以轻松一下了。从保育院接南南坭坭回家,领他们上街吃冰糕。

6月10日 《广西文艺》要把演讲提纲拿去发表,整理了一天才写出2,000字。

侄子四器从家乡出来,中转南宁回部队去。他谈及家乡我的几位哥哥的贫困情况。大哥因劳累吐血,三哥穷到要拔锅卖铁,四哥的儿子因受二哥被劳改的牵连,乡长就是不让去服兵役。二哥在劳改队刑期已满,却得不到乡长的同意返乡生产,目前仍留队做记账员。

6月11日 去省委听书记处的农村生产工作讨论会。

今天省长韦国清到职,干部开会欢迎,晚间还有晚会。

谭流来信,说在上海养病期间,写了个短篇小说。

6月13日 去高级干部进修班听陈漫远书记报告他学习《实践论》的意见。

写宣传部几年来的工作情况汇报。关于文艺学习问题的演讲稿才整理出一部分,不知《广西文艺》还要不要?

6月14日 听了一天的农村工作情况的汇报。农村虽然是掀起农业合作化高潮，可是问题仍然不少。不少社员认为劳动是给政府做工，他们只是为工分干活，合作社的牛跌进山冲里去了，没有工分就不肯去扛回来。社员把社里的干部看作是"新地主"，一个脱产的干部没钱过"四月八"的节日，就背着猎枪去打鸟，不过问合作社的生产，人们叫他是"破产干部"。

6月15日 又花了一天的时间才把给省委汇报的提纲写完。

晚上，去看香港影片《绝代佳人》，演"如姬"的那位演员就是演过《孽海花》的主角，大家觉得她长得美丽雅致。可惜，导演把反面人物卫王和须贾那帮家伙的脸谱弄得过分丑陋，给人像吃了苍蝇似的难受，反面人物的丑恶不一定表现在脸上，往往是在他们的灵魂里。

6月16日 中央宣传部长陆定一在怀仁堂演讲"百花齐放百家争鸣"的题目。从此学术上自由讨论的空气是否更浓厚些呢。

6月17日 让保姆去看香港电影《绝代佳人》，陪着田田玩了两个多钟头。和坭坭南南相比，田田有更加良好的性格，不大撒赖，不赖哭。才一岁又八个月，他已经能帮大人做事了，叫他拿什么东西都能照做，告诉他一两次，他就能认得图片上的毛主席、列宁了。他还能用小食指开关台灯，能自己爬上座椅，能习惯地将果皮丢进垃圾篓。在院子里见到花蝴蝶，会跑回家里来拿蚊子网兜去捉蝴蝶……

6月18日 去看电影《牛虻》。剧作者把原作精神表现得还好。通过亚瑟的身世和他的爱情波澜，使人深刻体会到宗教的伪善，同时显示着一个爱国革命志士的典型。

6月19日 近些天来的降雨成了经常气象，有的地方还因雨成灾。北边来的火车受阻，《人民日报》等报刊三天才来一次。

6月20日 花了半天时间读列宁的《为什么》，准备月末去党校讲《党的思想工作问题》。

今天是省党代表大会开预备会，我是列席人员，可以留在部机关开会讨论下半年的工作任务安排。

谭流上海来信说月底出院，医生虽让他半年内不能工作，但他还是决定回来。

晚间，同凤乡去看《牛虻》，再看一次仍觉得有所收获。

6月21日　省党代表大会第一次会议今天正式开幕。这次会议主要解决下半年发展工农业生产任务的主要问题，选举新的省委会委员，以及出席第八次全国党代表大会代表。

晚上，会议招待观看粤剧团演出《红楼二尤》。白驹荣饰演贾珍，他的那双假眼还能转动，不了解他的人还认不出他是个瞎子呢。从这出戏看，剧团的艺术水平不高，很多重要情节没交代明白，对故事不熟悉的观众不易领会。其次是过于下流。

6月22日　为着要去省委党校讲党的思想教育工作这一课题，这几天不得不翻看基本理论著作和党的决议文件。

这个问题，列宁的《做什么》引证了恩格斯的言论以及俄国实际情况，阐明理论是指导革命运动武器的道理，我们党、毛主席和历次关于干部教育工作都再三强调理论教育思想工作是决定革命成败的第一个关键。

6月23日　读毛主席《改造我们的学习》，准备去党校讲课的提纲。

6月24日　因准备讲课，礼拜天也不能休息了。但更糟糕的是坭坭南南从保育院放假回来闹得你头都晕了，备课大受影响。

6月25日　今天继续写讲课提纲。

6月26日　去党校同轮训干部和理论班学员讲党的思想教育工作问题。三个题目才讲了两个，三个钟头就过了。关于思想方法问题就没有讲到。

《人民文学》专来一信，希望在"百花齐放，百家争鸣"的号召下，我能够给他们写稿子。

6月27日　去省党代表大会听半天的大会发言。部里开会检查理论教育处和宣传处关于七月份召开宣传部长会议所做的准备工作。

晚间去看苏联电影《球队远征记》。浅薄又无聊的片子。

6月28日　听新华分社的同志到总社开会回来说，刘少奇对新华社的工作有新要求，说学塔斯社报道并不见好。塔斯社有很多的党八股气味，有片面性和官僚主义，还不如资产阶级通讯社生动活泼全面。我们新华社应该超过它。

看来，我们今后会在百家争鸣的号召下，思想上要起相当大的变化，好些方面的思想工作都会得到解放出来的吧。过去清规戒律太多,圈圈太小了,即使积极性发挥也是有一定限度,今后可能有更宽广的天地任由驰骋。

6月29日 薛觉先的粤剧团为南宁市的剧团艺人作观摩演出。我得两张票。他们表演了《表忠》《长亭别》《挑女婿》三出小戏。白驹荣在《挑女婿》中演糊涂县官,演技熟练。

6月30日 收到侄儿四器来信,说是最近他要转入工业建设,担负运输任务。

寄一床旧蚊帐回家乡给大哥。

7月1日 花了一天时间读联共党史。晚间去电影公司看日本电影《正是为了爱》。因是三个短片组成,感到影片单薄,有如文学作品的速写。

7月3日 省党代表大会为着酝酿省委候选人延长了两天时间,一旦发扬民主,大家的意见就真正多起来。省委原先提的委员候选名单不得不改动了好几个。有的干脆被取消了,有的被降为候补委员的候选人。

下午,大会总结,会议闭幕。

7月4日 昨天接到广州作家协会转来全国作协的信,说是全国总工会邀请全国作协会员,在七月底到九月初这个时间去东北或南方的工矿地区访问。路费由全总负担,访问后,还招待到青岛作暂时休养,却未给写作任务。

这样访问机会应该是很难得的吧,自己动了一下心思,很想去东北看一看。但是,组织上不一定给去,而且自己也顾虑几年来没有写东西,作为作家身分去访问未免有点尴尬。当然最后还有全总虽没有给写作任务,但花了人家的钱不写东西出来,那也是难为情的。

侄儿文器从乡下出来,由宣传部干部处介绍到省国防体协去工作。

7月5日 党委的宣传和文教工作打算分开成立单独部门来管理,今天宣传部开会研究这事。

去工矿地区访问的要求,部长不同意。说去高级干部自修班的事不好再推迟了,这次组织上打算要我担任班主任,而且,宣传和文教分为两个部门以后工作会多一些,更是走不开了。

根据气象台的测试研究,七月是南宁每年最炎热的月份。这几天果然特闷热。

给仍在上海养病的谭流写信。

7月6日 柳州桂剧团新排轰动了全国的昆剧《十五贯》,今天预演,邀请戏剧界和文教界的人士去看。

这个戏很富于戏剧性,从偶然事件构成戏剧的矛盾,开头到末了都是吸住观众的。这个戏,一方面是讽刺某些官僚主义,糊涂马虎断案,一方面是歌颂某些英明的清官,一方面是表现为非作歹者终归得到报应,一方面是说明善良无辜者蒙受苦难终得昭雪。

这个戏,一个清官况钟,一个官僚过于执,一个流氓小偷娄阿鼠,就是三方面的代表人物。

7月7日 坭坭南南一从保育院放假回家就把我们弄昏头了,想上街走走也办不到。一个保姆管不了四个孩子,逼得我们也要当当保姆。

7月8日 《人民日报》改出八个版,内容增加,现在,从报上可以看到更多的新闻和常识了。虽然消息和文章都很简短,可是并不显得零碎。比起原先像公报性质的版面来是好多了。

7月10日 又花了一整天来讨论宣传和文教分家等问题。现在党委书记逐步明确党委部门的工作范围了。以后工作中比过去好做一些吧。

7月12日 田田一个不满两周岁的孩子,看到天空的上弦月,回到屋里来就搬张小凳子出去,叫大人帮他站上凳子去取月亮下来。大家把他扶上凳子后,他才茫然地望着头顶的月亮仍然是那么的高。

7月13日 天气一热,工作效率就降低了,远不如冬天,人们的头脑较冷静清醒。

7月14日 小孩子从保育院放暑假回家来,新雇佣的保姆还未来上工,我们被完全拴住了,只好陪着他们在家胡闹。

7月15日 严蒙6月4日从拉萨寄来的航空信,走了一个月零十天才到。他说到了年底才能给我买只手表,因他每月的工薪只发五分之一的硬币。手表需用硬币才能买到。

7月16日　广西人民出版社把林焕平的一本“关于文学创作”的小册子送来给我审查。尽是些人云亦云的腔调,没发现有什么问题,也没发现什么新东西。

买本《莎恭达罗》。这是今年纪念的世界十大名人之一,印度迦梨陀婆的作品。

给《人民文学》回信,就“百花齐放、百家争鸣”的方针在编辑工作上如何贯彻谈一孔之见。

给侄子宏器寄去三元钱做学费。

7月17日　去看日本电影《战火中的妇女》。影片反映日本在第二次世界大战中,塞班岛全岛毁灭的惨剧。故事通过一个家庭的离散,最终覆灭而贯穿始终。一对本来生活幸福的夫妇,由于妻子被日本军人强奸后,造成了家庭的破裂。这对夫妻怀着无限的悲伤痛苦不得不分离之后,丈夫始终忘不了妻子,最终饶恕了妻子,不畏千辛万苦去找寻妻子回来。正当全岛妇女被逼投海“殉国”之时,丈夫追赶来到要带走妻子,日本宪兵却开枪射杀了他的妻子。

影片通过具体情节,集中反映战争给人民带来的苦难,使之陷入到悲惨境地中。

7月19日　给《广西文艺》写“关于学习文艺”的第二段,又没有写完。

王副部长来谈关于高干自修的学习问题。

7月20日　第一次到省人民委员会新建的办公大楼去开会。讨论文教系统的体制问题。

晚间,汇报关于文化局秦似和岳平两位领导之间的关系问题。

7月22日　给西藏拉萨严蒙写信,叫他买到手表后,可先寄放在中宣部张海处,等广西有人上京开会,我再托人取回。

7月23日　明天就要离职两个月去高级干部自修班学哲学,上午把书籍和行李先搬去。坭坭没坐过汽车,特地带上她坐车搬行李到自修班。她很高兴。

7月24日　省人民委员会发来一个通知:8月15日全省召开人民代表第四次会议,希望能够依时报到出席。

但是,明天高级干部离职自修开课,代表大会不得不请假。

吃过晚饭,来到位于桂西自治州的高干自修班。来自修的人,大部分都到了。其中有几个熟人:医学院长韦必克,行政干校副校长袁似瑶,监察院副院长林芳。大家都背着沉重的工作担子,见面没时间谈私人的生活。

自修班下榻处原是桂西自治州书记的宿舍,书记调走了两个,腾出房子给省委拿来做高干自修班用的。

7月25日　自修班离市区较远,很安静,晚间也很凉爽,倒是学习的好地方。

上午讨论学习计划。省委委托王浩副部长来宣布自修班的支委会的成员。我也算委员之一,作为组织领导这一期学习的核心。

整个班,这一期来了15个人,都是高级干部。我们这一个组八个人,有师范学院梁唐晋、医学院韦必克、行政干校袁似瑶、宜山专员张国兴、气象台台长赵月年、林业厅副厅长覃展和统战部秘书长陈捷。

从此,我们要专心下来读两个半月的哲学。计划里规定要读马恩列的经典著作。两个半月能读得多少呢?何况有的人是第一次读哲学,一定要强调读经典,那不一定都读得下去。

7月26日　开始按高级党校的辩证唯物主义与历史唯物主义学习提纲来阅读必要的和参考的文件了。

马恩的经典著作也不一定难读,只是没有完整的系统的教科书,东一段西一段的拼凑起来读,未免感到分散,不能一下子把它归并成一个完整的概念。

下午天气炎热得利害,注意力不易集中。

晚间,给《广西文艺》写"关于学习文艺问题"的第二段。现在感到写这种东西很困难,不能畅所欲言。

7月27日　下午,学习小组碰头、互助。大家交换学习方法,都感到没有教科书不好学。

晚饭后跟覃展到桂西自治州附近的机关学校周边去散步。这里1952年还是一片荒野,现在已经布满建筑物和东西南北交错的马路了。

晚上有风,很凉快,较下午时间更适宜写作和阅读。

7月28日　天气炎热极了,无法午睡,洗个澡才凉快些。下午5点多钟突降暴雨，上食堂吃晚饭也成了问题。周末从自修班回到家，雨还在下，只好待在家里逗小孩玩。田田这小鬼，已会叫你拿书来讲故事给他听了。

7月29日 同凤乡去看捷克电影《钢城父子》。影片反映对茨冈人的态度问题。说教成分多些，但教育效果有限。观众走出影院时会否觉得时间被浪费了呢。

7月30日 小组讨论今天开始。花了两个半钟头讨论了三个问题：一、唯心主义既然是阶级产物，是由于"脑体"劳动分工的结果，那么到了脑力劳动与体力劳动的矛盾消灭了，唯心主义是否还存在？有人说，唯心主义不但是有其社会阶级根源，还有人的认识论根源，可是，认识论不是也有阶级的烙印么？为什么党中央关于无产阶级专政历史经验的文字上说，到了共产主义社会仍然有唯心主义呢？二、关于哲学研究对象问题。三、关于马克思主义哲学的革命性问题。

讨论都是个人对读书笔记的朗诵，很少有个人意见。

7月31日 凤乡来电话，说是李仲民从宾阳回来了，告诉了她一些情况。让我今晚回家一趟她有话跟我说。

吃过晚饭，从自治州骑单车回到家里。原来李仲民从王副部长那里得知近期我的工作可能会有新的安排，或是文教部副部长，或是到地委当副书记。李仲民希望我同王谈话时，争取留下来做副部长算了，到下面去做地委副书记不一定能把工作搞好。

我对这两份工作都没兴趣，如能到学院去做党委书记，倒可考虑。

从图书室借来郭沫若的《历史人物》一书，读《论郁达夫》一文。这只能算是一篇散文。以郭与郁的交往友谊之深，应该把郁达夫的性格、道德文章更多更具体地分析介绍。可惜，这篇文章却远远未能做到。但是，它又被收入了《历史人物》，使之垂于史册，这分量未免过于轻了，与郁达夫真正的历史地位相较，显然是不相称的。

8月1日 同宜山专员张国兴、气象局长赵月年骑上自行车到人民公园去参观今天正式开放的广西省博物馆。所陈列的多是广西的物产，有关历史文化的文物却见不到。

本来打算今天晚上开始继续写《美丽的南方》的，但跑了一趟博物馆，回来又同大家一扯谈，把时间和心情都弄乱了。

写作这门事业真是艰苦的、细致的、专门的劳动，业余去做它实在有困难。但是，今年要是还不能把它写完就不像话了。

8月2日　同自修班的同学们进城去看电影《扑不灭的火焰》。这是西戎和马锋合写的抗日民兵在共产党领导下抗击日伪的故事。影片通过两兄弟所选择的不同道路：一个汉奸，一个八路军战士而展开的生死斗争，调动刺激了观众的情绪与胃口，但留给人们思索空间的深度和广度显然是不足的。

8月3日　学习文件很多，又很难读，整天读也读不过来，晚上还要赶夜工学文件，弄得要写东西也不敢动笔。再不开始，时间就这样又过去十多天了。

8月4日　写了一天的学习笔记，感到花费的时间太长，阅读时间太少了。下午暴风雨突至，带走了炎热，送来了爽快。

8月5日　王副部长来谈关于宣传与文教分家的问题。他说，关于部长人选，除了他，史部长和我三个以外，打算再从地委书记中调一个或两个来宣传部或文教部。

看来，组织上正在考虑叫我参加部长级的领导工作吧。

突然收到二哥来信。七月廿日他得到政府判决宣布，劳改期满，恢复公民政治权利。他很高兴，还能留在农场工作。他要求寄钢笔、眼镜和书报等去给他学习用。几年来因他的历史身份被劳改的问题，我精神上总有点压力，到今天才算解除了。

谭流从上海留医回来，人也胖了好些。

8月6日　讨论了一天关于世界的物质性问题。大家水平不一致，很难谈得深刻，特别是关于自然哲学方面更是很不容易体会。

晚上，同自修班的同学去看根据谢德林舞台剧改编的苏联电影《假情假意的人们》。影片把旧俄时代社会的腐朽糜烂生活暴露得淋漓尽致。

8月7日　闹了一夜的风雨，秋天的凉意悄然而至，人们一早便开始添衣了。白天雨还在下着，风儿基本停歇。

给王浩副部长写信，表达自己对宣传部将来分为宣传与文教两个部门后，并不想进入部门的领导核心，当个部长级的什么领导，而是希望能下到学院去做党委的工作。最后，还请王副部长考虑一下李金光的工作安排，是否可调到市委去当文教部长，文艺处调谭流或其他人来做会更好一些。

8月8日　给广州的白焰写信。告诉他，他的朋友覃展也在高干自修班学习。

本想给二哥回信，后经犹豫，考虑还是不寄信，等有钱把东西买了给他寄去就行了。

8月9日　台风刮到南宁，几天来都是大风大雨。报载：由于12级以上的台风袭击杭州，西湖周围有三万多株树被吹倒和吹歪了，现杭州市政府正组织全力抢救扶植。

进城去看日本电影《没有太阳的街》。影片写日本未侵占中国东北以前，工人斗争情形。它深刻细致地写工人群众英勇不屈的斗争，动摇了阴暗反动阶级的统治。能够如实地再现当时的生活，也能够把人们带进那段生活中去。

8月10日　去逛书店，想买高尔基作品选集的《我的大学》《在人间》和《母亲》。但钱不够了，还是等补发工资再买吧。

8月11日　周末，进城同小孩子们去看香港电影《一年之计》。没看完就退场了。

8月12日　李仲民说因部长的人选没有决定下来。宣传部分家的事情恐怕又得往后拖延了。她很不愿做宣传处长，倒是觉得做个文艺处长更有意思些。

到省广播电台找谭流聊了半天，他对自己的工作没有定下来，颇感不安。

8月13日　做了一天的笔记。

晚上，开始把《美丽的南方》稿本拿来重新读一下，打算把情节又熟悉起来再继续写下去。只读最后一章都没有读完。

8月14日　晚上，继续重读小说的稿子，觉得情节上联想得起来了。以后每天晚上可以写两个半钟头到三个钟头时间，还有两个月，大概能把初稿的大部分写出来。假如今年能把它结束就好了。

8月15日 全省人民代表大会今天开幕。我虽已请假,会议还是送来了代表证和文件。

读黄药眠批评朱光潜美学的论文。今天开始学习辩证唯物主义认识论。重新温习毛主席的《实践论》。

给人器写信,告诉他父亲需要的日用品,再过两天买了就可寄去了。

8月16日 同韦必克进城看意大利电影《橄榄树下无和平》。在书店买本梅林著的《马克思传》,以及一本列宁《唯物主义与经验批判主义》。

8月17日 又把小说的草稿读了一下,有些地方还是觉得颇有味道的。打算下星期开始把它继续写下去。

8月18日 回到家,见到《长江文艺》编辑部来信,说是知道我正在写《美丽的南方》,是否有可以独立的章节给他们拿去发表。另外,希望能给他们写些东西,形式和内容不拘。

编辑们拉稿约稿的热情都是蛮高的,只是稿子往往一到面前,就像收到了冰块,他们那些过分的热情也随之熄灭了。

广州的《作品》也来信要稿要作家动态。但约稿信像是官样文章。

8月19日 星期天,张黎敏冒雨来,谈关于干部的提拔和级别问题。

黄英来,说是在省广播电台见到朱惠然。朱从北京荣宝斋买到沈周的《荷花》一幅送给我,现托他拿过来。顺便谈到他们农村部最近消息:容县地区陆川死人很严重,闹退社的不少,现在地委只好用强迫命令的办法来制止。

谭流来,还是为自己的工作安排焦虑。谢福铭来,一定要我写篇关于鲁迅的文章。

8月20日 晚上开小组会,把我的写作时间表打乱了。会后,傅菊生来谈他的辅导工作,一谈就谈到半夜十二点。

8月21日 省委伍晋南副书记来给我们自修班学员做哲学问题的解答。

为培蔚考学校事,专门进城一趟。学校说培蔚这次没有考取中专,准备给他介绍工作。听他的同学说,培蔚考得还不错的。没被录取,是他的思想品行出了问题?给培蔚写封信,叫他马上从乡下出来,由学校介绍去工作岗位。

8月22日 覃展说,工作中常听有人说这样的话:“管它死猫活猫,抓到老鼠就是好的!”这是不是同实用主义主张的凡是有用就是真理一样?

仔细想来,我们党内大部分同志都存在着不少的主观主义。虽然毛泽东同志用“一起从实际出发”“没有调查研究就没有发言权”“从群众中来到群众中去”等唯物主义观念的口号来教育全体干部。可是,我们并未能很好地去体会运用。结果看问题往往犯形式主义的毛病,从完成任务去看干部。这对革命事业的后果有着不良的影响。

8月23日 好大的雷声把大家都震动了。雨倾盆而下。时间不长,小河沟里的水都涨到路面上来了。这个月里几乎每天都有雨,天天开窗关窗真是不胜其烦。

侄子人器来信,说他父亲没有回家,只寄回3元钱给他们作过节用。还说合作社虽然做了夏收的预分,但是生活仍然很困难。

8月24日 一连作两天的笔记,手都酸了。

读书也是很费脑筋。白天整天读书,晚上脑子很不想再劳动了。昨晚,读高尔基处女作的《马加尔·楚德拉》那篇浪漫色彩的小说,还是能引起很浓厚的兴趣。不知是脑子太疲劳,还是因为什么,每天晚上醒过来就很难再入睡,弄得白天很疲乏。

僮族的梁华新,一个民族事务委员会副主任,他很希望我为僮族写一个电影剧本。本来僮族这样大的一个民族没有一部像样的作品反映它,全国各民族都有了电影反映了,只有僮族没有,作为民族工作干部的人来考虑是一个遗憾的事。但是,要弄这个东西,一个要有空闲时间,一个还要有创作自由,奉命做文章那是无论怎样也写不好的。

8月25日 回家度周末。一到家,凤乡就说王副部长请我去他办公室开会。

王副部长明天要去出席八次全国党代表大会,今天晚上要把部里的干部提级问题讨论一下。因为这次调整面很广,几乎每个人都提一级。

王副部长还说,关于宣传、文教分成两个部门问题的人选,省委意见,要我同他搞文教部,把百色地委副书记郑少东调来同史乃展搞宣传部。其他干部问题,等“八大”后回来才最后决定。

看来,我要做起部长来了,工作责任无疑地要增加起来了。但我寻思还是找个比较单纯点的工作做好些。

8月26日 朱惠然亲自送来一幅他从北京荣宝斋买来的齐白石的画。刚跟他谈工作,话剧团谢虹就同马伟进来了,李仲民也来想邀凤乡去烫头发。大家碰到一起,乱扯一阵,各人来的目的都未达到也就只好回去了。

他们对我们来说都是稀客,但临时凑在一起,互相搭不上话,我们又不会招待,弄得很不好意思。

收到一封意外的信。原先在延安"部艺"的同事高鲁现在《民间文学》社工作,不知向谁打听到我在南宁工作,特地写信来问候。

晚上,李仲民来请去照"全家福"。我们顺便给朵朵照张一寸相留作公费医疗证用。

给二哥买的眼镜、钢笔、蚊帐、被单等物已经用凤乡名义用邮包寄走了。两三天后他就可以收到了。

8月27日 天气一天数变,一会晴一会雨。近来用脑过度,弄得神经衰弱似的,半夜醒来就再也睡不成了。到了白天又打瞌睡。

补发了工资,生活宽裕了一些,想到侄子宏器入学的学费可能有问题,打算明天把稿费寄回乡下去,给他和人器各5元做学费。

8月28日 给《长江文艺》《作品》各回一信,将写长篇小说的情况告诉他们。

给北京《民间文学》社的高鲁回一信。给侄子人器和宏器寄学费共10元。

晚上,支委开会讨论第一个单元的学习情况和今后应该改进的意见。

8月29日 天气又炎热起来,大家都说是夏天的"回光返照",也是俗话说的"秋老虎"。这恐怕还要酷热好几天。

晚间,继续写长篇小说。天气闷热,户外的小昆虫从纱窗钻进来捣乱。

8月30日 进城看日本电影《廿四只眼睛》。影片通过一个小学教员对12个学生教育所产生的情感,来反映日本从1931年发动侵略中国东北的战争到1945年第二次世界大战结束,日本无条件投降,战争给日本人民带来的灾难。故事没有明显的呼喊,而是通过一个纯朴的小学教员,12个小学生的天真,以及后来他们成为战争的牺牲品来感染观众的情绪,使人从无言的怨愤中体会到战争的残酷。它是那样深沉,那样平静地叙述普通人的平凡生活,没有让观众看到飞机轰炸的惨状,没有炮火硝烟的恐怖。可是战争却残酷地凶狠地破坏着人们平静的生活。

晚上去书店买了两本高尔基选集《童年》和《俄罗斯童话·意大利童话》。

8 月 31 日　张黎敏来电话,就有关干部的提级问题,征求我的意见。

代表组织同王劲谈他的工作安排意见。这老兄对做理论工作恐怕搞不出名堂来,想当行政首长又担心组织上给予的地位太低。

失眠几乎成了惯例。半夜醒来往往就不能再睡了,等到上午常常打瞌睡。失眠的夜晚,脑子很复杂,有时想到写些小评论,对现实生活里一些不健康现象揭露批判。可是,到了白天,时间老觉得不够用。

9 月 1 日　今天周末,一个星期又过去了。一年已经过了四分之三。整个夏季我认真地工作——主动地工作和有计划地工作太少,好多日子都被事务填满了。人变得空虚而庸俗起来,自己是不满足于目前的水平的呵!可是,要超越局限是太不容易了。

往后,天气渐渐变凉,利用晚间写作的成效会好些。希望今年冬季能同春季一样,把小说写起来,写完就是最大安慰。

9 月 2 日　一早突然来了一位稀客。毛星从北京中国科学院文学研究所来,要取道南宁去昆明作民间文学的调查工作。他说同来的还有李星华(李大钊的女儿)和孙剑冰。这两位也都是熟人,应该去见见她们的。

同毛星去他们住的南宁饭店谈了两个钟头。李星华还是那样忠厚亲切,人胖得多了,已经有了白头发。她提议要大家照一张照片,寄回北京去给贾芝(李星华的丈夫)看看。她说贾芝要是知道他们在这里遇见我,那一定会高兴。

9 月 3 日　天气特别闷热,大家都嚷嚷是"秋老虎"发威了。夜间热得不能在屋里读书写字,只好上露台去看"火星"。八点钟左右天空东南面真的出现一颗特别红的大星星,应该就是火星了。报纸介绍,今年是火星距离地球最近的年份,可用天文仪器观测到火星上较详细的情况。据说,火星上可能有生物。

9月4日　讨论了一天的事物的普遍联系和发展的辩证问题。大家都觉得学习太紧张,需要休息一下散散心。大家进城去买了夜间第二场的电影票看《新局长到来之前》。这里讽刺一个官僚主义十足的牛科长的蒙上欺下的恶劣作风,真是对我们今天这个社会里仍然残存的资本主义思想予以很大鞭挞。这个讽刺无疑是成功的,它受《钦差大臣》影响,恰如其分编成了新的戏剧。

9月5日　落了一阵雨,天气马上变得凉爽许多,让人感受到了秋意。明天就是农历八月初一了。"一年容易又秋风"这句话还真有些道理。

桂西自治州礼堂放映朝鲜电影《新婚夫妇》。影片没摆脱公式化。

9月6日　每天晚饭后都同一起学习的同志去散步。走到郊区的乡村,路边的二造禾苗已经是一片浓绿,散发着一股香气。我常常穿件汗衫,脚着拖鞋信步其间,同以前在广东江村师范做学生时差不多了。那段生活想起来还是那样鲜明地存在记忆里,时间却是过了二十年了。往后,会感到时间是过得越来越快吧。

时间是不可能被留住的,人们能够做的,只能是在这个时间里留下什么足以纪念的事迹。如果说,我不能成为一个事业家为历史上留下什么事迹,那么我应该可以用我的笔写下我的见闻,为文学事业留下一点半点踪迹吧。可是,我似乎失去了那个可贵的耐心和毅力。疲劳常常抓住了我。总是盼望能有个平静空闲的日子的到来,然而,这个日子却是那般渺茫。

9月7日　读《译文》上一些短小的小说,引起一些写作的兴趣。一个人要写作,缺少经常地阅读和朋友们的谈论、鼓励是不行的。

我现在是太孤独了。在文学事业上没有朋友,没有老师,而且还离开了文学的环境,正如失群之雁。尽管表面上有那样多的同志在一起谈笑,可是心里却是寂寞的。但是要改变这样的处境,除了劳动,从劳动中求得写作上的成果以外,别的办法是没有的。

9月8日　突然来了一位民族画报社编辑主任黄一修同志。他是黄流的哥哥,1938年我们去延安时,他刚从延安"陕公"第一期毕业出来,参加随军服务团到武汉去,同我们一道到了汉口。

后来在延安我们有好几次见面。现在他还不见老,还是那样仔细、讲究、规矩的一个人。从他那里知道黄流现在是中央财贸部的秘书处长。大家如今都已儿女成行了,但是十多年前的事情却仍历历在目。

收到一批信和《作家通讯》等。西藏严蒙信中说已给我买了块"劳力士"牌的手表了。但还得等机会托人带到北京。卢植堂的信谈全国音乐周的会议情况,他9月3日左右才能离京。

9月9日 本打算领孩子们到公园游玩,坭坭发烧、天气酷热,临时改变主意不去了。南南的凉鞋坏了,坭坭嚷着要买皮鞋,只好同他们上街去买。出门叫不到三轮车,在酷热的阳光下走上拥挤的人行道,十分辛苦。

坭坭本已发烧,又得不到好好休息,下午体温增高了,回到保育院一测温度达39℃,马上被送到隔离室去了。病情会不会进一步加剧,弄得我心神不安。

晚间,同凤乡去看话剧团演出《新局长到来之前》和《家务事》等独幕剧。前一出戏的演技较电影差劲,后一台戏演员很卖劲,效果好些。

9月10日 每天早晨秋意已经很浓了。到中午和下午却又炎热得很难耐。

这两天,读《矛盾论》和孙定国对这篇著作的解释文章。理论对实际工作的指导意义,现在慢慢体会得到了。

没有理论指导的工作,实在是一种盲目的行动,既不可能事前有预见,也不可能作事后的总结。对每个革命工作者而言,学习唯物主义应该是极其重要的基础知识,没有它武装起来的头脑,是不能成为一个真正的革命者的。

关于尹羲向中央的文化部控告秦似的问题,省委宣传部如何表态,昨天已同李金光通了气,但恐怕他传达不全,又写了一封信给史副部长。

凤乡来张字条,说坭坭昨晚呕吐两回,今早又吐一次,体温38℃,精神不太好。医生说是重感冒,注射盘尼西林,四小时一次。

9月11日 给南宁三中李东岳写信,劝他好好休养,如有可能就把要写的《发展论》写出来。工作是十分需要人的,等身体恢复了,工作就好商量了。

其次,给侄子宏器寄去5元钱作为他们兄妹入学学费。

9月12日 晚间,在桂西自治州礼堂看根据果戈里小说改编的苏联电影《五月之夜》。几天来我是特别疲倦,精神不振。

9月13日 天气又闷热起来。晚上树梢静极了,一丝风也没有。我们几个人只好在露台谈天。张专员讲他抗日时期的打仗故事,每个人都有一段动人的经历,说明我们的革命斗争胜利曾经是那样通过了艰苦奋斗而得来的。

9 月 14 日 报纸上公布我们党的党员人数已达一千零七十多万名。

头疼得厉害,书读不下去,夜里一直睡不着。是近来用脑太疲劳所致,还是感冒了呢。

9 月 15 日 党的第八次全国代表大会今天在京开幕。一早就从广播里听到世界各国兄弟党的代表团名单。有许多国家的兄弟党的代表团来参加我们党的全国代表大会,这是空前的。中国在世界的舞台上正扮演着极其重要的角色,在国际上的地位也日益显现。这不仅是由于人数多的条件,而是我们共产党的政治水平已经达到了一定高度。

9 月 16 日 广州作协来信,说是如果工作不容许写作,可以同他们联系想办法向行政部门提出请假。

请创作假虽然国务院有规定,可是作家的写作不一定是完成当前的政治任务,请假来写作,如果是写的与当前政治任务不那样密切的,那是给作家一个负担的。

9 月 17 日 党的全国第八次代表大会召开,毛主席作了简短的开幕式讲话。刘少奇接着作政治报告。

长江文艺社一个女同志专门到高干班来找我写稿子。看来盛意难却,可是真正要写起来却又感到踌躇了。

晚上,同韦必克、梁唐晋他们去看全国乒乓球第一第二和第三名的选手王传耀、姜永宁、孙梅英到南宁访问而举行的观摩比赛。

9 月 18 日 读"八大"邓小平关于修改党章的报告。里边有好些内容是新的。

9 月 19 日 中秋节。街上到处都是月饼铺。城市的购买力显然是增强了。

收到二哥信。我们寄给他的东西已经收到了,现他还需要一些书籍和冬季的衣服。

晚上,从保育院接坭坭南南回来过节,想带他们去看兵兵球比赛,后担心叫不到三轮车,最终没出门。

9 月 20 日　我们的学习内容，这个礼拜前暂时定为“八大”的三大报告。星期六下午讨论。这些天来，“八大”的文件和消息，占了人们大部分的生活，人们都怀着兴奋的心情来听“八大”的消息。

晚上，同大家去看意大利电影《希望之路》。

9 月 21 日　我与覃展到中医院去请刘大夫把脉，看看莫名的疲倦和精神不振究竟是什么毛病。刘后来也没说出个所以然来。

晚饭后，同覃展、袁似瑶散步至横塘。这里周边的村子橙树很多，鱼塘也不少。应是富庶的村庄吧。

9 月 22 日　讨论“八大”的文件。但是认真讨论起来时，各人的话就没有闲谈时那么热烈了。

收到二哥回家过中秋节写来的信。他深为侄子们的失学失业感到痛惜，希望我出些力栽培关心他们的前途。他还是以旧社会的观念来要求我徇私，要求把眼光放在自己的亲戚朋友身上。这对革命事业来讲，是违反组织原则的，也同我们共产党人的观点相反。

9 月 23 日　星期天带坭坭南南到人民公园玩。公园里的道路已修平修宽了，树荫下还安置了不少石凳供游人休息，湖面上也是游艇如云，真正成了南宁市民休闲游玩的好去处。坭坭南南今天就玩得特别高兴，能够常来，比上街瞎逛好多了。

《广西文艺》要改版，李汗和吴三才来征求刊物名称，一时也想不出满意的刊名来。

夜里，给二哥和培蔚写信。

9 月 24 日　同自修班的韦必克等一起去看桂剧团演出的《柳毅传书》。本是一个美丽的民间神话传说。但看完这台桂剧，只觉得是场胡闹。

9 月 25 日　晚间又把《战争与和平》拿来读。打算继续读完它。

托尔斯泰对每一个人、每一个动作、每一点自然环境都描绘得十分逼真，叫人如闻其声如见其人。

僮文委员会讨论僮文方案今晚约我出席。自认乃“门外汉”一个，索性缺席了。

9月26日 “桂西”礼堂放映常香玉饰演的舞台艺术片《花木兰》,她的唱、作都不坏,内容却并不佳,有点说教味道。

秋天完全来到了。每天早晨,草木的枝叶上全是覆盖着露水,凉意时时都被人们感觉到了。

9月27日 《广西日报》来信约写“纪念鲁迅逝世20周年”的文章。

觉得一般的意见已成老生常谈了,写也是千篇一律,读者会厌烦的,要写新的意思,又没有深入研究,一时写不来。是不是自己的文思枯竭了呢？本来在当前那样热闹地鼓吹“百家争鸣”的时候,写作是更得到许多的自由和鼓励的。我却比什么时候都感到贫乏,好像干涸下去的水源,脑子里空得发闷。也许是搁笔太久了的缘故吧,刀子不用放久了也会生锈的呵。

现在要集中精神学习,不能分心来写,将来回到工作岗位能有时间写吗。从过去的经验看是很难排除不断涌来的阻力的。要做一个好的党的工作者,同时又想做一个作家怕是不容易的,真是两者不得而兼。

9月29日 同凤乡上街一转,弄得一身疲劳,还什么也没买成。

一个人做事,事先没有一定的目标要求,没个计划,恐怕也同今天我们上街一样,一无所获还耽误了时光。

9月30日 跑了半天,给二哥买了棉衣和冬季的必需品,他所需要的东西总算是办妥了。明天让外甥祥光回家乡时带回去。但愿这是最后一次。其实他每月有15元收入,在农场一个人生活还是可以对付得过去的。

坭坭南南从保育院回来过国庆节,家里突然成了个大戏园子似的,吵闹不休,叫你读报也读不成。

开始服医学院中医副教授阳晋宣开的方剂,味道苦极难咽。

10月1日 为庆祝党的“八大”胜利闭幕,新一届党中央诞生,今年的国庆特别隆重。北京是50万人的游行,南宁市也组织45,000人的群众大会。

一早就带着坭坭南南田田在南宁街头等候游行队伍经过。

队伍来了,彩旗飘扬、锣鼓喧天,这让小孩子看到了热闹而欢欣鼓舞,但对大人来说见多了也就成了俗套了。

家里突然来了个小时候的同学钟英杰。本以为他从乡下上来是凑凑国庆节的热闹,在南宁玩一阵就回去的。谁知他这次是专为女儿上学来问我借学费的。对他帮助一下也不是不应该,只是眼下我在农村里的亲戚困难太多,顾也顾不过来。二姐的房子被大火烧了,三哥的儿女也正失学……生活都十分艰难,救助那个好呢。首先我的经济能力有限,根本无法全都帮助。其次若要帮助"最困难的",那么旁人知道了,第二个就跟着马上来找你了,这能受得了吗。英杰借不到钱,赖着不肯走,只好整天陪着他闲谈,弄得我十分疲惫。

从他的谈话中,让我知道了今天农村的情况是相当严重的,也是令人不安的。农民们普遍缺乏油盐,有子女上学的更是没有办法,大批农村子女只好失学了。中学的收费也贵。

他还说,目前农民对我们的不满是普遍的,可谁也不敢说出口,只好上山做活时,几个人在一起谈知心话时才透露出来。他还告诉我一些同乡们的生活变化。过去我所认识的人,不单是老年人,就是一些后生晚辈,死去了的、不幸的和堕落的也不少。梁升俊有个妹妹叫湘娥,今年大概30来岁吧,原来嫁给地主子弟,解放后丈夫被劳改了,她离了婚。现在为了生活,她竟然想跟一个50多岁,过去是个有着十足流氓气的人结婚。因为这个人会修单车,日子过得很充裕。贫困使人堕落,使人犯罪,这在今天的社会里仍是难免的病毒。

晚间,到省广播电台去找谭流,问要他写的小说看看。他那正有三四个朋友来访,大家凑在一起把天下古今一扯,就扯到了深夜十一点方散。

10月2日 跟着谭流、黄英、朱惠然到一个名叫陈卓峰的家里去看他的藏画。想不到在那里遇到了邓燕林。

邓燕林对我说,两个星期前他就恢复自由了,现在省文联创作委员会工作。从他的话里,听出肃反运动让他得到一次深刻的阶级教育,以前的个人主义思想全盘错了,经不起考验,立场不坚定,今后要好好工作。也许经过这么一次锻炼是能够彻底提高觉悟的吧。幸好他没有消沉,身体也没有弄坏,今后还是可以为社会做很多有意义的工作的吧。

10月3日 同黄英、谭流他们又到陈卓峰家里去买画。陈藏有几箱古画,但真正好的也不太多。我们花10元钱买了八幅小的画片,里边一张是任伯年的《花鸟》,我买了。懂画的人说,这幅有价值,出自明代大画家的手笔。

10月4日 国庆的假期满了,恢复学习生活。从今天开始学《历史唯物主义》,单是看了康士坦丁诺夫主编的讲义,每天读40页的话,也得半个月才读得完。但是,我们的自修时间,除了星期天和讨论会,才只有十多二十天了。如果想再多读其他著作,显然已不可能。

侄子四器从7190部队驻地增城来信。马上复信。

10月5日 久无雨,空气十分干燥,早晚与白天的温差大,人易感冒和疲乏。

愈来愈觉得精神不济,像个快到终点的长跑运动员,冲劲没了。

10月6日 医学院的中医阳晋宣又开了药方,同前次差不多。他认为我的失眠由精神兴奋引起,要想办法抑制住兴奋,失眠症状或可缓解。另一中医王雍和则认为我主要是体虚兴奋而失眠。首先是治好虚弱这个根本,人强壮起来了,自然也就情绪平稳,精神安定了。我比较认同后者的说法,觉得其道理充分些。

严蒙来信说手表已托张登兴带到北京,交到《人民日报》萧航、柏生处,可叫人去取。

10月7日 全家人到电影院看《春天的声音》,这本来是反映孩子们晚会节目的电影,但坭坭没耐心看,没看完就闹着回来了。

给省广播电台的廖扬山带信去北京,找《人民日报》的萧航或柏生,要回严蒙寄来的"劳力士"手表。如他这两天就去京,这个月内就可以把手表拿回来了。

卢林来谈他老婆的工作问题。

10月8日 覃展说,覃应机问谁比较合适来做僮文委员会的主任。我认为要找到相当的人来担负这职务,必须先确定这个职位级别。如果不相当于厅级机构,一般的县级干部显然是搞不起来,要厅级干部来做,如果没有相当的政治地位就没有人肯干。即使干了,因为机构级别低,工作也开展不了。

10月9日 干部处来电话叫回去讨论文教厅局几个负责人的工薪等级问题。

看到省委的初步意见,绝大多数人从1952年至今,普遍提了一级。有的还从原来14级这次提到11级,也有从13级提到11级的。只有二三个人从1952年到这次都没动的,其中有我和监委的一个秘书长。这事不难看出省委对我的评价了。有人1952年才是个县长,现在提到副厅长也是11级干部了。这样比起来,以省委眼光看,自己是太落后了。既然组织上是如此看待,我就没必要在这条官道上挤了。有6年时间足以证明我是不大能够挤上去的。还是退回文学岗位来吧,就算在文学岗位最后也未必能"出人头地",到底它符合自己志趣,是自己比较熟悉的门道,工作起来不会觉得勉强。

但是,要搞文学,在广西搞,天地到底太窄,目前组织上是否就同意?这些都不是没有问题的。思前想后,先请三个月假把《美丽的南方》写出来再说,假如真写成了,环境就改变了。

写信给广州作协询问关于请创作假的申请内容及生活费用住宿等问题如何解决。另写一信给史副部长,提出请假三个月去桂林或广州完成一部长篇小说的写作计划。

假期若得批准,用三个月写完最终出版,明年我就可考虑再写其他题材,从此回到我的文学岗位去了。

10月10日 看保加利亚电影《在大街上发生的事情》。影片讲述一个汽车司机与一位女化验员在街上邂逅而终于恋爱起来的故事。简直是场闹剧。

10月11日 干旱一个多月,今天下了场大雨,使二造稻田得以滋润。写篇短评《中心与业务》,打算寄去给《人民日报》,也许它可以给一些官僚主义和经验主义者一点小小的刺激。

忽然想把《美丽的南方》的一部分抄出来寄去给文学杂志发表,题目想用《工作队来到了村里》。

10月13日 广州白焰来信。认为我与其留在省里做个副部长,还不如去地委当个书记好。不过,这得需要更大的热情和魄力。我近来思考还是比较倾向于去弄文学。虽然文学创作也要在广大读者(群众)的监督下讨生活,可总比做党的工作自由一些,况且我已感到再这样继续做党的工作下去,发展很有限了。做文学工作符合我的秉性,倒还可以施展一番吧。

10月14日 同凤乡到百货大楼去缝纫衣服。凤乡裁剪了一件藕灰色的短外套,我做了套日本呢绒哔叽中山装。工期需要一个多月。城里人的生活水平是提高了,一件衣服五六十元大家也抢着做,这跟农村比起来那真有天壤之别呀。

晚上,谭流来拿《作家通讯》去看,他也很想弄创作,写写东西。到邓燕林家询问交流买国画的心得。

10月15日 收到作家出版社约书稿的信。他们不知从谁的口里打听到我正在写一个长篇小说。寄了一份出版物的表要我填回给他们。看来,写作的气候在我周围逐渐形成起来。曾经想到:或者就到省文联去当个主席,生活待遇保持原来水平,把孩子们养大就行了。即便政治地位可能降低,但有更多时间来做文学工作。在文学创作中把自己的能力发挥起来,不一定就不如在政治工作中的成就大。

省文联工作,除了编一个文艺刊物之外,其他工作并不太多。假如在五年内我把几本小书写出来,比目前做这个工作贡献会大些。

10月16日 《人民文学》又来信,希望有短篇小说寄给他们。看来最近一提起"百花齐放",读者对作品的艺术性要求高了,刊物只靠不成熟的青年作家的东西,或者一些概念的东西已经不能满足群众的呼声,因而不得不向某些所谓较有经验的作家挖潜力了。

10月17日 家门口种着两株重瓣的芙蓉花。早晨花朵白色,午后变粉红,傍晚就成了深红。第二天早上新开的白花与昨天的红花在一起,红白相间配上绿叶,显得特别艳丽。人们说这花易栽植,插枝入土不需太多打理即可成活。北方见不到这种花,江南西湖的苏堤是有的。我们家乡有单瓣的,且只粉红色,不像眼前这种早晚会变成红白双色。

10月18日 广西日报社的戴启予来邀写学习"八大"文件的心得。

文章是宣传工作的一种形式,应该写,但是没有个人的见解,硬着头皮也实在写不出来。

近来接二连三地有人来约稿。朋友说我做这个秘书长太不合算了,既然能写文章,为什么不做个作家呢?作家到底是不容易培养的啊。自己近来也逐渐倾向于想专门去搞文学,以为这样既能满足自己的兴趣爱好,专长也许还能发展,对革命事业能有多些贡献吧。

10月19日 宏器和程文蔚从家乡出来打算参加省农业厅的病虫害防治技术人员训练班。帮他们问覃展要了份介绍信。花14元钱买到一幅齐白石在86岁时画的菊花。读丁玲长篇小说《在严寒的日子里》的前面八段。

10月20日 给作家出版社写了回信。《美丽的南方》预计明年八月可以交稿。既然许诺了人,如果请不得创作假,只好自己抓紧,利用一切可以利用时间来完成它了。

到医学院去看中医。医生开的处方和前次差不多。另外还开了两种需长期服用的中成药。一种是"天王补心丸",一种是"知柏八味丸"。前者安神,后者补肾。第一次到医学院去。三年前这地方还是荒郊野岭,现在已是成片的砖瓦房子和交通方便的水泥马路,一所崭新的高等学校展现眼前。

10月21日 同谭流、黄英又到陈卓峰老婆那里去看古画。黄英花13元买下一幅恽南田的"菊花",谭流买的是溥仪的叔亲溥心畬的"山水"。

王浩特地来找我谈关于尹羲告秦似的问题。

晚上,王成来找李金光后,顺便来跟我谈秦似过往一些曾经检查过的有关问题的情况。

10月22日 听说组织部正在调查少数民族干部情况,可能是为了明年广西成立自治区作准备工作吧。从一些迹象看,有可能我被安个副部长的名义。可我无心此道,以为做官实非所长,倒不如写写文章还可以对付。

10月23日 到省卫生厅礼堂去听省委传达"八大"会议精神。传达人是韦国清副书记。他只传达毛主席在预备会上关于选举中央委员名单时的两次解释讲话和邓小平关于党章修改的解释。

晚上,去看桂剧《斩妲已》《宋江杀惜》和《傻子拜门》。周钢鸣去访问越南回来路过南宁,今晚也来看戏。他说欧阳山做广东省文教部副部长,实际上他是专门写东西的。假如广西也可以这样,那倒是不错,一方面生活费能有保障,另一方面,政治生活也没有问题了。

10月24日 越南国家足球队和广东省足球队到南宁来作访问比赛。下午，组织我们到人民公园旁的新体育场去观看。结果广东省队以2比0战胜了越南国家队。

10月25日　花了两个晚上把《中心与业务》这篇2,800字的杂文抄写出来，打算寄去《人民日报》。可是它谈的是党的宣传工作问题，对《人民日报》未必合适。

10月27日　周末回家收到民间文学研究会高鲁来信。他提到15年前我们在延安部队艺术学校的生活，谈到他后来入了党，谈到近年来在北京见到西虹、孟冰和董均伦。他谈到在延安时对我的感觉是很好的，热情而诚恳。由于他这一提起，使我觉得时间过得真快，一下子人就变老了。

另外，广州作协分会回信，答复我上次去信询问的几个问题。他们说，如果请得假写作，而本机关又不供给的话，作协可以照其原来工薪标准发给，住所分会也可以供给。他们表示欢迎我去广州创作。

去桂剧院看《好丑洞房》。一台搞笑的戏剧，看过后没什么能让观众留在记忆里的东西。

10月28日　花了一个钟头把《缺口》这篇杂文抄写好寄去给《人民日报》了。

10月30日　收到省文联来通知，下月16号到25日召开一次约有30人出席的创作座谈会，请我出席参加辅导。

这是义不容辞的差事。但要辅导就得准备一番。打算同大家谈谈《真实与虚构》这个问题。这个问题对青年文学工作者是十分需要解答的，假如准备得好些，对大家可能有些帮助。

今晚是自修班最后一次小组生活会了。大家谈了三个月来的学习体会，一致认为对自己的思想有很大帮助与提高，收获是不少的。

11月3日　西藏严蒙来电报说是手表已寄北京，由余火佳带回。

南南在保育院种了卡介苗，留院观察，周末不能回家。坭坭一人放假回来，没人同她闹了，稍微乖些，也不赖哭了。

11月5日　严蒙送给我的"劳力士"牌手表已由省电台出差北京人士取回

来。表面是黑色夜光,带日历。在北京的价钱约是500元。

给严蒙信,报告手表收到了。给民间文学社的高鲁回信。

11月6日 王浩部长特地来告诉我,宣传、文教分成两个部门了。他同我负责文教部,史乃展和骆明负责宣传部。文艺处归到宣传部去。这样我与文艺界将隔离,请假写作也只能不了了之。因为,做了文教部副部长,工作会压到头上来,怎么好开口请假呢。现在只有一个想法,文教工作若不太繁忙,可利用晚间写作啦。

徐君慧来信,请给他看10多万字的长篇小说《春蕾》。回信让他等我回到机关再答复什么时候有空看。

11月8日 同乡陈彝鼎来找我,希望给他介绍个工作。

在桂西自治州礼堂看苏联电影《没有说完的故事》。影片让我们看到一个为人民疾病负责,忠于职守的女医生。

11月9日 今天是我们高级干部自修班学完哲学课程的最后一次讨论了。学了三个半月的哲学,对我来说,收获是不少的。从此,对马克思列宁主义以及毛泽东著作的理解更提高一步了。对工作问题也有个是非的标准,对思想、学术上的争论,可以辨别了。

11月10日 今天下午从自修班回到机关。原来的宣传部现已分成宣传、文教两个部门。我被安排在文教部。从此工作可以减少一半,可是,责任重量却会增加一倍。因为要做副部长,对整个部门工作是要担当的。

11月11日 收到李汉从北京青年文艺讲习所的来信。

11月12日 今天到省委文教部新办公室办公。一整天同广西师范学院院长梁唐晋开会,讨论他们学校领导班子存在的不团结问题。

11月13日 上午去省委统战部代王浩部长出席关于山区生产工作会议的筹备工作。下午讨论体育卫生处提出要召开的全省卫生政治工作会议的报告。

晚上,开支部大会。

11月14日 白天一天都参加学校教育处召开的学校的政治工作座谈会。

晚上,同省教育厅、省卫生厅讨论关于山区工作会议,文教工作的报告问题。

11月15日　白天参加讨论关于学校的政治工作会议。到今天晚上才算没有会了，但是一大堆的文件需要看，结果还是自己的事情一点也顾不到。

11月16日　收到白焰从广州来信，感叹身无一技之长，工作只能庸庸碌碌听之任之，难大有作为了。

11月17日　全省学校政治工作座谈会今天结束。晚上还有会。回到机关来工作已经一个礼拜过去，连看电报的时间都没有。

晚上王浩部长跟我说省委组织部打算叫我兼任僮文委员会主任。

周总理今天途经南宁，要去越南等国家访问。

11月18日　星期天，还得去参加医院政治工作座谈会。会议前后得三天。省文联召开的创作座谈会，因不管这方面的业务了，想去看看也挤不出时间。

11月22日　这几天全是在会议里过活。体育卫生处召集各医院院长来座谈政治工作的会议，今天才算结束。要从明天开始我才可能对中断了四个月的工作进行一番了解。成立省委文教部之后，办公室还不健全，好多事情都还没有准备就绪。

11月23日　寒潮前锋今晚来到南宁，一下子冬天来了。邓燕林来访，说是《漓江》文艺月刊，明年一月份创刊，别的稿件倒还容易凑合，就是小说稿难找，希望我能支持他们。

听去巴马瑶族自治县检查的同志回来汇报，我们的干部在那里的主观主义领导，产生十分严重的后果。那里梯田多，山地多，农民收入多半靠副业生产，可是我们的干部硬搬平原地区的做法，要一造田变三造田，要以粮食生产为主，结果原计划要增产70%，最后才收到5%的增产，有的地方甚至还减产了。

那里的文化惊人得落后。有的农民记数只会从一数到五，合作社记工分用数玉米粒来记，玉米粒给老鼠偷吃了，工分就发生问题。迷信也十分严重，得病不愿去看病拿药，因为要花钱。有人就说还不如杀鸡求神驱病，既便治不好病，起码还得鸡肉吃。

11月24日　给广州白焰、北京文学讲习所李汗、南宁第三中学李东岳各写一信。

晚上去邓燕林家闲谈有关当前的文学题材问题。

11月25日 星期天同凤乡去电影院看苏联片《春寒》。晚间读鲁迅的《肥皂》,这作品之所以好,就在于揭发一些道学家的隐私。作者通过生活中的小事,给我们写出了人们矛盾复杂的心理状态。而这些都是中国封建社会的本色。

11月26日 专门去探望慰问在家休产假的张黎敏。她说分娩时流血过多,现闹贫血,每天医生来注射名为"肝精"的针剂。

李东岳来访,向我表示愿意到省文联做个编辑,顺便还可以研究研究鲁迅。

11月27日 广州作家协会副主席周国瑾来到南宁。听说是来找过我没见到。

晚上,去省文联找谢福铭、吴三才把《美丽的南方》初稿给他们看,他们很希望我能给明年出版的《漓江》写些东西。

因尹羲与秦似闹关系问题,分别跑到省委统战部和省文化局参加了两个会。

11月28日 到省文联参加作协会员小组欢迎广州作协的周国瑾和陈残云的座谈会。

广州作协很希望我能得到创作假期到广州去写作。

下午周国瑾来访,同他到广西日报社找社长姚天纵。

11月29日 为了解决尹羲与秦似的问题,同干部处副处长於惠兰去桂剧院找尹羲谈话,劝其不必赌气计较过多的个人恩怨,好好努力学习,追求进步为好。尹羲听后感动地流下眼泪。下午到市三中听教育局对该校教学工作的检查总结的座谈会。

11月30日 听了一天省委副书记韦国清传达中央八届二中全会精神的报告:刘少奇对波兰匈牙利事件的分析,周恩来对1956年国民经济计划执行情况的报告和1957年计划的原则指示,毛主席的总结。

王浩部长从桂林回来,讲了一些柳湜来检查广西师院的情况。

12月1日 继续听省委副书记韦国清传达八届二中全会上毛主席的总结发言。

12月2日 第一次看到南斯拉夫电影,片名《旧恨新仇》。影片通过一个女人被遗弃的"旧恨"和一个私生子爱情被自己父亲抢夺的"新仇",深刻地暴露资产阶级的残酷与罪恶。影片是在极度激动人心的故事中交织,合乎逻辑地进行着。这里没有说教意味,只是一段真实人生的复写。

晚上到省教育厅听余明炎作关于少数民族工作教育会议的总结报告。

12月3日 晚间同王浩、朱惠然到省话剧团去看《万水千山》。这是陈其通写的长征故事。或许由于听到的长征故事太多了,该剧试图通过一个营的指挥员和周围人物的英雄行为来表现这段革命斗争历史,却不能打动我。总的印象是一般化。

12月4日 下午4点钟同学校教育处的方宏誉、李竑从南宁汽车站出发到武鸣来。本来45公里的路程两个钟头就到了,因为在高峰坳地方遇上一部抛锚的汽车,通不过狭窄的公路而等了半点多钟,6点45分才到武鸣。先在街上吃过晚饭,再到僮文研究指导委员会。此时已经是晚上8点多了。

委员会的负责人只有办公室副主任覃建才和陈竹林、曾诚三个同志。覃建才以为我来担任委员会主任工作,很高兴。他们现在深感没人主管,都是兼职的同志,找谁都不能解决问题。

我们被招待到一座刚刚落成的小洋房里,周围花木荫蔽,十分安静。听说这座洋房原是专为委员会主任姚冕光建造的住处,但姚病死了,房子造好后就作招待客人用。

本来今年武鸣是要修建一个火力电厂的,因为设备订货迟了,没有建成,现在还是用着煤油灯照明。

12月5日 一早,推开窗子一看,下面绕流着一条碧绿的小河,四周都是花木和嵯峨的小石山。环境十分幽美,颇有山明水秀的风味,与它的"明秀园"的名字是符合的。

这园子原本是陆荣廷建筑起来的花园,园里有荔枝、黄皮、龙眼等很多果树,在树下设有石桌石凳,在石山上建有亭台水池。园的周围被碧绿清澈的河水围绕着,是夏天避暑游玩的好地方,是疗养的理想所在,如果在这里写作也应该是很合适的天地了。

上午,大家都学习"八大"文件。我们三个人到街上去走了一趟。下午,在办公室覃建才他们三个人和科学院一个助理研究员韦庆文向我们作工作概况介绍。

关于僮族文推广工作已经作试点了,现在等中央对文字方案的批准,等待省委派专人来指导。看来领导问题是十分迫切需要解决的问题。如果没有一个能照顾全面的人来领导,而这样一个工作重担委之于几个学校教师来做,结果必然会脱离实际的。

晚上,同乡毛华珍同她的丈夫带小孩来看我。她现在编译组做翻译工作,看来对这份事业她满怀着热情。

12月6日 今天是研究组陈竹林来谈僮文的语音、语法、词汇的编写、收集情况和存在的问题。

关于借用汉语和某些语法受了汉化影响而已被采用的问题,科学院的有关研究者还在争论。有人主张多借助汉语,那些显然已为群众所习用的汉语语法也不一定全改为僮语语法,有的却主张全盘僮化。

夜间,由科学院助理研究员韦庆文来谈编译组的情况。他主张僮语法应该有严格的自己的语法,不然会造成混乱。可是,他忽视了僮族同汉族已有的几百年文化交流,绝大多数的知识分子已习惯了汉语的运用,即使文盲农民也从口语中受到了汉语影响,听得懂汉语的词汇了,如果不承认这点客观事实,而教条地把僮族这一特点和历史条件抹杀,与未开化的瑶、苗、侗等那些少数民族一样看待,那将会脱离实际的。

见到杨士衡,他给我在明秀园前的河边拍了两张照片。

12月7日 委员会的文艺组和宣传组今天上午来汇报情况。我对文艺组说目前第一步的工作应该是收集具有历史价值的民间叙述史的山歌,龙州县就有会唱整个僮族发展过程长歌的老年人,如不早点把他们的歌记录下来,他们不在了就不能记得那样齐全了。

下午抽空给还在家乡的二哥、柳州机械厂的名器、南宁的陈彝鼎各写一信。

晚上,办公室弄了餐狗肉宴请我们喝酒。大家吃得很高兴。

12月8日 早上到僮文学校去,两个校长开会去了,我们只好自己在学校里参观。学校的布局很宏大,听说是作为大专学校的框架来设计的。现在还差教室和图书馆没有建成。照了几张灵水风景照片。

到编译组去看调研翻译工作。他们正在翻译梁星写的《刘胡兰小传》。翻译得过于拘泥了,一是受原文的拘束,一是局限于僮文的语汇,不敢有所突破。结果,有些汉语早已为僮族人民习用的也不敢借用,弄得翻译的人译过以后,自己念起来也不知是什么意思,或是这个小组译出来的,别个小组的人却读不懂。

听说这都是是科学院的韦庆文过分拘泥僮族语法,怕借汉太多而致使僮语语法混乱而制定的一套语法规则所致。但是,他忽视了僮族汉化已有几百年历史这一特点,几百年来它同汉族共同接受了外来的语言,共同创造了语汇(虽然发音不一样),如果现在把它已经进步的进程给否定了,硬叫它回到几百年前的语系去找寻词语,那真是复古倒退了。看来我们将这关系到几百万人文化生活的大事交给几位学者来“闭门造车”,最后不走弯路那真是怪事了。

礼拜六了,晚上县城街上挤满了学生,他们没有地方去,放映队放映影片场子太小容纳不下这么多人,工会俱乐部举办舞会也没有那样多的门票,周末倒成了大家苦闷的日子。

12 月 9 日 星期天不办公了,僮文委员会的年轻人要到原先陆荣廷军阀的标营去度假。我没同他们去,而找毛华珍谈话。她对工作的方针方法有意见,认为韦庆文他们脱离实际。

晚上,同陈竹林几个人到双桥乡去找一个山歌手和几个妇女来测试,把我们翻成僮文的一段稿子念给他们听。他们也认为照僮文的语法他们是听不懂。比如说有一句是:“三个生产队队长向社委会提出保证”翻成“三个队长生产队向社委会讲”,他们就听不懂。他们认为还是照汉语语法才好明白。其次,汉文的“鼓起勇气”这句话,翻译的人认为僮语没有恰当的词汇对译。但是,山歌手却认为可以翻成“发奋”。

看来,僮文委员会过于相信满足于一己之见,忽视到群众中去挖掘民间的语汇了。

12 月 10 日 僮文委员会办公室两位副主任覃建才、陈竹林邀我一块去马山和都安了解那边的僮文推广工作的情况。早上九点一刻坐吉普车出发,到 11 点 45 分走了 85 公里,到了马山县城。今天是那里的集日,街上有些买卖,但是一间饭铺都没有,我们只好每人买碗米粉坐在草地上吃。

到县人委去找祝县长了解情况。他说僮文推行委员会组织起来了,僮文学校因缺材料还未建成，要推迟到明年春节后才能开学了。因还要赶到都安，晚上又必得转回来，没有多谈就走了。

从马山到都安27公里，照理一个钟头就到了。中间隔着一条红水河，汽车等摆渡花了时间，我们是下午2点一刻开车，3点40分才到都安。

都安现为瑶族自治县，但全县50多万人中，瑶族才占10万零几千人，40万都是僮族。县城比马山大得多了，街道也比较整齐。

同几个县长和宣传部副部长兰兴昌谈了一点多钟，他们也正要修建僮文学校，积极筹备开学。

吃过晚饭，下午5点一刻，我们去看了看僮文学校就赶紧回来了。晚上9点钟才回到武鸣。

12月11日　去武鸣高中听课。听陈云生老师讲文学课《信陵君传》和一位历史教员讲历史课《三国》。这两位教员，都是有气无力如同念经似的讲完就算，看不到他们对课文有什么感情，也见不到他们与学生发生什么联系。讲信陵君，只引导学生去分析信陵君的为人，谦虚、爱国。对课文的结构、表现手法等有关写作问题避而不谈，这样对学生作文的提高是谈不上的。讲历史的，也一样冷静得可怕。本来，“三国”这段历史最能引起学生兴趣，可是他只是照书念一遍，学生是甚难从他教学中得到一个明确的概念的。

下午，找“武高”学生会的干部谈话。

12月12日　又去“武高”听王汝泉和一个姓施的老师讲汉乐府的《陌上桑》。也许是知道我们要去听他们的课，准备得比较充分些了，老师讲得比较有感情，也有分析，段落层次很分明。

《漓江》刊物编辑徐君慧特地从南宁跑来找我索取《美丽的南方》稿子拿去发表，为支持他们，只好让他拿去了。徐君慧说他把我已写出的前面八章看完了，认为这个作品有一定的水平，就全国范围来说，水平也是高的，且有特色。他说我太谦虚，作品发表后效果不会差的。

下午，参加僮委会翻译小组会议，听韦庆文的一个总结发言。

晚上，到灵源乡的僮文夜班去看他们上课。刚来了一个男人和几个妇女，就有人来叫他们去开会选举代表了，结果课也没上成。

12月13日　下午，听僮委会推行组到五个点去推行僮文工作回来后汇报。

下午，到“武高”去同他们的教员开座谈会。

晚间，推行组要求我去向从乡下试点试教回来的同志讲一讲话，鼓励大家安心工作。我依照着他们的意见去讲，但不知是否能打通他们的思想。

12月14日 去武鸣第一初级中学听一堂《世界历史》和一堂《自然地理》课。

下午，陈竹林来教僮文字母。有几个字母很难发音。

12月15日 早上去武鸣第一初级中学听文学课。据说是比较高明的老师讲的。今天讲的课文是沙汀的小说《在其香居茶馆里》。当中有好多是四川土话真是比读《诗经》还难懂。老师的解释显得啰嗦，没有从全篇的中心思想和人物的刻画来分析。学生能否从老师的讲解获得一个完整的概念很难保证。

下午，武鸣高中教导主任徐着鞭来访。他讲到自己的写作计划和已经写出的作品。他打算以他周围的中学教员生活写成几个短篇。看来都还尽乎切实。人只要有那样一股死心眼坚持下去，总会写出东西来的吧。

晚上，同杨士衡、毛华珍谈僮文的工作问题。他们对于现在僮委会所创造的新词汇，故意避开已为群众所接受了的汉语表示怀疑。

12月16日 明天要回南宁了。到街上去买了几斤橙子和柑子。农业合作社星期天也放假，武鸣街上赶墟的农民比平日多一些。农民拿到市场来的大部分是青菜和木柴。青菜一角钱一斤，木柴100斤才得六角钱。农民的生活比起城市工人实在是太低了。

晚上，僮委会编译组的30多人要我同他们讲一次关于如何做好业余写作问题。他们大半是在大学里专门学过语文专业，对文学有着很高兴趣的。不少人心里打算将来要当个作家或翻译家。

12月17日 本来一早就要回南宁的了，僮委会的几个负责同志一定要我对他们的工作提点意见，只好把车票退了，下午才改乘僮委会的吉普车回来。

对僮文工作我是外行，要讲的话，也只是讲讲僮委会里群众反映的意见。这些意见，无疑是值得考虑的。忽视僮族几百年同汉族同化的客观事实，不但脱离了直接领导下的干部，广大群众也不能接受这些新造的语汇的。

我们终于在中午12点40分离开明秀园，下午2点30分就到南宁来了。

晚间，赶得上去听马思聪的小提琴演奏会。听了马思聪独奏自己的作品

《蒙古组曲》等。

12月18日 上下午都开会。上午讨论科学院广西办事处和近代史研究所的人选问题，下午则讨论肃反和审干的结论。

晚间，出街去新华书店买了本高中文学课本，里边全是古典文学作品，打算拿来看看是否能为今天的高中学生所接受。

严蒙在拉萨托余大佳带回四块化学纤维布给我和广州白焰的小孩做尿布。这是外国货，南宁的百货大楼还没有卖。如有的话也将很贵的吧。

12月19日 同省文教办公室一起召集各个厅局党员干部来开会讨论党政如何分工问题。

晚上，去看《夜半歌声》影片。这是浪漫主义作品，通过荒唐和恐怖的故事和人物来刺激观众。

12月20日 修改卫生处座谈会给省委的报告。

晚上同王浩、李金光、刘建勋、马元杰去桂西看民间文艺会演。马思聪也出席观看，期间马还被邀请上台演奏了他的《思乡曲》，以及《流浪者》等三首曲子。

民间文艺的节目都是僮族、瑶族和苗族的民歌和舞蹈。这些都是很原始的东西，在文化生活水平较高的观众眼光里，它们未免粗糙和单调了。

12月21日 又修改了一天文稿还是没有把几个稿子完全改好。每天都这样做下去，真是成了文牍主义了。

12月22日 冬至节，保姆回家去了。我们只好替代保姆同小孩子度周末。田田会讲好多话了，而且显得特别聪明，很讨人喜欢的孩子。

12月23日 同凤乡去看苏联的芭蕾舞影片《统治者与魔鬼的下场》。为孩子们的外公外婆买了三斤香肠。用装奶粉的空罐子装满两罐，准备明天上邮局去寄往哈尔滨。

12月24日 省委召开扩大会议，讨论明年春季生产和救灾以及财政预算、广西成立自治区等问题。

看《漓江》创刊号刊用的《冬天》一文(《美丽的南方》的开头)的清样。

12月25日 参加省委扩大会，听关于明年春季生产救灾工作的报告。这份报告较以往的文件比，有分析有理论性的成分了。

12月26日　省委会议讨论明年生产工作问题。各地委书记的发言与其说是讨论省委的报告,不如说是汇报本地区的工作情况更为恰当一些。正因为各讲各的情况,与大家关系不大,听众的注意力都分散到别处去了。

晚间,去看话剧团演《万水千山》。陈其通写这段长征故事,通过一个营的指战员活动来表现长征的艰苦斗争和革命历史,就艺术水平来说是不错的。其中的第三幕强渡大渡河,第四幕写过草地的艰苦,很富于特点。但是,到了第五幕的腊子口战斗就显得单薄了。

12月27日　中央统战部部长李维汉到广西来解决关于广西省改为广西僮族自治区的问题。今天特地到省委扩大会上来就这个问题做了一个发言。分析了关于民族区域自治道理。他认为世界上由一个民族去统治别个民族的历史是不能长久的,民族本身的事务应该由本民族自己管理。广西汉族人与僮族人的比例是1.5比1,所以改为僮族自治区是可以的。

在会上抽空给僮文委员会办公室的覃建才写了一封信。

12月28日　给严蒙和白焰各写了一信。

今天仍参加省委扩大会议,讨论生产工作问题。

12月29日　今天没去参加省委扩大会议,留在部机关处理日常事务。

12月30日　晚间,同省委宣传部文艺处的同志去桂西看民间文艺会演的闭幕演出。节目是挑选较好的了,但是,这些原始东西没有加工是很难使文化水平较高的干部欢迎的。

12月31日　省委扩大会议由省委书记陈漫远作了总结。

下午同王浩部长去南宁饭店找各地市委书记,希望他们支持关于文教、宣传分家的安排。大家都赞成分开,但又认为如果没有编制就不好办。

接到南宁三中表侄孙梁权来信,同乡李东岳的精神病又复发了。学校没有妥善安置,仍让他与家人在一起,他的妻子异常恐惧,恐怕他打人。叫我能去见他们一次。

坭坭南南从保育院放假回家,没什么地方玩。领他们上街走走遇人流拥挤,走都走不动。

一年又过完了。这一年的写作计划又没有完成,其他工作也没见做出什么成绩来。